¿A qué estás esperando?

Biografía

Megan Maxwell es una reconocida y prolífica escritora del género romántico que vive en un precioso pueblecito de Madrid. De madre española y padre americano, ha publicado más de cincuenta novelas, además de cuentos y relatos en antologías colectivas. En 2010 fue ganadora del Premio Internacional de Novela Romántica Villa de Seseña, en 2010, 2011, 2012 y 2013 recibió el Premio Dama de Clubromantica.com. En 2013 recibió también el AURA, galardón que otorga el Encuentro Yo Leo RA (Romántica Adulta), y en 2017 resultó ganadora del Premio Letras del Mediterráneo en el apartado de novela romántica. *Pídeme lo que quieras*, su debut en el género erótico, fue premiada con las Tres Plumas a la mejor novela erótica que otorga el Premio Pasión por la Novela Romántica.

Encontrarás más información sobre la autora y su obra en:

🌐 www.megan-maxwell.com

f @Megan Maxwell

✖ @megan__maxwell

📷 @MeganMaxwell

Megan Maxwell
¿A qué estás esperando?

Esencia/Planeta

La lectura abre horizontes, iguala oportunidades y construye una sociedad mejor.
La propiedad intelectual es clave en la creación de contenidos culturales porque
sostiene el ecosistema de quienes escriben y de nuestras librerías.
Al comprar este libro estarás contribuyendo a mantener dicho ecosistema vivo y
en crecimiento.
En **Grupo Planeta** agradecemos que nos ayudes a apoyar así la autonomía creativa
de autoras y autores para que puedan seguir desempeñando su labor.
Dirígete a CEDRO (Centro Español de Derechos Reprográficos) si necesitas fotocopiar
o escanear algún fragmento de esta obra. Puedes contactar con CEDRO a través de la
web www.conlicencia.com o por teléfono en el 91 702 19 70 / 93 272 04 47

© Megan Maxwell, 2020
© Editorial Planeta, S. A., 2020
   Avda. Diagonal, 662-664, 08034 Barcelona (España)
   www.esenciaeditorial.com
   www.planetadelibros.com

Adaptación de la cubierta: Booket / Área Editorial Grupo Planeta
Imagen de la cubierta: © Lim_pix / Shutterstock
Primera edición en Colección Booket: noviembre de 2021
Primera edición en esta presentación: enero de 2024

Depósito legal: B. 19.253-2023
ISBN: 978-84-08-28293-8
Impresión y encuadernación: CPI Black Print
Printed in Spain - Impreso en España

En ocasiones, cuando menos te lo esperas, conoces a personas y ocurren situaciones increíbles que te hacen ver que las cosas, como poco, pueden volver a ser bonitas. Sólo de nosotros depende el deseo de cambiarlas o no. Siempre digo que la positividad llama a la positividad y, por eso, esta novela va dedicada a todas esas Guerreras y esos Guerreros que, como yo, siguen creyendo en el amor y en esa frase que dice que quien tiene magia no necesita trucos. Un beso para todos, ¡y viva la magia!

MEGAN

Nota de la autora

Hola, Guerreras/os:

Quería contaros que justamente comencé a escribir esta novela cuando, por desgracia, apareció en nuestras vidas el famoso covid-19, que en poco tiempo se convirtió en una terrible pandemia.

Durante los primeros días de confinamiento, que coincidieron con el inicio de la novela, me surgió una duda. ¿Debía meter el covid en la trama o, por el contrario, debía omitirlo?

Pues bien, lo sopesé y, como escribo ficción, decidí que el virus NO apareciese. A mi manera, saqué mi espada de guerrera, me encaré a él y le dije: «¡Tú aquí no entras!». Y... no entró.

No quería que estuviera presente porque deseaba que los personajes pudieran vivir, viajar, disfrutar del sexo y amar con la normalidad que cualquiera de nosotros tenía antes de que el virus entrara en nuestras vidas.

Os explico este detalle porque seguramente alguno podría pensar por qué el covid no aparece en la novela si está ambientada en 2020. Pues bien, la razón es la que os acabo de dar: porque mi lado guerrero decidió que no.

Una vez aclarado esto, quiero dar mi más sentido pésame a todos aquellos que habéis perdido a algún familiar o ser querido en este tiempo por culpa del virus. Sin duda lo sucedido es terrible, y os mando toda la fuerza del mundo y todo mi cariño.

También deseo agradecer a TODAS las personas anónimas y profesionales que han estado al pie del cañón, y siguen estando, ayudando, protegiendo y salvando millones de vidas todos los días mientras exponen las suyas. GRACIAS..., GRACIAS Y MILLO-NES DE GRACIAS. Sois nuestros héroes y, sin vosotros, ¡nosotros no somos nada!

Aplaudir, hemos aplaudido durante muchos meses a la hora indicada para demostrar nuestro agradecimiento, pero ahora toca ayudar a esos héroes cumpliendo con lo que nos piden, para que entre todos podamos vencer al virus. Así pues, unámonos y vayamos todos a una. Es la única manera de que esta maldita pandemia pueda terminar.

Un beso muy grande,

MEGAN

Capítulo 1

Ɛl desfile de moda «Vida Brillante», organizado por diversos diseñadores de renombre a nivel mundial para recaudar fondos para la investigación de enfermedades raras, estaba a punto de comenzar.

La sala de eventos londinense estaba llena a reventar de todo tipo de personas: famosos, no famosos, fotógrafos, periodistas... Nadie quería perderse el gran acontecimiento.

El *backstage* era un hervidero de gente que corría de un lado para otro, mientras por los altavoces sonaba la voz de Lady Gaga cantando *Stupid Love*.

El caos controlado, los nervios templados y las prisas de última hora se fusionaban con las ganas de que comenzara el espectáculo y con los deseos de brillar.

Sonia Beched, una sonriente joven morena, acababa de saludar a una amiga y, cuando volvía hacia el box donde estaba su gente tras pasar por el aseo, se cruzó con Luis Guzmán. Aminorando ambos el paso, se hablaron con la mirada, intercambiaron una sonrisa y, tras echar un vistazo a un pasillo de la derecha donde había una puerta, se dirigieron hacia allí con disimulo.

Una vez dentro del reducido espacio, cerraron la puerta y se miraron. Era un pequeño probador con un espejo. Sonriendo, se acercaron el uno al otro y ella, al notar cómo él le pasaba las manos por la cintura, murmuró en un perfecto español:

—Si me estropeas el maquillaje o el peinado, Ginger te matará y yo te remataré.

Luis rio. Ella también. Sonia y él eran amigos especiales desde hacía tiempo. Esa clase de amigos que no se daban problemas, no interferían en la vida del otro, no exigían nada, pero, cuando lo deseaban, disfrutaban de un sexo divertido y sin complicaciones.

En décimas de segundo, la temperatura en el pequeño cuarto subió varios grados. No hacía falta hablar. No hacía falta decir nada. Ambos sabían lo que deseaban.

Las manos de Luis ascendían por los muslos de Sonia mientras ella, gustosa, le tocaba el trasero, que tenía duro y muy apetitoso.

Sin apartar su boca de la piel de él, bajó con la lengua por su cuello y, separándose unos milímetros, musitó:

—Tengo menos de cinco minutos.

—Nos sobrarán tres —respondió Luis con una sonrisa.

Divertida por aquello, ella rio mientras sentía cómo la mano de él se perdía dentro de sus bragas.

¡Sí! Eso era lo que deseaba.

Luis, caliente, paseó el dedo con delicadeza por el ya hinchado clítoris de la joven mientras ella recorría con la mano su abultada erección. Abrió su pantalón, apartó el calzoncillo y, agarrando con decisión su duro pene, lo acarició.

Placer por placer. Ése era su trato. No había más. Y, cuando ambos jadearon tremendamente excitados, él murmuró:

—Te besaría, pero sé lo rarita que eres para eso.

Sonia asintió. Desde hacía tiempo no daba besos profundos. Daba picos en la boca. Era cariñosa. Sensual. Pero evitaba los besos intensos. Era algo que, sin saber por qué, se guardaba para ella misma desde que pasó lo de Manuel.

—Sabes que esto suele ser más largo, pero...

Sin necesidad de más palabras, la joven lo entendió. Deseaba sexo y, tan acalorada como él, musitó:

—Hagámoslo. No hay tiempo.

Sonrieron. Sus miradas plagadas de morbo y complicidad los excitaban cada vez más, hasta que Sonia, dándose la vuelta, se puso de cara al espejo y clavó la mirada en él.

Con cuidado y mimo, Luis, que ya tenía su duro pene fuera, se sacó un preservativo de la cartera, que llevaba en el bolsillo del pantalón, y se lo colocó. Luego la besó en el cuello.

A continuación, le terminó de levantar el corto vestido de lentejuelas azules que ella llevaba, le bajó las tupidas medias negras hasta los tobillos, echó hacia un lado las braguitas y, tras colocar su duro pene en la entrada de su vagina, la penetró.

Ambos jadearon. El placer y el morbo del momento al oír el ruido de la gente al otro lado de la puerta los excitaba muchísimo.

Entregados al disfrute, gozaban de lo que hacían sin pensar en nada más. Luis, gustoso, la agarró de la cintura para que no se moviera mientras se introducía una y otra vez en su mojada vagina y ella se entregaba a él.

Hechizada por el momento, Sonia se dejó hacer. Deseaba aquello, lo deseaba con todo su ser. Y, al sentir el pecho de él totalmente pegado a su espalda, musitó gozosa:

—Sí..., no pares.

A Luis lo enloqueció su orden, sintiéndose a cada segundo más duro, fuerte y rápido. Cada embestida que daba hacía gemir de gusto, placer y locura a la joven.

—Cierra los ojos —le pidió mirándola a través del espejo.

Ella lo hizo sin dudarlo y él, juguetón, musitó en su oído:

—Hay un hombre que nos está mirando y, por su expresión, diría que le gusta cómo te follo.

Imaginar eso hizo que Sonia jadeara.

—Sí...

—Creo que desearía estar en mi lugar... —susurró Luis cada vez más excitado.

Pensarlo la provocaba, la acaloraba, le hacía querer más.

En ocasiones, Sonia acudía sola o acompañada a un *spa swinger* muy exclusivo llamado Zafiro, al que había ido varias veces con Luis, donde, olvidando su lado romántico, se dedicaba a disfrutar del sexo sin más. Estaba soltera, así que, ¿por qué no hacerlo con quien quisiera?

Siempre que había ido sola encontraba un hombre con el que disfrutar, y cuando iba acompañada de algún amigo también hallaba a quien quisiera mirar mientras lo hacían. Aún no había probado las orgías, ése era un tema que tenía pendiente y que sólo haría cuando ella así lo decidiera.

En ese instante Luis aceleraba sus embestidas, firmes y profundas, y ambos contenían sus ruidosos jadeos para que no los oyeran.

Se miraban a través del espejo con lujuria y perversión y sonreían cuando él, cerrando los ojos, supo que estaba a punto de correrse y Sonia también se dejó ir gustosa. Cuando el caliente momento acabó, dejándolos rendidos y sin aliento, se miraron de nuevo a través del espejo.

—Colosal —aseguró él. El sexo repentino y casual como ése siempre era divertido.

Tras salir de ella, Luis se quitó el preservativo y Sonia, que por suerte llevaba un paquete de clínex en la mano porque regresaba del baño, sacó uno, se lo entregó y él se limpió. Ella también lo hizo y, luego, tras subirse las bragas y las medias y recolocarse el vestido, le guiñó un ojo.

—Opino lo mismo —afirmó.

Estaban sonriéndose cuando comenzó a sonar por los altavoces la canción *Material Girl* de Madonna. Quedaba poco para que empezara el desfile. Por ello, Sonia dijo tras darle un rápido pico en la boca:

—Primero salgo yo.

Luis asintió. Después la joven abrió la puerta y salió del reducido probador sin ser vista por nadie con una sonrisa en la boca. Lo había pasado bien.

Iba caminando hacia donde estaba su gente cuando se encontró con varios de sus modelos. Desde hacía unos años era la propietaria de una agencia de organización de eventos junto con Ginger, una empresa que ya funcionaba sola por el buen hacer de sus dueños y que, años atrás, habían ampliado para la representación de cierta clase de modelos, entre ellos, la propia Sonia.

—*Halleloo!*

Al oír eso, sonrió. La primera vez que había oído esa mágica palabra había sido en la televisión, y la dijo Shangela Laquifa Wadley, una increíble *drag queen* estadounidense a la que sus amigos y ella seguían a través de las redes sociales. ¡Una reina, como diría Ginger!

Divertida por aquello, miró hacia atrás y vio que quien había dicho la palabra era Minerva, más conocida como *Reina Negra*, una impresionante a la par que guapa mujer transgénero de orígenes africanos, amiga suya.

Minerva se acercó a ella moviendo con sensualidad las caderas y, al ver cómo una mujer que pasaba por allí la escaneaba de arriba abajo, afirmó sonriendo:

—Sí, cariño, lo sé: Beyoncé es idéntica a mí.

Al oírla, Sonia se carcajeó. Si algo tenía Reina Negra muy subido era la autoestima. Pero, la verdad, podía tenerla, porque era un mujerón impresionante. Y, sí, podría ser la gemela de Beyoncé.

Tras ella caminaban Henry, Sean, George y Robbie, más conocidos dentro del mundo *drag* como *la Bella Despierta*, *Marylycra*, *Lola Mento* y *Divinicienta*. Se trataba de otros amigos gais que durante el día ejercían distintos oficios, pues dos de ellos eran cocineros, otro cartero y otro, vendedor de perfumes, y, por la noche, en O'Pera, el local de Lola Mento, disfrutaban de su faceta como *drag queens*.

Como siempre, llegaban riéndose del mundo en general, el buen humor era su sello de identidad, y Sonia los abrazó feliz. Pero, al ver que faltaba Renato, preguntó:

—¿Y la Moratones?

Aquéllas, vestidas de colores estridentes y plumeríos variados dignos de la ocasión, intercambiaron una mirada y luego la Bella Despierta respondió:

—Ha dicho que iba a retocarse de nuevo.

—Ya sabes que es excesivamente presumida —indicó Lola Mento.

Las altas y divinas *drag queens* sonreían a la vida cuando Marylycra comentó mirándolas:

—Como sabéis, no me gusta cotillear —al oír eso, todas se echaron a reír. Si a alguien le gustaban los cotilleos era precisamente a ella—, pero el técnico de luces de la derecha, ese madurito que lleva un fantástico chaleco de cuero rojo, fue en su tiempo novio de Gusanita la Francesa, que en paz descanse.

—Mi madre *drag* —musitó Divinicienta al recordar que aquélla fue quien la ayudó por primera vez a vestirse de *drag queen*. Eso era una madre *drag*.

De inmediato, todas miraron hacia donde Marylycra indicaba. El madurito del chaleco de cuero rojo estaba muy bien, y Reina Negra, consciente de que ella estaba con el que fue durante años el churri de la *drag* fallecida, afirmó:

—Gusanita siempre tuvo muy buen gusto.

—Y tanto —convino Lola Mento.

Estaban hablando sobre aquello cuando Reina Negra se mesó con sensualidad su largo y cardado pelazo.

—Que sí, hija, que sí... —murmuró Divinicienta—, todas sabemos que es natural.

De nuevo rieron, y entonces la Bella Despierta, al ver cómo aquélla miraba al hombre del chaleco rojo, cuchicheó:

—¿Oteando nuevos horizontes?

Reina Negra rio. La relación que desde hacía tiempo mantenía con un hombre no estaba pasando por su mejor momento, pero respondió mirándose el carísimo pedrusco que aquél le había regalado:

—Seguimos muy felices, ¡so perra! Pero tengo ojos y me gusta mirar.

—Yo estoy *in love* con el modelo del pelo violeta —comentó Marylycra—. Por un revolcón con él sería capaz de cualquier cosa.

Todas miraron hacia donde aquélla señalaba, y Lola Mento preguntó al ver que aquel muchacho no debía de tener más de veinte años:

—¿Ahora vas de *sugar daddy*?

Al oír eso, Sonia sonrió. Se llamaba *sugar daddies* a los hombres que se relacionaban con jovencitos que podrían ser sus hijos a cambio de dinero.

—¡Zorra! —replicó Marylycra sonriendo.

—*Halleloo!* ¡Ya estoy aquí! —saludó la Moratones al llegar.

Sonia se apresuró a besarla, pero una chica se aproximó a ella para preguntarle algo y ésta, tras atenderla, miró a sus amigas y preguntó:

—¿Qué os parece lo que hemos organizado?

Aquéllas asintieron, lo que veían les gustaba, y Marylycra afirmó:

—Me encanta, nena. Como siempre, sois los mejores.

—¿Dónde están Ginger Pink y Lady Mini Stark? —preguntó Reina Negra.

Sonia, al saber que preguntaban por Ginger, su socio, y por su hija, respondió:

—En el box, ultimando detalles.

En ese momento pasó junto a ellos un modelo guapísimo y la Moratones intercambió una mirada con él y sonrió con coquetería.

—Uf..., qué calor hace, ¿no? —musitó. Todas la miraron y a continuación ella soltó moviendo sus pestañacas violetas—: ¡¿Qué?!

Sin dar crédito a su descaro, las demás rieron y la Bella Despierta replicó:

—¿Cómo que qué calor, so perra? ¿En serio te estabas retocando o dándote un revolcón?

La Moratones no contestó, y Marylycra preguntó:

—¿Bóxer o eslip?

La Moratones miró entonces con gracia a Lola Mento y suspiró.

—Bóxer negro.

El grupo estalló en risas. Con ellas era imposible no reír.

—Vamos —dijo entonces Sonia—. Id para el escenario. Os toca abrir el evento.

Dicho eso, todas volvieron a besarla y, una vez que se marcharon, ella prosiguió su camino. Se encontró con varias de las modelos de su agencia y, dirigiéndose a Eva, que estaba guapísima, preguntó:

—¿Todo bien?

—¡Más que bien! —respondió ésta sonriendo y guiñándole un ojo.

Acompañada por sus modelos, Sonia lo observaba todo a su paso mientras tarareaba la canción que sonaba, que no era otra que *Love on the Brain* de Rihanna.

—¡Soniaaaaaaaaaaaaaa! —oyó de pronto.

Levantó la vista y de inmediato pensó: «¡Mierda!». Quien la llamaba era la guapa pero insufrible Casandra, una modelo alemana a la que conocía desde hacía años y con la que, por norma, las cosas nunca terminaban bien.

Sonia se detuvo por cortesía. Las modelos que la acompañaban también, y Casandra, acercándose a ellas, señaló con sorna:

—¡Qué monas!

—Gracias —repuso Sonia preparándose para el ataque.

Casandra sonrió.

—Cuando he visto a las *drag queens* y a cierto tipo de modelos, ¡me he sorprendido! Y, bueno, he pensado que seguro que estarías por aquí.

Sonia asintió. Sabía por qué lo decía. «¡Bruja!»

Y, mirando a las chicas que esperaban a su lado, indicó:

—Id con Ginger a que os dé los últimos retoques en el maquillaje y luego al *first view*. Yo voy enseguida.

Aquéllas asintieron y se alejaron conscientes de que, tras el último retoque de Ginger, debían pasar por el *first view*, que no era otra cosa más que la foto final con el *look* completo del desfile, realizada por un fotógrafo profesional.

Una vez que se marcharon, Sonia volvió a mirar a la modelo alemana y preguntó aun sabiendo cuál sería su respuesta:

—¿Y se puede saber por qué te has sorprendido?

Casandra, una guapa rubia de metro ochenta y seis, piernas kilométricas y cuerpo increíble, se tocó su peinado y reluciente cabello mientras sonreía.

—Cielo, sois modelos *curvies*...

Ese «sois» la incluía a ella aunque no participara en el desfile, cosa que le gustó.

—¡¿Y...?! —repuso.

Casandra no respondió. Su cerebro de mosquito cuando le soltaban algo así no le daba para más.

—¿Para quién desfiláis? —preguntó a continuación.

—Para Gus Lapierre —afirmó Sonia.

Casandra asintió y luego frunció el ceño.

—¿Y desde cuándo Gus Lapierre hace tallas grandes?

A Sonia le revolvió las tripas oír eso y, como siempre que se enfadaba, musitó en español:

—Con lo guapa que eres y el tipazo que tienes, hay que ver lo imbécil que llegas a ser...

Estaba harta, cansada, agotada de aquellos comentarios maliciosos. Muchas modelos como Casandra, tan perfectas, eran puro veneno, aunque por suerte no todo el mundo era así.

Ella misma utilizaba una talla 44 y en ocasiones una 46, ¿y qué? ¿Cuál era el problema? ¿Acaso era menos mujer o menos sexy que aquellas que tenían una 34?

Con ganas de arrancarle las extensiones, la miró pero se contuvo. No era el momento ni el lugar. Era una profesional y, sobre todo, una mujer segura de su talla y de sus curvas.

Si se había embarcado en Class and Diversity, o C&D, como se los conocía, había sido para dar visibilidad a personas que, como ella, tenían tallas y cánones de belleza diferentes de los establecidos.

El eslogan de su agencia de modelos era «Ser persona es mi gran valor», un lema fuerte, seguro y contundente, por lo que, sin importarle lo que aquella imbécil pensara, preguntó:

—Casandra, ¿para quién desfilas tú?

—Para la inigualable Margot Cussini.

Sonia sonrió con malicia. Aquella idiota se lo ponía a huevo. Como era parte de la organización de aquel evento, se enteraba de todo lo que ocurría, y, dispuesta a ser perversa y sibilina como aquélla, dijo bajando la voz:

—¿Y Margot Cussini sabe que ayer te cepillaste a su marido en los baños de la segunda planta?

El gesto de Casandra cambió en cuestión de segundos.

El día anterior, tras ajustarse la ropa que llevaría en el desfile, fue consciente de cómo el marido de la diseñadora la miraba y eso le gustó. Total, que acabaron en el baño. Lo que ignoraba era que alguien los hubiera visto, lo cual era un desastre.

Que aquélla lo supiera significaba que otros también podían saberlo; Sonia, consciente de la maldad que había soltado, cuchicheó sonriendo:

—Por tu bien, querida Casandra, mantén tus malditos comentarios ofensivos lejos de mi gente si no quieres que Margot se entere de lo bien que te lo pasaste con su recién estrenado marido en el baño mientras ella hacía el *fitting* a las modelos.

Y, dicho esto, y sintiéndose ganadora en aquel absurdo combate, dio media vuelta y prosiguió su camino.

—¿Y esa sonrisita? —oyó de pronto más tarde.

Aquella voz la hizo sonreír aún más y, volviéndose, se encontró de nuevo con Luis Guzmán, el simpático y, por qué no, atractivo técnico de sonido con el que minutos antes había compartido algo más que roces.

—¿Es malo sonreír? —respondió mirándolo.

Luis negó con la cabeza, la conocía muy bien, y, guiñándole el ojo, murmuró:

—La sonrisa le sienta a usted muy bien, señorita Beched.

Sonia asintió.

Aquel español alto, de facciones angulosas y mirada penetrante, era un tipo que, como ella, no buscaba complicaciones. Sólo pasarlo bien. El sexo con él era divertido porque ambos así lo habían estipulado hacía tiempo, y sonriendo respondió:

—Gracias, señor Guzmán.

Ambos se miraron. Estaba claro lo que pensaban, y ella susurró tocándose su melena oscura:

—Sábado por la noche, en Zafiro.

—Perfecto —asintió Luis.

—A las nueve me recoges en casa —añadió Sonia.

Ambos sonrieron y, sin decir más, se alejaron. Tenían que trabajar.

Ella proseguía su camino cuando de pronto alguien la cogió del brazo, deteniéndola.

—Te llamé a la agencia y a tu móvil un par de veces.

—Lo sé.

Era Harriet Lowe, una gran y buena amiga y una de las diseñadoras de aquel desfile solidario.

—Tienes razón, Harriet —suspiró Sonia—. Soy lo peor y me disculpo por ello. Pero es que últimamente no doy abasto. Entre Ibiza, la agencia, los desfiles para los que nos contratan, las clases de patinaje, mi madre y los entrenos..., ¡apenas tengo tiempo!

—¿Tu madre está bien?

—Sí..., sí..., no te preocupes.

Harriet sonrió. Admiraba a Sonia por su fortaleza para enfrentarse a todo lo que se proponía, y, lo mejor, sabía que no mentía.

Si algo le gustaba de ella era su positividad y la fuerza que insuflaba a quienes la rodeaban. Nada la detenía. Las amigas como ella siempre levantaban el ánimo y las ganas de luchar por los sueños.

La había conocido años atrás en un hospital, cuando fue a visitar a su hermana Stacy, que había sufrido un atropello que le dejaría una leve cojera de por vida. Stacy la necesitaba. Apenas hablaba ni reía. No llevaba bien lo ocurrido. Pero, al entrar en la habitación del hospital, Harriet se sorprendió al oírla riendo a carcajadas.

Al mirar boquiabierta, vio a Stacy hablando con alguien que debía de estar sentado en el suelo, al otro lado de la cama. Incrédula por ver a su hermana reír a carcajadas, se asomó para encontrarse con una muchacha con el rostro hinchado y amoratado, la cabeza vendada y una muleta. Aquélla era Sonia, que, huyendo del agobiante atosigamiento de su madre, se había colado en la habitación de Stacy para esconderse, haciendo caso omiso de su dolor.

Así fue como se conocieron, y supieron que era patinadora sobre hielo profesional y que estaba ingresada tras una fuerte caída tras realizar una pirueta con salto que ella llamó *lutz*.

Lo de «patinadora atípica» lo puntualizaba Sonia sonriendo, pues no era una sílfide como la gran mayoría, sino más bien una muchacha con curvas. Española y con cuerpo de guitarra, decía.

Saber que su carrera como patinadora profesional había acabado por una lesión en la cadera a Harriet la apenó. Pero la positividad de aquella chica era lo que necesitaba su hermana Stacy, quien, a partir de ese día y tras lo que había hablado con Sonia, volvió a ser la muchacha sonriente que siempre había sido, y su leve cojera quedó relegada a un segundo plano.

Sonia y su particular manera de ver y sentir la vida la había hecho darse cuenta de que lo importante era vivir, quererse, ser feliz y, en especial, sentirse querida, y no cojear o no.

—Ehhhhh...

Sonia y Harriet se volvieron y se encontraron con Stacy, que se acercó a ellas y cuchicheó enseñándoles un ramo de flores que llevaba en la mano:

—¡Son para mí! ¡Me las acaban de traer!

Ambas parpadearon mirando las flores y aquélla, emocionada, añadió en voz baja:

—Son de Samuel.

—¿El médico voluntario de Cruz Roja al que conociste a través de esa aplicación? —preguntó Sonia divertida.

Emocionada, Stacy asintió, y Harriet preguntó mirando a su hermana:

—A ver..., a ver..., ¿de qué aplicación y qué médico habláis?

Rápidamente Stacy le explicó que, a través de una app que Ginger le había recomendado y que se había bajado en el móvil, había conocido a mucha gente y, entre ellos, a Samuel Lombart.

Harriet escuchó boquiabierta lo que su hermana le contaba y, cuando acabó, preguntó:

—¿En serio estás tonteando con un tío al que no conoces?

Stacy miró a Sonia, que sonreía.

—Sí. ¡Pero nos vamos a conocer! —afirmó.

A cada instante más desconcertada, Harriet iba a decir algo cuando su hermana añadió:

—Lo sé. Es una locura. Me he pillado por un tío al que no he visto en persona, sólo en foto, pero quizá eso lo solucionemos cuando regrese.

Harriet, totalmente sorprendida, no sabía qué pensar de aquello.

—¿Y cómo sabe tu nombre y que hoy estarías aquí? —preguntó entonces.

Stacy olió por decimoctava vez las flores que había recibido y repuso:

—Porque yo se lo dije. —Y, viendo el gesto de su hermana, añadió—: Luego, cuando regreses al box, recuérdame que te enseñe unas fotos que tengo de él en mi móvil. Verás cómo te cambia la cara.

—¡Es monísimo! —aseguró Sonia ante la risa de Harriet.

Encantadas, las tres reían cuando Stacy, al ser requerida por uno de los estilistas de su hermana para que lo ayudara con una modelo, preguntó mientras se alejaba:

—¿El domingo llevo cruasanes de choco a tu casa?

—¡Perfecto! —contestó Sonia riendo.

—Por cierto, me comentó Samuel que hay una cena organizada cuando regresen y..., bueno, le dije que tú irías con ese compañero suyo del que te hablé.

—¡¿Qué?! —exclamó Sonia divertida.

—¡Ya no te puedes echar atrás! Se lo he prometido y quedaría fatal.

—Serás lianta... —se mofó ella al oírlo.

Stacy le guiñó el ojo con complicidad y echó a andar.

—Estás despampanante con ese vestido corto de lentejuelas —añadió deteniéndose de nuevo—. Por cierto, ¿dónde está Lady Mini Stark?

Sonia sonrió al pensar en su hija. Al final todos sus amigos la llamaban así porque era fanática de la serie de televisión *Juego de tronos*.

—La he dejado con Ginger en el box.

Con cariño, se miraron, y Stacy dijo:

—Me voy. ¡Hablamos!

Cuando se alejó, Harriet y Sonia se miraron.

—¿Eso es en serio? —preguntó la primera—. ¿Está colgada por alguien que no conoce?

Sonia asintió. Entendía la pregunta, era una locura, pero afirmó:

—Tan en serio como que me va a tocar ir a cierta cenita de acompañante.

Cuando Harriet iba a hablar de nuevo, un chico de la organización se acercó a Sonia para preguntarle algo, a lo que ella le respondió amablemente.

Harriet la miró.

Sonia había sido la primera modelo *curvy* en subirse a una pasarela en uno de sus desfiles, años atrás, para salvarle el culo al fallarle en el último instante la modelo contratada. Sin proponérselo, Sonia había dado visibilidad en una pasarela a un tipo de mujeres con unas medidas que hasta aquel momento nunca habían desfilado. Y, a raíz de aquella improvisada salida en la que dejó patente su seguridad, su carisma y su gracia, otros diseñadores comenzaron a llamarla.

En un principio Sonia se sorprendió por el revuelo ocasionado. Incluso la prensa se hizo eco de aquello y habló de una nueva era para los modelos, cuando ella sólo se había subido a la pasarela para hacerle el favor a su amiga. Sin embargo, a raíz de aquello, y viendo la posibilidad que se le abría, no lo pensó y aceptó subirse a otras, convirtiéndose así en la primera modelo *curvy* en desfilar para grandes firmas y crear la primera agencia con un aire renovado junto a Ginger, su gran amigo. Una agencia diversa, donde los modelos masculinos y femeninos no eran lo estipulado por la sociedad y en la que tener medidas perfectas no era requisito indispensable.

Cuando Sonia dejó de hablar con el chico, Harriet terció:

—Necesito los servicios de C&D en todos los sentidos.

A Sonia le gustó oír eso.

—Pues dime —musitó sonriendo.

Sin perder tiempo, Harriet le habló del evento que quería organizar en Berlín, un desfile para su nueva colección de ropa de baño, en el que había aunado moda, azúcar y sensualidad. Para presentarlo deseaba que sus diseños fueran lucidos por personas con cuerpos reales, y sabía que eso Sonia y su gente podían hacerlo realidad.

—De acuerdo. El lunes pásate por la agencia, comemos y lo hablamos, ¿te parece?

Harriet asintió encantada.

—¡Nos vemos el lunes! Por cierto, como te ha dicho mi hermana, hoy estás muy guapa.

—Gracias.

A continuación, Harriet le guiñó un ojo divertida y se marchó hacia su box.

Sonia le devolvió el guiño, dio media vuelta y prosiguió su camino, hasta que vio a su hija correr hacia ella. Abriendo los brazos a aquella pequeña de ocho años que era su vida, la abrazó y, tras darle un cariñoso beso en la mejilla y colocarle su inseparable gorra, oyó:

—Mami, el tío Ginger ha tenido un A. T. cuando ha visto a un M. M. G.

Sonia soltó una risotada. Esa manera de hablar entre ellos era muy particular. Había comenzado haciéndolo con Ginger para que pocos se enteraran de lo que decían, e Ibiza hablaba igual. Por ello, agarró su mano divertida y, sabiendo que A. T. era «ataque total» y M. M. G., «modelo muy guapo», preguntó:

—¿Y el M. M. G. era tan M. M. G.?

Ibiza se encogió de hombros.

—Para el tío Ginger, sí. Para nosotras, no.

Divertida, Sonia volvió a sonreír y, mirando el teléfono que su hija tenía en la mano, que era el suyo propio, preguntó mientras caminaban:

—Muy bien, secretaria, ¿ha llamado alguien?

Ibiza, feliz por ser la guardadora oficial del móvil de su madre mientras estaban allí, respondió:

—Ha llamado la tía Cynthia para preguntar si vamos a ir a cenar el viernes a casa de los abuelos.

—No —respondió Sonia en el acto.

Según dijo eso, la pequeña se paró y frunció el entrecejo.

—Jo, mamiiiiiiii... —protestó—, yo quiero ir.

—Tienes partido, ¿lo has olvidado?

La niña negó con la cabeza. Jugaba de extremo en un equipo de hockey sobre hielo.

—Podemos ir cuando termine —insistió.

—Ibiza...

—Jo, mami. Papuchi y yo estamos en plena competición con el *Mario*, y tengo que ir para aplastarlo y enseñarle que yo controlo más que él.

Sonia sonrió. Ibiza era muy competitiva, no le gustaba perder a nada. Papuchi era su padre, y le encantaba la complicidad que tenía con su hija.

—Puedes aplastarlo otro día —repuso.

Ibiza sonrió y cuchicheó con cierta maldad:

—Pero ese día puedo hacerlo sin piedad delante de todos. Además, la tía Cynthia me dijo que también estará la tía Brooke.

Sonia resopló. Cogió el móvil, que su hija tenía en la mano, y, tras comprobar que su madre no la había llamado para hablarle de la cena, se lo entregó de nuevo.

—No te digo ni que sí ni que no —indicó—. Lo pensaré.

—Guayyyyy —aplaudió la cría, que al recordar algo añadió—: Mami..., el tío Ginger me ha prometido que cuando nos vayamos de aquí Adriano nos esperará en casa con hamburguesas y patatas fritas.

—¡Estupenda cena! —Ella sonrió al oírla.

—Si se entera la *abu*..., ¡madre mía!

La *abu* era su madre, la abuela de la niña, una venezolana algo especial en todos los sentidos.

—Será nuestro secreto —aseguró Sonia bajando la voz.

—Mejor... —musitó la cría.

Al oír a su hija, Sonia sonrió. Su madre era insoportable con ellas con el tema de la comida. Sus hermanas, Vania, Brooke y Cynthia, eran espigadas, pelirrojas, con los ojos claros, y sobrepasaban el metro setenta y cinco, mientras que ella medía 1,68, era morena, con los ojos negros y de cuerpo curvilíneo, algo que su madre nunca había llevado bien.

Y aunque Sonia se había cansado de recordarle que ella era hija de venezolana y español, morena y curvilínea como la familia de su padre, y no hija de un alto y pelirrojo irlandés, como lo eran sus hermanas, su madre no la escuchaba y lo achacaba siempre a que se alimentaba muy mal.

Durante los años en los que compitió en patinaje artístico porque eso era lo que la apasionaba, Sonia soportó comer sólo verdura, pollo a la plancha y, de postre, una pieza de fruta para no engordar. Pero, aun con eso, sus caderas eran sus caderas y sus curvas sus curvas, cosa que su madre siempre había criticado.

Albany era una venezolana alta, espigada y proporcionada. Y siempre quiso que su hija mayor fuera tan perfecta como supuestamente lo eran ella y sus otras hijas. Pero la genética era la genética, y aunque Sonia era preciosa con sus curvas y, en especial, con su irresistible personalidad, a ella eso siempre la había incomoda-do. La belleza estaba primero. Y el problema era que esa obsesión la estaba trasladando a Ibiza, una niña de ocho años sana y de gra-ciosos mofletes redonditos como los de su madre.

Cogida de la mano de su pequeña, Sonia llegó hasta el box de Gus Lapierre. Ginger, su amigo de orígenes asiáticos, la miró en cuanto entró y dijo:

—¡A la de ya, siéntate para retocarte el maquillaje!

—Stacy traerá cruasanes de chocolate el domingo.

Al oírlo Ginger, asintió y musitó:

—¿De los de su barrio?

—Sí.

—Marimuero ya de placer sólo de pensarlo... —Sonia sonrió y Ginger cuchicheó a continuación—: Lady Mini Stark me ha dicho que aún no has firmado la autorización para que se vaya de colo-nias con sus compañeros de colegio.

Sonia suspiró. Nunca había estado quince días separada de su hija.

—Tengo que pensarlo —murmuró.

—A ver, nena, que conste que te entiendo porque me horroriza que se vaya, pero creo que deberías pensar en la mariilusión que le hace a ella. Nuestro bebé se nos hace mayor, lo queramos nosotros o no.

—Lo sé —dijo Sonia mirando a su pequeña, y, sentándose don-de aquél le indicaba, para cambiar de tema añadió—: He visto a las Ladies. Están a punto de comenzar el evento y te mandan besos. —Se refería a las *drag queens*—. Sólo te diré que la Moratones ¡ha pillado!

Al oír eso, Ginger abrió los ojos.

—Con uno de los modelos de Fred Schumacher —musitó Sonia sonriendo.

Ginger soltó una risotada y, tras mirar a alguien que no estaba muy lejos, susurró:

—¡Estoy de A. T.!

Oír eso hizo sonreír a Sonia y a su hija, y Ginger, retirándose con glamur su melena larga, insistió:

—Mira al M. de la I.

Rápidamente Sonia y su hija miraron a la izquierda. El modelo al que se refería Ginger era de unos veintipocos años, alto, rubio, ojos verdes, perfectas facciones, cuerpo cincelado y sonrisa perfecta. Y, tras intercambiar una mirada con su hija, Sonia iba a hablar cuando la pequeña musitó:

—Es mono, pero, tío, ya sabes que a veces los P. son T.

Divertida por aquello de que «los perfectos son tontos», algo que su hija le había oído decir muchas veces, sonrió y, tras chocar su puño con aquélla entre risas, Ginger cuchicheó mirándolas:

—¡Vosotras sí que sois T.!

Sonia miró a su hija a través del espejo y volvió a sonreír. Quería que Ibiza viera en las personas algo más que la belleza exterior, y le guiñó el ojo con complicidad.

—Siéntate y juega con mi móvil un ratito si quieres —indicó.

—¡Guay! —aplaudió la pequeña encantada.

Una vez que la niña se aposentó en uno de los sillones que allí había, Sonia se dirigió a Ginger:

—Está todo organizado para que el desfile salga a la perfección. Nos lo hemos currado mucho, y mi sexto sentido me dice que algo bueno nos va a traer todo este trabajazo.

Ginger asintió. Se habían dejado la piel para organizar todo aquello.

—Lo tengo mariclarísimo —declaró.

Sonriendo, se miraron a través del espejo y luego la joven murmuró:

—Ibiza ha hablado con mi hermana Cynthia.

—¡¿Y...?!

—Al parecer, mi madre ha organizado una de sus cenitas el viernes con toda la familia.

—¡¿Y...?!

—¡Que a mí no me lo ha dicho! —replicó Sonia molesta.

Ginger gesticuló al oírla. En ocasiones, la madre de su amiga era peor que un grano en el culo, pero quitándole importancia señaló:

—Querida, es típico de doña Mi Amor. Pero míralo por el lado bueno: si no os veis, no discutís.

—Pues también tienes razón —afirmó convencida de aquello.

Se quedaron unos segundos en silencio, hasta que Sonia añadió:

—Lo que pasa es que Ibiza quiere ir.

Ginger suspiró. La lucha que aquélla se traía con su madre nunca acababa, pero, pensando en el bien de la niña, afirmó:

—Pues ve. Nuestra Lady Mini Stark se merece disfrutar de su familia. Y, tranquila, eres consciente de que Ibiza sabe defenderse muy bien de los coletazos venezolanos de Albany.

Sonia asintió, Ginger tenía razón. Para lo pequeña que era, Ibiza tenía una personalidad arrolladora; queriendo dejar de hablar de aquello, preguntó:

—¿Os quedáis el sábado por la noche con Ibiza, Adriano y tú?

Ginger sonrió al oírla. Adriano era su novio, su amor, un policía italiano que adoraba a la niña y a Sonia tanto como él; se echó hacia atrás la melena con estilo y cuchicheó:

—Depende...

A través del espejo, ambos se miraron. Y Ginger, al ver el gesto de aquélla, sonrió y susurró en su oído:

—¿Qué canción?

Ella rio. Lo de relacionar canciones con el ligue de turno era su juego.

—*Carnaval*, de Maluma —indicó.

Ginger asintió y murmuró consciente de a quién le pegaba esa canción:

—Luisito...

Sonia sonrió divertida.

—Hemos tenido una reunioncita hace unos minutos para hablar del sonido del evento y..., bueno, deseamos continuarla en Zafiro, ya sabes...

—¡Serás zorrón! —y, bajando la voz, añadió—: Así nunca encontrarás al hombre ideal.

—Gingerrrrrrrrrrr —se quejó Sonia.

—Que sí —insistió él—. Que me parece ideal que lo pases bien con quien te dé la gana. Pero digo yo que alguna vez podrías buscar al mariideal, ¿no?

Ambos rieron.

Sonia no buscaba al hombre ideal, estaba convencida de que para ella no existía, y respondió:

—El sexo con Luis es mariideal.

Ginger se vio obligado a sonreír, hablar de sexo entre ellos nunca había sido tabú, y, gesticulando, miró al techo y musitó:

—Querido Dios, sabes que amo hasta la extenuación a mi romano, pero tú, que apartas al hombre del mal..., apártame uno como ése para mí en otra vida.

Sonia soltó una carcajada. Con Ginger era imposible no reír.

—Tranquila —prosiguió él—. Mi romano y yo nos llevamos a Ibiza y a *Babas* al cine por la tarde y nos las quedamos sin problemas en casita a dormir —dijo añadiendo a la tortuga—. Luego, el domingo por la mañana yo iré a tu casa para nuestra marirreunión mañanera y más tarde vendrán nuestros amores.

—¡Perfecto!

—El sábado ponte el vestido verde con la raja al lado —le cuchicheó entonces Ginger al oído—. Te hace un cuerpazo divino.

Divertidos, volvieron a reír, y Sonia, mirándolo, le dio un beso en la mejilla.

—¡Qué haría yo sin ti! —exclamó cuando él terminó con los retoques.

A Ginger siempre le había gustado oír eso. Adoraba a Sonia. La amaba. Ella era su familia.

Se conocían desde la época en la que eran casi unos niños y competían en los Juegos de Invierno. Ginger era el único hijo varón de una acomodada y clásica familia vietnamita asentada en Londres. Sus padres lo bautizaron como Quang al nacer, un nombre que odiaba por muchos motivos, entre ellos porque sus compañeros de colegio se mofaban de él.

Ginger y Sonia habían sido patinadores artísticos profesionales y ambos habían sufrido *bullying* en sus categorías. Una por no ser la típica patinadora delgada, de caderas estrechas y muslos reducidos, y el otro por tener excesiva pluma al patinar, ser un asiático excéntrico y manifestar abiertamente que era gay.

Ser homosexual no estaba bien visto por mucha gente, ni por su familia, pero eso a Quang siempre le dio igual. No obstante, todo empeoró cuando durante unos Juegos Olímpicos de Invierno, una periodista descubrió su faceta nocturna de *drag queen* y publicó una foto suya vestida como Ginger Pink en una actuación.

La imagen dio la vuelta al mundo y, aunque hubo gente que se puso de su parte, a él personalmente le costó ser repudiado por su familia. Ser gay para aquéllos ya era un trago, pero saber que encima era *drag queen* y se hacía llamar Ginger Pink los remató.

En un principio el asunto lo destrozó, pero gracias a Sonia y a su grupo de amigos *drags*, lo superó, y a partir de ese momento se olvidó de llamarse Quang para ser simplemente Ginger.

Los años habían pasado, sus vidas habían ido cambiando, pero ellos nunca se separaron. Eran dos guerreros que se ayudaban. Dos luchadores de la vida que se adoraban, se respetaban y se querían tal y como eran.

En el caso de Sonia, era tan rebelde, impulsiva y guerrera como lo fue Armando, su padre, un español que por desgracia murió muy joven al ser atracado y negarse a dar el dinero que había ganado esa noche tocando la guitarra en un local de Barcelona. Al quedar viuda, Albany decidió que su penosa existencia sin dinero debía acabar. Y, a pesar del apoyo que le proporcionó la familia de Armando, se marchó a Londres sin mirar atrás en busca de alguien que le solucionara la vida.

En un principio, estar en Londres con un bebé a su cargo fue complicado, duro y a veces extenuante. Pero la tarde en que sus ojos se encontraron con un irlandés pelirrojo llamado Charles Beched en una tienda, algo en su interior le gritó que todo iba a cambiar. Y así fue. Charles se enamoró locamente de la guapa y complicada viuda venezolana y, apenas cinco meses después, se casaron.

A Sonia le gustaba tomar sus propias decisiones y escoger a sus amigos, algo que su madre, Albany, detestaba. La sacaba de sus casillas que se rodeara de gais, lesbianas y *drag queens*. ¿Por qué su hija tenía que ser tan complicada?

Albany quería que su Sonia, su hija mayor, fuera abogada. Pero no, a ella la atraían otras cosas, como tocar la guitarra, igual que a su padre biológico, y el patinaje sobre hielo.

La apasionaba deslizarse por la pista al son de la música, cerrar los ojos y sentirse en libertad. Por lo que, a pesar de las protestas de su madre, que no veía un futuro en el patinaje sobre hielo, fue a por su sueño sin doblegarse y lo consiguió. Se convirtió en una estrella del patinaje artístico. Fue a los Juegos Olímpicos de Invierno y ganó innumerables premios, llegando a ser una patinadora de renombre en el gremio, hasta que una fuerte lesión tras un complicado salto la apartó definitivamente de la competición.

Aquel mazazo a Sonia le destrozó el corazón, aunque su fortaleza le impedía manifestarlo frente a los demás. No quería que nadie se compadeciera de ella.

Pero ¿qué iba a hacer en adelante en su vida?

Ginger, que la conocía mejor que nadie y también se había retirado un año antes por otra lesión, viéndola perdida por lo ocurrido le propuso irse juntos ese verano a Ibiza durante unos meses. Él, junto a su grupo de amigas *drag queens*, llamadas *las Ladies*, habían sido contratados en la isla para hacer sus espectáculos, y sin duda a Sonia los aires nuevos la harían desconectar.

Fue un verano increíble. Música. Playa. Amor. Diversión. Lo pasaron genial.

Allí Sonia conoció una tarde a Manuel, un andaluz encantador y guapo a rabiar que trabajaba como camarero y del que se enamoró locamente. Estar con él la hizo olvidarse de sus problemas y volver a sonreír. Pero, tres meses después, a su vuelta a Londres, todo cambió cuando se enteró de que estaba embarazada.

¿Ella, embarazada?

Manuel, el español encantador, se quedó de piedra al saber la buena nueva. ¿En serio iba a ser padre? Aquello no entraba en sus planes.

En un principio aceptó continuar su relación con Sonia desde la distancia y asumir la paternidad del bebé. Dejarían pasar el tiempo y ya lo irían viendo. Pero, tres semanas después, cambió de opinión.

¿Y si el niño no era suyo?

Al oír eso, en un principio Sonia se quedó bloqueada. ¿Cómo alguien que supuestamente decía que la quería podía pensar así? ¿Cómo podía cuestionar que el bebé fuera suyo?

Aquello fue un nuevo mazazo para ella. Pero, tras mucho llorar y sufrir, un día resolvió levantar la cabeza y tomar decisiones. La primera: no necesitaba a aquel imbécil para criar a su bebé. La segunda: no lloraría más por quien no lo merecía, y la tercera: comenzaría a ignorar la negatividad de su madre.

Como era de esperar, el huracán venezolano Albany puso el grito en el cielo al enterarse. ¿Qué era eso de tener un bebé sola y sin marido? ¿Se había vuelto loca? Aquella hija de su primer matrimonio no hacía más que darle problemas.

Para su suerte, la joven siempre contó con el amor incondicional de su padrastro, Charles Beched, que la mimó ante sus lloros, y de sus hermanas, que no la abandonaron. Su padrastro era el adinerado dueño de una fábrica de calzado del Reino Unido y, como él siempre decía, se había enamorado de aquella pequeña niña morenita cuando la conoció y la apoyaba incondicionalmente en todo lo que se propusiera, aunque su mujer se negase. Sonia era tan hija suya como Cynthia, Brooke o Vania, y lo que ella decidiera estaba bien.

Sonia y su Papuchi —o su *Cariñito*, pues así era como lo llamaba y su hija también lo hacía— tenían una excelente conexión, y cuando nació Ibiza le dio todo el amor que su madre no le daba. Una vez más, Albany dejó mucho que desear.

Con fuerza y constancia, Sonia volvió a ser la chica que había sido. Y una vez que se repuso del mazazo de Manuel y su hija llegó al mundo, retomó su vida y decidió dos cosas. La primera: seguir patinando. Quizá ya no pudiera competir ni ganar premios, pero podía enseñar. Se convirtió en una entrenadora excepcional, querida por su público y sus alumnos, y, para su felicidad, era requerida para infinidad de exhibiciones. Y la segunda: crear junto a Ginger una empresa de eventos, y las Ladies y sus actuaciones fueron claves para que el negocio comenzara a funcionar.

No obstante, de nuevo todas esas decisiones sacaron de sus casillas a Albany. ¿Por qué su hija no sentaba la cabeza y se buscaba un marido adinerado? ¿Y por qué tenía que crear una empresa para aquellas *drag queens*?

Ginger estaba pensando en todo ello emocionado cuando un

pitido lo sacó de sus pensamientos. Las Ladies ya habían terminado su loca y divertida presentación en el evento, y gritó recomponiéndose:

—¡Empieza el espectáculo!

—¡Vamos, chicas! —apremió Sonia a sus modelos.

Minutos después, cuando las modelos de todos los diseñadores estaban preparadas y se colocaban en fila para salir a la pasarela, Ginger se aproximó a las de su agencia y dijo retirándose con glamur el pelo rosa chillón de su peluca:

—Nenas, ¡aquí va mi mariconsejo! —Todas lo miraron y él, con estilo y elegancia, soltó—: Cabezas altas, brazos sueltos, mirada de lobas en celo y paso de «¡estoy aquí porque lo valgo!».

Nada más decir eso comenzó a sonar por los altavoces *Lost in Japan* de Shawn Mendes.

E, instantes después, las chicas salieron a la pasarela para hacer su trabajo como unas auténticas reinas de mirada en celo, porque, como decía Ginger, ¡ellas lo valían!

Capítulo 2

Silencio...

El viernes por la mañana, en casa del comandante de vuelo Can James Drogo todo era silencio, paz y bienestar, algo muy apreciado para él, hasta que sonó la alarma programada en Alexa. Eran las 9.00.

Can abrió los ojos lentamente y vio a su lado a una mujer.

La miró durante unos segundos para recordar su nombre..., ¿cuál era?, y sonrió al hacerlo: ¡Enriqueta! Aquella preciosa mujer que había conocido la noche anterior mientras tomaba algo con un amigo y que se había ido con él a su casa. La miró satisfecho. Era guapa. Muy guapa. Buenos pechos. Largas piernas. Cuerpazo y una elegancia innata.

Estaba observándola cuando ella abrió los ojos. Ambos sonrieron y Can saludó:

—Buenos días.

Enriqueta rio mimosa. «Qué tipo tan sexy», se dijo.

—Buenos días, cariño —respondió.

«¡¿Cariño?!», pensó Can.

No..., no..., no... La intimidad que connotaba esa palabra no era buena señal.

Ni «amor», ni «cariño», ni «cielo», ni nada que se le pareciera. No le gustaba que emplearan esos términos con él y él tampoco los utilizaba. Prefería llamar a las personas por su nombre para no intimar, pero, sintiendo cómo su entrepierna se endurecía al ver los esplendorosos pechos desnudos de la mujer, tras pensar en los beneficios que aquello le proporcionaría, sonrió y ella se le acercó.

La cercanía dio lugar a besos calientes y jueguecitos de lenguas, acompañados de roces puramente abrasadores, mientras las manos de ambos volaban por sus cuerpos en busca de placer.

Enriqueta, hechizada por aquel hombre y su duro cuerpo, le mordió un hombro. Can era sexy, apetecible, embaucador. Y la noche anterior, cuando fue a ella a quien le sonrió y no a otra, se sintió muy bien. Can había sido su objetivo desde que lo vio.

Y cuando lo acompañó a su casa, él se desnudó y observó el tatuaje maorí que le iba desde el hombro hasta el codo, algo en ella se revolucionó hasta límites insospechados. No solía acostarse con hombres que tuvieran tatuajes, y menos aún tan sexys como el de aquél.

Can sonrió y ella le respondió. Y, tan encendida como él, abrió las piernas tumbada en la cama. Demandaba que la tomara. Deseaba facilitarle el camino. Lo deseaba a él.

Y Can, al ver su total rendición, tras ponerse con habilidad un preservativo que cogió de la mesilla, colocó la punta de su duro y erecto pene en la húmeda vagina de ella y la penetró de una estocada.

Enriqueta le rodeó gustosa la cintura con las piernas mientras sus manos se enredaban en aquel pelo salvaje, que, junto al tatuaje maorí, la volvía tremendamente loca.

Complacido por el momento y la entrega, Can ancló las manos en el trasero de ella para tenerla sujeta. El sexo era para disfrutar, y ambos deseaban hacerlo, por lo que, hundiéndose en ella una y otra y otra vez, gozó de aquel instante morboso y caliente que entre los dos habían creado sin pensar en nada más. Sus cuerpos se golpeaban con placer en busca de más profundidad, más descontrol, más deseo, hasta que un glorioso y estupendo orgasmo los alcanzó y, encantados, se dejaron llevar.

Sexo mañanero. Qué maravilla.

Enriqueta disfrutaba...

Él también...

¿Qué más se podía pedir?

Tras el buen ratito de placer, Can miró de reojo el reloj que tenía sobre la mesilla. Quedaban diez minutos para que la alarma volviera a sonar.

Acomodado en la cama, intentó hablar con la mujer, pero le resultó imposible. Enriqueta parecía más ocupada en tener buena postura y colocarse bien el pelo que en charlar con él.

¿En serio la noche anterior se había comportado de ese modo?

Si algo valoraba él era la naturalidad y una buena conversación, además de la química y el sexo, y sin duda con aquélla estaba siendo imposible.

Esperó pacientemente a que la alarma de Alexa volviera a sonar. Y por fin lo hizo.

Esta vez iba acompañada de una canción: *I'm Not in Love*, del grupo 10cc. Una canción que siempre programaba para aquellos momentos y cuyo mensaje era que ni estaba enamorado ni quería que lo malinterpretaran. Un mensaje que, hasta el momento, siempre le había funcionado con las mujeres.

Enriqueta y Can se miraron mientras la canción sonaba. Y cuando éste comprendió por su mirada que había entendido el mensaje, la apremió mintiendo:

—Lo siento, Enriqueta, tengo prisa y voy tarde. Tengo un vuelo dentro de dos horas.

La mujer, al oírlo, se levantó azorada y, tras ponerse el elegante vestido que llevaba la noche anterior en treinta segundos, cogió su bolso y, acompañada por aquél hasta la puerta, se marchó después de toquetearse infinidad de veces más el pelo.

Una vez que Can cerró la puerta de la calle y se quedó solo en su casa, miró aliviado a su perro *Chester*, que lo observaba desde su cojín, y musitó:

—Lo sé. He mentido.

Chester, acostumbrado a aquel trasiego de mujeres en la casa, cerró los ojos para seguir durmiendo mientras Can decía en voz alta:

—Alexa, para la canción.

La música dejó de sonar y a continuación él pidió:

—Alexa, pon *It Ain't Over 'Til It's Over* de Lenny Kravitz.

Instantes después, la canción comenzó y Can se dirigió hacia su impresionante, minimalista y bonito cuarto de baño, donde todo era orden y pulcritud.

Tras darse una ducha y despejarse del todo, quitó el vaho del espejo con la mano y se echó hacia atrás el pelo. Aquella melena salvaje que tanto horrorizaba a su madre a él le encantaba, y durante sus vuelos la llevaba recogida y volvía locas a las mujeres.

Can sabía de su *sex-appeal*. Conocía su potencial gracias a su genética para atraer a hombres y mujeres, aunque a él sólo le interesaban las segundas. Era alto, moreno, deportista, simpático, y un canalla con la mirada y la sonrisa, dos cosas que, como decía su madre, le venían de serie.

Sin proponérselo, atraía a las mujeres. Nunca había tenido que esforzarse por ninguna, y eso en cierto modo le facilitaba la vida. Poder disfrutar de la mujer que deseara sin esforzarse era una suerte.

En el sexo era fogoso, caliente, morboso, juguetón, y tremendamente sensual.

El tema amor no le preocupaba. Nunca había conocido a la mujer que lo dejara sin palabras. En cambio, disfrutaba de cada jadeo que le arrancaba a una como si de un gran triunfo se tratara. Años atrás, un día que fue junto con su amigo Daryl a un local *swinger*, intuyó que aquello sería un excelente extra en su juego, aunque a él le gustaba más el tú a tú con una sola mujer.

Sonriendo, se miró al espejo mientras de echaba *body milk* para hidratarse el cuerpo, pero entonces observó que tenía un arañazo en el costado. «Enriqueta.» Y, sin dejar de sonreír, recordó el momento en que había ocurrido.

Salió del baño desnudo, se dirigió a su grande y bonita habitación y dijo en alto:

—Alexa, pon *Dancing in the Dark* de Bruce Springsteen.

El tema comenzó a sonar y, como siempre que lo escuchaba, Can empezó a moverse al compás de la música mientras se encaminaba hacia su vestidor. Le encantaba aquella canción. A la derecha, la ropa de sport; a la izquierda, la de trabajo en High Drogo, y al fondo los trajes y las camisas de vestir.

Una vez que se puso un bóxer negro, camiseta blanca, vaqueros y se calzó las zapatillas de deporte, fue al salón y miró a *Chester*.

—Vamos, amigo —le dijo al perro—. Tienes que salir a la calle.

Diez minutos después, mientras caminaba por el parque Saint James, que estaba cerca de su casa, observaba con curiosidad a las personas con las que se cruzaba y sus sonrisas. ¿Cómo serían sus vidas? ¿Serían felices como aparentaban?

En un determinado punto del parque, Can soltó a *Chester*. El animal correteó durante un rato junto a otros perros mientras Can lo observaba sentado sobre el césped y era consciente de cómo lo miraban algunas mujeres. Vamos, lo de siempre.

El teléfono le sonó y, al ver de quién se trataba, descolgó y saludó:

—¿Qué pasa, Linterna Verde?

Daryl sonrió al oír cómo lo llamaba su amigo.

—¿Cuándo vas a dejar eso?

—No lo sé... —se mofó Can.

Habían pasado meses del desastre que la abuela de su novia le causó en el pelo con aquel tinte verde en Venecia, pero, evitando seguir con el tema, preguntó:

—¿Dónde andas?

Can observó a su perro corretear y saltar.

—En el parque con *Chester*, ¿y tú?

Daryl sonrió y contestó mirando a su alrededor:

—En el aeropuerto. Vuelo para Canadá dentro de dos horas.

Can asintió y luego musitó tomando aire por la nariz:

—El lunes vuelo yo para Tokio.

Durante un rato, los dos amigos hablaron y, riendo, Daryl le contó cómo iban los preparativos de su boda con Carol, que se celebraría al cabo de unos meses.

—¿Traerá la *nonna* el ron de marihuana? —preguntó de pronto Can.

—¡No jorobes!

—Joder, me muero por probarlo.

Al oír eso, Daryl soltó una carcajada y, recordando su experiencia con aquella bebida, se mofó:

—Por tu bien, si lo trae, ni te acerques a él.

—Sinceramente —rio Can—, esta noche me vendría bien algún traguito.

—¿Y eso?

Mientras recordaba la cena a la que no podía faltar, Can musitó echándose el cabello hacia atrás:

—Mis padres y algunos de sus amigos han organizado una cenita de las suyas.

—Woooo, colega..., ¡eso huele a encerrona!

Él sonrió. Desde hacía tiempo sufría aquel tipo de encerronas por parte de sus progenitores. Les permitía organizarle una cenita al mes. De esa manera, ellos se sentían mejor creyéndose que hacían algo bueno, mientras Can simplemente lo soportaba por ellos.

—Lo sé. Ya los conoces. No descansarán hasta que encuentren la mujer ideal para mí. Siguen sin entender que me gusta estar solo y libre. Que así soy feliz.

—Eso pensaba yo también hasta que Carol apareció para desbaratarme la vida —afirmó Daryl sonriendo—. Pero, amigo, ahora reconozco que ya no podría vivir sin ella.

El comandante Can James Drogo sonrió y, pensando en aquellos dos, afirmó mientras veía a dos chicas pasar por su lado besándose:

—Vale, pero lo que te ocurrió a ti no tiene por qué ocurrirme a mí.

—Nunca se sabe. Si mal no recuerdo, en una charla que tuvimos me dijiste que...

—Yo sí lo sé —lo cortó Can, consciente de a qué se refería; las mujeres lo agobiaban con sus mensajes continuos. Suspiró y, tras intercambiar la mirada con una mujer que había más allá y que le pestañeó, indicó—: Mira, Daryl, me gusta mi vida. Soy de los que sopesan las cosas mil veces antes de actuar, y que mis padres me busquen la mujer ideal no es algo que me haga ilusión, a pesar de que se lo permita. Lo que tengo claro es que no quiero responsabilidades, y menos aún que nadie coarte mi libertad.

—En ocasiones, pensar tanto las cosas como tú haces no es bueno —repuso Daryl—. Además, hay ciertas limitaciones y responsabilidades que merecen la pena.

Can sonrió, meneó la cabeza y, cambiando de tema, prosiguieron hablando de otras cosas hasta que se despidieron y quedaron en verse cuando él regresara de Tokio.

Una vez que se guardó el teléfono en el bolsillo de su pantalón vaquero, se levantó del suelo y dio un silbido. *Chester*, al oírlo, enseguida lo miró y, sin necesidad de nada más, el animal corrió hacia su dueño. Lo adoraba.

Tras pasar el día tranquilamente en casa leyendo, descansando, dibujando y escuchando música relajante, despues de una ducha rápida, Can se dirigió de nuevo a su vestidor. Su madre le había dicho que la cena era formal. Por ello, tras pensarlo mucho, eligió un traje casual azul marino y una camisa blanca. Eso sí, nada de corbata. Por ahí no pensaba pasar.

Terminó de arreglarse y se miró en el espejo. La imagen del hombre que se reflejaba en él le gustaba pero, al ver su cabello suelto, decidió recogérselo en su particular moñito de hípster. Su madre lo agradecería.

Instantes después, tras despedirse de *Chester*, cogió las llaves de su Aston Martin Rapide gris oscuro, un coche que disfrutaba conduciendo tanto como cuando pilotaba un avión, y, con una sonrisa de resignación, introdujo en el navegador la dirección que su madre le había enviado por WhatsApp mientras la voz de Alicia Keys sonaba por los altavoces cantando *If I Ain't Got You*. Instantes después, arrancó el motor y se dirigió hacia el lugar de la cena.

Capítulo 3

Æn el lujoso y carísimo barrio londinense de Kensington, Albany y Charles Beched atendían a sus invitados en su preciosa y elegante casa.

Albany Beched y Mia Drogo, dos mujeres muy diferentes pero amigas desde hacía tiempo, hablaban tranquilamente de sus cosas mientras observaban a Brooke y a Cynthia, hijas de los anfitriones, y la madre de éstas decía:

—Nada me gustaría más que fuéramos familia.

Mia asintió. Deseaba que su único hijo varón se casara y le diera nietecitos, por lo que, mirando a las dos chicas, afirmó:

—Sería maravilloso que Can se fijara en cualquiera de tus hijas. Son preciosas.

Albany sonrió al oírla. Desde siempre se había encargado de que sus hijas vistieran bien, disimularan sus defectos y potenciaran sus virtudes, por lo que afirmó con orgullo:

—Lo son, mi amor..., lo son.

Mia conocía a Albany desde hacía años, y aunque sabía de la existencia de sus hijas, hasta ese momento no las había visto. Los maridos sí se conocían, pero los hijos no, y curiosa preguntó:

—¿Qué tal Vania por Irlanda?

Al pensar en su hija, Albany sonrió. Pero, sin entrar en detalles que a aquélla no le interesaban, respondió:

—Estupendamente bien. Es arquitecta y tiene muchos proyectos.

Mia asintió y, al ver sobre la chimenea una foto familiar, insistió:

—¿Vendrá tu otra hija a la cena? ¿Cómo se llamaba...?

Albany sonrió con disimulo. Apenas les hablaba a sus amigas de su hija mayor; Sonia y su estilo de vida no eran algo que le gustara comentar con nadie.

—Se llama Sonia y, no, no vendrá —respondió—. La quiero, pero es la típica joven que sólo me ha dado problemas. Es indomable y exasperante en muchas cosas.

—¡Qué horror! —musitó Mia.

Albany asintió y luego sonrió.

—Pero Brooke y Cynthia están aquí y eso es lo que a ambas nos importa, ¿no?

Mia, que, como el resto de las amigas de Albany, había oído hablar de Sonia, sonrió a su vez. Le habría gustado conocer a la díscola hija de aquélla.

—Por supuesto —convino.

No muy lejos de ellas, Charles y Ayaz charlaban cuando este último, tras contestar a un mensaje que había recibido en el móvil, comentó dirigiéndose a su amigo:

—Cuando quieras, llámame y te vienes conmigo y los chicos a tomar algo. Lo pasamos muy bien.

Charles asintió y, aunque dudaba que lo hiciera, indicó:

—Tomo nota.

Ayaz sonrió, y en ese mismo momento sonó el timbre de la puerta. Eran Amina y Raissa.

Minutos después, tras ser presentadas por su madre a los anfitriones, cuando se acercaron a una mesita para coger algo de beber, Mia se aproximó a ellas y le preguntó con disimulo a Amina:

—¿Dónde está vuestro hermano?

La joven miró a su madre. Mia era una mujer muy sensible y religiosa, todo la hacía padecer, y desde que habían sufrido la pérdida de su hermana mayor, cosa que afectó al corazón de su madre en todos los sentidos, la familia la trataba con mimo y delicadeza.

—Tu Rey está de camino, mamá —suspiró Amina—. No creo que tarde en llegar.

—¡Ay, Señor, este muchacho! —suspiró Mia.

Entonces la joven, viendo que su madre se retorcía las manos, cuchicheó:

—Mamá..., ¡dramitas, los justos!

La mujer asintió, y entonces Raissa se les aproximó con unas copas en las manos.

—Mamá —terció—, en lo referente a Amélie...

—Raissa —la cortó ella—, se acabó. Siempre te dije que esa relación no me gustaba y, mira, no iba desencaminada.

Raissa suspiró mientras intercambiaba una mirada con su hermana. Amélie había sido su pareja durante los últimos años, una relación de la que, tras darle muchas vueltas, le habló a su madre, provocándole un gran disgusto, pero con su padre no se atrevió a hacerlo. Aquél era demasiado estricto y convencional en algunos temas y, con seguridad, el día que se enterara de que su hija era lesbiana retumbaría el cielo. De ahí que siguiera sin saberlo.

Aun habiendo planeado casarse con Amélie, Raissa no se lo contó a Ayaz. Y casi que hasta se alegraba. A dos meses de la boda, la joven se enteró de que Amélie había comenzado una relación con otra mujer, lo que la destrozó. Terminó con la relación y la boda, y a su manera sabía que se estaba destrozando a sí misma, pero aun así protestó:

—Mamááááááá.

—Vamos a ver, hija. Entiendo que a ciertas jóvenes os guste experimentar en la vida. Pues bien, tú ya lo has hecho. Ahora sólo espero que te centres y comiences a hacer lo correcto. Si tu padre se entera de esa relación, ¡no quiero ni imaginarme la que puede liar! Eso, sin contar con que ¡es pecado!

—Pero mamááááááá —gruñó Amina.

Raissa resopló. Para su madre, la gran mayoría de las cosas eran pecado, y su homosexualidad uno de ellos, por lo que, sin ganas de discutir, musitó:

—Mira, mamá, me gustan las mujeres y así será hasta que me muera, os parezca bien o no a papá y a ti. ¡Soy lesbiana y pecadora!

—¡Cállate! —exigió Mia. Intentaba ocultarle a su marido ciertas particularidades de sus hijas para evitar problemas, pero éstas la volvían loca.

—Si crees que Can se va a enamorar de una de esas dos, ¡lo llevas claro! —replicó Raissa encendida, incapaz de callar.

Amina soltó una carcajada.

—Pero si son dos niñas preciosas, finas y con estilo —cuchicheó Mia, mirando a su hija.

Raissa asintió. Sin duda aquellas dos muchachas pelirrojas y de ojos claros eran muy guapas, iban perfectamente maquilladas y vestidas, pero sabía que a su hermano aquello no lo iba a impresionar. Así pues, tras intercambiar una mirada con Amina, que opinaba lo mismo, musitó:

—Mamá, si lo que pretendes es que Can tenga sexo con ellas, ¡es muy posible! Pero si buscas algo más, ¡va a ser que no!

—¡Raissa!

—Mamá —añadió Amina—, Raissa tiene razón.

Según oyó eso, Mia miró a su otra hija y protestó bajando la voz.

—Que conste que tu padre y yo seguimos molestos por tu divorcio con Gary. Por Dios, hija..., ¿cuántos meses habéis estado casados? ¿Cuántos divorcios pretendes acumular a tus espaldas?

Las hermanas se miraron. Amina acababa de divorciarse de su tercer marido.

—Mamá..., no empecemos —replicó.

Mia resopló. Aquella hija suya era una fuente de problemas. Ya llevaba tres bodas y tres divorcios a sus espaldas, por lo que musitó:

—Como se te ocurra decir que te vas a casar otra vez..., ¡yo no sé lo que te hago! Y en cuanto a lo que le pueda gustar o no a tu hermano, dejad que sea él quien lo decida, ¿entendido?

Ambas hermanas se rieron. Conocían a Can. Y, sí, sin duda aquellas chicas daban el perfil para él, pero en el tema sexo, nada más. Su hermano no buscaba pareja, a pesar de que su madre se empeñara en buscársela. Vivía muy bien como estaba. Soltero, triunfador, con un buen trabajo. No le faltaba de nada. ¿Qué más podía querer?

Estaban sonriendo cuando Mia dijo en voz baja:

—Haced el favor de dejar de decir tonterías. A esas niñas se las ve educadas, serias y formalitas.

—No como nosotras, ¿verdad, mamá? —se mofó Amina.

Mia miró a sus hijas. Las adoraba. Las quería por encima de todo, pero no estaba contenta con sus vidas. La una por gustarle las mujeres y la otra porque saltaba de boda en boda como el que cambiaba de zapatos.

Se oyó el timbre de la puerta y, segundos después, Can entró en la sala.

Mia sonrió al ver a su hijo. Lo adoraba. No sólo era guapo y un hombre que llamaba la atención, sino que también tenía unos valores que le encantaban, aunque hasta el momento nunca le había presentado a ninguna mujer.

Can se dirigió hacia su padre, al que abrazó con cariño. Y, después de que éste le presentara a Charles y se saludaran con empatía, Mia llamó su atención levantando la voz.

—¡Can!

El aludido sonrió al ver a su madre y, tras disculparse con su padre y con Charles, se acercó hasta ella con aplomo para abrazarla. Can era el más cariñoso de sus hijos, siempre lo había sido y no lo incomodaba demostrar su afecto en público, lo que a Mia le encantaba.

Albany, al verlo, se aproximó a ellos y Mia se lo presentó orgullosa.

La venezolana sonrió feliz. El hijo de su amiga, además de ser un comandante de vuelo adinerado, culto y elegante, era muy atractivo. Justo el tipo de pareja que alguna de sus hijas necesitaba.

Instantes después, del brazo de su madre y Albany, Can se acercó con galantería hasta donde estaban Brooke y Cynthia, que lo recibieron con una sonrisa.

Durante unos minutos charló con aquéllas desplegando el don de gentes que siempre había tenido para comunicarse con los demás, y, al rato, cuando se alejó, tras intercambiar una mirada cómplice con su padre, que le sonrió, se acercó a sus hermanas y musitó mientras cogía una copa que había sobre una mesa:

—¡Socorro!

Raissa y Amina sonrieron.

—Ah..., Rey —dijo la primera—, ésa es tu cruz. La mía es ser la jodida lesbiana oculta de la familia.

—¡Cállate o papá te oirá! Y, la verdad, no es el momento ni el lugar —repuso Can.

Raissa miró a su progenitor y se encogió de hombros.

—Sea cuando sea cuando se entere, nunca será el momento ni el lugar.

Los tres hermanos sonrieron y luego Can cuchicheó dirigiéndose a Amina:

—Vaya..., lo de Gary ha sido rápido.

Ella asintió.

—Espero que el divorcio sea más rápido todavía.

Divertido, Can resopló. Con sus hermanas nunca se aburría.

—¿Alguna nueva víctima en el horizonte? —quiso saber.

Amina rio. Sus ojos ya se habían fijado en otro hombre, y Can, entendiendo su sonrisa, le advirtió:

—Recuerda: ¡boda no!

—Qué le voy a hacer si soy así de enamoradiza y me encantan las bodas —suspiró ella.

Can y Raissa se miraron y luego él añadió:

—Disfruta del sexo, ¡pero no te cases!

—Can..., el amor es imprevisible —soltó Amina—. De pronto conoces a alguien. Sientes que el mundo se detiene, no te lo quitas de la cabeza, sólo eres feliz cuando estás con él, incluso ves la vida de color de rosa y oyes violines continuamente.

—Por favor... —se mofó Can mirando a Raissa.

—¿Quién os dice que no os puede pasar a vosotros mañana mismo? —preguntó Amina al notar que sus hermanos se carcajeaban.

—Lo dudo. Una y no más —replicó Raissa recordando el mal momento personal que vivía.

Can iba a decir algo cuando Amina insistió:

—Imagina que mañana conoces a una mujer que te deja totalmente noqueado... ¿Quién te dice que no será el amor de tu vida? ¿Por qué no casarte y apostar por ello?

El comandante sonrió. En la vida se había enamorado.

—Os recuerdo, hermanitas, que las viscerales y enamoradizas sois vosotras. Yo soy el que piensa las cosas antes de hacerlas, ¿lo habéis olvidado?

Amina y Raissa se miraron, y la segunda soltó:

—A la pelirroja de la derecha le hacía yo un favor. —Y al ver que la aludida la miraba y sonreía añadió—: No sé por qué algo me dice que ella también me lo haría a mí.

—Raissa... —musitó Can.

—Por cierto, hermanito —lo cortó ella—. Hace dos días tuve una gloriosa noche de sexo salvaje con alguien que te conocía... ¿Recuerdas a Tamara?

Can la miró. No recordaba a ninguna mujer con ese nombre.

—No —respondió.

Raissa sonrió y, tras dar un trago a su bebida, dijo rascándose la nariz:

—Me dijo que te conoció en un local *swinger* llamado Bubabe.

—¡¿Quééé?! —murmuró Amina.

Can, molesto porque sus hermanas se metieran en aquella parcela tan íntima de su vida, iba a protestar cuando, consciente del movimiento que aquélla hacía con la nariz, señaló bajando la voz:

—Me dijiste que habías dejado la coca.

Raissa sonrió al oírlo.

—Sólo ha sido una rayita para sobrellevar esta insufrible cenita organizada por mamá.

—Eso no está bien, Raissa —se quejó Amina.

Pero aquélla, viendo cómo sus hermanos la miraban, replicó:

—Dejad de juzgarme..., ¡joder!

—Raissa... —murmuró Can molesto.

Amina maldijo. Desde que había sufrido la pérdida de su exnovia, Raissa había cambiado. Había pasado de ser una chica centrada y enamorada a convertirse en todo lo contrario; pero cuando iba a protestar, aquélla insistió mirando a su hermano:

—Tamara es rubia platino, pelo corto, y algo que seguro que recordarás es que lleva tatuado el rostro de un precioso tigre en el muslo derecho.

Al oír eso, Can asintió despacio cayendo en la cuenta, e iba a responder cuando Amina, que no cabía en sí del asombro, cuchicheó dirigiéndose a él:

—¿Desde cuándo vas tú a locales *swinger*?

El comandante maldijo. Odiaba que sus hermanas se metieran en determinadas parcelas de su vida privada.

—Tamara me contó que disfrutó de una excelente noche de sexo en cierta habitación del placer de ese local contigo y con varias parejas más —señaló Raissa con mofa.

—¡Joderrrrrrr, Cannnnnnnnnnnnnnn! —murmuró Amina parpadeando—. Qué fuerteeeeeeee... ¿Te van los tíos también?

Sin dar crédito, él respondió viendo que nadie los oía:

—Soy heterosexual.

—¿Y por qué vas a locales *swinger*? —insistió Amina.

Molesto con Raissa, que se reía, Can resopló. Desde que su hermana había cortado su relación con Amélie, su vida estaba siendo algo caótica.

—Deja la cocaína o al final tendrás un grave problema —la increpó—. Y en cuanto a Tamara, no me importa que te acuestes con mujeres con las que me he acostado yo, pero ¿en serio hace falta airearlo? —Y luego, mirando a Amina, aclaró—: A donde yo vaya o deje de ir no es asunto tuyo. Sólo me gustan las mujeres y disfruto del sexo como me da la gana. ¿Entendido?

Amina, a quien aquello le parecía algo fuera de lo normal, iba a replicar cuando Brooke y Cynthia se acercaron a ellos y la primera musitó mirando a Can:

—Lo sentimos. Sentimos mucho las insinuaciones tontas y anticuadas de mi madre.

Sorprendidos, ellos se miraron, y Cynthia añadió:

—Entre nosotros..., tengo novio desde hace unos meses. Se llama Israel y si no lo cuento en casa es porque, si mi madre supiera que es celador en un hospital y no neurocirujano como ella quisiera, le daba algo.

Can y sus hermanas se miraron, y Brooke indicó dirigiéndose a Raissa:

—Tú y yo no nos conocemos, pero tenemos gente en común

—y al ver cómo aquélla la observaba, añadió—: Soy amiga de Pamela, la que tiene un local de copas para mujeres en Covent Garden llamado Naftaranda.

Raissa asintió.

—Ya decía yo que me sonaba tu precioso cuerpo...

—¡Raissa! —la regañó Amina.

Brooke sonrió y, sin parpadear, cuchicheó:

—Tú tampoco estás mal. Pero guardemos el secreto. Como ha dicho mi hermana, mi madre es excesivamente exagerada en ciertas cosas.

Una carcajada cómplice salió del grupo y luego Amina musitó:

—Vaya..., qué alegría ver que sois tan normales como nosotros.

Todos rieron de nuevo. Estaba claro que en todas las casas se cocían habas, y Can, tras intercambiar una mirada con Raissa y pedirle tranquilidad y discreción, afirmó:

—A partir de este momento comienzo a disfrutar de la noche.

Todos soltaron una carcajada y, una vez aclarado aquello, que era importante para ellos, continuaron charlando.

En un momento dado, Can recibió una llamada de su amiga Sharon y, disculpándose, salió a la terraza.

Cuando desapareció, a los pocos segundos un hombre de pelo canoso entró en la estancia y, mirándolos, dijo con cortesía inglesa:

—Señores, cuando quieran pueden pasar al salón para cenar.

Encantados, todos se dirigieron allí, donde había una preciosa, fina y delicada mesa con candelabros y flores. Albany era una persona que cuidaba todos los detalles. Le encantaba que todo estuviera en su sitio, y cuando se disponía a indicar dónde debía sentarse cada comensal, sonó el timbre de la puerta.

Albany y su marido, que todavía no habían entrado en el salón, se miraron y éste, sin percatarse de que Can estaba en la terraza, dijo dirigiéndose a su mujer:

—Serán Sonia e Ibiza.

Al oír eso, Albany parpadeó.

—¡Ay, mi amor! —protestó.

Charles, que imaginaba de antemano su reacción, ni siquiera se inmutó.

—¿Sabías que iban a venir? —preguntó ella.

—Sí.

Oír eso hizo que Albany nombrara a todos los santos que conocía, y a continuación preguntó:

—Vendrán solas, ¿verdad?

Si a su hija se le ocurría presentarse esa noche con Ginger, aquel asiático tan horrorosamente amanerado, o con alguna de sus escandalosas amigas *drags*, ¡la mataría!

—No lo sé, Albany —contestó Charles.

La venezolana cerró los ojos. Su marido y su hija la iban a volver loca.

—Al menos le dirías que es una cena de gala, ¿no? —gruñó.

Charles negó con la cabeza sonriendo y Albany maldijo al verlo.

—Oh, Dios, Charles...

El hombre no respondió. Los planes que tuviera su mujer en cuanto a aquella cena no le interesaban tanto como ver a su hija y a su nieta, y cuando iba a hablar Albany soltó:

—No hay sitio para todos en la mesa, mi amor.

Charles sonrió. En su casa y en su mesa siempre habría sitio para todas sus hijas y, sin darle importancia, indicó:

—Pues ya puedes ir haciéndolo..., *mi amor*.

En ese instante, Can, que había oído su conversación al entrar de la terraza, se acercó a ellos y Albany cambió el gesto y le dirigió una sonrisa.

—Por favor, pasa al salón con mi marido y sentaos.

Él pasó junto a ellos siendo consciente de lo que había oído; segundos después se oyó la voz de una niña que gritaba:

—¡Papuchiiiiiiiiiiiiiiii!

Al mirar, todos vieron cómo una pequeña con una gorra negra en la cabeza, vestida con un pantalón negro de deporte y una camiseta roja, se tiraba a los brazos de aquel impecable hombre y éste la asía con amor mientras Albany protestaba.

—Te va a ensuciar el traje, Charles.

Pero a Charles eso era lo que menos le preocupaba, e Ibiza, al oír a su abuela, indicó mirándola:

—*Abu*..., no dramatices. Tienes lavadora.

Ese comentario hizo sonreír a todo el mundo; entonces el casco rojo que la niña llevaba en las manos se cayó al suelo y Can se apresuró a cogerlo mientras Charles preguntaba:

—¿Qué tal el partido?

La niña sonrió al oírlo.

—Los hemos machacado.

—¿Algo nuevo con Gus? —preguntó el hombre.

Ibiza sonrió. Gus era un compañero de equipo con el que tenía cierta rivalidad, y bajando la voz explicó:

—Me ha tirado al suelo, pero luego se lo ha comido él: ¡empate!

Charles y su nieta chocaron las manos horrorizando a Albany, y luego la niña, mirando a quien tenía su casco, dijo extendiendo las manos:

—Es mío. ¿Me lo das?

Can asintió y, dando un paso hacia aquélla y su abuelo, preguntó:

—¿Juegas a hockey?

—Sí —asintió la niña—. Soy delantera y algún día seré profesional.

—Qué mona. —Mia sonrió al oír a la pequeña.

Sonia, que entraba en ese instante, al oír aquella voz que no conocía se paró para mirarlo con curiosidad.

¿Quién era ese tipo tan impresionante y sexy del moñito hípster?

Sin ser vista, recorrió con la mirada a aquel hombre al que no conocía mientras en su mente, de manera incomprensible y como si viviera en una película, comenzó a sonar la canción *Soy yo* de Luis Miguel.

Sin saber por qué, sintió que el corazón se le aceleraba en décimas de segundo. Pero ¿qué le ocurría?

Y, regañándose a sí misma, continuó su camino mientras sonreía y se preguntaba qué hacía pensando en esa romántica canción.

—Ibiza, mi amor. Eres una niña, una señorita —regañó Albany a su nieta al oírla—. ¡No digas tonterías! ¿Cómo vas a ser eso?

—*Abu*..., mami, Ginger y las Ladies dicen que puedo ser lo que quiera —replicó la pequeña.

—¡Cuánta tontería! —musitó la mujer intentando disimular su malestar y suplicando al cielo que nadie preguntara quiénes eran «las Ladies».

Aquella seguridad en la niña hizo que Can sonriera todavía más, hasta que de pronto oyó decir a su lado:

—Vale, mamá, ¡no empecemos! Ibiza, C. E. P. y ven.

Como su madre le había pedido, la niña cerró el pico.

—Vamos a lavarnos las manos —dijo aquélla y, con una sonrisa, saludó levantando la mano—. ¡Hola a todos! Encantada de conocerlos.

Al lado de Can había una chica morena de pelo recogido en una coleta alta, con los ojos oscuros algo achinados y una graciosa sonrisa. A diferencia del resto de los presentes, que iban de punta en blanco, aquélla vestía una camiseta básica blanca, pantalones tobilleros negros, zapatillas y bolsa de deporte al hombro. Estaba claro de dónde llegaba. Y, mirando a Can, dijo quitándole el casco de las manos para meterlo en la bolsa de deporte:

—Ahora tú también tendrás que lavarte las manos.

—Eso parece —afirmó él divertido.

Rápidamente Brooke y Cynthia se acercaron a saludar a la recién llegada, que con una bonita sonrisa las abrazó y las besuqueó con mimo, y en cuanto terminaron los saludos, Charles, que todavía tenía en brazos a la niña de sus ojos, las presentó:

—Amigos, ellas son nuestra hija mayor, Sonia, y mi nieta, Lady Mini Stark.

Albany resopló al oírlo.

—Nuestra nieta se llama Ibiza, no Lady Mini Stark.

—¡Jo, *abu*! —protestó la niña.

Mia, la madre de Can, escaneó con curiosidad a aquella muchacha cuyo físico nada tenía que ver con sus hermanas ni con su madre. Curiosamente, estaba conociendo a la díscola hija de su amiga, que era morena y curvilínea, una chica normal. En su mirada vio vida y alegría, y eso le gustó.

Sonia, que se había percatado de cómo aquella amiga de su madre la miraba, soltó con una sonrisa:

—Cuando me duche seré pelirroja, alta y estilosa.

—¡Sonia! —protestó Albany al oírla mientras Mia sonreía por el ingenio de aquélla.

Divertida, la joven sonrió a su padre, que le guiñó un ojo, y cogiendo a su hija en brazos repitió:

—Vamos a lavarnos las manos, ¡que tenemos hambre!

—Te acompaño —indicó Albany apurada al ver cómo Mia las observaba.

Una vez fuera del salón, Albany gruñó mirando a su hija.

—¿Se puede saber cómo se te ocurre aparecer así, sin avisar?

—Avisé a Papuchi —respondió Sonia mientras dejaba a la niña en el suelo.

Albany maldijo y aquélla, riendo por las ocurrencias de su padre, cuchicheó:

—Vale..., no te dijo nada.

—No..., ¡no me lo dijo! Ay, mi amor. Tú y tu padre me vais a matar a disgustos, ¡esto es un desastre!

Sonia y su hija se miraron, y la primera, mirando a su madre, musitó:

—Mamá, tampoco te pases.

Pero Albany, que estaba sumida en su mundo, soltó incapaz de callar:

—Sonia, por el amor de Dios. ¿Acaso no has visto que esto es una cena formal? Y mirad cómo venís vestidas.

—J. C. L. A. —farfulló Ibiza rascándose la rodilla.

Sonia sonrió. Aquello significaba «jo, con la abuela», y Albany, al no entenderlo, protestó mirando a la niña:

—Ibiza, te he dicho mil veces que no me gusta que hables así ni que te rasques de ese modo.

—¿Por qué?

—Porque espero de ti que seas una persona fina, educada y respetuosa.

—¡Qué reinona! —se mofó la pequeña.

Sonia rápidamente la miró para regañarla, pero Albany se le adelantó.

—¡Lo que me faltaba por oír! Desde luego, esas compañías con las que tu madre se empeña en ir, ¡esas *drags*!, te están convirtiendo en una niña muy sinvergüenza.

—¡Pero ¿qué dices, *abu*?! Mis tías molan mogollón.

—Ibiza, ésas no son tus tías —protestó la mujer.

—Lo son —aseguró la niña.

—No, no lo son —insistió la abuela.

—Mamá, ¡basta! —la cortó Sonia en español. Se estaba enfadando.

Madre e hija se miraron y, cansada de no hacer nunca nada bien para ella, la joven indicó:

—Mira, mamá. Vengo de un partido con Ibiza y, como comprenderás, no iba a ir allí de tiros largos. Además, esta cena es para lucir a Brooke y a Cynthia, y yo estoy fuera de ese lucimiento, ¡por suerte! —se mofó.

Consciente de lo que su madre estaba a punto de soltar por la boca, Sonia miró a continuación a su hija.

—Corre al baño y ve lavándote las manos. Ahora voy yo.

Una vez que la niña desapareció, Albany achinó los ojos y soltó:

—Mi amor, cada vez eres más impertinente, y la niña también.

—Mamá..., la vamos a tener —replicó ella en español intentando no mencionar a aquellas compañías de las que su madre había hablado.

Pero Albany, sin querer parar, insistió:

—Si organizo esta cena es por el bien de tus hermanas.

—Mamá...

—Son jóvenes, inexpertas, y necesitan un buen marido que las guíe en la vida para no terminar como tú: sola y con una hija.

—Mamá...

—Y si no te incluyo a ti es porque sé muy bien lo que piensas de estas cosas y...

—¿Les has preguntado a ellas si les gustan estas encerronas?

Albany no respondió; Brooke y Cynthia no eran como Sonia. Entonces ésta afirmó en un tono que su madre entendiera:

—Pues, *mi amor*, habla con ellas. Quizá estas cenitas en busca de maridito les hagan tan poca gracia como a mí, aunque tú no lo creas.

Albany negó con la cabeza.

Que aquélla no quisiera encauzar su vida con un hombre al lado no significaba que sus otras hijas no lo quisieran, y gruñó enfadada:

—Tengo invitados. Tu padre no me dijo que veníais, y ni la niña ni tú venís vestidas para la ocasión. Eso sin contar con que la mesa ya está puesta.

Sonia asintió, lo cierto era que ya contaba con aquello, y sin perder la sonrisa dijo:

—Tranquila, mamá, podemos cenar en la cocina con Dana, así que...

—Ella y la niña pueden ocupar mi lugar en la mesa.

Al oír eso, Sonia y su madre se volvieron para encontrarse con Can. Éste había sido de nuevo testigo de la conversación y, cuando se sintió observado, al ver la sonrisa en los ojos de Sonia, añadió:

—La mesa es muy grande y estoy convencido de que si nos juntamos un poco, no pasará nada. Estamos en familia, ¿no crees, Albany?

La aludida, consciente de que llevarle la contraria podría ser un desastre para sus hijas, rápidamente cambió la expresión.

—Tienes toda la razón, mi amor. Estamos en familia. Voy a decirles a Dana y a Joseph que pongan dos servicios más.

En cuanto dio media vuelta y se marchó, Sonia miró a Can y musitó:

—No hacía falta, pero gracias.

Él asintió y, sorprendido por haber sido testigo de algo así, susurró:

—¿Puedo preguntarte algo muy indiscreto?

Ella lo miró de arriba abajo. Aquel hombre físicamente era lo que toda mujer soñaba: alto, fibroso, guapo, sexy, fuerte. Tonto o no, ése ya era otro tema.

Can era el tipo de hombre del que ella huía. Sin duda por su físico sería un creído, consentido por las mujeres. Una vez se había enamorado de uno así, y aunque éste le dio lo mejor de su vida, su hija Ibiza, la decepcionó muchísimo.

E, intentando aparentar serenidad, a pesar de lo inquieta que se sentía por la imponente presencia de aquél, soltó sonriendo:

—Puedes.

El comandante, mirando a aquélla, que lo observaba sin perder su sonrisa, preguntó con tranquilidad:

—¿En serio tu madre te estaba diciendo que te marcharas con la niña?

Consciente de lo que él había oído y dispuesta a no mentir en algo tan obvio, Sonia afirmó tras poner los ojos en blanco:

—Totalmente en serio. —Y luego añadió con gracia—: Digamos que tiene una relación especial conmigo.

Can asintió estupefacto.

—Y si eso te ha parecido sorprendente, espera a que comience la cena —añadió ella mofándose.

Acto seguido, la pequeña Ibiza se asomó por el pasillo.

—Vamos, chicos —exclamó—. Lavaos las manos para cenar.

Capítulo 4

Can y Sonia caminaron hacia donde estaba la niña y, cuando llegaron junto a ella, la pequeña, que tenía la misma sonrisa guasona que su madre, soltó dirigiéndose a ella:

—Al tío Ginger le daría un A. T. al ver al G.

Sonia sonrió.

Can la miró sin entender qué había dicho y la pequeña, mirando el pelo recogido de aquel desconocido, exclamó:

—Uauuuu..., seguro que tienes el pelo más largo que Jon Nieve.

Sonia soltó una carcajada divertida.

—¿Quién es Jon Nieve? —quiso saber Can.

Madre e hija se miraron sorprendidas. Las dos eran unas locas de *Juego de tronos*.

—¿No sabes quién es Aegon Targaryen?

—No —repuso él frotándose el mentón.

—¿En serio?

—Sí.

—Pero ¿en qué mundo vives? —A Can le hizo gracia oír eso de una niña y, cuando iba a contestar, la pequeña morenita de ojos negros como los de su madre añadió—: Jon Nieve es el Lord Comandante de la Guardia de la Noche. Medio hermano de Arya, Sansa, Bran, Robb y Rickon y, por supuestísimo, hijo legítimo de Rhaegar Targaryen y Lyanna Stark. —Y al ver que aquél ni siquiera pestañeaba, murmuró con incredulidad—: ¿No has visto *Juego de tronos*?

Can sabía a qué se refería, la serie era famosa, pero negó con la cabeza.

—¡Q. F.! —musitó la cría.

—¡M. F.! —convino Sonia.

Esta última sonrió ante aquel «¡qué fuerte!» y su respuesta de «¡muy fuerte!».

Can las observó boquiabierto sin entender nada. Había oído hablar mucho de aquella serie. Era más, la quería ver, pero su tiempo limitado entre vuelos y su vida privada se lo impedían.

Entonces la niña se quitó la gorra y se la mostró.

—Éste es el emblema de la Casa Stark —explicó—, un lobo huargo gris. ¿A que mola?

Can lo miró y a continuación preguntó:

—¿De ahí lo de Lady Mini Stark?

Sonia sonrió e Ibiza añadió con gracia:

—Tienes que ver la serie. Mira, te diré que la guerrera Arya es la que más me mola de los protas, junto a Jon Nieve, Daenerys y los dragones. No sabes lo que te pierdes.

Viendo el fanatismo de la pequeña, Can sonrió. Los niños, aunque le parecían graciosos, nunca le habían llamado la atención. Entonces se soltó el pelo de la coleta, que le cayó en la cara, y recogiéndoselo de nuevo con habilidad, aseguró:

—La veré. La veré.

La cría sonrió, se volvió a poner su preciada gorra y tocó el cabello de aquél.

—Molaaaa —afirmó. De nuevo los tres rieron—. Pareces un guerrero de la serie —añadió y, sin tomar aire, preguntó—: ¿Cómo te llamas?

—Can —dijo él.

Sorprendiéndolo, la niña le tendió la mano a modo de saludo. Can se la cogió divertido, se la estrechó y a continuación la oyó decir:

—Yo me llamo Ibiza.

—Precioso nombre —declaró.

La cría sonrió y, calándose más la gorra, manifestó corriendo hacia el salón:

—Tengo hambre. Vamos, mami. Daos prisa.

Cuando se alejó, Sonia sonrió mirando a Can.

—Es una loca de la Casa Stark de *Juego de tronos*.

—¿Tú también?

Ella asintió y él, divertido, señaló reparando en su naricilla redonda:

—Entonces ya sé de dónde le viene esa locura a la niña.

Ambos rieron y acto seguido entraron juntos en el aseo, donde, tras echarse jabón en las manos, comenzaron a lavárselas. Permanecieron en silencio unos segundos, hasta que Can dijo:

—Nadie nos ha presentado. Soy Can. Tú eres Sonia, ¿verdad?

La joven asintió sin abandonar su sonrisa y, tras coger la toalla para secarse, se la tendió.

—Encantada, Can, y sí, soy Sonia.

Cuando él se hubo secado las manos, Sonia la dejó donde estaba.

—Y ahora, ¡a cenar! —apremió.

Una vez en el salón, la joven vio que Albany estaba reorganizando la mesa. Se acercó a Mia y a Ayaz, que estaban charlando con su padre, y tras saludarlos y posteriormente también a Raissa y a Amina, se acercó a la mesa y Can retiró una silla para ella.

—Siéntate aquí —indicó con galantería.

Sorprendida por aquello, la joven se sentó y se asombró aún más al ver que él se acomodaba a su lado.

Pero Albany negó con la cabeza al verlo.

—Brooke, mi amor, tú ibas al lado de Can —señaló.

En un principio la aludida asintió al oírla. La expresión «mi amor», que tanto repetía su madre, significaba una cosa u otra según el tono en que la dijera, y en ese instante era una orden. Pero, jugándosela, a continuación negó con la cabeza y repuso:

—Mamá, Sonia ya está sentada, ¡qué más da! Yo me pondré al lado de Raissa.

Esta última sonrió con picardía y Can, mirándola, volvió a pedirle precaución. No quería que también ingresaran a su madre...

Mia y Albany intercambiaron una mirada y luego se sentaron.

Estaba claro que a Brooke no le interesaba Can. Pero para Albany aún quedaba Cynthia. ¡Había esperanza!

Durante la cena, ésta, que estaba sentada a la izquierda de Can, charló con gusto con él. Con las cosas claras entre ellos ya no había ningún problema. Mientras tanto, en silencio, Can era testigo del trapicheo de comida que se traían las hermanas por debajo de la mesa. Pero ¿qué hacían?

Albany y Mia hablaban de sus hijos cuando la primera aclaró:

—Brooke es médica, Cynthia diseñadora de interiores y Vania, que vive en Dublín con su marido, es arquitecta. Pero ser comandante de vuelo y el futuro dueño de una empresa tiene que ser apasionante, ¿verdad, Can?

Can asintió y, notando como el resto que no había mencionado a Sonia, afirmó:

—Sí. Tengo la suerte de trabajar en lo que me gusta.

Ibiza, que comía junto su madre, levantó la cabeza al oír eso.

—¿Eres comandante?

—Sí —y, divertido, añadió señalando el dibujo que aquélla llevaba en el centro de su gorra—: Soy comandante del ejército High Drogo, y también tengo gorras y camisetas con nuestro emblema.

—Halaaaaaaaaaaa... ¡¡Has dicho «Drogo»?!

Entendiendo cada vez menos, Can asintió, y entonces la niña musitó mirando a su madre:

—Mami, ¡es comandante como Jon Nieve, y Drogo como el jefe bárbaro del que estás locamente enamorada!

Sonia soltó una carcajada. El hecho de que aquel hombre fuera comandante sin duda había impresionado a su hija.

Quienes habían visto *Juego de tronos* rieron entendiéndola, y Ayaz, el padre de Can, que también la había visto, comentó mirando a su hijo:

—¿Ves, Can? Ésa es la serie que te recomendé. ¡Es muy buena!

—¡Excelente! —afirmó Sonia mirando a aquél.

Can asintió y su padre, cogiendo su cartera del bolsillo del pantalón, la abrió, sacó una tarjeta suya y se la entregó a la pequeña.

—Somos del Clan Drogo —indicó divertido—. No se lo digas a nadie, pero éste es nuestro emblema.

Con unos ojos como platos, Ibiza lo observó.

—Molaaaaaaaa —exclamó mirando la tarjeta.

Su abuelo Charles sonrió. Ibiza tenía el mismo carácter fantasioso que su madre cuando era pequeña, y cuando iba a hablar Sonia dijo con voz melosa.

—Cielo, Can es comandante, pero de aviones.

La niña asintió. Lo importante era que era comandante y del Clan Drogo, por lo que insistió:

—¿Tienes un avión?

Todos rieron y Albany, tras mirar con complicidad a Ayaz, se dirigió a su nieta.

—Cariño, no comas más patatas. —Y, al ver que la niña proseguía comiendo, añadió—: Ayaz, el padre de Can, es el propietario de una importante compañía aérea que se llama High Drogo. Y no tiene un avión, sino muchos.

La niña, encantada, mirando el emblema de High Drogo, que era la cabeza de un águila, se metió otra patata en la boca.

—Uauuuuuu, ¡cómo molaaaaa! —cuchicheó.

—Los aviones son de mi padre —explicó Can sonriendo—. Yo sólo los piloto.

—Hijo, no seas modesto —repuso Ayaz—. En cuanto me jubile, que será pronto, todos esos aviones y la compañía por la que tanto luchas y trabajas desde hace años serán tuyos.

—¡Qué maravilla! —dijo Albany encantada.

Can asintió. Si alguien se dejaba la piel por la empresa, ése era él, pero, tras mirar a sus hermanas, que le sonrieron, matizó:

—Papá, bien sabes que si algo me importa en esta vida además de mi familia es High Drogo. Pero permíteme recordarte que tienes tres hijos, no sólo uno.

Ayaz dio un sorbo a su bebida y Mia declaró mirando a sus hijos:

—Tres hijos preciosos.

Ayaz, en cambio, no dijo nada. Hablar de ese tema siempre lo incomodaba. Y a continuación Ibiza, emocionada, preguntó dirigiéndose a Can:

—¿Puedo subir algún día en un avión contigo?

Sonia sonrió. A su hija le encantaba montar en avión.

—Por supuesto —contestó él—. Y te enseñaré la cabina de mandos, ¿te gustaría?

—Halaaaaaaaaaaa... ¿En serio?

—Sí.

—L. M. D. —aplaudió la cría.

—¡Ibiza, por el amor de Dios! —regañó Albany a su nieta por hablar en siglas.

Sonia, al ver cómo todos las observaban, aclaró siendo consciente de que su hermana Brooke y Raissa se miraban y reían:

—Ha dicho «loca me dejas».

—¡Pero qué graciosa! —musitó Mia encantada con el desparpajo de la cría. Si algo le gustaba eran los niños que se comportaban como niños, no como adultos resabiados.

El grupo soltó una carcajada; entonces la pequeña se bajó de la silla y, caminando hacia donde estaba Can, le puso el dedo pulgar delante de la cara.

—Si pegas el tuyo con el mío es una promesa —dijo.

Sin dudarlo, Can obedeció y, sonriendo, ésta miró a su madre.

—Uauuuu, mamiiiiiiiiiiiiiiiii.

De nuevo todos rieron al ver la emoción de la niña, cuando Sonia indicó:

—Si rompes la promesa, romperás un corazón.

Él asintió y luego sentenció complacido:

—Un hombre vale lo que vale su palabra.

Sonia suspiró y, sin demostrar lo nerviosa que la ponía aquel hombre, sonrió.

Mia asintió orgullosa de su hijo. Si alguien tenía palabra, ése era él. Desde pequeño nunca prometía algo que supiera que no podía cumplir. Era algo que siempre le había gustado de él, y cuando iba a decirlo Raissa intervino:

—Y tú, Sonia, ¿en qué trabajas?

Al oír eso, la joven, que acababa de meterse en la boca una patata que Brooke le había pasado de estraperlo por debajo de la mesa, respondió después de tragarla:

—Pues...

—Sonia hace lo que le viene en gana —la interrumpió su madre—. Si algo es inapropiado, ¡eso es lo que ella hace!

Sonia miró a Albany e, incapaz de callar, soltó:

—Que sea inapropiado para ti no quiere decir que lo sea también para mí. Simplemente tenemos dos conceptos de la vida muy diferentes.

Albany la miró con reprobación pero Charles, orgulloso de su hija, indicó:

—Sonia fue patinadora olímpica, y ahora es la dueña de una agencia de organización de eventos y representación de modelos.

Al oír eso Can la miró y está, ignorando el gesto de su madre y viendo la sonrisa de su padre, le dio un codazo en las costillas con guasa y musitó:

—Eso de las modelos ha llamado tu atención, ¿eh, guaperas?

—¡Sonia, por el amor de Dios! —protestó Albany.

La aludida sonrió. Su naturalidad al hablar a su madre siempre la había horrorizado, pero la ignoró y se dirigió a Mia, que la observaba con una sonrisa.

—A ver, Mia, ¿tu hijo es o no un guaperas?

La mujer se carcajeó. Le encantaba el desparpajo y la naturalidad de aquella muchacha y, tras asentir, iba a hablar cuando su marido intervino:

—Mi hijo es un hombre exitoso en todos los sentidos, que además tiene la suerte de poder estar con las mujeres más bellas e increíbles del planeta. Por tanto, sí, es un guaperas que algún día se casará con la mujer idónea para él y para la empresa.

—Papá... —murmuró Can mientras todos sonreían.

Sonia lo miró divertida.

—Te voy a dar yo a ti guaperas —cuchicheó él entonces bajando la voz.

Ella asintió y, con picardía y seguridad, replicó:

—Temblando estoy.

Divertido por su vivacidad, Can continuó comiendo mientras Sonia respondía a las preguntas que sus hermanas y su propia madre le hacían en lo referente a su agencia de modelos.

Diez minutos después, al ser consciente de cómo aquél veía que sus hermanas le pasaban pan a escondidas por debajo de la mesa, Sonia murmuró:

—¿Quieres saber por qué hacemos esto?

Can asintió curioso, y Sonia dejó el trozo de pan encima de la servilleta que tenía sobre las piernas y pidió en alto:

—Brooke, ¿me pasas un panecillo de la cesta?

Al oír eso, Albany, que hablaba con Mia, miró a su hija y se apresuró a replicar:

—Sonia, mi amor, el pan no te conviene.

—Mamá...

—Sonia, ¡no! —insistió aquélla.

Boquiabierto, Can parpadeó. La inquina que aquella mujer le tenía a aquella hija era exagerada y, sin poder callarse, preguntó:

—¿Por qué no le conviene?

—Porque, además de ser la dueña de la agencia —indicó Albany con acidez—, también es modelo de vez en cuando a la par que profesora de patinaje artístico y ha de cuidarse muy mucho.

Más alucinado todavía por aquella información, que no se esperaba, éste miró a Sonia, que lo observaba con una sonrisa. Aquella chica nada tenía que ver con las modelos que él conocía.

—Soy atípica, ¿eh? —soltó ésta entonces.

Can no respondió y ella, al entender que a él no le cuadraba que fuera modelo, aclaró:

—Soy modelo *curvy*.

—¿Modelo *curvy*? —preguntó la madre de Can sorprendida.

Sonia sonrió. Por su expresión era obvio que no sabía de lo que hablaba.

—Modelo *curvy* es una mujer con curvas. Tengo pecho..., tengo caderas y un buen trasero para lucir.

—¡Mi amorrrrrr! Tus defectos no son para ensalzarlos con tanta alegría —la regañó su madre.

Al oír eso, Mia no pudo más. Pero ¿qué le pasaba a su amiga con su hija? Sonia no sólo era encantadora, sino también fresca y natural, e incapaz de callar un segundo más indicó:

—No creo que Sonia tenga ningún defecto. Ella es como es, y

me encanta que se quiera y ensalce sus curvas. Y en cuanto a su alegría al encarar la vida, ¡es maravillosa!

—Gracias. —La muchacha sonrió con afecto.

Albany se disponía a replicar cuando Sonia la interrumpió.

—Y, sí, al igual que hay modelos de manos, pies, piernas y ojos, también existen modelos de pasarela, de alta costura, promocionales, tallas extra, *fitness*, comerciales, trajes de baño, lencería..., y ¡yo soy modelo *curvy* porque tengo curvas! —A continuación miró a su madre y pidió sin pestañear—: Mamá, pásame el cesto del pan.

Albany negó de nuevo con la cabeza y, antes de volverse para continuar hablando con la madre de Can, musitó:

—Sonia..., mi amor... Tus caderas...

—Mamá..., vale ya —soltó Brooke enfadada.

Charles, que como siempre callaba y observaba, finalmente cogió el cesto del pan y se lo pasó a su hija.

—Gracias, Papuchi —respondió ella sin perder la sonrisa.

Una vez que el grupo comenzó a hablar de nuevo, Can bajó la voz y declaró:

—No me extraña que me dijeras que esperara a que comenzara la comida para seguir sorprendiéndome. Pero ¿a tu madre qué le pasa contigo?

Sonia suspiró.

—Pues que no soy su hija ideal. Eso es lo que le pasa.

Sorprendido, él no supo qué decir, y ella insistió:

—Según ella, soy la descarada, la insufrible, la contestona y la gordinflona de la familia. Aun estando delgada, siempre me ha visto gorda. Y ya ni te cuento desde que fui mamá y mi cuerpo se ensanchó por el embarazo. Mira, yo me acepto, soy como soy y soy feliz. Pero ella lo lleva fatal.

Can parpadeó sin dar crédito e indicó:

—Perdona que te lo diga, pero, sin conocerte, creo que eres preciosa, además de una excelente madre y mujer. Y en cuanto al tema gordura, lo que piensa tu madre es una tontería. Primero está la salud. Y tú, con tus curvas, estás fantástica.

—Ay, qué monooooooooo. Estoy por adoptarte —cuchicheó Sonia al oírlo.

Can sonrió al percibir su tono de guasa y preguntó:

—¿Me estás vacilando?

Sonia pestañeó sin dejar de sonreír.

—Sinceramente, sí. —Y, antes de que él hablara, añadió—: Viniendo de un guaperas como tú, le sube la moral a cualquier mujer de una talla no convencional.

Pero, al ver a su madre mirando mal a su padre por haberle pasado el cesto del pan, murmuró en español:

—Dios, estoy hasta las narices..., ¡voy a reventar!

Al oírla y no entenderla, Can la miró y ella aclaró, pidiéndole disculpas con la mirada:

—Cuando me enfado, hablo en español.

Él asintió y luego, viendo el percal, musitó:

—Vale. Ahora ya entiendo el tráfico de comida.

Sonia cogió entonces el pedazo de pan que tenía sobre las piernas.

—Por suerte, siempre he tenido los mejores aliados.

Eso hizo reír a Can, pero Albany, al verla morder el panecillo, preguntó:

—¿Qué comes ahora, gordinflona?

—¡Mamá! —protestó Brooke. Lo de su madre con su hermana era cada día más molesto e indignante.

Mia miró a su amiga sorprendida. Pero ¿qué estaba haciendo?

—¡Albany! —le reprochó Charles.

Al oír esa palabra que su madre utilizaba en ciertas ocasiones para molestarla, Sonia levantó la cabeza y, frente a la atenta mirada de todos, le advirtió:

—Mamá, vamos a relajarnos porque, como no lo hagamos, la vamos a tener. Sabes que yo no soy Brooke ni Cynthia, y cuando me llevas al límite salto sin filtros. Y te recuerdo que tienes invitados y no es momento de montar ninguna escenita.

Albany, a quien esa cena se le estaba yendo de las manos, sin importarle las miradas de todos gruñó molesta:

—¡Basta ya de comer!

—*Abu*..., deja en paz a mi mami —terció Ibiza.

—Habló la otra gordinflona —masculló su abuela.

—¡Mamá! —protestaron al unísono Brooke y Cynthia.

—Albany... —musitó Mia incapaz de callar.

Al oír eso, Sonia apretó los puños y se disponía a levantarse cuando sintió la mano de Can en su pierna para que no lo hiciera. Tomó aire. Él llevaba razón. No debía ponerse en pie. Pero, incapaz de callar, soltó mirando a su progenitora:

—Dile eso otra vez a mi hija y te juro que no nos vuelves a ver en toda tu puñetera vida. ¡Basta ya!

A continuación miró a la pequeña y, cambiando el tono, cuchicheó:

—Eso no, cielo. A la abuelita no se le habla así.

Can y su familia estaban atónitos. Aquella mujer no paraba de increpar a Sonia y a su hija. Pero ¿qué le pasaba?

Charles, que hasta el momento había observado en silencio, sintiendo que el cuerpo se le rebelaba gruñó incapaz de seguir callado:

—Albany, ¿serías tan amable de dejar en paz a nuestra hija y a nuestra nieta?, porque, como sigas por ese camino, no sólo la vas a tener con Sonia, sino también conmigo.

La aludida, al ver cómo todos la observaban con reproche, finalmente se disculpó sonriendo.

—Vale..., vale..., es que me preocupo mucho por la salud de mi familia.

Pero el «vale..., vale» no iba a durar mucho.

Llegó el postre. Era helado de vainilla y cuanto Ibiza quiso repetir, Albany se negó.

Sonia, al ver que su padre iba a incorporarse para darle su helado a la niña, se fue a levantar pero Can, tomándole la delantera, puso su helado frente a la pequeña e indicó:

—Cómete el mío, cielo. Yo no lo quiero.

Y, agradecida, Sonia le sonrió y Albany se calló: ya diría algo en otro momento.

Capítulo 5

Una vez que terminó la cena, mientras su madre y los invitados salían a la preciosa terraza trasera de la casa a tomar el aire y charlar, Sonia sacó su teléfono del bolsillo del pantalón, se alejó y, tras marcar, dijo:

—Cielo, dame un mariconsejo para que me relaje o J. Q. L. M.

Ginger, que estaba tomándose una copa con su chico y su grupo de amigas las Ladies en el local de George, respondió:

—No jures que la matas. Doña Mi Amor es tu madre.

—Eso dice...

—Cariño..., cierra los ojos y piensa en Jason Momoa sonriéndote sólo a ti. Ése es el mejor mariconsejo que puedo darte en este instante para que te relajes.

Como siempre, hablar con Ginger la hacía sonreír. Él y su manera de ver la vida le habían sacado sonrisas en multitud de ocasiones en las que no le apetecía sonreír, y, mirando hacia donde todos estaban charlando con tranquilidad, sin hablarle de Can y de la canción que sonaba en su cabeza o le haría mil preguntas con respecto a él, musitó:

—Mataría por estar ahí con vosotros.

Ginger sonrió. Esa noche actuaban en el local *drag* Marylycra y Reina Negra.

—Lo sé, querida —cuchicheó—. Sin duda lo pasarías locamente mejor con nosotros.

—Te quiero mucho.

—Y yo a ti, ¡*mi amor!*

—¡Idiota! —exclamó ella riendo.

Al oír su risa Ginger comprendió que su amiga ya se encontraba mejor, y, mirando al hombre por el que estaba colado hasta la médula, que reía con sus amigas las Ladies, musitó:

—Te dejo..., que hay mucha perra en celo suelta por aquí.

En cuanto colgó el teléfono, y consciente de que su humor había cambiado, Sonia se dirigió hacia una pequeña mesa donde había una jarra de agua. Se llenó un vaso y, cuando se lo estaba bebiendo, oyó a su lado:

—Nunca dejes de ser tú.

Al mirar, se encontró con Mia, la amiga de su madre, que insistió:

—Eres preciosa como eres. Y tu hija también. Que nadie os haga creer lo contrario, ¿de acuerdo?

—Por supuesto. —Sonia sonrió.

Dicho eso, la mujer le guiñó el ojo, se alejó y regresó junto a Albany.

Sonia seguía con una sonrisa en los labios cuando vio que su madre la miraba, y decidió buscar a su padre y a su hija. Intuía dónde estaban.

Al entrar en el saloncito azul los encontró junto al padre de Can, delante del televisor y con los mandos de la Wii en las manos, jugando al *Mario*.

—Lady Mini Stark me está machacando —anunció su padre al verla.

—¡A eso he venido, Papuchi! A machacarte vivoooooooooooooo —afirmó Ibiza feliz.

Sonia sonrió con complicidad y se sentó al lado de Ayaz. En un momento dado, el hombre se dirigió a ella mientras Charles y su nieta gritaban.

—¿Tu marido está trabajando?

Sonia lo miró.

—No tengo marido. Soy madre soltera.

Ayaz parpadeó al oírla y, con gesto serio, añadió:

—¿Y lo dices tan feliz?

Sorprendida, y respondiendo con la misma desfachatez, la joven replicó:

—Por supuesto que llorando no se lo voy a decir.

Acto seguido se levantó de donde estaba y se sentó en el sillón de al lado. ¡Sería idiota el tío!

Olvidándose de él, se centró en ver jugar a su hija y a su padre, hasta que se dio cuenta de que Can entraba en la sala. Lo observó con curiosidad. Aquel tipo era realmente impresionante, y el corazón se le desbocó al comprobar que se sentaba a su lado. Durante unos segundos permanecieron callados atentos a la partida, pero entonces Sonia, al ver cómo el padre de él los miraba, sonrió para hacerlo rabiar y cuchicheó acercándose a Can:

—Ibiza lo está machacando.

El comandante sonrió.

Tras unos instantes, ante los gritos de la pequeña, entraron las hermanas de Sonia y también las de Can.

Veinte minutos después, a pesar de las protestas de Albany para que salieran de allí, cuando Ibiza ganó con todas las de la ley a su abuelo, la cría soltó el mando, levantó los brazos y a grito pelado comenzó a cantar *We Are The Champions*, del legendario grupo Queen, coreada por su madre, que se le unió ante las risas de todos, excepto de Ayaz y Albany.

Un par de horas más tarde, cuando el evento se dio por finalizado, mientras Can y su familia se despedían, Ibiza miró a Sonia, que le ataba los cordones de las zapatillas, y dijo en el español que su madre le había enseñado:

—El comandante es muy guapo, ¿verdad?

La joven, que tenía ojos en la cara, sonrió. Sin duda su hija tenía buen gusto, y sin mirar a aquél, susurró intentando no darle más importancia:

—No está mal.

—Si lo viera el tío Ginger o las Ladies, fijo fijo que marimorirían.

Al oír eso, Sonia soltó una risotada; su hija conocía muy bien a quienes la mimaban y querían. Cogió la bolsa de deporte, se la echó al hombro y dijo:

—Anda, vayamos a despedirnos.

Rápidamente la niña corrió hacia el grupo. Con cariño y efusividad, se despidió de todos y cada uno de ellos. Sonia se acercó, tras despedirse de aquéllos, cogió la mano de su hija y salió a la calle, pero en ese momento Albany las llamó.

—Sonia, Ibiza...

Al volverse, comprobaron que ésta caminaba hacia ellas sonriendo y, entregándole una bolsita de lo más cuqui, dijo:

—Aquí van unas magdalenas que he comprado esta mañana, para que desayunéis.

—¡Qué ricas, *abuuuuuuuuuu*! —exclamó Ibiza asiendo la bolsa.

Al oír eso, Sonia clavó la mirada en su madre. Aquella amabilidad era por algo, y enfadada por la cena que les había dado, dijo sin pestañear:

—Mamá, ¿te parece bien la escenita que has montado?

—Pues no vengas sin avisar —le soltó aquélla.

—Mamá...

—Lo que has hecho es inapropiado. No debes presentarte aquí sin ser invitada, y menos cuando sabes que hay una cena importante.

Sonia resopló. Tenía dos opciones: callar o contestar, y en esta ocasión se decidió por la primera, porque sabía que si elegía la segunda allí se iba a liar una buena.

—¿Al final vendréis a Dublín con toda la familia el mes que viene? —preguntó entonces su madre.

Al oírla, Sonia negó con la cabeza. La semana que su madre se había empeñado en ir a Dublín con su padre y sus hermanas para ver a Vania, además de mucho trabajo tenía una exhibición de patinaje artístico e Ibiza un partido importante de hockey. Su madre lo sabía. Ella así se lo había dicho para que lo dejara para otra semana. Pero, como siempre, o hacías lo que Albany quería o estabas contra ella.

—Mamá, ya sabes que nos es imposible ir —repuso.

Su madre meneó la cabeza al oír eso y, arrugando el entrecejo, gruñó:

—No os comáis todas las magdalenas de una vez.

Luego dio media vuelta y se marchó. Sonia e Ibiza se miraron, y la pequeña musitó:

—¡Jo, con la *abu*...!

Sonia no dijo nada. Era mejor callarse.

Iban caminando por la calle cuando oyó que alguien decía su nombre de nuevo. Era Can, que cuando llegó a su lado comentó:

—Al parecer, vamos en la misma dirección.

La joven sonrió. Menuda casualidad, ¿no?

—¿Dónde vives? —le preguntó Ibiza.

—En Queen Anne's Gate.

La niña lo miró y éste aclaró:

—Cerca del parque Saint James, ¿lo conoces?

La chiquilla se encogió de hombros.

—Mami, ¿ese parque no es al que vamos nosotras? —le preguntó.

Al saber eso, Can se sorprendió y miró a Sonia, que parecía pensar en sus cosas.

—¿Vivís por allí? —quiso saber.

—Sí. En Charles Street.

Él, viendo que aquélla iba a lo suyo, comentó entonces intentando hacer el camino más ameno:

—Antes vivía cerca de Trafalgar Square, pero hace unos años me mudé. El jardín de la nueva casa que compré le encanta a mi perro.

—¿Tienes un perro? —musitó Ibiza.

Al ver su expresión, él asintió.

—Sí.

—¿Y cómo se llama?

—*Chester*.

—¿Y cómo es?

Can vio que la madre de la cría miraba el móvil.

—Es un terrier blanco —indicó divertido—. Algo loco, pero muy gracioso.

La niña miró a Sonia con ojitos, siempre había querido un perro.

—Algún día llegará, ¿vale? —prometió su madre sonriendo.

La niña asintió.

—Nosotras tenemos una tortuga pequeñita. Se llama *Babas*.

—¡*Babas*, bonito nombre! —dijo Can guasón.

Sonia sonrió de nuevo y la pequeña, cogiendo la mano de él, preguntó:

—¿Podemos ir a ver a *Chester*?

Sonia negó con la cabeza al oírlo. Ni loca quería ir a casa de aquel tipo, cuya mera presencia la tenía nerviosa perdida.

—Cariño..., es tarde.

Según oyó eso, la niña refunfuñó y él, sin poder dejar de sonreír por lo graciosa que le resultaba, terció:

—Por mí no hay problema.

Sonia lo miró con reproche y él, al entenderla, con rapidez indicó:

—Pero tu mami tiene razón. Es tarde. ¿Qué tal mañana? Podemos vernos si queréis.

Ibiza sonrió y Sonia soltó un suspiro.

—Oye, no hace falta, de verdad.

Pero Can insistió:

—¿Qué os parece si mañana quedamos a las doce en el quiosco de *hot dogs* del parque, comemos allí y luego paseamos a *Chester*?

De inmediato, Ibiza saltó emocionada.

—¡Qué buenirritísima idea!

Divertida por la reacción de su hija, Sonia replicó:

—Cariño..., Can tendrá sus planes.

Pero el aludido negó con la cabeza.

—Créeme que no.

Sonia, al ver la mirada de aquél, sin saber por qué, finalmente se encogió de hombros.

—De acuerdo. A las doce en el quiosco.

—Guayyyyyyyyyyyyyy —gritó la niña haciéndolos reír.

Segundos después, Can se detuvo y señaló un vehículo.

—Mi coche es ése. ¿Dónde está el tuyo?

—Tres coches más atrás —dijo ella indicando con la mano.

Can asintió y, cuando la niña le hubo dado otro beso, Sonia la cogió de la mano y prosiguió su camino. Una vez que las dos se metieron en su vehículo, vio cómo Can arrancaba y se marchaba y, tras colocarle el cinturón de seguridad a su hija, musitó:

—Mañana es tu tarde de cine con los tíos Ginger y Adriano, y después te quedas con ellos a dormir.

La niña, al recordarlo, afirmó con guasa:

—*Mi amor...*, todo eso puede ser despúes de conocer a *Chester*.

Sonia asintió y, tras darle un mordisco en la barbilla a su hija, que rio a carcajadas, se sentó tras el volante, se puso su cinturón y arrancó.

Cuarenta minutos después, ya en casa, Sonia besaba a Ibiza en la cabeza cuando la niña musitó sonriéndole:

—Ahora tienes que cantarme mi canción.

Sonia rio. El *Turu Turu*, que siempre le había cantado a su hija para dormir desde pequeñita, era muy especial para Ibiza. Y, sin dudarlo, la miró y comenzó a cantar.

Capítulo 6

La mañana del sábado se pasó rápida.

Como muchas madres, Sonia aprovechó para poner lavadoras, preparar comidas para la semana y comprobar que Ibiza tenía terminados sus deberes.

A las doce menos cuarto, madre e hija salieron de su apartamento y, cogidas de la mano, caminaron hasta el lugar donde habían quedado con Can.

Al llegar, Sonia lo vio y sonrió. Como era de esperar, si vestido de etiqueta estaba increíble, de sport, con aquel pantalón vaquero, una sudadera gris y el pelo suelto, era ya algo fuera de lo normal. Estaba pensando en ello cuando Ibiza señaló:

—Mami..., ¡mira, *Chester*!

Sonia asintió, pero más que mirar a *Chester*, lo que no podía era apartar los ojos de su dueño. Aquel tipo sin duda era impresionante. Qué altura. Qué espalda. Qué cuerpo. Qué pelo. Qué mirada y ¡qué sonrisa! Y cuando su hija se soltó de su mano para correr hacia ellos, murmuró consciente de la canción con que lo relacionaría:

—Que mire a *Chester*, dice...

En cuanto la niña llegó frente a Can, lo besó como si lo conociera de toda la vida y, luego, mirando al perro, que la observaba, preguntó:

—¿Puedo tocarlo?

—Por supuesto —dijo Can agachándose para estar pendiente.

Satisfecha, la niña lo acarició y, como era de esperar, *Chester*, al que le encantaban los mimos, se puso panza arriba para recibir más. Can e Ibiza reían mientras Sonia llegaba hasta ellos.

—Vaya..., vaya..., creo que alguien ha hecho un nuevo amigo —comentó.

Can sonrió.

—Mami, ¡*Chester* mola mucho! —exclamó la niña.

Encantada, Sonia se agachó para hacerle cosquillas al animal mientras murmuraba:

—Hola, perro molón.

Los tres rieron, pero luego la niña gruñó:

—Jo, mami..., me tendría que haber traído a *Babas*.

Sonia miró a su hija. Le gustaba llevar a la tortuga a todos lados en las manos, pero negó con la cabeza.

—Cariño..., te aseguro que *Babas* prefería quedarse en casa.

Can sonrió al oírla, y la niña de pronto dijo:

—Noooooooo..., mi colgante de los Stark no te lo puedes comer.

Él la miró e Ibiza, separándose del perro, le enseñó lo que llevaba colgado al cuello.

—Mami y yo tenemos nuestros colgantes del ejército Stark y *Chester* quería comerse el mío —indicó.

Can asintió divertido y, al ver que Sonia le enseñaba el suyo con picardía, indicó dirigiéndose a su perro:

—*Chester*, cuidado con las Stark, que son peligrosas.

Eso los hizo reír a todos, y de nuevo Can comprobó que ambas tenían la misma sonrisa, unas preciosas sonrisas que eran dignas de mirar y admirar. Por ello, y sin decir más, tras agarrar a su perro, se dirigieron hacia el puesto de *hot dogs*. Había hambre.

Allí Sonia, al comprobar lo mucho que tardaba él en decidir con qué los quería, preguntó mirándolo:

—¿En serio?

Sin entenderla, él la miró.

—¿En serio, qué? —cuchicheó.

Sonia, que aguardaba sorprendida junto a la vendedora, soltó:

—¿En serio tienes que pensar tanto con qué quieres los perritos? —Can no respondió y ella, sin detenerse, preguntó—: ¿Te gusta el kétchup, el queso, la cebolla y los pepinillos? —Él asintió y

Sonia prosiguió dirigiéndose a la mujer—: Para él, dos perritos. Uno con kétchup y queso y otro con cebolla y pepinillos.

Una vez que hubo dicho eso, miró sonriendo a un boquiabierto Can y exclamó:

—¡Solucionado!

Él asintió divertido y no dijo más y, cuando la vendedora les entregó el pedido, los tres juntos y *Chester* se dirigieron hacia una de las mesitas que había en el parque, donde se sentaron a disfrutarlos.

Hablaron de mil cosas durante la comida. La niña era un excelente hilo conductor para ello y, cuando terminaron, decidieron dar un paseo.

—¿Puedo llevarlo? —preguntó Ibiza.

Can le tendió la correa del perro, le indicó cómo cogerla con seguridad y, en cuanto la cría se alejó unos pasos, murmuró:

—Sin duda, con ella no te aburres.

Sonia asintió divertida.

—No. No me aburro.

Ambos estuvieron pendientes de la cría y del animal hasta llegar a una explanada, donde había más perros sueltos. Allí Can soltó a *Chester* y éste y la niña comenzaron a correr sin parar, hasta que el comandante vio que Sonia le sonreía a un tipo que se cruzó con ellos; la miró y preguntó con curiosidad:

—¿Lo conoces?

Con naturalidad, ella negó con la cabeza.

—No. Pero parecía simpático.

Esa contestación y su bonita sonrisa lo hicieron sonreír. ¡Qué graciosa era esa muchacha!

Continuaron su camino y luego frente a ellos aparecieron dos chicos con pantalones dorados, plataformas y unas estupendas pelucas verdes. Al verlos, Can musitó:

—¿En serio tienen que salir así vestidos a la calle?

Ese comentario hizo que la joven lo mirara.

—¿Y cómo sales tú? —le soltó.

Sorprendido, Can la miró a su vez e, intuyendo que lo había entendido mal, indicó:

—Me refería a sus pintas.

Sonia, que lo había entendido desde el principio, replicó:

—Tú tienes tus pintas, yo las mías y ellos las suyas. Estamos en el siglo xxi y creo que todos tenemos el derecho a vestir como nos dé la gana, ¿no te parece?

—Por supuesto que sí —repuso él—. Es sólo que han llamado mi atención.

Sonia sonrió y, pensando en voz alta, musitó:

—No hay nadie más engreído que un tonto bien vestido.

Acto seguido, Can parpadeó asombrado.

—¿Me acabas de llamar «tonto» y «engreído»?

Sonia maldijo al darse cuenta de su error, pero, intentando subsanarlo, preguntó:

—¿Por qué te das por aludido?

Desconcertado por cómo le estaba vacilando, al verla sonreír, Can añadió:

—Oye, mira: no nos conocemos, pero antes de que sigas juzgándome, permíteme decirte que no tengo nada en contra del género que cada persona decida adoptar...

—El género de las personas está entre las orejas, no entre las piernas —lo cortó ella mirándolo directamente a los ojos.

Can asintió, por supuesto que pensaba del mismo modo, pero Sonia le estaba demostrando que era una peleona. Y, divertido al ver su expresión, decidió sonreír y, sacándose un pañuelo blanco de papel que llevaba en el bolsillo, lo agitó frente a ella.

—¿Firmamos la paz?

Ella asintió con guasa y le dio un empujón de broma.

—Anda ya... ¡Pero si sólo estábamos hablando!

Minutos después, sentados en el césped, continuaron charlando con más tranquilidad. Su complicidad era curiosa. Desde que se habían encontrado no les había faltado tema de conversación.

En un momento dado Can observó que una mujer paraba su moto, se quitaba el casco y se sentaba cerca de ellos. Instantes después abrió una especie de muestrario y, sacando algo que parecía encaje, comenzó a fotografiarlo.

—¿Tu marido está trabajando? —preguntó a continuación.

Al oír eso, Sonia sonrió. ¿Otro preguntando por el marido, como su padre? Mientras tanto, ella también vio que la mujer de al lado estaba fotografiando... ligas. Eso le hizo gracia, y contestó:

—¿Por qué tengo que tener marido?

Sorprendido por su respuesta, Can no supo qué decir.

—Ni he estado casada, ni lo estoy ni lo estaré —agregó Sonia—. Soy madre soltera, otra cosa para tener a mi madre en mi contra; y, por lo que vi, a tu padre tampoco le gustó.

—¿A mi padre?

Sin filtros como siempre, Sonia asintió y dijo:

—Me preguntó por mi marido. Le dije que no lo tenía y que era madre soltera, y me contestó que si tenía que decirlo tan feliz. Eso me hizo gracia y le repliqué que no pensaba decírselo llorando.

Can no esperaba oír eso.

—Oye, te pido disculpas —musitó—. Mi padre es un hombre muy tradicional.

Al oír eso, Sonia lo miró.

—Tranquilo. Yo no me ofendo ni juzgo. Pero reconozco que me encantó ver su cara cuando le contesté lo que él no esperaba. Si mi madre me hubiera oído habría dicho: «¡Sonia y sus impulsos!». —Ambos rieron por aquello y ella continuó—: Ibiza es lo mejor de mi vida y, por ella, volvería a hacer lo mismo a pesar de los cientos de noches sin dormir, de que me pegara la varicela y me pusiera como un monstruo repleta de heridas o de los viajes relámpago en el día que hago para estar con ella.

Can asintió y luego preguntó con curiosidad:

—¿Y por qué el nombre de Ibiza?

Sonia soltó una carcajada.

—¿Conoces a alguien que se llame así?

—No.

Le encantaba ver el desconcierto de la gente al enterarse de cómo se llamaba la niña.

—Pues porque es un nombre que me encanta, nadie se llama así y fue concebida allí.

Can asintió y entonces ella, con gracia, indicó viendo a un chico acercarse:

—Y, antes de que lo insinúes, no le puse ese nombre por *La casa de papel*. Tuve a mi hija antes de que esa serie se hiciera famosa en el mundo entero, y también sus nombres.

Can soltó una risotada. Aquélla sí la había visto, y afirmó:

—¡Una serie buenísima!

—De lo mejor que he visto junto a *Juego de tronos* —aseguró Sonia convencida.

Permanecieron unos segundos en silencio hasta que la joven añadió, viendo que el chico que se acercaba se sentaba:

—Así que no hay maridito, para disgusto de mi madre. Simplemente somos Ibiza y yo. Ah... y ¡*Babas*!

De nuevo sonrieron por aquello, y entonces la niña se aproximó sudando.

—Mami..., tengo sed.

Rápidamente Sonia, abriendo la mochila de su hija, sacó una botella de plástico y, al ver el emblema que llevaba, Can preguntó riendo:

—Vaya..., ¿también de la Casa Stark?

Ibiza asintió. Le encantaba todo lo que tuviera que ver con la serie y, cogiendo la botella de agua que su madre le tendía, tras dar un trago indicó:

—Tengo dragones. Huevos de dragón. La espada de Jon Nieve, el trono y..., uff..., mogollón de cosas. —Y entregándole la botella dijo antes de salir corriendo de nuevo tras *Chester*—: Si vieras mi reino, ¡fliparías!

Can sonreía en el momento en que notó que su móvil vibraba. Lo sacó del bolsillo y lo miró.

Nos vemos esta noche en mi casa.

El mensaje era de Wanda, una de sus ardientes amigas, y sin responder se lo volvió a guardar.

—Sin duda..., ¡fliparías! —afirmó Sonia entonces mirándolo.

—¡Mami! —gritó la niña. Y, al ver que su madre la miraba,

dijo—: Tenemos que tener un perro ¡ya! Es uno de mis tres mari-deseos.

Sonia asintió, pero, convencida de que su tiempo para sacar a un animal era limitado, repuso:

—Cariño. Te lo he explicado muchas veces. Por mi trabajo es complicado que...

Pero la niña se alejó corriendo sin escuchar y Sonia cuchicheó:

—Vale..., no me escuches.

—¡¿«Marideseos»?! —se mofó Can.

Sonia asintió sonriendo.

—¿Y cuáles son sus otros dos *marideseos*? —insistió él.

Sonia hizo una mueca que lo hizo sonreír y, como no tenía ga-nas de revelarle aquello que su hija deseaba, respondió:

—Tontos marideseos de niña...

Sin darle más importancia, al entender en parte el motivo por el cual no tenía un perro, Can dijo:

—A ver, sé que tener un animalillo supone un pequeño esfuer-zo, pero créeme que merece la pena. Y te lo digo yo, que cada vez que salgo de viaje tengo que estar llevando a *Chester* con mis pa-dres o mis hermanas. Pero, dejando de lado ese engorroso detalle, la compañía, el cariño y el amor que recibo a cambio por su parte es impagable.

Sonia sonrió al oírlo y, suspirando, preguntó mientras observa-ba que el chico que estaba más allá se levantaba:

—¿Puedes guardarme un secreto?

—Por supuesto.

Al oír eso, Sonia bajó la voz y confesó cerca de su rostro:

—Comienzo a plantearme adoptar un perrito para Ibiza, pero por Navidad.

Complacido de que compartiera aquello con él, Can murmuró:

—¿No me digas?

La joven asintió con un gesto de lo más gracioso y, acercándose de nuevo a él, musitó como si tuviera que ser el secreto mejor guar-dado:

—Sinceramente, ¡creo que me falta un tornillo! —Ambos rie-ron y luego ella prosiguió—: Eso sí, tendrá que ser chiquitito, que no crezca mucho, porque nosotras vivimos en un piso de sesenta metros cuadrados. Y, sin duda, tendré que tirar de la familia cuando me vaya de viaje con Ibiza, ¡y mi madre ya ves cómo es! Intuyo que el perro será otro disgusto para ella.

Al oír eso, Can la miró. Aún recordaba lo sucedido con Albany la noche anterior, y Sonia, entendiendo su mirada, dijo:

—¿Quieres preguntarme algo?

Él se apresuró a negar con la cabeza, pero ella, con confianza, le dio un suave golpe con el codo en las costillas y canturreó:

—Sí, sí quieres..., pero no te atreves. Te lo leo en la cara.

Esa manera de ser tan natural, tan auténtica, le encantaba a Can. Sonia no necesitaba pestañearle para llamar su atención como otras mujeres y, sonriendo, musitó:

—No me gusta ser indiscreto.

Ella sonrió divertida y, poniéndose en cuclillas, susurró arrugando la nariz:

—Yo lo soy continuamente. Venga, pregunta. Puedes serlo.

Al oír eso, Can se disponía a preguntar cuando de pronto Sonia, dejándose llevar por su impulsividad, se levantó de un brinco y, antes de que él pudiera reaccionar, ya había cogido el casco de la moto de la mujer de al lado y se lo había estampado en el estómago al chico que segundos antes se había levantado mientras gritaba en español:

—Te estaba esperando, ¡gilipollas!

La mujer que estaba al lado haciendo las fotografías dio un chillido asustada. Aquel muchacho pretendía robarle el bolso, pero la reacción de Sonia frustró su intento.

Can se levantó en el acto sorprendido y se acercó al chico, que se retorcía de dolor en el suelo, mientras Sonia, quitándole el bolso de las manos, se lo entregaba a la señora.

—La próxima vez recuerde: no deje el bolso por ahí tirado o se lo robarán.

La mujer se lo agradeció encantada. Si no hubiera sido por aquella joven, sin duda tendría un grave problema.

Segundos después aparecieron unos policías montados a caballo, quienes, tras saber lo ocurrido, esposaron al muchacho y se lo llevaron, y en ese momento la mujer dijo mirando a Sonia:

—Gracias.

Ella se encogió de hombros.

—De nada.

Aquélla, emocionada por la implicación de la joven, miró las cosas que tenía a sus pies y añadió:

—Soy diseñadora de ropa interior. Mira, aquí tengo unas ligas, y lo menos que puedo hacer es regalarte una.

Sonia sonrió.

—Tranquila, no hace falta, de verdad —le aseguró.

—¡Insisto! —Y, mirando a Can, cuchicheó—: Con una de mis ligas y ese pedazo de novio que tienes lo puedes pasar muy bien.

Can y Sonia se miraron. Apenas se conocían. Pero entonces ella, con todo su descaro, miró al comandante y, agarrándolo por la cintura, preguntó:

—Cariño, ¿de qué color te gusta?

Boquiabierto por su poca vergüenza, él sonrió. Era la primera vez que una mujer lo llamaba «cariño» y no le molestaba, por lo que, siguiéndole el rollo, indicó:

—Cielo, escoge la que quieras.

Disfrutando de aquel teatrillo, Sonia arrugó la nariz y, pestañeando con sensualidad, insistió mimosa:

—Ay, mi amor... ¿Hasta para elegir un color lo tienes que pensar?

Oír eso lo hizo reír a carcajadas, sabía por qué se lo decía, y finalmente dijo agarrándola con fuerza:

—Ya sabes que a mí me encanta el negro.

La mujer se apresuró a coger entonces una de las ligas negras que allí tenía y, tendiéndosela a la joven, declaró con una sonrisa:

—¡Que la disfrutéis!

Sonia la cogió sin dudarlo, se lo agradeció y, mientras aquélla recogía sus cosas para marcharse, cuchicheó mirando a Can con guasa:

—Cariñooooo, ¡prepárate!

El comandante soltó una carcajada. La gracia de aquella chica, su sonrisa, su mirada y ese algo especial que desprendía le impedían dejar de sonreír como un idiota. Ibiza, al ver el revuelo organizado, se acercó a ellos.

—Mami, ¿qué pasa?

Sonriendo para quitarle importancia a lo ocurrido, y cerrando la mano para esconder la liga, Sonia se agachó y, tras recolocar la gorra a su pequeña en la cabeza, respondió:

—Tranquila, mi vida. Mami ha tenido que ayudar a esa señora para evitar que un tonto Caminante Blanco le quitara su bolso.

Según dijo eso, Ibiza asintió. Los Caminantes Blancos eran los malos de *Juego de tronos* y a ella le encantaba ver lo valiente que era su mamá. Por ello, poniendo su puño derecho frente a ella, susurró:

—Deja un solo lobo vivo y las ovejas jamás estarán seguras.

Sonia sonrió. Esa frase la decía Arya Stark en la serie, y, chocando su puño con el de la niña, afirmó:

—Por supuesto, mi preciosa guerrera.

Dicho eso, las dos se dieron un cariñoso pico en los labios y la cría se alejó de nuevo corriendo.

Can, que todavía no procesaba lo ocurrido y no había entendido nada de lo que aquéllas habían dicho, iba a hablar cuando Sonia musitó guardándose la liga en la mochila:

—Cosas nuestras.

El comandante asintió y, mirando a Sonia, que se recogía el pelo descuidadamente en una coleta alta tras el percance, se aproximó más a ella y preguntó preocupado:

—¿Estás bien?

Ésta asintió y, al notar su cercanía, dio un paso atrás frotándose la muñeca derecha.

—¡Joder! —murmuró.

—¿Has vuelto a hablar en español? —dijo Can al oírla.

Ella afirmó con la cabeza.

—Tengo la mala manía, o la buena, según se mire, de que cuando digo palabrotas o me enfado lo hago en español.

Él sonrió. Había oído a Daryl decirle eso mismo de Carol, pero con el italiano, y cuando iba a añadir algo, la joven musitó tocándose la muñeca:

—Se pasará el dolorcillo. Seguro que ha sido por el golpe.

—¿Quieres que vayamos al médico?

Sonia sonrió.

—Por favorrrrrrrr..., que no soy de mantequilla.

Sorprendido aún por todo, Can se disponía a responder cuando el móvil le volvió a vibrar. Lo sacó del pantalón. Otro mensaje.

¿Te apetece pasarlo bien esta noche?

Era Silvana, otra amiga. Sin contestar, lo volvió a guardar en el bolsillo para mirar a la mujer que tenía ante él, que sonriendo indicó:

—Tranquilo, no es nada. Peores golpes me llevo en ocasiones cuando estoy en la pista de hielo.

Ver su sonrisa lo tranquilizó, pero, aún impresionado, le cogió la mano para comprobar que estuviera bien.

—Pero ¿cómo no me has avisado? —preguntó—. ¿Cómo sabías lo que iba a ocurrir?

Sonriendo, Sonia recuperó su mano y, sentándose donde estaban minutos antes, respondió cuando Can se sentó también:

—A tu primera pregunta te diré que, si tenías que pararte a pensar cómo reaccionar ante el chico tanto como para elegir los condimentos de un puñetero perrito caliente como el color de una liga, ¡lo llevábamos claro! Así pues, me he dejado llevar por mi impulsividad. —Can no puso evitar sonreír, y ella añadió—: Y en cuanto a tu segunda pregunta, lo sabía porque soy una persona muy observadora y me he fijado en que el chico se quedaba mirando el bolso de la mujer. He visto cómo se sentaba y esperaba, y yo simplemente he estado atenta para actuar.

Boquiabierto todavía por lo ocurrido, Can iba a decir algo cuando ella le puso un dedo en la boca.

—Tema zanjado —señaló—. La señora tiene su bolso, el chico está detenido y yo estoy bien. Maridramas, los justos. ¿De que estábamos hablando?

Su manera de hablar y de resolver las situaciones tan rápidamente le hizo gracia a Can y, tras pensar un momento lo que quería preguntar, dijo:

—¿Con tu madre la relación siempre es así?

Pensar en Albany la hizo sonreír y encogió los hombros.

—Soy consciente de que no soy la hija que doña Mi Amor quería tener, pero es mi madre.

—¿«Doña Mi Amor»? —preguntó él sonriendo.

Sonia también lo hizo, e indicó:

—¿No te fijaste en la cantidad de veces que repitió esa expresión durante la cena?

Can asintió. La verdad era que sí se había dado cuenta.

—Esa expresión es muy típica en Venezuela y se utiliza para todo, menos para lo que te imaginas —contó Sonia—. Por lo que, si algún venezolano te dice «mi amor», no creas que lo hace por un tema amoroso. No, no. Analiza el tono y el momento. Mi madre, por ejemplo, si quiere advertirte que no estás haciendo algo bien, te mira, levanta la ceja y dice: «¡No, mi amor!». Si algo no le gusta, echa el cuello hacia atrás y suelta: «Mi amor, ¿qué haces?». Si quiere reprocharte algo, levanta el mentón y dice: «¡Oye, mi amor, tú no me dijiste...!». Si, en cambio, cree que tu ropa no es la adecuada, niega con la cabeza mientras musita: «¡Pero, mi amor..., ¿cómo vas así?!». Simplemente has de interpretar el tono y sus movimientos para comprender lo que está queriendo decir en ese instante.

El comandante asintió divertido. Los gestos de aquella muchacha y el modo en que imitaba a su madre eran tronchantes.

—Mamá siempre quiso una hija abogada que se casara con el hombre ideal, tuviera hijos dentro del matrimonio y, por supuesto, no tuviera las caderas anchas y españolas de la familia de mi padre —prosiguió mofándose y haciendo reír a Can—. Pero oye, *mi amor*..., soy como soy, y te juro que, aunque suene mal lo que te voy a decir, me quiero con estrías, con kilos de más y no me cambiaría por la modelo más impresionante de Victoria's Secret. Me gusto como soy, me quiero y me vale. Y a quien no le gusten mis medidas, es su problema, ¡no el mío!

—Tienes toda la razón del mundo —afirmó Can.

—¿Puedo ser indiscreta yo ahora? —preguntó Sonia entonces bajando la voz. Él asintió y ella añadió—: ¿Cómo se siente un hombre como tú, que tiene el trabajo ideal, va a heredar una megaempresa por ser el varoncito de la familia y llama tanto la atención de las mujeres? Porque, oye..., tienes que saber que físicamente llamas la atención, ¿o no?

Can soltó una risotada.

Sin duda, aquélla no tenía filtro, y, encogiéndose de hombros, respondió:

—Sé que la genética se ha portado bien conmigo y, por suerte, me gusta correr e ir al gimnasio.

—¡Qué horror! —gesticuló Sonia al oírlo, haciéndolo reír de nuevo.

—Y en cuanto a tu pregunta del trabajo ideal y mi herencia te diré que me siento bien. Amo High Drogo. Y, aunque los orígenes de la compañía Drogo son fruto del esfuerzo de mi abuelo, se puede decir que en la actualidad es una empresa bastante nueva. Mi padre le cambió el nombre hace poco, cuando compró las acciones de High, otra compañía que estaba a punto de quebrar. Y así nació High Drogo. Estoy deseando que sea mía para realizar ciertos cambios que, sin duda, la harán prosperar mucho más. En cuanto a mis hermanas, ellas como yo saben que mi padre es de esos hombres chapados a la antigua en muchas cosas y..., bueno, digamos que imaginan que cuando la empresa sea mía lo hablaré con ellas y, si quieren, será de los tres.

Sonia asintió. Estaba claro que Can parecía un buen tipo.

—Y en cuanto a cómo me siento como hombre —continuó él—, pues si te soy sincero me siento bien aunque a veces, y esto es entre tú y yo, resulta agotadora tanta atención femenina.

Sonia soltó una risotada y, mirándolo, preguntó con mofa:

—¿Es agotador ser tan asquerosamente sexy?

—¿Me ves asquerosamente sexy? —quiso saber él divertido.

Consciente de que se había dejado llevar por su impulsividad, Sonia respondió sin echarse atrás:

—Pues mira, chico, sí.

Can soltó una risotada y, posando el dedo en la punta de la nariz de aquélla, afirmó:

—Tú también eres asquerosamente sexy.

—¡¿Yo?!

Él asintió.

—Sí. Tú.

Encantada y con cierta comicidad, la joven parpadeó haciéndolo reír.

—La verdad, mi amor —añadió con mofa—, sé que soy un partidazo de mujer, ¡y con esa liga negra, sexy y provocativa que me han regalado, mucho más!

—¡Que *nos* han regalado!

Al oír eso, Sonia abrió la boca divertida.

—¿Compartimos la custodia de la liga?

—Por supuesto —afirmó aquél con una sonrisa.

—¿Tú también te la quieres poner? —se mofó la joven.

Según dijo eso, ambos soltaron una carcajada; estaba claro que a los dos les gustaba vacilarse. A continuación él, curioso, preguntó sin entrar en detalles:

—¿Por qué tu madre ante la pregunta de Raissa de a qué te dedicabas soltó eso de que sólo haces lo inadecuado?

—Porque mi madre odia todo cuanto hago y nunca le han parecido bien las decisiones que he tomado en la vida —suspiró—. Eso sin contar con que físicamente no soy la hija que esperaba porque no soy la típica muchacha alta y delgada al uso. Pero, ¿sabes?, piense lo que piense ella, yo soy feliz y con eso es con lo que me quedo.

—Si mal no recuerdo —continuó Can—, tu padre dijo que habías sido patinadora olímpica, tienes una agencia y comentaste que en ocasiones trabajabas de modelo *curvy*. Nadie mejor que tú para saber lo que es la belleza.

—Si algo he aprendido en la vida, gracias a una madre que nunca deja de recriminarme que mi cuerpo es feo y desproporcionado y que mi alimentación es la culpable de ello, es que si a alguien se le ocurre meterse conmigo por ello, directamente lo mando a la mierda. —Sonia rio—. Por supuesto, con mi madre me contengo por educación.

—Pero ¿qué dices? Si eres preciosa —indicó Can convencido de ello.

—Oh, qué monooo, ¡gracias! —replicó Sonia.

Su manera de decirlo y el modo en que lo miraba le hicieron ver a Can que no lo creía, e insistió:

—Oye, lo estoy diciendo totalmente en serio.

—¡Y yo! —se mofó Sonia. Y, sin darle tiempo a hablar, añadió—: A ver, soy consciente de mi cuerpo y mis limitaciones. Trabajo con modelos y sé lo que a los hombres como tú les llama la atención. No olvides que tu padre dijo ayer que por tu genética y tu trabajo tienes a tus pies a las mujeres más guapas del mundo. —A Can, que lo viera tan superficial le molestaba en cierto modo; ella añadió—: Trabajo en una agencia y sé lo que es la belleza, pero en todos los sentidos. No sólo la física. Por desgracia, a las mujeres siempre se nos exige tener unas medidas perfectas, un culito durito y respingón, unas piernas delgadas. Unos brazos torneados. Un abdomen liso y duro. Pero no todas somos así.

—Por suerte —matizó Can.

—Mira. Quizá por lo que a mí me ha pasado con mi madre, no soporto a esas madres que vienen a la agencia sólo para vanagloriarse de lo bellas que son sus hijas y luego les preguntas por su película preferida y no tienen ni idea. Eso sí..., las medidas que tienen las niñas y lo que comen cada día se lo saben al dedillo. Y menos aún soporto a esas madres que vienen acompañando a dos hijas y a la guapa le ponen una alfombra de oro y a la que para ellas no es guapa la menosprecian. Eso hace que se me lleven los demonios.

—Normal —murmuró Can entendiéndola.

—Una vez vino una madre con dos de sus hijas al estudio. Venía a que le hiciéramos una sesión de fotos a la niña que ella consideraba perfecta. Y, sí, era una chica muy bonita, eso no lo voy a negar. Durante las dos horas que duró la sesión fui testigo de cómo para esa madre sólo existía una hija, a la otra ni la miró. Cuando la sesión acabó, me acerqué a la otra muchacha y le pregunté si quería que la fotografiáramos. Rápidamente la madre se acercó y, mirándome, me dijo con un gesto que no me gustó nada: «Ah, no. A Eva, no. ¿Has visto las piernas tan gruesas que tiene?». —Sonia gesticuló haciendo reír a Can—. Oh, Dios..., ¡qué rabia me dio oír aquello! ¿Y sabes por qué? —Él negó con la cabeza—. Porque mi madre se ha pasado media vida odiando mis caderas y mis muslos. Y desde que fui madre, ¡ni te cuento! Para ella nunca fui perfecta, como le pasaba a aquella madre. Aquel día, mirando a la pobre muchacha, que estaba horrorizada, le dije: «Eva, eres preciosa, única e inigualalable, y por ello tienes que quererte con los muslos gruesos, estrías o celulitis, ¿de acuerdo?». La muchacha me miró. No entendía nada y, dispuesta a que sonriera, insistí en hacerle unas fotos. Pues bien, hoy en día Eva es una de las modelos *curvies* más solicitadas de mi agencia. Es feliz. Se quiere y, cuando la veo sonreír, ni te imaginas lo feliz que me hace también a mí.

Complacido al oír eso, Can asintió y Sonia, que cuando hablaba sobre aquello se aceleraba, prosiguió:

—En esta jodida vida, cuando alguien te dice algo cruel de tu físico o se mete con tus pintas, comienzas a dudar de ti mismo. Por eso me ha molestado que antes hablaras sobre aquellos chicos con los que nos hemos cruzado. —Can asintió. Ahora la entendía mejor—. En mi agencia potenciamos el hecho de creer en uno mismo, seamos como seamos, y de obviar esos mensajes negativos que nos hacen daño, porque todos somos personas preciosas, increíbles e inigualables, tengamos la talla 34 o la 50, un trasero grande o uno respingón. En mi caso, mido 1,68. Utilizo una 44 o una 46, y disfruto una barbaridad comiéndome un helado. En definitiva, conozco mejor que nadie mis defectos y mis virtudes como para que nadie me los esté recordando.

Maravillado por lo que aquélla decía y por su seguridad, Can asintió.

—Con lo que acabas de decir, me pareces doblemente sexy —aseguró.

—*Halleloo!* —exclamó ella riendo divertida y moviendo los hombros.

Que un tipo como aquél, que rezumaba sensualidad por cada poro de su piel, le dijera eso la sorprendió y se mofó divertida.

—Espera, que saco el móvil y lo grabo para que quede constancia de lo que has dicho.

Can asintió.

—El físico y la belleza no lo son todo.

—No. No lo son. Aunque demasiados sectores de esta maldita y arcaica sociedad se empeñen a menudo en que sí.

Can le dio la razón, entendía sus palabras e indicó:

—Sé que para muchas personas sí lo son, y en especial en el mundo de la pasarela, en el que tú te mueves, ¿verdad? —Ella asintió y él añadió—: Aunque no lo creas, la belleza exterior para mí no lo es todo, ¿y sabes por qué? —Ella negó con la cabeza y él musitó cambiando el gesto—: Conociste a mis hermanas Raissa y Amina, pero por desgracia no has podido conocer a Alina. Ella era la mayor, y te aseguro que era la chica más guapa que he visto y seguramente veré en mi vida. Todo el mundo se lo decía. Todo el mundo alababa su belleza, hasta que enfermó de cáncer y no aceptó los cambios que la enfermedad produjo en su cuerpo. No se quiso. No se cuidó. Pasó de ser una mujer alabada todo el tiempo por todos a ser invisible para la mayoría. Y, aunque mejoró de la enfermedad, la inseguridad en sí misma que ésta le había causado y los comentarios maliciosos de la gente la llevaron a suicidarse.

Hablar de Alina siempre hacía que su corazón se acelerara. Sonia, al ver su expresión, le agarró la mano, se la apretó y susurró:

—Lo siento. De verdad que lo siento mucho.

Can asintió.

—En aquella época lo pasé fatal. No entendía que mi hermana pudiera darle tanta importancia a su físico y..., bueno, cuando desgraciadamente ocurrió lo que te he contado, fui consciente de muchas cosas, entre ellas que la belleza es algo pasajero y que la seguridad en nosotros mismos nunca deberíamos perderla pasara lo que pasase, porque es el motor que nos hace continuar hacia delante. Y aunque la belleza en las mujeres llama mi atención y gracias a mi genética las atraigo, soy plenamente consciente de que la verdadera belleza que cada uno posee no está en el exterior, sino en el interior.

—Quien tiene magia no necesita trucos —dijo ella entonces.

Al oír eso, Can la miró.

—Preciosa frase —comentó.

—Lo sé.

Su testimonio hizo que Sonia comprendiera las palabras que la madre de Can le había dirigido. Sin duda lo ocurrido en esa familia había sido una gran tragedia.

—Siento mucho lo de tu hermana —repitió—. No tuvo que ser fácil.

—No. No lo fue.

—Y en cuanto a lo otro, es agradable escuchar lo que dices, y más en un mundo donde a todas las personas se les cuelga una etiqueta, y cuando uno se sale de lo que pone en ella, suelen señalarte con el dedo o, peor aún, marcarte.

Can asintió, entendía de lo que hablaba.

—Mami..., ¿me compras un helado? —dijo de pronto Ibiza acercándoseles mientras señalaba a un hombre con un carrito a cuyo encuentro se dirigían otros niños.

Sonia asintió, pero fue Can quien, levantándose, cogió a la niña de la mano e indicó:

—Vamos a por unos helados.

Sin moverse, Sonia observó cómo caminaban hacia el carrito. Allí los dos miraron la carta de helados y Can compró tres. Cuando la cría se marchó de nuevo corriendo con el suyo en las manos, él regresó junto a Sonia.

—Iba a comprarte uno de vainilla, pero Lady Mini Stark me ha dicho que la odiabas y que éste es el que te gusta.

Satisfecha al ver el bombón de chocolate y nata que le tendía, la joven lo cogió.

—Éste me encanta.

En silencio les quitaron los envoltorios a los helados, conscientes de la conversación sincera que habían mantenido, y después de que ella guardara los papeles en la mochila para tirarlos más tarde a una papelera, Can preguntó deseoso de cambiar de conversación:

—Entonces, tu padre biológico no es Charles, ¿verdad?

Sonia enarcó una ceja al oírlo.

—¿Acaso no soy pelirroja como él y mis hermanas?

De nuevo ambos rieron, y ella afirmó:

—Mi padre nació en España.

—¡No me digas!

—Pues te digo —repuso sonriendo.

Can, al que le gustaba mucho viajar a España por la alegría que veía siempre en sus gentes, preguntó:

—¿Hablas bien español?

Sonia asintió. Por suerte, tanto a ella como a sus hermanas su madre les había hablado en español desde pequeñas, mientras que Charles lo hacía en inglés, por lo que todas eran bilingües, como Ibiza.

—Sí —respondió—. Perfectamente. ¿Y tú?

—Nada en absoluto.

Ella sonrió y él, curioso, preguntó:

—¿Y de dónde es tu padre?

—De Barcelona.

—Me encanta Barcelona. ¡Qué ciudad tan bonita!

—Sí, es preciosa —afirmó Sonia.

—¿Y sigue viviendo allí o vive en Londres?

La joven dio un lametón a su helado y luego respondió:

—Mi padre murió cuando yo era un bebé.

—Vaya..., lo siento.

Con una sonrisa, ella lo miró y prosiguió:

—Y..., bueno, tras su muerte, mamá se trasladó a Londres, donde después de un tiempo conoció a Charles..., ¡y hasta hoy! En cuanto a éste... —sonrió al pensar en él—, no podría haber tenido un mejor padre que él. Es maravilloso, comprensivo, amoroso y siempre, siempre, siempre he sentido que me quería sin condiciones, y a Ibiza la adora.

Can asintió.

—Por fortuna para mi madre —continuó Sonia divertida—, Vania, Brooke y Cynthia salieron físicamente parecidas a la familia de mi padre: irlandesas, altas, delgadas y pelirrojas. Y, lo mejor, cumplen sus expectativas en la vida. Bueno, para ser sincera, Vania y yo somos las más parecidas. No físicamente, pero sí en la personalidad. —Rio al pensar en su hermana—. Ella, a pesar de ser arquitecta, se enamoró durante unas vacaciones en Dublín de Brayden, un irlandés que regenta una pescadería, e, ignorando los comentarios maliciosos de mi madre con respecto a que aquél era poco hombre para ella, Vania lo dejó todo por amor. Se casó con él y ahora viven en Dublín junto a mi precioso sobrino Donovan, de cinco años. En cuanto a mis hermanas Brooke y Cynthia, espero que algún día sean capaces de enfrentarse a mi madre y vivir sus vidas. Por cierto, y esto es a modo de cotilleo entre tú y yo, tu hermana Raissa y mi hermana Brooke anoche tontearon, ¿verdad?

Can asintió divertido, y Sonia cuchicheó:

—Lo sabía. Sabía que esas caiditas de ojos de Brooke eran por algo.

Riendo por lo que aquélla decía y entendiendo lo complicado que era el asunto de la madre y las hermanas, el comandante indicó, evitando hablar de Raissa y de Brooke:

—Volviendo al tema, con respecto a tus hermanas, estoy convencido de que algún día serán sinceras con tu madre. No creo que vayan a vivir siempre permitiendo que les organice la vida. Mis hermanas y yo tampoco somos lo que mis padres deseaban. Amina vive como le da la gana, ya se ha casado tres veces y se ha divorciado las mismas, y algo me dice que lo hará muchísimas veces más. Luego está Raissa. Mi madre sabe que tuvo una relación con una mujer, pero mi padre no y...

—¿Por qué tu padre no?

Can suspiró y luego tomó aire.

—Hay determinadas cosas que no las ve bien, y la homosexualidad es una de ellas.

—¡Mi madre piensa igual! Ni te imaginas la que me lio hace años cuando decidí crear mi empresa de eventos junto a mi mejor amigo, que es gay y *drag*, y los primeros eventos que organizamos fueron fiestas de *drag queens*.

—Nooooo.

—Síííí.

—¿En serio? —preguntó Can curioso.

Sonia asintió y luego se encogió de hombros.

—Mis mejores amigos de día son cocineros, carteros, corredores de seguros..., llevan unas vidas tan normales como las de cualquiera, con la salvedad de que, cuando llega la noche, trabajan como *drags* en distintos locales de fiestas. Y, viendo el potencial que sus espectáculos tenían, decidí junto a mi amigo crear una empresa de organización de eventos. Comencé organizando, para horror de mi madre, fiestas *drags*. Después la empresa creció y hoy por hoy organizamos desde una convención de ópticos hasta un desfile de modelos, pasando por una boda o un espectáculo *drag*. El cliente manda.

Can asintió.

—Pero, volviendo a lo que hablábamos de nuestras hermanas —continuó Sonia—, Cynthia sale con Israel, un chico encantador que es celador en un hospital. Pero sabe que, si se lo cuenta a mi madre, ¡estallará la tercera guerra mundial porque ese chico le parecerá poco para ella! Y ya no te cuento si a Brooke se le ocurre revelar que es lesbiana. Y a mí, por mi manera de ser y de enfrentarme a ella, mi madre ya me dejó como el caso perdido de la familia.

—Can sonrió y Sonia musitó—: El caso es que mi madre no sabe nada en lo referente a nuestras vidas, y eso a mí me apena. No me entra en la cabeza no saber nada el día de mañana sobre la vida de Ibiza porque es mi hija, tanto si me gusta cómo encara la vida como si no.

—¿Tu padre sabe la verdad?

Sonia sonrió y se encogió de hombros.

—En mi caso sabe todo lo que yo creo que ha de saber. Pero en cuanto a las vidas de mis hermanas no me corresponde a mí contarlo, sino a ellas. No obstante, estoy convencida de que Papuchi sabe más de lo que dice, pero nos respeta. —Ambos sonrieron y ella añadió—: Y, dicho esto, espero que el día que mis hermanas hablen con mi madre y se sinceren con ella no me pille cerca, porque sin duda, *mi amor*, ¡se va a liar bien gorda!

Ambos volvieron a reír, y en ese momento a Sonia le sonó el teléfono.

Tras hacerle un gesto con el dedo pidiéndole un segundo, sacó el móvil del bolsillo y, al ver quién era, saludó con una sonrisa:

—Holaaaaaa.

Era Luis, el hombre con el que había quedado esa noche, que contestó:

—Hola, preciosa. ¿Qué tal?

Sin importarle que Can estuviera a su lado, la joven respondió:

—Bien. En el parque con Ibiza y un amigo. ¿Y tú?

Luis, al que se le había estropeado la noche, respondió:

—Con mi padre. Se ha caído y se ha roto un brazo.

—¡No jorobes!

Él asintió.

—Lo siento, pero hoy no podemos vernos. Mi hermana está de viaje con su marido y no puedo dejarlo solo.

Sonia se encogió de hombros al oírlo.

—No te preocupes, hombre. Quedaremos otro día. Ahora lo importante es que tu padre se mejore.

Hablaron unos segundos más y, cuando ésta colgó la llamada, al ver que Can la miraba, indicó:

—Había quedado con un amigo esta noche, pero ha tenido una urgencia familiar.

—Vaya..., lo siento.

Sonia sonrió y le guiñó el ojo con complicidad.

—Tranquilo. Otro día será.

Entonces, deseoso de seguir hablando con ella, Can preguntó:

—¿Siempre te llevas a Ibiza en tus viajes?

Mientras bebía un trago de agua de la botella, ella asintió.

—Sólo la dejo cuando no me queda más remedio. Y aunque cuento con Ginger, él la mayoría de las veces viaja conmigo y..., bueno...

—¿Ginger?

Sonia asintió y, rascándose el ojo despreocupadamente sin importarle el gesto que hacía, afirmó:

—Ginger, además de ser mi otra mitad, es mi mejor amigo de vida, mi socio en las agencias y, para horror de mi madre, el padrino de Ibiza. Adora a la niña y..., bueno, es alguien muy importante para nosotras.

Can asintió. Le preguntaría mil cosas, pero no quería ser indiscreto.

Se quedaron unos segundos en silencio mientras ella miraba encantada cómo la niña corría con *Chester*.

—Oye —dijo él al cabo—, en cuanto al perro que quieres para la pequeña, Carol, la mujer de mi mejor amigo, Daryl, colabora con una protectora de animales. Cuando quieras, os puedo poner en contacto. Seguro que tiene algún perrito para ti.

Eso le gustó a Sonia, que se apresuró a responder:

—Me viene de lujo.

—Creo que Carol y tú os caeréis muy bien —murmuró él entonces.

—¿Y eso?

Can afirmó divertido pensando en la novia de su amigo:

—Tiene sangre española y, aunque te conozco poco, algo me dice que de carácter sois muy parecidas.

Ambos rieron por aquello y, guiñándole el ojo con complicidad, Sonia musitó:

—Pues me encantará conocer a Carol, pero guárdame el secreto del perro, ¿vale?

—Prometido.

Capítulo 7

A las cinco de la tarde, Sonia indicó que tenían que regresar a casa. Habían quedado con Ginger y su chico para que se llevasen a Ibiza, y Can propuso acompañarlas, algo que la pequeña aceptó encantada y ella con ciertas reticencias.

Una vez que llegaron frente a la casa y se pararon, Ibiza miró a su madre y sugirió:

—Mami, si *Chester* y Can suben a casa podrán conocer a *Babas*.

Sonia suspiró. ¿Por qué su hija era tan impulsiva como ella? Y, como no quería quedar como una borde, miró al comandante y preguntó:

—¿Quieres subir?

Encantado y sin dudarlo, Can aceptó. Estaba muy a gusto con ellas.

En cuanto Sonia abrió la puerta y entraron en el piso, Can miró a su alrededor. Aquella casa de techos altos tenía mucha luz, y al entrar en el salón y ver que tenía la cocina abierta murmuró:

—Es muy bonito.

—Gracias, hombre. —Sonia sonrió.

Muebles claros, fotos de ella y de la niña en las paredes, y, al notar una fragancia especial, preguntó:

—¿A qué huele?

Sonia abrió divertida la mochila que llevaba sobre la mesa, sacó la botella de agua y respondió, viendo que tenía un mensaje en el grupo de WhatsApp de sus hermanas, al que habían llamado «La locura es cosa de las cuatro». Pero, pensando en leer el mensaje después, indicó:

—Es una fragancia para el hogar que mi amigo Adriano nos trae de Roma. ¿Te gusta?

Can asintió. Aquel olor era muy agradable.

—Mucho...

Entonces Ibiza lo agarró de la mano y tiró de él.

—Ven. Quiero enseñarte a *Babas* y mi reino.

Él la siguió encantado, y en ese momento Sonia abrió el mensaje de WhatsApp. Era de Brooke, y decía:

Chicas..., chicas..., chicas, he tenido
una esplendorosa noche de sexo
con una mujer que es puro fuego
en la cama.

Sonia lo volvió a leer, pero entonces le entró un mensaje de Vania:

Bueno..., bueno... ¿Quién es?
¡Quiero saberlo!

Estaba leyendo aquello cuando recibió otro de Cynthia, que decía:

Yo lo séééééééééé. ¡¿A que es Raissa?!

Leer eso hizo que Sonia se llevara la mano al pecho. Pero ¿su hermana se había vuelto loca? Su madre había organizado aquella cena para que se fijara en Can, no en su hermana.

La contestación de Brooke no tardó en llegar, y Sonia leyó:

Por supuesto. Está buenísima...
Qué cuerpo, qué pechos,
qué todooooooooooo. En cuanto
la vi, supe que terminaría la noche
en la cama con ella.

Sonia parpadeó mientras Vania y Cynthia enviaban multitud de emoticonos. En aquel grupo de sus tres hermanas y ella se contaban cosas muy íntimas. Entre ellas había mucha confianza. Y aquel mensaje podía ser uno más, pero lo hacía diferente por tratarse de Raissa, la hermana de Can y, sobre todo, la hija de una amiga de su madre. Por ello, tecleó:

> Me encanta que disfrutes del sexo, pero,
> tratándose de quien es, y de que si mamá
> se entera de lo que haces puede poner
> el grito en el cielo, sé discreta, ¿vale?

Tras intercambiar varios mensajes más con sus hermanas, bloqueó el móvil y decidió no decirle nada a Can. Quizá a él lo incomodara o le pareciera una indiscreción saber lo que su hermana le acababa de contar.

Ibiza y él fueron a la habitación y, una vez que la cría abrió la puerta, el comandante murmuró a pesar del desorden que vio:

—Precioso reino.

Aquella estancia no era la típica de una niña de la edad de Ibiza. Los dormitorios de niñas solían ser de tonos cálidos, plagados de muñecas y lazos rosa. Pero aquél era muy diferente.

En una pared azul celeste colgaban palos de hockey, cascos, camisetas y gorras. Y en las tres paredes restantes estaba presente el mundo de *Juego de tronos*, con sus vinilos y sus emblemas.

—Mira..., ésta es *Babas* —indicó la cría acercándose a él.

Rápidamente Can miró la mano de la niña, en la que sostenía una pequeña tortuga verde. Sonrió encantado y tocó con un dedo el caparazón, al tiempo que saludaba tropezando con una zapatilla que había en el suelo:

—Un placer, *Babas*.

Ibiza, mimosa, le dio un beso a su tortuga: era su gran amiga. Miró a *Chester* e indicó:

—*Babas* es mi mascota, ¿te gusta?

El perro la olisqueó curioso y Can sonrió; entonces la pequeña, sin soltar la tortuga, dijo señalando su escritorio:

—Mira, el tío Adriano me trajo tres huevos de dragón como los de Daenerys.

Él, imaginando que hablaba de algún personaje de la serie que tanto le gustaba, asintió. Decorada como estaba, aquella habitación era pura magia para un niño. Sin duda Sonia se había esforzado en crear un bonito mundo para su hija y, cuando se quedó observando los vinilos de dragones que parecían volar por las paredes, oyó:

—¿Te gusta mi trono?

Al mirar, vio a la niña sentada en un trono como el que había visto millones de veces en la promoción de la serie que ella tanto adoraba; sonrió e iba a contestar cuando apareció Sonia a su lado y dijo cómicamente haciendo una reverencia:

—Mi querida y adorada Lady Mini Stark, ¿sería usted tan amable de lavarse las manos, la cara, peinarse y ponerse la ropa que gustosamente le he dejado sobre la cama? Sus tíos preferidos van a llegar en cualquier momento para recogerla.

La cría sonrió, se levantó, y, cuando salió de su habitación, Can murmuró boquiabierto por lo que veía:

—¿En serio tiene un trono como el de la serie?

Divertida por aquello, la joven recogió la zapatilla de Ibiza que había en medio de la habitación y explicó:

—Su tío Ginger y las Ladies...

—¿Las Ladies? —preguntó Can.

Sonia sonrió.

—Las Ladies es el nombre del grupo completo de las *drags*. —Can asintió y ella añadió—: Como te decía, las Ladies la malcrían en exceso y, conscientes del amor de Ibiza por *Juego de tronos*, encargaron ese trono a un amigo ebanista que tenemos y que, como verás, es una réplica exacta del de la serie. ¿A que es una chulada?

Can se acercó y lo tocó. Era sólido. Bien trabajado. Bonito. Y, mirándolo, afirmó:

—Es una maravilla.

Al poco la niña entró de nuevo en la habitación con su tortuga en las manos.

—Mami..., ¿has preparado las cosas de *Babas*?

De inmediato, Sonia cogió una minimochila, donde estaba la isla de la tortuga y la comida, y Can, riendo, se sacó el móvil del pantalón porque lo notó vibrar.

—¿*Babas* también se lleva sus cosas? —musitó.

—Por supuesto —afirmó Sonia observando cómo él echaba una ojeada al teléfono y sonreía. No hacía falta que le contara el motivo de la sonrisa. Sabía por qué era.

La niña, ajena a lo que pensaba su madre, indicó mirándolo:

—Yo llevo mi almohada preferida.

Sonia vio que él se guardaba el móvil y aclaró:

—Mis dos niñas se van con sus tíos a pasar la noche con todas sus cositas para que no echen nada de menos.

Can asintió. Sin duda no tener hijos lo tenía muy alejado de esos detalles.

Una vez que dejaron a la niña en la habitación, cambiándose de ropa, Can y Sonia se dirigieron al salón. Al entrar, él reparó en varias fotos que había colgadas en la pared y, acercándose a una de ellas, preguntó divertido:

—¿Eso es en Carnaval?

Sonriendo, Sonia la miró. En ella se la veía a ella junto a Ginger, Adriano, Divinicienta y Marylycra, que llevaban unas escandalosas pelucas de colores a conjunto con sus ropas llenas de plumones. La foto estaba hecha en el O'Pera, el local de Lola Mento. Y, justo en aquella fiesta, Sonia había hecho de *drag king*, que era la versión masculina de una *drag queen*. Ella se vistió de hombre para el espectáculo, se caracterizó de Freddie Mercury, actuó y lo disfrutó mucho.

Divertida por ver cómo él miraba la imagen, contestó:

—Eso fue la fiesta del plumeteo.

—¿Son tus amigos *drags*?

—Sí.

De nuevo, la vista de aquél viajó hasta otras fotos. En la mayoría se volvía a ver al mismo tipo de personas con diferentes pelucas de colores, con Ibiza o con ella misma, y la joven indicó con mofa:

—¡Como puedes ver, nos va la fiesta!

Can asintió. Estaba claro que la fiesta y la diversión les iba mucho, pero entonces atrajo su atención un póster enmarcado que estaba colgado en la pared. Se veía claramente que la chica de la imagen era una joven Sonia dando un salto en la pista de hielo.

—Eres tú, ¿verdad? —preguntó Can complacido.

—Sí.

—¿Dónde está tomada?

Ella observó la foto.

—En los Juegos Olímpicos de Invierno de Vancouver. Con mi programa, ese año nos llevamos la medalla de oro.

—¿Medalla olímpica?

—Sí.

En silencio, los dos miraron la delicadeza que la foto mostraba, y luego ella añadió:

—Un año después, en una competición en Calgary, me caí al realizar ese mismo programa. Me lesioné y se terminó la competición para mí.

—Lo siento.

Sonia suspiró encogiéndose de hombros.

—Cosas de la vida.

Según dijo eso, Can la miró. Su gesto siempre sonriente por un segundo dejó de serlo. Estaba claro que aquello era algo que aún le dolía, pero entonces la joven sonrió de nuevo y comentó señalando:

—Y ésa es mi estantería de los recuerdos.

Can miró hacia donde le señalaba. Allí había infinidad de cosas curiosas: trofeos, premios, plumas, fotos... Incluso unos patines en el interior de una urna.

—Con esos patines gané mi primera medalla de bronce —contó Sonia, que luego señaló una medalla—. Y ése fue mi último oro antes del accidente.

De nuevo Can asintió cuando ella sonrió al coger una bola roja de billar. Ver aquella sonrisa le gustó.

—¿Y esa sonrisa? —dijo.

Sonia lo miró con un suspiro y, apretando la bola en su mano, contestó:

—Es que esta bola tiene su historia.

—¿Y puedo saber cuál es? —preguntó él apoyando la cadera en la estantería.

La joven asintió y, retirándose el flequillo de la cara, contó:

—Hace años estaba sentada con mi amigo Ginger en una terraza de Ibiza viendo una preciosa puesta de sol cuando el chico más guapo y sexy que había visto hasta el momento se acercó a nosotros. Dejó esta bola sobre la mesa y, tras decirme que se llamaba Manuel, me miró y me preguntó: «¿Ves este número tres?». Yo asentí, y él añadió: «Pues este número nos va a dar suerte».

—¿Y fue así? —quiso saber Can con curiosidad.

Sonia asintió, y, tras dejar la bola en su lugar, afirmó omitiendo ciertos detalles:

—Estuvimos juntos tres meses. Al tercer día de regresar a Londres me enteré de que estaba embarazada. E Ibiza nació un 3 de abril a las tres de la madrugada.

Can asintió boquiabierto y a continuación preguntó:

—¿Sigues teniendo buena relación con el padre de Ibiza?

Ella negó seria con la cabeza y le dio una respuesta escueta:

—No. Directamente pasó de mí y de su hija.

Sin dar crédito, Can miró la bola que ella había dejado en la estantería.

—No sé si yo, en tu caso, guardaría esa bola como un bonito recuerdo —musitó.

Sonia volvió a sonreír al oírlo. Aquello era cosa del pasado y ya estaba más que superado, y suspiró.

—¿Sabes? —afirmó en confianza—: En ocasiones, los mejores recuerdos son aquellos que logran hacerte sonreír. Y te aseguro que éste conmigo lo consigue porque, gracias a él, tengo lo más bonito que la vida ha podido regalarme: mi hija Ibiza.

Can asintió de nuevo sin apartar los ojos de la muchacha.

Estaba claro que el tal Manuel debía de ser un imbécil de mucho cuidado. ¿Cómo podía haberle hecho aquello a Sonia? ¿Cómo no ejercía de padre de aquella preciosa niña? No obstante, se guardó lo que pensaba para sí y no dijo nada más.

Con su manera de hablar, de ser, Sonia le parecía curiosa y atrayente. En todo el rato que llevaba con ella no había sentido en ningún momento que intentara seducirlo, y eso llamó su atención. Por norma, las mujeres siempre trataban de hacerlo. ¿Por qué ésa no?

Estaba pensando en ello cuando le sonó el móvil. Había recibido un mensaje de su hermana Raissa y, al mirarlo, parpadeó al leer:

Brooke, la hermana de Cynthia y Sonia, es dulce como el almíbar. No sabes lo que te pierdes, hermanito, aunque, por suerte, no le van los hombres. Madre mía, cómo folla esa tía, ¡es una fiera! Je, je, je.

Boquiabierto, Can maldijo. Desde que había dejado su relación con Amélie, Raissa estaba cada día más descontrolada. E, incapaz de comentárselo a Sonia o pensaría que su hermana era una indiscreta, guardó el móvil y se calló.

Ella, que se había alejado unos pasos para darle intimidad y leerlo, al verlo guardar el teléfono, preguntó:

—¿Quieres beber algo?

—¿Tienes cerveza?

—De trigo. Las de cebada no me van.

—¡Me vale! —afirmó Can alejándose de la estantería de los recuerdos.

Ella asintió.

Pero ¿qué hacía aquél en su casa?

Estaba pensando en ello cuando, para aclararse, pidió:

—Alexa, pon la canción de Janelle Monáe *Make Me Feel*.

Al oír eso, Can miró a Sonia.

—Yo también tengo a Alexa —comentó.

La joven sonrió e, intentando controlar sus calores, señaló:

—Me encanta ese tema. Adoraba a Prince y esa canción me recuerda mucho a él.

Ambos sonrieron cuando comenzó a sonar la música y ella, sin ningún pudor, empezó a moverse al compás mientras abría la nevera para coger un par de cervezas.

Can la observó. La naturalidad era su sello de identidad. Al poco Ibiza entró en el salón y, acercándose a su madre, comenzó a moverse como ella al compás de la música, mientras sostenía a *Babas*, la tortuga, en las manos.

El comandante las miró divertido. Estaba más que claro que aquellas dos no conocían la vergüenza y, sonriendo, se sentó en el brazo del sofá mientras las chicas se divertían bailando algo que parecía una coreografía para ellas, chocando las manos y los pies al compás de la musiquita.

Sonia disfrutaba de su hija. Ibiza disfrutaba de su madre. Cuando bailaban o cantaban juntas no existía nadie más en el mundo. Les encantaba y, olvidándose de que Can estaba allí, disfrutaron de su momento de complicidad moviéndose con la bonita canción.

Cuando ésta acabó, Sonia cogió a su pequeña en brazos y, tras darle un mordisquito en aquella barbilla tan redondita, preguntó consciente de que ya no tenía planes:

—¿En serio quieres irte con los tíos esta noche?

Ibiza asintió y, dejando a Can descolocado, respondió:

—Mami, yo también necesito salir con mis amigos sin ti.

Sonia asintió divertida y suspiró.

—Valeeeeee. Lo entiendooooo.

Entonces sonó el portero automático e Ibiza fue a abrir. Instantes después regresó corriendo hacia su habitación mientras gritaba:

—¡Son los tíos!

—¿Ha dicho que necesita salir con sus amigos sin ti? —preguntó Can con guasa dirigiéndose a Sonia.

Ella asintió con una carcajada. Aquello que la niña decía era algo que la había ayudado a ella a salir sin que la niña llorara cuando era más pequeña, y, con complicidad, afirmó haciéndolo sonreír:

—Lo has oído bien.

Can rio.

Segundos después, la joven se apoyó en la mesa mirando hacia la puerta para observar la reacción de Ginger al entrar y ver a Can. Conociendo a su amigo, sin duda sería para no perdérsela.

—Ladies Stark... —se oyó al poco—, ¡ya estamos aquí! Uiss..., ¿y este perro? ¡Hola, bonito!

—Estamos en el salón —indicó Sonia sin moverse de donde estaba.

Al cabo de unos instantes, Ginger entró acompañado de Adriano, su pareja, y *Chester*, y al ver a Can sentado en el brazo del sofá, se paró en seco y pestañeó como sólo él sabía hacerlo.

—*Hallelooooooooo!*... —exclamó—. Pero... ¡qué maribarbaridad!

Capítulo 8

Sonia, que conocía a su amigo, sonrió sin moverse de donde estaba.

—¿Q. E. E. G.? —preguntó Ginger mientras se retiraba el pelo de la cara.

La joven rio. A su manera, le había preguntado quién era ese guaperas.

—Se llama Can —respondió.

Ginger asintió y, mirándolo de arriba abajo, soltó sin filtros:

—Creo que le voy a hacer una foto para colgarla en mi galería de mariamantes.

Can se quedó boquiabierto mirando al particular tipo asiático que había hablado.

¿Qué había dicho y de qué iba disfrazado con aquel mono rosa, unas gafas de pasta blanca y una peluca violeta?

Sonia, divertida por el modo en que se miraban, se acercó a sus amigos para acabar con aquel escaneo y, tras darles un beso en la mejilla, anunció:

—Chicos, él es Can, un amigo, y su perro *Chester*. Can, ellos son Ginger y su novio, Adriano, parte de mi familia.

El italiano, que ya conocía lo exagerado que era su chico en todos los sentidos, pasó por su lado y le tendió la mano a Can.

—Encantado. Soy Adriano.

—Can. Lo mismo digo —afirmó él estrechándosela y comprendiendo que el tipo de la peluca era el amigo gay y socio de Sonia.

Ginger era la indiscreción personificada en todos los sentidos, y murmuró petrificado:

—Nena..., pero ¿de dónde ha salido este fornido salvaje? ¿Y por qué yo no tenía el mariplacer de conocerlo?

Sonia sonrió divertida y luego cuchicheó:

—Yo lo conocí ayer. Can era la encerrona de mi madre a mis hermanas en la cenita de anoche.

—Pero qué bien elige tu madre las encerronas... ¡Desde ya exijo que me haga una a mí!

Sonia sonrió de nuevo y su amigo, caminando hacia Can, se paró ante él, se bajó las gafas de pasta con coquetería y preguntó:

—¿Eres modelo?

—No.

—¿Y nunca te lo has planteado?

—No —dijo Can divertido.

Incapaz de no seguir escaneando a un hombre tan sensual como aquél, Ginger insistió:

—Querido, en nuestra agencia tienes un hueco cuando quieras. Esa pinta de buenorro salvaje que tienes gusta mucho hoy en día.

Oír eso hizo sonreír al comandante, que asintió.

—Gracias por el ofrecimiento. Lo tendré en cuenta.

Sonia soltó una risotada cuando Ginger, quitándose las gafas con glamur, le plantó dos besos en las mejillas a aquél y, tras darle un pequeño azote en el trasero y estrujárselo, exclamó:

—Culito duro... ¡Estupendo!

Descolocado por aquello, Can no supo qué responder.

Por su físico estaba acostumbrado a las miradas incluso de los hombres, pero no a las libertades que aquél se había tomado, por lo que, algo incómodo, dijo al ver a su perro olisqueando a Adriano:

—*Chester*, ven aquí.

—Tíooooooooo Gingerrrrrrrrrrrr —gritó de pronto Ibiza entrando en el salón.

El aludido, al volverse y ver a la niña, soltó el bolso que llevaba en el suelo y exclamó abriendo los brazos:

—¡Lady Mini Starkkkkkkkkkkkkk! ¡Pero cómo ha crecido el amor de mis amores!

Ambos se fundieron en un abrazo cariñoso y emotivo, y Can, al verlos, preguntó dirigiéndose a Sonia:

—¿Llevaban mucho tiempo sin verse?

—Desde ayer en el partido de hockey —respondió ella sonriendo.

Can asintió. Sin duda, algo se le estaba escapando, y, dirigiéndose de nuevo a ella, preguntó:

—¿Dónde está el baño?

—En el pasillo, la puerta que tiene un póster de Las Vegas.

Can asintió y, sin más, se encaminó hacia allí y entendió por qué en el parque ella había defendido a aquellos muchachos con tanta vehemencia.

—Marimuerta me he quedado..., pero, por favor..., ¡qué escándalo de salvaje!

Sonia rio al oír a Ginger, no lo podía remediar.

—Es de A. T. —insistió él.

Su amiga rio. Sabía perfectamente que Can era «de ataque total», pero, sin darle más importancia de la necesaria, se encogió de hombros y musitó:

—Es mono. No lo voy a negar.

—¡¿Mono?!

—Sí. Mono.

Oír eso hizo que Ginger la mirara sin dar crédito.

—¿Qué canción? —quiso saber.

Sonia suspiró. Ya estaban con su jueguecito.

Desde el primer instante en que vio a Can le vino a la cabeza la romántica canción de Luis Miguel, pero, evitando mencionarla o Ginger la volvería loca a preguntas, dijo pensando en un tema tremendamente sensual:

—*I Put a Spell on You*, de Iza.

Al oír eso, Ginger parpadeó. Sabía qué canción era y cuánto le gustaba a su amiga.

—Uis, nena, ¡qué calentón llevas! —musitó—. A éste le metes la lengua.

—Lo dudo —contestó ella sonriendo.

—¡Nenaaaaaaaa!

Sonia no respondió, sobraban las palabras, y Ginger indicó llevándose la mano izquierda al cuello.

—Cada bella necesita su bestia. Y esa bestia, ya que no puede ser para mí porque estoy locamente enamorado de mi amor, me gusta para ti. Dios mío, ¡bésalo! Qué boca..., qué labios, ¡qué todo!

Ella meneó la cabeza divertida. Por primera vez en mucho tiempo se había fijado en la boca de un hombre. Aquellos labios eran tentadores. Mucho. ¿Cómo besaría? Pero, volviendo en sí, se dijo: «¿Y a quién no le gustaría Can?».

Y, sin ganas de pensar ni imaginar lo que no procedía, porque desde hacía mucho había descartado a ese tipo de hombres en su vida, respondió evitando mencionar que la mujer del parque le había regalado una liga:

—Permíteme recordarte que yo a ese tipo de bestia ¡no me acerco!

—Cariño, ¡está en tu casa!

—Sí, pero no por lo que imaginas.

—Es muy Drogo y Momoa. Y, mira, se llama Can..., que podría ser Khal...

—Ginger...

—¿Quién te dice que ese salvaje no te susurrará mirándote a los ojos la respuesta a lo que te tatuaste en la cadera?

Sonia sonrió. Años atrás, el personaje del comandante Khal Drogo de *Juego de tronos* la impactó de tal manera que se tatuó en su cadera derecha en idioma dothraki la frase «*Yer jalan atthirari anni*», que significaba «Eres la luna de mi vida», algo que Daenerys le respondía al guaperritísimo Khal cuando éste le decía «*Yer shekh ma shieraki*», o, lo que es lo mismo, «Eres mi sol y mis estrellas».

¿Algún día algún hombre le diría eso a ella?

—Lo primero —cuchicheó con una sonrisa—, dudo que me lo susurre, pues nunca ha visto la serie, y lo segundo, paso de Drogos y Momoas reales..., y lo sabes.

Ginger asintió, pero sonriendo insistió:

—Cuando me lleve a la niña os quedaréis solos y...

Sonia suspiró. En lo último que pensaba era en ligar con un tipo como Can.

—Mi amor..., no —lo interrumpió.

Ginger miró a su amiga boquiabierto. ¿Cómo no iba a tirarle los trastos a semejante tipo?

Mientras tanto, Can se lavaba las manos en el baño.

No tenía en nada contra los gais. Él tenía excelentes amigos homosexuales, pero ninguno le había tocado el trasero como lo había hecho aquél.

Mientras pensaba en eso, miró a su alrededor. Aquel baño de color verde pistacho y blanco era pequeño, minúsculo en comparación con el suyo, que era blanco y gris. Observó intrigado las toallas de colorines, incluso alguna con emoticonos en forma de caca... ¿En serio alguien compraba toallas así?

Se fijó con sorpresa en los botes de champús y geles de frutas que allí había. Si no había diez, no había ninguno, ¡y todos destapados! Se fijó asimismo en los cepillos de dientes y sonrió al ver que los dos tenían forma de dragones. Cogió el tubo del dentífrico y le puso el tapón. ¿Cómo podían tenerlo todo destapado?

Una vez que lo hizo y dejó la pasta en su sitio, reparó en los juguetes tirados que había dentro de la bañera. Sin duda eran de Ibiza.

Con curiosidad, cogió un bote de gel en el que decía que olía a cerezas. Lo olfateó y asintió, sin duda así era, e, inevitablemente, buscó el tapón correspondiente y se lo puso.

Tras dejar el bote miró a su alrededor nuevamente. El pequeño baño estaba repleto de cosas coloridas por todos los lados y, agobiado, decidió salir. Aquello era un caos.

Al entrar en el salón, tocó la cabeza de su perro *Chester* y, acercándose a Adriano, comenzó a hablar con él.

—¡A ti no hay quien te arregle el radar! ¡El Salvaje está buenísimo! —murmuraba mientras tanto Ginger dirigiéndose a Sonia.

Bajando la voz para que Can no los oyera, la joven cuchicheó:

—Es amigo de la familia, y eso, junto a que está buenísimo y es probable que yo no sea su tipo, es un dato importante para no meterlo en mi cama.

—¡¿Ni una sola vez?!

Sonia lo miró. Escaneó su cuerpo. Tentador. Observó su sonrisa mientras charlaba con Adriano... Increíble. La verdad era que Can era terriblemente apetecible. Pero, consciente de que en todo el rato que llevaban juntos ni la había mirado ni le había insinuado nada que le demostrara un mínimo de interés por su parte, respondió segura de sí misma:

—¡Ni una sola vez!

Ginger resopló. Y cuando iba a añadir algo, Ibiza, que estaba jugando con *Chester*, dijo:

—Tío Ginger, además de Drogo y Momoa, ¡Can es comandante como Jon Nieve y como Khal Drogo!

—Nooooooo —murmuró él llevándose la mano a la boca.

—¿A que marimolaría como novio para mi mami?

Al oír eso, Sonia parpadeó sorprendida.

—Marimolaría muchísimo —exclamó Ginger.

Sonia maldijo al verlos sonreír y luego apremió a su hija.

—Cariño, ve a tu habitación a por tu mochila y la de *Babas*.

Una vez que la niña se alejó, Ginger murmuró emocionado:

—Uis, que me da. ¡Nuestra Lady Mini Stark tiene buen gusto! Pedazo de hombretón quiere para ti.

—Ginger..., te lo advierto —lo cortó—. No alientes las cosas que imagina Ibiza o...

—Can Drogo y Khal Drogo. Nena..., ¡estamos hablando del amor de tu vida! Creo que...

—No me interesa lo que creas y C. P.

Él resopló. No quería cerrar el pico y, tras unos segundos, cuchicheó mirando a su chico, que era policía:

—Marimuero por los uniformes, ya lo sabes. —Y, a continuación, preguntó—: ¿comandante de qué?

—Pilota aviones. Su padre es el dueño de High Drogo.

—Woooooooooo... ¡Drogo! Pero, nena, ¿no ves que el universo te lo está poniendo delante? El universo te habla y dice: «¡Bésalo! ¡Cómetelo! ¡Tíratelo!».

—¡Ginger!

—Uissss, el universo..., lo cabrito y alcahuete que es.

—¡Joder con el universo! —gruñó ella en español.

De nuevo Ginger, que entendía todas las palabras en español

que ella decía, sin inmutarse escaneó en su totalidad a Can y luego suspiró.

—¡Pecaría repetidamente y sin descanso con él!

La joven no respondió y él, volviendo al ataque, musitó tocándose su peluca violeta:

—¿Lo has visto de uniforme?

Sonia lo escaneó. Sin duda, con el uniforme puesto debía de ser todo un espectáculo para la vista, y suspirando susurró:

—No. Pero me lo puedo imaginar.

Estuvieron observándolo unos segundos en silencio hasta que ella preguntó:

—¿Hasta cuándo se queda Adriano?

Ginger miró a su amor italiano y sonrió. Aquel policía que había conocido hacía más de seis años y que cada veinte días viajaba de Roma a Londres para estar con él unos días, lo tenía loco y, consciente de lo que pensaba hacer esa noche cuando Ibiza se durmiera, cuchicheó:

—Hasta el lunes por la tarde.

Al oír eso, la joven se sintió culpable.

—¿En serio queréis llevaros a Ibiza? —murmuró.

—Y tan en serio. Es nuestro bebé. Adriano muere por ella y yo también —afirmó Ginger.

Sonia asintió, tenía razón; tanto Adriano como Ginger malcriaban y mimaban a Ibiza como nadie. Entonces su amigo, volviendo a clavar su mirada asiática en Can, dijo en voz baja:

—Es un comandante muy follable.

—¡Ginger! —lo regañó ella intentando no reír.

—Hija, por Dios, ¡¿qué quieres que diga?! Lo veo y me mariacaloro.

Ella volvió a sonreír divertida.

Haber pasado el día con él le había hecho ver que, además de un guaperas de buen cuerpo y precioso pelazo, también era un hombre amable, divertido y cariñoso y, sobre todo, tenía un par de dedos de frente. Le había encantado estar con él y hablar de todo lo que se les ocurría.

—¿A qué hora viene Luis?

—Cita cancelada —respondió Sonia.

—Nooooooooo... ¡¿Por qué?!

—Su padre se ha roto un brazo y tenía que quedarse con él.

—¡Qué fatalidad! —musitó Ginger—. Aunque, bueno..., algo me dice que el universo ha intercedido para que puedas tener una cita mejor. Pero ¿no te das cuenta de que te lo está gritando?

—*Joer*, qué pesadito eres siempre con el universo, por Dios.

Se quedaron unos segundos en silencio y luego él susurró:

—Cariño, te voy a dar un mariconsejo.

—No te lo he pedido.

—Conquístale la mente. En una palabra: ¡fóllasela!, y te digo yo que a ese comandante la ropa se le cae sola.

—¡Ginger!

Su amigo rio. Sabía lo bruto que podía llegar a ponerse en ocasiones a pesar de su glamur y, viendo a Ibiza aparecer con las dos mochilas, se las cogió y, tras darle un beso en la punta de la nariz a la niña, preguntó:

—¿*Babas* está lista?

La cría, que sostenía con cuidado a su tortuga en la mano, asintió y Ginger llamó a su chico.

—Amor, vamos. Seguro que Sonia y Can tienen planes...

Al oír eso, ella miró a su amigo con ganas de degollarlo, y Ginger insistió sin darle tiempo a contestar:

—Lady Mini Stark, dales un besito a mami y al comandante.

La niña sonrió y, mirando a aquél, al que adoraba, preguntó con picardía:

—¿Me cantarás la canción antes de dormir?

Ginger soltó una carcajada. Él no cantaba tan bien como Sonia, pero afirmó riendo:

—Por su-turu-turu-puesto, mi amor. Y ahora dile a tu madre y al comandante que lo pasen bien y ¡vámonos!

La niña besó encantada a Sonia, después a Can y, tras darle también un beso a *Chester*, se cogió de la mano de Adriano y se encaminó hacia la salida seguida por su madre y Ginger. Pero antes de salir por la puerta se volvió para dedicarle un gesto que su madre le devolvió.

Can no se movió de donde estaba y simplemente sujetó al perro para que no los siguiera.

—Último mariconsejo de la noche —susurró Ginger dirigiéndose a Sonia—. Mientras llega el hombre indicado, disfruta del equivocado. Y si por casualidad éste es el equivocado, ¡eso que te llevas para el cuerpo!

A continuación cerró la puerta y ella resopló. Su amigo nunca cambiaría.

Una vez que regresó al salón, Can y Sonia se miraron y ésta comentó intentando aparentar normalidad:

—Bueno..., pues ya se han ido.

Él afirmó con la cabeza.

De pronto se sintió raro con aquella a la que apenas conocía, solos en su casa, por lo que, dando un trago a su cerveza, se la terminó y tras dejarla sobre la mesa indicó:

—Creo que es hora de que me vaya yo también.

Sonia sonrió y se encogió de hombros.

—Creo que sí.

En cuanto él enganchó la correa al collar de *Chester*, caminaron juntos hasta la entrada y, cuando ella la abrió, se miraron y Sonia sonrió.

—Oye..., gracias por el estupendo día que le has dado a Ibiza. Conocer a *Chester* ha sido genial para ella.

—Lady Mini Stark es encantadora —afirmó él.

Luego él le dio dos castos besos en las mejillas y salió al descansillo.

—Ya quedaremos otro día —dijo.

Sonia asintió. Lo dudaba, pues ni le había pedido el teléfono ni él se lo había pedido a ella. ¿Para qué?

Estaba claro que lo que Can había dicho era la típica frase hecha para quedar bien.

Instantes después él le guiñó un ojo, dio media vuelta y se dirigió al ascensor dando por finalizada la conversación.

Sonia cerró la puerta de su casa y suspiró. Estaba claro que aquél tenía cosas mejores que hacer.

Sonriendo en soledad, entró en el comedor. Qué vacío lo sentía cuando no estaba su hija. Y, deseosa de llenarlo al menos con música, pidió:

—Alexa, pon *Soy yo* de... —Sin embargo, se interrumpió, negó con la cabeza y, rectificando, volvió a decir—: Alexa, pon *Slave to Love* de Bryan Ferry.

Tan pronto como ésta comenzó a sonar, Sonia se soltó la coleta que llevaba para que el pelo cayera sobre su rostro. Después se quitó las zapatillas de deporte dejándolas en medio del salón y la sudadera para quedarse con una camiseta blanca de manga corta, y moviendo las caderas con sensualidad, se encaminó hacia la cocina. Se cogería otra cervecita.

Capítulo 9

Can, que esperaba el ascensor en el descansillo, oyó que en casa de la joven empezaba a sonar *Slave to Love* y sonrió.

¡Siempre le había gustado esa canción!

Había pasado un estupendo día con ella y con la niña, un día diferente, y cuando el ascensor llegó, abrió la puerta y se metió en él.

Con cariño, se agachó a acariciar a *Chester* y preguntó mirándolo:

—¿Lo has pasado bien con Lady Mini Stark?

El animal parecía sonreírle, y Can comentó divertido:

—Yo también.

Al llegar a la planta baja, se disponía a salir del ascensor cuando le sonó el móvil.

Lo sacó del bolsillo y se encontró con un wasap de Enriqueta, la mujer con la que había amanecido el día anterior.

¿Continuamos lo de ayer?

Al leer eso, se quedó inmóvil. ¿Por qué sentía que todas le escribían para lo mismo?

El sexo estaba bien. Él era una persona que lo disfrutaba una barbaridad, pero también le gustaba disfrutar de otros momentos bonitos y buenos de la vida.

Siempre le había atraído el juego de la seducción. Ese juego de miradas con una mujer que le calentaba hasta el alma y lo incitaba a un acercamiento íntimo y pasional.

Saltarse esa parte del juego le restaba interés. Y, no, esa noche no le apetecía quedar ni con Enriqueta, ni con Wanda, ni con Silvana ni con ninguna de las mujeres cuyos números tenía grabados en el teléfono.

Ese día le apetecía algo diferente.

Por ello, sin salir del ascensor, pulsó un botón y, cuando llegó al piso de Sonia y volvió a oír aquella canción que tanto le gustaba, sonrió.

Sabía que ella no tenía planes esa noche. Él tampoco. Así pues, ¿por qué no pasarla juntos sin más?

Se acercó a la puerta para llamar al timbre pero se detuvo en el último momento.

¿Y si ella pensaba que volvía para otra cosa?

Pero finalmente, y consciente de que aquello era lo que más le apetecía, llamó y, cuando segundos después Sonia abrió y lo miró con gesto de sorpresa, Can dijo:

—Me iba. Pero luego he pensado que si tú no tienes planes ni yo tampoco, ¿por qué no seguir la tarde y cenar algo?

Sonia parpadeó.

—Y, para llegar a esa conclusión, ¿has tenido que pensarlo mucho?

Como siempre, ella le vacilaba, y él añadió:

—Un par de minutos.

Sonia sonrió divertida y él, viendo que no lo invitaba a entrar, insistió:

—Seamos sinceros: el día de hoy ha sido fantástico. Ni tú has intentado seducirme con pestañeos ni palabras insinuantes a pesar de que esa mujer nos ha regalado la liga ni yo a ti. Por tanto, ¿qué te parece si continuamos disfrutando del día como amigos?

Boquiabierta, ella procesó lo que aquél había soltado por la boca. Menudas calabazas le estaba dando sin ni siquiera haberle hecho ojitos. ¡Menos mal que no había seguido el mariconsejo de Ginger!

Como bien había imaginado desde el principio, aquel guaperas nunca se fijaría en una mujer como ella, por mucho que le dijera que miraba el interior.

—Si me pongo la liga y en plan loba de los bosques, ¿no te seduciré? —replicó con guasa y naturalidad.

Can soltó una carcajada.

—Anda, pasa —dijo ella—. ¿Quieres otra cerveza?

El comandante sonrió, le encantaba que ella hubiera entendido el mensaje, y afirmó mirando lo graciosa que estaba con el pelo suelto cubriéndole a medias la cara.

—Me encantaría —repuso.

Olvidándose de sus pensamientos, Sonia meneó la cabeza y luego musitó señalando sus pies:

—Ponte cómodo. Quítate las zapatillas si quieres.

Al ver las zapatillas de Sonia en medio del salón y la sudadera, Can iba a decir algo cuando oyó que ella bromeaba con *Chester* e inevitablemente sonrió.

Confundida por su aparición, la joven se encaminó hacia la nevera para coger otra cerveza para él, y de pronto lo oyó decir:

—Me gusta mucho esa canción.

Sonia asintió y, tras cerrar el frigorífico, dejó la cerveza sobre la encimera y preguntó mientras abría un armarito:

—¿Te gustan las palomitas?

Can asintió. Luego la joven, sacando una bolsita, la metió en el microondas y lo miró.

—¿En serio no tienes ningún compromiso esta noche? —preguntó curiosa.

El comandante pensó en los mensajes que había recibido en su móvil y se le acercó para coger la cerveza que le tendía.

—No.

Sonia asintió y, cogiendo la suya, la chocó con la de él y preguntó:

—¿Te apetece que veamos una peli en Netflix?

Can asintió, le parecía una buena propuesta, y cuando iba a decir algo ella insistió:

—Quítate las zapatillas. Estarás más cómodo.

Esta vez lo hizo sin dudarlo. Pero, a diferencia de ella, dejó las suyas a un lado del salón y, fijándose en un par de guitarras que estaban ancladas a la pared, dijo:

—¿Son tuyas?

Sonia asintió y cuando vio que él iba a continuar preguntando, cogió el mando de la televisión, la encendió y se lo entregó.

—Busca alguna peli que nos pueda gustar mientras se terminan las palomitas.

Él obedeció y se sentó en el sofá.

—¿De qué te van las pelis? —preguntó.

Sonia sonrió. Le encantaban las comedias románticas, pero, evitando cualquier cosa que tuviera que ver con el amor, respondió simplemente:

—De acción.

Mirando la pantalla, Can buscó una de ese género.

—¿Has visto *Fast & Furious: Hobbs & Shaw*? —quiso saber.

Sacando las palomitas del microondas, Sonia las echó en un bol mientras respondía:

—Uis, no, ¡tenía ganas de verla!

Luego fue hasta el sofá y, sentándose como un indio al lado de él, se recostó y, en silencio, comenzaron a ver aquella trepidante película de acción mientras comían palomitas sin rozarse.

En el transcurso de la misma, rieron y comentaron cosas de la trama, sin duda lo estaban pasando pipa viéndola, y, en cuanto terminó, Can afirmó repanchingado en el sofá junto a ella:

—Ha estado bien.

—Muy bien —admitió ella desperezándose—. Me encantan esos actores. Pero ¿tú has visto qué músculos tiene Dwayne Johnson?

Eso hizo reír a carcajadas a Can, y más cuando ella añadió:

—Le tengo que decir a Ginger que la vea. Marimorirá con los tatuajes maoríes de Dwayne, ¡son espectaculares!

—¿Te gustan los tatuajes?

Ella asintió.

—Me encantan. —Y, riendo, añadió—: A mi madre, cuando vio la mariposa que llevo en el costado y otro que me hice en la cadera, ¡casi le da un infarto! Estuvo sin hablarme un par de meses. Luego me tatué una frase muy especial para mí en el hombro y...

—¿Qué frase?

Sin dudarlo, ella se levantó la manga de la camiseta blanca y se lo mostró.

—«Quien tiene magia no necesita trucos» —leyó Can, que asintió. Recordaba haberle oído decir esa frase, y preguntó—: ¿Y tú tienes magia?

Sonia lo miró y, tratando de no dejarse llevar por sus instintos más primitivos, sonrió y soltó bajando la voz:

—Tremendamente negra.

Eso hizo reír a Can a carcajadas.

—Por este tatuaje mamá estuvo otros dos meses sin hablarme —continuó ella—. Y..., bueno, como no hay tres sin cuatro, me tatué hace un par de semanas en el tobillo el nombre de mi hija, que, cuando lo vea mi madre, volverá a retirarme el saludo.

Can soltó otra carcajada. Deseaba ver la mariposa que tenía tatuada en el costado, pero como ella no hizo ademán de enseñársela, no se lo pidió. En otras circunstancias, con otra mujer, lo habría provocado, pero no con Sonia.

Un extraño silencio se hizo entre ellos hasta que Can, para salvarlo, dijo:

—Yo también tengo tatuajes. Pero me los hago donde no se ven por mi trabajo. Bastante disgusto tiene mi madre con que lleve el pelo largo como para que los tatuajes se vean, y más aún siendo comandante de la empresa.

Eso no sorprendió a Sonia. Sin saberlo, intuía que aquél tenía algún tatuaje y, cuando iba a preguntar, él musitó con una sonrisa guasona:

—Tengo un tatuaje maorí que comienza en el hombro y termina en el codo.

Ella parpadeó emocionada. Le encantaban ese tipo de tatuajes en los hombres y, sin poder callar, susurró obviando las distancias:

—Me muero por verlo.

Sin dudarlo, Can se quitó la sudadera gris. Debajo llevaba una camiseta negra y Sonia ya vio cómo bajo la manga aparecía el tatuaje. Durante unos segundos él pensó si quitarse la camiseta o limitarse a subirse la manga, y finalmente optó por lo segundo. No quería pasarse.

Cuando hizo ese gesto, Sonia se acercó un poco más a él. El tatuaje era una verdadera maravilla, y susurró tocándolo con suavidad:

—¡Q. F.!

Divertido, Can la miró mientras sentía su suave caricia. Pero, sin querer pensar en otras cosas que no venían a cuento, preguntó:

—¿«Q. F.»? ¿Qué significa eso?

Sonia sonrió y, echándose hacia atrás en el sofá para alejarse de él, de aquella increíble y salvaje tentación, respondió evitando mostrar que estaba acalorada:

—¡«Qué fuerte»! Eso he dicho.

Can asintió, a él también le gustaba mucho su tatuaje, y bajándose la manga de la camiseta afirmó:

—También llevo tatuada una rosa de los vientos. —Y al ver cómo ella lo miraba añadió—: Pero la tengo en un sitio que...

—Ése mejor no me lo enseñes —se apresuró a decir Sonia cortándolo.

Sin saber por qué, a los dos se les alteraron las pulsaciones, así que prosiguieron hablando de tatuajes para calmarse, hasta que él, al mirar la estantería de los recuerdos, preguntó:

—¿Sigues patinando sobre hielo?

Encantada, Sonia asintió, nunca podría vivir sin hacerlo.

—Sí. Doy clases un par de días a la semana en el Lee Valley Ice Centre y también entreno siempre que puedo y cuando el tiempo me lo permite.

—¿Entrenas?

La joven se retiró un gracioso rizo de su rostro y afirmó:

—No compito pero participo en exhibiciones.

—No me digas. Entonces ¿sigues en activo?

Asintió gustosa y afirmó:

—Patinar es parte de mi vida y, sinceramente, es lo único que me relaja y me permite pensar con claridad cuando tengo un problema.

Durante un buen rato la joven le habló del mundo del patinaje sobre hielo y Can, curioso, la escuchó y le preguntó cosas. Nunca había conocido a nadie que se dedicara a aquello, y oírla hablar, o incluso cada vez que ella se levantaba para enseñarle con movimientos elegantes cómo se hacía una pirueta, le gustaba. Sonia era una muchacha encantadora.

Una de las veces, cuando ella se sentó tras hacer una pirueta, le sonaron las tripas y, mirándolo, preguntó:

—¿Te parece si cenamos?

Can se levantó e iba a ponerse la sudadera gris cuando ella preguntó:

—¿Tienes frío?

—No.

—Entonces ¿por qué te la pones?

Can se disponía a contestar cuando ella, con una sonrisa, dijo señalando la ventana:

—Está diluviando. ¿Qué te parece si preparamos algo con lo que tengo en casa?

Él asintió con gusto, le parecía una excelente idea, y, guiñándole el ojo, declaró:

—Sé hacer una tortilla de patata española con cebolla o sin ella estupenda.

—¿En serio?

—Totalmente en serio.

Feliz al oírlo, la joven enseguida le entregó un delantal.

—Ay, Dios... ¡Ya estás tardando en hacerla con mucha cebolla!

Can sonrió divertido y cogió el delantal.

Si Sonia quisiera ligar con él, nunca le habría pedido una tortilla con cebolla, y una vez que terminó de atárselo a la cintura y lo miró, iba a hablar cuando ésta se le adelantó:

—Por supuesto..., de la Casa Stark.

Estaba riendo cuando él se frotó las manos.

—Muy bien, pinche. Necesito sartén, aceite, sal, patatas, huevos, un cuchillo, un ajo y una cebolla.

—¿Ajo?

Can asintió.

—Me lo recomendó un amigo español que hace unas tortillas impresionantes. Le dan un puntito muy rico.

—¡Pues marchando el pedido! —dijo Sonia—. Y que sepas que, si Ibiza estuviera aquí, haríamos la noche temática española.

Can la miró y ella, explicándose, añadió abriendo un armario:

—Nos encanta hacer noches temáticas con los amigos. Solemos hacerla los martes. España, Brasil, Italia, Hawái... —Y, sacando un collar de flores de colores del armario, explicó enseñándoselo—: La última que hicimos la semana pasada estuvo ambientada en las islas Hawái. Preparamos *poke*, *lomi-lomi* de salmón, una carne típica de Lanai y, de postre, unas piñas riquísimas.

Can la miró sorprendido.

—¿Y cómo aprendiste a preparar esos platos?

—¡San Google y los amigos cocineros que tengo! —se mofó Sonia. Can soltó una risotada y luego ella añadió—: Fue divertido. Ibiza y yo recibimos a los amigos poniéndoles estos *leis* de flores en el cuello mientras sonaba música hawaiana, y al final todos bailamos el *hula*.

Él asintió divertido, en la vida había asistido a una cena así.

—Ya te invitaré a alguna de mis noches temáticas —aseguró ella.

—Me encantará —susurró Can.

Una vez que ella dispuso sobre la encimera todo lo que él le había pedido, comenzaron a pelar patatas juntos.

—Alexa, pon *I'm Not in Love* de los Pretenders —dijo a continuación.

Instantes después la música comenzó a sonar y, cuando Can la oyó, dijo sonriendo:

—¿Te cuento un secreto?

Ella asintió.

—Esta canción suena todas las mañanas en mi casa cuando una mujer duerme en mi cama, pero, en mi caso, interpretada por el grupo 10cc.

Eso hizo levantar la ceja a la joven, y él añadió:

—Tengo programada a Alexa a cierta hora por si no se han marchado. Simplemente intento que entiendan que, como dice la canción, lo ocurrido no ha sido amor, sino tan sólo sexo.

Sonia soltó una risotada y, sincerándose, comentó:

—Yo les preparo un café en un vaso de plástico con tapita y todo, abro la puerta de casa y les digo «¡adiós!».

Ambos rieron por aquello y luego ella dijo:

—La canción es original de 10cc, pero a mí me gusta mucho la versión de los Pretenders. Quizá sea porque siempre me ha encantado la voz de Chrissie Hynde.

La escucharon unos instantes en silencio, y luego él, tras mirar las guitarras, preguntó:

—Has dicho que eran tuyas, ¿verdad?

Sin mirar, ella ya sabía a qué se refería.

—Sí —afirmó.

—¿Sabes tocarlas?

Asintió sonriendo y él, curioso al recordar cómo aquélla bailaba y cantaba con su hija, preguntó:

—¿Cantas también?

Sonia sonrió. Tenía los genes de su padre.

—Me defiendo —repuso con picardía.

Ambos rieron de nuevo y esta vez la joven miró las guitarras.

—La marrón oscura, la clásica o española, era de mi padre biológico —comentó—. Es el único recuerdo que mamá guardó de él y que ahora guardo yo. La otra, la acústica clarita, me la regaló papá hace unos años. Siempre le gustó verme tocar la guitarra.

Can asintió y, mirándola, indicó:

—No entiendo de guitarras. ¿Qué diferencia hay entre ellas?

Sin dejar de pelar patatas, Sonia aclaró:

—Por ejemplo, la española tiene las cuerdas de nailon, su sonido es más suave y dulzón, y el espacio entre las cuerdas es más amplio, mientras que, en las acústicas, las cuerdas son de metal, su sonido es más chispeante, el espacio entre las cuerdas es más reducido, y..., bueno, más cosas.

Can asintió.

—¿Me harías una demostración cantándome algo mientras tocas la guitarra?

—¿Ahora? —preguntó ella divertida.

Can volvió a asentir y Sonia, dejando el cuchillo y sin ningún tipo de vergüenza, se limpió las manos en un trapo que luego tiró sobre la encimera, saltó por encima de sus zapatillas, cogió una de las guitarras y, sentándose en una banqueta alta, declaró:

—Sus deseos son órdenes. ¿Qué quiere escuchar el señor comandante?

Can no supo qué decir, no pensaba que fuera a aceptar, y respondió:

—Lo que quieras. Una canción que te guste.

A Sonia, que le encantaba aquella faceta, dijo tras pensarlo un poco:

—Voy a cantarte un precioso tema que me gusta mucho y que tiene una letra increíble. Es de un cantante mexicano que, además de guapo, es encantador y se llama Carlos Rivera.

—¿Es en español?

—Sí.

Can gesticuló y ella, al entenderlo, afirmó:

—De acuerdo. Te la cantaré en inglés, para que entiendas la letra, que es muy bonita.

—¡Estupendo!

—Se titula *Te esperaba*.

Y, sin más, Sonia comenzó a tocar la guitarra para después acompañarla con su voz.

Can la escuchaba encantado mientras sentía cómo el vello de todo su cuerpo se erizaba. Oírla cantar mientras tocaba la guitarra y lo miraba con aquella sonrisa era una de las cosas más sensuales, bonitas y provocadoras que había visto en la vida, y de pronto se sintió totalmente hechizado por ella.

¿Qué le ocurría?

Cuando, un par de minutos después, la canción acabó, gustoso y sorprendido por cómo aquélla lo había embrujado, aplaudió para disimular.

Sonia hizo una cómica reverencia y, tras levantarse de la banqueta para dejar la guitarra en su sitio, regresó a su lado.

—Cantas muy bien, y la letra de la canción es preciosa —señaló él.

Durante un rato, mientras las patatas se freían lentamente en la sartén, junto con la cebolla y el ajito, continuaron hablando de todo aquello como si se conocieran de toda la vida.

A Can le gustó charlar con ella. Estar con una guapa mujer, hablando sin sentir que lo que aquélla quería era que le quitara la ropa, era algo nuevo para él. Sin duda, Sonia podía ser una buena amiga.

Cuando las patatas estuvieron blanditas, Can las sacó del aceite y las echó en los huevos batidos y, tras mezclarlo todo y preparar la sartén con un poco de aceite, lo vertió y la tortilla comenzó a cuajar.

—Como dice mi madre..., *mi amor*..., ¡sola y con una niña! —prosiguió Sonia riendo—. Lo que ella no ve es que los tiempos han cambiado y que, por suerte, tengo a mi lado a una familia estupenda que me quiere y que nunca me dejará sola. No necesito encontrar a un maravilloso y comprensivo Charles que se enamore de mí y me haga la vida fácil. Ya me la hago yo solita.

Can asintió mientras, con habilidad, daba la vuelta a la tortilla con un plato. Le gustaba la fuerza y la resolución que Sonia le demostraba. Se sentía atraído por las mujeres fuertes, independientes, decididas y musitó:

—Ni te imaginas lo mucho que me gusta oír eso que dices y notar la positividad que desprendes.

Sonia asintió y luego afirmó observando aquella increíble tortilla española:

—Como muchas, soy una mujer independiente que vive en el siglo XXI y me limito a buscarme la vida para que a mi hija y a mí no nos falte de nada. Y, aunque mi madre lo ve, por desgracia sigue pensando que necesito al lado a un hombre para ser plenamente feliz... ¿Te lo puedes creer?

—Claro que te creo —dijo Can divertido—. Mi vida como comandante en High Drogo es plena. Me gusta viajar. Me encanta mi libertad. Pero, como el buen hijo que intento ser, les permito que me organicen una cenita trampa cada mes. —Ambos sonrieron—. Mis padres se creen que hacen algo bueno por mí y yo simplemente voy a esas cenas y aguanto el tipo. Mi padre es un hombre turco muy tradicional. Sabe que dentro de pocos meses se jubilará y High Drogo pasará a mis manos, y ahora le ha entrado la prisa porque encuentre una buena mujer tan tradicional como él con la que casarme y tener hijos.

—¡Qué planazo! —se mofó Sonia.

Can sonrió al ver su gesto, y continuó:

—Y luego está mi madre. Ella es de las que piensan que para que yo pueda ser feliz necesito tener una mujer a mi lado.

Ambos pusieron los ojos en blanco.

Se quedaron unos segundos en silencio, y luego Sonia, al ver que él sacaba la tortilla y la colocaba en un plato, musitó:

—Si mi madre viera lo que me has preparado para cenar, ¡te retiraría el saludo!

Can soltó una risotada, le encantaba la naturalidad de aquella joven.

—Pues venga —dijo quitándose el delantal—. Pongamos la mesa y veamos si está tan buena como parece.

Cinco minutos después, los dos estaban sentados a la mesa probando aquel exquisito manjar cuando Sonia, al ver que él desviaba la vista hacia un lado, preguntó:

—¿Qué miras?

Incómodo por haber sido pillado, Can musitó:

—Nada.

Pero Sonia sabía que mentía. Lo llevaba observando un buen rato e, imaginando lo que ocurría, insistió:

—Mientes. Lo sé. Vamos, sé sincero.

—Quizá lo que voy a decir es una tontería —explicó él entonces tomando aire—, pero ¿no te incomoda tener tiradas las zapatillas en medio del salón y la sudadera mal puesta en la silla?

Al oír eso, Sonia sonrió. Llevaba toda la noche observando cómo Can miraba aquello y, encogiéndose de hombros, respondió:

—No me incomoda absolutamente nada, ¿a ti sí?

Él suspiró. Y, sincerándose como ella, contestó:

—A mí verlo me rompe la armonía.

Sonia soltó una risotada divertida ante su cara de sorpresa y luego replicó:

—Pues que sepas que a mí no me la rompe. Así que, si quieres que tu armonía deje de estar rota, te levantas tú y lo pones como te dé la gana.

Avergonzado por su reacción, Can sonrió.

—Da igual —murmuró—. No te preocupes.

Prosiguieron charlando mientras sonaba música y él, al ver que la joven movía los hombros al compás, preguntó:

—¿Quién canta?

—Picture This, ¿los conoces? —Él negó con la cabeza y ella añadió—: Es un grupo alternativo irlandés que me encanta.

Can asintió. No los había oído en la vida, pero aseguró:

—Me gusta.

Complacida, Sonia siguió moviendo los hombros al compás de la música y afirmó tras dar unas palmadas con la mano en cierto momento de la canción:

—Se titula *Troublemaker*. Y tienen otra que se llama *Winona Ryder*, que también está muy bien.

Can no respondió, y ella musitó con desenfado antes de meterse un trozo de tortilla en la boca:

—Que sepas que te acabas de convertir en mi comandante preferido.

Él levantó las cejas y, tras tragar, preguntó curioso:

—¿Conoces a más comandantes?

Ella negó divertida con la cabeza.

—No —y añadió—: Por eso eres mi preferido.

Entre risas, y como si se conocieran de toda la vida, cenaron mientras disfrutaban de aquella maravilla de tortilla y de una mejor conversación. No hubo silencios. No hubo insinuaciones. Sólo hubo risas, confidencias y diversión, consiguiendo que la velada fuera mágica y especial para ambos.

Las horas pasaron como si fueran minutos y, sobre las doce de la noche, comenzaron a quitar la mesa y pusieron el lavavajillas. Sonia, contenta, guardó en un táper la tortilla que había sobrado.

—Cuando mañana la vea Lady Mini Stark, ¡gritará de felicidad! —cuchicheó.

Can asintió y, encogiéndose de hombros, cerró la bolsa de pan de molde que ella había dejado abierta sobre la encimera.

—Cuando quieras más, sólo tienes que decírmelo —aseguró—. Para algo soy tu comandante favorito.

Con picardía, la joven le guiñó el ojo y él sonrió. Esa muchacha era un encanto.

Diez minutos después, al ver que su perro se levantaba, Can se acercó a la ventana y comentó con pereza tras echar un vistazo fuera:

—Creo que ahora que no llueve es el momento de marcharnos *Chester* y yo.

Sonia fue a su lado y asintió. La apenaba que se marcharan porque estaba muy a gusto, pero sin duda era el momento. Por ello él cogió su sudadera gris, se la puso y llamó a *Chester*. El perro rápidamente se acercó a él, le enganchó la correa y entonces Can, cogiendo su móvil, que estaba sobre la mesita, preguntó:

—¿Nos damos los números de teléfono?

A Sonia le gustó que fuera él quien lo propusiera, aunque dudaba mucho que la llamara. E, intercambiándose los móviles, ambos teclearon sus respectivos números y, al devolvérselos, Can soltó una risotada al ver el nombre con que ella había grabado el suyo.

—¡¿Lady Stark?!

La joven asintió divertida.

—Así siempre sabrás que hablas con esa mujer que te rompe la armonía.

Sin poder dejar de sonreír, él asintió. Luego, tras darse dos castos besos en las mejillas, al sentirse algo azorada por su cercanía, Sonia se agachó disimulando para acariciar a *Chester* y, tras besarlo en la cabeza, murmuró con cariño:

—Eres un perrete muy bueno y me ha encantado conocerte. Adiós, precioso.

Al oír eso, Can la miró extrañado.

—¿Acaso no lo vas a ver más?

Ella no respondió.

—Parece que te estés despidiendo de él —aclaró Can.

Sonia se incorporó. La realidad era ésa, pero él, sorprendiéndola, dijo:

—El lunes salgo para Tokio, pero cuando regrese, si os apetece a ti y a la niña, podemos volver a quedar para comer.

Sorprendida, Sonia asintió. Le parecía genial..., ¿o no?

Y cuando él se marchó y cerró la puerta de su casa, sonrió. Sin duda Can podía llegar a convertirse en un buen amigo.

Capítulo 10

El domingo por la mañana, Sonia disfrutaba de su enorme cama para ella sola en el silencio de su hogar.

La noche anterior, cuando Can se marchó y se acostó, aunque en un principio se negó a recordar a aquel pedazo de tío tan impresionante o, como diría Ginger, tan «salvaje», al final, en la oscuridad de su habitación, pensó en él.

Era un tipo sexy y asquerosamente atractivo... ¿Cómo sería en la intimidad?

De nuevo la canción de Luis Miguel acudió a su mente. Siempre había sido una loca romántica, hasta que, por avatares del destino, un día decidió dejar de serlo. El desengaño que se había llevado con el padre de su hija había hecho que dejara el romanticismo a un lado para limitarse a dar paso a lo práctico.

Nada de amor. Sólo sexo. Eso evitaba problemas y, sobre todo, sufrimientos.

Pero conocer a Can había sido especial y, sin darse cuenta, mientras pensaba en él canturreó el estribillo de la canción *Soy yo* de Luis Miguel:

Siempre le había gustado la letra de esa canción. Le parecía tremendamente romántica, pues siempre había deseado que alguien bajara las estrellas del cielo para ella.

Por fin el sueño la venció, pero un buen rato después se despertó sobresaltada y, sudando, se sentó en la cama.

¿En serio estaba teniendo un sueño morboso con Can? ¿En serio lo había besado?

Acalorada, sacó las piernas de debajo de las sábanas para airearse y encendió la luz de la mesilla. Las 5.37. Tras mirar la hora en el despertador, volvió a tumbarse, se arrebujó entre las sábanas y decidió dormirse de nuevo, aunque fuera pensando en Can.

¿Por qué no? ¿Quién se iba a enterar?

Pero esta vez el sueño no la venció. Recordar lo que había soñado con aquel tipo tan alto, atractivo y, sin duda, morboso no le permitía dormir.

Sola en la casa, en su cama y sin niña que la sorprendiera, decidió dejarse llevar y jugar un poco utilizando su imaginación para darle una alegría a su cuerpo.

¿Por qué no?

Pensar en el comandante y en el poderío varonil que emanaba por cada poro de su piel simplemente con sonreír, tocarse el pelo, coger un vaso para beber o moverse, la estaba llevando a un tremendo calentón.

Por ello, y dispuesta a calmarlo, cogió su móvil y buscó en su lista de Spotify.

Pensó qué poner: ¿romanticismo o sensualidad? Al final se decidió por lo segundo. El romanticismo estaba sobrevalorado, así que buscó *I Put a Spell on You* de la cantante Iza. Y, cuando la canción comenzó a sonar, dejándose llevar por el momento, se desnudó. Se quitó la camiseta de tirantes y las bragas que usaba para dormir y empezó a acariciarse el cuerpo.

El calor la abrasaba.

El placer crecía y crecía...

El deseo la hacía desearlo a él, a Can...

Y, consciente de que podía dejarse llevar por el caliente momento sin miedo a que Ibiza la pillara, disfrutó mientras la música la envolvía en un éxtasis sin igual.

Tras rozarse con los dedos la punta de los pezones jadeó deseosa de más.

Abrió el cajón de la mesilla y del fondo cogió una caja y una llave, y, tras abrir la primera, sacó un estupendo vibrador violeta para el clítoris al que había bautizado como *Soldado Universal*.

Sentándose en la cama, se miró en el espejo de pie que había en un lateral y sonrió. Pelos de loca, cara de deseo y sonrisa de «me apetece».

Abriendo las piernas para mirarse, se chupó con erotismo dos dedos de la mano derecha para después bajarla por su cuerpo muy lentamente hasta llegar al clítoris. En su mente, Can estaba frente a ella, observándola, pidiéndole que se tocara para él. Como decía la canción, lo había hechizado. El placer al imaginar y sentir aquello la hizo morderse el labio inferior y gemir. «¡Sí!...»

Los dedos continuaron su recorrido hasta llegar a su vagina, donde los introdujo, y, cerrando los ojos, jadeó mientras la sensual e intensa canción proseguía.

«¡Qué placer!»

En su mente, Can continuaba observando su juego duro como una piedra mientras se quitaba la camiseta y dejaba al descubierto su impresionante tatuaje maorí.

¿Dónde tendría tatuada la rosa de los vientos?

Los ojos ávidos de aquél observándola, su sonrisa de lobo hambriento, sus grandes manos, su cuerpo deseable y morboso... Pensar en él la hacía sentirse abrasada y, sin dejar de morderse el labio, se estremeció de deseo y de placer jugando con él, con Can.

La joven conocía su cuerpo a la perfección. Era una mujer independiente y liberal que disfrutaba del sexo, un estupendo juego con el que gozar siempre que podía.

Estaba sola, soltera. No tenía pareja. No tenía que darle explicaciones a nadie. ¿Por qué no jugar con quien le viniera en gana o cuando le apeteciera?

Nadie mejor que ella para proporcionarse lo que buscaba; colocó el vibrador sobre su mojado e hinchado clítoris, lo puso en marcha y cuando el movimiento de aquél hizo que Sonia se tumbara sobre la cama y subiera las piernas, una increíble oleada de placentero calor le recorrió el cuerpo mientras la música la envolvía por completo y sentía cómo la boca de Can la besaba.

«¡Sí..., sí..., sí...!»

El momento...

Aquel apasionado largo y ardiente beso...

La sensualidad de la canción...

El placer...

El *Soldado Universal*...

La imaginación...

Y el comandante Can James Drogo...

Todo eso unido le hacía saber que tendría un increíble orgasmo en décimas de segundo, mientras el vibrador proseguía su roce provocándole oleadas de placer que la hacían revolverse en la cama al tiempo que en su mente oía la voz de Can diciéndole: «No cierres las piernas..., no las cierres, mi amor».

Sus pezones erectos. La piel ardiendo. Los gemidos gustosos. Notar el morboso y dulce roce de los labios del comandante sobre los suyos la hizo temblar de lujuria, placer, éxtasis...

¡Cuánto lo deseaba!

Hechizada y perdidamente excitada, se estremeció sin control cuando un increíble orgasmo clitoriano la recorrió de arriba abajo llenándola de luz, fuerza y locura, e instantes después hizo que cerrara las piernas y se retorciera en la cama.

Al poco, dejó el *Soldado Universal*, sonrió y se dio aire con la mano; sin duda pensar en aquel comandante era terriblemente morboso. Subió las manos para dejarlas caer por encima de su cabeza y murmuró pensando en él:

—Por suerte, no lo sabrás.

Realmente, el momento había sido satisfactorio y, quitando la música del móvil, se arrebujó entre las sábanas de nuevo, cerró los ojos y, sonriendo, finalmente se durmió.

Capítulo 11

Sonia disfrutaba de la tranquilidad en su cama cuando de pronto oyó que alguien le decía al oído:

—Dime que estás desnuda porque el Comandante Salvaje te mariarrancó la ropa...

Al oír esa voz, rápidamente abrió los ojos. A su lado estaba Ginger, tumbado y sonriéndole como siempre, y, sin sobresaltarse lo más mínimo, preguntó:

—¿Has preparado café?

Él, que había llegado hacía unos minutos y había abierto la puerta con su propia llave, suspiró y, tras darle un cariñoso beso en la frente, musitó:

—Vale..., voy a preparar el café. Pero luego... ¡quiero saberlo todo!

Cuando salió de la habitación, Sonia recogió la camiseta y las bragas, se las puso y, tras encontrar el vibrador bajo su trasero, se levantó, entró en el baño y lo lavó con agua y jabón. Una vez que terminó, tras mirarse en el espejo y recogerse su pelo oscuro en una coleta alta, regresó al dormitorio, donde metió el vibrador en su caja, la cerró con la llave y volvió a guardarla al fondo del cajón.

Hecho eso, volvió a tumbarse sobre la cama y sonrió mirando al techo.

Pensar en cómo su mente la había ayudado a imaginar aquella situación con Can había sido algo terriblemente morboso. Ginger volvió a entrar en la habitación y, tirándose en la cama con ella, musitó con despreocupación mientras se tocaba la peluca blanca:

—Lady Mini Stark y Adriano dormían como dos bebés cuando me he ido.

Sonia sonrió al pensar en su hija y en el novio de su amigo; era increíble lo bien que Adriano cuidaba de Ibiza. Se abrazó a Ginger y musitó hundiendo el rostro en su hombro:

—Me alegra saberlo.

—Quiero que me hables del comandante...

—No pasó nada. Cenamos, hablamos y poco más.

—Noooooooooooooooooooooo.

—Síííííííííííííííííííííííííííííííííííí.

—¡¿Ni un simple beso?!

—Absolutamente nada. Bueno, sí, ¡le rompí la armonía!

—¡¿Qué?!

Sonriendo, ella le contó lo que aquél le había dicho.

—Lleva razón —repuso Ginger—. Para ciertas cosas eres un maridesastre. Pero mira que no besarloooooo. Con esa boca que tieneeeeee..., esos labiosssssssss...

—Paaasooooo...

Él, que sabía la aversión que su amiga tenía a besar, resopló. Estaba claro que Manuel, del mismo modo que le había dado una hija preciosa a su amiga, le había arrebatado también aquella apetencia tan maravillosa que era fundir los labios con los de otra persona.

—¡Qué triste! —murmuró.

Sonia suspiró divertida.

—Triste, pero cierto. Ya sé lo que es estar con un tipo tan asquerosamente sexy como ése, y, mira, como que ya no me impresionan.

—Pero es tu tipo.

Al oír eso, quiso matizar «era», pero, soltando una risotada, la joven miró a su amigo y cuchicheó:

—A ver, cariño, ¿físicamente a quién no le gustaría Can? Pero yo... paso..., paso... y vuelvo a pasar.

Ginger asintió. Sabía por qué decía eso.

—La culpa es del españolito —murmuró. El españolito era el padre de Ibiza—: Por culpa de ese heteropetardo de sonrisa cautivadora y cuerpo Momoa que te rompió el corazón, piensas así ¡y no besas! Era tan diez que, ahora, cada vez que conoces a otro diez, sales huyendo. Y mira lo que te digo: ni todos son iguales ni todos piensan igual. Y...

Sonia, que sabía que tenía su parte de razón, había dejado de ser romántica para ser práctica. Le tapó la boca con la mano.

—A ver, Ginger —empezó—. No huyo, simplemente, no vuelvo a complicarme la vida. —Y, para no seguir hablando de Manuel, indicó tocándose las caderas—: Y hablando de Can, aunque el tipo es un encanto, paso de ver en él algo más. Tema zanjado.

Ginger maldijo, pero al acercarse a ella para besarla en el hombro comentó:

—Hueles a sexo.

Sonia rio y, sin necesidad de ocultar nada, porque entre ellos poco se ocultaban, señaló tras guiñarle el ojo:

—Lo pasé bien con mi *Soldado Universal*.

Ginger sonrió, sabía de su juguetito, pero como necesitaba preguntar, insistió:

—Dime que me has mentido y eso fue después de montártelo con el comandante.

—No te miento —suspiró Sonia—. No pasó nada con el comandante...

—¿Y si es gay? Ay, por Dios, ¡tendré posibilidades!

Al oír eso, ella soltó una risotada.

—Lo dudo. Algo me dice que Can es muy hetero.

—Pero si me dices que ni te metió mano...

Divertida por su comentario, Sonia cuchicheó:

—Cariño..., eso sólo demuestra que no soy su tipo. Digamos que simplemente fue una noche de amigos y ya está.

Ginger asintió, pero insistió:

—Qué triste..., qué triste...

Sonia no contestó y en ese momento se oyó la puerta principal que se abría. Debía de ser Stacy. Y rápidamente Ginger gritó:

—¡Necesitamos esos cruasanes de chocolate yaaaaaaaaaa!

Instantes después, Stacy entró en la habitación y, tras enseñarles la bolsa que llevaba en las manos, susurró:

—Recién hechos, ¡no digo más!

Ginger se apresuró a levantarse, le dio un beso en la mejilla, le quitó los cruasanes y dijo saliendo de la habitación:

—Dentro de dos minutos regreso con la bandeja del desayuno.

—¡Preciosa peluca! —exclamó Stacy haciéndolo sonreír.

Una vez a solas con Sonia, Stacy soltó el bolso en el suelo, se quitó los zapatos y, tirándose en la cama junto a su amiga, miró al techo.

—¿Y Lady Mini Stark? —preguntó.

—En casa de Ginger. Vendrá dentro de un rato con Adriano.

—¿Y eso?

Ella le habló de su cita fallida con Luis y, cuando acabó, Ginger, que lo había oído todo desde la cocina, gritó tras entrar en la habitación y dejar la bandeja sobre la cama:

—¡Alexa, pon la canción *Guilty* de Barbra Streisand y Barry Gibb!

Instantes después, la música empezó a sonar y los tres, sonriendo, comenzaron a cantar. Siempre iniciaban sus particulares desayunos con esa canción, que les encantaba.

Complacidos, comenzaron a disfrutar del desayuno hablando de sus cosas. Ese momento creado por ellos hacía muchos años era especial: era su momento de confesiones.

—¿Qué tal estos días con Adriano? —preguntó Stacy.

Ginger sonrió contento.

—Maridivinos y..., bueno..., anoche hablamos de boda.

Al oír eso, Stacy y Sonia lo miraron sorprendidas y éste, abriendo los brazos, gritó:

—¡Se lo he pedido!

Encantadas, aquellas dos abrazaron a su amigo haciendo caso omiso de los cafés, que se salían de sus tazas; cuando la locura terminó, éste afirmó contentísimo:

—Me dijo que sí.

—*Halleloooooo!* —gritaron entusiasmadas Sonia y Stacy.

Ginger reía feliz.

—Mi romano me ha dicho que comience a organizar una preciosa mariboda para el año que viene aquí, en Londres —contó—.

Y he decidido que vosotras seáis mis madrinas. Iréis vestidas de rosa chicle. Y la pequeña Lady Mini Stark llevará los anillos en un cojín de seda blanco roto, bordeado por una puntilla rosa chicle. ¿Qué os parece?

—Que vamos a ir hechas unas horteras —se mofó Sonia.

Los tres rieron por aquello y las chicas volvieron a abrazar a su amigo.

Sabían cuánto quería al italiano y, felices, comenzaron a planear la boda. Sin duda, sería la mejor del año.

Estaban hablando de aquello cuando Stacy reparó en algo y preguntó:

—¿Ha visto doña Mi Amor el nuevo tatuaje?

Sonia se miró el tobillo y, tras tragar lo que tenía en la boca, musitó:

—No. ¡Pero este verano en la piscina lo verá!

—Y habrá maridrama —afirmó Ginger.

Ella asintió, maridrama sería poco, y, cuando se disponía a contestar, Stacy declaró:

—Me encanta cómo te ha quedado.

Continuaron hablando y, cómo no, Ginger mencionó la visita de Can a la casa de aquélla. Los tres rieron por lo que contaba y luego el asiático indicó:

—Al Salvaje no se lo comió, pero se lo montó con el *Soldadito Universal*.

Stacy soltó una risotada.

Aún recordaba el día que fueron juntas a aquel sex-shop en Piccadilly a comprar al *Soldado Universal* y al *Doctor Strange*, y, sonriendo, aseguró mientras se tumbaba en la cama:

—Mmm, adoro a mi *Doctor Strange*.

—No sé la gracia que le veis a la silicona existiendo la carne de verdad —murmuró Ginger.

Stacy y Sonia se miraron divertidas y la segunda respondió tumbándose en la cama:

—Como diría doña Mi Amor, a falta de pan, buenas son tortas...

Los tres rieron de nuevo y luego Ginger se dirigió a Stacy.

—Bueno, y a tu médico voluntario ¿cuándo lo conocerás?

Encantada al oír hablar de aquél, la joven contestó:

—Cuando regrese de la misión donde está destinado.

—¿Dónde estaba?

—En Mozambique, con la Cruz Roja británica. Al parecer, regresarán en el mismo avión que la Brigada Acorazada XV, pero no sé cuándo.

Ginger asintió y entonces, recordando algo, dijo:

—Tengo un buenísimo amigo que trabaja en la sección de informática de Cruz Roja. Si le pregunto, quizá pueda decirme cuándo vuelve. ¿Cuál era su apellido?

—Lombart. Samuel Lombart.

Stacy sonrió al decir eso y Ginger, cogiendo su teléfono, buscó entre sus contactos e hizo una llamada.

—Hola, mi guapísimo Daniel. Sí..., sí, todo bien, ¿y tú? —Tras escuchar unos segundos, cuchicheó—: Oye, tengo una amiga íntima que está esperando a que su guapo marido regrese de Mozambique para darle la sorpresa de su vida, pero aún no sabe con exactitud el día. —Stacy y Sonia se miraron sorprendidas, pero aquél prosiguió—: Sí, bueno, está como médico voluntario y se llama Samuel Lombart. ¿Por casualidad me puedes mirar si tiene ya planes de regreso? —De nuevo volvió a escuchar y finalmente dijo—: Gracias, *amore*. Esperaré tu llamada. Un beso grandeeeeeeeee.

Una vez que hubo dejado el teléfono, Stacy preguntó:

—¿Por qué le has mentido diciéndole que soy su mujer?

Ginger cogió otro cruasán, luego sonrió y murmuró:

—Ay, tonta..., añadirle amorcito, drama y deseo hará que mi amigo se emplee más a fondo.

Sonia, divertida por las artimañas que Ginger siempre usaba para conseguir lo que deseaba, sonrió. Lo que no se le ocurriera a él no se le ocurría a nadie.

Minutos después, miraban el techo tumbados en la cama de ella cuando el asiático dijo imaginando lo que los tres pensaban:

—Lo que nos gusta un uniforme, nenas...

Todos asintieron. Sin duda aquélla era una gran verdad.

Capítulo 12

~~

El domingo por la mañana, cuando Can se despertó en su enorme cama, tras levantarse y asearse, lo primero que hizo fue sacar a *Chester* al parque. El animal necesitaba hacer sus cositas.

Cuando llegó a un banco, lo soltó y, mientras aquél corría, lo observó. Le encantaba ver la vivacidad de su perro y la alegría que demostraba mientras correteaba en libertad.

Sin saber por qué, pensó en Sonia y en su hija. Le había gustado pasar el día anterior con ellas. Había sido una jornada diferente. Y pensar en la noche compartida con Sonia y en cómo ella le cantó aquella canción tan bonita lo hizo sonreír. Era la primera vez que había estado con una mujer a solas en una casa y la ropa de ambos no había volado por los aires.

Pensando en ella, miró hacia el lugar donde habían estado el día anterior y volvió a sonreír como un tonto al recordar el episodio del ladronzuelo y cómo ella había reaccionado. Incluso recordó las zapatillas de Sonia tiradas en el salón... ¡Qué desastre! Ninguna de las mujeres con las que solía quedar habría reaccionado así en la vida, pero sin duda Sonia era diferente. No tenía nada que ver con ellas.

Sonreía cuando sacó el móvil. Buscó en sus contactos y se quedó mirando el que llevaba el nombre de Lady Stark. Que ella se hubiera grabado con ese apelativo le hacía gracia y, tras valorar si llamarla o no, a pesar de que le apetecía saber de ella y ver qué hacía, finalmente guardó el teléfono. Mejor dejar las cosas como estaban, aunque su sonrisa y aquellos ojos negros tan bonitos le eran difíciles de olvidar.

Pensaba en ello cuando su teléfono sonó. Era su hermana Raissa.

—¿Qué pasa, hermano?

Al oírla, sonrió y saludó.

—Hola, Raissa.

La joven, que estaba en su casa, preguntó sentándose ante la ventana:

—¿Puedes hablar?

—Sí.

Tras unos segundos en los que Can oyó a su hermana resoplar, ella añadió:

—Oye..., siento haber sido tan indiscreta el otro día y haber dicho lo del local *swinger*. Creo... creo que me pasé y me fui de la lengua. No tendría que haber dicho eso delante de Amina y..., bueno, necesitaba decírtelo y pedirte perdón.

Can suspiró.

—La verdad, no me hace ninguna gracia que mi vida sexual sea ahora del dominio público entre mis dos hermanas. Especialmente porque si hay alguien que ha respetado vuestras vidas sexuales soy yo. —Raissa asintió. Can tenía razón, y él prosiguió—: Dicho esto, estás perdonada. Sabes que te quiero y que, por ti y por Amina, soy capaz de mover el mundo. Pero ya lo hemos hablado. No estás encarando con acierto tu vida desde lo de Amélie. Me dijiste que dejarías de consumir cocaína y, por lo que pude comprobar el otro día, no es así.

Raissa asintió. Sabía que llevaba razón y, consciente de que debía cambiar o algo no muy bueno podría pasar, le aseguró:

—Te prometo que todo va a enderezarse.

—Si necesitas ayuda...

—Te la pediré —sentenció ella—. Y, por cierto, no veo el momento de que mi sobrino *Chester* se venga a pasar conmigo unos días. ¿Cuándo viajas?

Eso hizo reír a Can, que indicó:

—Muy pronto.

Durante diez minutos más, los dos hermanos charlaron y, una

vez que Can colgó el teléfono, silbó a *Chester* para que éste volviera a su lado y luego regresaron a su hogar. Un hogar donde sólo vivían él y su perro y donde primaban el orden, la tranquilidad, la armonía y la quietud.

En cuanto Can dejó las llaves en un cuenco de plata que le había regalado su madre, dijo:

—Alexa...

Intentó recordar cómo se llamaba la canción que había escuchado en casa de Sonia y le había gustado, pero, por más que pensó, no lo logró.

¿Cómo había dicho que se llamaban el grupo y la canción?

Finalmente se dio por vencido e indicó:

—Alexa, pon *Circles* de Post Malone.

Al comenzar a sonar aquella canción, se quitó la sudadera que llevaba, la dejó bien puesta sobre una silla y fue directamente a la cocina para llenarle el cuenco del agua a su perro, que se lo agradeció.

Poco después, y tras recogerse el pelo con una goma, decidió hacer un poco de ejercicio. Se cambió de ropa y entró en una habitación que había acondicionado como un gimnasio. Pesas, abdominales, cinta de correr... El ejercicio siempre le venía muy bien.

Durante más de una hora no paró de hacer deporte y, cuando acabó, estaba sudoroso y se fue directo al baño. Allí se quitó la empapada ropa de deporte, que metió con pulcritud en el cesto de la ropa sucia, y al entrar en su espaciosa ducha, sonrió mirando a su alrededor. Aquel baño tan impolutamente blanco y gris, de toallas blancas, con un bote de gel y otro de champú para el pelo, no tenía nada que ver con el de Sonia. El de aquélla estaba lleno de colores, botes de geles y champús abiertos y juguetes de la pequeña.

Para su suerte, cuando compró la casa, la reformó por completo y se dio el lujo de instalar un baño de ensueño, que se componía de tres zonas: la primera, de dos lavabos de diseño; la segunda, un increíble y enorme jacuzzi del que disfrutaba siempre que podía, y la tercera, una impresionante ducha independiente que llevaba incorporado un sistema de cromoterapia.

Esto último se lo había recomendado Diane, una amiga, quien

le indicó que las luces le provocarían diferentes sensaciones cuando se duchara, y sin duda era así. La primera con quien lo había comprobado fue con Diane, y a ella le siguieron muchas más.

Sonriendo por aquello, Can abrió el grifo de la ducha, que estaba empotrada en el techo, y de pronto pensó en Sonia. Imaginarla desnuda y mojada en aquella ducha junto a él, con su bonita e inquietante sonrisa, lo excitó en décimas de segundo.

No podía olvidar que había estado con ella y había disfrutado de una velada diferente y, apoyándose en la pared, cerró los ojos y bajó la mano derecha hasta su miembro.

Con mimo, lo acarició mientras el agua corría por su piel. ¡Qué placer!

Su mente comenzó a jugar entonces con él e imaginó a Sonia abriendo las manos para abrazarlo. Can besaba aquellos tentadores labios gustoso para después seguir besándola en el cuello, en los hombros, en los pechos.

Aún recordaba el olor de su piel, Sonia olía excepcionalmente bien, y se estremeció al imaginar que su tacto debía de ser pura seda.

Pensar eso hizo que el movimiento de la mano que rodeaba su erecto y caliente pene se acelerase, mientras, en su imaginación, ella se mordía el labio inferior y bajaba las manos por su cuerpo para tocarlo.

Mmm..., se estremeció.

El placer que sentía lo hizo temblar mientras aceleraba el movimiento de su mano. Contra la pared de la ducha, en la mente de Can, Sonia y él se hacían el amor como dos lobos hambrientos. Se deseaban. Se entregaban. Se follaban, mientras los movimientos de Can, masturbándose, se aceleraban por la pasión del momento, hasta que no pudo más y el clímax lo alcanzó.

Instantes después, con la respiración agitada, abrió los ojos y sonrió. Estaba claro que aquella mujer, con su sonrisa y su loca personalidad, lo había impresionado.

Pero ¿por qué?

Tras la ducha, salió del baño con una toalla blanca enrollada en las caderas y, al ver a su perro dormido sobre su cama, dijo recordando de pronto y alzando la voz:

—Alexa, pon *Te esperaba* de Carlos Rivera.

Cuando la canción comenzó, sonrió. Ésa era la que Sonia le había cantado, pero en esta ocasión sonaba en español. Aun así, no le importó y, escuchándola, se encaminó hacia la cocina para cogerse una cerveza. Después de abrirla, miró su móvil. Había recibido varios mensajes: Raissa, Lauren, Jessie, Beth. Pero se centró en el de Silvana, una comandante como él de otra compañía aérea que le decía que hacía escala en Londres por unas horas.

Silvana estaba casada con Glen, un ejecutivo comercial de ordenadores, y tras coincidir con la pareja en Nueva York en un local *swinger* y enterarse por el propio Glen de que le excitaba saber que su mujer se acostaba con otros para después contárselo, Can no lo dudó y decidió entrar en aquel juego.

¿Por qué no, si al marido no le importaba?

Una vez que hubo intercambiado algunos mensajes calientes con aquélla, sonó el videoportero y Can, consciente de quién se trataba, abrió.

Instantes después, abrió la puerta principal para ver llegar a Silvana con una bolsa de comida en la mano de un famoso restaurante que a ambos les gustaba. Ella, al verlo sólo vestido con aquella minúscula toalla blanca, murmuró hablando por teléfono:

—Cariño, te dejo. Ya he llegado a casa de Can. Sí..., lo haré y te contaré.

El aludido sonrió y ella, tras una sonrisita cómplice, añadió:

—Saludos de Glen.

—Igualmente —dijo Can.

—Pregunta si podemos grabar nuestro encuentro.

El comandante sonrió negando con la cabeza.

—Ya sabe que no. Si quiere mirar estando presente, no hay problema, pero nada de grabaciones.

La guapa comandante se despidió de su marido y colgó el teléfono, le guiñó el ojo y anunció:

—He traído ensalada César y solomillo Wellington. Tengo dos horas y media antes de regresar al aeropuerto y Glen quiere detalles.

Can sonrió. Él nunca podría tener una relación como la que mantenían aquéllos, pero como no era el caso ni ella su mujer, asiéndola de la mano, la metió en su casa y, tras quitarle la bolsa y dejarla sobre un aparador, la empotró contra la pared y, excitado por lo que había imaginado en la ducha, susurró con sensualidad en su oído:

—¿Qué desea Glen que hagas?

—De todo.

—¿Y qué deseas tú?

Silvana, encantada con su fogoso recibimiento, y segura de lo que quería, no sólo porque su marido se lo hubiera ordenado, susurró:

—Quiero follarte y que me folles.

Can asintió. No era la primera vez que jugaban; entre ellos el sexo siempre era vivo y maravilloso. Luego acercó su caliente y apetitosa boca a la de ella, le rozó los labios, pasó la lengua por ellos y finalmente la besó.

El beso calentó motores en décimas de segundo y, sin perder tiempo, Can la cogió en brazos y la llevó a su habitación. Nada más entrar, la dejó en el suelo y se sentó en la cama. Silvana se apresuró a quitarse su uniforme mientras él la observaba. Qué guapa era aquella rubia, y qué cuerpo tan bonito tenía.

Una vez desnuda, ella se tumbó encima de él para besarlo. Un beso, dos..., a Can le encantaba besar, mientras su mano bajaba por el musculado y tentador cuerpo de él hasta llegar a la toalla y abrirla.

Complacido, él se dejó hacer, y Silvana, descendiendo por su cuerpo, rodeó con la boca su duro pene y, sin dudarlo, lo chupó. Can cerró los ojos encantado y, tumbado sobre la cama, simplemente se limitó a disfrutar.

Glen le había pedido eso a su mujer. Deseaba que ella disfrutara de aquel placer y, sin duda, lo estaba haciendo. Minutos después, cuando la rubia notó que, si proseguía, Can se correría, se detuvo, reptó hacia arriba y, mirándolo, preguntó:

—¿Los preservativos están donde siempre?

Él asintió.

Silvana se acercó entonces a la mesilla, abrió una especie de urna que Can había comprado en uno de sus viajes a Rusia y, tras sacar un preservativo, musitó:

—¿Puedes grabarme mientras te lo coloco con la boca? A Glen y a mí nos encantará verlo juntos.

Tras pensarlo, él asintió. Mientras no se viera su rostro no había problema y, cogiendo el teléfono de aquélla, comenzó a grabar.

Con deleite, Silvana miraba a la cámara. Quería que su marido viera lo caliente que estaba y cómo cumplía su orden. Paseó los labios gustosa por el pene de Can y jugó con él. Sabía que cuando su marido viera aquello le encantaría. Por ello, con ganas, placer, morbo y deseo le colocó el preservativo con la boca y, cuando terminó, Can dejó el teléfono sobre la cama y murmuró:

—¡Hasta aquí!

Silvana asintió y se sentó a horcajadas sobre él. Complacido, Can cogió aquellos pechos y, primero uno y después el otro, los lamió, los chupó, los mordisqueó..., mientras Silvana jadeaba. Entonces ella, deseosa de más, guio su duro pene hasta el centro de su caliente deseo, se dejó caer lentamente sobre él y se estremeció. Can también.

Con movimientos circulares, la rubia buscó su placer, mientras sentía cómo el pene erecto de él se clavaba en su interior llenándola de sensaciones. Desde que había aterrizado en el aeropuerto de Gatwick deseaba estar con él así.

Cerró los ojos y pensó en su marido, en cómo la miraría en ese instante si pudiera. Eso la excitaba, la volvía loca. Y, tras acelerar sus acometidas como mentalmente su adorado marido le exigía, murmuró:

—Me voy a correr.

El comandante asintió al oírla y, deseoso de que lo hiciera, musitó:

—Hazlo..., córrete.

Silvana continuó describiendo movimientos circulares, secos, rotundos. Unos movimientos que la estaban llevando al séptimo cielo de la lujuria y el placer, y, cuando no pudo más, dejándose ir, se corrió empapando las piernas de Can con sus fluidos.

El comandante la miraba, la observaba, conocía perfectamente aquel juego y, cuando ella abrió los ojos, indicó:

—Ahora me correré yo y tú lo volverás a hacer.

Esas simples palabras los hicieron sonreír y entonces él la agarró por la cintura y se dedicó a perseguir su propio placer. La colocó bajo su cuerpo, puso las piernas de la joven sobre sus fornidos hombros y, mirándola, se clavó en su interior.

—Cuéntale a Glen esto... —musitó hundiéndose en ella—. Y esto..., y esto... —Can se clavaba en ella con fuerza una y otra vez mientras la rubia gritaba de placer al recibirlo. Sí, eso era lo que quería. Lo deseaba.

Silvana gemía con sus envites al tiempo que su cuerpo se estremecía y exigía que no parara. Y Can no paró. Le dio lo que él deseaba, lo que ella deseaba, lo que Glen quería oír, y cuando el clímax los alcanzó, se corrieron disfrutando el momento sin más.

A ese polvo lo siguió otro más y, después, decidieron comer lo que había llevado Silvana. El tiempo apremiaba y ella tenía que irse a trabajar.

Estaban sentados desnudos a la mesa de la cocina, comiendo, cuando él comentó:

—Sigo sin entender que a Glen le guste que le cuentes lo que haces con otros.

—Son pactos que uno hace con su pareja —explicó ella sonriendo.

—Lo sé. No sois los únicos —repuso él—. Pero, aun así, me resulta curioso.

Silvana sonrió de nuevo al oírlo.

—Reconozco que al principio me parecía una locura que mi marido quisiera verme con otro hombre en la cama y más aún que le contara cómo me había sentido o lo que había hecho si él no estaba. Pero hoy por hoy te aseguro que es lo más loco y maravilloso que he hecho nunca, porque esas vivencias, con o sin mi marido, son nuestros momentos luego cuando se las cuento. Ni te imaginas lo caliente que se pone Glen y cómo me hace el amor.

Can asintió. Sin duda había muchas clases de parejas y de amor.

—¿Y él también te cuenta lo que hace con otras? —quiso saber.

—A mí eso no me va y a él tampoco, por lo que sólo se acuesta conmigo. —Ambos rieron—. Únicamente soy yo la que experimenta, disfruta y cuenta. Poder hablar con Glen de penes de diferente sabor, textura o tamaño nos pone. Y si a eso le sumo lo que siento cuando soy penetrada o poseída por otro hombre cuando él no está presente, nos pone muchísimo más.

—No eres tú lista ni nada... —se mofó Can mientras ella sonreía.

Tras la comida volvieron a disfrutar del placer del sexo en la ducha. Entre ellos no había amor ni ningún tipo de sentimiento que se le pareciera, sólo sexo. Y cuando finalmente Silvana tuvo que irse hacia el aeropuerto, en la puerta Can murmuró sonriendo:

—Comandante, ha sido un placer.

Ella le dio un beso en los labios y le guiñó un ojo.

—El placer es mío y lo será de Glen —repuso—. Te lo puedo asegurar.

Cuando se hubo ido, él cerró la puerta de su casa con una sonrisa y, mirando a *Chester*, que lo observaba, musitó:

—Simplemente lo hemos pasado bien. No me mires así.

Dicho esto, se dirigió a la cocina y, allí, cogió una cerveza. Pensó en llamar a Daryl, pero sabía que estaba de viaje, por lo que miró su móvil. Tenía toda la tarde por delante, pero, de pronto, viendo la tele, se le ocurrió algo.

Cogió el mando a distancia y buscó en las distintas plataformas de televisión de pago, y cuando encontró *Juego de tronos* en HBO, sonrió acomodándose en el sofá. Había llegado el momento de ver aquella serie y descubrir quiénes eran Jon Nieve, el tal Khal Drogo y Lady Stark.

Capítulo 13

El lunes, cuando Sonia e Ibiza llegaron a la puerta del colegio, la pequeña le recordó:

—Mami, tienes que firmarme la autorización para las colonias.

Sonia sonrió y le dio un beso en la mejilla.

—Aún lo estoy pensando —indicó.

—Jooooo, mamiiiii.

—Jooooo, Ibizaaaaaaa.

La niña arrugó la nariz, cuando Sonia le entregó un sobre y dijo sorprendiéndola:

—Esto es para la señorita Dawson. Dentro va la autorización para que puedas ir a las colonias.

—Mami, ¿en serio?

—Sí.

—¡Q. F.!

—Muy fuerte —afirmó Sonia feliz.

Le había costado mucho decidirse con respecto a aquello. Eran quince días lejos de su niña, pero debía hacerlo, por ella y por Ibiza; la pequeña cogió el sobre y gritó:

—¡Me marimueroooooooooooo! Gracias, mami. Te quiero... Te quiero... Te quiero...

Sonia asintió emocionada al ver lo mayor que se estaba haciendo su hija, e iba a decir algo cuando la pequeña, tras darle un beso a su madre, señaló al ver a su amiga Karen:

—Me voy, mami.

—Sé buena, cariño.

—¡Valeeeeeeeeeeeeeeeee!

Con una sonrisa, Sonia vio a su niña correr hacia donde estaba su amiga con sus padres sin moverse del sitio. Sabía cuánto deseaba Ibiza lo que Karen tenía. Un papá y una mamá. Un hermanito. Y un perro. Pero ella, como mucho, podía darle el perro... Eso le gustaría.

La observó inmóvil durante unos minutos y, cuando se despidió de aquéllos con la mano y las niñas ya entraban por la puerta, Ibiza se detuvo, la miró y, con el dedo índice, trazó unos círculos en su mejilla. Ella le devolvió el gesto divertida.

En su particular idioma significaban besos a distancia, algo que Sonia había comenzado a hacer desde que Ibiza era un bebé y que se había convertido en algo muy especial entre ambas cada vez que se despedían.

Una vez la niña desapareció dentro del colegio, su madre se dirigió hacia su vehículo. Cuando cerró la puerta, abrió la guantera, sacó un estuche y, tras mirar en su interior, eligió un CD.

Llevaba tiempo sin ponerlo y, resoplando, musitó:

—¿Qué estoy haciendo?

Pero, incapaz de dejar de hacerlo, introdujo el CD, seleccionó un tema y, cuando comenzó a sonar *Soy yo* de Luis Miguel, su canción romántica preferida, arrancó el coche mientras la cantaba a pleno pulmón.

Cuarenta minutos después, tras estacionar en el parking del edificio donde estaba ubicada Class and Diversity, entró en las coloridas oficinas divididas en zona de modelos y zona de organización de eventos y fue saludando a los empleados que daban clases de pasarela, maquillaje, publicidad y fotografía.

Continuó hacia su despacho y en el trayecto saludó a la gente que tenía contratada para la organización de eventos, y ellos rápidamente le dieron unos papeles que tenía que firmar. Con éstos en la mano pasó frente al despacho de Ginger. Su amigo estaba atendiendo a Anne Marie de la Fressange, una clienta francesa que conocía, y al ver que Ginger la miraba programó una alarma en el móvil y luego entró para saludar.

—Anne Marie. ¡Hola! ¿Qué tal estás?

La mujer, al verla, rápidamente se levantó y musitó tras darle dos besos:

—Querida, estoy feliz..., feliz..., feliz. ¡Me voy a divorciar!

Al oír eso, Sonia asintió sin sorprenderse, y ante el gesto de Ginger indicó:

—Vaya..., me alegra saber que eso no te ocasiona ninguna pena.

Anne Marie sonrió y luego cuchicheó con picardía:

—Querida, las penas, para otros. A mi edad, si una cosa no funciona hay que dar paso a otra. No quiero perder el tiempo con quien no lo merece. Y aquí estoy, ¡para que me organicéis otra esplendorosa fiesta del divorcio!

Sonia asintió, sin duda la vida había que tomársela así, y cuando el móvil le comenzó a sonar por la alarma que había programado, dijo saliendo del despacho:

—Os tengo que dejar. Me llaman por un asunto urgente. Anne Marie, habla con Ginger. Dile qué es lo que quieres y nosotros te organizaremos, de nuevo, la mejor fiesta de divorcio que hayas visto nunca.

La mujer sonrió y Ginger también, y Sonia, dando media vuelta, se marchó hacia su despacho mientras veía que en el grupo de WhatsApp de sus hermanas hablaban sobre el viaje a Dublín.

Una vez que entró allí y soltó su bolso sobre la silla, tecleó en el teléfono:

> De verdad siento no ir esta vez a Dublín, pero ya sabéis que Ibiza tiene un partido de hockey y yo, una exhibición de patinaje. Me comprometí hace meses y no puedo decir que no.

Sus hermanas escribían. Todas lo comprendían, ellas habrían hecho lo mismo a pesar de las quejas de su madre, y Sonia escribió:

> Gracias, chicas, por entenderlo. Os quiero mucho.

Dejó el teléfono sobre la mesa; feliz porque su hermana Vania, que era la que vivía en Dublín, le dijera por enésima vez que lo comprendía y dijo en voz alta:

—Alexa, métete en mi lista de Spotify y pon la carpeta «Mi música».

Instantes después comenzó a sonar por el altavoz la voz de Carlos Rivera cantando *Te esperaba* y, tras recordar que se la había cantado a Can, sonrió y empezó a tararearla.

Estaba cantando cuando Ginger entró en su despacho y sonrió al oírla. Le encantaba escuchar cantar a su amiga en español y, en cuanto se sentó en una de las sillas de cortesía y se recolocó su peluca verde pistacho, comentó:

—La jugadita de la alarma para quitarte de en medio ha sido...

—¡Me la enseñaste tú! —lo cortó Sonia.

Ambos rieron por aquello y luego Ginger preguntó:

—Qué simpática..., ¿de qué raza eres?

Ella lo miró divertida. La estaba llamando «perra».

—No seas mordaz... —replicó.

Ginger suspiró y luego indicó mientras colocaba bien unos papeles que ella tenía sobre su desordenada mesa:

—La última fiesta de divorcio de Anne Marie fue francesa, *oh là là!* Esta vez la quiere española. Desea flamenquito, diversión, claveles, abanicos, vinito...

Sonia soltó una carcajada y, mirándolo, añadió:

—Perfecto. Ésa la bordaremos sin problema.

Ambos rieron; sin duda le darían a aquélla lo que deseaba. Entonces Ginger le entregó una bolsita.

—Esto es de Lola Mento para ti —explicó.

—¿Qué es?

Ginger se encogió de hombros.

—Unas vitaminas. Según ella, últimamente te ve muy pálida.

Eso hizo reír a Sonia. Lola Mento siempre se preocupaba mucho por ella y por Ibiza, y, feliz, miró aquel bote color naranja y afirmó:

—Pues me las tomaré encantada.

En ese instante, a Ginger le sonó el móvil y, tras mirarlo y sonreír, murmuró retirándose la melena del rostro:

—Mi romano vendrá a comer con nosotros y luego se marchará al aeropuerto. En breve comenzará mi mariluto hasta que volvamos a vernos.

A Sonia la entristeció saber eso, pero, deseosa de que aquél se alegrara, cuchicheó:

—Organizaremos la mejor boda del mundo para vosotros.

Ginger sonrió.

—Lo sé. Y, oye..., había pensado en llegar en una carroza tirada por cuatro caballos blancos de crines multicolores y con los cascos pintados a juego; ¿crees que sería exagerado?

Sonia sacudió la cabeza.

—En tu caso, no. Creo que se queda hasta corto.

Ambos rieron por aquello y luego él dijo:

—Verás cuando se lo cuente a las Ladies, ¡menudo fiestón de despedida me van a organizar!

—¡No lo dudes! —afirmó Sonia convencida.

Ambos se miraban cuando ésta indicó:

—Hoy Ibiza ha llevado la autorización al colegio para que pueda ir de colonias dos semanas.

Saber eso hizo que Ginger se tapara la boca emocionado con las manos.

—Nuestro bebé comienza a volar del nido —susurró.

—Sí —afirmó Sonia conteniendo las lágrimas.

Los dos se miraron con cariño, y Ginger, entendiendo a su mejor amiga, afirmó:

—Nuestra niña se hace mayor y ha de salir y disfrutar con sus amigos. Nosotros siempre estaremos a su lado, pero debemos dejarla marivolar para que sea feliz. ¿No crees?

Sonia asintió. Lo sabía, pero suspirando preguntó:

—¿Por qué tiene que crecer tan rápido?

—La vida, cariño..., la vida... —Y al ver que la barbilla de aquélla temblaba, añadió—: Has tenido la suerte de poder enseñarla a volar, a soñar o a vivir, y ten por seguro que en cada vuelo, sueño o vivencia que Ibiza tenga, tú siempre estarás presente.

Sonia sonrió al oír eso.

—Y tú también —afirmó emocionada.

Ginger arrugó entonces el rostro y sollozó.

—Tonta. Por tu culpa se me está arruinando el marimaquillaje.

Sonia lo abrazó. Juntos habían criado a Ibiza. Sin él, nada habría sido posible y, sin duda, el mérito de que fuera una niña feliz era de los dos.

Minutos después, cuando consiguieron controlar los lloros y Ginger arregló su marimaquillaje, se sentaron de nuevo y el asiático cuchicheó mirándose las preciosas uñas postizas que llevaba:

—Ya he confirmado mi asistencia a la exhibición de patinaje artístico de Frankfurt.

—¡Estupendo!

—Adriano no sabe si podrá reunirse allí conmigo hasta más adelante, por lo que Stacy me ha dicho que me acompañará. Menos mal, ¡mariodio ir sola!

—¡Me parece un buen plan! —afirmó Sonia.

Ginger se tocó entonces la peluca y, con su dramatismo característico, musitó:

—Siento en el alma y casi no duermo por las noches al pensar que para el partido de mi niña y tu exhibición de Londres no estaremos ni tu familia, porque se va a Dublín, ni Stacy, ni yo. ¡Qué fatalidad! ¿Se lo decimos a las Ladies?

Sonia lo valoró. Nunca había ido sola a una exhibición suya con su hija. Quizá había llegado el momento, e indicó sonriendo:

—Mejor no. Disfrutaré esto con mi pequeñaja.

—¿Y quién cuidará de mi bebé cuando tú estés en la pista? —preguntó él preocupado.

—José y Damián —aseguró ella—. No hay ningún problema.

Ginger sonrió al pensar en José, el hombre al que tanto cariño le tenía. Lo conocieron cuando era un sintecho. Sonia y él lo habían visto pasar alguna vez por la asociación LGBTQ+ a la que pertenecían y con la que colaboraban activamente. Una tarde, cuando salieron de la asociación hacía un frío que pelaba y llovía a mares. Al llegar al parking donde Sonia tenía el vehículo, vieron a José encogido y tiritando de frío.

Sin dudarlo, lo metieron en el coche, fueron a casa de Ginger y cuando José se duchó y se puso ropa seca, animado por ellos, les contó su historia. Era español y, tras conocer a un inglés llamado Lennon, se había enamorado de él y se trasladó a Londres.

La historia con Lennon duró dos años y, justo cuando la empresa para la que trabajaba José cerró y se quedó en el paro, su novio decidió dar carpetazo a su relación y José se quedó solo, arruinado y en la calle.

Tras saber aquello, a partir de ese día ni Sonia ni Ginger permitieron que el hombre volviera a estar solo, y menos aún que durmiese en la calle. Pasó de no tener un techo a vivir en un pequeño apartamento que éstos le buscaron. De no tener un trabajo a tenerlo en la pista de hielo donde ellos ensayaban, y de estar solo y sin familia a tenerlos a ellos.

Ginger y Sonia siempre lo habían hecho sentir muy especial. Y, como agradecimiento, y sin que sus jefes lo supieran, siempre que éstos le pedían la clave para entrar en la pista de hielo por la noche para patinar, éste se la daba. Confiaba en ellos y era su forma de demostrarles su agradecimiento y su amor.

—Por cierto —dijo Ginger—, mi amigo, el que trabaja en Cruz Roja, me llamó y me dijo que el churri de Stacy aterriza el domingo que viene a las diez y media de la mañana en el aeropuerto de Luton.

—¡¿Qué?!

—Lo que oyes.

—¿Y se lo has dicho a ella?

Ginger asintió.

—Ya ha planeado que la acompañemos. No quiere ir sola. Pero ya le he dicho que yo luego, a la una, tengo planes con Liam para el tema de la fiesta de Lola Mento.

Sonia sonrió. El cumpleaños de Lola Mento se acercaba, por lo que Liam lo había hablado con ellos y lo estaban ayudando a organizar un fiestón.

Estaban hablando de aquello cuando el teléfono de Sonia comenzó a sonar. No conocía el número y, una vez que contestó, mirando a Ginger tapó el auricular y dijo:

—Es Milena Brasquian.

Sorprendido, él parpadeó levantándose.

—¡¿Quééééééééééééééééé?!

Rápidamente Sonia le pidió silencio. La llamada era importante.

La mujer que estaba al otro lado del teléfono no era otra más que la célebre Milena Brasquian, directora de la revista más famosa del mundo de la moda, llamada *Only for You*.

Con profesionalidad, a pesar de los gestos de Ginger, Sonia habló con aquélla y, cuando colgó, dijo con una sonrisa en los labios:

—Siéntate, que te conozco y eres capaz de desmayarte y abrirte la cabeza.

Ginger obedeció y ella empezó a contar:

—Al parecer, Milena estuvo en el desfile del otro día. Le gustó nuestra organización del evento y la participación de nuestras modelos y quiere reunirse con nosotros para un posible artículo en su revista.

—¡Marimuerooooooooooooooooo! —gritó él.

Sonia rio al oírlo, no esperaba menos de Ginger.

—¡Class and Diversity podría salir en la famosa revista *Only for You*! —exclamó él entusiasmado.

—Eso parece —afirmó Sonia.

Felices por aquello, que podía ser un buen logro personal, los dos se levantaron de sus sillas y, abrazándose, comenzaron a saltar. Ni en el mejor de sus sueños habían imaginado que una revista como aquélla pudiera interesarse por ellos.

—Nos espera el viernes a las diez y media en sus oficinas de Piccadilly —indicó Sonia a continuación.

Ginger, que todavía no se lo creía, miró a su amiga y preguntó:

—¿Qué me pongo? ¿Cómo me peino ese día? Quiero impresionarla. ¿Me pongo los zapatos de Salvatore Ferragamo o los de Alexander McQueen?

—Ginger...

—¿Será mejor ir de Chanel, Gucci o Armani?

Ella lo miró divertida. Sabía lo importante que era para ambos aquel reportaje, y respondió con cariño tocándole el pelo verde rizado:

—Te pongas lo que te pongas, la impresionarás.

Feliz y encantado, aquél no paraba de pensar en qué ponerse cuando se oyeron unos golpecitos en la puerta y, al mirar, se encontraron con Harriet, la hermana mayor de Stacy, que, viendo a Ginger tan acalorado, preguntó:

—¿Qué pasa?

Rápidamente Ginger le contó la buena nueva y cuando, segundos después, se marchó para explicárselo a todo C&D, Sonia cerró la puerta y musitó:

—No sé qué va a ser de mí hasta el viernes.

Ambas rieron por aquello y Harriet, sentándose en una silla, dejó su bolso sobre la mesa y dijo:

—Tranquila. Nadie como tú para entenderlo.

Divertida, Harriet comenzó a hablarle de su próximo proyecto en Berlín y lo que necesitaba.

Con profesionalidad, Sonia tomaba notas, preguntaba y daba su opinión. Quería saberlo todo sobre aquel proyecto de pasarela en Berlín y sus necesidades para ofrecerle a Harriet lo mejor y, al enterarse de que el desfile conjugaba la moda de baño con la sensualidad y las prendas hechas con caramelo, le hizo gracia.

Durante un rato hablaron sobre aquello, hasta que Ginger entró en el despacho junto a Adriano, que ya había llegado, y preguntó:

—Nenas, mi amor ya está aquí; ¿qué os parece si nos vamos a comer?

Sin dudarlo, aceptaron. Estaban hambrientas.

Harriet fue al baño, pues quería lavarse las manos, y Sonia, al ver que Ginger sacaba de debajo de una carpeta un móvil, cuchicheó:

—¡Serás zorrón!

Él sonrió. Aquel truco de dejar el teléfono grabando desde las notas de móvil era divino, y afirmó:

—Punto número uno: si me habéis criticado, me enteraré. Y punto número dos: sabré de lo que habéis hablado en la reunión y eso me facilitará el trabajo.

Sonia sonrió y no dijo más.

Al llegar a un restaurante, mientras esperaban a que les asignaran una mesa, Ginger, que seguía emocionado, le contaba en presencia de su churri a Harriet su próxima boda. El italiano sonreía y Sonia, mirándolo, lo abrazó. Adoraba a Adriano: era tan correcto, tan maravilloso y detallista con ella, Ibiza y Ginger, que era imposible no hacerlo.

En un par de ocasiones Ginger besó a Adriano en los labios y, al darse cuenta de cómo unas señoras los observaban con desagrado, él, que no tenía pelos en la lengua, volvió a besarlo y soltó mirándolas:

—Queridas, tranquilas. Yo he visto a centenares de parejas heteros besándose, y nunca, nunca, ¡pero nunca! se me ha pegado la heterosexualidad.

Ese comentario hizo reír a Sonia. Era inevitable.

Y, sin importarle lo que aquellas mujeres pudieran pensar, se agarró del brazo de Ginger y, dándole un rápido pico en los labios, indicó:

—Cada día te mariquiero más, mi amor.

Capítulo 14

La semana pasó volando para todos.

En el caso de Sonia, la reunión con Milena Brasquian el viernes fue como la seda, tanto que, al salir, Ginger tuvo que tomarse dos tilas del ataque de nervios que llevaba por haber sido recibido por aquélla, a la que consideraba una diosa. Sin duda su trabajo había impresionado a aquella inaccesible mujer y, tras la reunión, quedaron en llamarse para concretar el día en que harían el reportaje en las oficinas de C&D.

Por otro lado, Stacy estaba enloquecida.

Saber que Samuel regresaba de Mozambique la tenía nerviosa, y más cuando él aún no le había dicho nada. Eso la hizo dudar de si ir a recibirlo o no ir, pero las ganas de conocerlo podían con ella, por lo que quedó con Ginger y Sonia el domingo por la mañana para que la acompañaran.

* * *

El viaje de Can a Tokio fue más que bien. Disfrutaba de su profesión. Le encantaba volar, y el buen rollo que existía entre su tripulación era de lo mejor. Cuando trabajaba era un profesional. Diferenciaba perfectamente la vida privada de la laboral. Su primera norma: nada de rollos con mujeres que trabajaban en High Drogo. Era algo que había aprendido años atrás con su amigo Daryl.

Aprovechó el viaje para hablar con un determinado inversor. La reunión que mantuvieron fue fructífera y Can se marchó feliz. Lo que había conseguido era algo muy beneficioso para el futuro de High Drogo.

Esa noche, en Tokio, salió a celebrarlo y, a su regreso al hotel, se encontró con Ana, una guapa azafata de cierta compañía española y, cómo no, terminaban arrugando sábanas.

Can regresó a Londres el sábado.

El día era soleado y hasta caluroso cuando recibió un mensaje de Carol, la novia de Daryl, instándolo a comer con ellos unos sándwiches y pasar el día en Hyde Park. La idea le pareció genial y, sin nada mejor que hacer, se duchó, se puso unos vaqueros, una camiseta de tirantes negros por si el calor apretaba y una sudadera. *Chester* aún estaba con su hermana Raissa. No se lo llevaría hasta el domingo por la tarde.

En ese momento sonó su teléfono. Era Isabella.

Gustoso, mientras miraba por la ventana, habló con ella. Y, tras quedar en pasar por su casa a las siete para cenar juntos y posteriormente lo que surgiera, cogió las llaves de su coche y, saliendo de su hogar, se encaminó a casa de sus amigos.

Una vez que llegó a Notting Hill, donde vivían aquéllos, buscó aparcamiento. A continuación, se apeó y echó a andar cuando oyó:

—Eh..., Can.

Al volverse, sonrió. Tras él caminaba Adam, el hermano pequeño de Carol, y, tras chocar las manos con complicidad, el comandante preguntó al verlo con unos pantalones cortos y una mochila:

—¿Te vienes a Hyde Park con nosotros?

—Va a ser que sí.

Charlando, caminaron hasta la casa de Carol y Daryl, donde, al llegar, llamaron al timbre. Rápidamente se oyeron los ladridos de *Baby*, *Limón* y *Bombón* y el sonido de la música a todo meter. Adam comenzó a cantar.

—Bruno Mars... —cuchicheó mirándolo—, ¡me encanta!

Can asintió y sonrió. Todavía lo sorprendía que el tiquismiquis de Daryl soportara la música a toda castaña y viviera con animales. Pero ahí estaba, encantado con su nueva vida y enamorado de su futura mujer.

La puerta se abrió y Daryl, al ver a su amigo y a su cuñado vestidos de manera informal, soltó una risotada. Sin duda Carol no le había contado sus planes, y Daryl, consciente de ello, musitó:

—No me jorobes...

—Habéis llegadooooooo...

`Quien dijo eso fue Carol, que, saliendo a la puerta, se colocó delante de Daryl, abrazó a los recién llegados y dijo guiñándoles un ojo sin que su novio la viera:

—Tenemos dos opciones. Ir al estiradísimo a la par que elegante restaurante Cambridge a comer un lánguido estofado con verduras sobre una mesa con mantel de hilo y copas de cristal de Bohemia o comprar unos sándwiches, llenar la neverita de cerveza y agua e irnos a disfrutar del día en el césped de Hyde Park. ¿Por cuál os decantáis?

Daryl y Adam sonrieron entendiendo su jugada y Can afirmó mientras veía a su amigo poner los ojos en blanco:

—Sin lugar a dudas, por compartir los sándwiches con las hormigas de Hyde Park.

Soltando una risotada, Carol miró entonces a su amor y le guiñó un ojo.

—¡Genial!

Sin decir nada, Daryl asintió y ella, feliz, corrió a la habitación.

—Adam, ven... Tengo algo para ti.

En cuanto ella desapareció, Adam miró a su cuñado y cuchicheó:

—¡Lo siento, chaval!

Y, cuando se fue detrás de su hermana, Daryl y Can se miraron y el primero declaró con mofa cerrando la puerta de su casa:

—Gracias por tu apoyo.

—De nada. —Can rio—. Conociéndote, sin duda sabía lo que deseabas.

Riendo, ambos entraron en la casa, donde Daryl, dirigiéndose hacia el equipo de música, bajó el volumen mientras Can saludaba con ganas a los perros mientras éstos lo olfateaban. El olor de *Chester* llamaba su atención.

Como siempre, Carol entró en el salón como una exhalación

seguida de Adam. Aquella mujer era puro nervio y energía, y mirando a su novio sugirió:

—¿No crees que deberías cambiarte de ropa?

Daryl suspiró. A diferencia de Can, Adam y Carol, él vestía con un pantalón azul, una camisa blanca y una chaqueta, y cuando iba a hablar, su chica insistió:

—Cariño, vamos a tirarnos en el parque. ¿En serio quieres ir así vestido?

Ver el gesto gracioso de la mujer a la que adoraba lo hizo sonreír e, ignorando a su amigo, se acercó a ella y le dio un beso en los labios.

—Moñitos... —murmuró con mimo—, cuando regresemos me lo vas a pagar...

Complacida, Carol le devolvió el beso y musitó:

—Me encantará.

Segundos después, Daryl desapareció camino de la habitación para cambiarse de ropa y Can cuchicheó dirigiéndose a Carol:

—¡Me debes una! ¡Que lo sepas!

—Menuda lianta estás tú hecha —se mofó Adam.

Ella asintió divertida y, con cariño, los tres comenzaron a tocar a los perretes, cuando de pronto la música se detuvo. Instantes después, Carol se acercó al equipo, metió un nuevo CD y, cuando empezó a sonar una canción, Can preguntó:

—¿Quién canta?

—Picture This —respondió Adam mientras besuqueaba a *Bombón*.

Él asintió. Ése era el grupo que el otro día buscaba y no recordaba, e insistió:

—¿Sabes cómo se titula esta canción?

Sorprendida por su repentino interés, Carol sonrió.

—*Troublemaker.* —Y, dando unas palmadas en cierto momento de la canción, añadió—: Me encanta su ritmo.

Sonia había dicho eso mismo y había dado las mismas palmadas al hablarle de ella. Con una sonrisa en los labios, Can memorizó el título.

—¿Y esa sonrisita de tonto? —preguntó Carol acercándosele.

Sorprendido por su pregunta, él la miró, pero entonces Daryl entró en el salón.

—Bueno, ya estoy preparado para que me coman las hormigas.

Carol rio y luego dijo aproximándose a su chico:

—Muy bien. Pues ahora vayamos a por esos ricos sándwiches.

Capítulo 15

Œn Hyde Park se estaba de lujo. El día acompañaba. La gente estaba feliz disfrutando del sol, la buena temperatura primaveral, y Can, Adam, Carol y Daryl charlaban de todo lo que se les ocurría sentados en el césped.

Hablaban de la boda, de lo complicado que le estaba resultando a Carol organizar algo que les gustara a los dos, cuando Daryl musitó mirándola:

—A ver, cariño, no es que sea complicado, es que tú...

—¿Yo, qué? —lo cortó retándolo con la mirada.

—Huy..., huy... —se mofó Can.

—Confirmo ese... «huy» —soltó Adam riendo.

—¡Reconfirmo el «huy»! —exclamó Daryl.

—¡¿A que os suelto mi frase lapidaria?! —replicó Carol.

Daryl parpadeó. Carol también. Y, consciente de lo que aquéllos pensaban, en especial su novio, indicó señalándolo con el dedo:

—Mira, *señor Reconfirmo*, por mí no habría boda. No la necesito para quererte como te quiero y vivir contigo, y...

—Mmmm..., ¿me quieres? —interrumpió Daryl mimoso acercándose a su boca para besarla.

Carol sonrió y Can se mofó poniendo los ojos en blanco.

—¡Qué pesados sois con los besitos!

—Muy pesados —convino Adam.

Daryl y Carol sonrieron. Les encantaba besarse y demostrarse su amor, y cuando por fin se separaron, la joven insistió mirando a su prometido:

—Si hay boda y un tradicional banquete es por ti y por darle el gusto a tu padre. Por tanto, ya que yo he cedido en eso, lo siento, inglés, pero también quiero fiestón.

Daryl asintió y luego suspiró.

—Lo sé, *itañola*, lo sé. Pero ¿en serio es necesario tanto bullicio?

Sin inmutarse por sus palabras, Carol suspiró y miró a su hermano y después a Can para afirmar:

—Tengo sangre española e italiana y me gusta divertirme. Siento mucho si los ingleses no sabéis hacerlo y sois sosos y aburridos. —Y, dirigiéndose a su hermano, insistió—: ¿Tú qué opinas?

Adam, al ver que los tres lo miraban, musitó mientras recogía las cosas en su mochila:

—Me tengo que ir porque he quedado con mi chica, pero voto por el fiestón.

Can soltó una risotada y Daryl prosiguió:

—Que yo sepa, irás a Venecia a celebrar tu despedida de soltera..., ¿no te vale con el fiestón que te van a montar en tu casa?

Carol sonrió. Aquella fiesta, organizada por su madre y por su abuela, con todos los amigos que no asistirían a la boda en Londres, sería una delicia e indicó:

—Eso es mi despedida. La boda es otra cosa.

Daryl resopló.

—A ver, cariño. Hemos contratado a una banda que tocará música swing tras el banquete y...

—Y me parece genial ese ratito de música swing que a tu padre le apetece para sus invitados —lo cortó ella—. Pero los míos son de otro pelaje. ¿Qué te parece si, pensando en mis abuelos, contrato a una banda heavy metal? —Daryl se horrorizó y ella añadió—: Tranquilo, no lo haré. Pero quiero que mis invitados disfruten también, y para ello exijo que la música sea variada y pase del swing, al pop, al rock, la música disco o el flamenquito. Y será así te pongas como te pongas, o ¿ves aquella mujer del fondo? —Daryl asintió y ella añadió—: Pues te casarás con ella, porque conmigo no.

Con su habitual seriedad, el inglés asintió de nuevo, volvió a mirar a la mujer del fondo y luego, dirigiéndose a su chica, declaró:

—Decidido. ¡Hay fiestón!

Encantados, volvieron a besarse, y entonces Adam, que se levantaba para marcharse, murmuró mientras Can se reía:

—Por favorrrrrrrrrrrrrrrrrr.

Complacido por la felicidad que veía en sus amigos, y convencido de que Daryl aceptaría cualquier cosa que Carol propusiera, Can sonreía cuando unas carcajadas llamaron su atención.

Al mirar hacia la derecha, por donde la gente paseaba en bicicleta, sus ojos se encontraron con una niña que reía a carcajadas mientras se deslizaba sobre unos patines en línea y se dio cuenta de que era Ibiza. Rápidamente buscó a su alrededor; ¿con quién estaba la pequeña?

Siguiendo la mirada de la niña, enseguida la vio. Era Sonia, que, subida a otros patines, hacía unas piruetas que no sólo hacían reír a Ibiza, y sin poder evitarlo sonrió.

Durante unos instantes las observó con curiosidad. La niña se movía con la misma facilidad que su madre con los patines. No podía quitarles la vista de encima, estaba contento, y de pronto, sin poder evitarlo, se puso en pie y gritó:

—¡Eh..., Lady Stark!

Daryl y Carol lo miraron. ¿A quién llamaba?

Ibiza fue la primera en levantar la cabeza y, al ver a Can, que la saludaba con la mano, sonrió y comenzó a patinar hacia él.

—Mami..., ¡es el comandante! —exclamó.

Sonia observaba inmóvil la situación y, al descubrir a aquél, tras escanearlo de arriba abajo, ver lo sexy que estaba con aquel vaquero, la camiseta de tirantes negra, las gafas de aviador y el pelo recogido en ese casual moñito, suspiró y murmuró:

—Perfecto. Y yo con estas pintas.

Una vez que se acercó a donde su hija ya repartía besos encantada, se paró para mirar y de pronto oyó:

—No me lo puedo creer...

La joven desvió entonces la mirada y sonrió. «¡Adam!»

—Pero bueno —exclamó abriendo los brazos—, ¡qué maravilla encontrarte aquí!

La sonrisa de Can se amplió. Le gustó saber que se alegraba de verlo y cuando iba a dirigirse hacia ella para abrazarla, se quedó de piedra al ver que Sonia lo ignoraba pasando por su lado y se lanzaba a los brazos de Adam.

¡¿Cómo?!

¿En serio lo había ignorado?

¿A él?

E, intentando no parecer ridículo, se agachó y comenzó a hablar con Ibiza, que le prestaba toda su atención.

Daryl y Carol se miraron sorprendidos. Menudo corte acababa de darle aquella chica al ligón de su amigo; reprimiendo una carcajada, decidieron que era mejor callar.

Durante unos instantes, Sonia y Adam continuaron charlando, hasta que él explicó dirigiéndose a su hermana:

—Carol, Sonia es una buena amiga de la asociación LGBTQ+. Gracias a ella y a su colaboración a través de su agencia, muchas de las personas transgénero podemos continuar con nuestra transición.

A Carol le gustó oír eso. Todo aquel que respetara, quisiera y ayudara a su hermano en la transición de mujer a hombre merecía su respeto.

—Encantada de conocerte, Sonia, y gracias —musitó abrazándola.

Las dos mujeres se miraban cuando Adam echó un vistazo a su reloj.

—¡Qué rabia! —exclamó—, pero me tengo que ir. He quedado con Rebeca. —Y, mirando a Can, que reía por algo que la pequeña Ibiza decía, le cuchicheó a su amiga—: Ya me contarás de qué conoces a este guaperas.

Sonia asintió y le dio un rápido beso en la mejilla.

—Saluda a Rebeca de mi parte, y no seas tan cotilla.

Adam rio, luego le dio un beso a su hermana Carol y se marchó.

Tras decirle nuevamente adiós con la mano, Sonia miró a Can. Era consciente de la jugada que le había hecho para que no se sintiera especial y, con su gracia habitual, lo saludó:

—Hola.

Can asintió algo molesto, no estaba acostumbrado a ser el segundo en nada; entonces Sonia, dándole un cómico toque con el puño en el estómago, insistió:

—¡Qué coincidencia encontrarnos aquí!

Al ver aquella sonrisa tan bonita, el comandante no pudo resistirse, y, olvidándose de lo ocurrido y sin ser consciente de sus movimientos, retiró con mimo un oscuro mechón del rostro de la joven.

—Holaaaaaa —musitó con una sonrisa.

Carol parpadeó. ¿Y ese «holaaaaaa»? ¿Aquélla era una nueva faceta de Can?

Daryl y ella habían salido con él y sus ligues y nunca lo había visto sonreír de esa manera, como nunca había permitido ser el segundo en nada. Pero, consciente de que debía ser discreta porque no conocía a aquella chica, se calló. Ya le preguntaría más tarde.

A Sonia su simple saludo le provocó que toda la piel del cuerpo se le erizara. Ese hombre no sólo la atraía por su belleza exterior. Había algo en él que, si se dejaba llevar, podría hacerla perder la razón, pero, intentando disimular y dejar claro que no estaba interesada en él, saludó a Daryl sonriendo.

—Hola, soy Sonia, la mami de Ibiza.

—Y amiga de Adam —matizó Carol.

Esta última, encantada, y tras intercambiar una mirada con su chico, se acercó de nuevo a ella e indicó:

—Él es Daryl, mi pareja.

—Futuro marido dentro de unos meses —puntualizó el inglés.

Sonia lo besó en las mejillas encantada. Creía recordar que Can les había hablado de ellos de pasada.

—Mami —dijo entonces Ibiza—, tengo sed.

Sonia se descolgó la mochila que llevaba a la espalda y miró en su interior.

—Cariño —musitó—, ahora compramos agua. Se nos ha acabado.

—Nosotros tenemos —indicó Daryl, y añadió dirigiéndose a la pequeña—: Ven, te daré agua fresquita de la nevera.

—¡Chupi! —aplaudió la niña.

Can, que sonreía como un bobo, no decía nada, y Sonia, bajando la voz para que su hija no la oyera, lo miró y preguntó señalando a Carol:

—¿Ella es la chica de la protectora?

Sorprendida porque supiera eso de ella, Carol miró a Can, y éste afirmó viendo que la pequeña no podía oírlos:

—Sonia está pensando en adoptar un perrito para Ibiza.

Carol asintió feliz. Cada adopción la llenaba de felicidad.

—Pero tiene que ser chiquitito —puntualizó Sonia—, porque yo viajo bastante y se lo tendrá que quedar mi madre o mis hermanas, y..., bueno, además vivimos en un piso de sesenta metros...

—Muy bonito, por cierto —la cortó Can.

Sonia lo miró y, sonriendo, musitó por el halago:

—Gracias.

Complacido al ver su sonrisa, Can murmuró:

—¿Cuidas bien eso que tenemos a medias?

Sonia lo miró sin entender. ¿De qué hablaba? Pero, al observar su gesto pícaro, afirmó acordándose de la liga:

—Custodia compartida..., ¡perfectamente!

Ambos sonrieron como dos bobos sin ser conscientes de cómo Carol los observaba con curiosidad; entonces Can, incapaz de retirar la mirada de aquella morena de bonita sonrisa y ojos negros y rasgados, susurró:

—Todavía recuerdo lo bien que cantas.

—Y yo lo rica que estaba tu tortilla de patata.

De nuevo rieron con complicidad. Estaba claro que guardaban un buen recuerdo de la última vez que habían estado juntos y les había gustado encontrarse allí, aunque al mismo tiempo los había desconcertado. ¿Qué les ocurría? ¿Por qué se comportaban de esa manera tan tonta?

Carol, que veía el tonteo que se llevaban, iba a decir algo sobre la adopción del cachorrito cuando Can se le adelantó.

—Carol, ¿sabes que Sonia tiene una estantería sólo para recuerdos?

La aludida miró a la joven, que, riendo, le dio un suave puñetazo al comandante en el estómago y gruñó con naturalidad:

—¡Serás chivato!

Él divertido y, con una tontería que Carol no le conocía, preguntó bajando la voz:

—¿Era un secreto, Lady Stark?

Mientras Can y Sonia reían y se picaban como dos críos, Carol, que jamás había visto esa actitud suya con una mujer, miró a Daryl, que seguía con la niña, y éste sonrió divertido. Él también estaba siendo testigo de lo mismo.

En cuanto Ibiza terminó de beber agua, se acercó a Can y, tras levantar los brazos y éste cogerla como si la conociera de toda la vida, murmuró tocándole el pelo:

Todos sonrieron, y de pronto la pequeña le preguntó:

—¿Tienes patines?

—No.

—¿Por qué?

—Porque no sé patinar —repuso Can.

Ibiza miró a su madre con sorpresa y luego las dos murmuraron al unísono mientras gesticulaban:

—¡Q. F.!

Can rio y, mirando a sus amigos, que los observaban en silencio sin entender, aclaró:

—Eso significa «qué fuerte».

Todos rieron de nuevo, e Ibiza, tras bajar de los brazos de aquel gigante, agarró a Daryl de la mano y dijo sin soltar a Can:

—Venid..., os voy a enseñar cómo se patina.

Una vez que los dos hombres se alejaron con la niña, deseosa de saber más de aquella chica, Carol preguntó:

—¿Te apetece beber algo fresquito?

—Vale.

—Hay cerveza, agua, Coca Zero...

—Coca Zero —pidió Sonia.

Carol sacó un par de ellas de la neverita portátil y Sonia, sin quitarse los patines, se quitó el casco de protección que llevaba en la cabeza y se sentó en el césped junto a ella. Acto seguido abrió la lata y le dio un trago.

—Uf..., qué rica está —murmuró.

Carol asintió.

—¿Está tu marido por aquí? —preguntó a continuación con curiosidad.

Sonia sonrió al oír eso. Sin duda aquélla iba a saco.

—No —repuso mirándola—. No tengo marido. Sólo somos Ibiza y yo.

Carol asintió. Tomó nota mentalmente y, emocionada por lo que le había oído decir a su hermano, preguntó:

—¿Desde cuándo conoces a Adam?

Sonia hizo memoria.

—Desde que Rebeca lo llevó a la asociación. Creo que hace un año más o menos.

—Ni te imaginas lo mucho que habéis ayudado a mi hermano en la asociación —comentó Carol feliz—. El apoyo que ha recibido por vuestra parte, el cariño de la familia y su propio crecimiento personal junto a Rebeca han logrado que Adam sea un hombre muy feliz. Así que ¡gracias!

Sonia sonrió. Sabía lo difícil que en ocasiones se lo ponía la sociedad a las personas transgénero como Adam y repuso:

—Enhorabuena por tener el hermano que tienes. ¡Es una persona increíble!

Contentas por la buena armonía que había surgido entre ellas a través de Adam. Carol, al ver que Sonia miraba hacia donde estaba su hija con Can y Daryl, indicó:

—Vale. Seguramente pensarás que soy la tía más cotilla del mundo y lo entenderé. Pero conozco a Can y a la gran mayoría de sus ligues y nunca nos había hablado de ti ni de la niña. ¿De qué lo conoces?

Divertida, Sonia soltó una risotada.

—Tranquila. Yo soy más cotilla que tú cuando algo llama mi atención. —Ambas rieron y ella prosiguió—: Lo conozco desde hace pocos días, después de que su madre y la mía organizaran una cenita trampa para que él conociera a alguna de mis hermanas solteras.

—Noooooooooooo...

—Síííííííííííí...

Las dos soltaron una carcajada.

—Pero les salió mal la cenita. Creo que no hubo flechazo por ninguna parte.

—¿Y tú no entrabas en ese juego?

Sonia negó con la cabeza.

—Ni de coña. Lo último que consentiría es que mi madre me metiera en una de esas encerronas suyas para buscar maridito. Aunque, vale, en esta ocasión no puedo ignorar que el comandante es una monada.

—¿Sólo una monada?...

Ver el gesto pícaro de Carol la hizo reír a carcajadas, e indicó bajando la voz:

—Esa fase de deslumbramiento por un tipo como él ya la tengo superada. Digamos que, hoy por hoy, prefiero pasarlo bien y poco más.

—Estoy convencida de que con Can te lo pasarías bien —le aseguró Carol.

Ambas rieron de nuevo. Se entendían. Y Sonia, al ver su mirada pícara, cuchicheó:

—El comandante y yo..., ¡ni de coña! Ni es mi tipo ni yo soy el suyo.

—Eso nunca se sabe —se mofó Carol y, divertida, agregó—: ¿Sabes? Si a mí me enamoró un inglés estirado y tiquismiquis como Daryl, te aseguro que nada es imposible. Y, por cierto, y esto ya entre nosotras: si quieres hacer rabiar al Comandante Monada, ¡llámalo «piloto»!

Sin entender nada, Sonia la miró y ésta susurró:

—Muchos comandantes se ofenden cuando los llaman así. Lo ven de categoría inferior, y Can y Daryl son de ésos.

—¡No me digas!

—Te lo digo —aseguró aquélla con picardía.

Eso hizo reír de nuevo a carcajadas a Sonia: ¡la información era poder!

Estaba pensando en ello cuando al mirar hacia aquéllos se dio cuenta de que unas mujeres los observaban y sonreían. Ese descaro hizo que Sonia mirara a Carol y ésta, consciente de aquello, musitó tranquilamente:

—Tener un hombre tan sexy a tu lado es lo que tiene: que otras mujeres lo miran y lo desean. Pero no me preocupa, ¿y sabes por qué? —Sonia negó con la cabeza y Carol musitó—: Porque él sólo me mira y me desea a mí.

Eso hizo sonreír a Sonia. Ella era una mujer segura de sí misma, siempre lo había sido. Pero reconocía que, tras lo ocurrido con Manuel, una pequeña parte de esa seguridad se desmoronaba al relacionarse con esa clase de hombres tan perfectos y por eso había decidido no acercarse a ellos.

—Mira, te acabo de conocer, pero mi sexto sentido de bruja me dice que tienes más valores, seguridad y personalidad que muchas de las que revolotean alrededor del Piloto Monada. Por tanto, y metiéndome donde no me llaman, sólo te diré que en ocasiones es mejor arrepentirse que quedarse con las ganas.

Sonia la miraba sorprendida cuando oyó a su lado:

—Mami, ¿podemos comer con ellos?

La joven parpadeó confundida y se apresuró a responder:

—Cariño, hoy es el día triple P.

Ibiza asintió y Carol, sin poder evitarlo, preguntó:

—¿Qué es un «día triple P»?

Sonia sonrió.

—«Parque, patines y pizza» —dijo Ibiza.

—¡Yo quiero tener un día triple P! —se mofó Carol haciendo reír a Daryl.

La niña, al ver a su madre callada, insistió:

—El comandante y Daryl dicen que tienen sándwiches muy ricos.

Sonia no sabía qué responder. Que Carol le hubiera dicho eso la inquietaba. ¿En serio se notaba que aquel tipo provocaba algo en ella? Todos la observaban. La mirada de Can la turbaba. De ella dependía que se quedaran o no, y cuando iba a responder, Ibiza puso ojitos de gato meloso y musitó:

—Mami, anda, di que sí...

Negarle ese tipo de capricho a su niña le era complicado. Ibiza era una cría buena y cariñosa y, consciente de lo mucho que disfrutaría de aquella comida, finalmente cedió.

—De acuerdo. Nos quedaremos.

La niña se tiró a sus brazos y la besó con amor.

—Te quiero..., te quiero..., y esta noche el *Turu Turu* te lo canto yo.

Sonia adoraba la conexión que tenía con su hija, y decidió disfrutar del momento junto a aquéllos.

¿Por qué no?

Capítulo 16

La comida de los cinco en el césped de Hyde Park fue amena y divertida.

Como siempre, con su habitual desparpajo, Ibiza les habló de mil cosas y todos rieron por las ocurrencias de la niña, y más cuando Can confesó haber comenzado a ver la serie *Juego de tronos*, lo que les encantó a la pequeña y a su madre.

Cuando terminaron de comer, Daryl propuso ir a comprar unos helados y la cría se apuntó feliz. Can se levantó con ellos y los acompañó. Sonia y Carol se quedaron unos instantes en silencio hasta que esta última preguntó:

—¿Cuántos años tiene Ibiza?

—Ocho.

Carol asintió, pero, inevitablemente, los ojos se le llenaron de lágrimas. Jane..., la hija que perdió cuando tan sólo era un bebé, sería en estos momentos como aquella preciosa niña. Estaba mirándola cuando Sonia, al ver sus ojos vidriosos, se aproximó a ella.

—Ehhhh... ¿Qué pasa?

Carol se apresuró a secarse las lágrimas y, dando un trago a su cerveza, explicó:

—Mi hija Jane tendría ahora la misma edad que la tuya. Falleció siendo un bebé a causa del síndrome de muerte súbita del lactante.

Al oír eso, Sonia no supo qué decir. Imaginar que le hubiera pasado a ella con su hija, le partía el alma, y la abrazó.

—Lo siento mucho, Carol, de verdad —murmuró.

La aludida asintió y, una vez que se separaron, indicó retirándose el pelo de los ojos:

—Lo sé..., lo sé. Tranquila. Son cosas que pasan en la vida, pero que..., bueno, te marcan. —Y, mirando a Ibiza, que reía junto a Daryl y a Can mientras elegía su helado, añadió—: Es sólo que al ver a tu hija y saber su edad me he preguntado cómo sería Jane.

De nuevo se quedaron en silencio unos segundos y luego Sonia preguntó:

—¿Tenéis más hijos?

Carol negó con la cabeza.

—Jane era hija de una relación anterior, no de Daryl —aclaró.

—Ya —murmuró Sonia.

Carol, a la que le seguía doliendo hablar de ese tema, intentó sonreír, pero necesitada de hablar, preguntó:

—¿Piensas tener más hijos?

Sonia sacudió la cabeza.

—Créeme que con una tengo más que suficiente —aseguró. Ambas rieron y luego Sonia musitó—: Ibiza está como loca por tener un hermanito, pero no creo que eso ocurra.

Miraron hacia donde estaban los hombres y después Sonia habló de nuevo:

—Tu chico dijo que os casabais pronto. —Carol asintió gesticulando y Sonia, divertida por ese gesto, agregó—: ¡Enhorabuena!

Sonia, al ver cómo aquélla observaba como su futuro marido reía con Ibiza, preguntó tras unos segundos en silencio:

—¿Puedo ser un poco bastante indiscreta?

—Ya lo he sido yo antes —cuchicheó Carol—, ¡claro que puedes!

—¿Quieres tener más hijos? —La otra no respondió y, Sonia, leyendo su mirada, insistió—: ¿Daryl quiere hijos?

Carol contempló cómo éste reía con Ibiza y lo mucho que adoraba a sus sobrinos.

—Sí —asintió—. Pero yo... yo no sé si...

Como si estuviera con una amiga de toda la vida, Sonia puso un dedo sobre los labios de aquélla para acallarla y dijo:

—Mira, yo particularmente tengo infinidad de defectos y supongo que hago mil cosas mal al día. Pero, ¿sabes?, cuando miro a Ibiza, sé que, a pesar de mis miedos y mis dudas cuando supe que estaba embarazada y sola, acerté trayéndola a este mundo porque es maravillosa y especial. —Carol no dijo nada y ella prosiguió—: A ver, como tú has dicho antes, seguramente creas que soy la tía más indiscreta del mundo, pero tengo que decirte lo que pienso o no sería yo.

—Eres como yo en cuanto a decir lo que piensas. ¡Te entiendo muy bien! —Carol sonrió con complicidad.

Sonia se encogió de hombros y asintió.

—No te niegues nada por miedo, porque si lo haces nunca serás feliz. —Según dijo eso, miró a Can. ¿Qué hacía dando ese consejo si ella se lo estaba negando? Pero, ignorándolo, continuó—: Lo sucedido pertenece al pasado y debes seguir avanzando hacia delante. Sin conocerte intuyo que eres una buena persona y creo que serás una buena mami, ¿y sabes por qué lo creo?

Carol, a la que siempre le costaba hablar de ese tema, totalmente centrada en lo que aquella chica decía, preguntó:

—¿Por qué lo crees?

—Porque veo que antes de estar embarazada ya te preocupas por él —murmuró Sonia con cariño y sinceridad—. Porque antes de tenerlo en tus brazos, ya sé que lo amas. Porque cuando veas su carita sabrás que ha merecido la pena volver a intentarlo. Y porque a Jane le gustaría que lo hicieras.

Emocionada, Carol sonrió. Nunca nadie le había removido tanto el corazón con sus palabras. Y cuando sintió cómo Sonia le agarraba la mano para apretársela, susurró:

—Gracias.

En ese instante ambas supieron que acababan de encontrar a alguien que sería muy especial en sus vidas. En ocasiones, personas increíbles aparecían cuando uno menos lo esperaba, y sin duda ese día la vida las había sorprendido a las dos.

En aquel momento, Daryl llegó hasta ellas con unos helados y, tras darle uno a su chica, le tendió otro a Sonia y dijo burlón:

—Can dice que éste es el que te gusta a ti.

Sorprendida porque recordara ese detalle, ella lo cogió, y Daryl, al ver los ojos enrojecidos de su chica, iba a decir algo y ella se le adelantó.

—Estoy bien, cariño. Pero ya sabes que el polen y yo no somos compatibles.

Él asintió. No creía lo que le había dicho, pero, viendo que ella no quería hablar, iba a sentarse a su lado cuando Ibiza, que patinaba junto a Can y su helado, lo llamó a gritos y Carol, empujándolo, dijo:

—Ve. La niña te llama.

Él sonrió, le dio un dulce beso en los labios y se marchó. Ya hablarían.

Carol y Sonia se tomaban su helado sentadas en el césped mientras observaban cómo Ibiza les enseñaba a aquellos dos hombretones las cosas que sabía hacer.

—Qué bien patináis la niña y tú —comentó Carol—. ¿Dónde aprendisteis?

—Soy patinadora artística profesional —declaró Sonia.

Carol parpadeó asombrada. Siempre le había llamado mucho la atención el patinaje sobre hielo.

—¿En serio?

Sonia asintió y, bajando la voz, afirmó:

—Aunque suene prepotente, tengo la suerte de haber ganado varias medallas de oro, plata y bronce a lo largo de mi carrera.

Sorprendida, Carol parpadeó de nuevo y Sonia añadió:

—Pero a causa de una lesión estoy retirada desde antes de que naciera Ibiza.

—Oh, noooo.

—Aun así —continuó con positividad—, sigo patinando sobre hielo, doy clases un par de días a la semana en un club deportivo y entreno siempre que puedo para dar exhibiciones y cosas así.

—¡Qué fantástico!

Sonia se encogió de hombros.

—Ibiza creció acompañándome a la pista. Aunque yo le enseñé, aprendió a patinar por instinto y con cuatro años se enamoró del hockey sobre hielo y no del patinaje artístico. ¡Y por eso patinamos las dos así!

Complacida, Carol sonrió y, deseosa de contarle algo de ella, indicó:

—Yo soy TCP.

Sin entender a qué se refería, Sonia la miró.

—Tripulante de cabina de pasajeros —aclaró Carol—. Trabajo como azafata en High Drogo, la compañía del padre de Can.

Sonia suspiró.

—Siempre he envidiado tu trabajo. Eso de volar y amanecer cada día en un sitio diferente tiene que ser increíble.

Carol asintió. Visto desde fuera podía parecer maravilloso.

—No está nada mal, más si tu pareja es comandante, como es el caso, y en ocasiones podemos volar juntos.

—Madre mía. Eso sí que es genial —afirmó aquélla.

—También doy clases en una academia de baile cuando el tiempo me lo permite —agregó Carol—. Soy bailarina de hip-hop, funky y ritmos latinos. Y, bueno, ahora no, pero hasta hace bien poco solía acompañar en giras a cantantes como Pink, Lady Gaga, Justin Timberlake y otros.

—Pero ¿qué me estás diciendo?

Carol sonrió. Aquellos recuerdos tan bonitos de otra época siempre la hacían sonreír.

—Me gusta mi trabajo —aseguró suspirando—, pero nunca podré dejar de bailar, porque es mi pasión.

Sonia, asintió y, en confianza, indicó:

—Te entiendo perfectamente. El patinaje artístico es mi pasión, aunque mi vida laboral se haya encauzado hacia otros lugares.

Carol la miró deseosa de saber más, y aquélla indicó:

—Junto con mi mejor amigo, Ginger, soy dueña de Class and Diversity, una agencia de eventos y modelos diferentes de lo establecido.

Eso captó la atención de Carol, que preguntó:

—¿Qué significa «diferentes de lo establecido»?

—En nuestra agencia nos gusta romper las reglas en lo que respecta a los cánones de belleza. Intentamos mostrar a las personas por su fuerza y su personalidad, no por su físico. Modelos de tallas grandes, *curvies*, transgénero, síndrome de Down, andróginos...

Queremos gente auténtica y real. Vamos, lo que por absurdos prejuicios muchas agencias han rechazado, aunque por suerte eso está cambiando. En nuestro favor diré que mi agencia fue la primera en hacerlo en el Reino Unido.

—¡Qué maravilla! —afirmó Carol encantada.

Sonia asintió. Había luchado mucho por aquel proyecto.

—Para que veas las cosas curiosas de la vida..., la idea de crear la agencia surgió cuando, por culpa de una modelo que no se presentó a un desfile, reventando las costuras —se mofó— salí yo en su lugar para echarle un cable a una amiga, que era la diseñadora. Y se organizó tal revuelo porque una mujer con medidas reales había salido a la pasarela que dos semanas después comenzaron a llamarme para subirme a otras pasarelas para que hiciera de modelo *curvy*. Y, mira, entonces me di cuenta de que tenía la posibilidad de cambiar ciertas cosas y le propuse a Ginger ampliar el negocio apostando por una agencia de modelos que se saltara las reglas de belleza estipuladas. Decidimos crear Class and Diversity, y hasta hoy.

Carol la escuchaba con atención. Le encantaba la naturalidad con que se expresaba la joven, y a continuación preguntó:

—Entonces ¿eres también modelo *curvy*?

Sonia sonrió y afirmó tocándose las caderas:

—Con taconazos, aunque no soy muy alta, alcanzo 1,75 y, oye, mi talla 44 o 46, depende del momento, se merece ser lucida, ¿no te parece? —Ambas rieron y luego Sonia añadió—: Veo que sabes lo que es una modelo *curvy*.

Carol asintió. Claro que lo sabía.

—Mi hermana Vera, que vive en España, trabaja como modelo de tallas grandes para un diseñador de novias de aquí, de Londres —contó.

—¿En serio? ¿Para qué diseñador?

—Kendall Vistell. Por cierto, él está haciendo mi vestido de novia.

Sonia sabía de quién se trataba, era muy amigo de Ginger, y musitó:

—Me encanta Kendall. No sólo es un tipo humano y excelente, sino que además hace unos diseños de novia impresionantes. Seguro que el tuyo será una maravilla.

Carol asintió. Además de haberse convertido en un buen amigo y de hacerle su vestido de novia, Kendall la había sacado de un apuro con el vestido de novia de su hermana Vera el año anterior y convino.

—Estoy de acuerdo contigo.

A continuación Sonia preguntó con naturalidad:

—¿Por qué tu hermana vive en España?

—Es española.

Boquiabierta por aquello, Sonia preguntó en su perfecto español:

—¿Y tú hablas español?

—Sí —respondió Carol en el mismo idioma sin dar crédito—, y por lo que veo tú también.

Sonia soltó una carcajada.

—Mi familia paterna es de Barcelona. Y mi madre es venezolana.

A cada instante más feliz por ese descubrimiento, Carol respondió:

—El donante que puso la semillita para que yo viniera al mundo era español. —Al ver el gesto de sorpresa de aquélla indicó—. Ésa es otra historia que ya te contaré otro día. Él era de Málaga, mi madre italiana y..., bueno, durante un tiempo vivimos en España. Por eso sé hablar castellano. Mi hermana Vera, hija del segundo matrimonio del Donante, vive en Málaga con su marido, y también mi abuelo materno, que es alemán pero se enamoró de la ciudad andaluza y se quedó a vivir allí.

—No me digas. Mis abuelos eran andaluces también.

—¡No!

Sonia asintió.

—Por Dios..., cuántas coincidencias.

—¡Ya te digo! ¿De qué parte de Andalucía es tu familia?

—De Sevilla. Pero tras la boda emigraron a Barcelona y allí nacieron mi padre y mi tía Mercè —contó Sonia.

—Ay, Dios..., ¡qué feliz estoy de haberte conocido! —aplaudió Carol encantada, y añadió—: Oye, el martes doy clase de funky, ¿quieres venir?

—¿A qué hora? El martes yo doy clase de patinaje.

Carol hizo memoria del horario y se apresuró a responder:

—A las cuatro de la tarde.

—¿Dónde?

—En una academia de baile que se llama Ritmos Salvajes y está justo enfrente de la estación de metro de Leicester Square.

Sonia pensó entonces en la distancia y en su agenda y susurró:

—Mi clase es a la seis. Creo que en media hora llego.

—¿Tú dónde das clase? —preguntó Carol.

—En el Lee Valley Ice Centre.

La otra asintió; lo conocía de una vez que había ido.

—Ven a mi clase —dijo segura—. Si te animas, puedes participar y luego, si quieres, yo te acompañaré a ti a la tuya y después nos tomaremos algo, ¿te parece?

Sonia sonrió.

—¡Genial! El martes Ibiza se queda a dormir en casa de su amiga Kate. Puedo salir después. Oye, cuando acabe la clase te pones unos patines y...

—No sé patinar sobre hielo. Con ruedas sí, pero sobre hielo no.

—Yo te enseñaré —aseguró Sonia.

Carol asintió encantada. Le apetecía mucho y, sonriendo, cuchicheó:

—Perfecto. Me parece un buen plan.

Como si se conocieran de toda la vida, se volvieron a abrazar.

—¿Te digo una cosa? —murmuró Sonia.

—Por supuesto.

Ella miró a Can, que seguía jugando con su hija y Daryl, y luego susurró:

—Sin que sirva de precedente, el Piloto Monada me dijo que, si nos llegábamos a conocer, tú y yo nos caeríamos bien.

Eso hizo reír a Carol. Sin duda Can había acertado al cien por cien.

Capítulo 17

El día en Hyde Park lo acompañó un excelente tiempo y fue muy divertido para todos.

En varias ocasiones Sonia recibió wasaps de Stacy. ¡Estaba histérica, pues iba a conocer a Samuel! Y, viendo el nerviosismo de su amiga, finalmente cogió el teléfono e indicó al resto alejándose unos pasos de ellos:

—Vuelvo enseguida. He de hacer una llamada.

Sonia miró entonces a su hija, que jugaba con unos niños, y marcó el teléfono de su amiga.

—¿Cómo está mi chica? —la saludó cuando respondió.

Stacy, que era un manojo de nervios en su casa, musitó:

—*Joidierrrrrrrrrrrrr...*

—Se dice *joderrr* —la corrigió Sonia.

—Estoy histérica. Samuel no me ha dicho nada y no sé si es buena idea presentarme en el aeropuerto. Comienzo a dudar... ¿Qué hago?

—No vayas —suspiró ella—. Yo no iría.

—Pero quiero ir.

Sonia sonrió y se encogió de hombros.

—Mira, guapa, ¡decide tú!

Su amiga resopló.

—¿Y si no me ha dicho nada porque no quiere verme?

—Stacy...

—¿Y si está casado?

Sonia asintió, era una probabilidad, y con sinceridad dijo:

—A ver...

—¡Quiero ir! —la cortó ella—. Mira, he pensado que quizá no me haya dicho nada de su regreso porque esté casado, tenga novia, ¡o vete tú a saber! Pero luego también pienso que no parece de ésos. No sé qué es, pero, por cómo se comunica conmigo por WhatsApp, cómo me escribe, las cosas que me dice, me hace sentir que le importo. Me lo demuestra de mil maneras, pero no sé por qué no me ha dicho que regresa mañana. ¡Y yo me muero por conocerlo y oír su voz!

Sonia suspiró. Estaba claro que allí había algo raro, y finalmente indicó:

—Sea lo que sea, mañana lo sabrás. Ginger y yo te acompañaremos. Pero prométeme que estarás tranquila y...

—A las ocho de la mañana os quiero en mi casa, ¿entendido?

Dicho eso, una histérica Stacy colgó y, sin poder remediarlo, Sonia sonrió.

Una vez que regresó junto a los demás, Can preguntó al ver que dejaba el móvil sobre las mochilas:

—¿Todo bien?

—Todo perfecto —aseguró ella con una encantadora sonrisa.

El rato pasaba y el grupo cada vez reía con más ganas. Estaba claro que Carol y Sonia se habían caído bien y lo que no se le ocurría a una se le ocurría a la otra.

Animada por ella, Carol se calzó sus patines y, con su habitual desparpajo y su buen humor, demostró que también sabía patinar. No como Sonia e Ibiza, pero sabía moverse. Algo que a Daryl, como siempre, le encantó.

En un momento dado en el que Ibiza jugaba con unos niños y los cuatro estaban sentados charlando en el césped, sonó el teléfono de Can. Éste se apresuró a cogerlo y saludó:

—¿Qué pasa, papá?

Al oír la voz de su hijo, Ayaz sonrió. Can era un fenómeno.

—Hola —respondió—. ¿Estás aquí o fuera?

—En Londres, papá. ¿Por...?

Ayaz, que estaba tomando algo en un bar, indicó:

—Hijo, ayer, cuando estuve en el aeropuerto, me encontré con Bernabé, ¿lo recuerdas?

—Sí —afirmó Can.

—Pues bien. Iba acompañado de su hija Cristina y...

—No, papá —lo cortó.

Al oír eso, Ayaz insistió:

—Escucha..., su hija es una preciosidad. Es diplomática en Bruselas y...

—Papá —volvió a cortarlo—. He dicho que no.

Durante unos segundos, Can y su padre permanecieron en silencio, hasta que el segundo dijo:

—Sólo quiero lo mejor para ti. Has de encontrar una mujer que te convenga y esté a tu altura. Piénsalo, Can. Ya no eres un niño y debes formar una familia.

Can, volviéndose para que sus amigos no lo oyeran, contestó:

—Y yo te lo agradezco, papá. Pero ya te he dicho en otras ocasiones que soy lo suficientemente adulto como para elegir por mí, ¿entendido?

Ayaz resopló y, sin querer discutir con su hijo, señaló:

—Estoy tomándome una copa con Darren y Valentino y, aunque te llamaba para otra cosa, ya que estoy hablando contigo, estoy pensando en pedirte tu Cessna para irnos los chicos y yo a Norwich y hacer noche allí. ¿Te importa?

Olvidándose de la conversación anterior, Can sonrió.

—Papá, no tienes que pedirme la avioneta. Cógela siempre que quieras.

Ayaz asintió. No era la primera vez que su hijo le respondía del mismo modo ante esa petición y, sonriendo, afirmó:

—Prometo que te la cuidaré.

Can miró divertido a Sonia sin saber por qué y afirmó:

—Lo sé, papá..., lo sé. Por cierto, ¿has avisado ya a mamá?

Ayaz miró entonces a la preciosa mujer que estaba frente a él y que no era su mujer y declaró:

—Ahora lo haré.

Durante unos minutos Can y él bromearon entre ellos y luego se despidieron.

—¿Tu padre? —le preguntó entonces Daryl, que lo había oído hablar.

Can asintió, y luego, omitiendo parte de la conversación, añadió:

—Se va con Darren y Valentino a Norwich y quería la Cessna.

Daryl conocía al padre de Can y también a los otros dos. Todos ellos eran pilotos ya jubilados y, riendo, afirmó:

—¡Darren tiene un peligro! Hay que ver lo que le gustan las mujeres y lo bien que se lo pasa desde que se separó y se jubiló.

Can asintió. Darren era una buena pieza, pero, pensando en Ayaz, Can repuso:

—Por suerte, mi padre tiene otros valores en la vida.

Ambos amigos se miraron, hasta que de nuevo sonó el móvil de Can y éste contestó animado:

—Hola, Nerea.

Mientras hablaba por teléfono, Sonia se levantó, pues Ibiza la llamaba. En el rato en que atendía a su hija, Carol y Daryl se fijaron en cómo su amigo las observaba. Estaba claro que aquéllas llamaban su atención.

Cuando colgó, Carol preguntó pasándole una lata de cerveza:

—¿Por qué nunca nos habías hablado de Sonia?

Can la cogió, la abrió y respondió:

—Porque no la conocía.

Carol, que ya lo sabía porque había hablado antes con ella, iba a añadir algo cuando Daryl se le adelantó.

—¿Y cuándo la conociste?

Can dio un trago a su cerveza mientras observaba a Sonia reír por algo que Ibiza le decía.

—Hace poco, en una cena —repuso.

—Entonces ¿ella y tú...?

—Noooo —aclaró rápidamente Can—. Sólo somos amigos. Nada más.

—¿En serio? —se mofó Daryl.

—En serio —aseguró él.

Sin dar crédito, aquél miró a su amigo.

—¿Y ese *feeling* que tienes con la pequeña?

Can miró divertido a Ibiza.

—Si te soy sincero —contestó—, es la primera vez que trato más de dos segundos con un niño. En este caso, con una niña, y la verdad es que la pequeña Lady Mini Stark lo pone muy fácil. ¿No me digáis que no es graciosa y divertida?

Carol y Daryl asintieron y este último preguntó:

—¿Y desde cuándo tienes tú amigas sin derecho a roce?

Can lo miró. La verdad era que no tenía ninguna y, como no sabía qué responder, replicó:

—¿Y desde cuándo eres tú tan pesadito?

En silencio, Carol los observaba; entonces Daryl, divertido por ver a su amigo a la defensiva, y sabiendo con quién había hablado por teléfono, dijo:

—¿Has quedado con Nerea?

Can negó con la cabeza.

—Hoy no. Mañana. Hoy, a las siete, he de recoger a la preciosa Isabella.

Carol suspiró al oír eso y luego cuchicheó:

—Deberías mirar, no tan sólo ver.

Al decir eso los dos comandantes la miraron sin entender, y ella añadió:

—¿No te aburres de quedar con mujeres como Isabella o Nerea, que no te aportan nada?

Él sonrió sorprendido. Sabía por qué Carol decía eso. Tanto Nerea como Isabella eran mujeres a las que sólo les preocupaba lucir el mejor peinado o las mejores medias, y cuando se disponía a responder, Daryl miró a su chica y musitó:

—Cielo, creo que...

Pero ella lo cortó:

—Vale..., ya me callo.

Divertido por esos arranques tan propios de Carol, Can preguntó mirándola:

—¿Quién te ha dicho que Nerea o Isabella no me aportan nada?

—¡Oh, por Dios! —gruñó Carol.

Daryl y Can se miraron sonriendo. Sabían, al igual que Carol, que ésta tenía razón. Precisamente Nerea e Isabella eran las típicas que sólo buscaban dar envidia a los demás, despilfarrando el dinero en tonterías, y Carol, que nunca había tenido pelos en la lengua, sentenció:

—Si por aportar entiendes echar uno o unos cuantos polvos es que no tienes cabeza. O, mejor dicho, la tienes, pero no la utilizas.

—Eh... —Can rio divertido al oírla.

De pronto comenzó a sonar el teléfono móvil de Sonia, que estaba sobre las mochilas. Los tres lo miraron y, al ver en la pantalla el nombre de «Cariñito», Daryl musitó:

—Vaya..., tu amiga sin derecho a roce tiene un «cariñito»...

Can frunció el entrecejo. Hablando con ella, no le había hecho referencia a nadie especial.

—A ver si te crees que sólo los tíos guaperas tienen «cariñitos» —terció Carol dirigiéndose a su chico.

Can y él se miraron y Carol, sin ganas de decirles nada más, gritó:

—¡Sonia, está sonando tu teléfono!

Al oírlo, la joven fue hacia ellos corriendo y, al ver que era su padre, se apresuró a contestar.

—Hola, Cariñito.

La mirada que aquéllos intercambiaron fue divertida. Sonia, al oír silencio al otro lado de la línea, intuyó que algo no iba bien y, separándose de ellos para que no la oyeran, preguntó:

—¿Qué pasa, Papuchi?

Charles, que había pensado veinte veces si hacer esa llamada, contestó:

—Hija, no te apures, pero tienes que venir a casa.

—¿Qué pasa? —repitió nerviosa.

Charles suspiró.

—Tu madre se ha enterado de que tu hermana Cynthia sale con Israel, entre otras cosas.

Oír eso hizo que Sonia resoplara. Sin duda en su casa había un fuego que apagar y, tras despedirse de él, coger aire y bloquear el móvil, sin percatarse de cómo aquellos tres la observaban, se acercó hasta su hija, que jugaba, y agachándose dijo:

—Cariño. Tenemos que ir a casa de los abuelos.

La cría, al oírla, la miró.

Conocía a su madre y, por su gesto serio, sabía que algo ocurría. Así pues, levantándose del suelo, contestó tocándole el rostro con mimo:

—Vale, mami.

De la mano, llegaron juntas hasta donde estaban Daryl, Can y Carol y, mirándolos, intentó sonreír e indicó con despreocupación:

—¡Tenemos que irnos!

—Mami, ¿me pongo los patines?

—Sí —asintió Sonia—. Así iremos más deprisa.

Sorprendido por su repentina marcha, Can, al ver cómo había cambiado el gesto de Sonia, dijo acercándose a ella.

—Si tenéis prisa, yo puedo llevaros a donde sea.

Rápidamente ella lo miró y negó con la cabeza.

—Oye, en serio —insistió Can—, puedo...

—¡Joder! —soltó en español y, mirándolo de nuevo a la defensiva, dijo para que lo entendiera—: He dicho que no te necesito. No seas pesado.

Al oír eso, él guardó silencio. Habitualmente, las mujeres se morían porque las llevara a donde fuera. Dio un paso atrás y musitó:

—Bueno, tampoco hace falta que me hables así.

Sonia resopló. Era consciente de que le había hablado mal, pero, sin tiempo que perder, se colocó los patines a toda prisa y se dirigió a Carol:

—Can tiene mi número de teléfono. Que te lo dé y hablamos, ¿vale?

—Vale —asintió ella sin añadir nada más.

Segundos después, cuando Sonia se colgó su mochila a la espalda, miró a su hija.

—Vamos, Ibiza, despídete.

La niña, como siempre, dio un abrazo y un beso cariñoso a cada uno de aquéllos y, cuando Sonia iba a despedirse de Can, éste insistió muy serio:

—¿Qué pasa?

Ella lo miró. Por un segundo pensó en contarle lo que ocurría, pero, quitándose la idea de la cabeza porque no quería implicar a nadie en sus problemas familiares, repuso:

—Nada, de verdad. Es simplemente que nos tenemos que ir. —Y tras despedirse de él con rapidez, añadió dirigiéndose al grupo—: Oíd, ha sido genial pasar el día con vosotros. Carol, ¡hablamos! Gracias por todo. Adiós.

Y, dicho esto, al sentir que Ibiza le daba la mano, supo que había llegado el momento de marcharse y, tras regalar una última sonrisa a aquéllos, que la observaban, salió del césped y comenzó a patinar con su hija de la mano en dirección a una salida. Debía coger un taxi e ir a casa de sus padres.

Daryl, Carol y Can las observaban alejarse y el primero comentó:

—Pasa algo, ¿verdad?

—No lo dudes —murmuró su chica.

Can, que también miraba cómo se iban, asintió. Pensaba igual.

Capítulo 18

⟨⟩

Una vez que el taxi las dejó frente a la casa de sus padres, Sonia se acercó a la valla, llamó y la cancela se abrió de inmediato.

Pocos minutos después, al llegar a la puerta principal, aparecieron su padre y sus hermanas Cynthia y Brooke, y tras saludarlas con cariño la segunda dijo mirando a su sobrina:

—Vienes en patines. ¡Muero de la envidia!

Todos sonrieron y Brooke, consciente de que allí no debería estar la niña, propuso:

—¿Te apetece que vayamos a comprar helado?

Ibiza asintió, un helado siempre era bien recibido, pero, mirando a Charles, preguntó:

—¿Y la *abu*?

Él le sonrió a aquella pequeña a la que adoraba, se agachó y mintió:

—Está en la cocina.

Entonces Sonia, tras agradecer con la mirada a su hermana que se llevara a Ibiza, le dio un beso en la cabeza y, cuando ellas se marcharon, entró en la casa con su padre y con Cynthia.

En cuanto la puerta se cerró, Sonia los miró y su hermana susurró abatida:

—Israel y yo paseábamos cogidos de la mano cuando, de pronto, ha aparecido mamá y, tras presentárselo y enterarse de que era celador de hospital, ni te imaginas el pollo que me ha montado.

Sonia asintió. No hacía falta que aquélla dijera más, pero su hermana añadió:

—Y eso no es todo.

Sorprendida, la joven miró a su padre, que estaba a su lado en silencio e indicó:

—Tu madre estaba con Leroy Clark.

Sonia resopló.

—Dios...

Hacía veinte años que Charles había descubierto aquella infidelidad por parte de su mujer. Al enterarse, le perdonó el error y Albany le prometió que no volvería a ocurrir. Pero, por desgracia, había ocurrido muchas veces. Más de las que cualquiera podría perdonar.

—Papuchi, no sé ni qué decirte —murmuró Sonia compungida.

Tan apenada como su hermana, Cynthia abrazó a su padre, y éste, conteniendo las ganas de llorar, preguntó entonces:

—¿Dónde está Israel?

Cynthia se retorció las manos nerviosa.

—Cuando mamá me ha obligado a venir con ella a casa en un taxi, él me ha dicho que se marchaba para la suya.

—¡Joder con mamá! —musitó Sonia en castellano.

Y Cynthia, con los ojos llenos de lágrimas, añadió:

—Ni os imagináis las cosas tan horribles que nos ha dicho. Nunca... nunca pensé que mi madre pudiera despreciar así al hombre al que quiero.

Charles asintió. Sin haberla oído, lo imaginaba, y, mirándola, indicó:

—Llama a Israel. Ve a su lado y tranquilízalo.

—Pero, papá...

—Cynthia —insistió él—. Tu vida es tuya. Y tu madre está bien. Sé por ti que ese muchacho es serio y responsable. Te quiere y tú lo quieres. ¿Qué más da lo que diga tu madre? Guíate por el amor, porque eso, hija mía, será lo único que te hará feliz.

Sonia sonrió al oír a su padre. Su vena romántica, sin duda, la había heredado de él y, mirando a su hermana, insistió:

—Vamos, llámalo y vete. Yo me quedo con Papuchi.

Cynthia finalmente asintió y se marchó.

Una vez solos, Sonia abrazó a su padre. Sabía que lo necesitaba.

—¿Estás bien? —preguntó.

Charles asintió. Pero ella lo conocía muy bien, mejor que sus hermanas, por lo que murmuró:

—Cariñito, si tienes que llorar, llora. Sabes que conmigo puedes hacerlo.

Al oírla, el hombre se derrumbó. Adoraba a sus cuatro hijas, las amaba por encima de todo. Pero con Sonia, la que biológicamente no lo era, su relación era especial.

Para Charles eran muchos años intentando que todo funcionara bien en casa. Su mujer nunca lo había querido, y cuando las lágrimas dejaron de salir de sus ojos y por fin se calmó, cogió el vaso de agua que aquélla le ofrecía y dijo:

—Me avergüenza que seas tú quien me consuele a mí.

Sonia sonrió con cariño. Aquel hombre era maravilloso.

—No digas tonterías, Papuchi —dijo acariciándole la mejilla—. Yo estoy aquí para ti, como tú siempre has estado para mí y para mis hermanas. Anda que no has soportado y es muy probable que soportes llantinas mías.

Ambos rieron, y Charles musitó:

—Curiosamente, te pones muy guapa cuando lloras.

—Mira, ¡en algo nos parecemos! —se mofó ella.

Consciente de que él ya estaba más tranquilo, Sonia se relajó. Lo ocurrido con su hermana era algo que tarde o temprano pasaría. En cuanto a su madre, a no ser que ella y sus hermanas se casaran con alguien muy adinerado, ningún hombre le parecería bien. Pero para Sonia era primordial que Charles estuviera bien.

—¿Qué vas a hacer? —le preguntó al verlo mesarse el pelo.

Charles la miró. Tomar una decisión no era fácil. Desde la primera vez que sus ojos se fijaron en Albany, el resto de las mujeres dejaron de existir.

—No lo sé, Sonia —murmuró—. Lo que está claro es que lo de tu madre y Leroy es algo que ya he perdonado demasiadas veces, y no estoy por la labor de volver a perdonar porque ya no la amo. No nos conviene continuar con esta farsa de matrimonio. Y en cuanto a que siga martirizándoos a ti o a tus hermanas, cada día lo llevo peor.

Sonia asintió y, sin dudarlo, indicó:

—Te quiero incondicionalmente y, hagas lo que hagas y tomes la decisión que tomes, la aceptaré y, sin lugar a dudas, las chicas también; ¿de acuerdo, Papuchi?

Charles asintió. Lo sabía.

Más tarde, cuando él se disculpó para ir al baño, Sonia decidió subir a la habitación a ver a su madre.

Al entrar, vio que estaba a oscuras y en silencio. Albany se había tomado un relajante para dormir. Sonia se acercó un poco a ella y la miró.

El sentimiento que albergaba por su madre era raro y, en cierto modo, inexistente.

Albany nunca había sido cariñosa con ella. Siempre había sido fría y distante, nada que ver con su padre, que era todo cariño y amor. Por ello, sin acercarse más a ella, que dormía, murmuró:

—Nadie te va a querer como papá.

No supo cuánto rato estuvo mirándola en silencio, pero de pronto sintió que alguien le cogía la mano. Levantó la vista y vio a su padre, que musitó:

—Tengo a Brooke al teléfono. Quiere hablar contigo.

Enseguida Sonia salió de la habitación y, cogiendo el fijo, soltó:

—Vale. No me lo digas: Ibiza quiere quedarse a dormir contigo.

Brooke sonrió; a su sobrina le encantaba ir a su casa para jugar con su perro *Drako*.

—¡Exacto! —afirmó observándola.

Sonia soltó una carcajada.

—¿Cómo está papá? —preguntó Brooke a continuación.

Ella suspiró y bajó la voz para contestar:

—Pues jodido..., ¿cómo va a estar?

Brooke miró entonces a su sobrina, que jugaba con el perro, y luego cuchicheó:

—Sólo quedo yo por enfrentarme a ella. Ni que decir tiene que, cuando se entere de lo mío, se volverá a formar.

Sonia asintió, eso estaba más que claro.

—A ver, hermanita —dijo entonces Brooke—. Hoy tienes la noche libre y sin niña. ¡Aprovéchala!

Sonia suspiró, no tenía ningún plan. Podría dormir a pierna suelta y, sonriendo, se mofó:

—Vale..., ¡gracias!

Ambas rieron y entonces Sonia, recordando que en el fondo le venía de lujo que la niña se quedara con su hermana porque a la mañana siguiente había quedado con Ginger y Stacy para ir al aeropuerto, preguntó:

—¿A qué hora me la traes mañana a casa?

Brooke levantó un dedo en dirección a su sobrina, que la entendió y aplaudió, y luego respondió:

—Te la llevará Cynthia. Yo he quedado a las doce con alguien y no quiero faltar a la cita.

—Vaya...

—¿Qué te parece si te la lleva sobre las cuatro?

Sonia lo pensó. Si al día siguiente hacía tan buen día como ése, sabía dónde la esperaría.

—De acuerdo —indicó—. Pero dile que las esperaré en el parque que hay cerca de casa. Ibiza le dirá dónde solemos ponernos, ¿vale?

—Vale.

—Dale un beso a Lady Mini Stark de mi parte y dile que la quiero, y otro beso para ti.

Una vez que colgó el teléfono, miró a Charles.

—¿Quieres tomar algo? —le ofreció él.

El resto de la tarde la pasó acompañando a su padre. Como siempre que estaba con él, hablaron de infinidad de cosas y, llegada cierta hora, Sonia propuso preparar algo de cena, ya que no quería dejarlo solo.

En una de las ocasiones en las que el teléfono sonó y él lo cogió, Sonia comprobó que era Vania desde Dublín. Estaba claro que sus hermanas la habían llamado.

Mirándose el reloj, pensó en marcharse. Su padre era de los que se acostaban pronto. Por ello, cogió los patines en línea y se los puso.

Mientras Charles terminaba de hablar con su hermana, Sonia desbloqueó su móvil y lo miró. Estaba sin niña. Necesitaba desfogar la rabia contenida que sentía. Tenía toda la noche para ella y, tras echar un vistazo a varios nombres, sonrió al ver el de Richard, un amigo neozelandés con el que lo pasaba muy bien; dispuesta a quitarse tensiones de encima, escribió:

> ¿Te apetece quedar esta noche?

A los dos segundos, el teléfono le vibró.

Contigo, siempre.

Sonriendo por aquello, tecleó:

> A las diez y media en la barra
> de la derecha de Zafiro.

La contestación no tardó en llegar:

Allí estaré.

Cuando su padre regresó junto a ella, preguntó al verla mirando el móvil:

—¿Ya tienes plan?

Divertida por su perspicacia, Sonia asintió.

—Pues venga. Ve a cambiarte —la apremió él—. No pensarás ir en patines...

Ambos rieron por aquello y luego ella, levantándose, hizo una pirueta que consiguió que Charles sonriera. A continuación le dio un cariñoso beso en la mejilla.

—Cualquier cosa, sea la hora que sea, me llamas, ¿entendido?

Él sonrió. Su hija, su niña morenita, era una de las mejores cosas de su vida, y aseguró:

—Tranquila, lo haré. Y ahora vete. Olvídate de lo ocurrido y pásalo bien.

Diez minutos después, Sonia iba en un taxi en dirección a su casa. Tenía una hora y media para ducharse y arreglarse. Necesitaba despejarse. Y, ya que no podía ir a patinar sobre hielo para despejarse la mente, sin duda con el sexo lo conseguiría.

Capítulo 19

Disfrutar de la libertad y el sexo, olvidándose del romanticismo, era una de las cosas que más le gustaban a Sonia.

Ser libre e independiente le daba la posibilidad de gozar del sexo cuando quisiera, como quisiera y con quien quisiera. Ella y sólo ella era la dueña de su cuerpo y de su sexualidad.

En la puerta de Zafiro, aquel *spa swinger* que conocía bastante bien, la chica le puso como siempre un sello violeta en la muñeca. Eso les permitía poder salir a fumar si querían y luego volver a entrar.

Una vez que lo tuvo puesto, Sonia suspiró. La tinta, resistente al agua y al sudor, tardaba un par de días en desaparecer por completo.

Instantes después, cuando entró en el local, se percató enseguida de cómo otros hombres la miraban. Una mujer sola entrando en un sitio así era, como poco, provocador.

Ataviada con un simple vestido verde por encima de las rodillas y unos zapatos a juego, se sentía segura. Sabía que su cuerpo no era 90-60-90, pero hacía mucho que había aprendido que sentirse segura de sí misma era uno de sus mayores valores. No necesitaba tener unas medidas perfectas para atraer las miradas de los hombres.

Se dirigió hacia la barra donde había quedado con Richard. De fondo sonaba música *chill out* y él, al verla, sonrió. Le encantaba aquella mujer, en especial porque era como él. No pedía ni exigía nada. Simplemente pasarlo bien y poco más.

Sonia se le aproximó con una sonrisa en los labios, e iba a decir algo cuando él murmuró consciente de cómo otros hombres la miraban:

—Estás preciosa.

Divertida por el piropo, la joven se acercó a él, le dio un rápido beso en la punta de la nariz y repuso:

—Tú tampoco estás nada mal.

Instantes después le pidieron al camarero un ron con Coca-Cola para Sonia y, encantados, miraron a su alrededor. Estaba claro que varios de los que estaban allí deseaban acercarse a ellos.

Cuando se terminaron las bebidas, decidieron entrar en el *spa*. Para ello, pasaron por recepción, donde les dieron unos albornoces y unas zapatillas de goma y, como ya conocían el camino, bajaron al *spa*.

Tras separarse para meterse cada uno en un vestidor, se desnudaron allí, guardaron sus pertenencias en las taquillas y las cerraron. Se colgaron las llaves de las muñecas y salieron.

Aquel *spa* era un lugar con clase y cierto lujo. Estaba plagado de enormes plantas que proporcionaban frescura e intimidad y, tras ellas, varias puertas con salas que la gente, en cuanto contactaba con quien deseaba, ocupaba para disfrutar del sexo sin límites.

Nada más salir, se miraron sonriendo y Sonia propuso:

—¿Vamos al jacuzzi?

Richard asintió. Era una buena idea.

* * *

En la puerta de Zafiro, Can le sonreía a Isabella mientras el portero les ponía el sello del local en las muñecas.

Aquella preciosa y caliente mujer pelirroja le había propuesto ir a tomar una copa allí, y él había aceptado. ¿Por qué no?

Nada más entrar, se dirigieron a la barra para pedir algo y, al ver el ambiente, Can musitó:

—Está lleno.

Isabella asintió. Ella era asidua de ese local y, mirando a Can, susurró:

—Los sábados por la noche es el día más animado.

Entonces él vio cómo otros tipos miraban a Isabella y ésta los saludaba con una sonrisa.

—¿Conocidos? —le preguntó.

Isabella afirmó con la cabeza. Estaba soltera e, igual que quedaba con Can, quedaba con otros.

—Muchos sí lo son —dijo tranquilamente. Y, observando a una joven de pelo rojo que miraba curiosa a Can, cuchicheó—: Pero a ésa no la conozco.

El comandante miró hacia donde ella señalaba y, sonriendo por lo que le había dado a entender, se mofó:

—¿Utilizándome para fines propios?

Isabella sonrió. Le gustaban tanto los hombres como las mujeres.

—Cariño, te utilizo como en otras ocasiones tú me utilizas a mí —afirmó.

Sin poder evitarlo, Can sonrió y, divertido, declaró mirando el sello de su muñeca:

—Tienes razón. No estaría mal conocerla.

Ambos rieron y, segundos después y sin moverse de la barra, la mujer pelirroja se les acercó. Estaba claro que jugar con Can y la otra pelirroja podría ser interesante.

* * *

Una vez que entraron en la zona de aguas, Sonia y Richard se quitaron los albornoces. Después las zapatillas y, desnudos, se introdujeron en el enorme jacuzzi, donde había varias personas.

Sentado en el interior, Richard agarró a Sonia, la colocó sobre él y le besó el cuello.

—Este lugar siempre me pone a cien —murmuró.

La joven rio; a ella le provocaba el mismo efecto. Al sentir cómo las manos de aquél recorrían su cintura por debajo del agua, susurró:

—Pues ya somos dos.

A ambos les gustaba ir a aquel lugar. Les encantaba oír los gemidos de otros, ver las miradas lascivas, el olor a sexo y sentir el morbo que el *spa* les proporcionaba.

Un tipo se acercó entonces a ellos en busca de contacto, pero Sonia se apresuró a murmurar con una sonrisa:

—No.

Al oírla, del mismo modo que el hombre se había acercado, se retiró sin insistir. El respeto allí era primordial, de lo contrario podías ser expulsado.

—Mala —susurró entonces Richard, que era bisexual.

Ella rio y, mirándolo caliente, susurró:

—Mala me tienes tú.

Él fue a besarla encantado y ella, como tantas otras veces, se retiró. Nunca besaba. Richard, que ya la conocía, no dijo nada, sino que se limitó a llevar la boca a su cuello y disfrutarlo mientras Sonia cerraba los ojos y se entregaba a él.

Roces...

Toqueteos calientes...

Palabras subidas de tono...

Eso calentó el momento entre ambos, y de pronto, sentada sobre él, Sonia murmuró paseando los labios por su cuello:

—Me apeteces mucho.

Richard sonrió, ella sí que le apetecía a él. Entonces, al abrirse una de las puertas, a Sonia le pareció ver a... No obstante, la oscuridad del lugar y la puerta, que volvió a cerrarse, no le permitieron distinguirlo bien. Por ello, al quedarse parada para mirar, su acompañante preguntó:

—¿Qué ocurre?

La joven parpadeó. Por un momento le había parecido ver pasar a Can. Sin duda se estaba obsesionando con aquel hombre, así que se centró de nuevo en su pareja y cuchicheó:

—Nada...

La intimidad entre ellos fue creciendo dentro del jacuzzi hasta que, calientes, pararon. Una de las normas del local era no mantener sexo en el jacuzzi, por lo que, saliendo de él, tras coger sus albornoces y ponerse las zapatillas, se dirigieron a una sala.

En el camino por el oscuro pasillo, donde se cruzaban con otras personas que como ellos buscaban sexo, lujuria y desenfreno, Richard iba mirando en el interior de las habitaciones individuales mientras Sonia seguía observando curiosa a todos con los que se cruzaba.

Richard buscaba un sitio donde disfrutar de su acompañante, pero todas las salas individuales estaban ocupadas y, tras mirar en la última, dijo:

—Ésta está ocupada por un tipo y dos pelirrojas y, por lo poco que he visto, lo están pasando muy bien.

Sonia sonrió. ¡Ése era el propósito!

Viendo que las individuales estaban llenas, sin dudarlo se dirigieron a una de las salas comunitarias.

Al entrar vieron que una enorme cama rectangular se extendía frente a ellos, y en ella la gente, libremente y a su manera, practicaba sexo de mil formas.

De la mano, ambos llegaron hasta un sitio donde no había nadie y, tras quitarse los albornoces, Richard acercó su cuerpo al de la chica y murmuró dándole la vuelta:

—Apóyate en la cama.

Excitada y caliente, Sonia lo hizo mientras observaba a los demás.

Entonces él, tras coger un preservativo, abrirlo y colocárselo, le separó las piernas con decisión. Ella se acomodó encantada para recibirlo, pero entonces el hombre al que había rechazado en el jacuzzi se acercó a ellos.

—¿Os importa que me quede aquí y os mire? —preguntó.

Richard y Sonia sonrieron. No les importaba en absoluto. Es más, les ponía que los mirasen. Y, dispuestos a disfrutar, Richard metió primero un dedo en la vagina de aquélla, después dos, y, mientras los movía, se inclinó hasta llegar a su oído y murmuró:

—Queremos verte gozar.

Ese «queremos» calentó mucho más a la joven, que soltó un gemido gustoso mientras sentía cómo aquél la subía al séptimo cielo. Dejándose hacer, cerró los ojos y, nada más hacerlo, la mirada de Can apareció en su mente, lo que redobló su excitación. Estaba claro que aquel tipo la había impresionado mucho.

—Me encanta... —oyó que decía Richard de pronto, lo que la sacó de su fantasía. Estaba con él, no con Can.

Eso la hizo abrir los ojos para ver al tipo que les había pedido permiso para mirar, que estaba detrás de Richard, tocándolo.

—Me gusta que me masturben mientras yo te masturbo a ti —musitó él en su oído.

Extasiada, y dejándose llevar por el caliente momento, volvió a cerrar los ojos. Sólo deseaba recibir placer. Lo necesitaba para relajar todas las tensiones acumuladas y cuando, minutos después, sintió que su cuerpo estallaba como una bomba abrasadora, se echó hacia delante y gritó de placer.

Richard, consciente de que la había hecho llegar al clímax con los dedos, y duro como una piedra, deseaba más, por lo que volvió a inclinarse sobre ella.

—Dime cómo lo quieres —susurró de nuevo.

Acalorada y locamente excitada por el morbo que le estaba provocando la situación y sus pensamientos, Sonia se apresuró a responder:

—Seguido, fuerte, mientras noto que a ti te hacen lo mismo.

No hizo falta decir más. No había nada que le gustara más a Richard que hacer lo que aquélla le pedía, y, tras indicarle al hombre que estaba a su espalda que se colocara un preservativo y abrir las piernas para invitarlo a entrar y, una vez que el tercero en cuestión lo empaló analmente, por el mismo impulso él empaló a Sonia por la vagina, jadeando al unísono.

Sexo caliente...

Sexo consentido...

Sexo sin amor, pero placentero y divertido...

Aquello era una maravilla, y lo disfrutaron como si no hubiera un mañana.

Los tres jugaban, lo pasaban bien, mientras los gemidos gozosos de quienes practicaban sexo como ellos a su alrededor y el olor dulzón los volvía locos.

Todos los allí presentes disfrutaban del momento, del morbo y de su propia sexualidad sin reproches ni limitaciones.

El sexo era un juego, algo a lo que les gustaba jugar, y estaban allí para disfrutar.

Con cada embestida dada y recibida, Richard se estremecía. El placer se apoderaba de ellos a cada segundo que pasaba y, al notar que Sonia volvía a llegar al clímax, tras un último empellón que lo hizo soltar un jadeo gutural, se dejó caer sobre ella para hundirse por completo en su interior y se corrió, mientras el hombre que estaba a su espalda se descargó también finalmente en él.

A continuación este último salió de Richard y se alejó para lavarse, y él se dejó caer en la cama junto a Sonia. Ambos se miraron con las respiraciones aceleradas y sonrieron. Aquellos juegos calientes siempre eran divertidos.

—¿Lo has disfrutado tanto como yo? —preguntó ella.

—Te lo aseguro —asintió él.

Dicho esto, se levantaron y, entre risas, se dirigieron a las duchas para refrescarse.

* * *

Dentro de la sala individual en la que se encontraba, Can observaba. Practicar sexo con dos mujeres era divertido si ellas lo dejaban entrar a tope en el juego, pero esa noche, aunque lo estaba disfrutando, sintió que Isabella acaparaba por completo la atención de Amber, la otra pelirroja.

Tomándose un whisky, se sentó en un sillón a observarlas. Estaba claro que disfrutaban con lo que hacían y verlo era todo un placer.

Se tocaban...

Se besaban...

Cuando Isabella se recostó con las piernas abiertas para dejar mostrar su sexo húmedo y caliente, Amber, deseosa, miró a Can, que le sonrió, y se tumbó sobre Isabella. La volvió a besar, mientras la masturbaba con los dedos e Isabella se agitaba enloquecida.

Instantes después, Amber bajó por el ardiente cuerpo de aquélla hasta llegar a sus pechos. Se los mordisqueó e Isabella gritó.

Acalorada, Amber siguió su recorrido hasta llegar al abdomen de aquélla, donde metió la lengua en su ombligo e Isabella se arqueó totalmente entregada.

Segundos después, y tras mordisquear la cara interna de sus

muslos, le abrió las piernas con deseo y, sin dudarlo, llevó la lengua hacia su ya hinchado clítoris, lo que provocó unos sensuales espasmos en Isabella que terminaron en gritos, y Can sonrió.

Estaba observando aquello cuando de pronto una risa llegó hasta él a través de la puerta entreabierta de la sala.

¿De qué le sonaba aquella risa?

Y, tras dudar unos segundos, la curiosidad pudo con él y, mientras aquéllas continuaban con su festín sexual, se levantó de la silla, se acercó a la puerta y, después de abrirla completamente, miró afuera. Las personas que caminaban por el oscuro pasillo, al verlo salir desnudo, lo miraron y sonrieron. Can era un tipo muy deseable.

Durante unos segundos miró con curiosidad a las mujeres que allí había, pero no, ninguna era quien había creído, y regañándose a sí mismo resopló.

Pero ¿qué hacía pensando en Lady Stark?

Por ello, e ignorando algo que seguro que sería imposible, volvió a entrar en la pequeña sala, donde las dos mujeres, al verlo, lo miraron, le tendieron las manos y él, sin dudarlo, se unió al festín.

* * *

A las tres de la madrugada Richard llevó a Sonia a casa en su coche. En cuanto se despidieron y quedaron en verse otro día, la joven entró en su portal.

Diez minutos después, tras desnudarse, puso el despertador y se tumbó en la cama muerta de sueño. Qué bien lo había pasado.

Capítulo 20

A las ocho de la mañana, como había pedido Stacy, Ginger y Sonia estaban ya en su casa.

Samuel, el hombre del que su amiga estaba colgada, regresaba ese día a Londres y tenía los nervios a flor de piel.

El primero en llegar fue Ginger, que, abriendo con su llave la puerta de la casa de Stacy, al ver que aquélla estaba en la ducha la avisó de su llegada y se fue a la cocina a preparar café.

Instantes después la puerta de la calle se abrió y apareció Sonia. Al verla, Ginger la miró y, sonriendo, cuchicheó:

—Uis, nena..., hueles a sexo.

Al oír eso, su amiga sonrió. No sabía cómo lo hacía Ginger, pero lo cierto era que cada vez que tenía sexo con alguien él lo adivinaba. Por ello, murmuró sonriendo:

—No ha estado mal.

Dicho eso, le contó lo sucedido el día anterior con su hermana y sus padres. Aquellos temas eran complicados y, sin duda, meter el dedito en la llaga no era bueno; Ginger, simplemente como un buen amigo, la escuchó sin decir nada. Sonia se lo merecía.

Al poco, Stacy salió de la ducha y exclamó mirando a sus amigos:

—¡Estoy histérica!

Ginger y Sonia se miraron. Lo sabían.

Veinte minutos después, tras tomarse varios cafés, delante del espejo Stacy se probaba toda la ropa de su armario mientras ellos la observaban tumbados en su cama.

—¿Qué os parece esto?

Ginger y Sonia suspiraron. Stacy se había puesto un elegante vestido rojo con unos taconazos.

—A ver —soltó él—, no es por ser marirrepelente, pero yo dejaría eso para una cita de noche.

—Yo también —convino Sonia.

Stacy, mirando a Ginger, que a las ocho de la mañana parecía recién salido de una fiesta de brillo y glamur, y protestó:

—¿Y me lo dices tú, que vienes con esa peluca multicolor?

Sonia soltó una risotada. Ginger, como siempre, vestía en su línea, y repuso alisándose la melena:

—Perdona, bonita, pero mis pelucas y yo tenemos el pase dorado.

—¿Ahora vas de Willy Wonka? —se mofó Sonia.

Aquél sonrió y, mirando a Stacy, insistió:

—Mis pelucas son parte de mi arrolladora e inigualable personalidad. ¡Envidiosa!

Desesperada, Stacy se sentó entonces en la cama junto a sus amigos.

—Ay, Dios... —murmuró—, ¡no sé qué estoy haciendo!

—Pues si no lo sabes tú... —se burló Ginger, ganándose un codazo de Sonia.

Stacy, que estaba obcecada, ni siquiera lo oyó, e insistió:

—¡No sé qué ponerme!

Los otros dos se miraron y Sonia dijo al cabo levantándose de la cama:

—Sigo pensando que no deberías ir. Samuel no te ha dicho nada. No te ha pedido que vayas y...

Pero Stacy, incapaz de callar, la cortó.

—Iré. Quizá me equivoque, quizá no. Pero quiero conocerlo. Quiero hablar con él. Quiero olerlo. Quiero oír su voz. Quiero que me mire. Quiero mirarlo. Quiero saber si todo lo que me ha escrito estos días es verdad o... o... simplemente era un ligoteo tonto que no nos llevará a nada.

—Uis, nena..., mucho quieres tú —soltó Ginger.

Stacy lo miró y Sonia, dispuesta a acabar con aquello o al final terminarían discutiendo, se dirigió al armario, agarró un par de prendas y unas zapatillas de deporte y, tendiéndoselas, pidió:

—Ponte esto.

Stacy, al ver un vaquero, una camiseta básica blanca y las deportivas, iba a protestar cuando ella insistió:

—Es lo más acertado. Natural e informal. Y, si volvéis a quedar, entonces ponte cualquiera de las cosas que te estabas probando.

—Estoy con ella —afirmó Ginger.

Stacy miró lo que aquélla le tendía y, finalmente, se puso en pie y lo cogió.

—Creo que tenéis razón —admitió.

Un buen rato después, los tres salían del apartamento rumbo al aeropuerto de Luton.

Más tarde, tras dejar el coche en el parking número uno, entraron en la terminal. Comprobaron el panel de llegadas y Ginger, señalándolo, exclamó:

—¡Las Vegas!

Sonia sonrió. Siempre había querido ir a Las Vegas. Deseaba conocer el sitio donde su madre y su padre biológico se habían conocido, y afirmó:

—Algún día...

—*Joidierrrrrrrrr* —dijo de pronto Stacy. Ginger y Sonia la miraron y ésta indicó—: El vuelo de Samuel ya ha aterrizado.

—Woooooooooooo, maricorramos a la sala de llegadas —animó Sonia.

En su trayecto, como siempre, la gente se volvía para observar a Ginger. La manera de vestir de aquél, con sus pelucas y sus monos de colores brillantes, llamaba mucho la atención, y Sonia, sonriendo, cuchicheó:

—Estás triunfando.

—Necesito parar un segundo —dijo Stacy.

Los tres se detuvieron entre la gente, y Stacy, cerrando los ojos, cogió aire; estaba muy nerviosa. Entonces un tipo se acercó a Sonia y, al ir a preguntarle algo, Ginger susurró mirándolo:

—Perdona, pero ella no habla con hombres de menos de 1,80.

Sin poder remediarlo, tanto Sonia como Stacy tuvieron que reír y retomaron el ritmo. ¡Ginger y sus cosas!

En su camino se cruzaron con varios comandantes. Sonia, curiosa, los observó con detenimiento, y Ginger, que nunca perdía detalle, indicó:

—Sí, cariño, sí. El Salvaje, con su varonil uniforme de comandante, tiene que estar ¡maribrutal!

Sonia asintió. Estaba totalmente de acuerdo.

Stacy se volvió a parar. La presión estaba pudiendo con ella y, pálida, murmuró:

—Creo... que se me está descomponiendo el cuerpo.

Ginger resopló al oírla y, tratando de infundirle valor, musitó:

—Se me está descomponiendo mi...

Sonia sonrió y Stacy, dándose aire con la mano, dijo en su terrible español:

—¡*Joidierrrr*! ¡*Joidierrrr*!

—Se dice *joder* —se mofó ella.

Una vez que llegaron a la puerta de salidas, donde había más gente, Stacy miró sudorosa a Ginger.

—¿Algún mariconsejo? —preguntó.

El asiático negó con la cabeza. Aconsejar en un momento como aquél era complicado y, tras colocarle el pelo con mimo y devoción, soltó:

—Disfruta el momento.

La puerta volvió a abrirse y, de pronto, comenzó a salir un grupo de gente con unos chalecos de Cruz Roja.

—Ay, Dios —murmuró Stacy.

—¿Qué pasa?

—¡Vámonos! —exclamó ella.

Sin dudarlo, sus amigos la siguieron, y aquélla, parándose, se dio la vuelta de nuevo.

—No. No quiero irme... —Ginger, al oír eso, iba a hablar cuando Stacy añadió mirándolos—: ¿Cómo habéis dejado que viniera?

—Ehhhh —protestó Sonia.

Stacy se llevó entonces las manos a la cabeza, histérica perdida.

—Sois mis amigos —gruñó—. Deberíais habérmelo impedido.

Dirigiéndose a Sonia, que estaba contando hasta veinte para no soltar un bufido, Ginger preguntó:

—¿La matas tú o lo hago yo?

Pero Stacy estaba histérica y, cuando iba a decir algo más, de pronto, mirando hacia donde la gente se saludaba, murmuró con gesto de pavor:

—*Joidierrrrrrrrr...* Es él..., Samuel.

A menos de cinco metros estaba el hombre que había conocido a través de una aplicación y con el que llevaba intercambiando mensajes escritos desde hacía más de cinco meses, sonriendo y besando a quienes se le acercaban.

Incapaces de no hacerlo, los tres miraron hacia él, puesto que lo habían visto en fotos, y Ginger cuchicheó llevándose la mano al cuello:

—¡Qué monoooooooooooooooo!

Y, sí, Samuel era muy mono. Era justo lo que las fotos decían de él.

—¡Y qué alto! —añadió Sonia.

Paralizada, Stacy asintió. No sabía qué hacer. No sabía qué decir. De pronto, sus ojos y los de Samuel se encontraron y él, sorprendido, soltó la mochila que llevaba en el suelo y parpadeó.

—¡Joderrrr! —murmuró Sonia en español.

—Uis, nena..., creo que te acaba de mariver —dijo Ginger tocándose la peluca.

Sonia y él intercambiaron una mirada, y Stacy, asustada, preguntó tragando saliva:

—¿Qué hago?

Tan bloqueada como aquélla, Sonia musitó:

—Salir corriendo, como que no.

—Ay..., ¡qué retortijón de tripa! —susurró Ginger al ver cómo los miraba.

Stacy suspiró. Si la había visto, tenía que apechugar con lo que pensara de ella; tomó aire y dijo con resolución:

—Voy a saludarlo.

—Stacy... —dijo Sonia.

—He venido. Aquí estoy y voy a decirle hola.

—Uis, nena..., qué atrevida.

Sin pararse a pensar, Stacy comenzó entonces a caminar hacia aquél, que seguía paralizado mirándola y, una vez que estuvo frente a él, musitó intentando sonreír:

—Hola...

Samuel asintió con la cabeza a modo de saludo y ella, nerviosa, prosiguió:

—Vale. Sé que no me dijiste el día que regresabas, pero tenía tantas ganas de conocerte que investigué por mi cuenta y..., bueno, ¡aquí estoy!

Samuel asintió mientras la gente pasaba con rapidez por su lado y Stacy esperaba que él dijera algo. Pero no, Samuel no hablaba, estaba sin palabras, y ella, a cada segundo más nerviosa, insistió:

—Te he sorprendido.

Él volvió a asentir y a continuación vio a dos personas acercarse y ponerse al lado de Stacy.

¿Quiénes eran aquel tipo estrambótico con peluca y un mono brillante y aquella chica morena?

Al notarlos cerca, y viendo que él seguía sin decir nada, Stacy añadió sintiéndose fatal por su frialdad:

—Ellos son mis amigos, Ginger y Sonia. Chicos, él es Samuel.

—Encantada —dijo Sonia.

—Un mariplacer —declaró Ginger sonriendo al ver cómo él lo observaba sin dar crédito.

Pero Samuel seguía sin abrir la boca y Stacy, a quien las pulsaciones le iban a mil, gruñó:

—Oye..., vale que tú no me has dicho cuándo venías y yo he sido excesivamente loca al venir a recibirte, pero me estás cabreando con tu jodido silencio.

Samuel seguía sin reaccionar, y Stacy explotó.

—¡¿En serio ni siquiera me vas a saludar con un simple «hola»?! —gritó.

Todo el mundo que había alrededor los observaba.

No sólo llamaban la atención por las pintas de Ginger, sino que encima, una de aquellas chicas gritaba. Entonces, una muchacha se aproximó a ellos, agarró a Samuel del brazo y, mirando a Stacy, preguntó:

—¿Se puede saber qué pasa?

—¡*Joidierrrrrrr!* —soltó Stacy de mala leche, y dirigiéndose a aquella desconocida añadió—: ¿Y a ti qué narices te importa lo que pasa?

—Nenaaaaaaaaaa —susurró Ginger para tranquilizarla.

Sonia, al ver aquello, rápidamente se acercó a su amiga y susurró:

—Stacy, ¡C. E. P. y vámonos!

Pero ella, incapaz de cerrar el pico, y fuera de sí, gritó:

—¡¿Ésta quién es?! ¡¿Tu novia o tu mujer?!

Samuel palidecía por segundos, y la chica que había a su lado respondió:

—Su hermana.

Esa aclaración hizo que Stacy asintiera, y entonces la chica, dándole un toque a Samuel en el brazo para que la mirara, comenzó a agitar las manos delante de su cara.

Ginger y Sonia se miraron boquiabiertos, mientras que Stacy, viendo lo mismo que veían sus amigos, parpadeó asombrada.

¿Qué hacía hablando la lengua de signos?

—¿Es sordomudo? —preguntó Ginger al verlo.

—Es sordo —se apresuró a precisar la hermana de Samuel—. El término correcto es *sordo*.

—Uis, nena, perdón..., ¡qué carácter! —susurró Ginger llevándose la mano al cuello.

Al ver la mirada de Stacy, Samuel reaccionó al fin y, tras decirle algo a su hermana con las manos, se agachó, cogió su mochila y, sin mirar atrás, comenzó a alejarse.

Stacy lo observó inmóvil y la chica aclaró mirándola:

—Samuel dice que te diga que lo siente.

Boquiabierta, ella asintió y, sorprendiéndolos a todos, empezó a correr tras aquél. Al llegar a su lado, lo agarró del brazo para detenerlo y, mirándolo a los ojos, preguntó:

—Dices que lo sientes y... ¿te vas?

Sonia, Ginger y la hermana de aquél fueron tras ella, y cuando Samuel vio a esta última llegar, volvió a comunicarse con ella.

—Samuel dice que siente no haber sido sincero contigo y no haberte contado que es sordo.

De nuevo, él comenzó a mover las manos mirando a su hermana y ésta tradujo.

—Nunca pensó que conocería a una chica tan increíble como tú a través de una aplicación y, cuando entendió que debía ser sincero contigo y contarte que era sordo, tuvo miedo de que lo rechazaras. Por eso siempre evitaba llamaros por teléfono y por eso te mintió.

Stacy no decía nada. Sólo veía a Samuel mover las manos con rapidez.

¡No comprendía lo que decía!

¡¿Sordo?! ¡Nunca lo habría imaginado!

Su hermana, atenta, seguía interpretando.

—Y si no te dijo el día que regresaba era porque sabía que había hecho mal al no contarte su problema y...

—¿Acaso no ibas a volver a escribirme? —preguntó Stacy mirándolo.

Samuel le leyó los labios y rápidamente contestó, siendo su hermana su voz.

—Sí, claro que iba a escribirte. Pensaba quedar contigo y contarte con tranquilidad su problema. Pero no esperaba encontrarte aquí.

Al oír eso, Stacy meneó la cabeza y, volviéndose hacia sus amigos, murmuró:

—Joder, ¡será gilipollas! Yo le conté lo de mi cojera.

Nada más decir eso, notó los dedos de Samuel agarrando su barbilla. Ella lo miró. Él movió las manos y la hermana aclaró:

—Dice que, si no lo miras, no puede leerte los labios y no sabe qué has dicho.

Al oír eso, Stacy asintió y, con rabia, lo miró directamente a los ojos.

—He dicho: «Joder, ¡será gilipollas!» porque yo te conté lo de mi cojera —explicó gesticulando de manera exagerada—. Y, ¿sabes?, ahora soy yo la que no quiere seguir aquí contigo. ¡Que te den por donde amargan los pepinos!

Y, dicho eso, dio media vuelta y, ante el gesto de sorpresa de todos, se alejó. Al ver aquello, Sonia se dirigió a Ginger, que estaba descolocado.

—Ve con ella —le pidió—. Yo iré enseguida.

Cuando él corrió tras su amiga, ella miró a Samuel y a su hermana.

—Soy Sonia, una amiga de Stacy.

—Rosemary, la hermana de Samuel —indicó la joven.

El hombre, resoplando, meneó la cabeza y Sonia, mirándolo para que le leyera los labios, declaró:

—A ver, ésta es la situación: Stacy está loca por ti, y te aseguro que tu problema, en otro momento y explicado de otra manera...

Pero Samuel movió las manos para que callara. Después miró a su hermana y, tras hacerle unos gestos, dio media vuelta y se marchó también.

Rosemary y Sonia se quedaron solas, y la primera sonrió.

—Samuel te pide disculpas por marcharse, pero dice que no tiene nada que hablar en lo referente a Stacy ni contigo ni conmigo —musitó.

—¡Será tonto! —protestó Sonia.

—Y cabezón.

Ambas rieron por aquello, y luego Rosemary murmuró:

—Yo no sabía lo que mi hermano tenía con esa chica...

—Stacy. Se llama Stacy.

Rosemary asintió.

—No sabía lo que mi hermano tenía con Stacy. Aunque sí sé que mi hermano es un encanto de chico, pero que, por el problema de su sordera, que heredó de mi padre, suele esconderse del mundo, y en especial de las mujeres. Samuel es bueno, cariñoso, un tipo y un médico increíble, pero en lo que se refiere a ligar con mujeres, es un cero a la izquierda. Tiene tanto miedo de ser rechazado que prefiere dejar el amor alejado de su vida. Aunque, oye, reconozco que esta vez me ha sorprendido al ver que se había lanzado a conocer a Stacy.

Saber que lo que tenía Samuel era un problema hereditario a Sonia le llegó al corazón y, suspirando, declaró:

—Conozco a Stacy. Ahora está muy enfadada, pero sé que cuando se tranquilice y lo piense querrá hablar con él.

—Espero que Samuel también.

Ambas se miraron sonriendo.

—¿Qué te parece si nos damos los teléfonos y, cuando la cosa se relaje, organizamos una cita para que se encuentren? —sugirió Sonia—. Estarás tú para que Stacy se entere de lo que tu hermano quiere decir, y estaré yo para templarla a ella.

—Me parece genial. Dame tu número.

Sin dudarlo, Sonia lo hizo. Segundos después, el teléfono le sonó y Rosemary dijo con una sonrisa:

—Ahí tienes el mío.

Ambas asintieron, estaba claro que tenían que hacer algo por aquéllos. En ese momento Rosemary vio a su hermano junto a los ascensores para bajar al parking a por el coche.

—He de irme —dijo—. Samuel me espera para que lo lleve a su casa.

Sonia sonrió y, tras darle dos besos, afirmó:

—Hablamos.

Cinco minutos después, cuando llegó hasta el lugar donde habían aparcado su vehículo, se encontró a una llorosa Stacy, que, mirándola, siseó furiosa:

—*¡Joidierrrrrrrrrrrrrrrrr!*

—Se dice *joder* —replicó ella.

Pero Stacy estaba en su mundo.

—¡Dile a Ginger que no me vuelva a decir nada del puto universo, porque, como lo haga, juro que le arranco la peluca y después se la come! —gritó.

Sonia se fijó en su amigo, que la miraba con ojillos de perro pachón.

—¿Por qué? —insistió Stacy—. ¿Por qué todo me tiene que pasar a mí?

—No, cielo. Todo no te pasa a ti —matizó Sonia.

Pero Stacy prosiguió:

—¿Por qué no puedo encontrar a ese alguien especial que me quiera y no me mienta? ¿Por qué? ¿Acaso tengo un imán para los mentirosos?

Oír eso a Sonia la entristeció; las relaciones de Stacy no habían sido muy buenas. Ginger, mirándola, intervino:

—Cariño, ya te lo he dicho. Conocer a alguien por una aplicación no es lo mejor.

—Otra vez no —se quejó Stacy.

—Esos sitios están llenos de personas que mienten más que hablan —continuó Ginger—. Y, aunque hay excepciones, pues Peter y Jackson se conocieron así y ahora son muy felices, lo suyo es conocer a alguien en la vida real, como yo con mi Adriano.

Al oírlo, Stacy lo miró y se secó las lágrimas.

—¿Por qué no puedo conocer a un Adriano sincero, amoroso, leal, que me quiera como él te quiere a ti? —cuchicheó—. ¿Por qué?

Ginger sonrió. Pensar en su futuro marido siempre hacía que su corazón aleteara desbocado.

—Porque, a riesgo de comerme la peluca, he de decirte que no crees en la magia del universo —musitó abrazando a su amiga.

Al oír eso, Sonia gruñó en español:

—¡La madre que te parió, Ginger!

Stacy soltó por su boca sapos y culebras, pero aquél añadió:

—Cariño, siento decirte que Adriano sólo hay uno y, por suerte, es gay y lo cacé yo.

Eso hizo que finalmente las dos chicas sonrieran. Si había alguien que estaba enamorado ése era Ginger.

Entonces, de pronto, un coche que iba en dirección a la salida del parking, frenó bruscamente frente a ellos y Samuel se apeó de él.

—*Porfaplisssssssss* —susurró Ginger al ver a semejante tiarrón caminando hacia ellos.

—Ay, Dios —musitó Sonia al ver la expresión de su amiga.

Tras él se bajó Rosemary con gesto desconcertado.

Stacy no se movió, pero su cara lo decía todo. Samuel se sacó su móvil del bolsillo, se lo enseñó, escribió algo y luego le dio a «Enviar».

El móvil que Stacy llevaba en el bolsillo del pantalón vaquero sonó. Había recibido un mensaje.

Samuel no se movía. Ella tampoco. Y al ver aquello, Sonia se acercó a su amiga.

—O miras tú el jodido mensaje que te ha enviado, o lo miro yo.

Finalmente, Stacy se dio por vencida, se sacó el teléfono del bolsillo y lo leyó en voz alta:

Lo hice mal, lo siento. Debería haber
sido sincero contigo desde el primer
instante y decirte que soy sordo.
Pero me enamoré tanto de ti y de tu
increíble personalidad que tuve
miedo de perderte.

—Ay, qué monoooooooooo —susurró Ginger.

Stacy lo volvió a leer y Sonia, sin poder callar, musitó:

—Creo que deberías responderle, ¿no?

A Stacy el corazón le iba a mil. Samuel, viendo cómo ella lo miraba, sin dudarlo volvió a escribir en su teléfono y le dio a «Enviar».

Esta vez Stacy leyó sin necesidad de ser achuchada por sus amigos:

Eres preciosa por dentro y por fuera.
Quizá demasiado bonita, lista, buena
y maravillosa para un tipo como yo.
Pero quiero que sepas que, a
excepción de mi voz, en el resto soy
como cualquier hombre. Y no puedo,
ni quiero, ni deseo marcharme
de aquí sin decirte que verte ha sido
la mayor sorpresa de mi vida y que
me muero por quedar contigo, por
comunicarnos, por invitarte a pasear,
por besarte, por hacerte el amor, por
explicarme y por muchas cosas más.
Pero también entenderé que no
quieras nada de eso conmigo porque
no soy lo que esperabas.

—Marimuerto me quedo de purito amor... —susurró Ginger emocionado al leerlo.

Rosemary, sorprendida por aquella reacción de su hermano, porque él solía ser todo lo contrario, iba a intervenir cuando Samuel, entendiendo el silencio de Stacy, suspiró, se metió el móvil en el bolsillo del pantalón y dio media vuelta. Estaba todo claro.

Sonia miró entonces a su amiga y luego Rosemary musitó:

—Stacy, dale una oportunidad. Mi hermano es un hombre excepcional.

Pero ella no se movía, seguía paralizada, y Ginger, incapaz de callar, dijo empujándola:

—Por el amor de Dios, ¡ve! ¡El universo te lo está gritando!

Oír eso hizo que Stacy saliera de su burbuja y comenzó a caminar hasta Samuel. Lo adelantó. Se le puso enfrente para que la mirara y, segura de sí misma, preguntó:

—¿Lees los labios?

Él asintió y ella, convencida de lo que iba a decir, a continuación declaró:

—Te quiero.

—*Hallelooooo!* —musitó Ginger emocionado.

Samuel sonrió y ella, mirándolo para que leyera sus labios de nuevo, prosiguió:

—Y quiero esos besos, esos paseos y, por supuesto, quiero que me hagas el amor, porque eres Samuel, el hombre del que me he enamorado y al que deseo seguir conociendo aunque seas sordo.

Él cerró entonces los ojos y, levantando las manos al cielo en señal de felicidad, volvió a sonreír.

Ni en el mejor de sus sueños habría imaginado algo así y, perdiendo todos sus miedos, se acercó a Stacy, la agarró por la cintura, la pegó a él y la besó sin vacilar.

Rosemary, Ginger y Sonia, que los miraban boquiabiertos, suspiraron felices, y Ginger, al que las lágrimas le rodaban por el rostro, cuchicheó emocionado:

—Ese Samuel es un romanticón Adriano en hetero... ¡Me lo como!

Sonia y Rosemary sonreían. Estaba claro que entre aquellos dos había surgido la magia y cuando, segundos después, el abrasador beso entre ambos acabó, Samuel miró a su hermana, se comunicó con ella y ésta tradujo dirigiéndose a Stacy:

—A Samuel le gustaría que nos acompañaras a su casa para hablar contigo. ¿Te apetece?

Sin dudarlo, Stacy asintió, nada le apetecía más, y mirando a sus amigos dijo:

—Chicos, ¡hablamos!

Sonia y Ginger asintieron felices y, segundos después, cuando Stacy se montó en el vehículo de aquéllos y se marchó con una sonrisa, Sonia musitó apoyándose emocionada en su coche:

—Visto lo visto, creo que no tardando mucho, además de tu boda vamos a tener que organizar también la de Stacy.

—Pues ya sabes lo que dice el universo —murmuró Ginger—: ¡no hay dos sin tres!

Divertida, ella se sacó las llaves del coche del bolsillo y, yendo hacia la puerta del conductor, se mofó mientras observaba en su muñeca el logo del local donde había estado la noche anterior:

—¡El universo y tú lo lleváis claro!

Capítulo 21

Tras dejar a Ginger en el local de George para que ensayaran el espectáculo que las Ladies querían dar al cabo de unas semanas, Sonia se marchó para su casa. Tenía cosas que hacer.

Lo primero que hizo fue llamar a sus padres. Habló con Charles y respiró aliviada al comprobar que continuaba tranquilo y le aseguró que su madre también lo estaba. De momento habían hablado sin discutir. Dentro de lo malo, eso la calmó.

Una vez que puso una lavadora y habló por teléfono con su hermana Cynthia para saber que Ibiza estaba bien, miró el reloj. Eran las 13.20. Hasta las cuatro, que había quedado con aquéllas en el parque Saint James, quedaba un buen rato. Y, viendo el buen día que hacía, decidió calzarse sus patines, coger la mochila, los auriculares inalámbricos e irse al parque a comerse un sándwich y tomar el sol hasta que llegara Ibiza.

Allí, como siempre, todo era alegría. Los niños jugaban, la gente hacía deporte, comían y charlaban sentados sobre la hierba. Feliz por el bonito día, y más aún con la libertad que sentía con los patines puestos, buscó en el móvil una canción que le gustaba mucho a ella y a sus amigos y con la que estaba creando una coreografía para sus siguientes exhibiciones en la pista de hielo.

En cuanto comenzaron a sonar los primeros acordes de *Love Yourself* de Billy Porter, sonriendo empezó a patinar por una zona donde no había mucha gente, dejándose llevar por la música. ¡Qué buen rollo le daba aquella canción!

Sobre los patines, aunque éstos fueran de ruedas, y ateniéndose a lo que le permitían, se olvidó de dónde estaba y patinó al ritmo de la música haciendo varios giros, piruetas y saltos que a los que estaban en el parque los dejaron sin palabras. Aquella muchacha patinaba de lujo.

Sonia, sumida en su propia burbuja, se animaba cada vez más: el cuerpo se lo pedía, la música se lo facilitaba, y ella simplemente se dejaba llevar por el ritmo.

Cuando, minutos después, la canción acabó y ella, agotada y sudorosa, se detuvo, se sorprendió al ver que quienes estaban cerca de ella la aplaudían. Sin duda les había gustado lo que había hecho.

Con una sonrisa, para agradecerles sus aplausos, ella los saludó como si estuviera en la pista de patinaje y, tras despedirse de todos con la mano, se alejó de allí. Patinar era su gran pasión.

Tan pronto como llegó junto a un inmenso árbol, se descolgó la mochila, sacó una enorme toalla roja, la extendió en el suelo y se sentó en ella. Después se quitó la camiseta que llevaba para quedarse con una de tirantes finos, luego los patines y, una vez descalza, sacó una botellita de agua fría de la que bebió antes de comerse el sándwich.

Se lo comió escuchando música tranquilamente mientras pensaba en Stacy y sonreía. Sin duda lo ocurrido esa mañana en el aeropuerto era sorprendente, y Samuel le había parecido una buena persona.

¿Quién decía que aquello no podía funcionar?

Diez minutos después, se acabó el sándwich y estaba bebiendo agua cuando el teléfono le sonó. Era Ginger.

—¿Qué pasa?

Él, que estaba con las Ladies en el local, exclamó:

—¡Maridesastre!

Oír eso hizo que Sonia se inquietara.

—A Lola Mento la han convocado para una competición el mismo día que tenemos programada la marisorprefiesta de su cumpleaños —cuchicheó Ginger—. En definitiva, su chico está desesperado y no sabe qué hacer.

Mientras él continuaba hablando atropelladamente, Sonia maldijo. Lola Mento, además de ser dueño y gerente del mayor local de *drag queens* de Londres y ejercer como *drag*, también disfrutaba de su faceta de nadador, lo que la había llevado a ganar varias medallas en competiciones de doscientos o cuatrocientos metros, aunque su medalla más especial la ganó en París, en los últimos Juegos Olímpicos Gay, donde el último día fue coronado con la distinción de Pink Flamingo.

Tras escuchar a Ginger, Sonia rápidamente preguntó:

—¿Dónde tiene la competición?

—En Colchester. Uis..., se me está quebrando una uña —añadió él mirándose los dedos de la mano.

—¿A qué hora?

—A las cuatro de la tarde es la última competición y a las cinco la entrega de premios. Y, lo peor, Liam me acaba de decir que Lola Mento le ha propuesto quedarse esa noche allí para celebrar su cumpleaños. ¡Eso arruinará la supermarifiesta del O'Pera!

Sonia sonrió y, cuando iba a decir algo, Ginger susurró:

—Por cierto, la Bella Despierta y la Moratones han vuelto a tener otro enganche de los suyos.

La joven asintió, eso era de lo más normal entre ellos, y preguntó:

—¿Y esta vez por qué?

—Porque, al parecer, la Moratones terminó el rímel de la Bella Despierta y..., bueno, ¡ya sabes!, se odian y se quieren por igual.

Sonia suspiró, era lo mismo de siempre. Pero, sin ahogarse, como siempre le ocurría a Ginger, dijo:

—En cuanto al tema de la fiesta de Lola Mento, todavía queda tiempo. Pero, tranquilo, la traeremos de vuelta sí o sí a Londres.

—¡¿Cómo?!

Sonia pensaba con celeridad. Había que buscar una estrategia y, viendo varias opciones, dijo:

—Déjame que lo valore y decidimos. Pero, mientras tanto, no os preocupéis de nada, porque la fiesta de cumpleaños se celebrará sí o sí.

Ginger sonrió. La positividad de Sonia siempre lograba que respirase tranquilo.

—Aisss..., qué sería de mi vida sin ti, Lady Stark.

Ella sonrió al oírlo, Ginger siempre se lo decía, y con cariño se despidió:

—Te quiero, Willy Wonka.

En cuanto el teléfono enmudeció, Sonia echó un vistazo a la gente que había a su alrededor, colocó su mochila y sus patines cerca de ella y, poniéndose los auriculares en las orejas, se tumbó sobre su enorme toalla roja y comenzó a escuchar música. Eso le daba paz.

Canción tras canción, tarareó con los ojos cerrados y, cuando empezó a sonar *What a Fool Believes* de los Doobie Brothers, un tema que utilizaba en sus coreografías y con el que se había presentado en su última exhibición, sonrió.

Con los ojos cerrados, mentalmente se veía realizando el ejercicio que hacía sobre la pista de hielo cuando, de pronto, algo húmedo y pegajoso le cruzó la cara. Rápidamente abrió los ojos para defenderse y, al ver quién era, riendo se quitó uno de los auriculares inalámbricos.

—*¡Chesterrrrrrrrrrrrrr!* —soltó.

Jugueteaba con el perro divertida cuando Can se acercó a ellos y, al ver que se trataba de Sonia, suspiró aliviado.

—Menos mal que eres tú. Ya me veía pagando una multa por exceso de amor perruno.

Sonia soltó una risotada al oírlo.

—¿Qué haces aquí? —preguntó aquél.

—Tomando el sol.

—¿Te has echado protección?

Divertida, ella negó con la cabeza.

—¿Tú no sabes que tomar el sol sin crema protectora es malísimo? —repuso él.

Sonia asintió. La verdad era que se le había olvidado.

—¿Qué eres ahora?, ¿mi madre? —contestó.

Oír eso a Can lo desconcertó y ella, sonriendo, preguntó:

—¿Y tú qué haces por aquí?

Sin confesar que estaba dando ese paseo para ver si se encontraba con ella y la niña, respondió mirando hacia los lados:

—Paseando con *Chester*. ¿Y Lady Mini Stark?

—Con mi hermana. A las cuatro me la traerá.

Can asintió y, mirando su enorme toalla roja, preguntó:

—¿Puedo sentarme contigo?

Sin dudarlo, ella asintió. Se echó hacia un lado para dejarle espacio y, una vez que él se tumbó, preguntó mirándola:

—¿De qué conoces a Adam, el hermano de Carol?

—Colaboro con una asociación LGBTQ+ —dijo Sonia—. Tengo infinidad de amigos allí y..., bueno, conocía a Rebeca, su chica, y ella fue quien me lo presentó.

Can asintió. Tema aclarado. Y, tras unos segundos en silencio, dijo mirándola:

—¿Puedo preguntarte qué ocurrió ayer para que os fuerais corriendo?

Sonia lo miró. Sabía que el día anterior había sido algo borde con él.

—Primero de todo tengo que disculparme por el modo en que te hablé ayer —murmuró—. No hice bien.

—Disculpada —contestó él con una sonrisa.

Más tranquila por saber aquello, la joven añadió:

—En casa de mis padres hubo un problema y..., bueno...

Permanecieron unos segundos en silencio, pero Can, deseoso de saber, insistió:

—¿El problema se solucionó?

Sin querer entrar en detalles, Sonia soltó omitiendo el tema de sus padres:

—Mi madre se enteró de que Cynthia sale con Israel, el celador del hospital del que te hablé, y el maridrama que se montó fue tremendo.

—Lo siento.

—Tarde o temprano tenía que pasar —repuso ella—. Sólo era cuestión de tiempo.

Dicho eso, la joven se calló y el comandante, viendo que no quería hablar del tema, decidió cambiar de tercio.

—¿Por qué en ocasiones utilizas palabras como *maridrama*?

Sonia soltó una carcajada.

—Porque a la vida hay que buscarle la sonrisa, ¿no crees?

Él rio, y asombrado por la energía y la positividad que aquélla desprendía, comentó:

—Por cierto, comencé a ver la serie.

—¿Qué serie?

—*Juego de tronos.* —Sonia sonrió y él añadió—: Mi padre e infinidad de amigos me la habían recomendado. Pero, por falta de tiempo..., ¡ya sabes!

—Es buenísima, ¿verdad?

Can asintió. Sin duda le estaba gustando mucho.

—¿Y cómo a una niña tan pequeña como Ibiza puede gustarle una serie tan intensa? —preguntó a continuación.

Sonia soltó una risotada. No era la primera vez que le hacían esa pregunta.

—Cuando yo empecé a verla nunca pensé que a ella le gustaría. Recuerdo que jugaba en el suelo con sus juguetes mientras yo la veía tumbada en el sofá, hasta que un día ocurrió algo en la serie e Ibiza, mirándome, me dijo: «Ese Lannister es muy... muy malo y se merece morir». —Ambos rieron por aquello y Sonia añadió—: A partir de entonces, Ibiza se empeñó en verla conmigo, y te aseguro que en ocasiones la entendía mejor que yo. Incluso si me perdía en algún personaje, ella era quien me recordaba el parentesco y por qué había llegado a esa situación.

—¡Pero ¿no es muy fuerte esa serie para ella?!

Sonia se encogió de hombros.

—En ocasiones, sí. E intentaba que ciertas escenas no las viera. Incluso yo me tapaba los ojos con ella para no verlas. Pero cuando llegamos al capítulo de la boda roja..., ¿lo has visto ya? —Can asintió y Sonia sonriendo indicó—: Cuando comenzó el capítulo, al ver lo que podía pasar, ella me miró y me dijo: «Mami, aquí no va a pasar nada bueno, me temo lo peor. Si quieres, yo lo veo para que no te asustes y luego te lo cuento».

—¿En serio? —preguntó Can muerto de la risa.

Sonia afirmó divertida.

—Lady Mini Stark es más madura, fuerte y segura de lo que muchos imaginan, a pesar de su edad, y aunque no lo creas, ver esa serie le ha servido para aprender lo que está bien y lo que está mal, y sobre todo a valorar a la gente que la quiere y la cuida.

Ambos se quedaron callados; a continuación a Can le sonó el teléfono y, al ver que era su madre, saludó.

—Hola, preciosa.

Al oír eso, Sonia hizo ademán de levantarse para darle intimidad, pero él la miró y dijo tapando el auricular:

—Es mi madre.

Sonia asintió y, al ver que él la detenía, no se movió.

—¿Dónde estás, mi Rey? —preguntó la madre de Can, feliz al hablar con su hijo.

Al oír eso, Sonia sonrió y él, al verla, le dio un cariñoso empujón mientras respondía:

—Dando una vuelta por el parque con *Chester*.

—Ay, hijo, ¿sabes algo de tu padre? Ayer me llamó cuando llegó con sus amigos a Norwich, pero no me ha llamado para decirme a qué hora regresará y comienzo a preocuparme.

Can suspiró, e, imaginando a su padre con sus amigos, indicó:

—Mamá, no te preocupes. Ya sabes que cuando está con Valentino y Darren pierde la noción del tiempo.

Mia asintió y, sonriendo, afirmó:

—Tienes razón. Soy una alarmista. Por cierto, ¿te comentó tu padre que vio a...?

—Mamá —la cortó—, me lo comentó y la respuesta es «no».

—Pero, Rey, esa muchacha es preciosa y muy lista.

Can cerró los ojos. Aquel agobio por parte de sus padres cada día le sentaba peor, y dijo para cortar la comunicación:

—Mamá, ahora no puedo. Ya lo hablaremos.

Una vez que se despidió de ella y se guardó el móvil en el bolsillo, Sonia preguntó divertida:

—¡¿Rey?!

Soltando una risotada, Can la miró y ésta, pensando en Luis Miguel, indicó:

—Que sepas que para mí sólo hay un rey.

Sin entenderla ni preguntar a quién se refería, Can contestó divertido:

—Eh..., unas son Lady Stark y otros somos Rey.

Ambos rieron por aquello.

—Mi madre, como siempre, preocupándose por mi padre —indicó él después—. Él se fue ayer con sus amigos a Norwich, e imagino que se acostarían tardísimo tras jugar a las cartas.

—Seguro que sí —cuchicheó Sonia.

—Somos una familia muy unida y se puede decir que mi madre es el centro de todos nosotros, aunque en demasiadas ocasiones le guste dramatizar y llorar más de la cuenta.

—En el caso de la mía, el centro es mi padre —musitó Sonia.

Éste, al ver que ella no decía nada más, indicó:

—Mi padre siempre ha sido la fuerza y mi madre el cariño. Ambos nos han criado en el convencimiento de la familia tradicional. Aunque, la verdad, no les hemos salido muy tradicionales ni mis hermanas ni yo.

Ambos rieron de nuevo y luego Can, cogiendo un auricular inalámbrico de ella, se lo puso y exclamó:

—¡Qué buena canción!

—Sí, mucho.

—Me trae recuerdos increíbles.

—A mí también. Tiene sus años, pero me encanta y siempre que la escucho me da positividad.

Instintivamente, ambos comenzaron a cantarla. El estribillo se lo sabían muy bien y, riendo, se miraron mientras cantaban y se movían sobre la toalla al compás de la canción de los Doobie Brothers.

Se miraban divertidos cuando ella dejó de cantar.

—¿Qué recuerdos te trae? —preguntó.

Can sonrió.

—El de unas vacaciones con mis padres y mis hermanas en un bonito hotel de Mallorca. Recuerdo a mi padre y a mi hermana Alina cantándola a voz en grito en medio de un bar porque les gustaba mucho esta canción y yo me moría de vergüenza por lo que hacían. No sabía dónde meterme. —Ambos rieron y luego él añadió—: Hoy por hoy, daría todo lo que tengo porque se pudiera volver a repetir.

Sonia asintió y, dándose cuenta de que Alina era la hermana que él le había dicho que había perdido, lo cogió de la mano y se la apretó con cariño.

Gustoso por ese bonito detalle por su parte, Can preguntó mirándola:

—¿Y a ti qué recuerdos te trae?

Tumbada sobre la toalla roja, Sonia puso de nuevo la canción para que sonara otra vez y respondió mirando al cielo:

—Entrenos..., entrenos y más entrenos.

Al oír eso, él la miró y ella matizó sin ser consciente de la sensualidad que desprendía:

—La empleaba en uno de mis programas cuando competía. Con ella gané varias competiciones en estilo libre y le tengo mucho cariño. Es más, hoy por hoy sigo utilizando esa coreografía y pronto la volveré a usar en una exhibición que tengo.

—Me encantaría verla.

—Cuando quieras —dijo ella con tranquilidad.

A Can le encantó ver cómo cerraba los ojos, movía los hombros y levantaba las manos al cielo al compás de aquella dulce canción, hasta que de pronto reparó en algo que Sonia tenía grabado en la muñeca.

Sorprendido, lo observó.

¿En serio era lo que él creía?

Se miró en silencio el mismo sello que él tenía en la suya.

¿Debería preguntarle al respecto o no?

La tinta que utilizaban en Zafiro era muy resistente al agua, y, confundido, iba a preguntar cuando ella, abriendo los ojos, lo miró y murmuró con una sonrisa:

—Hay música que no tiene edad. Y ésta es una de esas canciones.

Can asintió desconcertado. ¿En serio era cierto lo que imaginaba?

Ajena a sus pensamientos, Sonia disfrutaba del final de la canción que sonaba y, cuando ésta terminó, preguntó:

—¿Hay alguna canción antigua que te traiga algún bonito recuerdo y no lo digas?

Tratando de dejar de darle vueltas a lo que pensaba, pues no quería ser indiscreto, Can recordó cierta canción.

—Sí —afirmó.

Ella insistió con curiosidad:

—¿Cuál?

Divertido, él soltó una risotada e indicó:

—No quieras saberlo.

—Sí..., claro que quiero saberlo.

De nuevo, él rio y, bajando la voz, musitó:

—A mi madre siempre le gustó mucho Andy Gibb, el hermano pequeño de los Bee Gees. Y había una canción titulada *I Just Want to Be Your Everything* que reconozco que, de tanto oírla, terminó gustándome. Pero tuve que dejar de decirlo porque mi padre se burlaba de mí.

Sonia no sabía de qué canción se trataba. Por lo que, cogiendo su móvil, fue a YouTube, tecleó el título y el intérprete y, cuando ésta comenzó, exclamó sonriendo:

—Setentera..., ¡mola!

Can la escuchó complacido.

—Madre mía..., creo que llevaba más de veinticinco años sin oírla.

Sorprendida, Sonia parpadeó y, con curiosidad, preguntó moviendo los hombros al compás mientras cerraba los ojos porque el sol le daba en el rostro:

—¿Por qué?

Hechizado por la sensual visión que aquélla le ofrecía sin proponérselo, Can apartó la mirada de ella y repuso:

—Tonterías de críos.

Eso llamó más aún la atención de la joven, que, mirándolo, insistió:

—¿Se puede saber qué te dijo tu padre para que dejaras de escucharla?

Can negó con la cabeza.

—Bah..., tonterías, como que era un blando, un mariquita, un llorón. Incluso comenzó a llamarme Archie, que era el nombre del hijo de un amigo suyo que era gay. —Y, sonriendo, añadió—: Lo que tocaba escuchar era AC/DC, Metallica, Europe...

Boquiabierta, Sonia se sentó para verlo mejor.

—¿Me estás diciendo que dejaste de escuchar la música que te gustaba para que él no pensara que podías ser gay?

—Sí. La verdad es que así fue. Quería ser como mi padre, un tío fuerte.

Ella lo miró sin dar crédito y preguntó:

—¿Tanto te importaba lo que pensara de ti?

Can rio y, tocándose el pelo despreocupadamente, repuso:

—Tenía doce o trece años y..., bueno, ¡ya sabes!

—Y, hoy por hoy, con la edad que tienes, ¿sigue importándote lo que él o los demás piensen de ti?

Can se paró a pensarlo un momento y, al cabo, contestó:

—No pero sí.

Sonia rio.

—O sí o no. Lo que has dicho no me vale. —Él sonrió y ella, clavando sus oscuros ojazos en él, agregó—: ¿Tú no sabes que, mientras te preocupes por lo que los demás piensen de ti, les perteneces?

Can soltó una carcajada.

—No te rías. Es así.

Sin poder evitarlo, él continuó riendo.

—Digamos que hoy por hoy soy un hombre adulto que toma sus propias decisiones pero disfruta viendo a un padre feliz —indicó—. Soy lo que siempre quise ser, y siento que él está orgulloso de mí, como yo lo estoy de él. —Ambos se miraron, y él añadió—: Por lo que veo, la música es algo muy especial para ti.

—Sí —aseguró la joven.

Y, recordando una cosa, Can preguntó:

—¿Y tienes canción preferida?

Sonia afirmó con la cabeza y, sin darle tiempo, dijo a su vez:

—¿Y tú?

Can asintió, y ella insistió:

—¿Cuál es?

Él sonrió divertido y luego contestó:

—*Dancing in the Dark*, de Bruce Springsteen.

Rápidamente Sonia la buscó en su móvil y, cuando comenzó a sonar, sonrió y cuchicheó divertida:

—Cañera..., como tú.

—¿No te gusta?

Ella se encogió de hombros. Los gustos musicales de ambos no podían ser más distintos, y respondió evitando decir que su canción preferida era *Soy yo* de Luis Miguel:

—No está mal.

El comandante soltó otra risotada y ella, de pronto, fijándose en la marca que él tenía en la muñeca, soltó en español:

—¡Joder!

Can, que ya había aprendido lo que significaba aquella palabra porque Carol se lo había dicho, la miró y ella dijo sin contenerse:

—No me digas que has estado en Zafiro...

De inmediato, maldijo para sus adentros. ¿Por qué era tan impulsiva? Debería haberse callado. Pero entonces él señaló la marca que tenía ella.

—Por lo que veo, tú también —repuso.

—Pues sí..., anoche —señaló ella con una sonrisa.

Ambos se miraron y luego ella cuchicheó quitándose el auricular:

—El caso es que me pareció verte...

Can asintió y, quitándose también el suyo, indicó:

—Y a mí me pareció oírte reír...

Según dijeron eso, los dos soltaron una risotada de complicidad. Acababa de quedar claro que a ambos les gustaba jugar con el sexo.

—Lo pasarías bien... —musitó Sonia bajando la voz.

Sorprendido por su desparpajo al hablar del tema, él replicó:

—Seguramente tanto como tú.

Ambos volvieron a reír por aquello y a continuación ella dijo:

—Tranquilo. Tu secreto está a salvo conmigo.

—Y el tuyo conmigo —sentenció Can.

Luego guardaron unos segundos de silencio. Sin duda lo que habían descubierto los había descabalado un poco.

—Como única dueña de mi cuerpo y de mi sexualidad, lo vivo como quiero —declaró ella a continuación—. Reconozco que el morbo me pone cantidad y anoche con Richard... ¡fue colosal!

¿Richard? ¿Quién era ése?

Oír aquel nombre de pronto a Can le creó un conflicto de sensaciones. Por un lado le parecía bien que Sonia disfrutara y hablara de sexo con normalidad, pero, por otro, le escocía que hubiera gozado con el tal Richard y no con él.

La joven, ajena a lo que él pensaba, proseguía hablando del tema sin ningún tipo de tapujo.

—Siempre y cuando una lo consienta —añadió—, en el sexo todo lo que disfrutes es válido. Y en alguna ocasión he hecho algún trío con dos hombres que, uf...

—¿Completo? —preguntó curioso.

Sonia sonrió. Menuda conversación aquélla, pero, sin cortarse, respondió:

—No. Sólo vaginal.

—¿Y con dos mujeres también? —insistió Can.

Al oír eso, Sonia negó con la cabeza.

—No. Me gustan demasiado los hombres. —Y, mirándolo, preguntó con gracia—: ¿Tú has estado con dos hombres?

Él, acalorado y divertido, se apresuró a contestar:

—No. Porque me pasa como a ti pero al contrario. Me gustan demasiado las mujeres.

Ambos rieron por aquello y luego ella añadió:

—Éste es un tema del que no suelo hablar con todo el mundo porque, por desgracia, aun estando en el siglo XXI, el sexo, y más para una mujer, sigue siendo tabú, enseguida te llaman «zorra» o «salida mental». Pero ver tu sello en la muñeca me demuestra que tú no piensas así, ¿verdad?

—Verdad —asintió él—. Particularmente disfruto del sexo siempre que puedo. Y aunque en ocasiones voy a Zafiro o a otros locales *swinger* porque me divierten y lo considero una parte del juego, he de reconocer que el sexo entre una mujer y yo a solas a veces me resulta más divertido.

Con cierto pudor por lo que estaban hablando, se miraron.

—El sexo es un juego de adultos siempre y cuando sea consentido —musitó ella.

—Regla primordial —afirmó el comandante.

Acalorada por lo que aquel tipo le hacía sentir, Sonia se dio un poco de aire con la mano.

—¿Tú has hecho tríos? —preguntó a continuación.

—Sí.

—¿Y con hombre y mujer o dos mujeres?

—Ambas modalidades.

—Vayaaaaaaaaa..., ¿qué pensaría tu padre? —se mofó divertida.

—Lo horrorizaría —musitó él bajando la voz.

Ambos volvieron a reír. ¿Cómo habían llegado a esa conversación y qué hacían contándose esas intimidades?

Se miraron a los ojos y entonces Sonia, incapaz de callar, preguntó:

—¿Eres consciente de lo que nos estamos contando?

—Sí.

De nuevo, ambos rieron.

—¿Por qué el sexo será algo tan tabú en nuestra sociedad cuando a todos nos gusta disfrutar de él? —cuchicheó ella.

Can se encogió de hombros.

—Porque vivimos en una sociedad hipócrita en la que sólo unos cuantos nos permitimos jugar y disfrutarlo, mientras que otros lo critican con maldad, aunque lo desean a escondidas.

Sonia asintió al oírlo, le gustaba esa respuesta, y, divertida, declaró:

—La verdad, si anoche nos hubiéramos encontrado en Zafiro, me habría quedado muy cortada. —La mirada que Can le dirigió fue magnética, hechizante; sin duda él estaba pensando lo mismo que ella. Sonia, intentando centrarse, prosiguió—: Pero ahora, si te encontrara, creo que me lo tomaría de otra manera.

—¿Si me vieras allí jugarías conmigo? —soltó él sorprendiéndola.

Imaginarse teniendo sexo con aquél la acaloró. No supo qué responder, y entonces de pronto se oyó:

—¡Chesteeeeeeeeeeeeeerrrrrr!

Al levantar la vista se encontraron con la sonrisa de felicidad de Ibiza, que corría hacia el perrete seguida de Cynthia, que levantó las cejas al ver a su hermana con aquél.

¿Sonia y Can?

Una vez que la niña llegó hasta ellos, saludó primero a *Chester*, luego a su madre y, por último, a Can, a cuyos brazos se arrojó mientras él la cogía encantado.

Mientras la pequeña y él hablaban, Cynthia se acercó a su hermana y preguntó:

—No me digas que te ves con él...

—No.

—Pero bueno..., pero buenooooooooooo. Si al final va a resultar que a mamá le salió bien la cenita.

—No digas tonterías.

Sonia, todavía acalorada por la conversación que habían mantenido y que había sido interrumpida por la llegada de aquéllas, negó con la cabeza.

—Nos hemos encontrado en el parque. Nada más.

—Uissssss..., ¡qué buen cotilleo!

Al oír eso, Sonia la cortó:

—Ni se te ocurra sacar conclusiones que no son ciertas, ¿entendido?

Cynthia asintió divertida y dijo desviando el tema:

—Vaya movida con lo de mamá, ¿no?

Sonia afirmó con la cabeza.

—¿Tú y tu chico bien? —preguntó a continuación.

Cynthia asintió y Sonia, suspirando al pensar en sus padres, declaró:

—Veamos en qué termina todo esta vez.

Las dos hermanas se miraban con complicidad cuando a Can le sonó una alarma en el móvil. Había quedado con Nerea y, acercándose a aquéllas, dejó a la niña en el suelo, enganchó la correa a *Chester* y se despidió.

—Chicas, he quedado y me tengo que ir.

Cynthia y Sonia sonrieron, e Ibiza le preguntó cogiéndole la mano:

—¿Podemos vernos otro día?

Complacido, él miró a aquella pequeña y, apretando su mano con cariño, afirmó:

—Por supuesto que sí. Otro día llamo a tu mami y nos vemos, ¿vale?

—¡Guay! —aplaudió aquélla.

Instantes después, tras despedirse de Cynthia, Can miró a Sonia con intensidad y, sonriéndole, dijo tras darle un beso en la mejilla:

—Ha sido estupendo pasar este rato contigo y saber más de ti.

Ella asintió ruborizada.

Pero ¿por qué habían tenido que hablar de sexo?

Y cuando él se alejó, al ver la cara de su hermana, que se moría de ganas de hacerle preguntas, se apresuró a decir:

—Ibiza, ¿quieres un helado?

La cría saltó de felicidad.

—¡Sí, mamiiiiiiii!

Y cuando la niña salió disparada hacia el puesto de los helados, Sonia miró a su hermana y cuchicheó en español:

—Ni una palabra o me voy a cabrear.

Capítulo 22

El martes, tras una laboriosa mañana de trabajo en la oficina, donde tuvieron varias reuniones con clientes a los que les organizaban eventos, Ginger entró en el despacho de Sonia.

—Ay, Dios... Ay, Dios... ¡Ay, Dios!

—¿Qué pasa?

—Cuando te enseñe la marialerta que acabo de recibir en mi email, ¡vas a flipar!

Sin entenderlo, ella lo miró y éste añadió mostrándole el móvil:

—Nuestro romántico a la par que guapo Luis Miguel actuará durante los próximos seis meses nada más y nada menos que en ¡Las Vegas!

Al oír eso, Sonia sonrió y, mirándolo, cuchicheó divertida:

—Flipar..., flipar..., fliparía más si viniera a Londres.

Ginger parpadeó e insistió:

—¡Las Vegas..., Luis Miguel...! El viaje que tienes pendiente y tu cantante preferido. Nena, ¿no crees que el universo te está susurrando sutilmente que deberías ir?

Sonia resopló. Nada en el mundo le gustaría más que aquello, pero en su vida tenía otras prioridades que ir a Las Vegas a ver a su cantante preferido, por lo que se miró el reloj y dijo:

—Me voy. He quedado con una amiga.

—Pero, nena...

—¡Hasta mañana, Ginger Pink!

—¡El universo te lo grita!

—Pues el universo se va a quedar afónico. Adióssssssss —se despidió sonriendo.

Y, cogiendo su bolsa de deporte, que previamente había preparado, corrió hasta el parking. Quería llegar a tiempo para la clase de funky de Carol.

En el camino, gracias al manos libres, pudo hablar con Stacy. Su amiga estaba feliz y contenta. Sabía que tenía muchas cosas que solucionar con Samuel, pero, tras dos días juntos, sin duda deseaba continuar con él.

Una vez que llegó a las inmediaciones y aparcó su vehículo, acelerada, buscó el local. Por suerte, lo encontró enseguida y, al entrar en él, al fondo vio a Carol.

Junto a la recepción, ésta hablaba con unos chicos vestida con unas mallas negras y una cómoda camiseta de tirantes. Durante unos segundos Sonia se quedó parada para no molestar, hasta que Carol la vio y, despidiéndose de aquéllos, caminó hacia ella.

—¡Qué bien que hayas venido!

—¡Suelo cumplir mis promesas! —contestó Sonia.

Carol sonrió divertida. Le gustaba la rápida conexión que había creado con aquélla, y cuando habló con ella por teléfono pudo comprobar que seguía, por lo que, al verla vestida con aquel bonito vestido azulón a juego con la chaqueta, preguntó:

—¿Armani?

Sonia asintió sorprendida.

—Ser la futura mujer de un tiquismiquis de las marcas hace que hasta las distinga yo —aclaró ella.

Eso hizo reír a carcajadas a Sonia, que indicó:

—Ginger, mi socio, es terrible con las marcas de ropa, de calzado, de maquillaje..., ¡hasta de detergente! —Ambas rieron—. Y aunque suelo vestir más informal, reconozco que en ocasiones un buen traje como éste puede ayudar a cerrar varios tratos.

—¿Has traído ropa cómoda y transpirable para la clase? —preguntó entonces Carol—. Sudarás y te morirás de calor.

Sonia señaló la bolsa que llevaba colgada al hombro.

—Vale. Ven, acompáñame a los vestuarios.

Con curiosidad, Sonia caminó por aquella academia mientras

Carol se la enseñaba con amabilidad. Era una academia bastante grande, con varias salas de clase.

Minutos después, una vez que se cambió de ropa, al salir, Carol le guiñó un ojo y preguntó:

—¿Preparada para el funky?

Ella sonrió. Siempre le había gustado bailar, lo hiciera bien o no, y afirmó:

—¡Lo estoy deseando!

A Carol le gustó su buena disposición. Le encantaban las personas positivas como ella, y en cuanto entraron en la sala, tras saludar al grupo de alumnos dijo:

—Os presento a mi amiga Sonia. Ella es patinadora profesional con varias medallas y trofeos en su haber, y hoy va a hacer la clase con nosotros.

Todos sonrieron a la recién llegada y luego Sonia murmuró:

—Voy a intentar seguiros, pero no me prestéis mucha atención.

El buen rollo era latente en la clase, y cuando Carol puso la música y comenzó a sonar la canción *Treasure* de Bruno Mars, Sonia se vino arriba. Le encantaba bailar.

Como pudo, siguió al grupo, mientras observaba boquiabierta los delicados e increíbles movimientos de Carol. Era buenísima, fantástica. Tenía una técnica muy depurada y cuando, cuarenta y cinco minutos después, la clase acabó y todos sudaban, Carol se le acercó.

—¿Estás bien?

Sonriendo, la joven asintió a pesar del agotamiento.

—Por suerte, estoy en forma —musitó.

Carol se sentó entonces en el suelo con ella y comentó:

—Bailas muy bien.

—¡Gracias!

—Tienes ritmo.

Sonia afirmó divertida:

—Tú sí que tienes ritmo. Me has dejado alucinada. Es increíble cómo bailas, lo pulido de tus movimientos y la elasticidad que tienes.

Carol asintió, sabía que lo hacía bien.

—Gracias. He vivido muchos años de ello y, como te dije, el baile es mi vida.

—Por cierto, me encanta la música de Yanira que has puesto, ¡la adoro! —señaló entonces Sonia.

Carol sonrió.

—Pues que sepas que Yanira y su marido, si su agenda se lo permite, ¡vendrán a la boda!

Sonia la miró boquiabierta y aquélla añadió:

—Su marido, Dylan, es muy amigo de Daryl y de Can. Y..., bueno, en uno de nuestros viajes a Los Ángeles, los conocí y te puedo asegurar que tanto Yanira como él son encantadores.

—Muero de la envidia —afirmó Sonia divertida.

Durante unos minutos siguieron hablando sobre la famosa cantante, hasta que Carol, incapaz de contenerse un segundo más, cuchicheó:

—Me muero por preguntarte algo.

Sonia la miró y aquélla soltó:

—¿Por qué te fuiste tan deprisa del parque el otro día?

Al oírla, ella sonrió. Estaba claro que los había dejado preocupados, y respondió en confianza:

—Mis padres tenían un problema.

Aquello no era lo que esperaba Carol, y murmuró:

—Lo siento. ¿Ya está solucionado?

Sonia asintió y, recordando lo que había hablado con su padre aquella mañana, afirmó:

—Están en ello.

Se miraron en silencio, y luego Carol musitó pensando en su particular familia:

—La verdad es que los temas familiares a veces son complicados de gestionar.

Sonia asintió y Carol, viendo que no quería seguir hablando de ello, decidió dar un giro a la conversación.

—¿Has vuelto a ver a Can?

Oír eso a Sonia la hizo reír a carcajadas. No sabía lo que podía haber hablado con él y, omitiendo cierta información, respondió:

—El domingo por la mañana, en el parque Saint James.

A Carol le gustó oír eso.

—Mi yo cotilla quiere saber por qué os visteis... —musitó—. ¿Quedasteis?

Sonia le dio entonces un puñetazo con gracia en el hombro.

—No es por lo que imaginas —replicó—. Ese parque nos pilla cerca de casa a ambos. Él paseaba a *Chester*, yo estaba allí tomando el sol esperando a que mi hermana me trajera a Ibiza, nos encontramos y charlamos un rato.

Carol sonrió y Sonia, al verla, reiteró:

—Fue simplemente un encuentro casual.

La otra no paraba de sonreír y Sonia, para intentar atajar aquello, dijo mirando el reloj que había en una de las paredes de la clase:

—Debería ducharme para ir a mi clase, ¿te vienes?

Complacida, Carol sonrió y aseguró:

—Por supuesto.

Y, levantándose del suelo, las dos se fueron a duchar. Lo necesitaban.

Capítulo 23

Un buen rato después, tras aparcar el coche en su plaza, Sonia y Carol entraron en el Lee Valley Ice Centre y, divertida, la primera miró a su amiga, que, como ella, iba en manga corta.

—¿Has traído ropa de abrigo? —preguntó.

Carol negó con la cabeza, no había pensado en ello. Y entonces Sonia, abriendo su mochila, sacó un forro polar azul y se lo tendió.

—Póntelo o te pelarás de frío. Esto es una pista de hielo, no es como tu academia. Aquí precisamente calor ¡no pasas!

—Lección aprendida —afirmó Carol.

Ambas sonrieron por aquello.

—Cuando acabe la clase, te quiero en la pista conmigo —indicó Sonia.

Carol asintió.

—Lo estoy deseando.

Dicho eso, ella le guiñó un ojo y añadió:

—Sube por esa escalera y siéntate donde quieras.

Una vez que Carol se marchó, Sonia corrió hacia los vestuarios. Tenía que volver a cambiarse. Enseguida, tras saludar en el trayecto a varios alumnos y a sus padres, entró en el vestuario, se quitó la ropa que llevaba, se puso unas mallas y una camiseta térmicas y, encima, un forro polar rosa con el logo de la pista de patinaje. Cuando finalmente se ajustó al tobillo los patines, se dirigió con seguridad hacia la pista. Era el momento de disfrutar de lo que le gustaba.

En el trayecto se encontró con José.

—Eh, José, ¿cómo va eso? —lo saludó en español.

El aludido sonrió. Allí estaba aquella muchacha a la que adoraba como a una hija, y respondió acercándose a ella:

—Ahora que mi Gitanilla está aquí, mejor.

Ambos rieron. José siempre la había llamado de ese modo por su pelo moreno y su ascendencia española.

Complacida por el cariño que aquel hombre siempre le regalaba, se acercó a él y le dio un beso en la mejilla. A continuación cogió el *walkie-talkie* que José le entregaba para que pudiera comunicarse con él desde la pista y le guiñó un ojo.

—Gracias.

Minutos después, cuando entró en la pista de hielo, Sonia miró hacia las gradas y, al ver a Carol sentada con su forro polar azul, junto a algunos de los padres de sus alumnos, la saludó con la mano.

Después de quitarse los protectores de las cuchillas de los patines y dejar el *walkie* al lado de la puerta, entró en la pista, donde la esperaba un hombre de su edad. Damián era otro profesor. Ambos tenían muy buena conexión y, tras saludarse con cariño, se dirigieron hacia el lugar donde estaban esperándolos sus alumnos. Como siempre, éstos fueron a su encuentro y, tras saludarlos con afecto, los dividieron en dos grupos y ambos comenzaron a trabajar con los niños.

Desde su sitio, Carol observaba la clase. Aquellos críos patinaban de maravilla, pero la delicadeza en los movimientos de Sonia era colosal. En varias ocasiones, ella y Damián unieron fuerzas para enseñarles a los niños ciertos movimientos. Damián y Sonia patinaban, cogían velocidad en la pista, él la agarraba, la alzaba y, tras lanzarla al aire, Sonia descendía con seguridad y precisión sobre el hielo. Carol estaba alucinada y aplaudía encantada cada vez que lo hacían.

Emocionada y con unos ojos como platos, observaba la clase sin perderse detalle. Lo que Sonia hacía sobre el hielo era sin duda una manera de bailar, y estaba disfrutando de ello cuando desbloqueó la pantalla de su móvil y decidió hacer una llamada a Daryl para saber si estaba con quien ella imaginaba.

Capítulo 24

En Fredos, Can se tomaba algo con Daryl y otros amigos. Hacía unas horas, había recibido un mensaje de Carol indicándole que había organizado una cena para esa noche en el restaurante Coconuts y deseaba que él estuviera.

Estaba riendo con sus amigos cuando le sonó el teléfono. Era su hermana Amina. Alejándose unos metros del grupo, aceptó la llamada y saludó.

—Hola, Amina.

La aludida, que se encontraba en su casa, rápidamente preguntó:

—¿Sabes dónde está Raissa?

—No —dijo Can negando con la cabeza.

Amina resopló.

—¿Te puedes creer que he quedado con ella hace una hora para ir a darnos unos masajes de chocolate a un increíble *spa* y la idiota no ha aparecido ni ha llamado ni...? Dios..., estoy tan enfadada que hasta se me saltan las lágrimas.

Can, al oír eso, preguntó con una sonrisa:

—¿Por qué estás llorando?

Amina, que tenía un día muy sensible, se secó las lágrimas.

—No lo sé —musitó—. Pero cada día me parezco más a la llorona de mamá.

No pudo continuar, pues de nuevo comenzó a llorar.

Sorprendido, Can no supo qué responder. Su hermana no era de las que lloraban y, cuando iba a decir algo, aquélla se le adelantó:

—Espera. Acaba de sonar el telefonillo, voy a ver si es ella.

Can asintió y Amina, caminando hasta el interfono de la entrada, encendió la videocámara y, al comprobar que era su hermana, cuchicheó entre lágrimas:

—Es ella... La... la voy a matar.

—No la mates —se mofó él.

Finalmente Amina sonrió mientras se secaba las lágrimas y, suspirando, preguntó:

—¿Tú dónde estás?

—En Fredos, con unos amigos. Dentro de un rato iremos a cenar algo.

—¿Alguna amiga especial?

Al oír eso, Can soltó una risotada.

—¿De qué vas? ¿Ahora eres mamá?

—Pásalo bien —musitó finalmente Amina—. Te quiero, hermanito.

Una vez que se guardó el teléfono en el bolsillo de la glamurosa falda que llevaba, abrió la puerta y, mirando a Raissa, iba a echarle la bronca cuando, al ver el estado en que se encontraba, murmuró:

—Dios, Raissa... ¿Qué pasa?

Con el rostro enrojecido y los ojos hinchados, ella entró en la casa de su hermana sollozando.

—He visto a Amélie con Tina por la calle, cogidas de la mano y sonriéndose como dos idiotas. ¡Odio a Amélie!

Amina abrazó a su hermana y, sin saber por qué, se unió a ella y se puso a llorar.

* * *

En Fredos, Daryl disfrutaba de la charla con sus amigos cuando su móvil sonó y, al ver en la pantalla el rostro de Carol, la mujer de su vida, sonrió y la saludó:

—Hola, preciosa; ¿estás ya en casa?

En la pista de hielo, Carol negó con la cabeza.

—No.

Él se irguió sorprendido y, cambiando su tono de voz, preguntó:

—¿Pasa algo?

—No. —Ella sonrió.

Daryl al oír ese segundo «no», se apresuró a decir:

—Cariño, ¿recuerdas que esta noche a las ocho has montado una cenita sorpresa en Coconuts?

Carol asintió. Había programado aquella cena con varios amigos y, segura de sí misma, respondió:

—Tranquilo, no lo he olvidado. Llegaré a tiempo. —Y, dispuesta a conseguir su plan, preguntó al oír voces de fondo—: ¿Con quién estás y dónde?

Daryl miró a sus amigos.

—Estamos en Fredos tomando algo. Están Roger y Lucinda, Angelo y Marcela, Mathias, Rihanna, Tino y Can...

—¿No ha llegado Muskeva? —preguntó pensando en su amiga.

—No, cielo. Todavía no.

Lo que ella deseaba era oír el nombre de Can y, sonriendo, musitó como el que no quiere la cosa:

—Ah, por cierto, cielo, estoy con Sonia.

Confundido, Daryl preguntó:

—¿Con Sonia? ¿Qué Sonia?

—La amiga de Can.

Al oír eso, Daryl miró a su amigo, que reía por algo que decía otro, y, llamando su atención, le cuchicheó tapando el auricular:

—Carol está con esa amiga tuya sin derecho a roce que tienes.

—¿Sonia? —preguntó él sorprendido.

Daryl asintió y, viendo la expresión de Can, le preguntó a Carol:

—¿Y cómo es que estás con Sonia?

Ella, que había planeado la jugada para juntar de nuevo a Can y a Sonia, viendo cómo ella se deslizaba por la pista para enseñarle a una alumna a dar un salto, contuvo el aliento y, cuando ésta aterrizó perfectamente en el hielo, murmuró:

—Se me olvidó decirte que hoy ella venía a mi clase de funky y ahora estoy yo en su clase de patinaje. Por cierto, ¡qué pasada, cariño! Ni te imaginas las cosas tan increíbles que hace Sonia.

Daryl cambió el gesto; conocía a Carol.

—Moñitos... —susurró—, quedan pocos meses para la boda...,
¿no crees que es un mal momento para que te rompas una pierna?

Al oír eso, ella sonrió. Había ciertas cosas de Daryl que nunca
cambiarían.

—*Piloto*..., ¡no empieces!

De nuevo Sonia cogió velocidad junto a Damián para saltar en
la pista y Carol musitó emocionada al ver lo que hacían:

—Madre míaaaaaaaaaaaaaaaaa...

—¡¿Qué?! —soltó Daryl nervioso.

Emocionada por lo que veía, ella respondió para calentar a
Daryl:

—Ay... Ay... Ay... Yo quiero hacer lo que hace Sonia. Mira, está
con un profesor en la pista, juntos cogen velocidad, luego él la aga-
rra entre sus brazos ¡y la lanza al aire!

—Cariño...

—Dios..., ¡salta sobre el hielo y vuela! ¡Qué pasada! Yo también
quiero hacerlo.

Oír eso a Daryl le puso el vello de punta, y más cuando ella
añadió:

—¿Y sabes lo mejor? Me ha prometido que, cuando termine la
clase, entraré con ella en la pista. ¡Qué emoción! ¿Seré capaz de
saltar?

Daryl palideció. Conocía a Carol y, temiéndose lo peor, preguntó intentando aparentar normalidad:

—¿Os queda mucho rato de clase?

Divertida, y sin perder ojo de lo que Sonia enseñaba a sus alumnos, contestó:

—Acaba de empezar.

En ese instante Can, que no apartaba la vista de su amigo, preguntó:

—¿Por qué está Carol con Sonia?

Oír eso hizo sonreír a Carol. Su chico, como bien imaginaba, ya
le había dicho a aquél con quién estaba y había caído en su trampa.
Sólo faltaba ver si Can estaba por la labor, por lo que, exagerando,
gritó:

—Woooooooooooo, ¡cariño, qué pasada!

Daryl, a cada segundo más inquieto, dijo:

—¿Dónde estáis?

Satisfecha, ella respondió sin darle importancia:

—En el Lee Valley Ice Centre, y ahora te dejo, ¡esto es muy fuerte!

Una vez que Carol cortó la comunicación, se guardó el móvil en el bolsillo del forro polar que le había entregado Sonia y murmuró divertida:

—Vamos, pilotos... Aquí os espero.

En cuanto Daryl bloqueó su teléfono, se levantó y dijo dirigiéndose a sus amigos:

—He de hacer una cosa. Nos vemos a las ocho en el restaurante.

Can se levantó a su vez. Quería saber qué hacía Carol con Sonia.

—¿Qué pasa? ¿Adónde vas? —le preguntó.

Daryl, al que todo lo que tuviera que ver con Carol le preocupaba, contestó:

—Voy al Lee Valley Ice Centre, a aplacar a mi chica. Está emocionada viendo cómo un tío lanza a Sonia por los aires en la pista de patinaje. Dice que salta y vuela. Y, conociendo a Carol, ésta se rompe una pierna, un brazo o vete tú a saber qué.

Can asintió. De pronto, algo lo inquietó y, sin dudarlo, dijo mirando a sus amigos:

—Voy con él. Nos vemos en el restaurante.

Tras salir de Fredos, se dirigieron hacia el coche de Daryl, y en silencio condujeron hacia el Lee Valley Ice Centre, hasta que Can, viendo a su amigo tan ceñudo, musitó con una sonrisita:

—Cambia esa cara, hombre.

Daryl lo miró y no le respondió. Mejor se quedaba callado.

Capítulo 25

Como Carol había intuido, la clase de patinaje de Sonia y su compañero Damián estaba siendo increíble. La soltura con que se movían por la pista de hielo era maravillosa, dando a veces la sensación de que flotaban.

Cuando ésta terminó, los niños se despidieron de sus profesores, y Sonia, mirándola, le hizo una seña con la mano para que se acercara a ellos.

Carol sonrió, por supuesto que bajaría, pero ¿dónde se había metido Daryl?

Con tranquilidad, descendió por las gradas hasta llegar a la pista, y, apoyándose en la valla, que los separaba, exclamó:

—Madre mía, ¡me habéis dejado alucinada!

Sonia y Damián sonrieron, y la primera dijo:

—Te presento a Damián. Damián, ella es Carol.

Complacidos, aquéllos se saludaron y entonces se oyó por uno de los *walkies* la voz de José, que decía:

—Damián, soy José, ¿me oyes?

Rápidamente aquél cogió el aparato y respondió:

—José, aquí Damián, dime.

—Muchacho, los padres de un alumno tuyo quieren hablar contigo. Te esperan en la puerta D.

Sin dudarlo, Damián les guiñó el ojo a las chicas y contestó:

—Diles que tardo dos minutos en llegar.

Una vez que se guardó su *walkie-talkie* en el interior de su sudadera, Damián se marchó y Carol preguntó:

—¿Él también era profesional?

Sonia asintió.

—Sí, pero se retiró porque estaba cansado de competir y quería otro tipo de vida.

El centro de la pista de patinaje se iba vaciando, aunque en las gradas la gente continuaba charlando, y Carol, que necesitaba tiempo para que llegara Daryl y ver si Can lo había seguido, preguntó:

—Bueno..., ¿ahora voy a patinar yo?

Encantada por su entusiasmo, Sonia sonrió y, tras abrir un pequeño armarito que había en un lateral de la pista, le preguntó el número de pie y luego cogió unos patines azules.

—Vamos, siéntate, quítate tu calzado, ponte esto y a patinar.

—¡Genial! —aplaudió Carol encantada.

Una vez se calzó los patines, Sonia la ayudó a atarse bien los cordones.

—Al menos sabes patinar sobre ruedas —dijo—. Eso te ayudará a mantener mejor el equilibrio. Pero despacito: las ruedas no son lo mismo que el hielo.

Carol asintió y ella, entregándole otra cosa, añadió:

—Ponte los guantes de protección y sígueme.

Segura de sí misma, Carol obedeció y, nada más poner un pie en el hielo, éste se le fue.

Sonia, que estaba acostumbrada a aquello, rápidamente la sujetó y, riendo, afirmó en cuanto consiguió que se estabilizara:

—Agárrate a la barandilla.

—Madre míaaaaaaaaaaaaa, ¡cómo resbala!

—Es hielo. —Sonia rio divertida y, cuando aquélla dejó de carcajearse, indicó—: Has de tener los hombros y las caderas alineados, los brazos estirados y las rodillas ligeramente flexionadas. Mira cómo lo hago yo.

Sonia se colocó en posición y ella la imitó.

—Procura no apoyar todo el peso sobre la barandilla o los patines se torcerán de lado y te caerás —dijo la primera.

Carol hizo a la perfección lo que le indicaba. No se le daba mal y, contenta de ver que conseguía mantenerse en pie, dejó de apoyarse en la barandilla.

—Muy biennnnnnnnnnn —animó Sonia.

Encantada, Carol se vino arriba, y Sonia, al ver que quería aprender más, dijo:

—Para frenar has de poner la pierna estirada, permitiendo que la cuchilla raspe el hielo, ¿ves?

Carol asintió al ver cómo lo hacía ella. Parecía fácil.

—Ahora, para deslizarte, pon los pies así —indicó Sonia colocándose—, como si estuvieras haciendo la letra «T». Pero recuerda: hombros y caderas alineados, brazos estirados y rodillas ligeramente flexionadas. —Una vez que aquélla lo hizo, agregó—: Ahora, con la pierna de delante tomas impulso, apoyas la cuchilla y estiras la...

Según dijo eso, Carol, empeñada en hacerlo, se dio tal impulso que, perdiendo el equilibrio, terminó en el suelo antes de que Sonia pudiera pararla. Tumbada sobre el hielo muerta de la risa, Carol la miró.

—Creo que me he roto el culo... Daryl me matará.

Las dos rieron, Carol era muy graciosa. Y Sonia, disfrutando, repuso:

—Posiblemente me mate primero a mí.

De nuevo se carcajearon por aquello y entonces Sonia señaló:

—Voy a enseñarte a levantarte. En este deporte es muy fácil terminar en el suelo.

Muerta de la risa, Carol asintió.

—Lo primero de todo, ponte de rodillas —dijo Sonia.

Ella lo intentó, pero no lo consiguió. La risa no la dejaba hacer fuerza y, durante un rato, las dos mujeres rieron a carcajadas sin poder evitarlo.

Cuando Carol logró ponerse de rodillas en el suelo, musitó divertida:

—Me siento ridícula.

Sonia, tan divertida como aquélla, indicó:

—Venga, pon un patín en el hielo. Eso es —dijo al ver cómo lo hacía—. Y ahora apoya las manos en la rodilla para levantarte.

Carol obedeció, hizo todo lo que le pedía, pero resbaló de nuevo y terminó tirada en el hielo.

—Pero ¿cómo puedo ser tan torpe?

Sin poder dejar de sonreír, Sonia afirmó:

—No eres torpe. Es sólo que has de aprender a levantarte con seguridad y sin miedos.

A Carol le costó incorporarse como diez veces, llevándose por delante a Sonia. No podían parar de reír, pero al final lo consiguió.

Durante un buen rato las dos disfrutaron del momento, mientras Carol, cada vez más segura, a pesar de sus limitaciones y su torpeza, se deslizaba por la pista. Aquello era más difícil de lo que parecía, y cuando se acercaron a la barandilla y se sujetó con fuerza, murmuró:

—Está claro que hoy no voy a saltar como haces tú.

—Pues va a ser que no —se mofó Sonia.

—Oye... —dijo Carol riendo—, ¿no me dijiste que a veces, tras las clases, practicabas las coreografías de tus exhibiciones?

—Sí.

Sin decir más, Sonia ya sabía lo que aquélla le pedía, pero Carol insistió:

—Venga. Me encantaría ver alguna.

Sonia sonrió. Nada en el mundo le gustaba más que dejarse deslizar por la pista, y tras comprobar que no había nadie en ella, a pesar de que sí había gente en las gradas, fue hasta donde estaba el *walkie-talkie* y dijo:

—Damián, soy Sonia. ¿Dónde estás?

Segundos después se oyó la voz del aludido.

—Estoy en las neveras, con José.

—¿Podrías subir a control, abrir mi archivo personal y poner la pista tres? Quiero practicar uno de mis ejercicios antes de marcharme.

—Dame cinco minutos. Te aviso —apuntó aquél desde su *walkie*.

Sonia lo entendió: sabía cuál sería el aviso y tendría siete segundos para prepararse antes de que comenzara a sonar la música de su ejercicio por los altavoces.

Sin quitarse los patines, Carol salió del hielo emocionada y, tras ponerles los protectores a las cuchillas, subió de nuevo a las gradas.

Mientras esperaba sentada, Sonia se soltó el pelo y a continuación se lo recogió en un moño rápido sobre la cabeza. El pelo suelto siempre le molestaba al patinar, y cuando estuvo lista hizo unos determinados movimientos para calentar.

Un sonido hueco le hizo saber que Damián ya estaba en el control y después se oyó por los altavoces:

—Sonia, ¿ejercicio corto o largo?

Dentro de la pista número tres, Sonia tenía aquellas dos modalidades con la misma canción. El corto duraba cuatro minutos y el largo casi nueve.

Al oír eso, quienes andaban por las gradas aplaudieron. Les encantaba ver sus ensayos, y corrieron a sentarse. Carol pudo ver su entusiasmo y cómo los niños que habían tenido clase entraban de nuevo corriendo en las instalaciones. No se querían perder el ejercicio de su profesora.

Sonia sonrió. Sabía que siempre que ensayaba se creaba cierta expectación. Nadie de los presentes olvidaba que había sido campeona olímpica.

—¡El largo! —oyó entonces que gritaba Carol.

El público congregado comenzó a gritar lo mismo: «¡El largo! ¡El largo!», y Sonia, mirando hacia donde sabía que estaba Damián, levantó el dedo en señal de aceptación.

Todos aplaudieron cuando de pronto un silencio sepulcral se hizo en la pista, que hasta a Carol la inquietó. Antes de comenzar un ejercicio, para el patinador era esencial el silencio para concentrarse, y todos los que estaban allí lo sabían y lo respetaban.

Dispuesta a darlo todo como siempre, Sonia se dirigió hacia el centro de la pista y, tras sentarse sobre el hielo, se tumbó boca arriba, cerró los ojos y se concentró.

Podía sentir el hielo bajo su piel y cómo cada poro se activaba al notarlo; entonces oyó el aviso: siete segundos.

La música comenzó suave y lenta.

Aquel ejercicio que tanto le gustaba y que tantas veces había practicado empezaba de forma tranquila, dulce, suave, para, a lo largo de la canción, ir cogiendo fuerza y celeridad. Era una canción llena de dinamismo, con varios cambios que le permitían ejecutar saltos y piruetas, y, levantando las manos al son de la música, empezó a moverlas.

Se trataba de la canción *No More Tears*, de las inigualables Barbra Streisand y Donna Summer, un tema que a Sonia siempre le había gustado mucho y que disfrutaba bailándolo tanto fuera como dentro de la pista de hielo.

Con delicadeza, se levantó del suelo para dejarse deslizar por la pista de hielo.

En ese instante se abrió una de las puertas laterales del recinto y aparecieron Daryl y Can. Carol no los vio. Fue Daryl quien, tras mirar, divisó a su chica, y dijo:

—Allí está.

Llegaron hasta una alucinada Carol, que los miró y sonrió al ver que Can estaba allí; pero entonces se dio cuenta de que Daryl iba a hablar señalando hacia la pista, y pidió:

—Silencio.

Can parpadeó sorprendido. Aquella que se movía con delicadeza al compás de la música que sonaba era Sonia.

—Es uno de sus ejercicios —murmuró Carol.

Él asintió y, sin hablar, observó la sutileza en sus movimientos siguiendo aquella canción; de pronto la música cambió, se aceleró y Sonia empezó a moverse por la pista con gracia y decisión.

Con total seguridad, y muy concentrada en su ejercicio, la joven saltó e hizo piruetas que quienes la observaban aplaudían.

Piruetas arabescas, piruetas simples, rotaciones con o sin saltos. Todo aquello que estaba haciendo era una delicia para quienes la observaban, mientras parecía volar por la pista al son de la música.

Carol no cabía en sí del asombro. Sonia era fantástica. Había visto competiciones de patinaje por la televisión, pero verlo allí, en directo, era otra cosa: ¡era increíble!

Daryl se encogía a cada salto que aquélla daba. Se preocupaba. ¿Y si se caía y se hacía daño? Y Can apenas podía apartar la mirada de la joven que se movía por la pista de hielo con refinamiento y decisión, dando un salto que hizo que se le parara el corazón.

—¡Joderrrrr! —murmuró perfectamente en español.

—¿Por qué no lleva protecciones? —preguntó Daryl dirigiéndose a su amigo.

Can no respondió, no podía, pero Carol gruñó:

—¿Queréis callaros?

De nuevo la gente aplaudió enloquecida al ver un nuevo salto de aquélla. Sonia volaba por el aire y Can se sobrecogió. ¿Y si se caía?

Entonces ella volvió a coger carrerilla desde un lateral de la pista. Por su mirada, se la veía concentrada y, por su sonrisa, nada bueno venía. No iría a repetir el mismo salto, ¿no?

Y, sí, lo repitió.

La gente volvió a aplaudir y a vitorear, y Carol, tras hablar con una señora que estaba a su lado emocionada, miró a Daryl y a Can.

—Al parecer —indicó—, eso que acaba de hacer se llama «triple *axel*» y está considerado uno de los saltos más difíciles.

Can asintió con la boca seca. Las manos le sudaban como nunca en su vida. La saliva no le pasaba de la garganta mientras veía a aquélla coger velocidad por la pista de una manera que asustaba para luego saltar con fluidez y rotar sobre sí misma, hasta que la canción acabó y Sonia, al mismo tiempo, se dejó caer al suelo.

Un increíble silencio fue interrumpido por un clamoroso aplauso mientras las personas que la habían visto se levantaban de sus asientos para darle su aprobación. Lo que aquella chica acababa de hacer era un maravilloso ejercicio lleno de saltos y variaciones, y todo el mundo que estaba allí se lo reconoció.

¡Era una campeona!

Tomando aire, y aún con la respiración entrecortada, Sonia sonrió tumbada en el suelo.

¡Qué pasada!

Como siempre que realizaba uno de sus ejercicios, se había olvidado de todo a su alrededor y lo había disfrutado al mil por mil. Sonriendo, y con comicidad, se levantó de la pista y lanzó besos a todo el mundo que la aplaudía, mientras saludaba con gracia y estilo como si de una competición se tratara.

Feliz, patinó luego hasta la barandilla. Al llegar, Damián estaba esperándola y la abrazó.

—Buen ejercicio —musitó.

La joven asintió.

—¿Fallos? —quiso saber.

Damián, entendiéndola, indicó entonces con profesionalidad:

—El despegue del cuarto *flip* debes encararlo con la trayectoria más recta.

—Vale. ¿Qué más?

—En el segundo *lutz*, y en el sexto, has cambiado la inclinación del patín durante la fase de despegue.

Sonia asintió, ella pensaba lo mismo, y Damián añadió:

—El resto, ¡increíble! Y el triple *axel* del final, impresionante.

Feliz por ver que cada día limaba más aquellos fallos que para ella eran imperdonables, lo abrazó con una sonrisa.

—Gracias —murmuró.

José, el hombre que se ocupaba del mantenimiento de la pista y que, como todos, había visto el ejercicio, se acercó a ellos y, aplaudiéndola, afirmó en español:

—¡Olé, mi Gitanilla, el arte que tiene!

—¡Olé! —Ella rio.

Encantada, también lo abrazó y, tras separarse de él, comenzó a recibir los abrazos de sus alumnos y las felicitaciones de los padres de éstos. Una vez que la gente empezó a dispersarse, Carol se acercó a ella.

—Dios mío... ¡Ha sido increíble!

Sin fijarse en quienes la acompañaban, Sonia preguntó aún sin aliento:

—¿Te ha gustado el ejercicio?

Carol asintió con entusiasmo.

—No me ha gustado..., ¡me ha encantado! Dios..., ¡yo quiero patinar así!

Daryl, al oírla, se acercó a ella.

—Vamos a ver, cariño...

Pero ella, emocionada, insistió ignorándolo:

—Si las caídas de esta tarde me llevan a patinar así, ¡bienvenidas sean!

—¡¿Que te has caído?! —preguntó Daryl levantando la voz.

Carol y él comenzaron entonces a discutir y Sonia se percató de que Can también estaba allí.

Pero ¿de dónde habían salido aquellos dos?

Durante unos segundos se miraron a los ojos. La última vez que se habían visto mantuvieron una conversación bastante subida de tono, y ella, intentando olvidarlo, preguntó como si nada:

—¿Qué tal?

Boquiabierto, y todavía con las pulsaciones aceleradas por lo que le había visto hacer en la pista, susurró sin saber por qué:

—Eso que has hecho es peligroso. Si llegas a caerte, te habrías hecho mucho daño.

Ella sonrió divertida y, con gracia, preguntó poniéndose las manos en las caderas:

—Cuando te montas en un avión para pilotarlo, ¿piensas que se va a caer?

Can parpadeó e instintivamente respondió:

—No.

Ésa era la respuesta que ella esperaba.

—Pues cuando yo patino —indicó— tampoco pienso que me voy a caer y que voy a hacerme daño. Aun así, tranquilo, tengo el culo y la cabeza muy duros.

Sus contestaciones firmes y seguras, como siempre, desconcertaron a Can.

—¿Qué haces aquí? —le preguntó ella a continuación.

Intentando cambiar su expresión y no parecer un imbécil ridículo, finalmente el comandante respondió tocándose el cuello:

—He venido a acompañar a Daryl.

Sonia asintió y en ese momento Carol, dejando de discutir con su chico, y al ver que ya había conseguido lo que buscaba, comentó:

—Oye, tenemos una cena con unos amigos esta noche. ¿Por qué no te vienes?

Rápidamente Sonia desvió la mirada. Can la ponía nerviosa, y más tras la última conversación en cuanto a sexo se refería.

—Quizá otro día —musitó y, mirando a Damián, que le hacía una seña, le lanzó un beso acompañado por una bonita sonrisa.

Ese gesto no le pasó por alto a Can.

—Estará mi amiga Muskeva —insistió Carol—. Es bailarina como yo y te caerá genial. Además, está Can, que ya lo conoces.

—Y, bajando la voz, añadió—: El resto son simpáticos, aunque un poco estirados. Pero, venga..., ¡vente! ¡Anímate!

—No sé...

—Mujer, anímate —intervino Daryl—. Carol ha organizado esta mañana la cena y será divertido.

Al oír eso, Sonia miró a su amiga. Ésta sonrió y ella, comprendiendo la jugada, dijo en español para que sólo ella lo entendiera:

—¿Por qué eres tan lianta?

Carol, sin dejar de sonreír, cuchicheó a su vez en español:

—Todo lo que pienses es verdad. ¡Soy lo peor! Pero, venga, me lo he currado para que volváis a coincidir. Además, hoy Ibiza dormía en casa de su amiguita, ¿no?

Daryl maldijo al oír eso. Su nivel de español, y más aún cuando hablaban tan deprisa, era precario, y mirando a aquélla señaló:

—Cariño, miedo me das cuando hablas en español.

Ella volvió a sonreír al oírlo y luego añadió dirigiéndose a Sonia:

—Prométeme que a Can no le enseñarás español, para poder así seguir cotilleando.

Sin dar crédito, ella soltó una risotada consciente de que Can no las entendía, aunque por su gesto imaginaba que estaba sacando sus propias conclusiones; entonces José, que se estaba enterando de todo, intervino:

—Vamos, Gitanilla. Ve y pásatelo bien. —Y, mirando de reojo a Can, soltó haciendo reír a Carol—: El tío tiene buena planta.

Boquiabierta, Sonia iba a protestar cuando la otra, agarrándola del codo, dijo mirando a su chico mientras se alejaba:

—Cariño, id vosotros dos para el restaurante. Yo me quedaré con Sonia y, cuando se cambie, iremos en su coche.

Entendiendo lo que allí ocurría, Daryl resopló y luego susurró mirando a Can:

—Me pone enfermo cuando habla en español.

Él asintió.

—Lo hacen para que no nos enteremos.

Daryl sonrió y, cuando iba a responder, a cada instante más enfadado, Can soltó:

—Carol piensa que soy idiota. —Incapaz de no reír ante su expresión, Daryl se encogió de hombros—. ¿Acaso no se da cuenta de que a Sonia la acaba de poner también en un compromiso? —añadió—. ¿Por qué narices nos quiere emparejar?

Su amigo asintió. Comprendía perfectamente su indignación, y dirigiéndose hacia su coche musitó:

—Vale, te entiendo. Lo que acaba de hacer Carol no está bien.

—No, no lo está.

Can resopló. Sin duda, de las personas que estarían esa noche en la cena, con diferencia Sonia le parecía la más interesante, y cuando iba a gruñir, Daryl añadió:

—Pero, tranquilo, hoy se dará cuenta de que pasáis el uno del otro.

Oír eso hizo que Can lo mirara y, sin poder contenerse, le preguntó:

—¿Y se puede saber por qué crees eso?

Divertido como en su vida, Daryl miró a su amigo.

Como bien había pensado Carol, aquella chica, que se alejaba de las mujeres con las que aquél solía quedar, llamaba su atención y, consciente de ello, respondió:

—¿Es que no has visto que Sonia no ha saltado de emoción al ser invitada a la cena? Si le gustaras, haría como otras mujeres: sonreiría, pestañearía... Pero lo que yo he visto no ha sido eso. Está claro que pasa de ti como tú de ella. Tranquilo, tío.

Can no supo responder. ¿En serio era tan descarado que Sonia pasaba de él?

Molesto por sentir esa indiferencia, maldijo en silencio. No entendía por qué aquella mujer lo atraía tanto a pesar de que físicamente no era su tipo y, como decía Daryl, pasaba de él.

Minutos después llegaron al coche y se montaron, y Daryl, al ver a su amigo tan serio sumido en sus pensamientos, soltó intentando no sonreír:

—Cambia esa cara, hombre.

Can lo miró y no respondió. Mejor se quedaba callado.

Capítulo 26

Una vez que Sonia y Carol llegaron a la puerta del lujoso y carísimo restaurante Coconuts, la primera miró a su amiga.

—Aquí trabaja Marylycra de cocinero —indicó.

—¡¿Quién?!

Sonia, divertida al ver su expresión, aclaró:

—Mi amigo Sean.

—Pero antes no has dicho ese nombre.

—Marylycra es su nombre profesional cuando actúa como *drag queen* y le gusta que lo llamen así.

Encantada, Carol sonrió.

—En la gira que hice con Justin Timberlake, Jan y Shein, dos de los bailarines de la compañía, eran *drags*. Ni te imaginas cómo bailaban. Eran los mejores.

—Me lo imagino..., me lo imagino... —asintió Sonia.

Durante un rato hablaron sobre aquéllos y luego ésta, recordando por qué estaban allí, susurró:

—No sé por qué me he dejado liar por ti.

Carol, que era consciente de todo lo que le había dicho en el camino, suspiró.

—Vale. Prometo no volver a meterte en algo así. Ya me ha quedado claro que el comandante guaperas no es lo que te gusta, pero, oye, hay otros amigos invitados, quizá encuentres lo que buscas.

—Pero ¿no has dicho que son unos estirados?

Carol pensó en ellos y asintió, y luego Sonia cuchicheó:

—Entonces, lo dudo.

Divertida por su gesto, Carol decidió intentar que se sintiera mejor.

—Mira, llegados a este punto, disfruta de la cena y ya está.

Finalmente Sonia sonrió y afirmó tras mandarle un wasap a Marylycra:

—Pues también tienes razón.

Al entrar en el local, Carol rápidamente vio a su grupo. Ella se había encargado de hacer la reserva y vio que Daryl las había visto y levantaba la mano para saludar.

—Venga. Vamos a cenar —dijo.

—Me muero de hambre —declaró Sonia algo nerviosa.

Desde donde estaba, y con el mayor disimulo del mundo, Can observó a las dos chicas. Hasta el momento siempre había visto a Sonia vestida de sport, pero aquel elegante vestido que llevaba a juego con la chaqueta y los tacones le quedaba maravillosamente bien. Estaba muy guapa.

Tan pronto como llegaron a la mesa, todos los comensales se levantaron para recibirlas. Carol repartió besos a todos mientras presentaba a Sonia a sus estirados amigos y, molesta, veía que las sillas que estaban junto a Can ya estaban ocupadas.

—Cariño, tú siéntate a mi lado —dijo Daryl—. Sonia, que se siente entre Tino y Mathias.

Con una sonrisa, Sonia hizo lo que le pedían; Carol, sentándose junto a su chico, iba a protestar, pero entonces éste cuchicheó:

—Moñitos..., confía en mí.

Al comprender, Carol sonrió y luego musitó dándole un beso en los labios:

—Serás malote...

—Mira quién fue a hablar —se mofó él divertido.

La cena fue amena. Como bien había dicho Carol, la gente era bastante estirada, pero Sonia rápidamente se acopló a ellos. Su capacidad de adaptación era increíble, e intentó disfrutar y más cuando Sean salió de la cocina para saludarla.

En su oficio de cocinero, Sean dejaba de lado las plumas y los brillos, era todo un profesional. Durante un rato charló con el grupo y, una vez que se despidió y regresó a su trabajo, Tino comentó:

—Menudo tío más mariquita.

A Sonia no le gustó nada oír eso. Odiaba los comentarios homófobos. Pero, tras intercambiar una mirada con Carol y Can, supo que era mejor que se callara.

—¿Os habéis fijado en qué cejas tenía y en su manera de hablar y caminar? —insistió Tino.

Según oyó eso, Can volvió a mirarla. Aquél era su amigo, pero conociéndola, no creía que pudiera morderse la lengua; entonces la oyó preguntar:

—¿Qué les pasa a las cejas de Sean?

Tino sonrió y, tras dar un trago a su copa, respondió:

—Son afeminadas, como su manera de andar, que parece una gacelita.

Algunos del grupo sonrieron. Otros no. Y Sonia, incapaz de no replicar, soltó dirigiéndose a él:

—En su defensa diré que es mejor tener dos cejas cuidadas y afeminadas que sólo una ceja descuidada como tú. Y, en cuanto a tu manera de andar, cuando te levantes y vea cómo lo haces, te diré lo que me pareces.

Según dijo eso, los demás soltaron una carcajada mientras Tino preguntaba boquiabierto:

—¿Acabas de llamarme «unicejo»?

—Sí —afirmó Sonia sin inmutarse.

Can y Daryl, divertidos, no podían parar de reír, estaba claro que la chica tenía carácter, y Carol, mirando a Tino, indicó:

—¿Qué tienes tú en contra de los gais?

Viendo en el berenjenal donde se estaba metiendo, Tino no supo qué responder; Sonia, sin apartar la mirada de él, le aconsejó:

—Hazte un favor a ti y al mundo: mírate tú el ombligo antes de criticar a los demás.

Carol asintió y, con gesto serio, apostilló:

—Tino, ya eres mayorcito como para saber lo que es el respeto.

Al oír eso, el aludido puso mala cara, y Sonia, levantando la mano por encima de la mesa, la chocó con Carol y exclamó en español:

—¡Será gilipollas el tío!

Carol asintió riendo, estaba del todo de acuerdo, y Daryl musitó mirándolas:

—Lo de «gilipollas» lo he entendido.

Ellas sonrieron y no dijeron más..., ¿para qué?

La cena continuó, aunque Tino ya no volvió a dirigirle la palabra a Sonia, cosa que a ella no le importó en absoluto.

Can, que se encontraba entre Muskeva y Frank, disfrutaba de la velada, pero, incomprensiblemente, cada vez que miraba hacia donde estaba Sonia y veía a Mathias desplegando todas sus artes con ella, una punzada rara le oprimía el pecho.

¿Qué le ocurría?

Sonia era intocable para él.

Entre ellos sólo había aprecio, amistad.

¿Por qué entonces no podía dejar de mirar hacia donde ella estaba y le molestaba que no le prestara la más mínima atención?

Tras la cena, Carol propuso ir a tomar algo. El grupo en un principio se resistió. Era martes, no viernes, y al día siguiente trabajaban.

Muskeva, Carol y Sonia propusieron ir a un local llamado Hop, pero los demás se negaron. Según ellos, aquél era un antro donde había mucha mezcla de público y, si tenían que tomarse algo, preferían hacerlo en un sitio con más glamur.

Finalmente optaron por ir al Bippers, un bar de copas bastante elitista donde sólo se entraba si se iba acompañado de un socio, que en este caso era Mathias. A las chicas no les quedó más remedio que asentir y aceptar. Eran minoría.

Sonia resopló. Ella no solía acudir con sus amigos a lugares tan encorsetados como aquél, y, cuando entraron, miró divertida a su alrededor y le dijo a Carol:

—¿En serio te gustan los sitios así?

Ella suspiró. Entendía lo que Sonia le estaba dando a entender, y, segura de su respuesta, indicó:

—Me gustan los sitios adonde vas a tomarte una copa, reír y bailar, pero a algunos amigos de Daryl y Can esto es lo que les va.

Sonia asintió. Si alguno de esos encorsetados apareciera en el O'Pera, el local de *drag queens*, sin duda le daría algo, y murmuró:

—Pues qué divertido.

—No lo sabes tú bien —cuchicheó Carol.

La música del local era buena. Era actual, pero allí nadie baila-ba. Como mucho, las guapas y perfectas mujeres que había se con-toneaban junto a sus acompañantes con delicadeza y saber estar. No había que llamar mucho la atención.

Muskeva, que como Carol y Sonia estaba acostumbrada a otra cosa cuando salían a tomar algo, dio un trago a su copa y mur-muró:

—Nunca entenderé que esta gente vea esto divertido.

Carol asintió y, oyendo en ese instante la canción *Love Never Felt so Good*, de Justin Timberlake y Michael Jackson, chocó su mano con la de Muskeva.

—¿Sabes, Sonia, que Muskeva y yo participamos en este vi-deoclip?

Ella las miró sin dar crédito; entonces Muskeva se puso al lado de su amiga y ambas hicieron un movimiento idéntico de baile, dejándose llevar por el momento, aunque pronto se interrumpie-ron al ser conscientes de que algunas personas las miraban mo-lestas.

Daryl observó a su chica sonriendo y Can, mofándose, susurró:

—Creo que este sitio no le va a Carol y compañía.

Daryl asintió. Él lo sabía mejor que nadie.

—Tienes razón. Pero, igual que otras veces yo voy a tomar algo a sitios que le gustan a ella, hoy le toca a ella estar aquí.

Can asintió. Estaba claro que entre las parejas las cosas eran así.

—Por eso yo estoy solo y voy a donde quiero —repuso.

—Es tu opción —contestó su amigo encogiéndose de hombros.

En ese momento Sonia sonreía divertida a un tipo que se le ha-bía acercado. Ella no era una mujer despampanante, lo sabía. Pero siempre, por su sonrisa, o por lo que fuera, llamaba la atención.

Verla sonreír a aquel tipo y no a él no le gustó nada a Can. ¿Por qué le sonreía así?

En varias ocasiones durante la noche se le había aproximado con disimulo. Le apetecía charlar con ella, pero Sonia siempre ter-minaba alejándose de él.

¿En serio lo rechazaba con ese descaro?

¿Desde cuándo una mujer se tomaba la licencia de tratarlo así?

Y, cansado de ver que les sonreía a todos y hablaba con todos menos con él, sintiéndose como un tonto, desistió. Si ella no lo buscaba, ¿por qué iba a hacerlo él?

Ajena a lo que él pensaba, Muskeva, tras beber de su copa, miró hacia Can, que estaba hablando con una mujer que no era del grupo, y cuchicheó:

—Ya estaba tardando.

Al oír eso, Carol y Sonia siguieron la dirección de su mirada.

—Alta, guapa, pechos generosos, cuerpazo, ropa de diseño... —añadió Muskeva—. La típica que va dos veces a la semana a la peluquería y a la manicura y que no se pone un trapito si no es de firma. Sin duda, el tipo de Can. ¡Qué aburrido!

—Totalmente de acuerdo —convino Carol mirándolos.

—Nunca lo he visto con una chica distinta —agregó Muskeva—. Parece que las busca siempre del mismo perfil, lo único que cambia es el color del pelo, nada más.

Al oír eso y ver a Can sonriendo a aquella mujer tan guapa y perfecta, Sonia notó que el cuerpo se le descomponía por dentro. ¿Por qué se sentía así si sabía que en varias ocasiones él se le había acercado para hablar y ella lo había ignorado?

E, intentando no demostrar lo que en el fondo sentía, indicó mirando a aquellas dos:

—Hace bien. Es un guaperas. Que disfrute de la vida.

—No..., si disfrutar, ¡disfruta! —se mofó Carol.

Sin ganas de seguir observándolo, Sonia prosiguió hablando con aquéllas, hasta que, mirando hacia la derecha, se fijó en un tipo que decía dirigiéndose a la camarera:

—Espero que con lo que ganes aquí te operes de la nariz. Porque fea eres un rato.

A Sonia la indignó oír eso.

Pero ¿qué narices hacía ese tipo?

La pobre chica, roja como un tomate, no sabía dónde meterse mientras aquél reía, e, incapaz de callar, soltó mirándolo:

—¿Se puede ser más maleducado e imbécil?

Al oír eso, la camarera la miró. Sin necesidad de hablar, Sonia supo que le estaba dando las gracias; para darle tiempo a que se alejara del individuo, insistió:

—No soporto a las personas que tienen que humillar a otras para sentirse importantes. ¡Qué penita me das!

—Y que lo digas —afirmó Carol convencida.

El tipo no contestó.

Pero, minutos después, Sonia notó un azote en el trasero y, al mirar, vio que era el mismo individuo, y, antes de que pudiera decir nada, aquél soltó:

—Qué buen trasero tienes, guapa.

Según oyó eso, Carol y ella se miraron, y Sonia espetó sin filtros:

—¡Serás gilipollas!

Su respuesta hizo reír al tipo, y Sonia cuchicheó:

—¿Tú eres tonto o te lo haces?

—Sin duda, lo es y se lo hace —afirmó Carol.

Entonces, tras asentir, Sonia se aproximó al tipo sin miedo y siseó en su cara:

—Si vuelves a decirle algo desagradable a la señorita o a tocarme a mí, lo vas a lamentar.

—Me ponen las rellenitas con carácter —se mofó el otro, que iba un poco pasado de vueltas.

Can, que hablaba con una mujer, al ver aquello rápidamente se levantó de donde estaba y se acercó a ellos.

—¿Qué pasa?

Sonia, al sentirlo cerca, lo apartó con la mano sin mirarlo. No lo necesitaba. Y el tipo, acercándose de nuevo a Sonia, le dijo algo al oído que sólo ella oyó.

—Tienes exactamente cinco segundos para quitarte de mi vista si no quieres que te quite yo —replicó ella.

Pero aquél no se movió. Era un chulo. Can los observaba sin intervenir cuando Sonia empezó a decir:

—Cinco... Cuatro... Tres... Dos... Uno...

Y, viendo que aquél no se movía, sino que, al revés, la retaba con la mirada, Sonia, ni corta, ni perezosa, levantó la rodilla y la estrelló contra la entrepierna del hombre, que se dobló en dos y vio las estrellas. Y cuando Can fue a intervenir, ella se inclinó hacia el individuo y murmuró:

—Oh, por favorrrrr... ¿Te duelen las pelotitas?

Sin dar crédito, Can y Daryl se miraban, mientras Carol contenía la risa. Luego el primero, alucinado, sujetó a Sonia por el brazo para retirarla del tipo, que se tambaleaba.

—Pero ¿qué haces? —dijo.

Con calma, Sonia lo miró. Llevaba mucho tiempo defendiéndose solita de aquella clase de trogloditas, y soltándose de Can respondió al ver que el tipo se alejaba de ellos:

—Nada que tú puedas solucionar. Así que sigue a lo tuyo.

Daryl, que como él se había acercado a preguntar, se disponía a intervenir en favor de su amigo cuando Sonia, volviéndose, miró a Muskeva y a Carol y preguntó:

—¿Dónde puedo ver ese videoclip del que habláis?

Rápidamente Muskeva se sacó su móvil del bolso, buscó el vídeo en YouTube y se lo enseñó mientras Can y Daryl se alejaban y este último protestaba:

—Menudo genio tiene la tía.

—Demasiado —gruñó Can molesto.

Entre risas por lo ocurrido, las tres mujeres vieron el videoclip, y al terminarlo, Carol preguntó con una sonrisa:

—¿Qué creéis que pasaría si nos lanzáramos a bailar como nosotras sabemos en este aburrido lugar?

Muskeva soltó una risotada, Sonia también, y la primera, que conocía el terreno, afirmó:

—Primero, todos nos mirarían con cara de ajo podrido. Segundo, Daryl, Can y sus amigos no sabrían dónde meterse. Y, tercero, a Mathias probablemente le retirarían el carnet de socio y no se lo perdonaría a Daryl y a Can en la vida.

—¿Lo dices en serio? —preguntó Sonia.

Muskeva asintió y ella, convencida de que aquello no era divertirse, declaró:

—Otro día os llevaré al mejor local de Londres a bailar. ¡Vais a flipar!

—¡Me apunto! —afirmó Carol.

—¡Y yo! —cuchicheó Muskeva.

Las tres chocaron la mano divertidas, y luego Muskeva, pensando en el hombre del que estaba enamorada y que estaba con su hija en casa, cogió su bolso.

—Chicas, me voy —dijo y, tras despedirse de todos, se marchó.

Poco rato después, mientras el grupo hablaba, Sonia fue consciente de cómo Can había dejado de ir tras ella y charlaba con una preciosa mujer alta y rubia, de curvas finas y elegantes.

A pesar de haberse alejado de él durante toda la noche, la intimidad que de pronto veía entre aquéllos la fastidiaba, pero, no dispuesta a mostrarlo, se plantó su mejor sonrisa en los labios y continuó disfrutando de la velada. Ni él ni nadie se la iba a amargar.

Carol, igual que todos, fue testigo de cómo Can incluía a la extraña en el grupo y, cuando la mano de él acabó en su cintura, todos supieron cómo acabarían la noche.

Entonces Carol miró a Sonia con curiosidad y, sorprendida, la vio riendo a carcajadas por algo que Mathias le decía. Eso la desconcertó. ¿Prefería tontear con Mathias antes que con Can?

Y entonces comenzó a plantearse que quizá se hubiera equivocado. Tal vez había creído ver atracción entre ellos cuando lo que había únicamente era una simple amistad. Sonia y Can estaban cada uno a lo suyo, ni se miraban ni se acercaban, y menos después del encontronazo que habían tenido. Eso sin duda era un signo de que entre ellos, nada de nada.

Daryl, que como su chica observaba la situación, sonrió cuando la oyó decir:

—Creo que me he equivocado.

Él la besó sin perder la sonrisa. Conocía a Can lo suficiente como para saber que estaba jugando al despiste. Lo que su amigo estaba haciendo aquella noche era intentar mostrar que Sonia no le interesaba. Él lo conocía. Había observado sus movimientos y visto sus gestos cuando ella prefería sonreírles a otros en vez de a él. Y que aquélla hubiera rechazado su ayuda ante el problema con el tipo lo desconcertó aún más. Can no estaba acostumbrado a eso y, sin duda, lo tenía descolocado. Pero a él no podía engañarlo y, con discreción, calló. Era la vida de Can, no la suya.

Una hora después, Daryl y Carol decidieron marcharse, y Sonia, cansada de las continuas insinuaciones de Mathias con respecto a terminar la noche juntos, se unió a los que se iban. Quería desaparecer de allí.

Al verlo, y a pesar de las ganas que sentía de acompañarla a su casa y acabar la conversación que habían mantenido el último día en el parque, Can se contuvo. Si se marchaba con ella, todo lo que había hecho esa noche para darle a entender a Carol que Sonia era una más no habría servido para nada. Por ello, tras despedirse de sus amigos y de ella con cierta frialdad, continuó tonteando con aquella desconocida mientras tramaba cómo deshacerse de ella y poder irse él también.

Una vez en la calle, a Sonia le temblaba el cuerpo de una manera extraña. Ver cómo Can la había ignorado, a pesar de que ella había hecho lo mismo, no había sido plato de buen gusto.

Estaba pensando en ello cuando Carol se le acercó.

—¿Quieres que te acompañemos a por tu coche?

Sonia dudó. Había dejado el coche aparcado cerca del restaurante Coconuts y tenía dos opciones: ir a buscarlo o marcharse a casa y recogerlo al día siguiente.

Finalmente se decidió por lo segundo. Cogería un taxi.

Daryl y Carol le propusieron acercarla a casa, pero no hubo manera de convencerla y finalmente desistieron. Si Carol era cabezota, Sonia no se quedaba atrás.

Capítulo 27

Cuando la pareja se marchó, Sonia echó a andar tranquilamente por la calle. El aire fresco de la noche le gustaba, y decidió ir caminando hacia la catedral de Westminster. Seguro que en el trayecto encontraría un taxi.

Pero, a pesar de que el recorrido era agradable, no pasó ni un taxi. Y, cuando llegó a la catedral, maldijo y prosiguió caminando. No le quedaba otra.

Sin embargo, los zapatos de tacón comenzaban a pasarle factura. Llevaba casi todo el día subida a ellos y, sin dudarlo ni un segundo, e importándole tres pepinos perder el glamur, se los quitó y continuó andando con ellos en la mano.

«¡Qué placer!»

* * *

Can, que tras marcharse Daryl, Carol y Sonia, se deshizo hábilmente de la mujer con la que había estado tonteando, se despidió luego de Tino y Mathias, que se quedaron en el local algo perjudicados, y fue hasta su coche caminando.

Cuando montó en él, arrancó el motor y se dirigió a su casa.

A las dos de la madrugada, las calles del centro de Londres estaban casi vacías. Sólo había cuatro personas caminando por allí, pero de pronto una de ellas llamó su atención y, al reconocerla, sin dudarlo frenó.

¿Qué hacía Sonia andando sola a esas horas?

Aminoró la marcha. ¿Debía parar o proseguir su viaje?

Y, cuando llegó a su altura, frenó y preguntó bajando la ventanilla:

—¿Se puede saber qué haces descalza y caminando sola por la calle?

Al oír esa voz, la joven, que iba pensando en sus cosas, se sobresaltó y dio un salto hacia atrás. Y, tocándose el corazón, gruñó al reconocerlo.

—Joder, ¡qué susto me has dado!

Su naturalidad hizo sonreír a Can.

—Lo siento —musitó—. No pretendía asustarte.

Ella lo miró y, al ver su sonrisa, sin poder evitarlo, preguntó con cierto retintín:

—¿Ahora me hablas?

—Podría decir lo mismo —le soltó él—. Has estado un pelín borde esta noche, ¿no?

Sonia sonrió con acidez, sabía por qué lo decía, y sin filtro soltó:

—La ocasión lo merecía. ¡¿Te parece una buena contestación?!

Se miraron unos segundos en silencio, hasta que él, sin esperar, preguntó:

—¿Dónde está tu coche?

Sonia se retiró el pelo moreno del rostro y respondió:

—Lo he dejado en el parking. Mañana iré a por él.

—¿Y por qué Daryl y...?

—Porque me he negado —lo cortó—. Ellos querían llevarme a casa, pero no los he dejado.

Can asintió y Sonia, al ver el asiento del pasajero vacío, preguntó con sorna:

—¿Vas solito, *Rey*?

El comandante volvió a asentir. Aquélla sin duda era una tocapelotas de mucho cuidado por llamarlo así, y queriendo dejar algo claro, replicó:

—Mira, adoro a Carol, pero odio que haga cosas como las de hoy. No me gustan las encerronas. Bastante tengo con mi madre.

Sonia suspiró entendiéndolo.

—Tranquilo, creo que a ella le ha quedado claro. Ni tú eres mi tipo ni yo el tuyo.

De pronto, ambos sonrieron y Can indicó:

—Anda, sube. Te llevo a casa.

Esta vez, Sonia no lo dudó. Le dolían los pies una barbaridad y, rodeando el coche, abrió la puerta, tomó asiento y murmuró cerrando los ojos:

—Gracias. No ha pasado ni un puñetero taxi.

Can arrancó y condujo en silencio mientras ella se apoyaba en el lujoso reposacabezas del coche y suspiraba.

—Patinas muy bien —comentó él de pronto.

—Gracias.

—Pero reconozco que ha habido un par de veces en las que pensé que te caerías y te abrirías la cabeza contra el hielo. ¿Es necesario ser tan temeraria en la pista?

Al oír eso, ella sonrió. Sabía los riesgos que se corrían en el patinaje y murmuró:

—¡Joder, con el *piloto*!

—Voy a matar a Carol... —gruñó él entonces.

—¿En serio eres tan tonto que te molesta que te llamen «piloto» en vez de «comandante»? —replicó Sonia.

Can soltó una risotada y, parando en un semáforo, respondió:

—No pienso contestar a eso.

—Vale, piloto —asintió ella.

—¡Comandante!

Esa aclaración hizo que Sonia lo mirara y, abriendo la boca, iba a decir algo pero él se le adelantó:

—Si me meto por esa calle, ¿salgo a la tuya?

—Sí.

Se quedaron en silencio y cuando Can paró su coche frente al portal de aquélla, se miraron y sonrieron.

Los dos estaban cortados. Algo ocurría entre ellos y ambos lo sabían; finalmente Sonia dijo:

—Me voy. Gracias por traerme.

Se disponía a bajar del coche cuando Can la agarró del brazo. No quería que se marchara. Ella lo miró, como si un imán los atrajera, y sin poder evitarlo sus labios se acercaron. Sus bocas se unieron y, en cuanto sus lenguas se tocaron, algo hizo reaccionar a Sonia, que, echándose hacia atrás, musitó mirándolo a los ojos:

—Yo no beso.

¡¿Qué?! ¿En serio lo estaba rechazando?

Y, sin saber qué decir, Can repuso sin separarse de ella:

—Lo siento.

Sonia, excitada como desde hacía tiempo que no estaba, se quedó callada. Llevaba sin besar muchos años. No aceptaba ni daba besos pasionales a nadie. Pero ese rápido contacto con él le había encantado como para repetirlo. Entonces, viendo el gesto confuso de Can, fue consciente de la realidad e impulsivamente preguntó:

—¿Cuando besas a una mujer siempre dices que lo sientes?

Él, tan excitado como ella, negó con la cabeza.

¿Por qué la había detenido? ¿Por qué había intentado besarla? ¿En qué estaba pensando?

Y ella, leyendo esas preguntas en su mirada, tomó la iniciativa como en otras ocasiones, olvidó el aleteo de su corazón y dijo:

—Ambos entendemos el sexo como un juego divertido y consentido, pero, ¿sabes?, sólo quiero tu amistad. ¿Te queda claro..., Rey?

A Can le dolió su forma tan directa de decir eso. No estaba acostumbrado a que las mujeres lo rechazaran; al revés, estaba acostumbrado a que cayeran rendidas a sus pies. Sonia, intentando mantenerse fría y distante, insistió:

—No jorobemos una bonita amistad por culpa de un calentón.

Y, conteniendo sus impulsos más salvajes, Can asintió. Le gustara o no, ella tenía razón, y susurró tratando de aparentar normalidad:

—Estoy de acuerdo contigo.

Sonia sonrió. Can también. Y, segundos después, ella, con el corazón a mil, a pesar de la tranquilidad que aparentaba, abrió la puerta del coche y se apeó con los zapatos y el bolso en la mano.

Una vez fuera, le dijo adiós a Can, dio media vuelta y, sin mirar atrás, sacó la llave de su portal y entró.

Acalorada y temblando de deseo por lo ocurrido, caminó hacia el ascensor y le dio al botón mientras se repetía: «Ni se te ocurra planteártelo..., ni se te ocurra».

Estaba esperando el ascensor cuando oyó un ruido y, al mirar, vio a Can en la calle, a través del cristal de la puerta.

Su mirada felina se fundió con la de ella y ésta, incapaz de no atenderlo, fue hasta el portal y lo abrió. Can entró y, en cuanto la puerta se cerró, Sonia se olvidó de lo que se había estado repitiendo, se olvidó de sus frenos, lo agarró de la mano y, tirando de él, lo acercó a ella.

De nuevo sus cuerpos estaban unidos.

De nuevo sus respiraciones se mezclaban.

De nuevo la locura parada en el coche regresaba.

Sonia soltó los zapatos y el bolso, que cayeron al suelo. La luz del portal se apagó y, sin encenderla, sólo iluminados por la farola que había en la calle, ella puso las manos en la cintura de él y murmuró:

—Esto no es una buena idea.

Can, perdido en los ojos negros de la joven, asintió. Sin duda tenía razón, y repitió al sentir cómo Sonia le desabrochaba el cinturón:

—No, no es una buena idea.

Y cuando fue a acercar su boca a la de ella para besarla de nuevo, ella lo rechazó. Echó la cabeza hacia atrás y repitió:

—Yo no beso.

Can se moría por besarla, se moría por probarla. Y, deseoso de ella, y más cuando ésta metió la mano bajo su bóxer y lo hizo estremecerse, aprisionándola contra la barandilla de la escalera, fue directo hacia su cuello.

Con mimo, lo mordisqueó, lo lamió. El sabor de su piel y su olor lo estaban volviendo loco y, metiendo las manos bajo el vestido de aquélla, le acarició con suavidad la piel, las caderas, la entrepierna.

Sonia se dejó llevar por el placer y cerró los ojos. ¡A la mierda sus reticencias! Aquel momento en el silencio del portal de su casa y a oscuras estaba siendo increíblemente morboso, y cuando notó cómo él metía las manos bajo su tanga, jadeó de placer.

Durante unos segundos ambos se acariciaron sin restricciones, mientras se mordían y se lamían los cuellos con pasión, hasta que Can no pudo más y, de un tirón, le desgarró el tanga, que cayó inevitablemente al suelo.

—¿Tienes preservativos? —preguntó entonces Sonia enloquecida.

—Sí —dijo él.

Y, mientras se miraban a los ojos, locos por el momento, ella pidió:

—Póntelo.

—¡¿Aquí?!

—Sí.

Can lo pensó. Aquello era una locura. Estaban en un portal.

Y Sonia, al verlo parado, sonrió. Sin duda estaba valorando dónde estaban y lo que podía ocurrir y, sin poder evitarlo, susurró mirándolo a los ojos:

—Cariño, como todo lo pienses tanto, ¡lo llevas claro!

Al oír eso, Can reaccionó. Se estaba burlando de él de nuevo, por lo que cogió la cartera del bolsillo de su pantalón. De ella sacó un preservativo y, tras ponérselo con rapidez, miró a Sonia decidido y ésta, abrazándose a su cuello, murmuró encantada:

—Hagámoslo.

Can vio el deseo en sus ojos, el mismo que él debía de tener en los suyos; la agarró y la izó y ella, levantando los brazos por encima de su cabeza, se aferró a la barandilla de la escalera. A continuación, cuando él colocó su duro pene en el centro de su deseo y entró totalmente en ella de una certera estocada, ambos jadearon.

Excitado y caliente, Can salió de ella para volver a entrar y, cuando volvió a salir, al ver que Sonia estaba entregada a recibirlo de nuevo, musitó mirándola:

—Sólo lo haré si me besas.

Acalorada por el momento, ella negó con la cabeza. No pensaba besarlo.

Can se quedó quieto a pesar de las ganas que sentía de poseerla.

—Yo te daré lo que deseas si tú me lo das a mí —insistió.

Sonia jadeó. El deseo era más fuerte de lo que nunca habría

imaginado. Sentir a Can entre sus piernas la estaba volviendo loca y la hacía querer más. Y, deseosa de tenerlo de nuevo dentro de ella, acercó la boca a la de él y, temblando, lo besó.

Sentir sus labios sobre los de él volvió loco a Can. Como imaginaba, su sabor, su boca..., toda ella era cálida, una delicia. Y, al introducir de nuevo su duro pene en la vagina de ella, se mordieron los labios para no gritar.

Sus bocas ya no se separaron y, con aquel prolongado beso, golpe a golpe y segundo a segundo, la sensación de placer fue intensificándose entre ambos.

Disfrutando de aquel beso húmedo y plagado de locura, morbo y deseo, Sonia se dejó manejar mientras, agarrada a la barandilla con las manos por encima de su cabeza, se abría para él buscando profundidad.

Placer. Deseo. Locura. Goce. Rendición. Todo eso estaba unido en ese momento.

Fundidos en un apasionado choque de lenguas, se dejaron llevar por el magnetismo del momento mientras Can, sujetándola por el trasero, proseguía introduciéndose en ella de una forma que a ambos los hacía exhalar de puro y loco placer.

Cuando sus bocas se separaron para tomar aliento, sus miradas cargadas de calentura y deseo se hablaban. En ocasiones las palabras sobraban, y ésa era una de ellas. El clímax se acercaba. Lo notaban, lo sabían. Y cuando Sonia, arqueando las caderas, tembló buscando la boca de Can para volver a besarlo apasionadamente, él dio un último y certero empellón dentro de ella y los dos, al unísono, se dejaron llevar hasta el séptimo cielo.

Acto seguido, con las respiraciones agitadas, se miraron a los ojos sin saber qué decirse. Estaba claro que aquello era lo que ambos deseaban y por eso habían llegado hasta allí. Y cuando Can, soltándola, la bajó al suelo, Sonia lo apremió deseosa de repetir:

—Subamos a mi casa.

Capítulo 28

Æn casa de Sonia, el sexo entre Can y ella fue espectacular.

Según entraron por la puerta, comenzaron a desnudarse con prisa. Se deseaban con auténtica locura y, en el sofá, se hicieron el amor con anhelo y ganas.

Tras una ducha que a los dos les sentó de maravilla, fueron al dormitorio; Can iba a hablar cuando ella, tras sacar algo de un cajón, se lo colocó, lo miró con picardía y susurró tocándose la pierna:

—Mmm...

Él miró divertido la liga negra que se había puesto en el muslo derecho y, sonriendo, preguntó:

—¿Me estás provocando, Lady Stark?

Como una diva, Sonia parpadeó y, con una fingida inocencia que al comandante lo hizo reír, ella respondió acercándosele:

—¿Yoooooooo? Por favor, ¡qué cosas tienes!

Con mimo y delicia, Can bajó la mano hasta el muslo y, tocando por encima la prenda de color negro, afirmó:

—Nuestra liga...

—Hoy sí —dijo ella y, al ver cómo la miraba, añadió—: Vale, tenemos la custodia compartida.

Eso hizo sonreír a Can, que, incapaz de no decir nada, musitó:

—Eres muy vacilona y juguetona... Eso me gusta.

Ella sonrió encantada. Mejor reír y disfrutar que llorar.

—Me gusta ser así —repuso.

Can volvió a sonreír y, acercándose a ella, tiró la toalla sobre una silla y, empujándola, la hizo caer en la cama. Sonia también sonrió y éste, tumbándose sobre ella, le cogió las manos para subírselas por encima de la cabeza y preguntó en tono dulzón:

—¿Quieres seguir jugando?

Deseosa de sexo, Sonia asintió y, al notar cómo él bajaba una mano para llevarla hasta su entrepierna, musitó para provocarlo:

—Tócame...

Oír aquel tono de voz tan tremendamente íntimo a Can le erizó todo el vello del cuerpo. Sonia no sólo era increíble sino que además en el sexo era una mujer ardiente, provocadora y sensual, y, paseando el dedo por la vagina de ella, que continuaba húmeda, preguntó:

—¿Así?

Sentirlo hizo que Sonia sonriera y se arqueara de placer; jugar con aquél estaba siendo todo un descubrimiento. Entonces lo vio sonreír, soltarle las manos y bajar la cabeza hasta su humedad, y ella exigió entregada:

—Chúpame...

De nuevo, aquella provocación por parte de ella lo volvió loco, y, acercando la boca a su vagina, la besó con mimo. Esta vez fue Sonia la que tembló mientras Can la lamía gustoso, y al sentir cómo ella abría las piernas para darle un mejor acceso, preguntó:

—¿Te gusta?

Estrujando las sábanas con las manos, Sonia se arqueó al notar cómo la lengua de aquél jugueteaba con su clítoris.

—Sí..., sí..., no pares —jadeó.

Goce. Placer. Entrega. Disfrute.

Todas y cada una de aquellas palabras eran lo que Can y Sonia sentían; a continuación éste, reptando por el cuerpo de ella, la besó en la boca y la joven musitó acalorada:

—Sabes a sexo.

Él asintió y, hechizado por aquellos ojos negros, repuso:

—A tu sexo.

De nuevo la mano del comandante se paseó insinuante por su vagina. Estaba mojada, empapada. Y cuando tuvo uno de sus dedos en su interior, preguntó mirándola:

—¿Esto te gusta?

Sonia, hechizada y caliente, jadeó cerrando los ojos. Le encantaba. Aquel hombre la tenía donde él quería, y, deseosa de que continuara con el juego, exigió:

—Muévelo.

Sin dudarlo, Can obedeció. La masturbó con ganas, deseo, poderío, y cuando notó que ella se estremecía porque tocaba el cielo, se detuvo y, al ver que Sonia abría los ojos para mirarlo, exigió:

—Bésame.

Al oír eso, ella no se movió y él, deseoso, insistió:

—Bésame...

Y Sonia lo besó sin dudarlo. Le devoró la boca con auténtica vehemencia, hasta que él tembló. Lo que aquella mujer conseguía con sólo besarlo lo tenía desconcertado. Siempre había disfrutado del sexo, pero estar con Sonia era diferente, intenso.

¿Por qué? ¿Por qué se sentía así?

Sus labios dejaron entonces de besarlo por un momento y susurró:

—Sigue..., no me dejes así.

Y él siguió..., la masturbó.

La habitación comenzaba a oler a sexo. El roce de sus cuerpos y sus respiraciones cargadas de deseo consiguieron que el olor dulzón les llenara las fosas nasales; Sonia, arqueándose, jadeó de placer y un bronco y sensual sonido salió de la garganta de Can al notar cómo todo su cuerpo se tensaba.

Juegos...

Miradas...

Caricias...

Besos...

Todo aquello unido estaba siendo un potente afrodisíaco para ambos, y Sonia, tremendamente caliente y entregada, sin poder callarse, exigió:

—Fóllame.

Ver la sed de sexo en su mirada, oír su voz entrecortada y sentir el deseo en su cuerpo terminó de encender a Can, que, contemplándola, susurró:

—No.

Su respuesta tajante desconcertó a la joven y, cuando iba a decir algo, él le dio un cálido beso en el cuello.

—No quiero follarte. Ahora quiero hacerte el amor.

Oír eso la hizo sonreír. ¡La había sorprendido!

—Llevo siglos sin hacerlo —repuso—. Se puede decir que mis encuentros con mis amigos son para follar, no para hacer el amor.

Can asintió, entendía la diferencia, y susurró:

—Pues entonces ya toca, ¿no?

Sorprendida, Sonia lo miró y, consciente de sus palabras, respondió:

—Hacer el amor, bajo mi punto de vista, implica una intimidad, un romanticismo y una conexión mayor en el sexo.

—Deseo todo eso contigo —afirmó Can entonces—. ¿Tú no?

Incapaz de negarlo, ella asintió. Llegados a ese punto, ¿por qué no?

Estaba claro que Can era un excelente compañero de juegos y, cuando él iba a colocarse un preservativo, ella lo detuvo y él preguntó:

—¿Estás segura?

Sonia asintió. Siempre lo hacía con preservativo. La protección era fundamental, pero si iba a hacer el amor con él después de tanto tiempo, quería sentirlo al cien por cien.

—Sólo si tú lo estás —susurró.

Can seguía sobre ella.

Follar y hacer el amor para él también eran dos cosas diferentes. Y estaban mirándose cuando Sonia, dispuesta a dejarse llevar por aquel lado romántico que ya casi había olvidado, levantó la voz y dijo:

—Alexa, pon la canción *Soy yo* de Luis Miguel.

Can la miró.

—Si voy a hacer el amor después de tanto tiempo, quiero hacerlo con esta canción —aclaró ella.

—¿Por qué?

—Porque es la canción que me hace soñar —afirmó.

Los primeros acordes comenzaron y él, escuchándola, a pesar de no entender la letra porque era en español, preguntó:

—¿Es muy romántica?

—No lo sabes tú bien.

Ambos sonrieron. Estaban uno a merced del otro. Por ello, separándole las piernas mientras la miraba a los ojos, guio su caliente y duro pene hacia su más que húmeda vagina y, cuando comenzó a introducirse lenta y pausadamente en ella, murmuró al tocar su muslo:

—Quiero saber lo que dice la canción.

Oír eso en un momento así a Sonia la hizo sonreír.

—Luego te lo cuento —respondió jadeando.

Un beso..., dos..., luego él la abrazó y, mientras volvía a introducirse en ella con mimo y dulzura, susurró:

—Me atraes como un imán... ¿Qué me has hecho?

Sonia no supo qué decir. Él y aquella canción la estaban volviendo loca y, sin responder, lo besó.

Sentir la fricción de piel contra piel era algo que no se permitía ninguno de los dos. La protección para prevenir cualquier enfermedad era fundamental para ambos en el sexo, por lo que disfrutaron el momento dejándose llevar por completo por el más puro de los deseos mientras Luis Miguel sonaba de fondo.

Abrazados, se hicieron el amor con delicadeza. No había prisa. No había límites. Sólo había ganas, cariño y deseo.

Gemían sobre sus bocas, se bebían sus jadeos, mientras se miraban a los ojos y se poseían con apetencia y ambición.

Deseosa de todo él, Sonia le chupó el labio inferior mientras hundía las manos en aquel pelo que tanto le llamaba la atención; Can, hambriento como en su vida, la agarró de la nuca para atraerla hacia él y besarla con profundidad. A ambos se les erizó el vello del cuerpo.

Con las lenguas fusionadas y los cuerpos totalmente acoplados, se hacían el amor sin pensar en nada más cuando Sonia notó cómo una de las manos de él llegaba a su clítoris y comenzaba a frotarlo. Se estremeció. Lo que Can le hacía era muy placentero, pero, uniendo una de sus manos a la de él, murmuró:

—Mejor así. Me gusta más.

Él sonrió. Le encantaba que fuera tan directa y activa en la cama. Tras sus conversaciones lo había supuesto, pero sin duda sus expectativas se quedaban cortas.

Sus cuerpos encendidos y calientes se golpeaban para unirse con fuerza. La calma del principio, junto a los mimos, se transformaba en locura. El deseo y la necesidad de poseerse los estaba consumiendo, por lo que Sonia, llevando las manos hasta el culo de él, lo agarró y, subiendo las caderas con rapidez para recibirlo, lo hizo temblar.

Can la miró jadeante y ella musitó apretándose contra él:

—Así..., muy bien..., esto nos gusta mucho.

El comandante asintió. Que pluralizara, participara y no fuera una mujer que simplemente se dejaba hacer lo estaba volviendo loco.

Los gemidos de ambos, a medida que sus embestidas se endurecían y se aceleraban, se hicieron más fuertes, más intensos, más gozosos. Se poseían, se disfrutaban, se seducían, se tenían, y eso los enamoraba a los dos.

Sin limitaciones, vergüenzas, ni cortes, siguieron poseyéndose abrazados, sin perder el control ni el compás, mientras el sudor de sus cuerpos les hacía saber lo mucho que se estaban esforzando en disfrutar aquella locura.

Así permanecieron unos minutos hasta que los dos, sin hablar, supieron que no podían más y, olvidándose del control, buscaron el más puro placer, hasta que el clímax los alcanzó y Can, agotado, cayó sobre Sonia.

Exhaustos y con las respiraciones entrecortadas, ambos se miraron a los ojos. Los dos sabían lo que había ocurrido. Lo habían disfrutado de una manera que ni se atrevían a decirlo. Entonces ella murmuró retirándole con mimo el pelo de la cara:

—Muy bien, piloto...

Oír eso hizo que él la besara con delicadeza. Sin lugar a dudas, aquella mujer, con su particular magia, no necesitaba trucos, y cuando acabó el beso afirmó, echándose a un lado mientras le cogía la mano:

—Muy bien, Lady Stark...

En silencio, durante unos segundos, mientras sus respiraciones se serenaban, los dos miraban al techo cogidos de la mano conscientes de que lo que allí había ocurrido había sido como poco especial.

—¿Qué decía la canción? —preguntó Can al cabo.

Hechizada por lo vivido, y sin importarle lo que pensara, Sonia explicó:

—Habla alguien muy enamorado que cuenta que cuando ve llover se acuerda de su amor, que se siente morir si no están juntos y que le recuerda que sería capaz de bajarle las estrellas del cielo.

Can asintió. En la vida había prestado atención a las letras de las canciones románticas, y, mirándola, preguntó:

—¿Alguna vez te han bajado las estrellas del cielo a ti?

Oír eso la hizo sonreír y, negando, respondió:

—No, nunca. —Y, sincerándose, musitó sin dejar de mirar al techo—: Aunque yo al padre de Ibiza sí se las bajé, pero bueno..., no funcionó.

Can la contempló en silencio, mientras a ella los labios le escocían a causa de sus salvajes besos. Y, notando su mirada con el rabillo del ojo, se levantó desconcertada. Había que romper el momento de intimidad y, soltándose de su mano, preguntó:

—¿Te apetece una ducha?

Sin dudarlo, Can asintió, y cinco minutos después volvían a hacerse el amor en el baño, riendo porque los botes destapados de gel se caían y se derramaban.

* * *

A las cinco de la madrugada, y tras hacer el amor más de cuatro veces, el cansancio comenzó a vencerlos y Sonia, mirándolo, preguntó:

—¿Quieres quedarte o te vas?

Can lo pensó. Por norma, siempre se iba. La intimidad con las mujeres había que medirla, pero con ella le gustaba y, consciente de que Sonia no le iba a exigir nada que él no exigiera, respondió:

—Si no te importa, me quedo.

Intentando aparentar normalidad, la joven asintió. En aquella cama, a excepción de su hija y sus amigos íntimos, ningún hombre había pasado la noche entera; pero bostezando susurró:

—Pondré el despertador a las diez, ¿te parece?

—¡Mariperfecto!

Al oír eso, ella rio divertida y luego musitó:

—No te pega nada hablar así.

Can sonrió como un bobo y, dándole un beso, dijo viendo la liga negra sobre el mueble:

—Lo sé. Pero te he hecho sonreír.

Instantes después, la joven programó varias alarmas en el móvil y, una vez que lo dejó sobre la mesilla, indicó:

—Durmamos. Estoy muerta.

Ambos se miraron. Lo que habían hecho durante horas era para dejar a cualquiera para el arrastre, y Can musitó:

—Lo reconozco. Yo también estoy marimuerto.

Rieron divertidos por aquello y, tras darle ella un dulce y mimoso beso en la boca que sorprendió a Can, apagó la luz. Sonia, consciente de lo que había hecho y de la mirada de aquél, se horrorizó.

«Pero ¿por qué lo he besado así?»

Se acomodaba en la cama pensando en ello cuando de pronto notó que las manos de Can la rodeaban para atraerla hacia sí, y preguntó curiosa:

—¿Qué haces?

Can, tan sorprendido como ella por lo que estaba haciendo, se paró y Sonia, divertida pero sin mirarlo, dijo deseosa de ello:

—Vale, soy irresistible. De acuerdo, ¡puedes abrazarme!

Su manera de ser sin lugar a dudas era tremendamente irresistible para el comandante, que, sonriendo acercó la boca al cuello de aquélla.

—No me tientes, Lady Stark, o...

Ella sonrió y, dejándose besar en el cuello, musitó consciente de cómo su corazón latía con fuerza:

—A dormirrrrrrrrr.

Durante unos minutos los dos pensaban en lo ocurrido con los ojos abiertos, hasta que Sonia acabó acomodándose, los cerró y, antes de lo que esperaba, se quedó dormida. Estaba agotada.

Can, por su parte, tardó un poco más. ¿Por qué se sentía tan bien abrazando a aquella chica en su cama? ¿Desde cuándo su corazón latía con aquella intensidad por estar con una mujer?

Y estaba pensando en ello cuando Morfeo finalmente pudo con él.

Capítulo 29

Cuando la alarma del móvil sonó horas después, Can abrió los ojos y, al ver que seguían en la misma posición en que se habían dormido, sonrió. Sin moverse, observó la coronilla de Sonia, que continuaba acurrucada entre sus brazos, hasta que vio que extendía el brazo para apagar la alarma.

Can sonrió esperando que se diera la vuelta para mirarlo. Pero no... Tras apagarla, volvió a recolocarse entre sus brazos y siguió durmiendo.

Él miró a su alrededor. La habitación estaba hecha un desastre. La noche anterior habían tirado la ropa sin reparar dónde caía, y aunque aquello no era algo muy propio de él, con Sonia simplemente se dejó llevar.

A través de un espejo que había en un lado, podía verla dormir entre sus brazos. Estaba preciosa, con el pelo alborotado y la cara algo hinchada de dormir. Disfrutaba de las vistas complacido cuando la alarma del móvil de Sonia sonó de nuevo. E, igual que antes, ella la apagó y volvió a acomodarse.

Estaba riendo cuando, minutos después, la alarma pitó otra vez y Can, al ver que ella alargaba el brazo, preguntó:

—¿Cuántas veces va a sonar?

Al oír su voz, sonrió y soltó un gemidito.

—Pongo tres alarmas antes de levantarme y ésta es la tercera.

Can asintió y ella, tras darse la vuelta para mirarlo a los ojos, saludó:

—Buenos días tenga su majestad por la mañana.

Encantado por ese bonito despertar, y como siempre hechizado por su preciosa sonrisa, él la besó en los labios.

—¿Qué tal has dormido? —quiso saber Sonia.

—Pues, la verdad, ¡muy bien! —Can sonrió.

Durante unos segundos se miraron a los ojos. Estaba claro que los dos estaban muy a gusto, y él, paseando la mano por el óvalo de su cara, musitó:

—Estás muy guapa recién despertada.

Sonia meneó la cabeza.

—Es que la que es guapa lo es a cualquier hora.

Can soltó una risotada, le encantaba su genialidad al responder, pero, sin poder contenerse, ella dijo:

—No es por joder ni por romperte la armonía mañanera..., pero estoy viendo tu camisa en el suelo y tus pantalones no muy lejos...

Can rio. Sin duda le gustaba picarlo.

—¿Puedo hacerte una pregunta indiscreta? —añadió ella a continuación.

—Puedes.

—¿Por qué acabaste la noche conmigo y no con la preciosa chica de aquel local? —Al oír eso, Can parpadeó y, como no respondía, ella insistió—: A ver, que yo me quiero mucho y lo sabes, pero también soy consciente de ciertas cosas, como que esa mujer tenía un cuerpazo y unas medidas que yo no tengo y, según oí decir, a ti te gusta una única clase de mujer.

Can asintió, tenía razón. Las mujeres con las que se relacionaba en cierto modo se parecían mucho entre sí. Y, asiéndola de la barbilla para mirarla a los ojos, respondió:

—Tú eres perfecta...

Eso hizo que Sonia sonriera y luego él agregó, seguro de lo que decía:

—Eres preciosa, interesante, sexy, divertida, cariñosa, tienes magia... ¿Continúo?

—Woooo, cuánto bueno tengo. ¿Nada malo que destacar? —se mofó.

Él rio de nuevo y, mirando a su alrededor, afirmó:

—Quizá tu impulsividad y lo desordenada que eres.

Con gracia, Sonia pestañeó. Esos gestos, junto con la personalidad de la joven, eran lo que a Can lo atraía, y cuando su boca se posó sobre la de ella y la besó, después de separarse le susurró:

—Además, nos une la custodia compartida de esa liga negra...

—Interesante custodia... —opinó ella sonriendo.

Sólo pasaron dos segundos antes de que volvieran a poseerse. El deseo que sentían el uno por el otro era irrefrenable. Se besaban, se miraban, se tocaban; todo lo que se hacían los incitaba a desear más y más. Tras hacerse con mimo y delicia de nuevo el amor y llegar al clímax, Can la besó con dulzura e indicó dejándose llevar:

—Cielo, me gustas mucho.

Según oyó eso, Sonia se tensó.

«No... No... No... No...»

¿Por qué permitía eso?

No pensaba caer en la marmita del romanticismo con alguien como Can; para cortar el cálido y dulce momento, se levantó de la cama desnuda y, tras ponerse una camiseta, dijo con premura:

—Vamos, levántate. Te prepararé un café.

Una vez que salió de la habitación, se dio aire con la mano. Las cosas que aquél le decía eran bonitas, maravillosas, pero la vida le había hecho aprender a no creerlas. Can era un seductor. Era todo un donjuán con las mujeres y hasta ahí habían llegado.

Pero la sensualidad que aquel tipo desprendía nada más despertarse, con todo el pelo enmarañado, y lo que le decía, estaba siendo tremendo y, dándose aire, llegó hasta la cocina.

Pero ¿qué había hecho?

¿Cómo se había acostado con él y por qué se había permitido hacer el amor?

¿Acaso se había vuelto loca?

El corazón le iba a mil. Haber dormido abrazada con un tipo como Can había sido uno de los momentos más placenteros que había tenido en muchos años. Despertarse y sentirse protegida por aquellos fuertes brazos casi la había hecho llorar, pero el momento burbujita rosa había acabado y había llegado la hora de volver a poner los pies en la Tierra.

El sexo era sexo. Lo ocurrido entre ellos había sido el fruto de un calentón y no debía pensar en nada más. ¿Para qué?

Cuando él salió minutos después vestido y aseado de la habitación, Sonia lo miró pintándose una sonrisa y él se le acercó, la abrazó y dijo al oler el café:

—¡Qué bien huele!

Ella asintió. Continuar con aquel dulce momento era tremendamente fácil, pero necesitaba cortar con algo que no la llevaría a ningún lado porque ella era la primera que no quería nada con aquel tipo, así que se soltó de sus brazos y cogió uno de los vasos de plástico que solía comprar para echar el café y llevárselo a la calle.

—¿Quieres leche y azúcar? —preguntó.

Can sonrió y, cogiendo uno de sus zapatos, que se había quedado en la entrada, respondió:

—Dos cucharadas de azúcar y la misma cantidad de leche que de café.

Siguiendo sus indicaciones, ella lo preparó y, en cuanto terminó, le puso una tapa de plástico y se lo tendió.

—Aquí tienes tu café.

Can se quedó mirando el vaso de plástico. ¿No iba a ponérselo en una taza o en uno de cristal?

Y Sonia, entendiendo lo que pensaba, a pesar de que le dolía sacar esa frialdad, añadió mirándolo:

—Puedes llevarte el café. —Y, antes de que él dijera nada, continuó—: Recuerdo que me dijiste que tú ponías la canción *I'm Not in Love* de 10cc cuando una mujer se quedaba a dormir en tu casa para que se fuera por la mañana, ¿verdad?

Can asintió. ¿Por qué le recordaba eso?

—Y yo te dije que les preparaba un café para llevar —agregó Sonia con una sonrisa.

Boquiabierto, pasmado y desconcertado, él no podía apartar la mirada de ella.

¿De verdad lo estaba echando de su casa?

¿En serio lo estaba tratando como a uno más?

Se miraron unos segundos en silencio hasta que, incapaz de callar, preguntó:

—¿Quieres que coja el café y me vaya?

—Sí.

—¿Me estás echando? —quiso saber sorprendido.

Intentando mantenerse serena a pesar de lo nerviosa que estaba, Sonia sonrió de nuevo. En la vida había tenido que hacer aquello porque nunca había permitido que un hombre se quedara a dormir en su casa.

—El sexo tan sólo es sexo y la respuesta es «sí» —repuso.

Sobrecogido por su frialdad, Can finalmente asintió y, cogiendo el café que ella le tendía, iba a decir algo cuando Sonia indicó:

—Te acompaño hasta la puerta.

A cada instante más estupefacto, él la siguió.

En la vida una mujer lo había echado de su casa. Al revés, siempre deseaban que se quedara y era él quien tenía que ingeniárselas para irse. En cambio, aquélla lo estaba largando con todo el descaro del mundo.

Una vez en la puerta, Sonia la abrió mientras toda ella temblaba por dentro. No quería que se fuera, pero tenía que hacerlo. No podía seguir con aquella idílica mañana con él. Can no era para ella. Y, mirándolo, dijo sin abandonar su sonrisa:

—Ha sido genial. Y, oye, Rey, lo ocurrido debe quedar entre tú y yo, ¿vale?

Can asintió en silencio; sin rozarla, no fuera a apartarse de él, salió al descansillo y, cuando iba a decir algo, Sonia le guiñó un ojo, le dijo adiós con la mano y le cerró la puerta en las narices.

¡¿Cómo?!

Patidifuso, impresionado y atónito, miró la puerta cerrada durante unos segundos. Era la primera vez que le ocurría algo así. Pero, finalmente, se dio la vuelta y se marchó enfadado.

Sonia, que atisbaba por la mirilla sin moverse ni respirar, cuando vio que aquél se marchaba se sintió la peor persona del mundo. Lo ocurrido entre ellos había sido fantástico, pero era consciente de que dejarse llevar por su lado romántico cuando ella no tenía de eso no era buena idea, y, mientras veía cómo se iba, cerró los ojos, apoyó la frente en la puerta y murmuró:

—¡Paso de ti, universo!

Capítulo 30

Dos días después, Can volaba hacia Canadá, concretamente al aeropuerto de Vancouver. Tras lo sucedido con Sonia, ni ella lo había llamado ni él a ella. Era mejor dejar las cosas como habían quedado, pero algo en él había cambiado.

La suavidad de la joven, cómo lo besó, cómo lo tocó y, sobre todo, lo que sintió estando con ella le había resultado muy especial. Tanto que no se lo quitaba de la cabeza.

Pero ¿qué le ocurría?

La suerte había hecho que Daryl, su buen amigo, estuviera en Canadá tras comandar su vuelo, así que esa noche se verían en el hotel para cenar y tomar algo juntos.

Sentado en la cabina del Boeing 787-9 de High Drogo, tras un viaje algo movido a causa del mal tiempo que había encontrado en el trayecto, una vez que se comunicó con la torre de control, Can iniciaba la maniobra de aterrizaje en el aeropuerto de Vancouver.

Sandy, la copiloto, indicó atenta al instrumental de vuelo:

—Vientos perpendiculares en la pista.

—Tranquila —afirmó Can con seriedad.

Todo aterrizaje requería de una gran concentración y destreza, pero sin duda cuando había que hacerlo con fuertes vientos en la pista éstas se debían redoblar.

Can aproximó con habilidad el Boeing a tierra mientras entre él y su copiloto pulsaban diversos botones en el cuadro de mandos que los ayudaban a manejar aquel pájaro volador. Concentrado en ello, intentaba tomar tierra de forma suave y segura. Sabía que tenía que hacerlo en una franja muy concreta, ni antes ni después, y sin duda lo lograría.

Y así fue. A pesar de los vientos perpendiculares en la pista, el comandante hizo aterrizar el Boeing y, tras chocar la mano de su copiloto con la suya, el aparato rodó por la pista hasta detenerse en el sitio que tenía asignado.

Objetivo cumplido. Los pasajeros habían llegado sanos y salvos a su destino a pesar de las incidencias meteorológicas que habían encontrado en el trayecto.

Una vez que Can paró los motores y avisó a los TCP de que podían abrir las puertas para que el pasaje bajara del avión, Sandy le entregó una carpeta y ambos comenzaron a rellenar en silencio unos documentos que sacó de ella.

Más tarde, y viendo que el avión ya estaba vacío, Can se puso la chaqueta y la gorra, asió su pequeña maleta y, junto con su tripulación al completo, abandonó el aparato.

Tras pasar por las oficinas, donde dejaron la documentación del vuelo, Can oyó su nombre mientras salían del aeropuerto. Al mirar se encontró con Silvana, la comandante amiga suya y, sonriendo, pidió un segundo a su tripulación y se acercó a saludarla.

Como siempre que se veían, ambos sonrieron y, tras darse unos amistosos besos en la mejilla, ella comentó:

—Qué rabia. Cuando tú llegas, yo me voy.

Can asintió.

—¿Adónde vuelas?

—Voy para Costa Rica y, por suerte, coincido con Glen allí. Por cierto, le encantó ver el vídeo que grabamos en tu casa..., ¡lo puso a mil! —Ambos sonrieron y luego Silvana añadió—: He de marcharme. Tengo que pasar a firmar en el sistema y reunirme con la tripulación.

Se despidieron con profesionalidad y Can, reuniéndose de nuevo con su tripulación, salió del aeropuerto y, tras montarse todos en el autobús que los esperaba, se dirigieron al hotel.

Media hora después, ya allí, fueron a la recepción y, tras entregar sus pasaportes y que les dieran sus números de habitación, la tripulación se dispersó.

Can miró a su alrededor. Daryl tenía que estar por allí y, al no verlo, se sacó el teléfono del bolsillo del pantalón y lo llamó.

Un timbrazo. Dos...

—¿Qué pasa, tío?, ¿dónde estás?

A Can le hizo sonreír oír la voz de aquél, cuando escuchó:

—Date la vuelta. Mira hacia el bar que hay al fondo y me verás.

Y, dicho y hecho, Can se volvió y lo vio.

Sonriendo, se acercó a su amigo y, al verlo vestido con el uniforme y con la maleta a su lado, preguntó:

—Pero ¿tú no volabas a primera hora de la mañana?

Daryl asintió mientras terminaba de tomarse el té verde que se había pedido.

—Ése era el plan inicial. Pero han adelantado el vuelo y salimos en cuatro horas.

Can asintió. No era la primera vez que les ocurría algo así.

—Vaya. Esperaba cenar contigo y tomarnos algo.

—Yo también. Pero el deber me llama —declaró Daryl riendo.

Al poco se les acercaron los comandantes de otras compañías para saludarlos y, durante un rato, estuvieron hablando con ellos.

Minutos después, cuando aquéllos se marcharon, Daryl cogió su móvil, envió un mensaje y sonrió.

—¿A que has escrito a Carol? —preguntó Can.

Daryl asintió y él, riendo, musitó:

—Lo he sabido por tu cara de tonto.

—Eh..., no te pases, ¡gilipollas!

Ambos rieron por aquello y luego Daryl murmuró:

—Hace noche en Estocolmo. Mañana regresa a casa. —Can asintió, y Daryl musitó—: Vale, asumo mi cara de tonto. Pero es que Carol me hace tan feliz que, cuando estoy lejos de ella más de dos días, no veo el momento de regresar a su lado para besarla, hacerle el amor o..., fíjate tú lo que te voy a decir, ¡discutir con ella!

Can soltó una carcajada.

—Por Dios..., ¡qué exagerado eres!

Daryl asintió. Era normal que su amigo no entendiera lo que le sucedía porque él nunca se había enamorado.

—No soy exagerado —repuso—. Es sólo que estoy locamente enamorado de la chica más espectacular en todos los sentidos que he conocido en mi vida.

Al oír eso, Can miró a su amigo y, sin saber por qué, pensó en Sonia.

—Quién te ha visto y quién te ve —musitó.

—El amor, amigo..., el amor...

El que decía aquello era Daryl, el comandante buenorro que, como Can, hasta que Carol había entrado en su vida, disfrutaba de todas las mujeres que se le ponían por delante.

—¿Tú estás seguro de saber si eso que llamas «amor» es sano? —preguntó.

Daryl se encogió de hombros.

—No sé si será sano o no, pero sí sé que, por ella, repetiría todo lo que he vivido un millón de veces. Incluido el episodio del pelo verde y otras cosillas. —Ambos se carcajearon y luego él añadió—: Es más, el sexo que tú y yo conocemos, ahora, cuando pienso en él, me parece frío y aburrido. Y eso es porque el que disfruto con Carol es divertido, caliente, con complicidad y sentimientos. Y eso que hay entre nosotros me hace ver que el juego con ella es infinitamente mejor, y sin ella, es vacío, frío y vulgar.

Oír eso hizo que Can asintiera. Quizá su amigo llevara razón en algo que él, particularmente, desconocía, pero, evitando seguir por ese camino, dijo:

—Por cierto, y hablando de esa diosa que te tiene del todo enloquecido, espero que lo que sucedió la otra noche no se repita.

Daryl asintió, entendía por dónde iba, pero indicó con curiosidad:

—Yo también pensé que Sonia te atraía.

Can puso los ojos en blanco. No quería pensar un segundo más en aquélla, pero la realidad era que no podía olvidarla. Aun así, intentando parecer el tipo seguro de siempre, respondió con cierta chulería:

—Pues creíste mal.

—¿Seguro? —insistió Daryl rascándose el cuello.

Can, al ver cómo aquél lo miraba, meneó la cabeza e, intentando convencerse a sí mismo, respondió:

—A ver, Linterna Verde... —Oír eso hizo sonreír a Daryl y Can, que, colocándose la corbata, insistió—: Sonia me cae muy bien, pero nada más. Además, tiene una hija, y lo mínimo que puedo hacer es respetarlas, ¿no crees?

Su amigo levantó las cejas sorprendido. Tenía claro que a Can le gustaban las mujeres, le encantaban como le habían gustado a él en otra época de su vida, y daba igual si tenían hijos o no. Y lo que intuía Daryl era que Sonia tenía unas cosas que otras no tenían, como una personalidad arrolladora, una seguridad increíble en sí misma y un encanto especial. Algo que Carol también poseía y que a él, cuando la conoció, lo dejó noqueado.

—Pues sólo me queda pedirte disculpas en nombre mío y de mi chica —repuso evitando insistir—. Nos equivocamos.

Can asintió complacido de ver que su mentira era creíble. Y, ocultando lo ocurrido, dijo tras mirar con deseo a una escultural mujer que pasaba por delante de ellos:

—Te aseguro que, si Sonia me interesara, el primero en querer quedar con ella sería yo. Pero no es así. Es más, ni siquiera es el tipo de mujer que me atrae —añadió señalando a la despampanante mujer—. Y confundisteis una bonita amistad con algo más.

Ambos se miraban cuando oyeron que alguien decía a su lado:

—Can... Daryl... ¡Cuánto tiempo!

Al volverse, se encontraron con la preciosa Rachel, una crupier del casino del hotel a la que ambos conocían.

—En breve termino mi turno y he quedado con unos amigos para ir a un local que han abierto hace apenas una semana a jugar un poquito... —dijo ella.

—Interesante... —murmuró Can sonriendo.

Entonces Rachel, al ver cómo aquél la miraba, añadió:

—Me han dicho que tiene un precioso y caliente *spa*..., ¿os animáis a venir?

De inmediato, Daryl negó con la cabeza. Su vida desde que estaba con Carol había cambiado completamente.

—Gracias, pero no. Yo sólo juego con mi chica.

Rachel asintió, era respetable. Pero entonces miró a Can, que, tras pensarlo, afirmó:

—Cuenta conmigo.

La crupier sonrió y, después de guiñarle el ojo con complicidad, musitó:

—Dentro de una hora, en la puerta del hotel.

Can asintió y, cuando aquélla se marchó, Daryl divisó a su tripulación reunida y comentó mirándose el reloj:

—Colega, ya que veo que no te vas a aburrir, me voy a ir.

Divertido, Can asintió y, tras abrazar a su amigo, susurró:

—Nos vemos en Londres. ¡Buen vuelo!

Dicho eso, Daryl se colocó con exquisitez inglesa la gorra de comandante, se acercó a su tripulación y luego todos juntos salieron del hotel.

Una vez solo, Can cogió su maleta y se dirigió hacia el ascensor para subir a su habitación. Cuando llegó y abrió la puerta, soltó el equipaje y se quitó la gorra. A continuación se desnudó y, sin dudarlo, se metió en la bonita y espaciosa ducha, pero, de nuevo, Sonia cruzó sus pensamientos.

Pero ¿qué hacía pensando en ella otra vez?

Un buen rato después, cuando se secó el pelo y se vistió, miró su reloj y, guardándose la cartera en el bolsillo del pantalón, salió del cuarto decidido a pasarlo bien con Rachel.

Capítulo 31

A Can le gustó conocer aquel nuevo local *swinger* con aquel magnífico *spa*.

Cualquiera de los sitios a los que había ido eran muchísimo más pequeños y, satisfecho, lo recorrió junto a Rachel, Berta y Julian, los amigos de ella.

Fueron divertidos a tomar algo en una de sus salas para conocerse mientras la gente que los rodeaba disfrutaba y charlaba.

Finalmente, los cuatro decidieron pasar por las taquillas para dejar sus ropas y entrar en el *spa*. Estaban calientes.

En cuanto se reunieron de nuevo, Can miró a Rachel, que iba cubierta como los demás con un blanco albornoz, y sonrió al ver que ella se lo abría con picardía y murmuraba:

—¡Vamos a jugar!

Dispuestos a disfrutar del circuito del *spa* y de los juegos calientes que sin duda encontrarían en su camino, tras quitarse los albornoces y dejarlos en unas perchas, se sumergieron en una piscina de hidromasaje, donde los chorros comenzaron a golpear con mimo sus cuerpos.

Rachel, excitada, se acercó a Can y murmuró mientras lo abrazaba:

—Aún recuerdo la última vez que tú y yo estuvimos juntos en aquella habitación de hotel... ¿Te acuerdas? —El comandante sonrió; él era de los que recordaban las citas anteriores. Entonces ella, paseando la mano por su pene, añadió—: Fue increíble lo bien que lo pasamos Alicia, tú y yo.

Gustoso, se dejó tocar mientras la boca de ella tomaba la suya y cuando, segundos después, se separaron, la crupier murmuró:

—Berta está como loca por probar eso de lo que tanto le he hablado.

Can sonrió y, mirando los esplendorosos pechos de aquélla, afirmó:

—Yo también estoy deseoso de probar.

Entre risas, besos y tocamientos, pasaron por un recorrido de chorros fríos y calientes, y cuando, posteriormente, se sumergieron en un jacuzzi para cuatro, el juego caliente comenzó.

Can mordisqueaba el cuello de Rachel mientras ella hundía los dedos en aquel pelo que tanto atraía a las mujeres y le besaba con mimo los hombros. Can era ardiente, mucho, y cuando ella notó su mano entre las piernas murmuró:

—Eso es..., ahí la quiero.

Él sonrió y, tocando con el dedo el clítoris, preguntó a media voz:

—¿Esto es lo que quieres?

—Sí... Sí —jadeó ella totalmente entregada.

Juegos. Besos. Palabras sucias. Tocamientos calientes; en su juego estaba permitido todo eso. Cuando Rachel no pudo más se sentó a horcajadas sobre él.

Un beso..., dos..., pero de pronto la mente de Can se nubló y en sus pensamientos apareció Sonia.

«No..., ahora no...»

¿Qué hacía otra vez pensando en ella?

Berta y Julian, fuera del jacuzzi, disfrutaban de un placentero sesenta y nueve que estaba siendo su delicia y la de todos los que por allí pasaban. El sexo era la fuente de placer en ese *spa* y todos querían vivirlo a su manera.

Rachel, la crupier, estaba ya muy caliente. ¿A qué esperaba Can para dar un paso más? Por ello, y viendo que él parecía algo disperso, la joven cogió un preservativo del cestito que había junto al jacuzzi, lo abrió con los dientes y se lo colocó enseguida.

Ambos sonrieron, pero él en su interior estaba agobiado. Su erección no era la que solía ser, pues pensar en Sonia se lo impedía.

¿Qué le ocurría?

Y, viendo la calentura que aquélla llevaba y que él deseaba tener, introdujo un dedo en el interior de Rachel mientras trataba de dejar de pensar en Sonia y la masturbó. Sentía el deber de darle placer.

Ella jadeaba, gritaba, clavaba las uñas en sus hombros disfrutando del momento, mientras él, confundido, intentaba alejar la sonrisa, el olor o la suavidad de Sonia de su cabeza.

La mujer que estaba sobre él quería sexo, y Can, intentando centrarse en ella, musitó moviéndola con rapidez para cambiar de táctica:

—Clávate en mí.

De inmediato, ella obedeció y su erección se reactivó.

«¡Sí!»

Con gusto, movió a Rachel sobre él mientras ella chillaba de placer. Can se animó, aquello funcionaba. Pero, al cerrar los ojos, de nuevo la imagen de Sonia sonriéndole cruzó por su mente y sintió cómo su erección perdía fuerza.

Abrió los párpados de nuevo. Pero ¿qué narices le pasaba?

Rachel, caliente y deseosa de más, continuaba restregándose sobre él. Quería correrse. Ansiaba recibir la dureza del comandante, y él, intentando disimular lo que le ocurría, al verla tan entregada, le dio un azote en el trasero y susurró pellizcándoselo:

—Eso es..., córrete para mí.

Sin detener sus movimientos ondulantes, ella buscó su propio placer mientras Can seguía azotándole el trasero. Quizá de ese modo no notaría que su erección no estaba en todo su esplendor.

Debía follarla con la mirada, con las manos, con las palabras, y cuando finalmente la crupier llegó al clímax tras soltar un grito de satisfacción, Can la miró y ella murmuró:

—Hoy estás un poco disperso, ¿no?

Esas palabras le dolieron en el alma. Agobiado, salió del jacuzzi, necesitaba beber algo, y viendo unas botellitas frescas sobre unas cubiteras, cogió una y bebió. A continuación su mirada bajó hasta su pene. Con rabia se quitó el preservativo y murmuró:

—¡¿Qué narices te pasa, gilipollas?!

Estaba preocupado por aquello cuando notó una mano en el trasero. Al mirar se encontró con Berta, la mujer de los pechos generosos, que mirándolo susurró:

—Tengo ganas de ti.

Can sonrió. Esta vez tenía que funcionar sí o sí. Y, al ver que Rachel y Julian se besaban juguetones en el jacuzzi, intentó hacerse con el control de la situación y agarró a aquélla de la mano.

—Vayamos a esas duchas —dijo.

Sin dudarlo, ella asintió gustosa y excitada.

Una vez allí, necesitaba sentir y demostrar esa fuerza viril tan característica en él, así que Can empotró a Berta contra la pared de la ducha mientras el agua resbalaba por sus cuerpos y ellos se besaban.

Un beso... Otro... Otro...

La besaba con ímpetu, con ardor, con deseo, pero aquello de lo que siempre se había sentido terriblemente orgulloso parecía estar ese día de vacaciones.

Al percatarse, Berta sonrió, se arrodilló frente a él y, mirándolo, susurró:

—Dámelo...

Acto seguido, abrió la boca y, sin dudarlo, Can se lo dio.

Encantada, Berta chupó, lamió y disfrutó de tener en su boca algo que le apetecía mucho, mientras sus manos se movían por aquel cuerpo duro, que, desde el minuto uno en que lo había visto, la puso a mil. Aquel tipo estaba buenísimo.

Por su parte, Can cerró los ojos e intentó disfrutar del gustoso contacto de su pene en el interior de la boca de Berta. Pero nada, pasaban los segundos y aquello no revivía.

Durante unos minutos trató de concentrarse en el tema, hasta que no pudo más y, mirando a la mujer, la levantó del suelo.

—Lo siento —dijo—. Mejor vamos a dejarlo.

Berta parpadeó desilusionada.

—¿No te gusta lo que hago?

Sintiéndose mal, Can indicó:

—Me encanta, pero no me encuentro bien.

Dicho esto, le dio un beso en la mejilla y, dando media vuelta, caminó hasta donde estaban los albornoces, cogió el suyo y, enfadado, se dirigió a las taquillas.

Berta lo miró apenada. Aquello la había desconcertado, pero entonces oyó a su espalda:

—Hola, preciosa...

Al volverse se encontró con un tipo no tan impresionante como Can, pero, viendo el deseo de aquél en su mirada, se le acercó y, en cuanto éste puso una mano sobre su pecho y se lo apretó, no lo dudó y continuó con el juego.

* * *

Sin dar crédito, disgustado y quemado, Can regresó al hotel. Todavía no podía entender qué le había ocurrido y, desnudándose, se metió en la ducha.

Después, una vez que se secó, se puso un bóxer blanco y abrió el ordenador. Miró su correo, lo contestó y, cuando acabó, se metió en Google. Inconscientemente buscó «patinaje artístico» y tecleó el nombre y los apellidos de Sonia.

Nunca habría imaginado que encontraría infinidad de vídeos de ella patinando, y, abriendo uno, lo miró.

Aquella que se movía por la pista con una agilidad increíble y tenía la sonrisa más bonita que había visto en su vida era Sonia. La mujer con la que simplemente había pasado una noche y que de pronto no se podía quitar de la cabeza. Estaba pensando en ello cuando notó un cosquilleo en la entrepierna y, mirando su abultado bóxer, se mofó:

—¡No me jodas!

Capítulo 32

Sonia y Carol volvieron a quedar en diversas ocasiones. Entre ellas se había creado algo especial y aprovechaban para verse siempre que podían.

Varias veces Ginger se les unió, y Carol y él se cayeron fenomenal. En cierto modo, a ella le recordaba a su amigo Fred, un bailarín al que, como Muskeva, conoció en su época de bailarina y con el que continuaba teniendo una gran amistad.

Al incluir Carol a Sonia entre sus amistades, inevitablemente esta última y Can coincidieron en alguna ocasión, y cuando lo hacían ambos mantenían un comportamiento amistoso. Se acercaban y bromeaban lo justo, y, aunque disimulando, el uno estaba siempre pendiente del otro; nadie podía imaginar que entre ellos había ocurrido algo y que existía una inevitable atracción, nadie excepto Daryl.

Éste conocía a la perfección cómo Can actuaba con las mujeres y sin duda con Sonia se comportaba de un modo distinto. Efectivamente no era su tipo de mujer, como Carol en un principio no había sido el suyo. Pero estaba claro que los polos opuestos se atraían, y veía en su amigo un reflejo de lo que le había ocurrido a él con Carol: cuanto más intentaba alejarse de ella, más se acercaba.

La actitud distante que Can intentaba mantener con respecto a Sonia le hacía gracia a Daryl. Él no era así. Incluso tuvo que reprimir en varias ocasiones la risa al observar cómo fruncía el ceño al comprobar que Sonia se divertía con cualquier otro que no fuera él.

Aun queriendo hablar con su amigo, Daryl decidió esperar a que fuera él quien diera el paso. Por ello, intentando mantener la discreción que aquél exigía sin pedírselo, calló y lo respetó. Ni loco se lo comentaría a Carol.

Los días pasaron y, una tarde, tras terminar la clase de patinaje en la pista de hielo, Damián y otros compañeros le propusieron a Sonia salir a cenar y posteriormente tomar algo en un local que se inauguraba en Leicester Square. La joven, consciente de que Ginger estaba con Ibiza, tras avisarlo, sin dudarlo aceptó.

Durante la cena disfrutó del buen rollo que había entre el grupo y, cuando entraron en el local nuevo, se sorprendió. Antiguamente el sitio había sido una fábrica de embutidos y, tras la remodelación, se había convertido en un moderno y precioso local de copas.

Estaba riendo con sus compañeros cuando de pronto, al mirar hacia la barra, se quedó de piedra al ver a Can en el mismo local con otro grupo de personas.

¿En serio tenían que coincidir allí?

Desde la distancia observó que Carol no estaba y, parapetada tras su gente, Sonia lo observó. Vestía un pantalón vaquero negro, una camiseta blanca y una cazadora oscura de cuero. El pelo lo llevaba recogido en su habitual moñito y, cuando lo vio sonreír, sin poder evitarlo, ella también sonrió.

La sensualidad que desprendía aquél era innata, y no le extrañaba que las mujeres lo miraran al pasar. Estaba pensando en ello cuando Damián se le acercó.

—Dicen de subir a la segunda planta del local. Al parecer, hay un catering de inauguración. ¿Qué te parece? —propuso.

Sin dudarlo, Sonia asintió. Cuanto más se alejara de Can, mejor.

En la segunda planta, la gente se divertía y comía del excelente catering. Damián y Sonia, como el resto, hablaban. Entre ellos siempre había habido una excelente conexión, nada sexual, sólo amistad, y en un momento dado Damián cogió una croqueta y pidió mirándola:

—Abre la boca.

Sonia lo hizo.

—¡Exquisita! —musitó.

Damián sonrió y ella, cogiendo un canapé, pidió:

—Ahora ábrela tú. —Su compañero obedeció y ella hizo lo mismo—. Es de cangrejo y está ¡de muerte! —comentó mientras él lo masticaba.

Damián asintió, Sonia tenía razón; entonces, viendo a un camarero pasar con una bandeja, dijo:

—Voy a por dos copichuelas. ¿Qué quieres?

—Coca-Cola Zero.

—Ahora vengo —afirmó él.

Sonia asintió y, mientras observaba los canapés que había frente a ella, oyó que alguien decía con sorna:

—¿Dando de comer al necesitado?

Según oyó la voz, Sonia cerró los ojos. ¡Can! ¿Por qué había tenido que encontrarla? Y, volviéndose para mirarlo, fabricó una de sus sonrisas y saludó:

—Holaaaaaaaaaaaa.

Sin poder apartar los ojos de ella, Can la observó. Cuando la había visto subir a la segunda planta se había quedado sin palabras. Pero ¿qué le pasaba con esa mujer?

Sonia estaba preciosa con aquel vestido y el pelo recogido en dos moñitos sobre la cabeza. La frente despejada le hacía resaltar sus rasgados ojos negros y sus bonitas facciones.

Estaba mirándola embobado cuando preguntó:

—Ése al que dabas de comer es tu compañero de la pista de patinaje, ¿verdad?

Sonia asintió como en una nube. Se moría por besarlo, por enredar las manos en aquel pelo, pero, intentando no mostrarle lo que pensaba, respondió:

—Sí. ¿Qué haces tú por aquí?

Can, molesto por haber visto la complicidad con que aquéllos se daban de comer el uno al otro, contestó tratando de no parecer ridículo:

—El dueño del local es amigo mío, y he venido a la inauguración.

Sonia asintió y, cogiendo una croqueta, se la metió en la boca.

Se miraron en silencio durante unos segundos hasta que ella, al ver que Can no decía nada, cogió otra croqueta e indicó:

—Están muy buenas. Abre la boca.

Incapaz de negarse, él lo hizo y, cuando ella le metió la croqueta en la boca, musitó sonriendo:

—Dile a tu amigo que el catering es excelente.

Can afirmó con la cabeza y, en cuanto Damián regresó con dos copas, Sonia se apresuró a decir mientras cogía una de ellas:

—Damián, él es Can. Can, él es Damián.

Ambos se miraron y el segundo preguntó:

—Estuviste hace poco en la pista de hielo, ¿verdad?

Can asintió de inmediato e, intentando no parecer un borde, respondió:

—Sí.

Los tres se quedaron en silencio hasta que una mujer se acercó a ellos y, agarrando a Can por la cintura, dijo ignorando a Sonia y a Damián:

—Estás aquí. Te había perdido.

El comandante la agarró a su vez y sonrió.

—Pamela, ellos son Sonia y Damián.

Los aludidos la saludaron y luego Can añadió:

—Ha sido un placer veros. Pasadlo bien.

—¡Igualmente! —exclamó Sonia sonriendo.

Una vez que se alejaron, Damián miró a Sonia y, cuando iba a decir algo, ella cogió una croqueta, se la metió en la boca y dijo:

—Mejor cómetela.

Damián la masticó divertido y no dijo más.

Durante más de dos horas Sonia y Can no volvieron a acercarse. Cada uno estaba con su grupo de amigos, pero continuamente se buscaban con las miradas. Unas miradas que se encontraban y que en ocasiones se hablaban desde la distancia.

Él intentaba centrarse en el grupo con el que estaba, pero le era imposible. Saber que Sonia estaba cerca lo hacía sentirse intranquilo, y más cuando veía que algún hombre se aproximaba a ella y ésta le dirigía su preciosa sonrisa y bromeaba con él.

Pero ¿qué le sucedía?

Por su parte, a Sonia le pasaba más de lo mismo. Ver que la tal Pamela no podía apartar las manos de Can la estaba poniendo frenética. No obstante, consciente de que aquello no debía afectarle, porque no eran nada, decidió ignorarlo. Pero no lo consiguió.

Se miraban...

Se encontraban...

Se tentaban...

Hasta que, no pudiendo más, cuando Can se acercó a una de las mesas a coger una copa, Sonia caminó hacia él y gruñó:

—¿Quieres dejar de mirarme así?

—Para saber que yo te miro, tú has de mirarme a mí también, ¿no? —replicó, apoyando la cadera con cierta chulería en la mesa.

Entonces ella, molesta, iba a hablar cuando él, sin poder aguantar un segundo más, cogió su mano con firmeza y pidió:

—Acompáñame.

Boquiabierta, la joven se dejó guiar por él. Pasaban entre la gente, que hablaba y reía, hasta que Can, tras bajar hasta la primera planta, cruzó el local y, abriendo una puerta, hizo que ambos entraran en la sala y luego cerró tras de sí.

—¿Se puede saber por qué me acusas de que yo te miro a ti cuando tú no paras de mirarme? —le soltó.

—¿Que yo te miro?

—Sí.

—¡Y tú me miras a mí!

Sonia parpadeó. Pero ¿qué le ocurría? Lo mucho que la atraía aquel tipo la estaba volviendo loca y, cuando iba a decir algo, él soltó:

—Sinceramente, creo que nos estamos comportando como dos auténticos gilipollas.

Al oír eso, Sonia sonrió. Can llevaba razón y, apoyándose en la pared, respondió:

—Creo que es por la tensión sexual que hay entre nosotros.

Él asintió. Como siempre, Sonia lo sorprendía con sus palabras. Estaba claro que no era una mujer que se anduviera por las ramas, y entonces la oyó decir:

—Te deseo, me deseas y eso hace que...

La joven no pudo decir más, pues Can, de dos zancadas, se acercó a ella y, antes de que pudiera decir nada, Sonia lo agarró del cuello, lo atrajo hacia sí y lo besó.

Aquel beso tan lleno de deseo era el detonante de lo que ambos deseaban, por lo que, ignorando dónde estaban y sin importarles absolutamente nada más, ella le quitó la cazadora, que cayó al suelo, y mientras posaba las manos en su culo para acercarlo más, se lo apretó y susurró:

—Quieres sexo. Quiero sexo. Juguemos.

Can la miró. No podía hablar.

Llevaban toda la noche jugando al ratón y al gato en el local, y sin duda el juego los había llevado hasta allí, por lo que, sin dudarlo, sacó un preservativo de su cartera.

—Juguemos —musitó.

—Woooo, ¡qué lanzado te veo! —se mofó ella.

Can la miró y, consciente de que era cierto, repuso:

—Contigo es así.

Con urgencia, se desabrochó la cremallera del pantalón y, una vez que quedó entre ellos la fabulosa erección que Sonia le había provocado en décimas de segundo, se colocó el preservativo. A continuación se apresuró a cogerla entre sus brazos y, aprisionándola contra la pared, metió las manos bajo el vestido que llevaba y, tras echar hacia un lado la braguita, la penetró mirándola a los ojos.

El jadeo que salió de sus bocas, lleno de lujuria y morbo, los hizo sonreír y, conscientes de dónde estaban y de que alguien podía entrar en cualquier momento en aquel cuarto, unieron sus bocas mientras se dejaban llevar por la pasión.

El ritmo de las caderas de Can se aceleraba mientras Sonia se abría para recibirlo. Los dos lo deseaban. Los dos necesitaban aquello mientras se besaban enloquecidos para sofocar sus gemidos.

La sangre les hervía. El cuerpo los abrasaba, mientras que el morbo de la situación los hacía disfrutar más y más.

Dejándose llevar, Can bombeaba en su interior con un ritmo frenético y, mirándola a los ojos, iba a hablar cuando ella, hechizada por el momento, susurró apretando las piernas contra la espalda de aquél para que la llenara por completo:

—Dios, qué placer..., dame más.

Oír eso hizo que él redoblara sus fuerzas. El placer que sentía hundiéndose en ella era inigualable.

Siete..., diez..., quince. Las acometidas de Can hacían que el aire les faltara a los dos, hasta que, tras un último empellón, ambos se abrazaron y se dejaron llevar por el placer.

Apoyados el uno en el otro, quedaron exhaustos por lo ocurrido. Lo que acababan de hacer allí era una locura. Y, sin saber qué decirse, se miraron; entonces Can, acercando su boca a la de ella, susurró:

—Vayamos a mi casa.

—No.

—A la tuya.

—Ni hablar.

—¿Por qué?

—Porque nooooooooooo.

—Pero ¿por qué? —insistió él cada vez más descolocado.

Ella no respondió. No podía.

¿Qué había hecho? Sabía que algo entre ellos era imposible.

De nuevo se miraron hasta que finalmente ella, que seguía entre los brazos de él y la pared, pidió:

—Déjame en el suelo.

Sin dudarlo, Can lo hizo y, tan pronto como los dos se recompusieron, Sonia, mientras veía que él se recogía el pelo en su particular moñito hípster, declaró:

—Tensión sexual resuelta, ¿no crees?

La frialdad que en ocasiones ella le demostraba lo desmontaba.

—A ver, Sonia. Creo que...

Pero no pudo continuar, pues ella, poniéndole un dedo en la boca, soltó:

—Si algo aprendí hace tiempo es que los polvos esporádicos en los lugares públicos han de ser rápidos y morbosos, y, una vez acabados, ¡hay que decirse adiós!

De nuevo la miró sin dar crédito.

Pero ¿qué narices estaba diciendo?

Por lo visto, pensaba marcharse así, ¡sin más!, y cuando fue a sujetarla del brazo, Sonia dio un paso atrás y, con una estupenda sonrisa en los labios, se despidió de él.

—Así que ¡adiós, Rey!

Cuando salió por la puerta y ésta se cerró, Can maldijo mirando al frente.

¿Qué estaba haciendo aquella mujer con él?

Segundos después de salir ella, él lo hizo también y la vio subir a la segunda planta. Aceleró el paso para alcanzarla, pero aquélla corría que se las pelaba. En cuanto los dos estuvieron arriba, ella regresó con su grupo, lo que puso furioso a Can.

¿En serio quería que fuera así?

Y, molesto como en su vida con una mujer, al sentir las manos de Pamela en su cintura, no lo dudó y, cogiéndola de la mano, ambos se marcharon del local mientras Sonia los observaba y sentía cómo todo su cuerpo se revolucionaba.

Capítulo 33

⤜⤛⤙

Llegó el sábado. Hacía un precioso día y Sonia, tras levantarse y ver sonreír a su hija por la visita esa noche del Hada de los Dientes, a pesar de sentirse un poco revuelta, llamó a sus padres. Éstos parecían estar bien, incluso se marchaban a comer con unos amigos, por lo que decidió llevar a su hija al parque. Ese día era día triple P.

Durante un buen rato ambas patinaron divertidas hasta que la niña, parándose, dijo:

—Mami..., ¡*Chester* y el comandante!

Al levantar la vista, Sonia los vio. Can estaba apoyado en un árbol mientras parecía mirar algo en su móvil con el perro sentado a su lado. Enseguida buscó el modo de alejarse de allí. No era buena idea encontrarse. No tras lo ocurrido. Pero, cuando iba a agarrar a su hija, ésta ya corría a toda velocidad con los patines mientras lo llamaba.

—Joder, Ibiza —musitó en español.

Can, que había ido con su perro hasta aquella zona para ver si por casualidad las encontraba, al oír los gritos de «¡Comandante!», rápidamente levantó la mirada y sonrió al ver a Ibiza patinando hacia él.

Bien, ¡allí estaban!

Como era de esperar, la cría lo abrazó con cariño. Ibiza era cariñosa y directa.

Y estaba disfrutando de sus mimos mientras observaba a la madre de aquélla patinar con tranquilidad en su dirección. Estaba preciosa. Sin ser una mujer despampanante, Sonia tenía ese algo especial que hacía que no quisieras dejar de mirarla. No sabía si era su sonrisa, sus ojos o el modo en que pasaba de él, pero el caso era que cada vez que veía a esa mujer sentía cómo el corazón se le aceleraba.

Con sus ojos ocultos tras sus gafas de sol, disfrutó de ella. Aquel peto vaquero, junto con el pelo suelto que llevaba y esa sonrisa siempre dibujada en sus labios, le sentaba muy bien.

—¡Mira! —dijo de pronto la niña para atraer su atención.

Can vio entonces que aquélla le enseñaba los dientes.

—Ayer casi me trago un diente cuando Gus me tiró al suelo en el partido de hockey.

—Cielo, ¿estás bien? —preguntó preocupado.

La cría asintió y, gesticulando, afirmó:

—Gus es un bruto. Siempre va a por mí porque soy una chica y juego mejor que él. —Y bajando la voz explicó—: Al final lo bloqueé cuando menos lo esperaba y se tragó la portería.

Eso hizo reír a carcajadas a Can, y aquélla añadió:

—¿Y sabes lo mejor?

—¿Qué?

—Que anoche, cuando me fui a dormir, puse el diente debajo de la almohada y el Hada de los Dientes me lo cambió por dinerito..., pero ¡es que se me mueven más dientes!

Sonriendo por aquella bonita fantasía creada para los niños y la vivacidad de Ibiza, él cuchicheó divertido viendo cómo la madre de aquélla se acercaba con lentitud.

—¡Vas a amasar una fortuna!

Con gracia, Ibiza asintió y, sacándose un par de billetes del bolsillo de su pantalón naranja, indicó:

—Hoy invito yo a los helados. ¡Tengo dinerito!

—¡Bien! —Can rio divertido.

Sonia llegó hasta ellos. Verse a solas con aquél no era algo que hubiera previsto y, cuando iba a decir algo, Ibiza terció:

—Mami. Le he contado al comandante que ayer el tonto de Gus me...

—Ehhh —la cortó Sonia. Y, mirándola, indicó—: Ya he hablado contigo de eso. No me gusta lo que hiciste y no es algo para ir contando con orgullo.

Ibiza resopló y, mirando a Can, susurró:

—Gus es muy tonto y se tenía que tragar la portería.

Acto seguido, la cría se acercó a *Chester*.

—Vamos..., ven conmigo.

Sin dudarlo, el animal la siguió y, segundos después, la niña volaba con sus patines mientras *Chester* corría feliz detrás de ella.

Can y Sonia la observaban cuando el primero, quitándose las gafas de sol con su habitual chulería, preguntó:

—¿Quién es ese Gus?

Intentando templar sus nervios, Sonia respondió sentándose sobre el césped:

—Un niño de su colegio que también es del equipo de hockey. Y, la verdad, ni ella lo soporta a él ni él a ella, y siempre que juegan juntos pasa algo entre ellos.

Can asintió e, interesado, preguntó y Sonia, relajándose, empezó a contarle.

Estuvieron un buen rato hablando de las fechorías de Ibiza sin mencionar su último encuentro, hasta que Can, incapaz de no hacerlo, comenzó a decir:

—Oye, en cuanto a...

—No, Rey, ¡cállate!

Molesto, él frunció el entrecejo.

—¡No me llames Rey!

—¿Por qué, *Rey*?

Can la miró y, viendo su sonrisita burlona, susurró fastidiado:

—Menuda tocapelotas estás hecha, ¿no?

—¡No lo sabes tú bien! —se mofó ella divertida.

Él meneó la cabeza y, cuando iba a decir algo, Sonia se le adelantó:

—Si quieres comentar lo que pasó el otro día, de verdad, chico, no merece la pena. ¡Fue un calentón puntual y ya está!

—¿Un calentón puntual?

—Sí. Un calentón. ¿Qué pasa? ¿Tú nunca tienes calentones? —insistió ella.

El comandante la miró. Mejor no respondía.

Oír eso no era lo que él quería. En la vida lo habían llamado «calentón puntual» y, enfadado, volvió a ponerse las gafas de sol.

Durante unos minutos permanecieron en silencio hasta que ella hizo un gesto raro y él, consciente de todos sus movimientos, preguntó:

—¿Te ocurre algo?

Sonia, que llevaba días encontrándose rara, se llevó las manos a las caderas, se inclinó un poco hacia delante y respondió:

—No sé. Estoy algo revuelta. Llevo unos días raros. —Y, al ver cómo la miraba, indicó—: Pero se me pasará.

—¿Cuándo fue la última vez que te hiciste un chequeo médico?

Oír eso a la joven la hizo sonreír. Iba lo justo al médico.

—Si hay alguien sano en este mundo..., ésa soy yo —sentenció.

—Pero si te sientes mal, deberías...

—No tengo tiempo de ponerme mala. Tengo mucho trabajo. Se me pasará —lo cortó.

Guardaron silencio de nuevo y luego, viendo cómo aquél la observaba, dijo para que no volviera a preguntar:

—¿Cuándo vuelas otra vez?

—Mañana salgo para Sídney.

—¿Australia?

—No..., Checoslovaquia.

Al oír eso, Sonia sonrió y musitó mirándolo:

—Uiss..., ¿quién es el tocapelotas ahora?

Finalmente Can sonrió, era imposible no hacerlo, y ella, quitándose una goma elástica de la muñeca para recogerse el cabello, comentó:

—Te aseguro que te envidio. Siempre me ha gustado mucho viajar.

Él asintió. A él también le gustaba, e indicó quitándose las gafas de aviador:

—Pero viajo por trabajo, no por placer.

—También tienes razón.

—Cuando lleguemos a Sídney, mi tripulación y yo estaremos dieciocho horas allí.

—Hombre..., pues algo verás.

Él asintió divertido y señaló con picardía:

—Sí, claro que en ocasiones veo cosas muy interesantes, pero también hay otras que llego tan agotado que lo único que veo es la cama y poco más.

Ambos rieron por aquello, y Can añadió:

—De Sídney volaremos hacia Arabia Saudí y posteriormente regresaremos a Londres. Estaré fuera cinco días.

La joven asintió y no dijo más. ¿Por qué le había dicho los días que estaría fuera?

De nuevo se quedaron en silencio; ninguno quería comentar lo ocurrido entre ellos. Can, nervioso, se soltó el pelo y, en un acto reflejo, se lo atusó con las manos para después volver a recogérselo en el moñete sexy que le gustaba llevar sobre la cabeza.

Sonia, que lo había observado con detenimiento, musitó:

—No sé cómo lo haces...

—¿El qué?

Ella se soltó la coleta que llevaba, comenzó a recogerse el pelo como lo hacía él y, una vez que terminó de colocarse la goma en lo alto de la cabeza, dijo mirándolo con gracia:

—¿Dime qué haces tú que no hago yo para que te quede el pelo tan perfecto y a mí hecho una birria?

Al oír eso, Can soltó una risotada. Aquella mujer con aquel gesto tan natural era pura tentación, y, retirándole un mechón suelto, afirmó en un tono demasiado íntimo:

—Desde mi punto de vista, te ha quedado perfecto.

Ella parpadeó sorprendida señalándose la cabeza con comicidad, y él, sintiendo unas irrefrenables ganas de besarla, preguntó dándose aire con la mano:

—¿Estás mejor?

Con cierta coquetería, Sonia se retiró el pelo del rostro y respondió:

—Sí.

Can la miraba. Aquella chica, que no llevaba un gramo de maquillaje ni se preocupaba por lucir el último modelo de cualquier diseñador, llamaba mucho su atención.

—¡Qué calor! —musitó exaltado.

Sí, hacía calor. Y Sonia, sin imaginar lo que aquél pensaba, se puso de rodillas frente a él e insistió, señalando su pelo:

—En serio, ¿cómo lo haces? Mira lo terso y bien peinado que te queda a ti por esta parte y mira cómo me queda a mí.

Tenerla ante sí, a escasos centímetros de su rostro, era una tentación. Su olor. Su fresca sensualidad. Su naturalidad. Aquella mujer sin proponérselo lo tentaba, e, intentando no hacer nada inadecuado, se tocó el pelo y después el de ella.

—Esto que tú ves perfecto es tan perfecto como esto —respondió.

—¿Tú crees?

Divertido, él afirmó sacando una botella de agua:

—Sí, lo creo.

Sonia ladeó la cabeza y, sin saber por qué, de pronto le quitó la botella de las manos y le echó el agua por encima. Can, empapado, se quedó sin saber qué decir, y ella musitó sonriendo por su impulsividad:

—Era para aliviarte el calor.

Aquella broma a Can se le antojó tremendamente provocativa. Y cuando la miró y la joven entendió que la mojada iba a ser ella, al intentar escapar, él la cogió del brazo, la tumbó en el suelo boca arriba y, tras sentarse sobre ella, cogiendo la botella de agua, la derramó sobre su rostro mientras susurraba divertidos:

—Con este calor no viene mal una buena refrescadura, ¿verdad?

Entre risas, lucharon divertidos durante unos minutos mientras se mojaban y se olvidaban de todo a su alrededor; tras darse un cabezazo que los hizo reír más, al pararse se miraron a los ojos a escasos centímetros y él, incapaz de callar, preguntó:

—¿Sales con ese tipo de la pista de patinaje?

Al entender que hablaba de Damián, ella no supo qué responder, pero de pronto Ibiza saltó sobre ellos y exclamó:

—¡Yo también quiero jugar!

El momento se rompió y ambos rieron, jugaron, se empaparon de agua, mientras *Chester* ladraba a su alrededor y Can, con sus grandes manos, las agarraba y las mojaba a las dos.

Instantes después, cuando Ibiza consiguió escaparse y huir seguida del perro, ambos se volvieron a mirar a escasos centímetros.

Sus bocas pedían besarse en silencio. Sus cuerpos gritaban sin moverse que se deseaban, y Sonia, incapaz de no hacerlo, sonrió y Can, intentando mantener el control, musitó sentado sobre ella:

—No has contestado a mi pregunta de antes.

Sonia pensó en ello. Lo cierto era que Damián sólo era un buen amigo. Pero, no queriendo decir la verdad, respondió:

—No pienso contestarte a eso.

Can asintió. A continuación ella le guiñó un ojo con picardía y él, sintiendo que todo su cuerpo se revolucionaba en décimas de segundo, la liberó quitándose de encima.

—No me tientes o me encontrarás —amenazó.

Boquiabierta al oírlo, ella preguntó:

—¿Cuándo te he tentado yo?

Can resopló. Con su sola presencia Sonia lo tentaba, y, enfadado por haber sido él quien sacara aquella ridícula conversación, susurró:

—Olvídalo.

Los dos se quedaron boca arriba en el césped, mirando al cielo. Estaba claro que, sin proponérselo, se tentaban mutuamente, y cuando Sonia iba a decir algo, apareció Ibiza, que, sentándose frente a ellos, comentó:

—Comandante, ¿sabes que dentro de dos viernes tengo partido de hockey en la pista de hielo de Streatham y luego mami hace una exhibición en el Lee Valley Ice Centre?

Sin necesidad de preguntar de qué era la exhibición, e intentando mantener a raya su cuerpo tras el calentón que había tenido, Can respondió incorporándose:

—No, no lo sabía. Pero eso es fantástico, ¿no?

Sonia se levantó para sentarse como él y, nerviosa, se quitó la goma del pelo, la cual tras jugar con Can le colgaba a un lado de la cabeza.

—La verdad es que me apetece mucho la exhibición —comentó mientras se recogía de nuevo el cabello—. Por cierto, ¿a que no sabes qué ejercicio haré?

Él negó con la cabeza.

—¿Recuerdas que un día que nos encontramos en el parque, yo

estaba escuchando una canción y dijiste que te traía bonitos recuerdos?

—¿*What a Fool Believes*, de los Doobie Brothers?

—Exacto —afirmó ella con gracia—. Como te conté, tengo un ejercicio con ese tema, y es el que voy a hacer en la próxima exhibición. Disfruto mucho con él.

Can asintió. Pensar en que de nuevo iba a saltar y a volar por la pista de hielo como la había visto hacer aquel día consiguió que se pusiera nervioso.

—¿Te pondrás protecciones por si te caes?

Ella sonrió asombrada.

—¿Cuándo has visto tú a un patinador artístico con protecciones en una exhibición?

Sonia y la cría rieron a carcajadas. Can no, y entonces la niña preguntó:

—¿Por qué no te vienes ese viernes con nosotras?

—Ibiza... —le advirtió Sonia.

Pero aquélla, sin querer entender el gesto de su madre, repuso:

—Mami, estaremos solas. Los abuelos y las tías se van a Dublín, y Ginger y Stacy estarán en Frankfurt. Si el comandante viene, cuando yo esté en el partido, él estará contigo. Y cuando tú estés en la exhibición, estará conmigo. Así no estaremos solitas. ¡Jo, mami!

—I. C. E. P. —soltó Sonia molesta.

Can, al oír eso y ver cómo se miraban, preguntó curioso:

—Eso no es español..., ¿qué quiere decir?

La niña, ofuscada por lo que entendía en la mirada de su madre, respondió:

—Me ha dicho con muy mala leche: «Ibiza, cierra el pico».

—¡Ibiza! —la regañó Sonia. Su hija era tan impulsiva como ella, cuando quería conseguir algo, iba a por ello, e insistió—: Vale ya o me voy a enfadar.

Según dijo eso, Can sonrió. Los morritos de aquellas dos al mirarse eran exactamente los mismos, y Sonia, para intentar quitarle dramatismo al momento, dijo:

—Cariño, seguro que Can tiene cosas mejores que hacer.

—¿Qué hay mejor que estar con nosotras?

—¡Ibiza! —volvió a gruñir ella sin dar crédito.

Can las escuchaba divertido y, viendo que o intervenía o se enzarzarían en una discusión, musitó dirigiéndose a la cría:

—¿Tú quieres que vaya?

Sonriendo, la niña asintió. Instintivamente, la cría puso entonces su dedo pulgar ante él, y Can, al entender ese gesto, pegó el suyo al de ella y aseguró:

—Pues iré.

—¡Chupiiiiiiiiiiiiiiiiiiiiii! —Saltó feliz a abrazarlo mientras Sonia los miraba con gesto serio.

Instantes después, la cría, para quitarse de en medio antes de que su madre le dijera nada, agarró a *Chester* y se marchó.

—Oye, en serio —dijo entonces Sonia—. Olvídalo. No tienes por qué venir... Por Dios, qué cabezota es esta niña.

Can sonrió. Lo que más le apetecía en el mundo era aquello, pero, intentando no exteriorizarlo, añadió burlón:

—Lady Stark..., no tengo claro cuál es mi cuadrante de viajes para dentro de dos semanas, pero, sea cual sea, te aseguro que podré arreglarlo.

—Oh, Dios... —musitó ella avergonzada.

En ocasiones Ibiza la metía en algunos compromisos.

—A ver, Can —insistió mirándolo—, de verdad, de verdad, no tienes que...

Pero no pudo acabar, pues él le puso un dedo en los labios y dijo:

—S. C. E. P.

Sorprendida porque él utilizara aquellas siglas para decirle «Sonia, cierra el pico», sonrió y él, perdiéndose en aquellos ojos negros tan hechizantes, dijo haciendo lo posible por evitar besarla:

—Como bien me dijiste una vez, si no cumplo con lo prometido puedo romper un corazón, y no tengo la menor intención de hacerlo.

Oír eso hizo reír a Sonia, que indicó suspirando:

—De acuerdo. Te soportaré.

—¡Tendrás morro...!

Sonia cogió la botella de agua y se la tiró por encima. Dos segundos después Can estaba sobre ella, empapándola, mientras ambos no paraban de reír sin saber si besarse o no.

Capítulo 34

La siguiente reunión con Milena Brasquian, la propietaria y directora de la revista *Only for You*, fue de lujo y cuando, tres días después, se organizó el reportaje en las oficinas, Ginger, emocionado, cómo no, se quería marimorir.

Los padres de Sonia hablaron y, a pesar del drama que montó Albany, la decisión ya estaba tomada: iban a divorciarse.

Saber eso apenó a todas sus hijas. No era plato de buen gusto pasar por aquello, pero sin duda era lo que tocaba.

Por su parte, Cynthia prosiguió su relación con Israel. Incluso se lo presentó a su padre. Charles, emocionado por ese detalle, se lo agradeció a su hija, y aunque Albany volvió a poner el grito en el cielo al enterarse, a él le dio igual. La felicidad de Cynthia era lo primordial.

Can y Sonia volvieron a encontrarse un par de veces más. Quedar con Carol suponía ver a Can y, aunque a Sonia le costaba, porque ese hombre cada vez la atraía más, mantenía el tipo hablando con los amigos de aquéllos, que nada tenían que ver con los suyos, mientras él, sin apenas acercársele, charlaba con otras personas.

El viernes, tras una semana de duro trabajo, Ginger se llevó a Ibiza y a *Babas* a su casa, pues Sonia había quedado con Stacy, Samuel y un compañero de éste para asistir a una cena.

Aquellas citas a ciegas nunca le habían gustado, pero, consciente de que Stacy necesitaba que le hiciera el favor, prosiguió arreglándose mientras mentalmente se decía que no regresaría muy tarde. Cenaría y poco más.

Una vez que se puso un vestido negro de escote barco con una abertura lateral y unos bonitos tacones, se miró en un espejo, movió la pierna y ésta apareció por el lado del vestido. ¡Qué sexy estaba! Y eso la hizo recordar a Can.

¿Qué pensaría si la viera vestida así?

Y, sin dudarlo, caminó hacia el cajón donde tenía la liga negra y se la puso.

¿Por qué no?

Sabía que no iba a hacer nada con el tipo con el que había quedado, lo tenía claro. Pero llevar aquella liga y pensar en Can en cierto modo la provocaba.

Antes de salir por la puerta se miró en el espejo y, sacando la pierna por el lateral, vio la liga y sonrió.

¡Sexy!

Tras coger su coche e ir a donde Stacy le había indicado, aparcó el vehículo y caminó hasta el restaurante donde se celebraba la cena.

Al entrar miró a su alrededor, localizó a su amiga y sonrió. Ver a Stacy reír mientras se comunicaba como podía con Samuel la reconfortaba, y más aún cuando vio cómo él la abrazaba. Con curiosidad, observó al tipo que estaba con ellos. Era alto, tenía el pelo castaño y una bonita sonrisa. No estaba mal.

—Ehhhh —saludó Stacy al verla.

Encantada, Sonia sonrió al acercarse al grupo y movió las manos del modo en que Stacy le había indicado y que significaba «hola».

De inmediato, Samuel y el hombre que estaba a su lado la saludaron, y el desconocido dijo mirándola:

—Soy Greg. Tú debes de ser Sonia, ¿verdad?

Ella asintió; Samuel, dándole un golpe a aquél en la espalda, movió las manos y Greg, riéndose, aclaró a las dos chicas, que lo miraban:

—Samuel dice que debería haber esperado a que Stacy me presentara.

—Pues sí, Greg, ¡eres un ansioso! —se mofó ella.

Eso hizo reír a todos, y más cuando Greg, encantado por encontrarse con una chica tan bonita como Sonia, afirmó:

—Vale..., vale..., tenéis razón.

Instantes después, Stacy y Samuel se metieron en su propia burbuja de comunicación y Sonia, mirando a Greg, que le había pedido algo de beber, preguntó:

—¿Tú también eres médico cooperante como Samuel?

Él asintió.

—Ortopedista, para ser más exactos.

A continuación algunas personas se acercaron a saludarlos. Eran compañeros de Samuel y de Greg, y éstos encantados presentaron a Stacy y a Sonia. Rápidamente ella se dio cuenta de que Greg era muy simpático. Y, lo mejor, no la incomodó con miraditas ni insinuaciones en ningún momento.

El restaurante donde se organizaba el evento fue llenándose poco a poco. Sin duda era algo importante para ellos y, tras sentarse todos, dio comienzo la cena.

En el transcurso de la noche, Greg y Sonia cogieron más confianza y éste le explicó cuál era su trabajo cuando estaban de misión. Ella lo escuchó sin perderse detalle, puesto que la tarea de Greg y Samuel le resultaba muy interesante.

Tras varios discursos y agradecimientos por parte de personas que se levantaron a hablar, alguien propuso ir a tomar algo a otro local. Sonia estaba bien. Greg era un tipo muy educado, y lo pensó.

¿Por qué no?

Durante horas rieron y bailaron hasta que, estando sentada, notó que su bolso, que tenía sobre las piernas, vibraba. Al abrirlo, leyó el nombre de su hermana en la pantalla y eso la asustó.

Eran casi las dos de la madrugada, por lo que, levantándose, fue a toda prisa hacia la puerta para que la música no interfiriera y, tras descolgar, preguntó:

—Brooke, ¿qué pasa?

La aludida resopló.

—Tata, disculpa que te llame a estas horas, pero...

—¿Qué pasa? —la cortó—. ¿Mamá y papá están bien?

Consciente del susto que le estaba dando, Brooke afirmó sin levantar la voz:

—Tranquila, están perfectamente, pero yo te necesito.

—¿Por qué hablas tan bajito? —insistió inquieta por aquélla.

Su hermana resopló.

—Necesito pedirte un favor.

Sonia asintió.

—¿Se puede saber qué pasa?

Brooke bufó y, mirando desde la cocina al salón, cuchicheó:

—¿Te acuerdas de que te dije que me lie con Raissa Drogo?

Sonia asintió para sí. ¿Cómo no iba a recordarlo? Pero, intentando hacerse la olvidadiza, no contestó, y Brooke insistió:

—Joder, tata, la hermana del comandante.

Bien sabía ella de quién le hablaba, e indicó:

—Ah, sí... Ahora sí. ¿Y qué pasa?

—Pues pasa que comenzamos a salir.

—Nooooooooooooo...

—Sí.

—Y esta noche, tras estar en Claque, nos hemos venido a mi casa y..., ¡joder!, ya no sé qué hacer. No para de meterse cocaína, ¡es una máquina! Y tampoco para de llorar por no sé qué de su exnovia. Y, tata, ¡estoy agobiada! Raissa me gusta mucho, ¡pero ya no sé qué hacer! Sin embargo, tampoco quiero echarla de casa porque, tal y como está, me da miedo que pueda hacer una tontería... ¿Qué hago?

—Joder, Brooke... —musitó Sonia. Y, tras suspirar, preguntó—: Vale, entiendo que es un marrón lo que tienes ahora mismo, pero ¿se puede saber en qué puedo ayudarte yo?

Brooke, que observaba desde la cocina cómo Raissa esnifaba otra raya de coca, susurró:

—Cynthia me dijo que te vio con su hermano, el comandante, en el parque...

—Joder, con Cynthia —protestó Sonia tocándose la liga por encima del vestido.

Y, cuando iba a decir algo, Brooke insistió:

—Ya sabes que es un poco alcahueta, como mamá. Pero, oye..., qué calladito te lo tenías, ¡¿ehhhh, picarona?! No, si tonta no eres..., pedazo de tío, y mira que a mí no me van, pero sé reconocer cuando uno es digno de admirar, ¡y el comandante lo es!

Sonia resopló.

—Fue un encuentro casual.

—Y yo soy japonesa.

Ella sonrió divertida y afirmó pensando en el pelo rojo de su hermana:

—¡Tienes toda la pinta!

Brooke se carcajeó.

—Qué fuerte. Además de hermanas, ¡podríamos ser cuñadas!

—Brooke, ¡déjate de tonterías! —gruñó Sonia.

La aludida sonrió y luego cuchicheó:

—Déjate tú de tonterías. Ibiza me contó la noche que me la quedé en casa que ese guaperas ha estado en la vuestra, que os habéis visto más veces y que incluso tienes su teléfono y...

—Pero ¿cómo sois tan cotillas? —preguntó sin dar crédito.

Brooke sonrió al oír eso, pero, al ver que Raissa volvía a llorar desconsoladamente, indicó:

—Ay, Dios... Necesito que llames a Can y que venga a ayudarme con su hermana.

—¿A estas horas? Pero ¿tú estás tonta?

Brooke entendía lo que le decía: eran las dos de la madrugada.

—Raissa es una máquina de esnifar cocaína y tengo miedo de que le pase algo —insistió aun así—. Por tanto, me da igual la hora que sea..., ¡llama al comandante!

—Oye...

—Por favor..., por favorrrrr...

Sonia resopló. Menuda papeleta tenía su hermana en su casa y, al final, consciente de que lo mejor sería avisar al hermano de aquélla, accedió:

—De acuerdo.

Brooke suspiró aliviada, pero entonces Sonia preguntó:

—¿Y si no me coge el teléfono?

Sin dudarlo, su hermana replicó:

—Pues si no te lo coge, ¡mala suerte! Al menos lo habremos intentado.

—Joder —musitó ella apurada.

Pero Brooke necesitaba resolver su problema, e insistió:

—Aun así necesito que vengas. Por favorrrrrrrrr... Ven y habla con ella. —Sonia no contestó y aquélla pidió desesperada, viendo a Raissa llorar—: Tata, necesito que vengas a ayudarme a quitarle la bolsita de cocaína que lleva en el bolsillo del pantalón. Lo he intentado, pero es imposible. Quizá entre las dos podamos.

Sonia suspiró. Raissa y su hermana la necesitaban, y finalmente dijo:

—Vale. Lo llamo y voy para allá.

Una vez que colgó el teléfono, buscó en su lista de contactos el nombre de Can, y al encontrarlo resopló.

¿Por qué tenía que llamarlo a esas horas?

Pero, consciente de que lo necesitaban para que las ayudara con Raissa, cogió fuerzas y marcó su número.

Un timbrazo..., dos..., tres..., cuatro...

¿En serio no se lo iba a coger?

Capítulo 35

Can estaba tomándose algo con unos amigos en Monchestino, un local de copas muy animado de Londres, donde había conocido a una guapa mujer. Mientras reía con aquélla, vio que su teléfono se iluminaba sobre la barra. Eso le extrañó. Eran más de las dos de la madrugada. ¿Quién lo llamaba a esas horas?

Al mirar y ver el nombre que aparecía en la pantalla, parpadeó. «¿En serio?»

Pero, cogiendo el móvil, le pidió un segundo a la mujer, se alejó y contestó:

—Lady Stark..., ¿qué pasa?

—Hola —dijo Sonia apurada al oír su voz—. Siento llamarte a estas horas.

—Sorprendido me dejas.

—Más sorprendida estoy yo —gruñó al percibir que sonreía.

Se quedaron unos segundos en silencio y luego él, inquieto, preguntó:

—¿Qué ocurre? ¿Os pasa algo a ti o a la niña?

Saliendo al exterior del local, Sonia resopló y finalmente respondió:

—Ibiza y yo estamos bien. Pero debo decirte algo que quizá no te vaya a gustar... El caso es que mi hermana Brooke y tu hermana Raissa están... saliendo y...

—Lo sé.

—¿Lo sabes? —soltó ella boquiabierta—. ¿Desde cuándo lo sabes?

Can suspiró y, sin ganas de dar explicaciones, dijo mirando a la mujer que lo observaba desde la barra:

—¿Qué pasa? ¿Por qué me llamas?

—Tu hermana y la mía están juntas en casa de Brooke... —contestó Sonia dubitativa.

—¡¿Y...?!

—Y..., bueno, Brooke me ha llamado algo angustiada porque Raissa no para de llorar por algo de su exnovia y no deja de meterse cocaína... —De inmediato, Sonia lo oyó maldecir y, horrorizada, añadió—: Ay, Dios..., me sabe fatal tener que llamarte a estas horas de la noche para esto, pero Brooke necesita que vayas a echarle una mano con tu hermana porque se está asustando y no sabe qué hacer con ella.

Al oír eso, Can maldijo de nuevo. Su hermana le había prometido que no volvería a las andadas y, consciente de lo que tenía que hacer, repuso:

—Que no te sepa mal, has hecho lo correcto. ¿Dónde está Raissa?

Sonia le dio enseguida la dirección de la casa de Brooke y, antes de colgar, indicó:

—Nos vemos allí.

Acto seguido, entró de nuevo en el local. Tras sortear a varias personas llegó hasta donde estaban Stacy con Greg y Samuel y, acercándose a ellos, anunció:

—Tengo que marcharme.

—¿Qué pasa? —preguntó Stacy mirándola.

—Una urgencia familiar. Nada grave, pero he de ir.

Todos propusieron acompañarla, pero Sonia se negó y, tras despedirse de ellos, cuando caminaba por la calle en busca de su coche, un vehículo se detuvo a su lado y, abriendo la puerta, el conductor dijo:

—Entra. Yo te llevaré.

Era Greg, y ella, agachándose, repuso:

—Greg, voy a por mi coche y...

—Sé lo que vas a decir, pero me niego. Las urgencias familiares ¡son urgencias! Entra y te llevaré. ¿Necesitas un médico?

Sonia lo pensó. Quizá... Pero, no queriendo empeorar el problema, respondió:

—No. No es tan grave.

Ambos se miraron y finalmente Sonia subió al coche de aquél y, en cuanto le dio la dirección de su hermana, mientras se ponía el cinturón de seguridad iba a hablar cuando Greg preguntó:

—¿Lo has pasado bien?

Aquella simple pregunta la hizo sonreír y, dispuesta a ser sincera con él, que le había caído tan bien, contestó:

—Lo he pasado muy bien, Greg..., pero ni busco ni quiero una relación.

Él asintió riendo y luego suspiró.

—Ni te imaginas lo tranquilo que me deja oír eso. —Ella lo miró extrañada y él añadió—: Me has caído fenomenal, pero en ningún momento he pretendido que mi amabilidad pudiera ser considerada otra cosa. —Sonia sonrió, le encantaba la gente clara; entonces éste aclaró—: En mi último viaje he conocido a una enfermera militar y estoy deseando regresar para volver a verla. Pero Samuel se puso tan pesado con esta cena que no pude decir que no.

—Espero no haber sido una petarda... —replicó ella.

Ambos rieron y luego Greg indicó:

—Bien sabes que no.

Cuando llegaron frente al portal de Brooke, él paró el coche y Sonia, tras acercarse a él para darle dos besos, musitó:

—Gracias por esta noche y por traerme hasta aquí, y espero que puedas volver a ver pronto a esa enfermera militar.

—Más pronto que tarde —afirmó él. Y, pasando con cariño la mano por la cabeza de aquélla, indicó—: Gracias a ti por esta estupenda noche.

Ambos se sonrieron y, una vez que la joven salió del vehículo y él arrancó, le dijo adiós con la mano desde la acera. Cuando Greg se marchó, Sonia dio media vuelta y se encontró con Can frente al portal de su hermana. Estaba impresionante con aquella camisa negra y el pantalón gris marengo. Se pusiera lo que se pusiese, aquel tipo derrochaba sensualidad por todos sus poros, e, intentando no ponerse nerviosa, saludó:

—Hola.

Can, que había presenciado la escena del coche, al verla tan peripuesta con aquel vestido y los taconazos, preguntó:

—¿Era tu cita?

—Sí —contestó ella sin querer dar más explicaciones.

Luego llamó al portero automático de su hermana, la puerta se abrió y los dos entraron en el portal. Subieron en silencio hasta la segunda planta y, cuando abrió, Brooke los miró a ambos y musitó:

—Menos mal que habéis venido. Ya no sabía qué hacer.

Can asintió y, al ver que ella se echaba a un lado para que pasara, sin dudarlo lo hizo. En cuanto entró, vio a su hermana en el salón y, con paso seguro, caminó hacia ella.

—Raissa, ¿se puede saber qué haces?

La aludida rompió a llorar con más fuerza al verlo mientras Can se sentaba junto a ella para abrazarla.

Sonia y Brooke observaban la escena desde la puerta hasta que la primera propuso:

—Vayamos a la cocina para dejarles un poco de intimidad y me cuentas.

En la cocina, Brooke le contó a su hermana el motivo de aquellas lágrimas. Al parecer, Raissa se había encontrado con su exnovia, Amélie, y ésta le había dicho que se casaba al cabo de dos meses con la mujer por quien la había dejado. A Raissa no le había caído nada bien la noticia, y de ahí su desesperación.

—Pobre... —murmuró Sonia. Sabía lo mal que se pasaba por tema de amores.

Por culpa de Manuel, el padre de Ibiza, ella había sufrido mucho. Sólo sus más allegados fueron testigos de sus amargas lágrimas, hasta que un día, sin saber por qué, al fin entendió que no merecía la pena llorar por quien ni la quería ni lo merecía.

Veinte minutos después, las dos hermanas entraron en el salón. Raissa y Can hablaban, y éste indicó:

—Raissa, ya no sé cómo decírtelo, pero tienes que superarlo. No puedes seguir pensando en ella como si aún fuera tu pareja. Amélie ha decidido continuar su vida sin ti y tú has de respetarlo, por mucho que te duela, y vivir tu vida sin ella.

—Lo hago. Pero ¿cómo puede casarse con otra?

—No lo sé. Pero, por duro que suene, ella lo ha decidido así.

—Raissa se tapó los ojos. Para Can, ver a su hermana en ese estado no era fácil. Y, tocándole la pierna con cariño, declaró—. Siento ser tan directo, pero, por favor, sé consciente de ello. No puedes continuar así. —Y, señalando el billete enrollado que había sobre la mesa, con el que sabía que había esnifado cocaína, insistió—: ¿De verdad quieres esa vida de mierda para ti?

Raissa negó con la cabeza. No, no quería seguir siendo la mujer que estaba siendo últimamente, pero, incapaz de ver con claridad, insistió:

—¿Cómo puede casarse con Tina dentro de dos meses?

—Raissa...

—¿Cómo puede haberse olvidado de mí tan rápido?

Can no supo qué responder. Nunca se había enamorado para entender el estado de locura de su hermana, y estaba pensando qué decir cuando Sonia, sentándose al otro lado de Raissa, terció:

—Quizá me meta donde no me llaman, pero, en mi opinión, ella nunca te quiso ni como te mereces ni como tú la quisiste a ella. Porque quien te quiere de verdad no te olvida de un día para otro y, menos aún, rehace su vida sin pensar en ti.

—Me siento sola..., estoy muy sola... —murmuró Raissa mirándola.

—Eh..., ¡yo estoy aquí! —replicó Brooke al oírla.

—Raissa... —susurró Can.

Ver el miedo en los ojos de Can le aceleró el corazón a Sonia, y, dirigiéndose a aquélla, añadió:

—No mereces morir por alguien que no moriría por ti... Piénsalo. —Y, recordando sus propias vivencias, agregó—: En ocasiones la vida puede ser muy cabrona, pero ¿qué es fácil en esta vida? —Raissa no contestó y ella, tras mirar a su hermana, señaló—: Yo misma tuve una gran decepción en el pasado. Me enamoré locamente del hombre equivocado: el padre de mi hija. Pero, ¿sabes?, él, con sus actos, me demostró que nunca había estado enamorado de mí porque tan sólo fui una más.

—Lo siento... —murmuró Raissa con gesto triste.

Sonia sonrió y, cogiéndole una mano, continuó mientras sentía la mirada de Can clavada en ella.

—Como tú, lo pasé mal al principio. Piensas mil tonterías. Ves cosas donde no las hay. Crees que el mundo se acaba si no estás con esa persona. Pero al final, un día, sin saber por qué, consigues centrarte y ver la realidad. Te aseguro que no es plato de buen gusto sentir que te han roto el corazón, y menos estando embarazada como lo estaba yo. Pero, cuando fui consciente de la realidad, de que debía quererme y de que por ese tío imbécil yo no tenía que estar así, fue cuando comprendí muchas otras cosas.

—¿Qué cosas? —preguntó Raissa.

Con gracia, Sonia se retiró el flequillo de los ojos e indicó:

—Lo primero, me di cuenta del padre y las estupendas hermanas que tenía y de lo mucho que me querían. Lo segundo, que yo valía mucho y merecía en mi vida a alguien mejor que la persona que me había roto el corazón. Y lo tercero, que no tenía ninguna necesidad de querer a esa persona que no me quería a mí.

—Ésa es mi hermanita —afirmó Brooke orgullosa.

Sonia sonrió y, tras intercambiar una mirada con Can, que la escuchaba con atención, agregó:

—El amor en una pareja, al menos como lo entiendo yo, ha de ser un cincuenta, cincuenta. Y si no recibes ese cincuenta que tú das, créeme que no merece la pena. De ahí que yo siga sola en la vida. Pasé de ser la mujer más romántica que había en el planeta a la más práctica, egoísta y exigente. Lo soy tanto desde que acabé con esa relación que... —Brooke, Can y Raissa la miraban atentamente cuando ella, sonriendo, añadió—: El desamor que viví me ayudó a comprender que los seres humanos cuidamos lo que nos interesa y descuidamos lo que nos estorba. Así que, si no te sentiste cuidada a pesar de los cuidados que tú le procuraste a esa mujer, ¿de verdad vale la pena sufrir por ella? ¿No crees que te mereces a alguien mejor?

Can, sorprendido por las cosas que decía, sonrió, y Raissa murmuró:

—Visto así..., tienes razón.

Sonia asintió y, encogiéndose de hombros, indicó:

—Como suele decirse, más vale estar sola que mal acompañada. Y te lo digo yo, que estoy sola y feliz con mi hija.

—Ibiza es preciosa —murmuró Raissa.

Sonia asintió, lo sabía, e insistió sin percatarse de que, al moverse, el vestido había dejado al descubierto una parte de la liga negra y Can la observaba sorprendido:

—Ahora es momento de que seas positiva y pienses en ti. Incluso de que seas algo egoísta y te quieras mucho porque tú lo vales. Y, oye, quien no lo haya querido, ¡que le den! —Raissa sonrió—. Ahora es momento de continuar con tu bonita vida y tus maravillosos planes, porque seguro que tienes cientos de planes por cumplir, ¿verdad? —La joven asintió y Sonia prosiguió—: Créeme cuando te digo que ciertos momentos de soledad te hacen aprender más que estando en compañía. No te aferres a eso que te hace infeliz y te rompe el corazón porque arruinarás tu vida. Amaste a esa mujer, lo sabemos. Pero, dime, ¿por qué has dejado de amarte a ti misma?

Can la escuchaba encantado. Su manera de explicarse con su hermana estaba siendo increíble. Su sensatez lo tenía totalmente abducido. Entonces la oyó decir:

—¿Acaso merece la pena verte como estás y saber que ella sigue con su vida tan feliz? —Raissa negó con la cabeza y Sonia, recordando algo que Can le había contado, añadió—: Tienes unos padres y unos hermanos que te quieren. En cuanto Can se ha enterado de que lo necesitabas lo ha dejado todo para venir a tu lado. —La chica miró a su hermano y ambos se sonrieron—. Y también tienes un ángel que desde el cielo seguro que te está gritando que vivas la vida y seas feliz por ella y por ti. —Oír eso emocionó a Can y a Raissa. Sin duda hablaba de Alina, su hermana fallecida, e, intentando no emocionarse ella también, añadió—: Y, sin conocerte, estoy convencida de que a tu alrededor tienes a cientos de personas que te quieren una barbaridad y a muchas mujeres que estarán como locas por conocerte.

—Yooooo —musitó Brooke levantando un dedo.

Un silencio cargado de emoción se apoderó de la estancia, y a continuación Sonia indicó:

—¿De verdad vas a permitir que el hecho de que una persona no te quiera arruine tu vida? —Raissa negó de inmediato con la cabeza y Sonia sentenció—: El desamor es una gran lección de vida, y lo mejor que puedes hacer es aprender, porque perder a quien no te quiere no es perder... Y ahora que he sido correcta en todas mis palabras, sacaré mi parte incorrecta e impulsiva sólo para decirte ¡que le den por culo a esa tía y sé feliz! Folla con quien te dé la gana y disfruta, ¡que la vida son dos días y uno ya lo hemos vivido!

A Can el corazón le iba a toda velocidad. La magia de esa mujer lo tenía hechizado. Cada una de las palabras que Sonia había empleado para hablar con su hermana le había llegado directamente al corazón. Y, si antes pensaba que era única e inigualable, tras escucharla, lo reafirmaba. Tenía que conocerla más a fondo. Estaba pensando en ello cuando Brooke musitó:

—Qué bien hablas, tata, y secundo eso último que has dicho.

Raissa, que como los otros había escuchado en silencio, asintió y, acercándose a Sonia, la abrazó. Can y Brooke, al ver aquello, se miraron y se sonrieron.

Mientras la abrazaba, Raissa pensó en los meses que habían pasado desde que Amélie la dejó. Ella sola se había metido en un bucle de cocaína y autodestrucción que la estaba rompiendo en mil pedazos. Pero, tras oír a Sonia, de pronto supo que eso tenía que cambiar y, separándose de ella, susurró:

—Gracias. Escucharte me ha hecho ver lo idiota que estoy siendo.

La joven sonrió; entonces Raissa, retirándose las lágrimas que corrían por sus mejillas, se sacó del bolsillo la bolsita de cocaína que guardaba y, mirando a su hermano, se la tendió y dijo:

—Lo siento. Y esta vez te juro por nuestro ángel que esto se ha acabado.

Oír que juraba por aquella a la que tanto seguían queriendo a Can le puso el vello de punta. En todo ese tiempo él nunca la había mencionado, pero quizá la alusión de Sonia había cambiado las cosas. Y, tras coger aquello y evitando emocionarse, musitó:

—Ni te imaginas lo feliz que me hace saberlo.

Una hora después, con Raissa totalmente convencida de su cambio, y tras tirar la cocaína por la taza del váter, mientras hablaba con Brooke, Can miró a Sonia e, intentando omitir que le había visto la liga puesta, susurró:

—Quien tiene magia no necesita trucos. —Al oír eso, ella lo miró sorprendida, y éste preguntó—: ¿Ya te sientes mejor?

Ella no lo entendió, y Can aclaró:

—El otro día, en el parque, te encontrabas rara...

Sonia asintió y sonrió. Que se acordara de aquello era un detalle.

—Sí —repuso—. Perfectamente. Te dije que se me pasaría.

Can asintió y, sin apartar la mirada de la suya, continuó:

—Tus palabras han sido de lo más acertadas. Yo nunca me habría expresado tan bien como lo has hecho tú.

Sonia lo miró y luego preguntó sin tapujos:

—¿Alguna vez te has enamorado y te han roto el corazón?

Sin necesidad de pensarlo, el comandante respondió:

—No.

Saber eso hizo que Sonia asintiera y, con naturalidad, respondió:

—Superar un desamor no es fácil. Crees que el mundo es una mierda, que no vas a poder vivir un día sin esa persona especial. Pero, cuando te paras a pensar y te propones superarlo, comienzas a ver la vida de un modo diferente en muchos sentidos, y es entonces cuando entiendes eso que suele decirse de que quien realmente te quiere nunca te hace llorar.

Can asintió y ella, al ver cómo la miraba, añadió:

—Lo importante es que se dé cuenta de que tiene que seguir adelante y sobre todo apoyarse en quien la quiere y ¡quererse!

Can asintió e, incapaz de callar, repuso:

—El padre de Ibiza fue un imbécil y algún día se dará cuenta de lo que perdió.

Sonia lo miró al oír eso. Ella estaba convencida de lo mismo y, sonriendo, afirmó guiñándole un ojo:

—Eso espero. Porque, mira, aunque suene mal, ¡como yo no hay dos!

Esa afirmación los hizo sonreír a ambos.

—De eso no me cabe ninguna duda —susurró Can. Ella rio divertida y luego él añadió—: ¿Puedo proponerte algo?

Con un gracioso gesto, la joven asintió y Can murmuró:

—¿Querrías cenar conmigo algún día? —El gesto de Sonia debió de ser de sorpresa total, porque él agregó nervioso como un crío de quince años—: No te digo fecha porque mañana por la noche salgo de viaje y tardaré unos días en regresar. Pero, cuando vuelva, ¿qué te parece?

Oír eso era lo último que esperaba e, intentando no acelerarse, dijo recordando algo:

—El viernes que viene estaremos juntos y seguro que Ibiza se empeñará en que cenemos..., ¿lo has olvidado?

Can negó con la cabeza. No, no lo había olvidado, e insistió:

—Estará Lady Mini Stark. Y lo que yo te propongo es una cena tú y yo solos.

—Solos... —musitó ella.

Sin apartar la mirada de ella, Can asintió.

—Sí.

Un calor extraño le recorrió el cuerpo a Sonia, que dijo en voz baja:

—Lo que ocurrió no volverá a suceder.

—¿Quién está hablando de sexo? —Y, sin pensar, soltó—: ¿Acaso no podemos quedar, cenar, pasear, tomar algo escuchando buena música y charlar?

Según terminó de decir eso, se sorprendió a sí mismo. En la vida había quedado con una mujer con la que no hubiera terminado teniendo sexo. ¿Por qué lo habría dicho?

Bloqueada por su propuesta, ella negó con la cabeza. No, no, no, romanticismos ¡no!, y, dispuesta a sacarlo de sus casillas, musitó:

—Rey..., no.

Al oír ese apelativo y ver su cara, Can de pronto entendió que lo había dicho para evitar el tema y, sin dejarse influenciar, indicó:

—Me atraes y sé que yo te atraigo a ti. Quiero conocerte.

Al oír eso, ella lo miró haciéndose la sorprendida.

—¿Quién te ha dicho que tú me atraes a mí?

Can sonrió, un gesto que a Sonia no le gustó, y soltó:

—Eres un engreído. A ver si te crees que todas tenemos que caer rendidas a tus pies porque tengas un físico asquerosamente provocador.

Can siguió sonriendo. Esa manera suya de responder lo volvía loco, así que, dejándose llevar, soltó:

—Estos días he pensado en ti.

—Pobre... —se mofó Sonia.

—Incluso diría que hasta he soñado contigo.

—Peor para ti.

—Mujerrrrr...

—¿Acaso aparezco en tus pesadillas? —insistió ella.

Asombrado por su reticencia, recordando algo que ella había dicho antes, preguntó:

—¿Has dicho que eras romántica?

Al oír eso, ella lo miró y matizó:

—Era..., tú lo has dicho. ¡Era!

Can asintió. Él siempre había sido detallista, pero nunca romántico. Y, sin entender por qué insistía con aquélla a pesar de sus continuas calabazas, declaró:

—Me gustas.

A cada instante más bloqueada por las cosas que él le decía y que llevaba mucho tiempo sin oír, sin saber por qué, Sonia murmuró:

—Pero ¿cómo te voy a gustar?

El comandante levantó entonces las cejas y, al ver cómo ella lo miraba, preguntó:

—¿Por qué no me puedes gustar?

Sonia buscó en su cabeza mil explicaciones, pero se dio cuenta de que todas tenían que ver con el físico. Ella no era como las increíbles mujeres con las que él salía. No obstante, ¿desde cuándo ella se preocupaba por eso? Y, no queriendo entrar, soltó:

—Mira, me caes muy bien, pero no funcionaría.

—¿De verdad crees que, porque un hombre te decepcionara en el pasado, todos somos así?

Esa pregunta, que no esperaba, la dejó sin palabras. ¿En serio aquel tipo le estaba preguntando eso? Y, deseosa de terminar con aquella tontería que le estaba haciendo palpitar el corazón como desde hacía años que no le pasaba, finalmente soltó:

—Mira, a riesgo de que pienses que soy la tía más tonta del mundo, voy a ser sincera contigo, ¿vale?

Can se apoyó con gracia en el quicio de la ventana y a continuación afirmó:

—Vale.

Y, a pesar de lo nerviosa que él la ponía, Sonia se centró en parecer una mujer segura de lo que decía.

—Desde mi punto de vista, eres un piloto creído y guaperas que con chasquear los dedos consigue a las mujeres que quiere, y yo de esa clase de neandertales que se creen el rey del mambo ¡paso! Sinceramente, los tíos como tú nunca traen nada bueno.

Can clavó los ojos en ella. Ninguna mujer lo había puesto a caer de un burro como lo estaba haciendo ella con cuatro palabras.

Que se le resistiera tanto era un puro imán para él, y que le dijera eso lo jorobó. ¿En serio lo veía tan superficial?

Y, cuando iba a responder, Raissa se acercó y preguntó mirando a su hermano:

—Entonces ¿me voy a dormir a tu casa?

Can asintió y ella, suspirando, afirmó:

—Pues venga, vámonos. Es tardísimo y estoy molida.

Eso hizo sonreír a Sonia, pero a Can no.

—Tata, ¿te quedas aquí? —preguntó Brooke.

Rápidamente Sonia pensó en la posibilidad de quedarse, pero al final dijo:

—No.

Brooke y Raissa se alejaron entonces hacia la habitación para hablar de sus cosas, y Sonia, desbloqueando el teléfono, cuchicheó:

—Llamaré a un taxi.

—¡Ni hablar! —sentenció Can quitándole el móvil—. Nosotros te llevaremos a tu casa.

—No hace falta —replicó ella arrebatándole el teléfono.

—Sí, sí hace falta —afirmó Can con decisión—. Seré un piloto creído y un neandertal, pero mis padres me enseñaron educación.

Sonia suspiró. Sin duda lo que había dicho no le había caído bien y, mirándolo, sin un ápice de arrepentimiento soltó:

—No voy a mi casa.

Al oír eso, él frunció el entrecejo. ¿Cómo que no iba a su casa? Saber eso no le hizo ninguna gracia y, sin poder evitarlo, preguntó con acidez:

—¿Vas a continuar tu cita para que te quiten nuestra liga?

Al percatarse de que él se había dado cuenta de que la llevaba puesta, Sonia preguntó sorprendida:

—¿Nuestra liga?

Can maldijo. Era la primera vez que tenía ese sentimiento de propiedad con alguien, y ella, sin poder remediarlo, indicó:

—Oye, que la mujer me regalara la liga estando contigo y tú eligieras el color no significa que sea «nuestra».

—Teníamos la custodia compartida... —soltó él sintiéndose ridículo.

Sonia lo miró y, con toda la mala baba del mundo, se quitó a toda velocidad la liga, se la tiró a las manos y, una vez que él la cogió, soltó:

—Tema solucionado. Ahora la custodia es tuya. Póntela cuando quieras.

Cinco minutos después, tras despedirse de Brooke, Raissa, Can y ella llegaban al coche de él. Rápidamente Sonia se sentó en el asiento trasero. Quería dejar que los hermanos fueran juntos delante y, tras indicarle la dirección a Can, éste, sin hablar pero mirándola a través del espejo retrovisor con cierto malestar, arrancó el vehículo y se puso en camino.

Al llegar a su destino, él observó el edificio con cierto desagrado y Sonia, con prisas, dijo abriendo la puerta del vehículo para salir:

—Gracias por traerme, chicos. Adiós.

Molesto por aquella despedida tan impersonal, por negarse a cenar con él y por quedarse en aquella casa que no sabía de quién era, el comandante simplemente asintió con la cabeza y, cuando Sonia cerró la puerta, sin esperar un segundo, arrancó y se marchó enfadado.

Al ver el coche alejarse con el corazón latiéndole a toda mecha,

Sonia maldijo. Desde que había decidido cerrarle la puerta al amor por culpa de Manuel, ningún hombre le había hecho sentir lo que aquél. Pero ¿qué le ocurría con el piloto?

Pero, sin querer seguir pensando en ello, sacó de su bolso unas llaves y abrió la puerta principal del edificio. Después subió hasta la séptima planta en el ascensor y, una vez allí, abrió con las llaves la puerta D.

Tras entrar en la bonita y colorida casa, se quitó los zapatos en el salón. Después el vestido y, sin hacer ruido, caminó hasta la primera habitación de la derecha. Al entrar sonrió al ver a Ibiza profundamente dormida. Con mimo, le dio un beso en la frente.

¡Qué bonita era su niña!

Sopesó meterse en la cama con ella, pero, recordando las patadas que daba, pensó en dejarlo para otro día. Estaba cansada. Por ello, caminó hasta la habitación del fondo, donde, al entrar, una majestuosa y enorme cama *king size* la hizo suspirar de placer. Y, en cuanto se metió en ella, oyó:

—Mancharás las sábanas de maquillaje.

Sonia sonrió y, cansada, cuchicheó:

—Prometo quitar las sábanas cuando me levante y lavarlas.

Ginger sonrió a su vez y, viendo la hora que era, susurró:

—Lagarta, son casi las seis de la mañana. ¿Qué horas de llegar son éstas?

Sonia no respondió y Ginger, acercándose para olfatearla, dijo:

—Uis..., no hueles a sexo. Pero ¿qué ha pasado?

Sonia abrió los ojos y pensó en Can. Pero, quitándoselo de la cabeza, se acurrucó y musitó:

—Despiértame a las once.

Y, dicho esto, cerró los ojos y se durmió. Eso sí, pensando en las bonitas cosas que aquel piloto le había dicho.

Capítulo 36

⊸⊶

$\mathcal{T}$ranscurrió una semana en la que Can y ella ni se vieron ni se llamaron, cada uno se limitó a continuar con sus trabajos. En la revista *Only for You* se publicó finalmente el reportaje sobre la empresa de Sonia y Ginger, y ambos lo celebraron con sus amigas las Ladies. ¡Aquello era colosal!

Una de las tardes en las que ella esperaba junto a sus amigos dentro del coche a que Ibiza saliera del colegio, estaban charlando cuando Ginger cuchicheó:

—¿En serio?

—El sexo es un idioma universal —contestó Stacy— y, por suerte, Samuel y yo lo dominamos a la perfección.

Los tres rieron por aquello y Ginger, tocándose con mimo su peluca rizada color salmón, musitó:

—Di que sí, nena. El amor es un animal hambriento, y cuando no le das de comer, o te devora o se muere.

—*Joidierrrrrrrrrrrrr*. Sin duda prefiero que me devore —se mofó Stacy.

—Se dice *joderrrrrrrrrr* —rectificó Sonia.

Ginger, al moverse, sin querer le dio al aparato de música y de él salió un CD. Cogiéndolo, lo miró con curiosidad y, al ver de quién era, exclamó dirigiéndose a Sonia:

—¡¿Luis Miguel?! ¿En serioooooooooooooooooooo?

Ella maldijo para sus adentros, pero, quitándoselo de las manos rápidamente, lo guardó y contestó:

—Ibiza se empeñó en ponerlo.

Ginger la miró. Sonia le sonrió y Stacy, que seguía hablando de lo feliz y dichosa que estaba con Samuel, añadió:

—Mi chico me ha enseñado a decir «gracias», «hola», «adiós», «buenos días», «buenas noches», «¿quieres una cerveza?», «te quiero», «bésame»...

—Uis, nena..., lo tuyo son los idiomas —se mofó Ginger sin dejar de mirar a Sonia.

Stacy, feliz por cómo se sentía, cuchicheó entonces mirando a su amigo:

—Estoy planteándome hacerme voluntaria de Cruz Roja y acompañar a Samuel a alguno de sus viajes.

Según dijo eso, Sonia y Ginger la miraron y el último preguntó:

—¿Te has vuelto mariloca?

Stacy no respondió.

—No te veo yo a ti haciendo eso —terció Sonia—. Te gusta demasiado ir de compras.

Ella asintió, sus amigos tenían razón, pero, tomando aire, afirmó:

—Pues, lo creáis o no, me lo estoy planteando.

Intentando que no se notara lo que pensaba, y en especial que Ginger no preguntara, Sonia miró entonces a su amiga.

—¿Los sordos pueden hablar? —quiso saber—. ¿Samuel habla?

En el tiempo que llevaba con él, Stacy había aprendido más que en toda su vida sobre las personas sordas.

—Claro que pueden hablar —contestó—, pero no todos lo hacen. Digamos que es un poco como te hayas criado. En el caso de Samuel, él es sordo porque su padre lo es, pero su madre y sus dos hermanos sí oyen, así que a veces habla un poco.

—¿Y tú lo entiendes cuando habla? —preguntó Ginger.

Stacy sonrió.

—Lo hace de una manera diferente, pero si le presto atención lo entiendo. Piensa que yo no sé manejarme con las manos para hablar con él, y aunque estoy todo el día con una pizarra o con el móvil, Samuel intenta que nos entendamos más rápidamente.

Ginger y Sonia se miraron, y ésta insistió:

—¿Y no te cansas de escribir todo el rato para comunicarte con él?

—En ocasiones es agotador. Es más, a veces hablo sin mirarlo por inercia, pero, claro, él no me oye. Si no lo miro, no me lee los labios, y eso lo voy aprendiendo poco a poco. Ah, y otra cosa: no se dice *sordomudo*. El problema lo tienen en el oído, no en la voz, por lo que simplemente se dice *sordo*. Samuel asegura que los oyentes suelen creer que porque los llamemos «sordos» se van a ofender, y nada más lejos de la realidad.

—¿Y todos los sordos pueden leer los labios? —preguntó Ginger.

—Tal vez sí podrían —Stacy sonrió—, pero no todos tienen la misma capacidad para hacerlo, como no todos tenemos la misma capacidad para dibujar, escribir, cantar o bailar —y viendo la infinidad de preguntas que tenían sus amigos en cuanto a su chico, indicó—: A pesar de ser sordo, Samuel puede reír, comunicarse, besar, correr, bailar, cocinar, amar, desear, trabajar, conducir, hacer el amor, odiar, escribir, leer, enfadarse, dormir... Como él dice, el «no puedo» no entra en su vocabulario, y me encanta que sea así —y, suspirando, añadió—: Reconozco que su problema me asustó al principio. Yo misma fui la que puso las barreras, pero una vez que me di cuenta de que ambos deseábamos conocernos, los miedos y las barreras se fueron a la mierda, y os aseguro, chicos, que estoy viviendo la mejor etapa de mi vida, que espero que dure mucho..., mucho..., mucho.

Oír que su amiga decía eso era emocionante, y Ginger, lloroso, musitó:

—Más que mucho..., espero que esa etapa sea tan marimaravillosa como la mía con Adriano... Por cierto, el viernes a las doce sale nuestro avión para Frankfurt.

—Samuel está como loco por acompañarnos —afirmó Stacy.

Ginger asintió encantado.

—Al final Adriano puede venir. Llegará por la noche al hotel ¡y me lo comeré a besos!

—No lo dudo —aseguró Stacy divertida.

—Estoy tan marifeliz que, si me mandarais ahora mismo a la mierda, ¡os traería un detallito!

Sonia y Stacy rieron al oír eso.

—Y, vale, está mal que lo diga —indicó Ginger—. Pero no veo el momento de pisar la pista de hielo de Eissporthalle. ¡Siempre me ha gustado mucho!

—Es una pasada —constató Sonia tocándose la barriga.

Los dos amigos se miraron y sonrieron. A ambos, como expatinadores profesionales, les habían llegado las invitaciones para ir a Frankfurt a una exhibición. El problema era que Sonia ya había aceptado estar en otra que se celebraba ese mismo fin de semana en Londres.

—¿Y a ti qué te pasa? —preguntó Ginger al ver su expresión.

Sonia, que llevaba varios días con un tonto dolor en el bajo vientre, respondió:

—No sé. Creo que o he cogido frío o algo que comí hace días me sentó mal.

—Uis, no me asustes —exclamó Stacy.

Sonia sonrió y Ginger indicó:

—Te conozco y cuando le estás dando vueltas a algo pones esa cara de marimustia que llevo viendo desde hace más de dos semanas. Y si a eso le sumamos que has estado escuchando el CD del superbuenorro y romanticorro Luis Miguel..., ¿se puede saber qué te ocurre?

Sonia parpadeó. Estaba claro que lo de Can la tenía rara, pero, no queriendo soltar esa bomba, contestó:

—Nada. No me pasa nada.

Su rápida respuesta hizo saber a sus amigos que algo ocurría y, al ver sus miradas, sabiendo que no pararían hasta enterarse, finalmente gruñó en español dándole al volante.

—Joder..., joder..., joder y joderrrrrrrrrrrr.

Ginger iba a hablar cuando ella preguntó:

—¿Os acordáis del Comandante Monada?

Sus amigos asintieron.

—Como para olvidarlo —se mofó Ginger.

Intentando ver cuál era la mejor forma de contar lo sucedido, Sonia pensaba en ello cuando Ginger gruñó:

—Miedito me da esa pausa tan maridramática...

Sonia resopló y por último dijo:

—Me gusta. Me atrae una barbaridad. Quiere que quedemos él y yo solos para cenar. Me... me dijo que lo atraía, que pensaba en mí..., ¡en mí! Y lo más fuerte, se tomó la licencia, el muy creído, de decir que sabía que yo pensaba en él. ¡¿Yo?! Pero, vamos a ver, ¡que yo paso de los guaperas como él! Y, claro, le he dicho que no a todo. Pero, ay, Dios míooooooooo, ¡que estoy escuchando a Luis Miguel!

—*Halleloooo...* —cuchicheó Ginger.

—*Joidierrrrr...* —musitó Stacy.

—Pero ¿es que se ha vuelto loco y pretende volverme loca a mí? —prosiguió Sonia—. ¿Cómo voy a cenar con él? Que no..., que no..., que yo estoy muy bien con mi hija. Tengo mis follamigos. Mi libertad. Mi vida. No. Directamente le he dicho que no.

Ginger y Stacy parpadearon, y el primero musitó mirando a la segunda:

—Maripellízcame porque creo que estoy dormido.

Stacy lo hizo y Ginger, gritando, soltó:

—Pero ¡¿qué me estás contando?! ¡El Comandante Salvaje te ha tirado los trastos y tú lo has rechazado pero escuchas a Luis Miguel pensando en él?

—Sí...

Entendiendo los miedos de aquélla, Ginger sonrió e, intentando no dramatizar en exceso, aunque la ocasión lo merecía, musitó:

—Pero ¿cómo has podido callarte? Normal tu cara de mustia..., ¡te estás gangrenando por dentro!

Sonia asintió. Por fin lo había soltado.

—También nos besamos —añadió mirándolos.

Según dijo eso, Stacy cuchicheó tan sorprendida como Ginger:

—¿Te besó?

—Sí.

—¿Con lengua? —dijo Ginger.

—Sí.

Y Stacy, boquiabierta, musitó:

—¡*Joidierrrrrrrrrrrr!* —Y, queriendo saber más, insistió—: ¿Y se lo permitiste?

Sonia cerró los ojos y se llevó las manos a la cabeza.

—Sí.

—Ay, Dios..., ¡ay, Dios! —susurró Ginger mirándola.

Sonia lo miró. Como siempre, el radar de Ginger no fallaba, y preguntó:

—¿Has tenido sexo con el Salvaje?

—Síííííííííííí, y más de una vez —respondió ella abriendo los ojos y omitiendo lo de la liga negra.

De nuevo los tres se miraron, y Ginger gritó para que lo oyera media Inglaterra:

—¡¿Estás diciendo que ese pedazo de Salvaje morboso y buenorro te ha metido la lengua hasta la campanilla, te lo has tirado más de una vez y... y... no me lo habías contado?! Por el amor de Dios... ¿Dónde? ¿Cuándo? ¿Cómooooooooooooooooo?

Al ver que muchas de las madres que estaban esperando a la salida del colegio volvían la cabeza para mirarlos, Sonia murmuró subiendo las ventanillas del coche:

—Ginger..., C. P.

Pero el asiático, atónito por aquel bombazo, musitó:

—Con razón escuchas a Luismi. Ay..., ay..., que ese guaperas te ha tocado tu gélido y *frozenizado* corazón.

—Gingerrrrrrrrrrrrrr...

El aludido miró a Stacy y luego preguntó sonriendo:

—¿Cuántos años llevaba este zorrón sin besar con lengua a un hombre?

—Lady Mini Stark tiene ocho años..., pues ¡casi nueve! —contestó ella divertida.

Ginger asintió y a continuación quiso saber levantando la voz:

—¿Y supiste besar después de tanto tiempo? ¿No se te había olvidado? ¿Cómo te sentiste? ¡Marimuerta estoy!

Al oírlo, Sonia siseó con ganas de matarlo:

—Baja la voz, ¡joder!, si no quieres que te arranque la peluca.

El asiático obedeció. Por nada del mundo quería dejar al descubierto su cabeza rapada y, sonriendo, cuchicheó:

—El universo, cariño. El universo te lo grita y te lo está poniendo delante. ¡Pero si incluso estás escuchando a Luis Miguel!

Oír eso hizo que las dos mujeres pusieran los ojos en blanco y Sonia, confundida, susurró con voz soñadora:

—Dios..., no me toméis en cuenta lo que voy a decir, pero el sexo con él es increíble. ¡Me encanta porque ambos hablamos el mismo idioma!

Stacy y Ginger se miraron con complicidad y la primera, divertida, comentó:

—Como me dijo Samuel el otro día, las tentaciones como yo se merecen pecados como él. En este caso..., tú eres el pecado y él la tentación.

De nuevo los tres rieron. Lo que había contado Sonia era como poco inaudito. Sin duda aquel tipo, para que hubiera llegado hasta su boca, le gustaba de verdad, y Ginger, que estaba entre feliz y sorprendido, indicó:

—Cariño, digas lo que digas y te pongas como te pongas, tu piel y sus labios tienen algo más que una conversación pendiente con el comandante.

Horrorizada, Sonia asintió y, viendo que su hija no salía todavía por la puerta del colegio, resopló:

—¡No puedo quitármelo de la cabeza!

—Normal, cariño..., lo que no sé es cómo te lo has quitado de encima de tu cuerpo —replicó Ginger.

—El viernes estaré todo el día con él.

Ginger parpadeó al oír eso y preguntó:

—¿El mismo viernes que nosotros estaremos en Frankfurt?

—*¡Joidierrrrrrrrrrrrr!* Y nos lo vamos a perder —protestó Stacy.

Sonia asintió.

—Ibiza le dijo que estaríamos solas en el partido de hockey y en mi exhibición, y él... él..., yo creo que se sintió tan presionado por la niña que dijo que nos acompañaría... ¡Joder!

—Wooooo —cuchicheó Stacy—. Está claro que Lady Mini Stark es más lista que todos nosotros juntos.

—Mi bebé sí que sabe —declaró Ginger riendo y, levantando la voz, gritó—: ¡Querido Cupido, la próxima vez les disparas a los dos al mismo tiempo!

Se quedaron unos segundos en silencio hasta que Stacy, que no conocía a Can, preguntó dirigiéndose a Ginger:

—¿En serio ese tío es tan impresionante?

Sonia asintió. Can era un tipo muy atractivo.

—Lo es..., lo es —afirmó Ginger—. Como vulgarmente se dice, es un mojabragas.

—¡Ginger, joder! —gruñó Sonia en español al oírlo.

El aludido ni se inmutó y prosiguió, mirando a Stacy:

—¿De qué clase de hombre está enamorada hasta la médula nuestra Sonia?

Sin dudarlo, Stacy respondió:

—De Jason Momoa. —Y, tras decir eso, susurró—: No jorobes... ¿El comandante se parece a él?

Ginger asintió y, desbloqueando su móvil, señaló:

—Ahora mismo voy a ver si encuentro una foto de él en las redes sociales.

Sonia, que ya lo había hecho, soltó:

—Búscalo por «Can James Drogo».

Sin dudarlo, él tecleó y, cuando lo encontraron en Instagram, Stacy susurró al verlo:

—*¡Joidierrrrrrrrrrrrrrrrr!* ¡Me encantaaaaaaaaaaaaaa! Pero si me lo quiero tirar hasta yoooooooooooo.

Sonia miró el móvil. Can estaba guapísimo en aquella foto, en la que se lo veía riendo junto al mar mientras levantaba una copa.

Ginger sonrió mirándola. Por su expresión, aquel tipo le gustaba mucho, y soltó mirando a Stacy:

—¿Por qué crees que lo llamo «el Salvaje»? Tiene una altura, un pelo, una espalda, un culito, unas piernas, una boca, una mirada..., ¡lo tiene todo! Pero, claro, esta tonta ve en él al idiota del españolito y..., bueno, ¡no quiere escuchar los gritos del universo!

Oír hablar de Manuel nunca le gustaba, y menos que lo compararan con Can. Físicamente podían ser el mismo tipo de hombre, pero nada más. En el resto no se parecían en absoluto y, cuando iba a responder, vio a su hija salir por la puerta del colegio sonriendo con su amiga Kate y señaló el móvil.

—Cierra eso, y como se os ocurra mencionar al Comandante Monada delante de ella, os juro que os mato. Ibiza se montará en el coche, iremos a casa de Stacy, donde ambas se quedarán, y tú y yo —añadió mirando a Ginger— nos iremos al Lee Valley Ice Centre a preparar nuestros ejercicios para las exhibiciones. ¡¿Entendido?!

Ginger y Stacy, al ver a Ibiza ir hacia ellos con su habitual sonrisa, abrieron las puertas del coche y, saliendo a su encuentro, la abrazaron. Encantada, la niña los recibió.

Una vez que Sonia bajó también del coche y besó a su hija, le tendió un bocata y saludó:

—Hola, cariño. ¿Qué tal tu día?

La niña cogió la merienda con una sonrisa y a continuación preguntó:

—¿Me voy con la tía Stacy a su casa?

Sonia sonrió.

—Sí. Harás los deberes allí mientras el tío y yo vamos a la pista a practicar nuestros ejercicios. Luego pasaré a recogerte e iremos a casa.

Ibiza asintió. Sabía lo importante que era aquello para su madre.

—Mami, ¡el viernes serás la mejor! —cuchicheó con una sonrisa.

—¿Y yo en Frankfurt? —preguntó Ginger.

La cría miró entonces a aquél, al que adoraba, y afirmó:

—Tú también. Pero a ti no podré verte.

Todos sonreían y entonces la niña preguntó mirando a su madre:

—Mami, ¿cuándo vas a llamar al comandante para quedar con él? Sólo faltan dos días para el viernes.

—Woooooo, qué maricabronazo es el universo —murmuró entonces Ginger, que, dando media vuelta, se metió en el coche.

Sonia, viendo a Stacy sonreír y seguir a su amigo, respondió:

—Mañana lo llamaré, cielo. Y ahora vamos, ¡tenemos prisa!

Media hora después, tras despedirse de Stacy e Ibiza, Ginger y

Sonia se dirigieron hacia uno de los sitios que más les gustaba del mundo. Después de aparcar el vehículo, al entrar como siempre se encontraron con José, que, sin dudarlo, fue a saludarlos. Adoraba a aquellos dos.

Media hora más tarde, tras pasar por los vestuarios y cambiarse de ropa, Ginger y Sonia, concentrados en la pista de hielo, disfrutaban de la sensación de volar.

Capítulo 37

El viernes, tras una noche en la que apenas pudo dormir, Sonia volvió a levantarse revuelta y con dolor de barriga, pero lo achacó a la competición y a tener que quedar con Can. Sin duda eran los nervios.

Cuando éste las recogió en la puerta de su casa, parapetada tras su sonrisa, disimuló cómo se sentía. Sabía que, si decía que no se encontraba bien, tanto su hija como Can se preocuparían y le darían el día. Era mejor callarse.

Una vez que llegaron a la pista de hielo de Streatham, donde la niña jugaría su partido de hockey, y aparcaron, Sonia preguntó:

—¿Has traído ropa de abrigo como te dije?

Rápidamente Can sacó del maletero una sudadera roja y ella sonrió.

—Muy bien. Si no la hubieras traído, te habrías quedado congelado viendo el partido.

Can se percató de que ellas llevaban camisetas con el logo del equipo de la niña, y al ver unos puestos donde vendían algunas, preguntó:

—¿Cuál me compro?, ¿la de los Osos o la de los Bichones de Londres?

Sonia sonrió al oírlo y la niña, con gesto serio, señaló las camisetas que ella y su madre llevaban.

—Por supuesto, la de los Osos de Londres —afirmó—. Es la de mi equipo.

Can rio y, cogiendo a la pequeña, se la sentó sobre los hombros.

—Venga —dijo—. Vamos a por mi camiseta.

Como si de una familia se tratara, los tres se acercaron al puesto y el vendedor, al ver las camisetas que la niña y la mujer llevaban, indicó mirándolos:

—Las tallas grandes de los Osos están a la derecha.

Los tres se dirigieron hacia ese lado del puesto y al llegar allí la mujer del vendedor preguntó mirando a Can:

—¿La talla del guapo papá es la XL? Por cierto, lo que se parecen la niña y él.

Al oír eso, Sonia se quedó pasmada. ¡¿«Papá»?! ¡¿Cómo que se parecían?! Y, resoplando, musitó en español:

—¡Joderrrrr!

Can, divertido al oírla, afirmó entonces sin sacar de su error a la dependienta:

—Sí, la XL.

Ibiza miró a su madre y, mientras Can cogía la camiseta que aquella mujer le tendía, dijo:

—Mami..., esa señora dice que el comandante y yo nos parecemos.

Azorada, Sonia iba a decir algo cuando oyó a su hija decir:

—Papi..., ¡me mola mi papi!

—¡Ibiza! —la regañó Sonia.

Can sonrió y, mientras se ponía la camiseta de los Osos de Londres sobre la que él llevaba, oyó a la niña decir:

—Estás de A. T.

Sonia suspiró y Can, esperando saber qué significaba aquello, la miró y ella indicó:

—Ha dicho que estás de «ataque total».

—¿Y eso es bueno?

Sonia meneó la cabeza e Ibiza afirmó, viendo cómo otras mujeres lo miraban:

—Eso es buenirritísimo, papi.

—¡Ibiza, vale ya! —volvió a regañarla Sonia.

Con una sonrisa, Can pagó la camiseta a la mujer y luego, en silencio, se dirigieron hacia los vestuarios. Una vez en la entrada de los mismos, Sonia le dio la bolsa de deporte a la pequeña y, agachándose, dijo:

—Estaremos sentados donde siempre.

—¡Vale!

—Y recuerda: cuando termine el partido, vendremos a esta puerta a recogerte, por lo que no te muevas de aquí hasta que nos veas, ¿de acuerdo?

—Sí, mami.

Satisfecha, Sonia le dio un amoroso beso a su hija en la cabeza.

—Ahora entra, cámbiate de ropa, disfruta del partido y olvídate de Gus, ¿entendido?

Ibiza resopló, y en ese momento Can puso su puño cerrado ante ella. Aquel gesto se lo hacía su padre siendo él un niño, cuando jugaba al fútbol, e Ibiza, sin entenderlo, lo miró y él indicó:

—Choca el puño con el mío. Eso te dará buena suerte.

Sin dudarlo, la niña lo hizo. Por su mente pasó algo, pero, tras ver la cara de su madre, decidió callar. Era lo mejor. Por ello, en cuanto chocó el puño con el de aquél, cogió su bolsa y desapareció junto a otros niños en el vestuario.

Cuando se quedaron solos, ambos se miraron y Sonia dijo:

—Oye, en cuanto a lo de papi..., disculpa a Ibiza.

—No pasa nada —repuso él sin darle más importancia. Pero, observándola, preguntó al verla algo ojerosa—: ¿Estás bien? Te noto un poco pálida.

Sonia, a quien el desayuno seguía dándole vueltas en el estómago, asintió y, nerviosa por cómo la observaba, pidió cogiéndole la mano para tirar de él:

—Vamos, tenemos que sentarnos donde le he dicho a Ibiza.

Tirando de él, corrieron entre la gente. Can la seguía sin soltarla y, cuando entraron en el interior del pabellón y miraron los asientos de las gradas, Sonia señaló sin aliento:

—Ésos. Tenemos que coger ésos. Ibiza mirará hacia allí.

Muy apurado por las prisas, Can caminó de nuevo entre la gente para llegar a los asientos que Sonia había indicado y, una vez que se acomodaron, éste, riendo, iba a hablar cuando ella dijo:

—Vuelvo enseguida. He de ir al baño.

Sin darle tiempo a responder, la joven dio media vuelta y, sorteando a la gente, corrió hacia los aseos, donde entró en uno de los cubículos y vomitó nada más cerrar la puerta.

Pero ¿qué le ocurría?

Diez minutos después, cuando ya se encontró mejor, regresó hasta donde Can la esperaba comiendo palomitas, con una cerveza para él y una botella de agua para ella.

—¿Te encuentras bien? —preguntó él al verla.

—Sí.

—Pues sigues pálida —repuso él.

Sonia, que ya estaba bastante mejor, sonrió.

—Son los nervios —mintió—. Siempre que tengo una exhibición me pongo nerviosa.

Finalmente Can asintió y no insistió. No quería que pensara que era un pesado; ella, por su parte, quitándose la camiseta del equipo de su hija, se puso un forro polar y lo miró.

—Ponte la sudadera o pronto tendrás frío —dijo.

Sin dudarlo, hizo lo mismo que ella: se quitó la camiseta de los Osos, se puso la sudadera y después se colocó la camiseta encima.

Deseaba hablar con Sonia, sincerarse acerca de lo que sentía al pensar en ella, pero ésta, con su habitual desparpajo, le hablaba de cualquier otra cosa y saludaba a todo el que pasaba por delante. Estaba claro que durante el partido no podrían hablar. Tendría que posponerlo para la noche.

El partido comenzó y Can, al ver a la pequeña Lady Mini Stark en la pista, aplaudió emocionado junto a su madre.

El hockey no era lo suyo. Era la primera vez que asistía a un partido, por lo que Sonia le iba explicando la mecánica del juego. De pronto ésta, al ver a su hija hacerle una seña a un compañero, musitó poniéndose en pie:

—Lo ve... Lo ve... Lo ve...

—¿Qué ve? —preguntó él levantándose también.

Sonia, que observaba cómo Ibiza patinaba a toda velocidad por la pista, explicó:

—Lo ve claro. Mira cómo se está acercando al poste derecho y... ¡Golllllllllllll!

Al verla saltar entusiasmada junto a los demás padres que había a su alrededor, Can sonrió y aplaudió, y Sonia levantó los brazos y lo abrazó. Él no desaprovechó el gesto, y cuando ella fue consciente de su cercanía sonrió y él, incapaz de soltarla, musitó viendo que por fin lo miraba directamente a los ojos:

—Hola...

La joven no supo qué responder y él, sin soltarla, susurró al ver su expresión de desconcierto:

—Eh..., ¡soy yo!

Según oyó eso, ella, relacionando su «Soy yo» con la canción del mismo título, murmuró:

—No me digas eso.

—¿Qué te he dicho? —preguntó Can boquiabierto.

Colorada como un tomate, y al ser consciente de cómo algunos padres de los compañeros de Ibiza los miraban, susurró:

—Suéltame, todo el mundo nos está mirando.

Can sonrió y, tras darle un rápido beso en los labios antes de soltarla, esperó su respuesta, y ella, totalmente descolocada, comentó sin que viniera a cuento:

—Menudo trallazo ha metido mi niña.

El comandante asintió divertido y luego ambos se sentaron.

A Sonia la cabeza le iba a mil. ¿Cómo podía estar enamorándose de aquel tipo?

No. Eso no lo podía consentir. No podía ser.

De pronto, se fijó en la pista y, al ver cierta jugada, se levantó.

—¡Eh, eso es falta! —gritó.

Varios padres gritaron lo mismo, pero el partido continuó.

Aquello era una locura; Can apenas entendía los términos que Sonia usaba para explicarle el juego. De nuevo ella se levantó y exclamó saltando emocionada:

—Muy bien, cariño. Corta el pase antes de que entre en su zona, ¡síííííííííííííííí!

Can no sabía si mirar a la pista o a la mujer que tenía al lado. En los dos sitios había un fabuloso espectáculo, pero de repente Sonia gritó:

—¡Noooooooooo...! ¡Noooo..., aléjate de ella!

Eso hizo que él mirara hacia la pista y viera a la pequeña caer de bruces tras un empujón de uno de los jugadores. Can se levantó a toda mecha de su asiento. ¡Pero ¿qué brutalidad había sido ésa?!

Sin embargo, antes de que pudiera decir nada, la pequeña se levantó del hielo con una agilidad increíble y, tras mirar mal a quien la había hecho rodar, cogió velocidad y continuó su juego.

—¿Quién es el animal que la ha tirado? —preguntó Can enfadado.

—Gus... —resopló Sonia al oírlo.

Sabiendo quién era el tal Gus, el gesto de Can se endureció.

—Conociendo a Ibiza, ahora irá a por él —añadió ella.

Él parpadeó y, a continuación, afirmó:

—Y muy bien que hará.

—¡Can!

—Él la ha tirado sin motivo. Ahora que no se queje si ella lo tira a él.

Al oír eso, Sonia sonrió.

—Hay que fomentar el juego limpio. Son niños.

—Pues que se aplique el cuento él. ¡Vamos, Ibiza! —gritó Can levantando la voz.

Y, como bien había supuesto Sonia, cinco minutos después era Gus el que caía de bruces contra el hielo, gracias a que su hija pasó el *stick* por debajo de las piernas cruzadas de Gus para darle al disco y éste terminó espatarrado. Can, al ver aquello, iba a aplaudir, pero Sonia sentenció agarrándolo para que no se levantara:

—Ni se te ocurra aplaudirle encima.

Él rio. No se levantó, pero gritó sin saber si la niña lo oiría o no:

—¡Buena jugada, Ibiza!

—¡Cannnnnn!

Tras los tres períodos de veinte minutos, que era lo que duraba un partido de hockey sobre hielo, los Osos de Londres, el equipo de Ibiza, perdió frente al otro, pero se llevó el aplauso del público. Habían jugado muy bien aunque la suerte no había estado de su parte.

Cuando la gente comenzó a salir del pabellón, Sonia no se levantó y, mirando a Can, declaró:

—Tranquilo. Tiene que ducharse. Démosle media horita.

Él asintió; todavía estaba dolido por la caída de la pequeña. En ese momento se acercó hasta ellos un matrimonio con otro niño y se dirigió a Sonia.

—Lo sentimos. Ya no sabemos cómo decírselo. Sin duda esta noche estará castigado.

Ella sonrió, aquéllos eran los padres de Gus.

—Tranquilos, y yo también lo siento —indicó—. Ya habéis visto que mi hija no se ha quedado quietecita.

Como pudieron, sonrieron, y cuando aquéllos se marcharon, Can indicó molesto:

—Hacen bien castigándolo. Lo que ha hecho ese monstruito no está bien.

—¿Y lo que ha hecho Ibiza sí? —Él no contestó—. Si no está bien para uno, no está bien para el otro —añadió Sonia—. Y, sí, hoy ha sido Gus quien la ha tirado primero, pero créeme que en otras ocasiones es Ibiza la que empieza. Es una rivalidad que tienen entre ellos por ser los mejores y sólo espero que ésta acabe más pronto que tarde.

El comandante asintió, entendía lo que aquélla quería decir; entonces le sonó el teléfono.

—Cógelo —indicó Sonia—. Podría ser importante.

Él asintió despreocupado, pero, levantándose, saludó:

—Hola, Matilda.

En silencio, y mirando al frente, Sonia lo escuchó hablar con la tal Matilda. Y por sus respuestas fue consciente de que estaba evitando quedar con aquélla esa noche.

De nuevo un extraño dolor le cruzó la tripa. Estaba claro que estaba incubando algo y, al sentir una arcada, tomó aire y, cerrando los ojos, intentó tranquilizarse. Tenía que terminar el día. Debía ir a su exhibición, lo había prometido. Y, tras abrir los ojos, dio un trago de agua de una botella, respiró y, por suerte, el dolor cesó.

Intentando no parecer una cotilla que estaba escuchando, desbloqueó su móvil y comenzó a mirar sus mensajes. Su familia ya estaba en Dublín, y sonrió al ver la foto que su hermana Brooke le enviaba de todos juntos. También tenía varios mensajes de Ginger y de Stacy. Ya estaban en Frankfurt, se dirigían al hotel y no parahan de preguntar cómo estaba yendo su cita con aquél. Rápidamente Sonia les contestó que todo bien y que dejaran de dar la tabarra. Ya hablarían más tarde.

Una vez que terminó de revisar sus mensajes, oyó a Can despedirse de su amiga, y, cuando él colgó su móvil y se sentó de nuevo a su lado, preguntó al verla mirando el teléfono:

—¿Todo bien?

Con una sonrisa, ella asintió.

—Sí. —Y, al ver cómo él la miraba, dijo recordando su conversación telefónica—: Oye, en serio, vete si quieres. No tienes por qué quedarte con nosotras.

Oír eso hizo que sonreír a Can y, seguro de dónde quería estar, indicó:

—Por nada del mundo me perdería tu exhibición.

Sonia asintió y, contemplando aquellos ojos tan bonitos que la observaban, musitó sintiéndose agotada:

—De acuerdo.

Sorprendido al oírla, él preguntó riendo:

—¿En serio? ¿No vas a insistir para que me vaya?

La joven sonrió e, ignorando el dolorcillo que de nuevo la asaltaba, repuso:

—Bien mirado, tener chófer nos viene genial.

Can le revolvió el pelo divertido y luego miró a su alrededor.

—Como te dije, es la primera vez que asisto a un partido de hockey sobre hielo. Yo soy más de baloncesto o fútbol, pero reconozco que me ha gustado la experiencia.

—¡Genial!

Durante un rato estuvieron charlando con normalidad sentados en las gradas, obviando el tema que a ambos les rondaba por la cabeza, hasta que Sonia se miró el reloj y dijo, quitándose el forro polar:

—Venga. Quítate la sudadera y vayamos a buscar al monstruito para ir a mi exhibición. He de prepararme.

Cuando llegaron a la puerta de los vestuarios, Gus salió y, tras mirar a Sonia y bajar la vista, se dirigió hacia sus padres, que de inmediato lo regañaron. Can, al verlo, comentó entonces:

—Pero si le saca dos cabezas a Ibiza.

Sonia asintió.

—Tiene diez años. Ibiza ocho.

—Eso es abuso de poder —gruñó él.

Instantes después, la puerta del vestuario se abrió de nuevo. Ibiza apareció y, mirando directamente a su madre, dijo:

—Lo sé, mami. Lo sé. He hecho mal, pero es que no me he podido mariaguantar.

Agotada, Sonia asintió y, quitándole la bolsa de deporte, musitó con desgana:

—Vayamos al coche.

Ibiza miró a Can sorprendida y, acercándose a él, cuchicheó:

—¿En serio no me va a regañar?

Can se subió a la niña a los hombros y respondió al ver a Sonia algo apagada:

—Yo, por si acaso, no hablaría mucho del tema.

Ibiza asintió y luego los tres se encaminaron hacia el coche.

Capítulo 38

Una vez en el Lee Valley Ice Centre, Sonia sacó su bolsa de deporte del coche de Can y dijo entregándole un forro polar rosa para Ibiza:

—Recuerda, debéis abrigaros cuando entréis en la pista de hielo.

Él asintió y comenzaron a caminar hacia el interior. Llegados a un punto, Sonia se dirigió a su hija:

—Hasta que yo regrese, no quiero que te separes de él, ¿entendido?

La niña asintió y, viendo cómo algunas mujeres lo miraban al pasar por su lado, se agarró de la mano de aquél y afirmó:

—Mami, no me separaré del comandante.

Sonia sonrió.

—Llevo mi móvil encima en todo momento por si necesitáis algo —le explicó a él—. Ahora tengo que calentar, cambiarme, prepararme y actuar. Eso serán unas tres horas antes de que pueda estar de nuevo con vosotros. En cuanto termine, os llamo y paso a buscaros para tomar un cóctel con la organización. Será breve, media hora como mucho. Si por algún casual tienes que marcharte, por favor, llámame al móvil. Y si no contactas conmigo, busca a José. Ibiza sabe quién es. Puede quedarse con él hasta que yo vaya a recogerla. Él es de total confianza, ¿entendido?

Can asintió boquiabierto. ¿Tres horas él solo con la niña?

Entonces Ibiza, viendo a una amiguita suya, se alejó para saludarla, y en ese momento Damián se les aproximó.

—Hola. Me preguntaba cuándo llegarías.

Sonia sonrió y Damián, al mirar a aquél y al reconocerlo, soltó:

—Hola de nuevo. Me alegra verte por aquí.

—Gracias. Lo mismo digo —saludó Can.

Los dos hombres se estrecharon las manos con firmeza y luego Damián preguntó al ver las camisetas de los Osos de Londres que llevaban puestas:

—¿Habéis tenido partido? —La joven asintió y aquél, mirándola, preguntó al ver sus ojeras—: ¿Te ocurre algo?

Sonia resopló. Estaba claro que cómo se sentía era lo que los demás veían, e intentando sonreír cuchicheó:

—Hoy no es mi día. Pero, tranquilo, estoy bien.

Damián asintió y, acelerado por la exhibición, dijo marchándose:

—Te veo dentro de un rato. Encantado, Can.

Cuando se fue, la joven miró al comandante y, al ver que iba a decir algo, murmuró:

—De acuerdo, lo admito. Aunque no me he visto en el espejo, sé que mi aspecto ha de ser horrible. Debo de estar incubando algo. Pero, con un poco de suerte, dentro de cuatro horas ya estaré en casa, me podré meter en la cama y mañana estaré mejor.

Can asintió. Al menos había reconocido que no se encontraba bien, y, una vez que Ibiza regresó junto a ellos, Sonia le dio un beso a la niña en la frente y con picardía susurró:

—Sé buena con él y no digas tonterías, ¿entendido?

Ibiza comprendió perfectamente a su madre y afirmó:

—Lo prometo, mami.

A continuación Sonia sonrió a Can y, guiñándole el ojo, dijo antes de marcharse:

—Tú también sé bueno.

Y, sin más, se alejó, mientras él se quedaba solo con la niña cogida de la mano. ¿Qué iba a hacer tres horas seguidas con ella? En la vida había estado con un niño más de treinta segundos, y estaba pensando qué hacer cuando Ibiza se tocó la barriga y comentó:

—Pues... parece que tengo un poquito de *gusa*...

—¿Qué es *gusa*? —preguntó sorprendido.

—¡Hambre!

Can asintió. Comer era buena idea.

—Muy bien, Lady Mini Stark —indicó—. Vayamos a ese puesto de comida.

—¡Guayyyyyyyyy!

Sonriendo por su efusividad, él se la subió a los hombros y se dirigieron hacia el puesto más cercano. Una vez allí, los dos miraban el tablón, donde había patatas, aros de cebolla, *nuggets*, palomitas y distintos sándwiches. Rápidamente la niña quiso una Coca-Cola gigante y Can la pidió.

Luego la bajó al suelo y, mientras se bebía la enorme Coca-Cola, la cría se acercó a la vitrina para ver mejor los sándwiches. Entonces, de pronto el comandante notó que alguien lo tocaba en el hombro.

—Can, ¿eres tú?

Al volverse se encontró con una guapa mujer de pelo rubio y preciosos ojos azules. Ambos sonrieron y él respondió:

—Vanessa. Pero ¿qué haces por aquí?

Ella amplió su sonrisa. Can siempre le había gustado. Lo conocía del local *swinger* donde ella solía disfrutar del sexo, y, encantada, respondió:

—Vengo acompañando a mi hermana, a la que le encanta el patinaje artístico.

Durante unos minutos charlaron e Ibiza, al volverse y verlo hablando con aquella guapa, alta y rubia mujer, frunció el ceño mientras se bebía la Coca-Cola. Observar cómo la desconocida pestañeaba ante Can de pronto no le gustó a la cría, que se enfadó.

Él, sin percatarse de su mirada, continuaba hablando con aquélla cuando de pronto sintió la presencia de Ibiza a su lado, que, cogiéndole la mano, dijo:

—Papi..., papi.

Can la miró. ¿Lo había llamado «papi» otra vez?

Y Vanessa, sorprendida mirando a la niña de pelo oscuro como el de él, señaló:

—No sabía que tuvieras una hija.

Ibiza ignoró la mirada de asombro de Can, sonrió mirando a la mujer y, agarrándose a la pierna de él, dijo señalándose la boca:

—¡Se me ha caído un diente!

Vanessa sonrió a su vez y declaró mirando a Can:

—La verdad es que tenéis la misma sonrisa. No puedes negar que es tu hija.

El comandante parpadeó boquiabierto, e Ibiza soltó:

—Papi, quiero un sándwich de queso doble con patatas y otra Coca-Cola grande. —Y, al ver cómo él la miraba, se retiró el pelo del rostro con gracia y cuchicheó—: Sabes que estás muy guapo hoy, ¿verdad?

Sin poder evitarlo, Can sonrió. La niña no sólo tenía la sonrisa de su madre, sino que también tenía aquella encantadora picardía.

—¡Qué monada de cría! —comentó entonces Vanessa.

Ibiza la miró sonriendo y luego preguntó impulsivamente:

—¿Y tú, rubita, quién eres?

—Ibiza, creo que... —empezó a decir Can.

—Ah, no te preocupes —lo cortó la mujer. Y, sorprendida por el descubrimiento que acababa de hacer, repuso—: Soy una amiga de tu papi. Por cierto, Ibiza es un nombre precioso.

La aludida asintió y afirmó con comicidad:

—Me lo pusieron mami y papi.

Los tres se miraron sin saber qué más decir y la niña, con una media sonrisa, insistió:

—Me rugen las tripas y tengo mucha hambre..., papi.

Al ver el gesto de aquella sinvergüenza, Can rio. Era imposible no hacerlo ante el teatrillo de la niña, y entonces Vanessa, al oír que su hermana la llamaba, explicó:

—Me tengo que ir. Ya nos veremos. —Y, guiñándole un ojo, se marchó.

Una vez que Can e Ibiza se quedaron solos de nuevo, éste miró a la pequeña esperando una explicación.

—Vale..., no eres mi papi, lo sé —reconoció ella—. Pero ha sido gracioso ver su cara, ¿verdad?

Can meneó la cabeza y acto seguido se acercó al mostrador suspirando.

—Anda..., pide lo que desees.

Con desparpajo, la niña hizo su pedido, Can pagó, se lo sirvieron en una bandeja, y a continuación se sentaron a una de las mesas que había cerca del puesto de comida.

El tiempo junto a Ibiza se le pasó volando. La niña era ocurrente, divertida, y cuando quiso darse cuenta la exhibición ya estaba a punto de comenzar.

Con ganas, la pequeña se comió el sándwich y las patatas junto al enorme tanque de Coca-Cola mientras él se tomaba una cerveza, y tan pronto como Ibiza acabó con todo lo que había en la bandeja, pidió mirándolo:

—No le digas a mami que he tomado Coca-Cola.

Al oír eso, éste puso mal gesto.

—Los niños tenemos que beberla sin cafeína porque ésta nos pone nerviosos —añadió la niña—. Pero tú me la has comprado con cafeína, ¡que es la guay!

Boquiabierto, él iba a protestar cuando, al ver a la chiquilla sonreír, finalmente musitó:

—¿Cómo puedes ser tan sinvergüenza con lo pequeña que eres?

Ibiza no respondió y, en vez de ello, se puso en pie y dijo:

—Vamos, comandante, tenemos que ir hasta nuestros sitios.

Ya en la pista, lo primero que Can hizo fue ponerle el forro polar que su madre le había dado y, sin dudarlo, él se puso su sudadera.

En los asientos que estaban marcados en sus entradas, Can miró a su alrededor. Allí había más gente de la que nunca habría imaginado. ¡Pues sí que gustaba el patinaje sobre hielo!

Ibiza saludaba con la mano a distintas personas y, al ver cómo la cría les sonreía, preguntó:

—¿Esto siempre se llena tanto para una exhibición?

—Sí —dijo ella encantada—. Y cuando viene mami más, porque es campeona olímpica.

A Can le gustó oír eso. No podía ignorar que Sonia había sido una profesional.

La exhibición comenzó e Ibiza y él disfrutaron del espectáculo. A la pista salieron distintos alumnos de la escuela de patinaje y patinadores profesionales, quienes enseñaron sus coreografías amenizadas con distintas músicas, que iban desde la clásica hasta el rock.

Tan sorprendido como durante el partido de hockey, Can miraba aquel bonito espectáculo, que aunaba el patinaje, la música y el juego de luces de la pista, cuando Ibiza señalando cuchicheó:

—Allí está mami.

Él siguió con la vista el dedo de la pequeña, que no paraba de saltar en su asiento, sin duda controlaba las salidas y entradas de los patinadores, y entonces la vio.

Sonia estaba preciosa, con su pelo oscuro recogido en un moño plagado de purpurina plateada. Su maquillaje era perfecto. Sus ojos de nuevo habían recobrado la vida que parecían haber perdido unas horas antes, e intentó ver cómo iba vestida, pero desde donde estaba no podía. Sólo veía que llevaba algo oscuro de cuello de cisne.

En ese instante ella miró hacia donde estaban y les sonrió. En su gesto, Can vio la felicidad. Sin duda aquello que iba a hacer la llenaba, y, sonriendo, ambos la saludaron.

Acto seguido, Sonia volvió a concentrarse. Observó con delicia al patinador que estaba en la pista de hielo haciendo su ejercicio. Era Javier Fernández, un increíble patinador olímpico español con el que siempre se había llevado muy bien y con el que, años atrás, cuando ella aún competía, había compartido entrenador en Nueva Jersey.

La exhibición de Javier estaba siendo increíble, ¡perfecta!, y, totalmente centrada en él, la disfrutó. En su opinión, era el mejor.

Cuando el ejercicio de aquél terminó, el público aplaudió encantado. Javier, con su clase, su delicadeza y su saber hacer, los había dejado a todos con la boca abierta, y, sonriendo y saludando al público con la mano, salió de la pista. Sonia y él, al verse, se fundieron en un cariñoso abrazo. Se admiraban mutuamente, e Ibiza, viéndolo, indicó:

—Ahora le toca a mami.

En ese instante anunciaron por los altavoces el nombre de Sonia

Beched y una ovación increíble hizo que a Can se le pusiera todo el vello de punta. Sin duda el público la quería.

Tras quitarse los protectores de las cuchillas, Sonia entró entonces en la pista con elegancia y seguridad, y, levantando las manos, saludó a todos los asistentes y los aplausos se redoblaron. Ibiza sonreía encantada y aplaudía con ganas a su mami al tiempo que Can, sobrecogido, lo hacía a su lado sin quitar ojo de lo bonita que estaba aquélla con aquel maillot mitad negro, mitad plata y sus patines blancos.

En cuanto Sonia llegó al centro de la pista, el público dejó de aplaudir. Se hizo un silencio general, las luces del pabellón bajaron de intensidad y, tras unos segundos, la música comenzó a sonar. Al oír la canción *What a Fool Believes* de los Doobie Brothers, Can sonrió. Ésta le traía bonitos recuerdos y, sin duda, como en su día le indicó, que Sonia la empleara para su ejercicio le gustaba mucho más.

Las luces empezaron a cambiar de colores y, como era de esperar, ella empezó a moverse por la pista con gracia y una preciosa sonrisa en los labios. Se dejó llevar por la canción, y disfrutó deslizándose por el hielo mientras movía los brazos y las piernas al compás.

Un salto, dos...

Una pirueta vertical, una arabesca, después una baja.

Cogiendo velocidad, Sonia cruzaba la pista al tiempo que, con cada pirueta que hacía, el público enloquecía y aplaudía a rabiar.

¡La adoraban!

Ibiza, por su parte, no paraba de sonreír. Ver a su madre hacer aquello frente a tanta gente era mágico, y su mami era la mejor. De pronto Sonia dio un salto que hizo que todo el mundo se levantara y aplaudiera, y la niña, al ver a Can con gesto de susto, indicó:

—Tranquilo. Mami es la mejor haciendo el triple *axel*.

Can asintió con el corazón en un puño. No lo dudaba, pero ver las velocidades que aquélla alcanzaba sobre el hielo y cómo rotaba para saltar le daba mucho miedo. Por ello, cuando minutos después la canción acabó y todo el mundo aplaudió levantándose entre vítores, respiró aliviado aunque le temblaban las piernas.

—¡Cómo molaaaaaaaaaaaaa! —aplaudió Ibiza emocionada.

Can sonrió al oírla y, poniéndose también en pie, aplaudió encantado. Aquella chica era fantástica.

Sonia, satisfecha de su actuación, con gracia y una amplia sonrisa, recorrió la pista recogiendo las flores que la gente le tiraba y agradeciendo el cariño y el amor que todos aquéllos le ofrecían con sus aplausos y sus sonrisas. Y, minutos después, tras un último beso que les lanzó, abandonó la pista, en la que entró otro patinador.

Damián, que había visto como todos el ejercicio, una vez que ella les puso las protecciones a las cuchillas, se le acercó y, tras abrazarla, la miró a los ojos y preguntó:

—¿En serio te encuentras bien?

Sonia maldijo. El malestar cada vez era más evidente en todos los sentidos, y finalmente respondió:

—Creo que estoy incubando algo.

Damián asintió.

—Vamos, ve a cambiarte y márchate a casa. Yo hablaré con la organización y les diré que por una urgencia familiar no te has podido quedar al cóctel de después.

—Gracias —musitó ella sintiéndose peor a cada segundo que pasaba.

En los vestuarios, tras cambiarse de ropa, llamó al teléfono de Can e indicó:

—Dentro de cinco minutos en la puerta C, que es por la que entramos, ¿vale?

—¡Perfecto! —afirmó él.

Y cuando colgó, llamando a Ibiza, que no paraba de corretear por el pasillo, dijo agarrándola:

—Tenemos que irnos.

La niña, sorprendida porque aún no había terminado la exhibición, se disponía a protestar cuando él insistió:

—Tu madre ha llamado y ha dicho que nos espera dentro de cinco minutos en la puerta C.

La niña asintió obediente y, agarrándose a su cuello, a continuación preguntó:

—¿Me llevas sobre tus hombros?

Sin dudarlo, aquél la izó e Ibiza, agarrándose, musitó:

—Gracias, papi.

Al oír eso, Can levantó la cabeza para mirarla.

—Si vuelves a decir eso, tu madre se enfadará.

La cría asintió y, sin decir nada más, prosiguieron su camino.

Al llegar a la puerta C, Sonia ya los estaba esperando. Se había desmaquillado, aunque continuaba con aquel moño y el pelo lleno de purpurina plateada.

Ibiza, al verla, sonrió e, inclinándose hacia Can, dijo en su oído:

—Bájame al suelo.

Él se apresuró a hacerlo y la niña corrió entonces a abrazar a su madre.

—Mami..., ¡has estado genial! El triple *axel* te ha salido fenomenal y el bucle picado ¡ha sido una pasada! ¡He flipado! ¡Han flipado! Y he visto a Toni, a Leire, a Anna y a Jonas y me han dicho que te diga que eras la mejor y que lo sigues siendo. ¿A que mola, mami? ¿A que mola?...

Sonia, al observar aquel torrente de vitalidad, miró a Can.

—¿Cuánta Coca-Cola ha tomado? —quiso saber.

Él, apurado, no contestó, y luego ella suspiró:

—¿Tienes el mando de tu coche a mano?

Él asintió sorprendido, lo sacó del bolsillo y ella, cogiéndolo, se lo entregó a la niña.

—Venga, cariño, a ver si encuentras el coche.

Ibiza cogió el mando encantada y, mientras se alejaba corriendo, comenzó a darle al botón. En el coche de Can se encenderían las luces en cuanto lo reconociera.

—¿No había un cóctel? —preguntó él entonces mirando a la joven.

Sonia asintió y, agarrándose de pronto a él, musitó:

—Can, abrázame.

Boquiabierto, él lo hizo sin dudarlo y sonrió. ¡Por fin estaban llegando a donde quería!

Sentir su cuerpo pegado al de Sonia era increíble, y cuando iba a acercar sus labios a los de ella para besarla, ella murmuró:

—Tienes que llevarme a urgencias ahora mismo.

Oír eso era lo último que esperaba.

«¡¿Cómo?! ¡¿A urgencias?!»

Y, al ver su mirada febril, la agarró con más fuerza y preguntó:

—¿Qué te ocurre?

Sonia, que sentía que le fallaban las fuerzas y el dolor de barriga iba a más, susurró asustada:

—No lo sé. Pero algo me pasa.

Can se estremeció. Desde que su hermana había enfermado, cualquier pequeño mal lo martirizaba una barbaridad, y ella, al ver su expresión, dijo en voz baja:

—Si te vas a desmayar, no es el momento.

Oír eso lo hizo ser consciente de que Sonia lo necesitaba y, cuando iba a decir algo, ella cuchicheó:

—Procura actuar con normalidad, piloto. No quiero asustar a Ibiza.

Sin ganas de corregirla, él asintió y, cogiendo a Sonia entre sus brazos, indicó al ver que ella iba a protestar:

—Así llegaremos antes al coche.

Una vez junto al vehículo, Ibiza ya los esperaba con las puertas abiertas, y, al ver a su madre con los ojos cerrados en brazos de aquél, preguntó poniéndose seria:

—Mami, ¿qué te pasa?

Sonia la miró e, intentando ignorar el dolor que sentía, inventó:

—Nada, cariño. Es sólo que me he torcido un tobillo al venir caminando hacia aquí y tenemos que ir al hospital.

—¡Buf! No me digasssssssss —contestó Ibiza preocupada.

Torcerse un tobillo practicando cualquiera de los dos deportes que ellas hacían era un auténtico horror.

—Mami, tranquila, no será nada —musitó mirándola.

—Seguro que no —convino Sonia cerrando los ojos porque todo la mareaba.

Can no podía hablar mientras, terriblemente preocupado, metía a la joven en la parte trasera del vehículo y le ponía el cinturón en silencio. Después, mirando a la niña, que los observaba aún en la calle, pidió:

—Cielo, entra en el coche por la otra puerta y ponte el cinturón.

Sin dudarlo, la niña hizo lo que él le pedía y luego Can se sentó al volante. Ibiza miró entonces a su madre y, al verla con los ojos cerrados, preguntó:

—Mami..., ¿quieres que te cante nuestra canción para que se te pase?

Sonia sonrió e, intentando que su hija no se asustara, afirmó:

—Nada me gustaría más.

Can arrancó el vehículo con las pulsaciones a mil, mientras Ibiza, cogiendo la mano de su madre, comenzaba a cantar el *Turu Turu*.

Capítulo 39

Cuando Can llegó al Royal London Hospital, detuvo de inmediato el motor del coche y se bajó. Abrió la puerta del lado donde iba Ibiza y, mirándola, dijo a la cría, que no había parado de hablar:

—Sal y no te separes de mi lado, ¿entendido?

La niña asintió y, una vez que Can cerró la puerta del vehículo, caminó hacia el otro lado para sacar a Sonia. Al abrir, la vio extremadamente pálida. Tenía las manos sobre la tripa, y él notó cómo todo su cuerpo se estremecía cuando susurró:

—Ay, Dios, Cannnnn..., me muero de dolor.

Eso aceleró de nuevo sus pulsaciones y él le quitó el cinturón con premura, mimo y delicadeza.

—Tranquila, cariño —indicó—. Ya estamos en el hospital.

Después, cogiéndola con seguridad entre sus brazos, dijo para que la niña lo oyera:

—Muy bien, señorita. Ya hemos llegado. Vamos a ver qué le sucede a ese tobillo.

Sonia intentó sonreír, y más cuando oyó a Ibiza añadir mientras saltaba a su lado:

—Seguro que se lo vendan.

Can asintió y, nada más entrar en el hospital con Sonia en brazos, varios médicos se les acercaron y uno de ellos ordenó al ver su gesto de dolor:

—Traed una camilla.

Al cabo de dos segundos tenían una camilla frente a ellos y Can, tras dejar a Sonia sobre ella, miró a Ibiza.

—Cielo, siéntate en una de esas sillas —le señaló—, ahora mismo voy.

La niña obedientemente hizo lo que le pedía y, en cuanto se alejó, Sonia miró al médico y dijo con la voz temblorosa:

—Llevo un tiempo rara y algunos días vomitaba. Pensé que sería un virus, pero hoy se me ha puesto un dolor aquí que ha ido empeorando y... y casi no me deja respirar.

El médico asintió y, mirando a Can, que no se separaba de ella, explicó:

—Nos la llevamos al box tres. Usted espere con la niña. Enseguida vendremos a informarlos.

Mirando a Sonia, que tenía los ojos cerrados por el dolor, Can observó asustado cómo los médicos se la llevaban. Tomó aire y, dando media vuelta, se acercó a la pequeña, que lo miraba, y se sentó.

—Van a mirarle a mami el tobillo y ahora vienen —dijo a Ibiza.

Pero, al ver su expresión preocupada, musitó con un pequeño puchero:

—¿Mi mami está bien?...

Al ver sus ojos llorosos, Can se puso terriblemente nervioso. Estaba transmitiendo su preocupación a la niña y eso no podía suceder.

Si Ibiza lloraba no sabría qué hacer, por lo que, intentando sonreír, afirmó:

—Claro que sí, cariño. Los médicos se están ocupando de ella y no hay por qué preocuparse, ¿de acuerdo?

Ibiza parpadeó y, sin quitarle ojo, a continuación preguntó:

—¿Me lo prometes?

Prometer aquello era muy arriesgado, pero, necesitaba que siguiera tranquila y no se asustara, así que, poniendo su dedo frente a ella, Can declaró:

—Te lo prometo.

Ese simple acto serenó una barbaridad a la pequeña y, tras poner su dedo junto al de aquél, sonriendo, cuchicheó:

—Seguro que sólo le vendan el tobillo.

Can asintió e intentó sonreír. Era lo único que podía hacer.

Veinte minutos después, tras enviarle a su hermana Raissa un mensaje para que fuera a su casa a por *Chester* y se lo llevara con ella a su apartamento hasta que él fuera a recogerlo, vio acercarse al médico que se había ocupado de Sonia. De inmediato se levantó y miró a Ibiza, que tenía sobre las piernas el bolso de su madre.

—No te muevas de aquí —indicó—. Ahora vengo.

La niña asintió y, con paso acelerado, Can llegó hasta el médico.

—Dentro de cinco minutos nos la llevamos al quirófano —lo informó éste. Según oyó eso, Can no supo qué decir, pero el hombre, al ver su desconcierto, agregó—: Debemos operar inmediatamente a su mujer de apendicitis. La intervención se hará por vía laparoscópica y, si todo va bien, dentro de uno o dos días le daremos el alta y en cuatro o cinco podrá retomar su vida normal.

Can asintió como en una nube. ¿Una operación? ¿En serio?

El doctor, al verlo tan descolocado, se apresuró a añadir:

—Si quiere pueden ver un momento a su esposa antes de la operación. Síganme al box.

El comandante, sin sacarlo de su error, asintió. Que creyera que era su mujer en un momento así no tenía importancia y, bloqueado por el miedo, miró a Ibiza y la llamó. La cría se acercó a él y Can dijo cogiéndola de la mano:

—Vamos a ver a mami.

—¡Chupi! —La pequeña sonrió.

Pocos metros más adelante, al entrar en el box, Sonia parecía tener mejor cara. Ya no estaba tan pálida y, tras algo que le habían dado, sin duda el dolor había remitido. Ibiza, al verla sonriendo, musitó al darse cuenta de que Can no le había mentido:

—Mami..., ¿a que ya no te duele el tobillo?

Sonia sonrió. Lo que le hubieran puesto le estaba haciendo efecto y, mirando a su hija, murmuró:

—No, cielo, ya no me duele. Ven aquí. —Sin dudarlo, la niña obedeció—. Escucha, cariño. El tobillo está bien, pero tienen que operarme de la tripita porque...

—¿Vamos a tener por fin un bebé?

Al oír eso, Sonia sonrió. Nada le gustaría más a su hija que tener un hermanito, y suspiró.

—No, cariño —dijo—. No vamos a tener un bebé. Pero me tienen que arreglar una cosa de la tripita para que nos podamos ir a casa. Sin embargo, todo está bien y no tienes que preocuparte por nada, ¿vale?

La tranquilidad que su madre le daba, y también Can, era lo que la niña necesitaba para confiar en que todo estaba bien.

—Vale, mami —repuso con seguridad.

Tocándole con mimo la cabeza, Sonia sonrió y luego se dirigió apurada a Can:

—Mi familia y mis amigos más cercanos están todos fuera, pero puedo llamar a...

—Tranquila. Yo cuidaré de Ibiza.

—Pero...

—Yo cuidaré de Ibiza —repitió él acercando su cara a la de ella.

El médico, al ver que aquéllos hablaban, para darles un poco de intimidad, miró a la chiquilla e, intentando quitarle hierro al asunto, al ver las camisetas que llevaban preguntó:

—¿Has ido al partido de los Osos de Londres?

Ibiza asintió.

—Yo juego en los Osos de Londres. Pero hoy hemos perdido.

—Vaya... —El médico sonrió, y añadió—: Pero seguro que otras veces ganáis, ¿verdad?

—¡Muchirritísimas!

Sonia sonrió y, al ver que el médico y su niña continuaban hablando, dijo mirando a Can:

—Siento que esto haya acabado así...

—Ehhh... No digas tonterías —musitó él inclinándose para retirarle el pelo del rostro—. Es la cita más original que he tenido nunca.

—No era una cita...

Can asintió y, seguro de lo que decía, afirmó:

—Para mí ha sido una cita maravillosa con las dos chicas más preciosas de la ciudad.

Ambos sonrieron y ella, asiéndole la mano, indicó:

—En mi bolso están mi cartera con mi documentación y mi móvil. Intenta que Ibiza no llame ni coja llamadas. No quiero que mi familia o mis amigos llamen y les suelte que estoy en el hospital. Esto es sólo una apendicitis y no me gustaría que nadie se preocupara.

—Pero...

—Can, con un poco de suerte mañana estaré en casa —lo cortó—, y cuando todos regresen de sus viajes yo misma se lo contaré, ¿entendido?

—Vale.

—Y no le des más Coca-Cola a Ibiza o no dormirá en toda la noche.

Él asintió, en ese instante habría asentido a cualquier cosa, y Sonia, mirando a su pequeña, que no dejaba de hablar atropelladamente con el médico, pidió:

—Dame un besito, cariño.

Tranquila por la calma que veía a su alrededor, la niña se acercó a su madre y, cuando Can la aupó para que la besara, oyó a Sonia decir:

—Pórtate bien con Can mientras yo no estoy, ¿vale, cariño?

La niña asintió sin dudarlo y, cuando Can la bajó al suelo y ésta salió del box con un enfermero, tomó la mano de Sonia y dijo intentando permanecer tranquilo:

—No te preocupes por nada, ¿de acuerdo, Lady Stark?

Sonia asintió y cuando él, sin ella esperárselo, se le acercó y le dio un rápido beso en los labios, sólo pudo seguir sonriendo. Dormirse con ese recuerdo no estaba nada mal.

Una vez que los celadores abrieron el box para llevarse a Sonia al quirófano, el médico puso la mano en el hombro de Can al verlo desconcertado.

—Vayan a recepción —indicó—. Rellenen los datos que allí le pedirán de su mujer y luego le asignarán una habitación. Tras la operación, ella se quedará ingresada. En cuanto terminemos hablaré de nuevo con usted.

Can asintió y, en cuanto vio a aquéllos alejarse, cogiendo la mano de Ibiza, musitó sin corregir al médico:

—Vamos, tenemos algo que hacer.

En la recepción del hospital, donde había un hombre y una mujer atendiendo, Can abrió el bolso de Sonia, sacó su cartera y de allí obtuvo parte de la información que le pedían. La otra ya la daría ella cuando estuviera en la habitación. Después, una vez que les asignaron la habitación 526, la recepcionista señaló dirigiéndose a la niña:

—Tu papi y tú podéis esperar en la habitación.

—¡Vale! —afirmó Ibiza.

Al oír eso, Can simplemente asintió, pero cuando esperaban el ascensor, miró a la pequeña para aclararle ciertas cosas y ésta se apresuró a decir:

—Yo no lo he dicho esta vez. ¡Ha sido ella!

Ver su gesto de picardía, tan parecido al de su madre, finalmente hizo sonreír a Can. Madre e hija lo descolocaban.

* * *

El tiempo fue pasando y el cansancio comenzó a vencer a Ibiza, quien, sentada sobre él como un monito, apoyaba la cabeza en su hombro.

—¿Falta mucho para que venga mami? —susurró—. Tengo mucho sueño.

Ver sus ojitos medio cerrados y su ternura emocionó a Can. Nunca pensó que un niño pudiera despertarle tantos sentimientos y, con cariño y como si lo hubiera hecho toda su vida, la besó en la frente y murmuró mintiéndole:

—Duérmete. Cuando venga mami te aviso.

La niña asintió y, tras acomodar de nuevo la cabeza en el hombro de él, pidió:

—¿Me cantas mi canción?

Boquiabierto, no supo qué decir. ¿Cantar una canción? ¿Él?

Pero la niña insistió:

—El «Turu, turu, turu...».

Can no tenía ni idea de lo que le hablaba. ¿Qué era el «Turu, turu, turu...»?

Estaba en silencio cuando la chiquilla extendió el brazo y pidió:

—En el bolso de mami está su teléfono, ¿me lo das?

Al oír eso, él recordó lo que Sonia le había pedido con respecto al móvil, y preguntó:

—¿Para qué lo quieres?

Ibiza bostezó.

—Mami tiene un vídeo con la canción grabada. Y si la escucho me podré dormir.

Entonces Can cogió el bolso y sacó el teléfono. Tras cogerlo, la niña anunció:

—Hay cuatro mensajes del tío Ginger.

Él asintió y, desviando el tema, replicó:

—Mami los verá cuando venga. Ahora busca la canción.

Con destreza, Ibiza encontró el vídeo que buscaba y, cuando le dio al botón de reproducir, Can vio a Sonia con su guitarra riendo, sentada en el suelo de su casa, y segundos después comenzó a cantar el *Turu Turu*.

La niña dejó el móvil sobre el sofá de la habitación con una sonrisa y, acomodándose de nuevo en el hombro de él, se dispuso a dormir; Can, por su parte, no podía apartar la mirada de la pantalla y escuchaba a Sonia cantar aquella curiosa canción.

A las dos y diez de la madrugada, mientras Ibiza dormía profundamente en el sofá cama de la habitación, subieron a Sonia del quirófano. Todo había salido bien y tenerla junto a él, por fin, lo tranquilizó.

Capítulo 40

El sábado por la mañana, cuando Can se despertó tronchado en la silla del hospital, se encontró a Sonia al teléfono intentando calmar a alguien. Al parecer, la niña se había despertado antes que ninguno y había respondido a los mensajes de su tío Ginger diciéndole dónde estaban.

—Joder, Ginger, no me toques las narices, ¡que estoy bien! —gritaba Sonia.

Pero él y Stacy, asustados al saber que aquélla estaba en el hospital, gritaban, y Sonia decía aplacándolos:

—Estáis en Frankfurt. Ginger, esta tarde tienes la exhibición y yo estoy bien. Me operaron de apendicitis, Can me acompaña y todo está controlado. Sí, Can... ¡Que sí! —gritó—. Y, no..., ¡ni se os ocurra veniros ni avisar a las Ladies! Si lo hacéis, os juro que haré que os echen del hospital y os retiraré el saludo para toda mi vida, ¡¿entendido?! —Sonia escuchó lo que aquéllos decían y luego asintió—: Vale..., eso vale. De acuerdo, nos vemos en mi casa el domingo. Sí..., sí. Tranquilos, no estoy sola. Y, sí, Can nos está cuidando a Ibiza y a mí muy bien.

Tras despedirse de ellos, Sonia tiró el teléfono sobre la cama y, mirando a su hija, que la observaba con gesto serio, preguntó:

—¿Cuántas veces tengo que decirte que no contestes a mis mensajes?

Can se acercó a la pequeña y ésta lo cogió de la mano.

—Pero era el tío Ginger... —respondió.

—Ibiza..., te he dicho mil veces que no lo hagas. ¿Acaso tengo que enfadarme contigo?

La pequeña no respondió y Can, intentando mediar, musitó:

—Bueno. Vale ya.

Según oyó eso, Sonia lo miró, e iba a replicar cuando entró una enfermera en la habitación y, al ver el ambiente tenso, preguntó dirigiéndose a la pequeña:

—¿Te vienes conmigo a ver a los bebés al nido?

Sin dudarlo, ella asintió y, cuando Ibiza se disponía a salir, Can la detuvo, miró a la enfermera y preguntó con seriedad:

—¿No la soltará de la mano en ningún momento?

La enfermera sonrió, los padres eran superprotectores, e indicó:

—No se preocupe. Su hija estará continuamente cogida de mi mano.

Sonia puso los ojos en blanco al oír eso y cuando Ibiza y la mujer se marcharon, Can se acercó a ella y, al verla tan alterada, señaló:

—Tranquilízate. En tu estado lo necesitas.

Sonia resopló molesta por haberle hablado así a su pequeña.

—Tienes razón —musitó.

Pero la tranquilidad le duró poco y, minutos después, el médico, que hacía su ronda de visitas, le explicó que tenía que quedarse veinticuatro horas más en el hospital y ella volvió a explotar. Una vez que el doctor salió de la habitación, Sonia gruñó molesta:

—Pero ¿no ves que no puedo estar aquí?

No acostumbrado a lidiar con ese tipo de problemas, y menos aún a verla tan enfadada cuando ella siempre era todo sonrisas, Can intentó que se relajara.

—Sonia, te operaron hace muy pocas horas. Es normal que no quieran darte el alta.

—Pero... pero ¡tengo mucho trabajo! Y tengo la fiesta de George el jueves por la noche. No puedo quedarme aquí.

—Pues aquí te vas a quedar —sentenció él.

Al oír eso, la joven, que estaba enfadada, gruñó mirándolo:

—Eh, Rey... Conmigo, chulerías las justas.

Sin dar crédito, Can meneó la cabeza. Aquella mujer era una fiera en potencia.

—Eh, Lady Stark... Te pongas como te pongas, de aquí no te vas a mover —sentenció—. Te acaban de operar, tu médico quiere que te quedes otro día más para tenerte vigilada y así será, ¿entendido?

—Vaya mierda —protestó ella molesta en español.

—¿Qué has dicho? —preguntó Can al no entenderla.

Enfadada con todo, Sonia respondió:

—¡He dicho que vaya mierda!

Can, al ver su gesto crispado, la entendió. Si eso le hubiera ocurrido a él, tampoco reaccionaría muy bien, e intentando tranquilizarla, musitó:

—Escucha, cielo...

Según empleó ese término cariñoso, Can se interrumpió sorprendió, y ella, reparando en lo que él había dicho, soltó:

—¿«Cielo»? ¿Cómo que «cielo»?

—Vale, Sonia...

—La verdad..., me gusta más «cielo»...

Al oírla, Can la miró con gesto confuso y ella, sintiendo que se estaba comportando como una desequilibrada por los nervios que tenía, susurró:

—Soy una tocapelotas..., lo sé..., lo sé...

Can sonrió. Aquella mujer podía con él, por lo que tomó aire y dijo:

—El doctor te ha dicho que, mañana por la mañana, si todo sigue como hasta ahora, te dará el alta. Date tiempo. ¡Te acaban de operar! Y, sí, tu trabajo es importante, pero tu salud va primero.

—Pero, Can...

—¡No hay peros que valgan!

Sonia dio un manotazo en la cama, aquello no le valía y, pensando en su hija, gruñó:

—Los hospitales están llenos de virus y no quiero que Ibiza esté aquí.

Can asintió, la entendía muy bien; intentando relajarla, se sentó a su lado y comenzó a hablarle de lo primero que se le ocurrió. Quizá eso la calmara. Y, sorprendentemente, así fue.

Media hora después entró la enfermera que se había llevado a la pequeña con la niña y Can, al ver que la cría corría hasta su madre para contarle lo que había visto, se levantó y salió al pasillo a hacer una llamada. Necesitaba ayuda.

Cuando volvió a entrar en el cuarto, no podía creerse que tuviera que volver a mediar entre Sonia y su hija. ¿En serio tenían que discutir por todo?

La niña, que había visitado a los bebés en el nido, le exigía a su madre que pidiera uno para llevárselo a casa o, si no, encargara uno. En un principio eso le hizo gracia a Sonia, pero pasados los minutos y ante la insistencia de la cría, dejó de hacérsela.

Can ya no sabía qué hacer. Lo estaban volviendo loco entre las dos cuando, de pronto, la puerta de la habitación se abrió y aparecieron Daryl y Carol.

¡Sí! Habían acudido a su llamada.

Sonia, sorprendida al verlos, iba a hablar cuando la niña corrió hacia ellos y, tras saludarlos, exclamó:

—Han operado a mami de la tripita y no ha querido que le sacaran un bebé.

—Ibiza... —murmuró Sonia agotada.

Pero la cría insistió:

—Y yo le he dicho: «Pero, mami, ¡ya que estamos aquí, ¿por qué no nos lo llevamos?! ¿O por qué no lo encargamos y venimos otro día a por él?».

—Me parto. —Daryl rio mirando a Can.

—¡Desde luego, qué malísima eres! —se mofó Carol mirando a Sonia.

—Eso... —cuchicheó ella—, tú encima síguele el juego.

La niña negó con la cabeza al oír a su madre.

—Yo quiero un hermanito. Sé que salen de las tripitas de las mamás cuando van a los hospitales... Pero nada, ¡nos vamos sin mi hermanito del hospital porque mi mami no quiere!

Al oír eso, todos rieron; la magia con que vivían ciertas cosas los niños era divertida. Carol, al ver el gesto de Sonia, dijo mirando a su chico:

—¿Qué tal si te llevas a Ibiza a la cafetería un ratito? Seguro que quiere tomarse un refresco fresquito.

—¡Sí! Una Coca-Cola —saltó la pequeña.

—¡Sin cafeína! —apuntó Sonia.

Al oír eso, Ibiza miró a Can y éste suspiró al comprender. Esa lección ya estaba aprendida.

Daryl, que observó la expresión de agobio de su amigo, sonrió y, tras dejar la bolsa con ropa que había llevado para él, dijo empujándolo hacia la puerta:

—Me llevaré también a Can. Por cierto, bonita camiseta la de los Osos de Londres.

—¡Es como la mía! —indicó Ibiza señalándosela.

—¡Anda, pero si no me había dado cuenta! —soltó Daryl haciéndose el sorprendido.

Can, al que no le apetecía separarse de Sonia, resopló al ver la mofa de su amigo.

—Quizá será mejor que yo me quede. Podría pasar el médico.

Eso hizo sonreír a Carol, que, mirándolo, insistió:

—Si viene el doctor, prometo avisarte al móvil. ¡Vete!

Finalmente Can, Daryl e Ibiza salieron por la puerta y entonces ella le sonrió con cariño a Sonia.

—¿Cómo estás?

La joven, a quien le costaba estarse quieta, respondió:

—Pues molesta por haber tenido que operarme de apendicitis y enfadada por tener que quedarme aquí sin poder hacer nada hasta mañana, cuando al médico le dé la gana de darme el alta. Mi familia no sabe nada. No quiero que se asusten. Pero Ibiza contestó a un mensaje de Ginger, que está en una exhibición de patinaje en Frankfurt y, conociéndolo, del susto de saber que yo estaba en el hospital ¡casi se marimuere! Y... y el pobre Can lleva ocupándose de nosotras desde ayer y tengo tal apuro por el tiempo que está perdiendo que ya no sé ni qué decirle. Además, por si eso fuera poco, el lunes tengo una reunión importante en el trabajo y he de ir. Pero para eso necesito salir de aquí y...

Carol sonrió; Sonia estaba justo como Can le había dicho. Se sentó y la cortó:

—Si no te calmas, el médico no te dejará aquí un día, sino tres...

—¡No me jorobes!

—En cuanto a tu familia, si están fuera y tú estás bien, ya les contarás lo ocurrido cuando regresen. Sobre Ginger, no te preocupes. Ya lo sabe y, tras haber hablado contigo, seguro que no se marimuere. Y con respecto a Can, tranquila, lo está llevando muy bien y cuando ha visto que se le escapaba la situación de las manos nos ha llamado a Daryl y a mí...

—Pobre...

—Y en lo referente a la reunión, si se tiene que retrasar, se retrasa o la haces vía Skype el lunes desde tu casa. Estás en el hospital recién operada y la salud es lo primero. No estás en un *spa* dándote masajes de cava en la isla de Cerdeña, ¿entendido?

Oír eso la hizo sonreír. Sabía que Carol tenía razón. Lo que le había ocurrido no se podía prever, y susurró:

—Tienes razón..., ¡soy una histérica!

Ambas sonrieron y luego Carol, al ver cómo aquélla la miraba, indicó:

—Can nos ha llamado muy, pero que muyyyyyyy preocupado por ti. Madre mía, Sonia, ¿qué no me has contado?

Ella asintió y, al leer las preguntas en la mirada de aquélla, musitó necesitando sincerarse:

—Vale, te lo explicaré.

—¡Soy toda oídos! —exclamó Carol.

Capítulo 41

En el exterior de la habitación, Ibiza corría hacia el ascensor y Daryl sonrió mirando a su amigo. Cuando lo había llamado hacía un rato para pedirles ayuda diciéndoles dónde estaba y con quién, no se lo podía creer.

—He dejado una bolsa con ropa para ti en la habitación —indicó.

—Gracias.

Al ver su gesto ceñudo, Daryl cuchicheó:

—¿Ya estás más tranquilo?

Can suspiró. Había sopesado mucho si llamarlos o no, pero necesitaba ayuda con la niña. No podía tenerla en la habitación del hospital todo el día.

—No me agobies, ¿vale? —musitó.

Al llegar al ascensor, Daryl miró a Ibiza y, sonriendo, le preguntó:

—¿Sabías que junto a la cafetería hay un parque con columpios?

Los ojos de la niña se iluminaron.

—¡Chupiiiiiii! —exclamó.

Y, cogiéndose de la mano de Can, entró en el ascensor. Cuando llegaron a la cafetería, tras encargarse de que la niña se tomara un sándwich con una Coca-Cola sin cafeína, dijo dirigiéndose a su amigo al verla correr hacia los columpios:

—De acuerdo, ya puedes preguntar.

Daryl, convencido de que había llegado el momento en el que tenía que hablar con Can sobre lo que le ocurría, lo miró para interrogarlo, pero éste soltó:

—¡Me gusta y me atrae como nadie!

—Lo sé... A mí no me habías engañado.

—Y ayer, cuando se la llevaron para operarla, sentí que me ahogaba. Me asusté como en mi vida y, hasta que la subieron a la habitación, te juro que me costaba hasta respirar.

—El amor es lo que tiene —murmuró Daryl.

Can al oírlo lo miró.

—¡Eres un gilipollas!, ¿lo sabías? —susurró.

Daryl sonrió y él, soltándose el pelo, se lo recogió por instinto de nuevo y musitó al ver la sonrisa de su amigo:

—No sé qué me pasa, pero no puedo ni quiero alejarme de Sonia. Necesito saber que ella está bien y que la niña tiene todo lo que necesita. ¡Joder! No sé por qué estoy así, pero empiezo a sentirme ridículo y a no entender qué me pasa.

Daryl sonrió divertido. Aquella confusión que sentía su amigo le resultaba muy familiar y, tomando aire, cuchicheó:

—Sé de lo que hablas, y te aseguro que contra esa ridiculez es imposible luchar.

Can suspiró. En la vida se había sentido de ese modo.

—Vivo muy bien solo —declaró mientras observaba cómo jugaba Ibiza—. Mi vida es perfecta.

—Como tú me dijiste en su día —replicó entonces Daryl mirándolo—, ¿piensas ignorar el tsunami o enfrentarte a él?

Can sonrió, lo recordaba perfectamente.

—¿Me la estabas guardando? —preguntó.

Daryl soltó una carcajada.

—Como me dijo una vez la madre de Carol, si el destino quiere, aunque te quites. Si el destino no quiere, aunque te pongas. A Sonia el destino te la ha puesto delante y no puedes hacer nada por cambiarlo.

Can se levantó y dio dos pasos hacia delante. Se detuvo. Dio dos pasos de nuevo hacia atrás, y, sentándose junto a su amigo, iba a hablar cuando Daryl soltó:

—Sonia es tan diferente de las mujeres con las que estás acostumbrado a tratar que eso es lo que te gusta de ella. Eso, y que no besa el suelo por donde tú pisas —se mofó. Al oír eso, Can lo miró y su amigo aclaró—: Si algo me cautivó de Carol fue su independencia y el modo en que pasaba de mí. ¡Eso me martirizaba y me gustaba a partes iguales! Tú, como yo, estás acostumbrado a mujeres que tan sólo están interesadas en complacerte, y como ambos con eso teníamos bastante y nada de ellas llamaba nuestra atención, nunca nos parábamos a conocerlas. La diferencia entre esas mujeres y Carol o Sonia es que éstas viven la vida sin importarles si les gustamos o no y si nos complacen o no. Su seguridad y su aplomo cuando pasan de nosotros nos desarma, y eso es lo que hace que nos enganchemos de ellas.

—Puede ser...

—Puede ser, no... ¡Es! —aseguró Daryl—. Y ¿sabes? Una vez que llaman nuestra atención y nos permitimos conocerlas, entonces es cuando nos damos cuenta de que hay cosas bonitas e interesantes en la vida además del sexo.

—¿Por qué hablas en plural?

Daryl sonrió.

—Porque yo he pasado por ello y sé que te sientes así. Y mi consejo es: déjate llevar. Cuando yo lo hice, te aseguro que todo fue mucho mejor.

—Ella pone demasiadas barreras. Sigue dolida por lo que le hizo el padre de Ibiza.

—Las barreras, como me dijo también la madre de Carol, están para saltarlas.

Ambos rieron, y Daryl insistió:

—¡Conquístala!

Can lo miró y, con sinceridad, musitó:

—¿Y qué se hace para conquistar a una mujer?

La carcajada de Daryl resonó en toda la cafetería. Estaba visto que ellos nunca habían necesitado conquistar a nadie, y, pensando en su experiencia con Carol, respondió:

—Habla desde el corazón sin miedo a parecer un gilipollas. Sé detallista, pero no en lo material, sino en lo personal y, sobre todo, sé tú mismo. Ésa es la única manera de conquistar el corazón de una mujer.

—Yo no sé si sabré hacer eso —resopló Can.

—Amigo —sonrió Daryl—, si he sabido hacerlo yo, que soy un jodido y estirado inglés tiquismiquis, no me cabe la menor duda de que tú también sabrás. Simplemente déjate llevar y habla con el corazón. Nada más.

Can asintió. En la vida habría imaginado a su amigo diciendo eso.

—Si te soy sincero —respondió—, nunca he necesitado poner nada de eso en práctica.

—Porque tenía que llegar a tu vida la mujer indicada.

Divertido al oír hablar así a su amigo, Can sonrió, y Daryl añadió:

—Conocer a Carol y dejarme llevar por lo que sentía me hizo pensar y darme cuenta de la vida vacía que había llevado y que yo pensaba que era plena. Con ella descubrí lo maravilloso que era despertarme a su lado, entre otras cosas, e incluso me hizo pensar en cuál era mi canción favorita...

Al decir eso ambos rieron, y Can cuchicheó divertido:

—Recuerdo cuando me preguntaste aquel día en el aeropuerto si yo tenía una canción favorita. Sinceramente, no sabía por dónde ibas, pero sí me di cuenta de lo mucho que te molestó que le sonriera a Carol.

—Ella cambió mi concepto de la vida en todos los sentidos —declaró Daryl—. Y aunque a veces discutamos porque yo sigo siendo un jodido inglés tiquismiquis y ella una *itañola* con carácter que me vuelve loco, te aseguro que volvería a repetir paso por paso todo lo que ocurrió para llegar al momento en el que estamos ahora mismo.

—¿Incluido lo del pelo verde y el ron de marihuana? —se mofó Can.

Daryl asintió divertido y, suspirando, afirmó:

—Incluido.

Los dos amigos se miraron a los ojos y se entendieron, y a continuación Can dijo:

—Estar con Sonia y con la niña me hace sentir bien. Es una sensación rara para mí, pero me gusta, y noto que deseo saber cuál es su canción favorita, su película preferida, su comida predilecta y mil cosas más. Pero lo tengo tan complicado...

—¿Por qué?

—Primero, porque con el padre de Ibiza no lo pasó bien y se ha puesto una coraza difícil de quitar. Y, segundo, porque ve en mí al típico neandertal que sólo desea sexo.

—¡¿Neandertal?! —preguntó Daryl con guasa.

—Además de un piloto engreído e imbécil —asintió Can.

—Wooooo, ¡amigo! —se mofó Daryl, pero luego añadió—: Tranquilo, yo era y sigo siendo el jodido piloto guiri tiquismiquis. —De nuevo ambos rieron y luego éste insistió—: Convéncela de que eres más que un piloto engreído e imbécil y un neandertal.

—¡Ni que fuera fácil!

—Todo es muy difícil antes de ser fácil —declaró Daryl riendo.

Al oírlo, Can resopló.

—Cada vez que nos vemos siento que saltan chispas entre nosotros.

—Y cortocircuitos —asintió su amigo recordando ciertos momentos.

—Pero si la he invitado a cenar y se ha negado... ¡No hay manera! Y si ayer pasé el día con ellas fue porque la niña me invitó a hacerlo..., ¡la niña, no ella!

Eso hizo reír más a Daryl.

—Menos mal que ayer estabas con ellas —dijo.

Can asintió. En aquel momento estaban solas en Londres, y afirmó preocupado como en su vida:

—Sí. Menos mal.

En ese instante Ibiza se acercó a ellos y, sentándose sobre Can, preguntó:

—¿Me puedo tomar otra Coca-Cola... sin cafeína?

Con mimo, él besó a la pequeña en la cabeza. Sólo le habían bastado veinticuatro horas de estar con ella para entenderla y saber tratarla.

Entonces pasó junto a ellos la enfermera que esa mañana se había llevado a Ibiza al nido para que pudiera ver a los bebés, y al verla preguntó:

—¿Le has hablado a tu papi de los bebés tan bonitos que has visto?

Al oír eso, Daryl levantó una ceja mirando a su amigo, que rápidamente se puso las gafas de aviador. ¿«Papi»? ¿La enfermera lo había llamado «papi» y él no la había corregido?

Can suspiró al ver su mirada guasona mientras Ibiza soltaba a la enfermera:

—Sí, pero mami no quiere encargar ninguno.

Al oír eso, la chica sonrió y, tras mirar a Can, a aquel tipo tan increíblemente sexy, respondió sin cortarse un pelo:

—Dales tiempo a tus papis, ya verás como tarde o temprano lo encargan.

Luego la enfermera se marchó y, cuando la niña corrió hacia los columpios de nuevo, Can se quitó las gafas y señaló mirando a su amigo:

—Prefiero que te guardes lo que estás pensando...

Daryl asintió, pero, incapaz de callar, murmuró:

—¿*Papi*?... ¿En serio?

Can resopló y finalmente sonrió.

Capítulo 42

En la habitación de hospital, Carol y Sonia proseguían hablando cuando esta última, acorralada por las preguntas de aquélla, soltó riendo:

—Vale. De acuerdo, *jodía* cotilla, entre nosotros ha habido algo más que besos.

—¡¿Sexo?!

Sonia asintió y afirmó riendo mientras gesticulaba:

—¡Increíbleeeeeeeeeeeeeee!

—Woooooooooo. Lo tenía más que claro, pese a lo mucho que intentasteis despistarme —afirmó Carol—. Sabía que había algo entre vosotros dos. Mi sexto sentido de bruja me lo decía.

Sonia sonrió y, mirándola, cuchicheó:

—Pasaba del romanticismo, lo tenía olvidado. Pero, con él, toda mi vena romántica aflora y temo volver a pillarme por un tipo que me haga sufrir y... y... ¡Joder!

Carol asintió. Entendía el miedo de aquélla a enamorarse.

—Escucha, Sonia —musitó—. Todo lo que siempre has querido está al otro lado del miedo. Y si te digo esto es porque, al igual que tú me hiciste ver que no debo tener miedo de volver a ser madre, tú no debes tenerlo de volver a enamorarte. Lo pasado pasado está y hemos de mirar hacia el futuro y lo bueno que nos pueda venir.

Sonia parpadeó al oír eso, y luego Carol murmuró:

—He hablado con Daryl y, después de la boda, encargaremos un bebé.

Sonia sonrió, ésa era una excelente noticia, y susurró:

—Me parece una idea genial. ¡La mejor!... Pero con respecto a que yo me enamore, estoy aterrada. —Carol sonrió y ella añadió—: Sin embargo, siento que voy cuesta abajo y sin frenos, y lo sé porque he vuelto a escuchar a Luis Miguel. Y yo sólo lo escucho cuando mi corazón late locamente por alguien especial, y ése es Can.

—Ay, Dios, me encanta Luis Miguel, ¡es tan romántico!

—Lo es...

—¿Cuál es tu canción preferida de él?

Sin dudarlo, Sonia respondió:

—*Soy yo.*

—Preciosa —musitó Carol recordándola.

Sonia, retirándose el flequillo del rostro, asintió y luego indicó:

—Me encanta la letra, en especial cuando dice eso de bajar una estrella del cielo para la persona amada. ¡Oh, Dios, qué frase! —Ambas sonrieron y luego ella preguntó—: ¿Sabes por qué me gusta tanto? —Carol negó con la cabeza—. Porque, cuando me enamoro, soy de las que bajan las estrellas del cielo si hace falta, y nada me habría gustado más que haber encontrado a un hombre que las bajara también para mí.

—¿Y quién te dice que Can no es así?

Sonia levantó las cejas y suspiró.

—Lo dudo. Es un chuleras acostumbrado a que se las bajen a él, ¿no lo ves?

Carol sonrió. Por lo que sabía de Can, Sonia estaba muy equivocada, e, intentando que se relajara, dijo:

—Mi canción preferida de Luis Miguel es *La gloria eres tú.* ¡Aisss, Dios, es tannnn romántica!

—Sí..., qué bonita —convino Sonia, y, emocionada por hablar de aquellas canciones que tanto le gustaban, añadió—: Siempre me ha encantado Luis Miguel. Su música..., sus boleros, su voz. Pero cuando me pasó lo del padre de Ibiza, después de ser tan feliz con él, durante un tiempo me martiricé con el tema *Qué sabes tú...* Me sentía tan mal y tan identificada con la letra de esa canción por lo que me estaba pasando que un día decidí dejar de escucharlo. Para mí, Luis Miguel era amor y romance y, como ya no iba a tener nada de eso, era mejor no escucharlo; pero de pronto el maldito piloto guaperas apareció y... ¡Joder!, tengo tanto miedo de enamorarme y de que me vuelvan a hacer daño que... que... yo... Y... y además está Ibiza: no puedo jugar con los sentimientos de mi hija, no puedo hacer que se encariñe de alguien y que ese alguien luego nos deje, ¡eso la destrozaría! ¡Oh, Dios! ¿Qué estoy haciendo? ¿De qué narices estoy hablando?

Carol, que conocía la historia que ella le había contado en lo referente a Manuel, la cogió de la mano.

—Lo que te pasó con el padre de Ibiza ya es pasado, y lo sabes —musitó.

—Por supuesto que eso es pasado. —Sonia sonrió—. Lo sé.

Durante unos segundos ambas se quedaron calladas, hasta que Carol dijo:

—Deberías darte una oportunidad en la vida. Y esa oportunidad hoy por hoy se llama Can James Drogo. —Sonia resopló, y ella matizó—: Si fuiste feliz con la persona incorrecta, ¡imagínate lo feliz que podrías serlo con la correcta!

Sonia negó con la cabeza. Can no era el tipo de hombre del que una mujer como ella pudiera fiarse.

—A ver, en cuanto a él...

—En cuanto a él —la cortó Carol—, creo que deberías permitir que el destino siga jugando sus cartas.

Al oír eso, Sonia suspiró e indicó pensando en su amigo Ginger:

—Sólo te ha faltado decir «el universo te lo está gritando».

Ambas rieron por aquello.

—Mira —añadió Carol—, como dice mi madre, si el destino quiere, aunque te quites. Si el destino no quiere, aunque te pongas. Lo que tenga que pasar pasará. Tanto tú como él sois dos personas solteras, libres y...

—Te equivocas: yo no soy libre. Yo tengo una hija que es mi prioridad y, por ella, he de tener cabeza y hacer las cosas bien. Una cosa son los amigos con derecho a roce con los que pueda pasar una fantástica noche de sexo y otra muy diferente lo que tú planteas. No confundas sexo con amor.

Carol asintió, entendía perfectamente lo que quería decirle.

—Te lo repito —respondió—: si el destino quiere, aunque te quites. Si el destino no quiere, aunque te pongas.

Sonia resopló.

—Deja de planear por una vez tus movimientos y permítete ser tú —aconsejó Carol—. Sé que tienes una hija y que por ella debes hacer bien las cosas. Pero, si Can te gusta, date un poco de manga ancha, disfruta del momento y lo que tenga que ser será. Mira, si te digo esto es porque, cuando yo conocí a Daryl, me negué a pensar en que lo nuestro podía ser factible. Él era el hermano de mi mejor amiga y tuve miedo de que nuestro rollito pasajero pudiera afectar a mi amistad con Lola. Pero nada de eso ocurrió y ahora ¡nos vamos a casar!

—Menuda locura —afirmó Sonia divertida.

—Lo es. Sin duda lo es. —Carol rio—. Pero creo que Can y tú, tras lo que me has contado, os debéis una conversación. Eso no implica un futuro ni una boda, sino simplemente permitir conoceros y lo que tenga que pasar pasará, porque en ocasiones las personas son como los libros.

—¿Como los libros?

—Algunas personas te engañan por la cubierta y otras te sorprenden por su contenido —aclaró Carol con una sonrisa, y Sonia se carcajeó—. Cuando conocí a Daryl, sólo vi su cubierta, como tú sólo ves ahora la de Can. Tíos guaperas, ligones, pilotos deslumbrantes... Pero conócelo como yo conocí a Daryl y te aseguro que su contenido te sorprenderá tanto como me sorprendió a mí. Conozco a Can y es un tipo que tiene mucho que dar, a pesar de que sólo te empeñes en ver su magnífica cubierta.

Oír eso hizo sonreír a Sonia. Lo poco que conocía de Can ya le había hecho ver que su interior era incluso mejor que el exterior y, suspirando, murmuró:

—Lo pensaré.

Carol sonrió, aquello era un buen comienzo, e intentando no atosigarla, dijo:

—Y ahora, cambiando de tema, necesito tu ayuda en algo.

Sonia se acomodó en la cama y se dispuso a escucharla. Carol necesitaba ayuda para organizar una divertida fiesta posboda, y sonrió cuando la oyó decir:

—La empresa que ha contratado el padre de Daryl para la organización de la boda es buena y sé que lo hará fenomenal. Pero, tras la fiesta formal, quiero mi fiesta de verdad. Y para eso necesito tu ayuda.

—Nos tienes a Ginger y a mí a tu disposición.

—Sobra decir que os contrataré, por supuesto. No quiero abusar de vuestra confianza y...

—No digas tonterías —la cortó Sonia—. Si te organizara toda la boda sin duda tendrías que contratarnos, pero tú sólo necesitas una ayudita para tu superfiesta posterior y eso nosotros podemos montarlo sin mucho problema. Será nuestro regalo de boda.

Al oír eso, Carol sonrió.

—Ni que decir tiene que desde este instante quedas oficialmente invitada a mi despedida de soltera, que será en Venecia.

—¡¿Qué?!

—Mi *nonna* y mi madre quieren que la celebre allí. Y así será.

—Pero...

—Y no tienes que preocuparte por nada. Los billetes de avión corren de mi cuenta y, como trabajo en el sector, ¡me salen tirados de precio! En Venecia nos alojaremos en casa de mi familia.

Sonia sonrió. Siempre había querido ir allí.

—Por supuesto —matizó Carol a continuación—, Ibiza, Ginger y tú estáis todos invitados a la boda.

Ella se disponía a protestar cuando la otra añadió:

—Y no aceptaré un no por respuesta.

Ambas rieron divertidas, y prosiguieron hablando de la fiesta. Carol sabía lo que quería y Sonia, sin duda, se lo iba a dar.

Capítulo 43

Un rato después, cuando los comandantes entraron en la habitación con Ibiza, el humor de Sonia había cambiado. De nuevo volvía a tener aquella sonrisa que tanto le gustaba y, encantado, se acercó a ella. Estaba claro que hablar con Carol la había relajado.

Los cuatro estuvieron charlando con la niña durante un rato, hasta que Carol dijo:

—Muy bien. Ibiza se viene con Daryl y conmigo a nuestra casa a jugar con nuestros perretes. Mañana, cuando te den el alta, que Can nos avise y la llevamos contigo. ¿Qué te parece?

—Sí —aplaudió la cría emocionada.

Al oír eso, Sonia no supo qué decir, pero Daryl insistió mirándola:

—Un hospital no es sitio para que esté un niño. Con nosotros en casa estará mejor, y prometemos cuidarla mucho.

Sonia miró a Can, y éste sonriendo afirmó:

—Creo que es una excelente opción.

—¡Mami, di que sí! Tienen perrossssssssssssss.

Al final, consciente de que era la única opción viable, Sonia asintió e Ibiza, subiéndose a la cama, la abrazó.

Veinte minutos después, cuando Carol, Daryl e Ibiza se marcharon hacia su casa, Can cogió la bolsa que le habían llevado y se metió en el baño. Necesitaba cambiarse y aclararse las ideas.

A solas en la habitación, Sonia llamó a Ginger y a Stacy por teléfono. Estaba más tranquila, y sabía que cuando la oyeran ellos se relajarían también.

Tras hablar unos minutos con sus amigos y desearle a Ginger suerte en su exhibición, se estaba despidiendo cuando Can salió del baño.

Observó cómo él dejaba la bolsa de nuevo en un rincón y suspiró al ver lo guapo que estaba con aquel pantalón vaquero, una camiseta blanca y una camisa vaquera abierta. Verlo tan increíble le provocó calor y, cuando él cogió una silla y la colocó junto a la cama, preguntó sorprendida:

—¿No te vas?

Oír eso lo hizo sonreír y, negando con la cabeza, indicó:

—No.

Sin poder moverse por el gotero con el suero al que estaba conectada, la joven insistió:

—Oye, de verdad, vete. Ya has estado demasiado tiempo aquí conmigo, y en cuanto a Ibiza, mañana, cuando me den el alta, yo misma iré y...

Él le puso entonces un dedo sobre los labios para acallarla y musitó:

—Cuando te den el alta mañana, nos iremos los dos.

—Pero, Cannnnnn...

—No hay más que hablar —replicó él.

Emocionada al saber que no se quedaría sola, finalmente sonrió. Estaba claro que era un hombre muy caballeroso, y, acariciándole con cariño el rostro, musitó:

—Eres un tío increíble.

Can sonrió a su vez.

—Me alegra oír eso y no aquello otro de que soy un piloto engreído y guaperas, además de un neandertal que, con sólo chasquear los dedos, consigue a las nenas que quiere. Y, si mal no recuerdo, lo terminaste diciendo algo así como que los tipos como yo nunca traen nada bueno.

Al oír eso, Sonia sonrió avergonzada. En ocasiones, un puntito en la boca no le vendría mal. E, intentando reconducirlo, añadió:

—A ver, piloto engreído y guaperas lo sigues siendo, pero también eres un tío increíble.

—¿Y neandertal?

—También —se mofó ella.

Can, al ver aquella sonrisa que tanto le gustaba, no pudo por menos que sonreír y, pellizcándola delicadamente por encima de la sábana, soltó:

—Eres una bruja.

Esa intimidad entre ellos los hizo sonreír de nuevo, pero entonces ella, al moverse, notó una punzada que la hizo poner un gesto de dolor.

—¿Estás bien? —preguntó él angustiado al verlo.

Ella asintió. Se encontraba tan bien que se olvidaba de dónde estaba.

—Sí, tranquilo —afirmó.

Preocupado como en su vida, Can asintió y ella, al ver que no le quitaba ojo durante un buen rato, dijo apurada:

—¡¿Qué?!

Él no respondió. Se moría por besarla, y Sonia, al leerlo en su mirada, susurró:

—Sabes que no es una buena idea.

Can sonrió mientras ella tragaba con dificultad. Le encantaba sentir su cercanía, pero, recelosa, respondió:

—El día que estuvimos con nuestras hermanas fui sincera. Sufrí por alguien que no lo merecía y no estoy por la labor de...

No pudo continuar. Can le puso un dedo sobre los labios y replicó:

—¿Vas a permitir que una mala experiencia te impida tener otras buenas? —Ella no respondió, y él añadió—: Eso fue lo que le dijiste a mi hermana Raissa, ¿por qué no te aplicas el cuento a ti también?

Sonia no supo qué decir. Aconsejar a los demás siempre se le había dado de lujo. Otra cosa eran ella y sus situaciones.

—Lo que te ocurrió con el padre de Ibiza es pasado, ¿vale? —insistió Can.

—Lo sé.

De nuevo se miraron a los ojos. Estaba más que claro que entre ellos había una fuerte atracción.

—Creo que éste es un buen lugar para que hablemos tú y yo —dijo él entonces.

Sonia, asustada por lo que veía en su mirada, respondió con apuro:

—Estoy postrada en una cama y enganchada a un suero.

—Así me aseguro de que no saldrás corriendo. —Él sonrió.

—¡Estoy medicada!

—Pobre...

—Eres un tramposo, ¿lo sabías?

A Can le encantaba su forma de ser; acercándose a ella, le dio un suave beso en los labios, y cuando se separó murmuró sorprendiéndose incluso a sí mismo:

—Y tú eres preciosa, ¿lo sabías, Lady Stark?

Acalorada, Sonia no supo qué decir ni qué hacer.

Aquella manera de mirarla...

Aquella forma de hacerla sentir...

Aquel hombre...

Y, acelerada por las mil cosas que bullían en su cabeza, soltó:

—Vale. Comienzo yo.

—¡Perfecto! —afirmó Can echándose hacia atrás.

Postrada en la cama, Sonia se echó el pelo hacia atrás con gracia y declaró:

—Me atraes. Eso no lo voy a negar.

—Yo tampoco lo voy a negar. Me atraes, y con nuestra liga negra puesta más aún.

Eso hizo que ella sonriera, aunque luego prosiguió:

—Pero tengo una hija a la que adoro y respeto por encima de todo en el mundo. Ella es mi más absoluta prioridad, y por ello es complicado que yo pueda mantener una relación con nadie. Ibiza va antes que nada y, sobre todo, si alguna vez se me ocurre darme la oportunidad con alguien, esa persona ha de quererla a ella tanto como a mí.

—Muy buena puntualización. No esperaba menos de ti —repuso Can.

Confundida por el modo en que la miraba, la joven insistió:

—Mira, soy de esa clase de tontas que, cuando se meten en una relación, se implican al mil por mil y, perdóname, pero con un tipo como tú no creo que sea buena idea implicarse en nada.

Su claridad, como siempre, lo sorprendió y, cruzando las manos sobre el pecho, afirmó:

—Veo que sigues viéndome como un neandertal...

—Eso hoy lo has dicho tú..., ¡no yo!

Can asintió y, necesitando hablar, replicó:

—Yo no tengo una hija, pero tengo un perro al que adoro y respeto mucho también. —Sonia sonrió—. Nunca he buscado una relación porque nunca nadie ha llamado mi atención. Pero nos hemos conocido, por lo que sea hemos conectado y nos atraemos. Y, por ello, me encantaría tener la oportunidad de conocerte más y que tú me conocieras a mí.

—Can...

—Lady Stark...

—¿Por qué? ¿Por qué yo? He visto el tipo de mujer con la que..., y... y..., perdona que te diga, ¡pero no tenemos nada que ver!

—Tú no sólo eres preciosa: ¡eres increíble!

A Sonia le gustó oír eso.

—Gracias por el halago —musitó—, pero sigo sin entender por qué yo.

Can sonrió y, dejándose llevar como le había pedido su amigo Daryl, respondió:

—Porque me gustas, me atraes, no puedo dejar de pensar en ti, me sale llamarte «cielo», adoro a Ibiza y algo me dice que tú y yo podemos funcionar.

—¿En la cama?

El comandante asintió, eso estaba claro, pero, seguro de otra cosa, afirmó:

—Y fuera de ella.

La joven se retiró el pelo del rostro al oírlo.

Bueno..., bueno..., bueno..., tanta cosa bonita no se la esperaba, e, intentando no tomárselo en serio, cuchicheó ignorando su lado romántico:

—Por favorrrrrrrrrrrrrrrr, Cannnnnnnnnnnnnnnnn...

Ver la burla en la mirada de ella, cuando él estaba intentando sincerarse, en cierto modo le dolió, pero, consciente de que tenía que lidiar con un pasado que la hacía dudar, insistió:

—Conozcámonos. Simplemente eso.

Sonia suspiró. A pesar de sus miedos, algo le gritaba dentro de ella que lo hiciera, y cuando iba a protestar, él añadió:

—Mira, es la primera vez en mi vida que le pido a una mujer algo así. Nunca me he enamorado. No sé lo que es el amor, pero desde que te conocí no puedo dejar de pensar en ti. Y, aunque te empeñes en llevarme la contraria, o llamarme Rey para molestarme, sé que tú también piensas en mí. —Y al ver el gesto guasón de aquélla indicó—: Vale, puedes llamarme «engreído».

—Engreído —se mofó ella sonriendo.

Satisfecho al verla contenta, Can paseó la mano por el óvalo de su cara e indicó:

—Oye, cielo...

—Me gusta que me llames así...

Ambos rieron y él insistió:

—Te has cruzado en mi vida de una manera como nunca lo había hecho ninguna mujer, y eso me gusta. Adoro cómo eres. Me encanta tu sentido del humor. Me gusta tu impulsividad. Me muero por besarte. No veo el momento de hacerte el amor. Y, dicho esto, creo que...

—No sé si será la medicación, pero te oigo decir cosas que ni yo misma me las creo.

Complacido al oír eso, Can sonrió.

—No es la medicación...

—A ver, Can, pondré las cartas sobre la mesa. Efectivamente, soy impulsiva, independiente, desordenada y algo loca. Cuando quiero, quiero de verdad. Odio la injusticia. No me callo ante lo que considero imprudente, inapropiado y ofensivo, y a veces puedo ser cabezota, descarada y respondona.

—Alguna virtud tendrás...

Ambos sonrieron y luego ella afirmó:

—Soy extremadamente cariñosa y puedo ser una lapa cuando me enamoro.

Can rio.

—En mi caso, no soy impulsivo, en cambio, soy independiente, ordenado y muy sensato. Nunca he querido a ninguna mujer a excepción de a mi madre y mis hermanas, pero lo que siento por ti hace que desee implicarme más contigo y con Ibiza a cada segundo que pasa. Odio la injusticia, como tú. Soy prudente en mis comentarios, me gusta guardar las formas según dónde y con quién esté, e intento valorar las situaciones antes de reaccionar. Y, en cuanto a mis virtudes, estoy descubriendo que también soy una lapa...

Ambos se miraron. Lo que se estaban diciendo era muy fuerte.

—¿Y si no sale bien? —señaló ella de pronto—. ¿Y si, por dejarnos llevar por lo que sentimos, se joroba la amistad que tenemos?

Él asintió, sabía que aquello podía pasar, pero lo último que quería era perderla, e insistió:

—Quien no arriesga no gana, y creo que debemos arriesgarnos.

Ambos sonrieron; entonces ella, con un gesto gracioso, le dio un beso en los labios y Can musitó:

—Si no estuviéramos en el hospital...

—Te ibas a enterar de lo que es tensión sexual no resuelta —añadió ella.

Soltando una risotada, y leyendo lo que su mirada decía, el comandante cuchicheó:

—Me apetece tanto como a ti, pero creo que de momento debemos esperar. Te acaban de operar y podrías desmontarte...

Divertida al oírlo, ella abrió la boca y, haciéndolo reír a él, replicó:

—Ten cuidado, no te vayas a desmontar tú.

Sus labios se unieron, se besaron, y cuando el deseo comenzó a resultar insoportable, Can se separó de ella y dijo:

—Al menos has de tener toda la semana que entra de tranquilidad. Debes reponerte.

—Me repondré —aseguró ella.

Molesto por tener que salir de viaje y dejarla, Can preguntó a continuación:

—Dijiste que tu familia estaba fuera esta semana, ¿verdad?

—En Dublín.

Él maldijo para sus adentros y luego, mirándola, agregó:

—No creo que pueda cambiar mis vuelos y...

—Ehhhh —lo cortó al entenderlo—. No tienes que cambiar

nada. Sola no estaré. Tengo a Ginger, Ibiza, Stacy y las Ladies, que me cuidarán ¡maridivinamente!

A Can lo tranquilizó oír eso.

—Salgo de viaje el lunes y no regresaré hasta el domingo. Para entonces ya estarás mejor y podríamos vernos en mi casa.

Las miradas de ambos hablaban por sí solas.

¡Sexo!

Sonia asintió sin dudarlo, pero de pronto, al recordar que sus padres regresaban el sábado y cuando su padre se enterase de lo ocurrido no se querría separar de ella y dijo:

—El domingo, imposible. Mis padres vuelven el sábado de Dublín y, tras lo que he de contarle a mi padre, se preocupará y tendré que quedarme con él sí o sí.

—¿Y tu madre? —preguntó Can curioso.

Sonia se encogió de hombros.

—Dudo que se preocupe ni un segundo.

Él asintió. Lo de la madre de Sonia seguía sorprendiéndolo.

—El lunes siguiente salgo para Berlín con Ginger —explicó ésta después—. He de concretar ciertas cosas para un evento y seguramente regresaré el martes.

De nuevo, Can asintió y, algo jorobado, dijo:

—El martes yo vuelo a Polonia y de allí iré a Viena, donde haré noche. El miércoles salgo para Estambul y regresaré el jueves a Londres.

Entonces Sonia recordó algo y, con una risa nerviosa, indicó:

—El viernes vuelvo a salir para Berlín para ultimar el evento que estamos montando para el sábado, por lo que regresaré el domingo.

Can la observó sin dar crédito.

—¿En serio va a ser tan complicado vernos?

Con una inocente mirada, ella se encogió entonces de hombros y murmuró:

—Parece ser que sí.

Se miraron y sonrieron, y ella, sin esperar a que él tomara la iniciativa, se acercó hasta su boca. Lo deseaba. Necesitaba volver a sentir su sabor y, tras darle un suave pico en los labios que le supo a sexo, musitó:

—De acuerdo, piloto. Arriesguémonos.

Complacido, Can paseó los labios por los de ella. No sabía cómo lo haría, pero tenía que conquistarla sí o sí.

—*Comandante* —cuchicheó con una sonrisa.

Y, mirándose a los ojos, sus bocas se unieron finalmente y cada uno, sumido en sus dudas y sus pensamientos, disfrutó de un largo, caliente y pausado beso de amor.

Capítulo 44

~°~

El domingo, cuando a Sonia le dieron el alta en el hospital, Can la llevó a su casa.

Un instinto protector hacia ella le había brotado de una manera que ni él mismo lo entendía. De pronto la joven había pasado a ser lo único que le interesaba.

Ya en casa, se ocupó de que estuviera bien en todo momento, acomodándola en su habitación. Y medio discutió con ella cuando Can se empeñó en ordenarla. Al final claudicó y lo dejó como estaba. Pero cuando, a mediodía, Ginger y Stacy llegaron de Frankfurt y, avisadas por ellos, después aparecieron las Ladies, la que se montó fue tan gorda que Can sintió que sobraba.

Aun así, no se movió de su lado. Quería estar con ella, e intentó ignorar los cuchicheos y las risitas de todos ellos. No los oía, pero intuía de lo que hablaban.

Interesándose por los amigos de Sonia, que se presentaron como Sean, Henry, Renato, George y su novio Liam, habló con ellos y supo que dos eran cocineros y otro cartero, pero por las noches trabajaban en el local de George, donde eran más conocidos como Marylycra, la Bella Despierta, la Moratones y Lola Mento.

Sus amistades no tenían nada que ver con las de Sonia, pero no le importó. Estaba hablando con ellos cuando Stacy, al entrar en la habitación, tropezó, perdió el equilibrio, cayó sobre la cama y derramó el refresco que llevaba en la mano sobre Can.

Al notar toda la camiseta empapada, él se apresuró a levantarse mientras Stacy murmuraba horrorizada:

—*Joidierrrrrrr*, ¡lo siento! He tropezado.

Can, mojado por el refresco, valoraba qué hacer cuando Sonia terció:

—Ginger, en mi armario, arriba a la derecha, tengo camisetas grandes. Coge alguna para que Can pueda cambiarse.

Sin dudarlo, él hizo lo que le pedía y, eligiendo una de color rosa con la bandera LGBTQ+, se la tendió.

—Aquí tienes, guapetón. Puedes cambiarte.

Can la cogió y, sin dudarlo, se quitó la camiseta empapada frente a aquéllos, que lo observaban con curiosidad; entonces se oyó a Ginger cuchichear:

—*Hallelooooo*...

—*Joidierrrrr* —musitó Stacy.

—Lady Stark..., de mayor quiero ser tú —afirmó Lola Mento.

Sonia sonrió y, viendo cómo aquéllos lo miraban, repuso:

—Sí, chicos, sí. Podéis decirlo: hay más cuadros en su estómago que en un museo.

Todos rieron y luego Can, que había oído lo que ella había dicho, murmuró mirándola:

—Te voy a dar yo a ti cuadros...

De nuevo todos se carcajearon y a continuación Ginger comentó mirándolo:

—Bonita camiseta.

Al ver por qué lo decía, sin inmutarse, Can afirmó:

—Me *mariencanta*.

Esa palabra tan significativa los hizo saber que Can se encontraba a gusto con ellos, por lo que Lola Mento le hizo prometer que iría algún día a su local con Sonia para verlos actuar. Sin dudarlo, Can asintió, nada le gustaría más.

En el rato que estuvieron charlando sentados en la cama de Sonia, Ginger no pudo ser más mordaz. Continuamente le buscaba un doble significado a todo lo que Can decía, y aunque él en un principio intentó no tomárselo a mal, ya estaba empezando a hartarse.

¿Qué le pasaba a aquel tipo con él?

Sonia, que se percató al igual que el resto, en un momento dado, cuando Can salió de la habitación, miró a su amigo y gruñó:

—¿Quieres dejar de soltar pullitas?

—Eres como la Bruja del Oeste —cuchicheó Marylycra.

—¡Tirana! —la regañó la Moratones.

Ginger sonrió al oírlas y, retirándose un mechón de su peluca azul, replicó:

—Soy una perra, ¡lo sé!, pero me mariencanta cuando me mira con esa cara de salvaje enfadado. ¡Qué morbo! —Y, al ver cómo la observaban, murmuró—: Todas se lo ponéis marifácil. ¡Se os cae el tanga al suelo! Alguien se lo tiene que poner maridifícil, ¿no?

Stacy soltó una risotada al oírlo y, mirando a su amiga, susurró:

—Madre mía, Sonia, ¡este tío está buenísimo!

—Buenísimo es poco... ¡Impresionante! Pero ¿de qué telenovela lo has sacado? —exigió Liam haciendo reír a Lola Mento.

La Bella Despierta y Marylycra reían cuando Ginger soltó:

—Lady Stark, cariño, quizá éste no te baje las estrellas del cielo como dice tu canción, pero intuyo que el tanga te lo tiene que bajar ¡maravillosamente bien!

—¡Ginger! —gruñó Sonia para que no chillara.

En ese instante Can entró de nuevo en la habitación y todos rieron. Eso hizo que él observara a Sonia con cierto reproche mientras ella se disculpaba con la mirada.

Un buen rato después, Stacy y las Ladies se marcharon y, cuando Ginger y Sonia hablaban sobre la cama de cosas de trabajo, Can volvió a salir del cuarto.

Tras pasar por el baño, donde, sin poder evitarlo, les puso el tapón a todos los botes de gel y champú y ordenó los juguetes de Ibiza en un lado de la bañera, salió y decidió ir a la nevera a por una cerveza. Pero, al cerrar la puerta de la misma, vio a Ginger apoyado en la encimera bebiendo naranjada de un vaso con una pajita.

¿Cómo era posible que hubiera llegado hasta allí sin oírlo?

Ambos se miraron. Estaba claro que los dos querían a Sonia, y Ginger indicó:

—Te voy a dar un mariconsejo.

—Tú dirás —repuso Can.

Ginger, sin moverse del sitio, se retiró con glamur el pelo de los ojos y añadió:

—Soy la más marimarica, escandalosa y loca dramática que jamás conocerás, pero si le haces daño a Sonia o a la niña, juro por mi peluca natural pelirroja preferida que te daré tal paliza que ni haciéndote ese moñito hípster que llevas a veces te van a mirar. Soy hijo de maestros de *vovinam viet vo dao*..., ¿sabes lo que es? —Can negó con la cabeza y luego aquél afirmó—: Es un arte marcial vietnamita. Así que cuidadito conmigo porque puedo pasar de ser una marica loca a una auténtica máquina de matar.

Sorprendido, Can abrió la lata de cerveza que había cogido y, apoyándose él también en la encimera, afirmó con seriedad mirando a aquel tipo delgaducho y enclenque:

—Gracias por tu *mariconsejo*.

Ginger sorbió entonces por la pajita y, cambiando su tono por otro más amigable, continuó:

—También me encuentro en el derecho moral de mariagradecerte que te hayas ocupado de ellas en mi ausencia. Sonia me ha contado lo que has hecho y reconozco que me he puesto hasta celoso al saber que has cuidado a mis reinas casi mejor que yo.

Eso hizo sonreír a Can, al menos le reconocía eso, pero entonces Ginger sentenció:

—Lady Stark sólo hay una..., no le hagas daño o te mato.

El gesto del comandante volvió a cambiar, y de pronto Ginger, mirándose las manos, abrió mucho los ojos y gritó corriendo hacia la habitación donde estaba Sonia:

—Maridramaaaaaaaaa..., ¡he perdido una uña!

Sin dar crédito, él observó cómo se alejaba y, tras dar otro trago a su cerveza, meneó la cabeza.

En ese instante se oyó el timbre de la puerta. Eran Daryl y Carol, que llevaban a Ibiza. Al entrar, la niña fue directa a sus brazos, y él la aupó mientras ella decía emocionada:

—¡Flipa, Can!

—Dime. —Él sonrió contento.

—Daryl y Carol tienen tres perros en su casa y me lo he pasado divinirritísimamente con ellos.

Encantado de ver a la pequeña, a la que había cogido tanto cariño, él asintió feliz.

—Ni te imaginas cuánto me gusta saberlo.

Una vez que la dejó en el suelo, la cría corrió hacia el dormitorio de su madre, y Ginger, que había salido del cuarto para ver que al primero que había abrazado la niña era a él, lo miró receloso y, tras levantar la barbilla con toda su dignidad, dio media vuelta y exclamó:

—¡Lady Mini Stark, estoy aquí, con *Babas*!

En cuanto ambos desaparecieron, Can se disponía a decirle algo a Carol cuando ésta, mirándolo, comentó:

—Tengo una camiseta idéntica a ésa.

Él sonrió.

—Sonia está en su habitación.

Encantada, la joven se marchó hacia el lugar que le señalaba y Daryl, que había visto la mirada de Ginger, cuchicheó:

—Creo que alguien te ha mirado un poco mal.

—Si sólo fuera eso... —se mofó Can.

La siguiente hora la pasaron todos sentados en la cama de Sonia, charlando y riendo, hasta que Daryl se miró el reloj y comentó:

—Moñitos, tenemos que irnos.

Ella asintió y Sonia, consciente de que Can volaba al día siguiente, terció:

—Deberías irte a tu casa a descansar tú también, Can. Mañana trabajas.

Él asintió, pero, deseoso de quedarse, preguntó:

—¿Estás segura? Puedo dormir en el sofá...

—¡No digas tonterías! —lo cortó Sonia—. Tienes que descansar.

Jorobado por tener que marcharse, él iba a responder cuando Ginger intervino:

—Puedes irte con toda la tranquilidad del mundo. Ya estoy yo aquí y me ocuparé de ellas como llevo haciéndolo desde hace años.

De inmediato, todos lo miraron y Sonia parpadeó con incredulidad. ¿A qué había venido eso?

Y Ginger, sintiéndose el centro de todas las miradas, dijo levantándose de la cama:

—Voy a meter a mi niña en la bañera con *Babas*. ¡Mañana hay cole!

Instantes después, Carol comentó mirándola:

—Por cierto, anoche solventamos el problema de la cancioncita del *Turu Turu* ¡gracias a YouTube!

Sonia asintió al oírla y luego musitó llevándose la mano a la cabeza:

—Ay, Dios..., es verdad, ¡se me olvidó decírtelo! Le canto esa canción desde que era un bebé y, si no la escucha, no se duerme.

Daryl sonrió divertido.

—Tranquila..., ya nos la hemos aprendido.

Los cuatro sonrieron y, cuando Carol y Daryl se marcharon, Can se sentó de nuevo en la cama junto a ella y la miró a los ojos.

—El viernes, en el hospital, me pidió que se la cantara —contó—, pero como yo no me la sabía, buscó una grabación en tu móvil donde la cantas tú. —Sonia sonrió—. Me gustó oírte cantar otra vez —añadió él.

Divertida, la joven puso los ojos en blanco y Can, al ver ese gesto tan gracioso por su parte, la besó sin dudarlo. Se pasaría el día besándola.

Luego, con mimo, acarició el óvalo de su rostro y le preguntó:

—¿Estarás bien?

Complacida por su preocupación, asintió y, dándole un beso en los labios, afirmó:

—Por supuesto que sí.

Deseoso de ella, Can volvió a besarla; nada le gustaba más que la suavidad de su boca y el olor de su piel. Luego, separándose, dijo en plan protector:

—Ni se te ocurra ir esta semana a la oficina.

—Claro que no.

—Tienes que beber mucha agua para estar bien hidratada.

—Vale.

—Olvídate de la fiesta de tu amigo el jueves. La operación es reciente y podrías jorobarlo todo.

Al oír eso, Sonia sonrió y asintió:

—¡Ajá!

Esa respuesta no le gustó nada a Can, pero, dispuesto a no ser pesado, indicó:

—Recuerda: no puedes bañarte, sólo ducharte, ¿entendido?

—¡Lo prometo! —dijo ella divertida por todo aquello.

Can asintió e insistió preocupado porque debía marcharse:

—En cuanto a la reunión que tienes, hazla a través de Skype.

—Ése es el plan.

—Y recuerda: el martes tienes cita a las once con el médico para que te examine la herida. ¡No lo olvides!

—Sí, papi.

Acto seguido, ambos rieron y Can, confundido por los sentimientos que afloraban incontrolables de él, murmuró hablando desde el corazón:

—Cielo, ni te imaginas lo mucho que me cuesta separarme de ti.

Esa frase tan terriblemente romántica a Sonia le erizó la piel.

—A ver si al final te voy a gustar de verdad —indicó.

Al oír eso, él sonrió y cuchicheó:

—¿Te imaginas?

Complacida de recibir aquel trato tan increíble por su parte, Sonia le dio un beso en la punta de la nariz y luego musitó:

—Que tengas buenos vuelos y buena semana.

El comandante, consciente de que se tenía que marchar aunque no le apetecía, tras un último beso, se levantó de la cama y señaló evitando decir algo más desde el corazón:

—Estamos en contacto, ¿vale?

—Vale —afirmó ella.

Una nueva parada para mirarse. Se sonrieron y, cuando él finalmente se marchó, Sonia cerró los ojos y murmuró consciente de lo que sentía:

—Madre mía..., madre mía, que voy cuesta abajo y sin frenos.

Minutos después, Ginger, que había metido a Ibiza en la bañera, entró en la habitación de su amiga.

—¿A qué han venido todas las tonterías que has dicho? —preguntó Sonia.

Pero él se hizo el despistado.

—¿A qué te refieres?

—Ginger Pink... *Halleloo!*

Al entenderla, él sonrió y se defendió:

—Ese tipo, por muy de A. T. que sea, tiene que saber que aquí estoy yo para partirle la cara o lo que sea necesario si no se porta bien contigo.

—¡¿Qué?!

—Le he dicho que soy una máquina de matar.

—Ginger...

El aludido se tocó la peluca riendo y añadió:

—Pues eso, que le he dicho que soy hijo de maestros de *vovinam viet vo dao* y que si te hace daño a ti o a la niña, ¡me lo cargo!

Boquiabierta, Sonia parpadeó, y a continuación él cuchicheó llevándose la mano al cuello:

—Que no se entere de que he mentido... Me gusta que me vea tan mariagresivo.

Según dijo eso, Sonia comenzó a reír y no pudo parar durante horas. Si había alguien que no era en absoluto mariagresivo ése era su amigo.

Capítulo 45

El lunes, después de que Ginger llevara a Ibiza al colegio, Sonia tuvo su reunión a través de Skype.

Cuando terminó, miró el móvil y sonrió al ver un mensaje de Can. Le deseaba que tuviera un buen día antes de pilotar él su vuelo. Sin dudarlo, Sonia le respondió.

Los días fueron pasando y ambos no sólo se mensajeaban, sino que además él la llamaba siempre que podía y se tiraban horas charlando. Can le habló de una reunión que había mantenido en uno de sus viajes en lo referente a conseguir una buena alianza aérea para High Drogo. Ver la pasión con que aquél hablaba de la compañía le gustó a la joven. Estaba claro que era algo tremendamente importante para Can.

Aquellas largas llamadas telefónicas no les pasaron desapercibidas a Ginger y a Stacy. Sonia estaba feliz. Incluso había días que Can llamaba también por la tarde para poder hablar con Ibiza, un detalle que a Ginger lo emocionó. ¿Y si por fin sus chicas habían encontrado al hombre de sus vidas?

El jueves, cuando Sonia se levantó, se encontraba fenomenal. Durante la semana había ido cogiendo fuerzas y, en cuanto llegó Ginger tras dejar a Ibiza en el colegio, preguntó:

—¿Lola Mento ya se ha ido a la competición?

—Sí, y Liam está preocupado. ¿Y si no regresan a tiempo para la fiesta del O'Pera?

Sonia sonrió. Ya había pensado cómo hacerlos volver.

—Le he mandado un mensaje a Liam diciéndole que cuando

Lola Mento esté compitiendo me llame por teléfono para contarle el plan —explicó.

De inmediato, Ginger se sentó junto a su amiga y susurró:

—Me marimuero por saberlo.

—Cuando Lola Mento termine la competición, Liam debe decirle que tienen que volver a Londres enseguida porque han surgido complicaciones a raíz de mi intervención y me han tenido que ingresar de nuevo de urgencia.

Ginger sonrió al oír eso. Lola Mento adoraba a Sonia, se moría por ella, y sin duda saber aquello la haría regresar de inmediato.

—Uis, nena... —musitó—, eres una Cruella de Vil en potencia.

Sonia sonrió.

—Voy a ir —declaró acto seguido.

—¿Adónde vas a ir? —preguntó Ginger y, al ver cómo ella lo miraba, replicó—: Ah, no, ¡ni hablar!

—Voy a ir sí o sí.

—¡Que no!

—Ginger, estoy mejor. Ibiza hoy se queda en casa de su amiga Kate y yo no quiero perderme la fiesta. ¡Necesito salir de aquí o me volveré loca!

Ginger resopló y, seguro de que luchar contra aquélla era inútil, finalmente indicó:

—Muy bien. Pero escúchame: no bailarás.

—¡Vale!

—¡No saltarás como una mariloca ni beberás!

—De acuerdo.

—Sólo disfrutarás de la fiesta sentadita y con tranquilidad. ¿Oído?

Sonia afirmó satisfecha.

—¡Oído!

Como bien supieron todos los implicados, en el momento en que Lola Mento se enteró de que Sonia había sido ingresada, fue él quien dijo que debían regresar a Londres cuanto antes.

Liam los avisó a todos a través del móvil de que volvían, e, ingeniándoselas, hizo que Lola Mento se detuviera en el O'Pera para recoger una cosa.

Una vez que aparcó el coche y se apearon, Lola Mento miró a su chico y apremió:

—Vamos, Liam. Entremos rapidito y vayamos al hospital.

Él asintió en su papel y, cuando entraron en el local, éste se iluminó de repente y todos gritaron «¡SORPRESA!», la cara de Lola Mento fue colosal.

Rápidamente vio a Sonia, que estaba en primera fila, y al verla reír gritó:

—¡Serás perra!

La fiesta dio comienzo. Todos bailaban, todos disfrutaban, y cuando Sonia estaba sentada junto con Ginger hablando, su móvil vibró. De inmediato, lo sacó del bolsillo de su vaquero y, al ver el nombre de Can, se lo mostró a Ginger y éste cuchicheó:

—*Halleloooo*...

Sonia suspiró.

—Le dije que no vendría a la fiesta.

—¡Serás marimentirosa!

Ambos rieron por aquello y él, poniendo los ojos en blanco, indicó:

—Nena, ve a la entrada a hablar con él. Mejor que no oiga este jaleo o dejará de confiar en ti.

Dispuesta a que no supiera la verdad, Sonia se levantó, caminó hacia la puerta y, cogiendo la llamada, saludó:

—Holaaaaaaaaaaaaaaa...

—Hola, Lady Stark.

Sin detenerse, Sonia llegó a un punto donde la música no se oía tan alta.

—¿Dónde estás? —preguntó Can.

Sin saber por qué mentía, respondió:

—En casa.

Can sonrió.

—Pues tus vecinos tienen que estar contentos de oír la música...

Sonia abrió entonces la puerta del local, salió al exterior y se quedó boquiabierta al verlo apoyado en un coche. Vestía un vaquero negro, una camiseta blanca y, mirándola con una preciosa sonrisa, afirmó a través de su teléfono:

—Vaya..., ya veo que has cambiado de casa.

Sonriendo por aquella pillada, ella dijo entonces sin quitarle la vista de encima:

—¿Cómo sabías que estaba aquí?

Sin moverse de donde estaba, Can se encogió de hombros.

—Tengo mis mariinformadores.

A Sonia la hizó sonreír oír eso y, colgando el teléfono, se acercó a él y preguntó en tono mimoso:

—Pero ¿qué haces aquí?

Can, que había tenido que cambiar varios vuelos para llegar a Londres, donde sólo estaría unas horas, una vez que ella se le acercó y le echó los brazos al cuello, respondió sacando algo del bolsillo:

—Vengo a devolverte la custodia. —Sonia sonrió al ver la liga negra y él añadió—: Además, algo me decía que tú esta fiesta no te la perdías, y yo tampoco quería perdérmela.

Sonia sonrió y, sin esperar un segundo más, lo besó.

A Can le encantó el intenso beso. Durante los días que habían estado separados no había podido dejar de pensar en ella y de preguntarse si habría cambiado de opinión con respecto a darse una oportunidad, y cuando el beso acabó, musitó:

—No sabes cuánto te he echado de menos.

Complacida al oír eso, Sonia llevó las manos al pelo de aquél, se lo soltó y, cuando éste cayó sobre sus hombros, repuso:

—Espero que tanto como yo a ti.

Dicho eso, cogidos de la mano entraron en el O'Pera, donde Can fue muy bien recibido por todo el mundo y donde enseguida Sonia supo quién le había dicho que estaba allí. Sólo tuvo que ver cómo Ginger y él se saludaban para saber quién había sido su mariinformador.

Tras una noche en la que Can lo pasó de lujo con los amigos de Sonia, al llegar a casa de ella fue juicioso. Nada le apetecía más que hacerle el amor, pero, tras hablarlo con ella, que se reía a carcajadas, consiguió posponer el tema.

Hacía muy pocos días que la habían operado y temía que pudiera ocurrirle algo. A Sonia le hizo gracia eso. Se mofó de él. Y, al final, el acercamiento entre ambos se compuso de besos, toqueteos y caricias. Nada más.

* * *

Al día siguiente, viernes, después de comer, Can tenía que marcharse. Volaba a España, y Sonia lo acompañó al aeropuerto. Una vez allí, después de que ella parara su coche, éste propuso:

—Si quieres, deja el coche aquí y ven conmigo. He de reunirme con mi tripulación para hablar sobre el vuelo, pero en cuanto termine puedo estar contigo hasta que tenga que volar.

A ella le gustó oír eso. Que él se lo hubiera propuesto le demostraba que Can quería implicarse a tope, pero, sonriendo, indicó:

—Tengo que ir a recoger a Ibiza a casa de su amiga. No puedo.

Él asintió. La presencia de la niña limitaba muchos de sus planes, y, entendiéndolo, la besó y repuso:

—Prométeme que la vas a recoger y te vas a ir a casa a descansar. Ya te pasaste con la fiesta de anoche.

Ella sonrió y luego afirmó mimosa:

—De acuerdo, ¡te lo prometo!

Consciente de que esta vez ella lo cumpliría, Can sonrió y, tras varios últimos besos que cada vez los hacían desearse más y más, se apeó del coche y se marchó con pesar. Tenía que trabajar.

* * *

El sábado, cuando la familia de Sonia llegó, fue a visitarlos con la niña. Cuando les contó lo ocurrido con su apéndice, como era de esperar, su madre ni siquiera le dio importancia y su padre, por primera vez en su vida, se enfadó con ella. ¿Cómo no lo había llamado?

Esa noche se quedó a dormir en la casa familiar. Charles la quería cerca de él, y hasta el domingo no le permitió regresar a su casa. Necesitaba saber que estaba bien.

Llegó el lunes. Sonia estaba totalmente recuperada y Ginger y ella, como tenían planeado, se fueron a Berlín, donde debían solucionar varios asuntos laborales. Ibiza se quedó con su abuelo. Dormiría con él, aunque al final Sonia y Ginger regresaron el mismo lunes por la noche.

Desde el aeropuerto, la joven llamó a su padre para indicarle que no acostara a la niña, pues iría a recogerla.

Al llegar a la casa familiar, entrar y no ver a su madre, besó a Charles, le preguntó por ella y éste respondió con tranquilidad:

—Se ha ido de cena con su novio.

A Sonia oír la palabra *novio* de boca de su padre se le hizo extraño, pero éste indicó:

—Tranquila, hija. Lo de tu madre ya lo tengo superado. Se puede decir que llevo muchos años entrenándome para ello. —La joven lo entendió. A ella le pasaba lo mismo, y él añadió—: Por cierto, ¿sabes que tu hermana Brooke me instaló una aplicación en el móvil para conocer a gente?

—¡Papuchiiiiiiiiiiiiii! —exclamó ella riendo.

Charles rio a su vez y luego cuchicheó:

—La semana que viene he quedado para cenar con una preciosa mujer.

Boquiabierta, ella no supo qué decir y él, al ver su gesto, preguntó alarmado:

—¿Crees que hago mal, hija?

Rápidamente Sonia negó con la cabeza. Su padre merecía ser feliz.

—Para nada, papá —afirmó—. Me parece genial.

Charles, al oír eso, sonrió e Ibiza, al ver a su madre, caminó hacia ella con su tortuga en la mano.

—Mami —dijo—, tengo que darte una nota de la *seño* con las cosas que tengo que llevar a las colonias.

Sonia asintió. Pensar en estar dos semanas lejos de su hija le costaba, pero, consciente de que debía darle su espacio, afirmó besándola en la cabeza:

—En casa me la das. Venga, recoge tu mochila y las cosas de *Babas* y vámonos.

Cinco minutos después, tras despedirse de Charles, Sonia, Ibiza y *Babas* se fueron a su casa, donde la joven, cuando acostó a la pequeña, le cantó su canción y ésta se durmió.

Tras entornar la puerta del dormitorio de la niña, pensaba meterse en su cama cuando le sonó el móvil. Un mensaje.

Tata, ¿estás despierta?

Era Brooke, y contestó:

Sí.

Rápidamente vio que aquélla escribía y decía:

Pues ábreme la puerta. Quiero
contarte algo. No voy sola.

Sin dudarlo, Sonia caminó hacia la entrada. Miró por el videoportero, pero en la calle estaba oscuro y sólo pudo distinguir que su hermana iba acompañada por dos personas. ¿Quiénes serían?

Cuando, segundos después, oyó el ascensor pararse en su descansillo, con sigilo para que Ibiza no se despertara, abrió la puerta y se quedó boquiabierta al ver que quienes acompañaban a su hermana eran Amina y Raissa, las hermanas de Can.

Sonriendo, las saludó y, tras indicarles que Ibiza dormía, las cuatro entraron en el salón. Una vez que se sentaron en el sofá y Sonia les preguntó qué querían de beber y se lo sirvió, justo cuando tomaba asiento ella también, Raissa cogió la mano de Brooke y dijo enseñándole unos anillos:

—¡Nos hemos prometido!

Al oír eso, Sonia parpadeó. ¿Cómo? Pero si apenas se conocían... Y, al mirar a su hermana, la oyó decir:

—Lo sé. Sé que piensas que es una locura. Apenas llevamos saliendo un par de meses, pero, joder, Sonia, ¡estoy enamorada de Raissa y ella de mí!

—¡Locamente! —aseguró Raissa sonriendo.

—¡Un momento...! —la cortó Sonia.

Todas la miraron y ella, clavando la mirada en su hermana, musitó:

—¿Eres consciente de lo que estás diciendo? El amor no es una tontería.

Brooke asintió y, feliz como en su vida, afirmó mientras Amina, sentada frente a ellas, lloraba emocionada:

—Sí, Sonia, soy consciente. Y sé que, cuando se lo diga, mamá pondrá el grito en el cielo, pero con eso ya cuento, como Raissa cuenta con que lo ponga su padre. Pero ni papá ni su madre nos preocupan. Ellos son de otro pelaje y sabemos que nos entenderán.

Sonia asintió y luego, mirando a Raissa, musitó:

—Pero... pero tú hasta hace nada llorabas por tu ex y...

—Lo sé. —Raissa la cortó—. Sabía que me dirías eso. Pero créeme cuando te digo que Amélie pertenece al pasado y Brooke, ahora, es mi futuro.

Amina asintió y, secándose las lágrimas, balbuceó:

—Ya les he dicho que cuando quieran podemos llamar a mi prima Cristal, que tiene una tienda de vestidos de novia, para...

—¿Qué? —la cortó Sonia mirando a su hermana—: ¿Habéis hablado ya de la boda y todo?

Brooke y Raissa asintieron, y Amina cuchicheó:

—Así es el amor. Incomprensible... —Sonia tomó aire. Lo que su hermana estaba pensando era una locura, pero Amina insistió—: De pronto conoces a alguien. Tu mundo pasa a ser sólo esa persona y, ¡zas!, ¡boda!

Brooke y Sonia se miraron y esta última musitó:

—Lo dirás de broma, ¿verdad? —Ella negó con la cabeza, y Sonia insistió—: Pero ¿te has vuelto loca? ¿Cómo os vais a casar?

—Mira tú por donde, la encerrona de mamá en aquella cenita me hizo conocer al amor de mi vida —se mofó Brooke.

Sonia la miró sin dar crédito.

—Lo de casarse con alguien supuestamente se hace para toda la vida, Brooke.

—Tampoco dramatices. Por suerte, existe el divorcio —apostilló Amina.

Raissa sonrió al oírla y, cuando iba a decir algo, ella insistió:

—Pero... pero la gente se casa cuando se conoce y...

—Sonia —la cortó su hermana—. La gente también se casa cuando está locamente enamorada. Y nosotras lo estamos.

Ante eso, Sonia no supo qué responder.

—Mi madre llorará y dramatizará —musitó Raissa—, pero sé que, pasado el primer impacto, todo irá bien. Mi padre es otra historia...

—Papá posiblemente te desheredará —indicó Amina, a quien unas lágrimas le resbalaban por las mejillas—. Ya sabes lo que piensa sobre la homosexualidad.

Raissa asió con más fuerza la mano de Brooke y asintió.

—Madre mía, la que va a montar mamá... —cuchicheó Sonia—, ¡no quiero ni pensarlo!

—Tata, soy una mujer adulta que toma sus propias decisiones y, aunque mamá no lo entienda y me retire el saludo, quiero ser feliz le guste a ella o no. Se trata de mi vida, no de la suya.

La joven la entendía, pero, cuando iba a decir algo, Raissa terció:

—Sonia, aquella noche en casa de Brooke me hiciste ver la realidad de la vida. Comprendí que vivo hoy, donde está Brooke, y no ayer, donde estuvo Amélie. Tu hermana me quiere, yo la quiero y, juntas, hemos decidido vivir nuestro momento le pese a quien le pese.

Ella asintió en silencio y, a continuación, preguntó dirigiéndose a su hermana:

—¿Estás preparada para la que va a montar doña Mi Amor?

Al oírla, Brooke sonrió y afirmó:

—Estoy cagada de miedo, pero, tranquila, podré con esto.

Ambas se miraban y Sonia, al ver la ilusión reflejada en los ojos de aquella a la que tanto quería, indicó:

—Cuenta conmigo al mil por mil.

Feliz, Brooke asintió y, tras levantarse, fue hasta donde estaba su hermana y cuchicheó abrazándola:

—Nunca lo he dudado. Cynthia y Vania también lo saben y me han dicho lo mismo que tú.

Se besaron emocionadas y, cuando se separaron, Sonia preguntó mirando a las otras dos:

—¿Lo sabe Can?

Raissa negó con la cabeza.

—Está de viaje, pero en cuanto regrese y lo vea oportuno, ¡se lo diré! De momento sólo lo sabéis tú, Amina y tus hermanas.

Sonia asintió. Ella no pensaba decirle nada a Can. Y entonces, al ver que Amina seguía llorando, preguntó:

—Pero ¿a ti qué te pasa?

—¡Estoy embarazada!

—¡Bombazo! —se mofó Raissa.

—*Hallelooo...* —susurró Sonia sorprendida.

—Tú te quejas de la que va a armar mamá —terció Brooke al verla—, pero imagínate la que se va a montar en casa de ellas cuando se enteren del embarazo y de nuestra boda.

—Conociendo a mi padre, ¡salimos en las noticias! —se mofó Raissa.

Amina miró entonces a su hermana y sollozó:

—Eso..., tú, encima, ¡anímame!

Todas sonrieron ante aquello, que parecía tan surrealista.

—Sé quién es el padre —explicó Amina con un suspiro—. Y aunque dudé si contárselo o no, al final se lo dije y el muy gilipollas me contestó que no quiere saber nada ni del bebé ni de mí.

Al oírla, Sonia asintió. Aquella historia que venía repitiéndose desde el principio de los tiempos se la conocía muy bien, y, tomando aire, preguntó:

—¿No contar con él te apena?

Amina negó con la cabeza.

—No, la verdad es que no. Pero mi padre no lo llevará bien si decido ser madre soltera. Me lo echará en cara mil veces. Lo conozco y uf...

Sonia asintió, recordaba lo que le había dicho a ella, e intentando sonreír declaró:

—Pues cuando tu padre te diga algo al respecto dile que eres como cualquier otra mamá, sólo que con los huevos que le faltaron al papá.

—Olé, mi tata..., ¡si es que te comía a besos! —exclamó Brooke.
Amina sonrió y Raissa también.

—El padre de Ibiza incluso dudó si era suya... —añadió Sonia.

—¡Capullo! —musitó Raissa.

—¿Y sabes a qué conclusión llegué? —dijo Sonia mirando a Amina—. Pues a que cualquier idiota puede engendrar un hijo, pero sólo los verdaderos hombres merecen que un hijo los llame «papá».

Las demás asintieron y entonces Amina susurró tomando aire:

—Cuando mis padres se enteren de lo de Raissa y de lo mío, ¡no sé qué puede pasar! Y, la verdad, en cuanto al embarazo no sé qué hacer. Hay momentos en los que creo que he de abortar y otros en los que pienso que un bebé está creciendo en mi interior y...

Raissa se sentó junto a su hermana y, tomándole la mano, al ver que no podía continuar, dijo mirando a Sonia:

—Amina quiere que tú, como madre soltera, la aconsejes sobre qué hacer en esta situación.

Sonia las miró boquiabierta y como pudo susurró:

—A ver, no me lo toméis a mal, pero aconsejar en este caso es difícil, porque las circunstancias de cada uno son diferentes y...

—Sonia —musitó Amina—, entiendo lo que dices. Pero necesito hablarlo con alguien que haya podido sentirse tan sola como me siento yo en este momento, a pesar de tener una hermana que me quiere.

Sonia la comprendía. Justamente así se había sentido ella.

—Tener un hijo es la cosa más bonita que hay en el mundo —suspiró—, pero ser madre soltera puede llegar a ser muy duro a veces. En tu caso, como en el mío, contamos con nuestras familias y eso es muy importante. No es lo mismo ser madre soltera sin familia ni recursos que madre soltera con familia y recursos económicos para afrontar la vida. —Amina asintió, y ella prosiguió—: Si tienes o no a tu bebé sólo debes decidirlo tú. Y has de tener claro que tu cuerpo y tu mente durante esos meses se transformarán. Si sigues adelante con el embarazo, tu cabeza comenzará a procesarlo, y te aseguro que la ilusión y el cariño por tu bichito te harán enloquecer de amor. En cuanto a tu cuerpo, éste cambiará. Y quizá, sólo quizá, no vuelva a ser el que es ahora. En mi caso no lo fue. Mis caderas se ensancharon, pero eso siempre me ha dado igual.

—A mamá, no —se mofó Brooke.

—Ya te digo. —Sonia consiguió sonreír—. En mi caso, cuando me enteré de que estaba embarazada, desde el minuto uno supe que lo tendría. Nunca lo dudé. Pero no te sientas mal por dudarlo tú. El futuro de tu vida depende de esa gran decisión.

—Lo sé... —murmuró Amina.

—Si decides seguir adelante debes ser consciente de que la vida que traigas al mundo dependerá básicamente de ti. Tienes que cuidarla, enseñarla, amarla y asegurarte de que se sienta muy querida y, por supuesto, que no le falte de nada. Dicho esto, aunque sé que tienes a tu familia, quiero que sepas que yo estoy aquí para todo lo que necesites.

—Gracias... —Amina sollozó.

—Y, como mamá soltera, si decides tenerlo, creo que el mejor consejo que puedo darte es que nunca dudes en pedir ayuda cuando la necesites. Eso es primordial, ¿vale?

Amina asintió y, limpiándose las lágrimas, preguntó:

—Habiendo pasado por lo que has pasado, ¿tendrías a Ibiza otra vez?

Al oír eso, Sonia sonrió y, sin dudarlo un segundo, aseguró:

—La tendría una y mil veces más. Ella es lo mejor que me ha ocurrido nunca, y en nuestra aventura juntas me ha enseñado infinidad de cosas que, sin ella, jamás podría haber aprendido.

—Ay, qué bonitoooooooooooooo. —Amina lloró de nuevo.

Raissa, Brooke y Sonia sonrieron.

Estaba claro que, pasara lo que pasase, sus vidas ya no volverían a ser las mismas, y, cuando un buen rato después aquéllas se marcharon, Sonia se metió en la cama y suspiró pensando en Can y en cómo afrontaría la situación de sus hermanas. Estaba claro que se iba a sorprender y mucho.

Capítulo 46

Al día siguiente, tras dejar a Ibiza en el colegio, Sonia llegó a la oficina y se encontró con un precioso ramo de rosas rojas. Eso la hizo sonreír, y de inmediato Ginger, acercándosele, cuchicheó:

—¡Son de él!

«Él»..., sólo había un «él». Y Sonia, mirando a su amigo, gruñó:

—¿En serio has mirado la tarjeta?

Ginger asintió sonriendo y, mientras salía del despacho, musitó tocándose su peluca violeta:

—El universo me lo ha gritadooooooooooo.

—¡Gingerrrrrrrrrrrrrrrrrr!

Una vez que él se marchó, Sonia fue hacia donde estaba el ramo, cogió el sobrecito que había en un lado, sacó la tarjeta y leyó:

> *Hola, cielo:*
> *¿Sabes qué nos hace falta?... Volver a vernos.*

Al leer eso, sonrió y, dejándose llevar por lo que su corazón le gritaba, tras oler las rosas, cogió su teléfono y escribió:

> Unas flores preciosas, Rey.

Según tecleaba, deseó añadir «Te quiero», pero sabía que poner eso era extralimitarse y, sonriendo, se sentó a su mesa y se puso a trabajar. Tenía mucho trabajo.

Sin embargo, no podía concentrarse. Aquellas rosas y el aroma que despedían la hacían pensar todo el tiempo en Can, y de pronto el teléfono le sonó. Era Carol.

—¿Qué tal estás, guapísima? —oyó al descolgar.

—Bien —sonrió—, aunque a tope de trabajo. ¿Y tú?

—En el aeropuerto —contestó Carol—. Dentro de un rato salgo hacia París y quería preguntarte si te parece que te traiga esa crema que te dije que compro allí y que va tan bien para la circulación de las piernas.

Al recordar de qué se trataba, Sonia se apresuró a responder:

—Oh, sí. Cómprame tres botes. Uno para Stacy, otro para Ginger y otro para mí.

—¡Perfecto! Por cierto, ¡ya tengo los billetes para la despedida de soltera en Venecia!

—¿Para cuándo es?

—Dentro de tres fines de semana. Nos iremos un viernes y regresaremos el domingo.

De inmediato, Sonia miró su agenda y, al ver que lo tenía libre, afirmó anotando en ella:

—De acuerdo..., lo acabo de apuntar. —Y, mirando las flores que estaban frente a ella, musitó—: Can me ha enviado un precioso ramo de rosas rojas.

—Ohhhh, míralo..., ¡qué detallista!

—Me lo ha mandado con una notita que dice —y, cogiéndola, leyó—: «Hola, cielo. ¿Sabes qué nos hace falta?... Volver a vernos».

Encantada con aquello, Carol asintió, estaba claro que Can estaba poniendo toda la carne en el asador, e indicó:

—Si yo fuera tú..., sin duda lo vería.

Sonia suspiró.

—Sé que hoy vuela a Polonia y posteriormente a Viena, donde hará noche. ¿Cómo voy a verlo?

Carol sonrió y se apresuró a contestar:

—En cinco segundos puedo conseguirte el nombre del hotel donde se alojará en Viena.

Al oír eso, a Sonia se le aceleró el corazón, y, riendo, soltó:

—Carol, estoy en Londres, tengo una hija... ¿Cómo voy a ir a Viena?

Segura de lo que decía, aquélla soltó entonces:

—Muy fácil. Si tú quieres, ahora mismo veo quién vuela hoy de Londres a Viena, te meto en la lista de pasajeros y dentro de poco más de dos horas estás allí.

—¡Pero ¿qué dices?!

Carol, a la que le encantaban aquellas locuras, insistió:

—Pero ¿tú no eras impulsiva?

—Lo soy —confirmó Sonia riendo.

—¿Y desde cuándo no haces una locura?

Ella lo pensó y, cuando iba a responder, aquélla añadió:

—Sorpréndelo. Date el gustazo. ¿No te apetece?

Sonia se levantó de su silla. Lo que Carol le proponía la atraía, pero contestó:

—Tengo mucho trabajo y..., bueno, el viernes vuelo para Berlín. No creo que sea buena idea.

—¿Buscando excusas para no hacerlo?

Oír eso a Sonia la hizo sonreír, y musitó:

—Está claro que sí.

Carol, motivada por aquello, y consciente de lo que Daryl le había contado con respecto a lo que sentía Can por aquella mujer, insistió:

—Puedo meterte en un vuelo a Viena esta tarde y mañana por la mañana en otro que te devuelva a Londres. Sólo pasarás una noche fuera, lo sorprenderás y regresarás a tiempo para lo que tengas que hacer.

Sonia sonrió y contempló el ramo de rosas.

—Vale —dijo al cabo—. Localízame el hotel y...

—Dame media hora para organizarte los vuelos —pidió Carol emocionada—. Te llamaré para decirte qué hotel es y te enviaré por email los billetes de avión. ¡Pásatelo de lujo!

—Menuda locura —murmuró Sonia llevándose las manos a la cabeza.

Carol asintió complacida y luego afirmó:

—Acuérdate: las grandes locuras dejan grandes recuerdos.

Cuando Sonia colgó el teléfono, sonrió y, abriendo la puerta de su despacho, fue hasta el de Ginger.

—Esta tarde me voy a Viena a ver a Can y regreso mañana —anunció—. ¿Puedes ocuparte de Ibiza?

Él asintió de inmediato al verla tan decidida. Le gustaba la ilusión que de nuevo volvía a ver en su mirada, y sin dudarlo declaró:

—Por supuestísimo que sí.

Capítulo 47

Cuando Sonia llegó a las ocho y media de la noche al Aeropuerto de Viena-Schwechat cargando con la mochila que esa tarde se había preparado en casa, lucía una gran sonrisa. Llevaba años sin cometer una locura como aquélla por un hombre, pero estaba muy feliz.

Tras coger un taxi y darle la dirección del hotel al conductor, le mandó un wasap a Carol. Ella tenía que informarla de si Can había llegado ya allí, y al leer que así era, sonrió nerviosa.

Una vez que el taxi se detuvo en su destino y Sonia se apeó, murmuró mirando el edificio:

—*Halleloo!*

Aquél era un hotelazo.

Miró sus zapatillas Converse blancas y se recolocó el peto vaquero que llevaba. Estaba claro que no iba vestida para el glamur de ese hotel. Pero cuando viajaba intentaba ir cómoda y, olvidándose de eso, se preguntó dónde estaría Can.

Necesitada de encontrarlo, se sentó en uno de los modernos y preciosos butacones de la entrada y, sacándose su móvil del bolsillo del peto, decidió escribirle un wasap:

> Hola, ¿estás ya en Viena?

Can, que había llegado hacía una hora, estaba sentado en el restaurante terminando de cenar junto a dos de sus compañeros de tripulación y, al ver que la pantalla de su móvil se encendía, lo miró y sonrió al leer. Era Sonia. Aquella chica iluminaba de una manera especial sus días, y se apresuró a responder:

Sí. Estoy en el hotel. ¿Y tú qué tal?

Sonia sonrió a su vez y tecleó:

Bien. Ha sido un día de trabajo
agotador. ¿Has cenado ya?

El comandante, tras despedirse de sus dos compañeros con la mano, miró las espectaculares vistas que tenía ante sí y escribió:

Estoy en ello, en el restaurante del
hotel, y ni te imaginas las vistas que
tengo desde el piso dieciocho,
que es donde está.

Al saber eso, Sonia se levantó encantada del butacón —¡bien!, lo había conseguido— y se dirigió hacia el ascensor; ya sabía dónde localizarlo. Luego él escribió:

¿Te importa que te llame por teléfono?

Divertida, ella respondió mientras pulsaba el botón del ascensor:

¡Claro que no!

Instantes después, su teléfono sonó. Era él. Y, cogiéndolo, saludó:
—Hola, piloto.

Can sonrió ampliamente y, apoyándose en el respaldo de su silla, saludó mirando al horizonte:
—Qué alegría oír tu voz.
—Mmm..., vaya, me alegra saberlo —se mofó ella.

Can, que tenía unas vistas fantásticas, y más aún al anochecer, comentó:

—¿Sabes? Me encantaría poder disfrutar del bonito paisaje de Viena que estoy viendo ahora mismo contigo. Creo que te gustaría mucho.

—¿Tan bonito es?

—Increíble —aseguró él.

Mirándose en el espejo del ascensor, Sonia rápidamente se quitó la coleta que llevaba y se atusó el pelo. Quizá su ropa no fuera todo lo elegante que aquel hotel requería, pero al menos que su pelo no estuviera mal.

Cuando el ascensor se detuvo en la planta dieciocho, salió de él y, de pronto, se quedó maravillada. Can tenía razón. Las vistas de Viena que aquella planta diáfana ofrecía al anochecer eran una auténtica maravilla, y tuvo que contenerse para no decir nada; entonces un grupo de turistas chinos se le acercaron para entrar en el ascensor y Can, al oír voces, preguntó:

—¿Dónde estás, que hay tanto jaleo?

Mientras se alejaba de ellos para que Can no entendiera que hablaban en un idioma extranjero, lo vio. El hombre que la había hecho ir a Viena estaba sentado solo al fondo del restaurante, junto a un impresionante ventanal, y casi atragantándose respondió:

—Estoy... en el autobús. Voy a ver si un buen amigo mío me invita a cenar.

Can se demudó. No le hacía ninguna gracia aquello, pero sabía que no podía agobiarla. Si lo hacía, con seguridad lo que tenía con Sonia se acabaría.

—Espero que lo pases bien —indicó.

—Yo también —dijo ella acercándosele lentamente.

Llegada a un punto, se detuvo y, observando su plato sobre la mesa, preguntó:

—¿Qué has cenado?

Can bajó la vista al plato y respondió:

—Un filete al estilo vienés. ¡Muy rico, por cierto!

—¿Con patatas? —añadió ella riendo al verlas.

El comandante volvió a asentir; el camarero se acercó a su mesa y Sonia, al observar que retiraba el plato, soltó:

—¿En serio vas a dejar que el camarero se lleve esas patatas con la pinta que tienen?

Al oír eso, Can parpadeó.

¿Cómo sabía ella que...?

Rápidamente se puso en pie y, mirando hacia atrás, al verla sonriendo a escasos tres metros de él, se quedó paralizado.

¡Sonia estaba allí!

Ella colgó entonces el móvil mientras era incapaz de dejar de mirarlo.

Nunca lo había visto con el uniforme de comandante y..., madre mía, si Ginger lo viera diría que estaba de «ataque total». Si vestido de calle ya era un hombre salvaje y atractivo, con aquel traje azul oscuro con galones era ¡purita tentación! Y, soltando la mochila que llevaba, sonrió a pesar de lo ridícula que se sentía y dijo poniendo toda la carne en el asador:

—Hola, cariño. ¿Me invitas a cenar?

Boquiabierto por la sorpresa, que en la vida habría esperado, él no podía quitarle la vista de encima. Estaba preciosa con aquel peto vaquero y el pelo suelto, y además lo había llamado «cariño».

Emocionado, feliz y sin querer esperar un segundo más, se le acercó a grandes zancadas y, cogiéndola entre sus brazos e ignorando a la gente que había a su alrededor, la aproximó a él y la besó. Cuánto necesitaba ese beso.

Instantes después, cuando decidieron dar el beso por acabado, Can aflojó su abrazo y Sonia, todavía como en una nube, susurró:

—¿Esto quiere decir que me invitas a cenar?

Feliz y pletórico como en su vida, Can sonrió.

—Te invito a todo lo que quieras.

Y, asiéndola de la mano, cogió la mochila que ella había dejado en el suelo y, tras dirigirse hacia la mesa donde estaban sus cosas, con galantería inglesa retiró la silla para que Sonia se sentara y luego él se acomodó a su lado.

—No me puedo creer que estés aquí.

—¡Ni yo! —Ella rio—. Pero como en la notita de las flores decías que nos hacía falta vernos..., ¡pues aquí estoy!

—¿Y cómo sabías...?

—Yo también tengo mariinformadores —lo cortó sonriendo—. Carol me ayudó.

Oír eso hizo que el cuerpo de Can reaccionara en décimas de segundo. Nunca imaginó que Sonia pudiera sorprenderlo así, pero, deseoso de llevarla a su habitación, desnudarla y poseerla, musitó:

—Espero que no hayas olvidado nuestra liga...

Tan caliente como él, Sonia asintió.

—Está en la mochila. —Y, al ver que él sonreía, indicó—: Mañana cojo un vuelo para Londres a las diez. Pero esta noche es sólo nuestra.

Se miraron a los ojos. De nuevo se hablaban con la mirada. El deseo podía con ellos. Las ganas los tentaban y, tras un nuevo beso por parte de él, la joven dijo mirándolo:

—No sé si cenar o pasar directamente a los postres. Te deseo tanto...

Ese comentario lo hizo volver a reír. Él también la deseaba y, tocándole con mimo el cuello, murmuró:

—Cena primero y después iremos a mi habitación. —Sonia asintió acalorada y él, sin poder apartar las manos de ella, añadió—: Me encanta ver que la palidez que tenías ya ha desaparecido.

Ella sonrió complacida y en ese momento el camarero se acercó a la mesa.

—Por favor, tráigale a la señorita la carta —dijo Can.

Hambrienta, Sonia asintió y, tras pedir el mismo filete que él había tomado, lo disfrutó con gusto. Mientras tanto, a él le sonó el móvil y, mirándolo, musitó:

—Un mensaje de Raissa.

Eso puso en alerta a Sonia, pero él, dejando sobre la mesa el teléfono, añadió:

—Quiere saber cuándo regreso. —Y, sonriendo, cuchicheó—: Algo me dice que se ha vuelto a meter en algún lío.

—¿Por qué crees eso?

Él se retiró un mechón de su cabello hacia atrás y repuso:

—Porque la conozco muy bien.

Sonia asintió y sonrió, y él, mirándola, preguntó:

—Tú hermana y la mía se siguen viendo, ¿verdad?

—Creo que sí —afirmó Sonia como el que no quiere la cosa.

—Y por casualidad no sabrás qué quiere Raissa, ¿no? —agregó él a continuación.

Con inocencia, Sonia negó con la cabeza. Lo que Raissa quisiera contarle a su hermano era cosa suya.

—No tengo ni idea —respondió.

Un rato después, cuando Sonia dio por finalizada su cena, cuchicheó divertida:

—Si mi madre se enterara de que me he comido todas las patatas fritas, le daría un patatús.

Can rio divertido.

—Tranquila. No se lo contaré.

Luego el camarero, tras una seña de él, les llevó la nota y Can, después de firmar en ella, preguntó mirando a Sonia:

—¿Nos vamos?

Ella lo miró sonriendo.

—¿No quieres seguir contemplando las vistas?

Con mirada de lobo, él cogió entonces la mochila de Sonia del suelo e indicó:

—Te aseguro que a donde vamos tendré mejores vistas.

Encantada por lo receptivo que lo había encontrado, ella se levantó y, justo cuando se dio la vuelta, una mujer guapísima, vestida como él con uniforme, se acercó a ellos y exclamó con una sonrisa:

—¡Cannnnnnnn, pero qué alegría encontrarte aquí!

—Silvana —la saludó él.

Frente a ellos estaba la guapísima comandante con la que Can lo había pasado bien numerosas veces. Y, antes de que pudiera presentarle a Sonia, Silvana, sin pensar que la joven vestida de modo informal estaba con él, lo besó en la mejilla y, acercándosele mucho, susurró:

—Estoy en la 797 y sé por una de tus TCP que tú estás en la 1026. ¿Qué me dices?, ¿en tu habitación o en la mía?

Sin dar crédito a lo que estaba oyendo en vivo y en directo, Sonia parpadeó.

«¿En serio?»

Incómodo, Can la miró enseguida y, al ver su gesto, se apresuró a decir:

—Sonia, te presento a Silvana..., una compañera. Silvana, ella es Sonia, una amiga.

Las dos mujeres se miraron a los ojos. A buen entendedor pocas palabras bastaban, y Silvana, al comprender la mirada de aquélla, dijo rápidamente:

—Ay, Dios..., lo siento. No sabía que...

—Tranquila —la cortó Sonia intentando sonreír. Y, quitándole la mochila a aquél de las manos, añadió—: Can, tú a lo tuyo. ¡Ya hablamos!

Y, sin más, echó a andar con rapidez hacia el ascensor mientras sentía cómo la rabia le subía por el cuerpo.

Pero ¿cómo había sido tan tonta de ir a Viena? ¿Cuándo iba a aprender? ¡Y encima lo había llamado «cariño»!

De pronto notó que la levantaban del suelo y, al mirar, iba a protestar cuando Can preguntó:

—¿Se puede saber qué pasa y adónde vas?

Sonia, a la que el calor la estaba abrasando, siseó muy seria:

—Suéltame si no quieres que me ponga a chillar aquí y monte la de Dios.

Ver su enfado lo hizo entender que ella sentía algo por él y, dejándola en el suelo, murmuró:

—No hace falta que te pongas así.

Una vez que Sonia pisó el suelo, clavó sus ojos negros en él.

—Ni tú ni nadie tiene que decirme a mí cómo me tengo que poner —masculló—. ¿Te queda claro?

—Pero ¿qué te ocurre? —preguntó él sorprendido.

Sonia resopló. ¡Celos! Lo que le ocurría era que tenía celos, y, sin contestar, dio media vuelta y comenzó a caminar hacia el ascensor. Can fue tras ella y, en cuanto llegaron frente al mismo, aclaró mirándola:

—Silvana es una compañera de trabajo.

—Y yo la novia del Pato Donald —gruñó ella mientras le daba al botón del ascensor sin parar.

Can sonrió y, acto seguido, soltó:

—¿En serio?

Oír eso hizo que Sonia se diera cuenta de la ridícula situación. Pero ¿qué estaba haciendo? Y, cuando iba a responderle, lo vio sonreír y, sin poder evitarlo, soltó en español:

—¡Vete a la mierda, gilipollas!

Can, que no controlaba el idioma, preguntó con paciencia:

—¿Se puede saber qué has dicho ahora?

Ella no contestó. Y una anciana que estaba junto a ellos con su marido y que había entendido perfectamente a Sonia, dijo mirándolo en inglés:

—No quieras saberlo, muchacho. Nada bueno.

Sonia seguía tocando el botoncito del ascensor. Pero ¿cuánto tardaba?

Cuando las puertas se abrieron y ella entró en él junto a otras personas que también esperaban, Can la siguió. Odiaba ese tipo de situaciones; por ese sentimiento de propiedad había evitado siempre salir con alguien en serio. Pero cuando vio que Sonia le daba al botón de la planta baja, preguntó:

—¿Te vas?

Enfadada, ella asintió.

—Por supuesto. No quiero jorobarte ningún plan.

—Pero ¿qué dices? —espetó enfadado sintiendo que la joven se dejaba llevar por su impulsividad.

Ella no respondió y Can, molesto, no dijo más. Odiaba aquellas escenitas estúpidas, siempre las había evitado, y simplemente tocó el botón de su planta, la décima.

Luego la miró sin dar crédito. ¿Qué había hecho él para que se enfadara así?

El ascensor comenzó a bajar con ellos en silencio, parándose en distintas plantas, y cuando llegó a la décima, Can salió sin dudarlo. No obstante, cuando las puertas iban a cerrarse, él las detuvo y, a pesar de que todo el mundo lo miraba, dijo dirigiéndose a Sonia:

—Estás aquí, cielo... ¿Por qué te vas? —Ella no contestó, y él insistió—: Vamos, Sonia, ¡hablemos! Lo necesitamos.

Pero ella no lo miraba siquiera. Su cabezonería no se lo permitía.

Finalmente, Can, al ver cómo las otras personas que había dentro del ascensor lo observaban, resopló y comentó antes de soltar las puertas:

—Eres libre. No te retendré. Tú sabrás lo que haces.

Una vez que las puertas se cerraron, Can maldijo. Lo había intentado, pero no estaba dispuesto a arrastrarse. Eso no.

En el ascensor, Sonia miraba al suelo enfadada. ¿Cómo podía haber cambiado todo en décimas de segundo?

Resopló al mirar al frente y entonces oyó decir en español a la anciana que tenía a su lado:

—¿Tan grave es lo que ha ocurrido?

Ella la miró y, al ver su sonrisa, pensó en la pregunta que le había hecho y finalmente respondió sintiéndose la mujer más ridícula del mundo:

—No. La verdad es que no.

—¿Entonces...?

Sonia lo pensó. Se había pasado.

—Soy impulsiva y no he sabido gestionar la situación —repuso.

La anciana sonrió y luego cuchicheó divertida:

—Si yo tuviera cincuenta años menos, ese bombón no se me escapaba.

Ambas rieron y, al llegar a la planta baja, la mujer añadió:

—Si crees que ese bombón merece la pena, no pierdas la oportunidad. Pero si crees que no la vale, vete y no mires atrás. —Sonia la miró sin decir nada y luego ella terminó—: No obstante, algo me dice que ese bomboncito la merece.

Y, dicho eso, la mujer se agarró del brazo de su marido y se alejó dejando a Sonia sola y descolocada en el vestíbulo del hotel.

Todavía con las pulsaciones a mil, se sentó en uno de los butacones.

Pero ¿cómo había podido perder así los nervios? Can no era su pareja. Simplemente se estaban conociendo. ¿Qué había hecho?

Horrorizada, se tapó la cara con la mano. Sin duda, el problema lo había generado ella. Él no había hecho absolutamente nada, y la mujer que se les había acercado tampoco. Can era libre, como lo era ella, y, consciente de su error, se levantó y fue hacia el ascensor.

Capítulo 48

Cuando llegó a la planta décima, Sonia bajó del ascensor y, caminando por el pasillo, buscó la habitación 1026. Una vez frente a la puerta, se quedó parada. Ella la había liado y ella tenía que arreglarlo, aunque la echara. Por ello llamó con los nudillos sin dudarlo.

Cuando Can, que se había quitado la chaqueta, oyó que llamaban a la puerta, maldijo. Seguramente era Silvana, y no estaba de humor. Por ello, ignorando la llamada, entró en el baño y abrió el grifo de la ducha. Los golpes en la puerta volvieron a sonar y él volvió a maldecir. No estaba para bromas y, dispuesto a decirle a Silvana que no tenía ganas de sexo, tras quitarse la camisa y tirarla sobre la cama, se dirigió hacia la puerta y, cuando abrió, se quedó paralizado al verla allí.

—De acuerdo, soy impulsiva —dijo Sonia—, un monstruo en potencia. Me he comportado como una psicópata celosa cuando no debo ser así, y te juro que me avergüenzo. Tú tienes tus amistades, como yo tengo las mías, pero... pero no sé qué me ha pasado que se me han cruzado los cables y... y... ¡Oh, Dios, qué bochorno! —Sobrecogida, observó aquel torso desnudo con aquel sensual tatuaje maorí y musitó—: Te he llamado «cariño» por primera vez porque así lo siento. ¡Eres mi cariño! Pero cuando ella ha aparecido, yo y mi impulsividad..., yo... yo no lo he sabido gestionar y ahora estoy tan avergonzada que no sé ni qué decirte.

Can asintió. Verla allí era un gran paso y, cuando iba a intervenir, ella musitó:

—Y... y luego la señora del ascensor me ha dicho algo que...

—¿Qué te ha dicho la señora del ascensor? —se interesó él.

Sintiéndose la peor persona del mundo, Sonia respondió:

—Me ha dicho que si el bombón, que, por cierto, eres tú, merecía la pena, que no perdiera la oportunidad. Y que, si no la merecías, me marchara y no mirara atrás.

Ambos se miraron y entonces ella añadió:

—Si estoy aquí es porque mereces la pena.

Sobrecogido al oír eso, Can no podía moverse. Durante unos segundos se miraron, y Sonia, al verlo, musitó comprendiendo que él no pensaba lo mismo:

—Entiendo que lo ocurrido lo ha cambiado todo y..., bueno, antes de marcharme necesitaba decirte que soy consciente de que he sido yo, y no tú, quien ha jorobado una bonita noche.

Can asintió; sin duda aquella chica no dejaba de sorprenderlo. Entonces, cuando vio que se disponía a marcharse, rápidamente la cogió de la mano y, haciendo que lo mirara, afirmó:

—Me ha gustado que me llamaras «cariño».

Ella sonrió. A ella le gustaba él, y el corazón le aleteó cuando lo oyó decir:

—¿Adónde vas?

Sin saber qué contestar, Sonia lo miró y luego él indicó hablando desde el corazón:

—Me moría porque regresaras, y ahora que has vuelto no pienso dejarte ir.

Oír eso la hizo sonreír; sintiendo que todo entre ambos volvía a estar bien, Sonia dio un paso hacia él y Can, sin dudarlo, la cogió entre sus brazos, la besó y, haciendo que entrara en su habitación, cerró la puerta con el pie.

Necesitado de ella, Can se apropió de sus labios y su caliente lengua invadió su boca hasta que ambos acabaron fundidos en un tórrido beso que era el preludio de lo que iba a suceder.

Complacida, Sonia soltó su mochila y, clavando los dedos en la espalda de aquél, disfrutó del momento mientras Can subía las manos por su cuerpo hasta pararse en sus pechos, que masajeó hasta que ella, jadeante, arqueó la espalda y él, al ver su cuello, sin dudarlo se lo chupó.

Un beso..., dos..., tres...

La locura se apoderó de ellos y, con premura, el uno desnudó al otro y, a continuación, Can sacó un preservativo de su cartera y se lo colocó.

Sonia lo miraba agitada; el cuerpo de aquél era como poco increíble. Can, agarrándole con una mano el muslo, lo subió hasta su cintura y Sonia, sin dudarlo, se la rodeó. Eso hizo que quedara encajada entre él y la pared.

—Cariño —musitó—, me encanta que me hagas esto.

Can sonrió y, guiando su duro y caliente pene, lo puso sobre su húmeda vagina y la empotró en el acto.

Ambos jadearon y Sonia, agarrándose al cuello de él, lo miró mientras Can, sujetándola del culo, entraba y salía de su interior una y otra vez.

¡Qué placer!

La excitación y el morbo que la situación les había despertado no los hizo ser suaves. Al contrario: fueron duros y contundentes. Sexo duro, rápido, demoledor.

Estaban disfrutando cuando Can, dentro de ella, paró y la miró a los ojos.

—Necesitaba que volvieras —declaró.

Jadeante por sentirlo en su interior, ella murmuró complacida:

—Aquí estoy...

Can asintió y, una vez más, su virilidad se deslizó fuera de ella haciéndola jadear para luego entrar de nuevo con premura.

Entregada, Sonia se abrió para recibirlo mientras sus cuerpos se amoldaban una y otra vez al tiempo que se daban un placer deseado y difícil de asimilar.

Ayudada por Can, Sonia rebotaba sobre él mientras ambos jadeaban y gozaban del momento, hasta que no pudieron más y un placer increíblemente maravilloso estalló entre ambos.

Agotados y casi sin aliento, Can y Sonia se miraron y, con las respiraciones entrecortadas, sonrieron. Aquello había sido de urgente necesidad.

Sin moverse de donde estaban, ella buscó su boca. Pero entonces él, echándose hacia atrás, musitó sonriendo:

—¿Y si te digo yo ahora eso de «yo no beso»?

Ella rio y, sin necesidad de más, aclaró:

—Cuando pasó lo del padre de Ibiza, estaba tan furiosa que me prometí que nunca volvería a besar apasionadamente a nadie. Y así ha sido.

Sorprendido, él levantó las cejas y preguntó:

—¿Me estás diciendo que las relaciones sexuales que has tenido hasta el momento no incluían besos?

—Sí.

Can asintió. Estaba claro que el ex de aquélla le había hecho mucho daño, y, dispuesto a resarcirla, acercó su boca a la suya y pidió:

—Bésame...

Sin dudarlo, Sonia obedeció. La calidez de su boca era maravillosa. Su lengua juguetona lo asolaba por completo y, cuando ella decidió dar el beso por finalizado, Can dijo sin soltarla:

—Cielo, vamos a ducharnos.

Una vez en el baño, él la dejó en el suelo y ella, divertida al ver los botecitos de gel, los cogió y comenzó a destaparlos todos. En cuanto los olió, dejó los tapones a un lado y Can, mirándola, cuchicheó:

—¿Estás provocándome?

Ella sonrió y, mirando el tatuaje de la rosa de los vientos que él tenía en cierto punto estratégico de su anatomía, afirmó:

—La respuesta es... «¡sí!».

Can sonrió también, y más cuando ella, levantando las manos hacia su pelo, le soltó el moñito tan pulcro que llevaba; cuando el pelo le cayó sobre los hombros, ella enredó los dedos en él y musitó:

—Cariño..., me muero por hacerte mío.

—¿Ah, sí? —se mofó Can riendo.

Y, besándola, la metió en la ducha. El agua los empapó enseguida y, entre bromas, se hicieron de nuevo el amor con urgencia.

* * *

Un par de horas más tarde, y tras hacerse varios selfis riendo con el móvil de Can, cuando ambos estaban desnudos sobre la cama felices y agotados, el comandante dijo mientras paseaba las manos por su cuerpo:

—Tienes una piel muy suave.

Ella lo besó gustosa. La manera en que, tras la ducha, ya en la cama, se habían hecho el amor había sido increíble. Sonia llevaba sin disfrutar de aquel dulce deleite mucho tiempo. Una cosa era follar, como follaba con sus amigos, y otra lo que Can y ella habían hecho.

Aquellos dulces besos acompañados de caricias y palabras bonitas le daban otra dimensión a la palabra *sexo*. Ella lo había disfrutado durante aquellos años, pero el sexo con sentimientos indiscutiblemente era mucho mejor.

Estaban mirándose cuando Sonia preguntó:

—¿A qué hora vuelas mañana?

—A las cuatro de la tarde.

Ella asintió y entonces él quiso saber:

—¿Dijiste que tu vuelo salía a las diez de la mañana?

—Sí.

—¿Y por qué no te vienes conmigo a Estambul y regresamos juntos a Londres pasado mañana? —propuso Can.

A Sonia no había nada que le apeteciera más que aquello, pero respondió:

—No puedo, Can. Ibiza me espera.

Él no insistió, la entendía muy bien. La niña indiscutiblemente era su prioridad.

—Si hubiera sido la semana que viene —explicó ella entonces—, que Ibiza estará quince días fuera porque se va de colonias con el colegio, hubiera podido ser, pero...

—La semana que viene tengo vacaciones —dijo él, y, tras pensarlo unos segundos, soltó—: Vayámonos de viaje tú y yo. ¿Qué te parece?

Ambos sonrieron, y luego Can musitó:

—Estoy siendo impulsivo... Dime adónde quieres ir y yo te llevaré. Por suerte, el transporte lo tenemos gratis.

Sonia sonrió al oír eso y él insistió:

—Me acabas de decir que Ibiza no estará. ¿Qué te retiene ahora?

Nerviosa, ella no supo qué decir, y por último musitó:

—Deja que lo piense, ¿vale?

Complacido porque no hubiera dicho directamente que no, Can asintió y, tras pasar el dedo por el tatuaje que ella llevaba en el hombro, lo besó y susurró:

—«Quien tiene magia no necesita trucos».

Sonia sonrió, ésa era la frase de su tatuaje; a continuación él, bajando la mano, la llevó hasta la mariposa que tenía en un costado y comentó:

—Es muy bonita. —Sonia asintió y Can, señalando la frase que llevaba tatuada en la cadera derecha y que no entendía, preguntó—: ¿Esto qué significa?

Al saber a qué se refería, Sonia sonrió y repuso:

—Es una frase de *Juego de tronos*.

—¡No! —se mofó él.

Divertida al ver su expresión, ella asintió.

—¿Recuerdas al personaje de Khal Drogo, el que se casó con Daenerys Targaryen? —Can asintió y ella continuó—: Me gusta mucho ese actor y me encantó su personaje en la serie, a pesar de que no duró demasiado. Pero ver cómo ese pedazo de jefe bárbaro se enamoraba de Daenerys..., uf..., ¡madre mía! Y..., bueno, decidí tatuarme en idioma dothraki *«Yer jalan atthirari anni»*, que era lo que ella le decía a él, y que significa «Eres la luna de mi vida».

Can asintió. Recordaba haberlo oído en la serie y, con curiosidad, preguntó:

—Pero ¿él no le decía antes siempre algo a ella?

Sonia asintió y, suspirando, cuchicheó:

—Él le decía *«Yer shekh ma shieraki»*, que significa «Eres mi sol y mis estrellas».

Sorprendido, Can sonrió. Recordaba los personajes de los que le hablaba y su historia de amor en la serie, y entonces musitó tocando la liga negra que ella llevaba en el muslo:

—Eres una romántica.

Sonia asintió con un suspiro. Sin duda, el romanticismo podía con ella.

—Tú, en cambio, no —dijo entonces.

Can rio y, sin dudarlo, repuso:

—Quizá porque hasta ahora nunca había tenido a la chica idónea.

—Qué bien sabes regalarme los oídos... —cuchicheó ella divertida.

Él enarcó las cejas extrañado.

—Si lo digo es porque lo siento —contestó—, y me gustaría que comenzaras a creer en mí.

Se miraron en silencio y ella, acalorada por todo lo que aquel hombre la hacía sentir, dijo entonces para cambiar de tema:

—Deberías dormir un poco. Mañana tienes que pilotar y no querría ser yo la culpable de que pasara nada.

Can rio, sabía que tenía razón, y musitó al ver la cara de cansancio de Sonia:

—Siempre que duermas conmigo, no hay problema.

—Eso está hecho, pero espera, que pongo la alarma. Mi avión sale a las diez.

Él la soltó para que pudiera hacer lo que decía y, cogiendo su teléfono, lo miró y murmuró:

—Vaya, Amina acaba de mandarme un mensaje.

Oír eso hizo que Sonia lo mirara.

—A ésta le pasa algo —indicó Can extrañado.

—¿Por qué piensas eso? —preguntó ella sorprendida.

Can dejó entonces el móvil sobre la mesilla y suspiró.

—Dice que me quiere mucho y que soy el mejor hermano del mundo... Como me diga que se va a volver a casar, la vamos a tener y muy gorda.

De nuevo Sonia asintió, no pensaba meterse en aquello, y cuando terminó de programar las alarmas en el móvil, se acurrucó otra vez en la cama.

—¿Has puesto tres alarmas? —preguntó Can mientras la abrazaba.

—Sí. —Sonrió al ver que recordaba ese detalle.

Permanecieron abrazados unos segundos en silencio, hasta que él dijo:

—¿Seguro que no puedes venirte mañana conmigo?

—Seguro —contestó Sonia.

Can resopló, necesitaba estar más tiempo con ella.

—Yo te llevaré al aeropuerto —indicó.

—No hace falta...

—Sí, sí hace falta —insistió Can.

Consciente de que no lo haría cambiar de opinión, Sonia asintió y, tras acomodarse en la cama, afirmó:

—De acuerdo, piloto.

Él alargó el brazo y apagó la luz. Luego permanecieron unos instantes abrazados en silencio hasta que él, besándola en la frente, musitó henchido de amor:

—Me ha encantado que vinieras, cielo.

Sonia sonrió. Sabía que aquél era un pasito más hacia una relación, pero, evitando decir que por amor ella hacía cosas así, repuso:

—Y a mí venir.

Poco después, abrazada a él, desnuda y a oscuras, Sonia se quedó dormida, mientras Can escuchaba su respiración y sentía cómo se deshacía a su lado. Sin duda aquélla era la chica idónea para él.

Capítulo 49

El jueves a mediodía, después de que Sonia mantuviera una reunión por Skype, Ginger entró en su despacho y se sentó frente a ella.

—Hay que ver la marisonrisa que luces desde que llegaste de Viena...

Ella asintió sin dejar de sonreír. Lo que había vivido con Can y el modo en que él la había besado en el aeropuerto antes de subirse al avión todavía la tenían como en una nube.

—Sonreír es bueno —repuso.

—Sí, cariño, pero tu sonrisa grita: «¡Qué bien he follado!».

—Ginger...

—¡¿Qué quieres?! Soy sincero —se mofó aquél, y a continuación preguntó—: ¿A qué hora llega hoy nuestro comandante?

Sonia echó un vistazo al reloj de su despacho.

—A las seis.

Ginger sonrió. Sabía que ella había hablado con su padre para que recogiera a Ibiza y así tener la noche libre, y, mirándola, volvió a preguntar:

—¿Y dónde cenaréis?

—He reservado en Saint Vincent y después iremos a mi casa. ¿Qué te parece?

—Me parece marigenial —cuchicheó él.

Emocionada por volver a ver a Can al cabo de unas horas, Sonia sonrió.

—¿Qué te parece si nos vamos a comer y, así, cuando regresemos repasamos lo del fin de semana y vemos que lo tenemos todo controlado? —propuso su amigo.

Ella lo miró sorprendida.

—¿Vamos a comer ya?

Ginger asintió e indicó gustoso:

—Esta mañana he hablado con la Bella Despierta sobre el espectáculo de esta noche en el O'Pera.

Recordando que esa noche algunas de las Ladies actuaban en el bar *drag*, entre ellas Ginger Pink, respondió:

—Me da mogollón de pena no poder ir.

Pero Ginger sonrió y replicó:

—Déjate de maripenas y cómete al piloto cuando lo lleves a tu casa.

Ambos rieron y luego él añadió:

—Por cierto, la Bella Despierta me ha dicho que ella, Marylycra y Reina Negra por fin han abierto el restaurante que tanto deseaban en Harlow Town.

Al oír eso, Sonia parpadeó. ¿En serio estaba tan desconectada de sus amigos como para no enterarse de que ya estaba abierto el local?

—Noooooooooooo...

—Sí —afirmó Ginger—. Lo han llamado «Cosita Linda» y, según me ha dicho, preparan una exquisita carne estofada y una impresionante verdurita en tempura. ¡Ya sabes que las tres son unas excelentes maricocineras!

Sonia asintió. Sus amigos trabajaban como cocineros en distintos restaurantes de Londres a la par que ofrecían su espectáculo en el O'Pera; cuando iba a decir algo, Ginger añadió:

—Y..., bueno, aunque el sitio está algo apartado, he hablado con Marylycra para reservar y he pensado que podríamos ir a probar tú y yo. ¿Qué te parece?

Si algo le gustaba a Sonia era probar nuevos restaurantes, y afirmó levantándose:

—¡Me encanta la idea!

Una hora después ambos entraban en Cosita Linda, y, tras saludar a sus amigos, que se alegraron al verlos, mientras Reina Negra seguía en la cocina Marylycra los acompañó hasta una preciosa mesa situada junto a un ventanal que daba a un bosque.

Con gusto, disfrutaban de los platos que aquéllos les habían preparado cuando Sonia, necesitando ir al baño, dijo:

—Vuelvo dentro de dos segundos y, por favor, ¡no te lo comas todo!

Sin mirarla, Ginger prosiguió comiendo. Las verduritas en tempura que había hecho la Bella Despierta estaban de muerte. Sonriendo, Sonia se dirigía hacia el baño cuando, al abrirse por el aire la cortina de una ventana, se fijó en un hombre que estaba fuera del local apoyado en un bonito coche. Su pelo totalmente blanco llamó su atención y, acercándose al cristal, retiró la cortina y, sorprendida, lo reconoció. Era el padre de Can. ¿Qué debía de estar haciendo allí?

Ayaz hablaba por teléfono apoyado en el coche. Durante unos segundos Sonia dudó si saludarlo o no. Sólo se habían visto aquel día en casa de sus padres y no sabía si se acordaría de ella. Pero finalmente se animó a hacerlo. ¿Por qué no?

Sin embargo, cuando se disponía a soltar la cortina, de pronto vio cómo Reina Negra se acercaba a él y, con toda la confianza del mundo, lo besaba en la boca.

Sonia se quedó helada.

¿En serio?... Pero ¿no le había dicho Can que su padre era un defensor de la familia y las tradiciones?

Durante unos segundos no supo si moverse o no; lo que estaba presenciando podría traer más que polémica si alguien se enteraba. Soltó la cortina con sigilo y se alejó. Era lo mejor.

Instantes después, cuando entró en el baño, resopló aliviada, pero al mismo tiempo preocupada. ¿Sabría Can de la doble vida que llevaba su padre?

Estaba pensando en ello cuando la puerta se abrió y entró Reina Negra.

Se miraron sonriendo y esta última, feliz, comentó lavándose las manos:

—Nena..., ¡qué pena que no vengas esta noche al espectáculo!

Sonia asintió. Esa noche actuaban las Ladies al completo en el local de *drag queens*.

—Tengo planes. Siento no ir.

—Sí..., ya me lo ha dicho Ginger. Por cierto, me muero por conocer a ese hombre con el que sales. Me han dicho que hay más cuadros en su estómago que en un museo. —Sonia sonrió divertida, y cuando Reina Negra terminó de lavarse las manos cuchicheó—: Todos los números de esta noche son espectaculares, pero el mío, cantando *Single Ladies* de mi gemela Beyoncé, ¡es lo más!

Sonia sonrió de nuevo. Si alguien imitaba a la perfección a Beyoncé, ésa era Reina Negra.

—No lo dudo —repuso.

Se miraron unos instantes sonriendo y luego aquélla susurró:

—Me dijo Lola Mento que para la fiesta del décimo aniversario del O'Pera participarás en el espectáculo imitando de nuevo a Freddie Mercury. —Sonia asintió al recordarlo y luego ella preguntó—: ¿Qué interpretarás?

—Pues no lo he decidido todavía.

Reina Negra se miró entonces al espejo.

—¿Has probado ya la comida? —quiso saber.

—Sí.

—¿Y qué te está pareciendo?

Intentando aparentar normalidad, a pesar de que el padre de Can estaba a pocos metros, Sonia respondió:

—¡Buenísima!

Su amiga sonrió y, abriendo un neceser, sacó una barra de labios rojo pasión y, mientras se los pintaba, Sonia, que necesitaba saber, dijo:

—¿Te vas?

La morenaza asintió y a continuación contestó bajando la voz:

—Sí. Mi hombre está aquí y tenemos que hablar.

—Vaya... —musitó ella desconcertada.

Durante años había oído hablar del hombre de aquélla y, sin poder contenerse, preguntó haciéndose la loca:

—¿Cuánto tiempo llevas con él?

Reina Negra, que acababa de pintarse los labios, suspiró.

—Cinco años. Desde que Gusanita la Francesa falleció.

Sonia parpadeó al oír eso, y Reina Negra, al comprender su sorpresa, añadió:

—Ah, no, nena. Mi historia con él comenzó cuando Gusanita murió, y no tengo por qué mentir, por mucho que inventen algunas reinonas fabulosas con las lenguas de envenenadas.

—Te creo, Reina..., te creo —afirmó Sonia con sinceridad, pero, incapaz de callarse, continuó—. ¿Y cuánto tiempo estuvo con Gusanita la Francesa?

Reina Negra lo pensó un momento y finalmente respondió:

—Algo más de diez años.

Con disimulo, Sonia hiperventiló.

«¡¿Qué?!»

Estaba claro que el padre de Can ocultaba cosas. El bombazo era la doble vida de aquél, no el embarazo de Amina ni la condición sexual de Raissa.

Vaya con el hombre tradicional de doble moral.

Estaba pensando en ellos cuando Reina Negra agregó:

—Pero algo me dice que mi historia con él se va a acabar, porque me he enterado de que, al parecer, ya no soy la única. Y, mira, si así es, ¡él se lo pierde! Anda que no hay hombres en el mundo. En fin, me voy, cariño. ¡Chao!

Cuando aquélla se marchó del baño y se quedó sola, Sonia se miró al espejo y murmuró en español:

—Joder... Joder... —Y, pensando en todos los secretos que conocía de la familia de Can, musitó—: ¿Por qué tengo que enterarme yo de todo?

Cinco minutos después, salió del baño, y al regresar a la mesa donde Ginger la estaba esperando, se disponía a hablar cuando aquél soltó:

—Me acaba de cotillear Marylycra que, al parecer, ha venido el churri de Minerva a buscarla y se han ido en un impresionante mariBentley Continental azul marino. ¿Los has visto?

—No —se apresuró a decir.

Marylycra se acercó entonces hasta ellos con un plato de guiso de carne y, tras ponerlo sobre la mesa, al ver cómo Ginger lo miraba, murmuró:

—A mí nunca me ha gustado.

—¿Quién no te ha gustado? —preguntó Sonia intuyendo de quién hablaban.

Marylycra puso los ojos en blanco y contestó bajando la voz:

—Sabéis que no me gusta cotillear sobre la vida de las demás. —Sonia y Ginger se miraron con complicidad, y aquél añadió—: Pero ese hombre no es como tu Adriano —indicó mirando a Ginger, que sonrió—, o como Liam, el novio de George, o cualquiera de nuestros churris. Y no..., no me gusta.

Eso llamó la atención de Sonia.

—¿Por qué no te gusta? —insistió ésta.

Marylycra suspiró y, agachándose, cuchicheó:

—Porque, además de que nunca se relaciona con nosotros siendo la única familia que tiene Minerva, me he enterado de que tontea con otra.

—Pero ¿qué dices?...

Marylycra volvió a asentir y añadió:

—Según he oído, ese hombre se fue hace poco de viaje con la *drag* Betty Porter.

—¡¿Qué?! —exclamaron Ginger y Sonia al unísono.

—Sí..., sí. Al parecer, Minerva va arañando los techos.

Sonia la escuchaba horrorizada. ¿Por qué el lío del padre de Can tenía que ser precisamente Reina Negra? ¿Por qué?

Ginger y Marylycra continuaron cuchicheando sobre aquello y, cuando esta última se fue, su amigo preguntó:

—¿Y a ti qué te pasa, que tienes esa cara de haber chupado un limón?

Rápidamente Sonia cambió la expresión. Por nada del mundo debía revelar quién era el amor de Reina Negra, pero o era rápida y lista o Ginger, que la conocía muy bien, sabría que estaba ocultando algo. Así pues, miró el plato de las verduritas.

—¿Te las has comido todas? —quiso saber.

Ginger asintió.

—Soy una mariglotona, lo sé...

—Yo quería verduras...

De nuevo Ginger asintió y, agobiado, propuso olvidando su pregunta de antes:

—¿Pedimos otra ración?

—¿Me dejarás comer esta vez?

—Sí, lo mariprometo.

Sonia sonrió.

—Pues entonces me parece una excelente idea.

Capítulo 50

Cuando, horas después, Ginger y Sonia regresaron a la oficina, ésta no podía dejar de pensar en lo que había descubierto. ¿Debía contárselo a Can o no? ¿Debía ser sincera con él en lo referente a todo lo que sabía acerca de su familia?

Una vez que se sentó en su silla, Ginger, que había pasado antes por su despacho a por su carpeta, se acomodó frente a su amiga.

—Muy bien —dijo—. Comprobemos que lo tenemos todo controlado para el evento de Harriet Lowe del sábado en Berlín.

Sonia asintió. El desfile de Harriet en Berlín era ese fin de semana; sacando la carpeta donde tenía lo que a ella le tocaba solucionar, indicó:

—Empieza tú.

Ginger asintió y, retirándose el pelo de su peluca rubia platino, le entregó unas fotos.

—Definitivamente, el evento se celebrará en el hotel Oderberger, ¡tiene una piscina fantástica! —dijo—. El entorno es ideal para que los modelos caminen alrededor de ella luciendo las prendas y el público pueda verlos sentados a ras de suelo o en una especie de balconcitos que hay alrededor de la piscina. ¡Será ideal!

—¡Increíble! —afirmó ella mirando las fotos.

—La iluminación correrá a cargo de la monísima Brianda Saller. No hay nadie como ella para jugar con las sombras y los colores a través de los movimientos de las modelos.

—Bien.

—Para el sonido tenemos al guaperritísimo a la par que sexy

Luis Guzmán... ¿Te suena? —Sonia sonrió y él prosiguió—: Sabemos la importancia de la acústica en el lugar para crear emociones entre los asistentes durante el desfile, y para mí él es el *number one*.

—Y para mí. —Ella sonrió con picardía.

—¿El comandante irá al desfile? —preguntó Ginger al ver su expresión.

Desconcertada por su pregunta, ella lo pensó un momento y luego respondió:

—No.

—Lo digo por aquello de que estará Luis —cuchicheó él—, ese mariguapísimo técnico, y ya sabes que Luis y tú, casi siempre que os juntáis, termináis como termináis.

Sonia asintió, su amigo tenía razón, pero, sin querer pensar en ello, contestó:

—Eso no es problema ahora. Sigamos con lo que estamos.

Ginger suspiró.

—En cuanto a los audiovisuales y al vanguardismo que queremos para el evento, finalmente conseguí a Mimi Laloba. La filmación en directo para el *streaming* es esencial para que nadie se pierda nada de lo que ocurra en el desfile, y Mimi ¡lo bordará! Y con respecto al mobiliario, el personal de apoyo y los estilistas, ya está todo controlado.

Sonia, que siempre se había fiado del buen ojo de Ginger para aquellas cosas, asintió sin dudarlo y luego dijo abriendo su carpeta:

—Por mi parte ya están enviadas las invitaciones a tiendas, clientes, compradores y prensa. Y en esta otra hoja tengo los nombres de los asistentes y los lugares donde se sentarán.

—¡Bien! —afirmó Ginger.

—Susan me indica en un email que ya envió desde la agencia de viajes los billetes de avión y de hotel a Harriet y a todos los modelos. El catering lo contraté con la madre de Yasmina. Tiene una franquicia por toda Alemania y, oye, si les podemos dar trabajo a ellos, ¿por qué no?

—¡Perfecto!

Durante un buen rato, Ginger y Sonia, con la profesionalidad que los caracterizaba, continuaron coordinando todo lo que habían preparado para el desfile que su amiga Harriet Lowe iba a hacer en Berlín. Como siempre, era una locura, pero, también como siempre, conseguían tenerlo todo bajo control.

En esta ocasión, el cincuenta por ciento de los modelos que iban a participar en el evento salían de Class and Diversity, y el hecho de que sus modelos ocuparan la mitad de una pasarela era algo fantástico para ambos.

Una vez que terminaron de solucionar los flecos que les quedaban, Ginger se echó hacia atrás en su silla y musitó:

—Marimuerta estoy..., y pensar que esta noche debo participar en el espectáculo de O'Pera me estresa aún más. Por cierto, mi número de hoy como Geisha Love ¡es fantástico! —Y, al ver a Sonia mirar el reloj, preguntó—: ¿Nerviosa por reencontrarte con el guaperas?

Ella sonrió. Estaba como loca porque Can llegara a su casa, y, mirándolo, afirmó:

—Pues la verdad es que sí.

Ginger, tan emocionado como ella, ya que sabía que Sonia no daba una oportunidad a los hombres así como así, añadió entonces:

—Te habrás depilado e irás a la peluquería, ¿verdad?

—A ver, Ginger —replicó ella—, ¡que no voy de boda!

Y, levantándose a toda prisa, él la cortó. Cogió su teléfono, habló con alguien y, una vez que colgó, la informó:

—Sabrina nos espera dentro de quince minutos en su salón de belleza.

—Ginger..., ¡no tengo tiempo!

Pero él, convencido, añadió cogiendo el bolso de aquélla para que se levantara:

—Cariño, te lo he dicho muchas veces: más vale guapa y tarde que horrorosa y a la hora. Así que, ¡vamos! Sabrina nos espera.

Sonia suspiró. Llevarle la contraria a aquél podía ser un suplicio, por lo que, tras coger el bolso de su mano, lo siguió.

Capítulo 51

ॐ

A las cuatro y veinte, Sonia y Ginger entraban en casa de ella. Can llegaba a las seis, por lo que a ésta le daba tiempo a recoger el piso. Soltó su bolso sobre el sofá y dijo, tras hablar con su padre y saber que su hija estaba ya con él:

—Alexa, pon la canción *Juice* de Lizzo.

—¡Me superencantaaaaaaaaaaaaaa! —exclamó Ginger.

Bailando al compás de la música, comenzaron a recoger las cosas que Ibiza había dejado esparcidas por todo el piso mientras cantaban:

—«Ya-ya-ee... Ya-ya-ee... Ya-ya-ee... Ya-ya-ee...».

Divertidos, ordenaban el salón cuando a Ginger le sonó el móvil y, mirando a su amiga, informó:

—Es Divinicienta.

Sonia continuó recogiendo mientras él hablaba con ella y, cuando terminó, Ginger cuchicheó mirándola de nuevo:

—Qué pena que no vengas esta noche al espectáculo. Las Ladies y yo hemos ensayado unos números ¡maridivinos!

Sonia sonrió, y luego él cogió su bolso y dijo:

—Me voy. Quiero bañarme en agua de rosas para ser una auténtica geisha esta noche. —Y, tras darle un cariñoso beso en la mejilla, susurró—: Pásalo mejor que bien con el comandante.

—¡Lo haré! —afirmó Sonia convencida.

Una vez que aquél se marchó, ella prosiguió con lo que estaba haciendo, hasta que al rato le sonó el teléfono y, al ver que era su padre, saludó.

—Hola, Cariñito. ¿Qué se nos ha olvidado decirnos hace un rato?

Charles iba a contestar cuando Sonia, al oír a su hija Ibiza llorar desconsoladamente, preguntó sorprendida:

—¿Qué pasa, papá?

Él, que nunca había visto a su nieta llorar tan apenada, se alejó unos metros de su mujer y de la niña para hablar con más tranquilidad.

—A ver, hija..., ¿cómo te lo digo?

—¿Habéis discutido mamá y tú?

—No.

—¿Entonces...?

—Ay, hija...

—Papá, ¿qué pasa? ¿Por qué llora Ibiza?

Al percibir la preocupación en la voz de Sonia, el hombre explicó:

—Tu madre ha acompañado a Ibiza al baño. La niña le ha dado a *Babas* para que la sujetara mientras hacía sus cosas y, al terminar, cuando tu madre se la ha entregado, a la pequeña se le ha escurrido de las manos justo en el momento en que tu madre tiraba de la cadena y..., bueno, la tortuga ha desaparecido.

Al oír eso, Sonia cerró los ojos. Pensar en *Babas* siendo engullido por el desagüe era un auténtico desastre.

—Hija, Ibiza no para de llorar —añadió su padre—. Lleva más de hora y media así, arrodillada frente al váter y llamando a la tortuga. ¡Ya no sé qué hacer!

—¡Voy para allá enseguida!

Angustiada, Sonia miró el reloj. Al cabo de poco más de media hora Can estaría en su casa, pero no podía esperarlo, por lo que cogió su teléfono y lo llamó.

Un timbrazo. Dos...

Por su parte, hacía una hora que Can acababa de regresar de su viaje. Se dirigía en coche hacia su casa y, al ver que era Sonia quien llamaba, cogió el teléfono sonriendo.

—No veo el momento de verte —murmuró.

Ella no supo qué decir y, sin darle más vueltas, soltó:

—Lo siento. Pero hoy no podemos vernos.

Oír eso hizo que el comandante frunciera el entrecejo.

—¿No tienes ganas de verme? —preguntó.

Sonia resopló. Can estaba entendiendo mal el mensaje.

—No, no es nada de eso —repuso—. Es sólo que ha ocurrido algo y...

—¿Qué pasa? —quiso saber preocupado.

—¡Maridrama, como diría Ginger!

Él rio y ella, rápida y atropelladamente, le contó lo que había sucedido.

—Voy a casa de mis padres a recoger a Ibiza y algo me dice que esta noche poco vamos a dormir en casa. Por eso no puedo verte.

Oír eso a Can lo jorobó. Se moría por verla, por estar con ella, pero, pensando en la cría y en la pena que debía de tener, decidió:

—Hagamos una cosa. Ve a por ella y, cuando regreses a tu casa, me llamas y me dices cómo está, ¿vale?

Sonia suspiró.

—Lo siento, Can. Pero, como te dije, mi prioridad es Ibiza y...

—Ehhh, cielo —la interrumpió él—. No tienes que disculparte por nada. Soy consciente de que tu hija es lo más importante y sin duda tienes que estar a su lado. Ella adoraba a *Babas*, era su mascota, y su pérdida es triste, por lo que necesitará a su mamá.

Sonia sonrió. Que Can le estuviera diciendo aquello era como poco increíble y, consciente de que se tenía que ir, añadió:

—Te llamaré cuando regresemos.

—De acuerdo. Un beso.

—Otro.

Sonia colgó, cogió el bolso y las llaves y se dirigió hacia su coche. Luego, instintivamente, y como llevaba haciendo media vida, de camino llamó a Ginger. Ni que decir del maridrama que montó aquél al saber lo de *Babas*. Una vez que terminó la conversación, llegó a su coche, subió y arrancó. Su hija la necesitaba.

* * *

Como bien había imaginado, el maridrama estaba servido entre su madre y su pequeña. Al llegar, la frialdad de su madre mientras su hija lloraba desconsolada llamando a su tortuga la jorobó.

Con mucha mano izquierda y tranquilidad, Sonia calmó a la pequeña con la ayuda de su padre. Pero ver a Ibiza arrodillada ante la taza del váter llamando a su tortuga para que regresara le partía el corazón.

Cuando su padre se llevó a su madre para que se tumbara en la cama y se tranquilizara, Sonia, que estaba sentada en el suelo del baño al lado del inodoro, musitó mirando a su hija:

—A ver, Ibiza, mírame...

La cría, con los ojos hinchados de tanto llorar y la cara congestionada, la miró y, entre hipos, dijo:

—Ma-mami..., qui-quiero que vuelva *Babas*...

—Lo sé, cielo..., lo sé...

Pero Ibiza insistió desesperada.

—Le... le he dicho a Pa-Papuchi que quite esto para coger a... a *Babas* —dijo señalando el inodoro—, pe-pero no sabe. Dice que no se pu-puede quitar.

Con ternura, Sonia tocó el pelo moreno de su pequeña e, intentando entender su tristeza, respondió:

—Papuchi tiene razón. No se puede.

—Pero... pero *Babas* se ha caído y... y... la tengo que coger.

Dicho eso, cuando Sonia la atrajo hacia sus brazos para sentarla sobre ella, la cría se aferró a ellos y, necesitada de sus mimos, Sonia se los dio con cariño y amor.

Pasó una hora. Una hora en la que ella habló con su hija para intentar que se tranquilizara, y lo consiguió al recordar *Buscando a Nemo*, la película de Disney. Sin dudarlo, le habló a Ibiza de la película, en la que un pececillo caía a la taza del váter y terminaba en el mar, donde se encontraba con diversos amigos. Oír eso al menos consiguió que el hipo incontrolable que tenía la pequeña se calmara. Luego, mirando a su abuelo, que estaba de pie junto a la puerta del baño y después a su madre, preguntó:

—¿Y *Babas* sabrá llegar hasta el mar?

—Por supuesto —afirmó Sonia—. *Babas* tiene un buen instinto y sabe que tiene que dejarse llevar por la corriente, que la conducirá hasta el mar.

—¿Y cómo va a saber *Babas* quién es su amigo?

Oír eso hizo sonreír a Sonia y, tras mirar a su padre, indicó:

—¿Te acuerdas del cumpleaños de tu amiga Kate que celebró con las niñas del colegio?

—Sí.

—Pues bien, me dijiste que Kate invitó a una niña que no era del colegio, ¿verdad?

—Sí, a Laura. Su vecina.

Charles las escuchaba atentamente. Quería saber adónde quería ir a parar su hija.

—¿Y qué pasó cuando la visteis llegar a ella solita? —preguntó entonces ésta.

Ibiza se restregó los ojos y rápidamente respondió:

—Que le dijimos que queríamos que fuera nuestra amiga. Estar todas juntas era más divertido y así ella se sentía mejor.

Charles sonrió al oír eso, y Sonia afirmó:

—Pues eso mismo es lo que le va a pasar a *Babas* cuando llegue al mar. Se encontrará con otros peces y tortugas como ella y enseguida será una más.

Ibiza asintió; aun sabiendo eso, llevaba la pena reflejada en los ojos. Su abuelo, tendiéndole la mano, dijo:

—*Babas* es una tortuga lista. Tú le has enseñado muy bien.

La niña asintió con tristeza y su abuelo, muerto de amor por su hija y por su nieta, añadió tendiéndole la mano a la pequeña:

—Vamos, cariño. Por tu cara veo que necesitas un buen trago de Coca-Cola.

—Sin cafeína —puntualizó Sonia.

Abuelo y nieta se miraron con complicidad y luego éste cuchicheó:

—Hoy con cafeína. Lo necesitas.

Sonia puso los ojos en blanco y su padre, al verla, indicó:

—Hija, ¿me harías el favor de ir a ver a tu madre?

Una vez que Charles y su hija se marcharon hacia la cocina, Sonia se encaminó hacia la habitación que ocupaba su madre. Al entrar vio que estaba sentada frente a un tocador con el móvil en la mano.

—¿Cómo está la niña? —preguntó Albany soltando el móvil.

Intentando sonreír, Sonia se acercó a ella.

—Está bien, mamá, no te preocupes.

Pero la mujer, ofuscada con lo ocurrido, murmuró:

—Esa estúpida tortuga...

—Mamá...

—¿Por qué no le ha pasado estando con tu padre? —gruñó aquélla—. Ya bastante odio me tiene la niña como para que, encima, yo sea la culpable de lo que le ha ocurrido a *Babas*.

—Mamá, Ibiza no te odia.

Pero Albany asintió y se levantó de la silla del tocador.

—Claro que sí —insistió—. Se lo veo en la mirada: le molesto. No quiere estar conmigo, pero sí con tu padre..., ¡no soy tonta!

Al oír eso, Sonia se apenó. Su hija no odiaba a su abuela, pero si le dabas a elegir entre ella o el abuelo, sin duda elegiría a este último por el cariño desinteresado que le ofrecía. Intentando tener mano izquierda, dijo:

—Mamá, Ibiza no te odia. Es sólo una niña de ocho años que...

—Mi amor —musitó ella endureciendo la voz—, digas lo que digas, yo sé lo que veo y no vas a hacer que cambie de opinión. Esa niña me odia. Hoy justamente se ha enfadado conmigo cuando le he quitado la bolsa de patatas fritas que tu padre le ha comprado a la salida del colegio. ¡Eso es una bomba de carbohidratos! ¿Acaso quiere que tenga sobrepeso como tú?

Sonia resopló. Quiso decirle que ese tipo de cosas eran las que hacían que Ibiza se alejara de ella, pero, consciente de que sería entrar en otro fuego de difícil extinción cuando acababa de apagar el de su hija, musitó cambiando de tema:

—Mamá, en lo referente a Cynthia e Israel, creo que...

—No me interesa hablar de tu hermana. Si ella ha decidido arruinarse la vida al lado de ese celador sin oficio ni beneficio, ¡es su problema! Sólo espero que Brooke vea lo que su hermana hace mal. Que aprenda y busque un futuro marido muchísimo mejor.

—Y con una abultada cuenta en el banco —cuchicheó Sonia.

Al oírla, Albany asintió.

—Por supuesto. Eso es muy importante, aunque tú no lo creas.

Sonia suspiró y prefirió callar. Lo de su madre con el dinero era vergonzoso.

—En cuanto a tu padre y a mí —soltó aquélla a continuación—, ya veo que tanto tú como tus hermanas os habéis decantado por él, como siempre. Y, antes de que me mires con tus ojitos de juzgarme, déjame decirte que era lo que esperaba. Ya nos vamos conociendo.

Indignada por lo que decía, pero intentando mantener la calma a pesar de que su madre siempre llevaba la escopeta cargada, Sonia indicó:

—Mamá, en lo relativo a tu relación con Leroy...

—Mira, lo que yo haga con mi vida personal no es de tu incumbencia.

—Mamá...

—Por tanto, mejor ahórrate lo que ibas a decir.

Boquiabierta porque su madre fuera así, Sonia musitó:

—Nunca te entenderé. ¿Qué narices te pasa conmigo? ¿Por qué siempre pareces enfadada cuando hablamos?

Albany miró entonces a su hija y, con rebaba, siseó:

—No me tires de la lengua o te aseguro que no te gustará.

—Pero, mamá..., ¿de qué hablas?

Con rabia, Albany se volvió para mirarla y sentenció:

—Tengamos la fiesta en paz.

Una vez más, Sonia tiró la toalla. Con su madre nunca había término medio y, cansada, dijo:

—Ibiza y yo nos vamos a ir a casa. ¿Vienes a despedirte?

Pero Albany se acomodó de nuevo frente al tocador.

—Despídeme de la niña —dijo.

A Sonia siempre la había matado su frialdad. Nunca la entendería, pero menos aún entendía que siguiera mostrándola con su nieta.

—Podrías venir y darle un beso a Ibiza —insistió—. Le encantará.

Sin embargo, Albany negó con la cabeza.

—*No es no.*

Sin querer juzgarla, pues con su madre las cosas eran como eran y no había que darle más vueltas, finalmente Sonia dijo sin acercarse a ella:

—Adiós, mamá.

—Adiós.

Veinte minutos después, cuando Sonia salió de la casa de sus padres caminando con Ibiza, vio que tenía diversos mensajes de Ginger, Stacy, Adriano, Divinicienta y otras muchas. Sin duda Ginger ya los había puesto a todos en antecedentes.

Pensó en contestar, pero al mirar a Ibiza y ver sus ojos hinchados y su expresión de profunda tristeza, decidió dejarlo para cuando se durmiera.

Una vez que se montaron en el coche, y mientras Ibiza se ponía el cinturón, Sonia cogió su móvil y tecleó:

> Volvemos para casa. Ibiza está bien, pero cuando vea las cosas de *Babas* volverá a llorar.

Tras enviarle el mensaje a Can, arrancó y, observando por el espejo retrovisor los pucheros de su hija por no tener a su buena amiga *Babas* consigo, comenzó a cantar el *Turu Turu*.

Capítulo 52

Cuando Sonia abrió la puerta de su casa y vio luz, imaginó que alguno de sus amigos estaría allí. Y al entrar en el salón sonrió al ver a Ginger, a Stacy con su chico, a la Bella Despierta, la Moratones, Divinicienta, Lola Mento, Marylycra y Reina Negra, todos ellos vestidos de calle.

—¿Qué hacéis aquí? —preguntó mientras Stacy abrazaba a Ibiza, que al verlos comenzó a llorar mientras contaba cómo había perdido a *Babas*.

—Ginger nos ha llamado tremendamente alterado —explicó la Bella Despierta—. Y aquí estamos toda la familia para mimar y apoyar a nuestra Lady Mini Stark.

Oír eso la hizo sonreír. Aquella familia que había creado era maravillosa, pero entonces se miró el reloj. Eran las nueve y media, a las once comenzaban las actuaciones en el O'Pera, y preguntó al ver que ni siquiera iban maquillados:

—Pero vais ya muy tarde, ¿no?

Reina Negra asintió y, tras darle un besito a Ibiza y cogerla en brazos, repuso:

—Tranquila, mi amor. Lo primero es lo primero. Y lo primero es nuestra niña.

—Que no te quepa la menor duda —afirmó la Moratones viendo a Ibiza llorar.

Emocionada por el amor que aquéllos siempre demostraban por su pequeña, Sonia iba a hablar cuando Lola Mento indicó mirándolas:

—Creo que, viendo que Ibiza está bien, a pesar del disgusto, sería buena idea que fuerais tirando. Minerva, tú abres el espectáculo y después tú, Moratones, la sigues. Liam se quedará más tranquilo si os ve aparecer y le decís que nosotras vamos enseguida.

Reina Negra y la Moratones se miraron y acto seguido Sonia indicó:

—Lola Mento tiene razón. Ya sabéis que, pase lo que pase, el espectáculo ha de continuar.

Aquéllas, convencidas de que eso era lo que había que hacer, tras darle otro beso a la pequeña, finalmente se marcharon y Ginger, emocionado por todo, se limpió las lágrimas de los ojos.

—Creo que se me están maricayendo las extensiones de las pestañas —cuchicheó.

—No es por criticarte ni meterme donde no me llaman —replicó entonces Marylycra—, pero si se te caen ¡es que son de las baratas!

—¡Cómo eres tan mala! —musitó Ginger.

Ella sonrió y repuso:

—Malas, ¡tus pestañas!

Ibiza continuaba llorando. Ver a aquéllos había hecho que brotara de nuevo la pena que sentía por *Babas*.

Uno la besaba...

Otro la abrazaba...

El tiempo pasaba y la tristeza de la niña comenzó a convertirse en enfado. Estaba enfadada consigo misma por lo que le había pasado. ¿Cómo no había tenido cuidado? Entonces corrió a su cuarto y se metió debajo de la cama.

Sonia, al verla, resopló. Desde bien pequeña, Ibiza hacía eso cuando se enfadaba, por lo que terminaron todos en el suelo intentando sacar a la pequeña. Pero no. Ésta se resistía.

Pocos minutos después Lola Mento y Divinicienta se marcharon, y cuando los demás seguían intentando que Ibiza saliera de debajo de la cama, el interfono sonó.

Sonia se levantó a abrir y, al comprobar por el videoportero que era Can, sonrió. ¡Había ido!

Sin moverse de la puerta, esperó a que él llegara a su descansillo y al verlo salir del ascensor, preguntó sintiendo un loco amor:

—¿Qué haces aquí?

Can, que vestía un vaquero y una camisa azul celeste y llevaba el pelo suelto, se acercó a ella sonriendo. Era verla, estar cerca de ella y sentir que la vida era especial, por lo que respondió con mimo:

—¿Dónde iba a estar si no era aquí con vosotras?

Sus respuestas le llegaban cada vez más al corazón a Sonia. Can no sólo era atento y cariñoso, también romántico, y eso la volvía loca. Acercándose más a ella, la abrazó y, cuando se separó, preguntó:

—¿Cómo está Ibiza?

Sonia suspiró y respondió meneando la cabeza:

—Desconsolada.

—Pobre...

—Quería mucho a *Babas*, e intuyo que le va a costar remontar.

Can la miró, y al ver cómo aquélla lo observaba, dijo:

—He hecho algo que quizá me reproches.

Sonia no sabía a qué se refería y él, descolgándose una mochila negra, la abrió y ella vio a un diminuto cachorrillo de color blanco dormido.

—Te mato... —soltó.

—Lo intuía —afirmó él sonriendo.

De nuevo Sonia volvió a mirar al cachorro, era monísimo, pero susurró:

—Noooooo.

Can no se movió. Sabía que cabía la posibilidad de que aquél terminara en su casa y, mirándola, explicó:

—A ver, dijiste que te estabas planteando regalarle un perro a Ibiza para Navidad. Pues bien, al saber lo que ha pasado con *Babas*, he llamado a Carol. Ella justamente hoy estaba en el refugio de animales donde colabora, por lo que me he acercado. Allí he visto este precioso cachorro y te juro que, cuando me ha mirado, he oído que me decía: «¡Llévame con Lady Mini Stark!». —Sonia sonrió al oír eso y Can insistió—: Vale. Sé que esto no estaba planeado, pero

Ibiza adora a los perros. Se muere por tener el suyo propio y creo que, tras lo que le ha pasado a *Babas*, hoy es el mejor momento para que su mejor amigo llegue a su vida. Porque, sí, será su mejor amigo.

Sonia volvió a mirar al cachorro que dormía en el interior de la mochila. Sabía que un perro requería tiempo, algo que en ocasiones le faltaba, pero ese detalle por parte de Can le había llegado al corazón.

—¿Lo cuidarás tú cuando yo esté de viaje? —repuso mirándolo.

—Te lo prometo —afirmó él sonriendo.

La joven miró de nuevo al perrito; no le daba la impresión de que fuera a crecer mucho. Él, que parecía leerle el pensamiento, informó:

—Carol me ha dicho que cree que de adulto pesará unos seis kilos, por lo que no será muy grande.

—¿Cómo sabías que estaba pensando eso?

Él rio y, acercando su boca a la de ella, respondió:

—Porque hago todo lo posible por conocerte y saber lo que piensas.

Eso la hizo reír, Can lo lograba como nadie, y entonces él añadió:

—Hace poco más de un mes, a éste y a dos de sus hermanos los encontraron dentro de una caja en la basura. Eran tan pequeños que dudaron si los sacarían adelante, y..., bueno, sus hermanos murieron, pero éste no.

—Pobrecitos... —musitó Sonia.

Can, al ver que la loca idea que se le había ocurrido no parecía ser tan loca, dijo entonces sacándose una cosa del bolsillo de la camisa:

—Ésta es su cartilla. Antes de traérmelo le han puesto el microchip y la primera vacuna, y..., bueno, Carol me ha dicho que, en caso de que quieras quedártelo, mañana la llames para cumplimentar el papeleo.

—¿Y si no me lo quedo?

Can resopló y se encogió de hombros.

—La verdad, Lady Stark, si no lo quieres para Ibiza, me lo quedaré yo. Reconozco que me he enamorado de él.

Sonia sonrió. Aquel tipo estaba pudiendo con ella, e, incapaz de callar, musitó:

—Pues que sepas que a mí me has enamorado tú.

A Can le gustó oír eso. Que Sonia dijera algo así significaba que iba por buen camino y, sonriendo, la abrazó, la pegó contra la pared y susurró haciéndola sonreír:

—*Halleloo!*

Divertida, la joven no podía parar de reír y él añadió:

—Te haría eso que tanto te gusta contra la pared, pero creo que no es el momento ni el lugar.

Extasiada por imaginarse haciendo aquello que sin lugar a dudas tanto le gustaba, Sonia susurró:

—Mejor lo dejamos para otro momento..., Rey.

Sonriendo, se besaron y ella, abriendo de nuevo la mochila para ver al animalillo, indicó:

—De acuerdo. Veamos qué dice Ibiza.

Feliz por aquello, Can sonrió otra vez y, tras darle un nuevo beso en los labios, afirmó cogiéndola de la mano:

—Le encantará.

Cuando los dos entraron en la habitación de la pequeña, Ginger y Stacy sonrieron al verlos. Rápidamente se levantaron para saludarlo y en cuanto Ginger, tras besarlo en la mejilla, le dio un azotito en el culo, Can lo miró mal y él, sin inmutarse, musitó:

—Lo siento. Pero no me he podido mariaguantar.

—¡Menudo zorrón! —soltó Marylycra, que, acercándose a Can, dijo tras darle dos sonoros besos—: La última vez no te lo dije porque no era el momento, pero, cuando te hicieron, tus padres debían de tener un buen día, porque, hijo mío, ¡no te falta detalle!

Sonia, al oír eso y ver el desconcierto de Can, sonrió sin poder evitarlo y luego dijo señalando a Samuel:

—Él es Samuel, el novio de Stacy.

Can, todavía sorprendido por lo que Marylycra acababa de decirle, asintió y, sabiendo quién era aquél y lo que le ocurría porque Sonia se lo había contado, movió las manos a modo de saludo.

Eso sorprendió a todos, en especial a Stacy, que preguntó:

—¿Sabes la lengua de signos?

Intentando ignorar los cuchicheos de Ginger y Marylycra acerca de él, Can se apresuró a responder:

—Algo sé. Pero no creas que mucho.

Una vez hechas las presentaciones, Sonia señaló hacia la cama. Can miró y, al no entender nada, ella explicó:

—Ibiza está debajo de ella.

Él asintió y, entregándole la mochila a Sonia, se sentó en el suelo y se agachó para ver a la pequeña.

—Hola, cariño.

La niña, que estaba tumbada boca abajo, no se movió y sólo respondió con voz lastimera:

—Hola.

Sonia, antes de abrir la mochila, les pidió silencio por gestos. Cuando los demás la entendieron, la abrió y, al ver a aquel precioso cachorro blanco, gesticularon y Marylycra murmuró:

—Requetemuero de amorrrrrrrrrrrrrr.

Al oírlo, todos le pidieron que se callara, y éste, entendiendo su metedura de pata, musitó:

—Ay, por Dios. Requetemuero de amor por mis uñas rosaaaaaaaaaa.

Los demás sonrieron y Sonia, sentándose junto a Can, pidió entonces mirando a su hija:

—Cariño, sal de debajo de la cama, por favor.

—No. Nunca saldré.

Can y Sonia se miraron y él insistió:

—Vamos, cielo, sal.

—No.

El comandante se lo repitió con cariño un par de veces más, pero la niña se negaba. No había manera de sacarla por las buenas de allí, por lo que Ginger indicó:

—Amorcito de mi vida, que sepas que Arya, nuestra guerrera preferida de *Juego de tronos*, perdió a mucha gente de su familia en las guerras y nunca se escondió debajo de una cama.

—Me da igual —respondió Ibiza.

Durante un buen rato todos intentaron que la cría saliera, pero nada, resultó imposible.

—Si sales —dijo entonces Can—, te doy algo que he traído especialmente para ti.

—No. —Y, comenzando de nuevo a llorar con desconsuelo, musitó—: Yo sólo quiero que vuelva *Babas*...

Todos se miraron apenados y Can, que no estaba acostumbrado a los lloros, y menos de Ibiza, insistió:

—Siento mucho lo de *Babas*, cielo..., mucho.

De nuevo se oyeron los sollozos de Ibiza y de pronto a Ginger le sonó el móvil. Era Reina Negra, para indicarles que el espectáculo había comenzado y que tenían que ir, por lo que, agobiado, miró a Sonia y ésta dijo:

—Idos ya. Y, tranquilo, Ibiza estará bien.

Ginger no sabía qué hacer. Aquella niña le importaba demasiado y, cuando iba a hablar, Stacy se le adelantó:

—Vamos, Samuel y yo os acercaremos hasta el local.

Minutos después, aquéllos se fueron y se quedaron solos; entonces a Can le sonó un mensaje en el móvil. Eran sus hermanas, que querían verlo. Pero, sin dudarlo, él les contestó que ya hablarían en otro momento.

Una vez que Can se guardó el teléfono en el bolsillo, Sonia lo miró y, entendiendo el porqué de esa llamada, terció:

—Oye, de verdad, ve con tus hermanas y...

—Tranquila. Ya quedaré con ellas otro día.

Sin querer presionarlo o él comprendería que ella sabía algo, la joven asintió y se agachó de nuevo para ver a Ibiza.

—Cariño..., Can te ha traído algo.

—Me da igual.

—Te aseguro que te gustará, Lady Mini Stark —añadió él.

—¡Me da igual! No lo quiero. Yo sólo quiero a *Babas*.

—Cariño, como te he dicho, ahora *Babas* estará en el mar, nadando con sus amigos —insistió Sonia ante el gesto desconcertado de Can—. Y ahora sal de debajo de la cama.

—No.

—¿No quieres ver qué te he traído? —insistió Can.

—No.

—¿Me lo llevo entonces?

—¡Me da igual!

Sonia suspiró; su hija era bastante cabezota. Entonces, cambiando de táctica, de pronto miró a Can y dijo:

—¡Bonito nombre!

Can la miró sin entenderla y ella le guiñó el ojo y preguntó:

—¿No te parece un bonito nombre?

Él seguía sin entender nada, pero al ver que Sonia movía las manos indicándole que le siguiera la corriente, afirmó:

—Precioso..., precioso...

Ella sonrió. Ver la expresión desconcertada de Can en ocasiones era divertido, e indicó para que se enterara:

—*Medaigual* es un preciosísimo nombre.

El comandante parpadeó. Seguía sin entenderla, pero ésta indicó:

—Ya que Ibiza no lo quiere, ¿qué te parece que te lo lleves tú y lo llames así?

Can sonrió, por fin la entendía.

—Pues creo que es una buena idea —afirmó—. Seguro que a *Chester* le encantará.

Según dijo eso, la cabecita de Ibiza asomó de debajo de la cama y los miró, y en ese momento Can abrió la mochila, que estaba a su lado, sacó al cachorrito y, al ver el gesto de asombro de Ibiza, preguntó:

—¿En serio quieres que me lo lleve a mi casa?

En décimas de segundo, la niña salió de debajo de la cama. ¡Un perro! Boquiabierta, se sentó junto a ellos y, sin tocar al cachorrillo, preguntó con los ojos llenos de lágrimas:

—¿Es para mí?

Emocionado como ella, Can asintió. Ver a la chiquilla llorar le tocó el corazón y, tras toser para aclararse la garganta, respondió:

—Sí, cielo. Es para ti.

Con mimo, el comandante dejó al cachorro en brazos de una sorprendida y llorosa Ibiza, y entonces ésta dijo:

—Yo quería mucho a *Babas*.

Conmovido, él asintió.

—Lo sé. Y lo mejor es que *Babas* también lo sabía. ¿Y sabes? Será muy feliz si se entera de que todo ese amor que le diste a ella se lo vas a dar ahora a este cachorrito.

A continuación se hizo un silencio entre los tres y Can susurró tomando aire:

—Pero también has de saber que tener un perro conlleva una gran responsabilidad. Tienes que educarlo, enseñarlo a ser un buen compañero de vida y, sobre todo, debes quererlo tanto como él te va a querer a ti. ¿Crees que sabrás?

Convencida, Ibiza asintió y, mirando a Sonia, que no había dicho nada todavía, preguntó:

—Mami, ¿podemos quedarnos con él?

—Claro que sí —afirmó ella emocionada.

Por fin Ibiza sonrió y su mirada volvió a ser la que siempre había sido, ¡chispeante!

—Entonces ¿se queda contigo? —preguntó Can feliz.

—Sí —afirmó Ibiza, y luego exclamó—: Halaaaaaaaaa, ¡tengo un perro!

Can y Sonia rieron por aquello hasta que la cría, dejando al perro sobre el regazo de su madre, se volvió y, tirándose literalmente encima de Can, musitó abrazándolo:

—Te quiero... Te quiero... Te quiero y te mariquieroooooooooo. Gracias por cumplir uno de mis tres deseos.

El comandante, al oír eso y sentir su cuerpecillo contra el de él, cerró los ojos. Nunca habría esperado aquella demostración de cariño y aquellos «te quiero» tan dulces y tan llenos de amor por parte de la niña. Ibiza y su madre, con su particular manera de ser, estaban dándole una vuelta de tuerca a su vida. Abrazó a la pequeña y afirmó complacido:

—Yo también te quiero..., te quiero y te mariquiero.

Feliz, ella le llenó la cara de besos y, al acabar, cuando fue a coger al perro del regazo de su madre, ésta preguntó:

—¿Y a mí no me mariquieres?

Ibiza sonrió abrazándola.

—A ti también te quiero..., te quiero..., te quiero y te requetemariquieroooo, porque eres la 4 M.

Al oír eso, Sonia sonrió, y Can, sin entender qué era aquello de «la 4 M.», preguntó:

—¿Sabes ya qué nombre le pondrás?

—*Medaigual* —afirmó la niña.

—¡Noooo! —exclamó él riendo.

—Sí. Es un preciorritísimo nombre. ¡Nadie se llama así!

Can parpadeó. Pero ¿qué clase de nombre era ése?

Y cuando la niña se disponía a salir del cuarto, indicó volviéndose:

—Podéis daros besos.

Sonia y Can la miraron y la pequeña, sonriendo, afirmó:

—¡Me gusta que os deis besos de amor!

Dicho eso, salió de su habitación con el cachorro en brazos y Can preguntó:

—¿Ha dicho lo que creo que ha dicho?

Sonriendo, Sonia asintió. Sin duda su hija estaba feliz con su relación con aquél, y Can, deseoso de ella, afirmó:

—Pues ya estamos tardando.

El beso que se dieron hizo que a ambos los abrasara el calor. Se deseaban de una manera que ninguno entendía todavía, y cuando ella paró y lo miró, él musitó:

—Me muero por hacerte el amor. No he parado de pensar en ti.

Divertida, y tan deseosa como él, Sonia se colgó de su cuello.

—¡Hagámoslo! ¡Cierra la puerta! ¡Desnúdate!

Boquiabierto porque la pequeña estaba en casa, Can se quedó paralizado y Sonia soltó una risotada.

—Te he asustado, ¿ehhhhhh? —soltó. Él sonrió y ella añadió—: Por muchas ganas que tenga, es imposible. Soy una mami y, por respeto a Ibiza, hay cosas que he de controlar. Lo siento.

Can asintió. Lo sabía, claro que lo sabía, y, entendiendo que la relación con aquélla era diferente de lo vivido hasta el momento, preguntó cambiando de tema:

—¿En serio el perro se va a llamar así?

Sonia asintió mientras se levantaba del suelo.

—Totalmente en serio.

Can sonrió, estaba claro que la originalidad era innata en aquella familia, y acto seguido preguntó:

—Oye, ¿y qué es eso de que eres «la 4 M.»?

—La Mejor Mamá del Mundo Mundial —repuso ella divertida.

Can afirmó con la cabeza. A cada instante que pasaba con Sonia y su hija se sentía más cautivado por ellas, y, sin dudarlo, la besó.

¿Por qué no?

Capítulo 53

Cuando llegaron a Berlín el viernes, el caos que se originó durante los preparativos del desfile puso frenético a Ginger, pero, en cambio, a Sonia no.

Con diligencia y junto a los profesionales que habían contratado, ambos consiguieron llevar el proyecto adelante y, el sábado a primera hora, Harriet Lowe, la amiga que los había contratado, estaba feliz.

El desfile que habían organizado en aquella ocasión era particular. En él se conjugaban la moda de baño, la sensualidad y el caramelo, algo que desde un principio les gustó.

Como siempre, Sonia se regía por el plan A. Pero la experiencia le había hecho aprender que en aquellos eventos, por si acaso, siempre debía tener un plan B, o incluso un C.

A las cinco de la tarde, el *backstage*, donde se preparaban los modelos, era un hervidero de gente. Y en esa ocasión, al introducir el caramelo en el desfile, las prendas debían ser tratadas con más cuidado de lo habitual.

Sonia estaba dando los últimos retoques para el inicio del desfile cuando Ginger se le acercó histérico.

—Los invitados más importantes ya están sentados en los sitios preferentes.

—¡Genial!

—Los fotógrafos y la prensa, colocados en su sitio y Cleomatric ya ha encontrado el lugar idóneo para hacer el directo a través de nuestras redes y las de Harriet Lowe.

—¡Perfecto! —asintió Sonia mirando unos papeles.

Stacy, que trabajaba con su hermana Harriet, al ver a sus amigos, corrió de pronto hacia ellos mientras exclamaba:

—¡Maridrama!

Al oír eso, Sonia levantó la mirada de los papeles y Ginger susurró:

—Pase lo que pase, me voy a Roma en cuanto termine el evento.

Sonia asintió, Ginger había quedado en pasar la noche con Adriano allí, y afirmó:

—Por supuesto que te irás.

Stacy llegó hasta ellos. Su gesto preocupado lo decía todo, y Ginger musitó:

—Suéltalo. Dilo antes de que me dé un mariinfartito... ¿Qué pasa?

Ella suspiró y, mirándolos, dijo:

—Ivanna ha resbalado, se ha torcido un tobillo y ¡no puede desfilar!

—Nooooooooooooo —aulló Ginger horrorizado.

Sonia resopló. ¿Por qué siempre tenía que pasar algo? ¿Por qué había algo que resolver en el último momento?

Rápidamente, mientras Stacy le daba aire a Ginger, que maridrameaba, Sonia cerró la carpeta que tenía abierta. A continuación cogió otra y, tras encontrar la ficha de Ivanna, dijo sin dudarlo:

—El plan A era Ivanna; el plan B, y visto que no hay nadie más, seré yo. Por suerte, tenemos medidas parecidas.

Stacy sonrió al oír eso y Ginger murmuró:

—Madridrama resuelto. Si fuera hetero, ¡me maricasaba contigo!

Stacy aplaudía feliz, sabía que Sonia lo resolvería sin problema en dos segundos.

—¡Solucionado! —cuchicheó—. Pero no hay tiempo para que pases el *fitting*. ¡Vamos pillados!

Ginger asintió y, mirando a su amiga, señaló:

—Tendrás que desfilar sin probarte los modelos. Quedan exactamente diecisiete minutos para que comience el desfile y tienes que peinarte y maquillarte. ¡Ay, Dios mío, que no llegamos! ¡Corre a maquillaje!

—Voy —afirmó Sonia, pero luego gruñó—: ¡Joder!

—¿Qué pasa?

—Ivanna tiene un 37 de pie y yo, un 39. Sus zapatos no me valdrán.

—Noooooooooooooo —gritó Ginger.

—¡Vuelve el maridrama! —susurró Stacy.

Pero Sonia, dispuesta a que aquello no desluciera el evento, indicó mirándolos:

—Me voy corriendo a peluquería y a maquillaje. Avisad a Harriet de lo ocurrido y decidle que me busque dos pares de zapatos del 39 que vayan con lo que tengo que ponerme.

Stacy y Ginger asintieron y cada uno corrió hacia un sitio diferente. No había tiempo.

Acostumbrada a aquellos imprevistos de última hora, Harriet buscó con rapidez unos zapatos que fueran acordes con la ropa que Sonia tenía que ponerse. Por suerte, la joven era una modelo profesional, y que ella se subiera a la pasarela no le provocaba ningún temor. Sin duda lo haría maravillosamente bien.

El tiempo pasaba, los peluqueros y los maquilladores se afanaban en preparar a Sonia, que había llegado a última hora, y en cuanto lo hicieron, ésta corrió hacia el lugar donde estaba la ropa que debía ponerse, pero entonces alguien, sujetándola del brazo, la detuvo. Al ver a Luis, aquel simpático español, ella sonrió y éste preguntó:

—¿A qué se deben esas prisas?

—Una de mis modelos ha resbalado, no puede desfilar y lo haré yo por ella.

Luis asintió, no era la primera vez que ocurría algo así.

—¿Nos vemos después del desfile? —propuso.

Sonia, que estaba acelerada, asintió sin pensarlo y luego él añadió guiñándole el ojo:

—Lo harás de lujo.

Una vez que la joven llegó a donde sabía que estaba su burro con la ropa que debía ponerse, la miró y murmuró divertida:

—¿En serio?

Harriet, Stacy y Ginger, que la estaban esperando, asintieron y Sonia, sin pensarlo, se metió tras un biombo, se desnudó y se colocó una braguita de licra negra mientras decía:

—Menos mal que el otro día me depilé.

—Nena... —cuchicheó Ginger al oírla—, como siempre te digo, ¡hay que estar preparada!

Cuando la braguita estuvo bien colocada, sin importarle que se le vieran los pechos, Sonia salió y, mirando lo que Harriet tenía en las manos, dijo riéndose:

—Si llego a saber que tengo que ponerme un sujetador de caramelitos en forma de estrella, no sé yo si me habría ofrecido como voluntaria.

—Pero si es ideal —se mofó Stacy, que bajando la voz añadió—: Sólo te diré que anteanoche Samuel se dio un gran atracón de caramelos. ¡Y tan feliz!

Harriet suspiró sonriendo.

—Venga, date la vuelta, que te lo coloco.

Divertida, ella hizo lo que su amiga le pedía y, en cuanto tuvo el sujetador comestible puesto, iba a decir algo cuando Ginger, acercándose, musitó señalando el calzoncillo de caramelo que llevaba uno de los modelos que pasaba por allí:

—Mmmm..., nena, *tutti frutti...* ¡Qué rico!

Instantes después, Harriet puso sobre las caderas de Sonia un pareo de color negro con un corazón en el centro y, tras atárselo, comentó:

—Estás fantástica.

Sonia sonrió y, mirándose el sujetador de caramelitos, musitó:

—Si doña Mi Amor me ve con esto puesto, ¡me deshereda!

Todos rieron por aquello; entonces comenzó a sonar la música y Ginger, apremiándola, la acompañó hasta donde estaban el resto de los modelos.

—¿Tienes claro lo que has de hacer? —le preguntó.

Sonia asintió. Se sabía de memoria lo que debían hacer los modelos, y le aseguró:

—Clarísimo.

Convencido de que así sería, Ginger se puso entonces ante la enorme fila de modelos, dio unas palmadas para atraer su atención y, una vez que lo hubo conseguido, dijo como siempre:

—¡Aquí va mi mariconsejo! Cabezas altas, brazos sueltos, mirada de lobas y lobos en celo y paso de «¡estoy aquí porque lo valgo!».

Según terminó, todos aplaudieron; en ese instante comenzó a sonar *Love Yourself* de Billy Porter y, con seguridad, salieron a lucir sus atuendos.

Minutos después, Sonia desfilaba junto al resto de los modelos y, de pronto, sonrió sorprendida al ver a Can entre los asistentes.

Pero ¿qué estaba haciendo él allí?

Capítulo 54

Sin decirle nada para no interferir en su trabajo, y tras pensarlo mucho, pues no quería agobiarla, Can habló con Ginger por teléfono, cogió un avión y se plantó en Berlín. Necesitaba estar con Sonia.

Cuando llegó al hotel donde se organizaba el desfile, tras entrar con el pase que Ginger le había enviado por email, se acomodó en su lugar para presenciar el evento.

Con una sonrisa observaba el desfile organizado por Sonia. Saber que aquello era fruto de su trabajo lo hizo sentir orgulloso y, cuando las luces del lugar se atenuaron y comenzó a sonar la música, sonrió.

Sorprendido y satisfecho, observó el espectáculo. No lo conformaban modelos al uso, y le encantó sentir la cercanía de las personas que desfilaban con el público, hasta que parpadeó al verla aparecer a ella en la pasarela. Eso sí que no lo esperaba.

¿Cuándo le había dicho Sonia que también desfilaba y él no se había enterado?

Boquiabierto, fue consciente del magnetismo y la seguridad que desprendía a cada paso que daba. Verla sonreír mientras desfilaba con gracia bailando al ritmo de la música lo hacía sonreír como un tonto y, orgulloso, quiso gritarle a todo el que estaba allí que aquella preciosa mujer a la que miraban tenía algo que ver con él.

Aun así, no lo hizo por prudencia. Quizá eso a Sonia no le hiciera gracia.

Pero si algo le gustaba de ella, además de su arrolladora personalidad, era la seguridad en sí misma que irradiaba. Desde que había ocurrido lo de su hermana Alina, que las personas se quisieran tal y como eran era algo que valoraba mucho.

Sonia, que se cruzaba sonriendo con los modelos de su agencia, les guiñaba el ojo indicándoles que todo estaba saliendo a las mil maravillas, cuando, de pronto, al dar media vuelta, sus ojos y los de Can conectaron y él vio cómo ella se sorprendía. Le sonrió orgulloso y, con un gesto de aprobación, le hizo saber lo mucho que le gustaba lo que estaba viendo. Entonces ella le guiñó el ojo con picardía y, con cierto descaro, le lanzó un beso. Eso le gustó a Can, pues lo hizo sentirse especial.

Durante varios minutos, los modelos entraron y salieron de la improvisada pasarela que rodeaba la piscina del hotel mientras el público aplaudía. Estaba claro que les gustaba lo que veían y todos lo disfrutaban, hasta que finalmente el desfile acabó. Harriet salió acompañada de todos los modelos y, cogida de la mano de Sonia, disfrutó de los aplausos que los asistentes le dedicaban por su trabajo.

En cuanto regresaron todos al *backstage*, Sonia se acercó a Ginger, que estaba feliz.

—¡H. V.! —le dijo con disimulo.

Entendiéndola, pero haciéndose el loco, su amigo preguntó:

—¿Ha venido? ¿Quién ha venido?

Deseosa de salir de allí para verlo, ella explicó acalorada:

—Can.

—Noooooooooooo.

—Síííííííííííííí.

—Lo sabíaaaaaaaaaaaaaaaa.

—¿Cómo que lo sabías? —dijo Sonia.

Ginger, haciéndose el interesante, parpadeó e indicó:

—Reconozco que cuando me llamó para preguntarme si sería buena idea que viniera a verte, estuve tentado de decirle que para ti no sé, pero que ¡a mí me parecía una estupenda idea! —Ambos rieron y Ginger añadió—: Vale, lo admito: he caído en su influjo. Me vuelve loca ese hombre.

Sonia estaba riendo cuando Stacy se les acercó.

—Sonia..., si te digo a quién he visto entre el público, ¡no te lo vas a creer!

La aludida asintió feliz, sabía a quién había visto su amiga, y a continuación Luis, el técnico de sonido, se acercó también a ellos y se dirigió a la joven:

—Decirte que has estado perfecta se queda corto.

Sonia, gustosa y feliz por cómo se sentía en ese instante, se lo agradeció:

—Gracias.

Luis sonrió al ver el brillo en su mirada. La joven estaba feliz y, con complicidad, bromeó durante un rato con ella, hasta que uno de sus técnicos lo llamó y él, acercándose a Sonia, preguntó en su oído:

—¿En tu habitación o en la mía?

Según oyó eso, Sonia parpadeó, y en ese mismo momento Stacy comenzó a toser con exageración y Ginger balbuceó señalando con el dedo:

—¡Maridramaaaaaaaaaa!

De inmediato, Sonia miró hacia donde su amigo indicaba y, al ver a Can parado a pocos metros de ella con cara de pocos amigos, resopló. Y, dirigiéndose a Luis, dio un paso atrás y repuso:

—Lo siento, pero ya he quedado.

A continuación, dándose la vuelta rápidamente, caminó hacia el comandante y, tirándose a sus brazos sin ningún pudor, susurró:

—¡Qué sorpresa!

Can la abrazó gustoso. Era lo que más deseaba. Pero, mirando al tipo con el que ella estaba cuando había entrado y que no les quitaba ojo, preguntó sin dudarlo:

—¿Quién es ése?

Sin mirar, Sonia ya sabía a quién se refería, y, restándole importancia, contestó:

—Luis, el técnico de sonido.

Con seriedad, Can la observó mientras notaba algo raro en su interior. ¿Qué le ocurría? ¿Por qué sentía como si el corazón le fuera a un ritmo extraño y por qué de pronto percibía a aquel tipo como a un enemigo? ¡¿Eran celos?!

¿En serio aquello era tener celos?

Y Sonia, al ver su mirada y su desconcierto, tomó aire y dijo dispuesta a ser sincera:

—Igual que tú tienes amigas, yo también tengo amigos. Y Luis lo es.

Entendiendo lo que aquélla quería decir en ese instante con la palabra *amigo*, él asintió y, molesto por sentir algo que no controlaba, musitó mirándola:

—Siento haberme presentado aquí sin avisar. Quizá no...

—Oye —lo cortó Sonia—, no quiero que pase lo mismo que sucedió en Viena. Otra vez no. —Se miraron unos instantes en silencio y luego ella añadió sonriendo—: Has venido. ¡Menuda sorpresa! Me encanta que estés aquí y por nada en el mundo quiero que la felicidad que he sentido al verte se jorobe. Nos estamos arriesgando, así lo decidimos, y debes saber que yo sólo quiero estar contigo.

Oír eso y ver su mirada era lo que Can necesitaba. Saber que ella comenzaba a hablar de sentimientos como llevaba tiempo haciendo él le dejaba claras muchas de sus dudas, y cambiando su gesto serio por una sonrisa susurró:

—Lady Stark, definitivamente estoy loco por ti.

Feliz, Sonia se pegó a su cuerpo y, acercando sus labios a los de él, lo besó. Siempre había deseado que un hombre le dijera las preciosas cosas que Can le decía, y aunque en un futuro quizá pudiera lamentarlo, de momento lo iba a disfrutar.

Al ver la felicidad de su amiga, tras abrazar a Stacy emocionado, Ginger cogió su bolso.

—Cariño, me voy al aeropuerto —le dijo—. Despídeme de los tortolitos y dile a Sonia que el lunes iré a la puerta del colegio a decirle adiós a mi bebé.

Stacy asintió y, tras darle un beso, Ginger se marchó.

Luis, que observaba a la pareja, sorprendido por ver besar a Sonia cuando ella siempre lo rechazaba, parpadeó, y Stacy, acercándosele, cuchicheó:

—Está loca por él.

Luis miró a aquel hombre. Sin duda era un tipo con suerte, y sonriendo se alejó. Le alegraba que por fin Sonia se diera una oportunidad.

Tras el apasionado beso, ella y Can se miraron sonriendo, y la joven musitó con picardía:

—¿Te gustan los caramelitos?

Él levantó una ceja y ella, cogiendo su mano, la pasó por encima del sujetador que llevaba.

—¿En serio son caramelos? —preguntó el comandante sorprendido.

—De *tutti frutti* —aseguró Sonia divertida.

Ver su gesto pícaro y su sonrisa le llenó el alma a Can. La joven no era para nada una mujer tradicional, pero le encantaba. Y entonces supo que había acertado en su decisión de presentarse sin avisar.

—Me encanta el *tutti frutti* —susurró convencido.

Y esa noche, cuando llegaron al hotel, Can... se los comió todos sin dejar ni uno.

Capítulo 55

El lunes, tras un fantástico fin de semana en el que Can y Sonia no se separaron, cuando a las siete de la mañana estaban en la puerta del colegio de Ibiza con la niña y la mochila de aquélla preparada para las colonias, Sonia estaba seria.

—Ahí viene el tío Ginger —anunció la niña de pronto.

Ella miró y sonrió al verlo acercarse. A diferencia de otros días, en los que Ginger era una paleta de colores, en esa ocasión iba de negro, hasta su peluca era negra, y cuando se acercó, Sonia miró a su amigo y susurró:

—¿Y ese mariluto?

—La ocasión lo merece. Mi bebé se va de mi lado dejándome solo y perdido en este triste y aburrido mundo —afirmó aquél mirando a Ibiza.

Can suspiró sorprendido por su dramatismo, pero Sonia, que conocía hasta su modo de respirar, insistió:

—¿Estás bien?

Ginger sonrió y, tras guiñarle el ojo a su amiga, se agachó y murmuró mirando a Ibiza:

—¿Estás segura de que te quieres ir?

La niña resopló.

—Sí —afirmó con su cachorro en brazos.

El aludido sonrió.

—A ver, maripiénsalo de nuevo. No estaré yo, ni mami, ni *Medaigual*. ¿Estás segura, mi vida?

—Que sí, tío Ginger —afirmó ella convencida.

Sonriendo, tras intercambiar una significativa mirada con Sonia, él insistió:

—Pero quince días es mucho tiempo... ¿Qué voy a hacer yo sin mi Lady Mini Stark?

—Tío Ginger, llevo el móvil que me compraste: si me necesitas, puedes llamarme.

Emocionado, él se tapó la boca con la mano y musitó mirando a Sonia:

—Ay, mi bebé... Ayer le cambiaba los pañales y hoy me dice que la llame para contarle mis problemas.

—Ya ves —respondió Sonia emocionada.

Can los observaba con una sonrisa; sin duda aquellos dos tenían una especial relación con la cría. Entonces Ginger, sacando de nuevo su habitual dramatismo, preguntó apoyándose en él:

—Pero ¿por qué se ha hecho tan mayor mi bebé?

Ibiza, al ver cómo aquéllos se miraban mientras contenían las lágrimas, clavó los ojos en Can, que sonreía, y exclamó:

—Por favor, ¡qué maridramas!

En ese instante un niño pasó junto a ellos y Can lo reconoció.

—¿Ése no es Gus? —preguntó.

Todos lo miraron e Ibiza asintió sonriendo.

—Sí.

Ginger, al ver a aquel niño con el que su bebé siempre tenía trifulcas en el hockey, rápidamente musitó:

—No sé si es buena idea que vayáis los dos juntos de colonias.

Can miró a Sonia. No le hacía gracia que aquel niño fuera con ella, pero Sonia, mirándolo a su vez, afirmó:

—Tranquilo. Ibiza me ha prometido que no se acercará a él.

—¿Y él a ella? —preguntó Can.

Se contemplaban cuando la niña, viendo cómo los tres adultos la observaban, indicó:

—Eh..., maridramitas, ¡los justos!

Minutos después, una vez que metieron las mochilas de todos los niños en el autocar, los profesores les pidieron que se despidieran de sus familiares, e Ibiza dijo mirando a su madre:

—Mami, cuida mucho a *Medaigual*, ¿vale?

—Te lo prometo —le aseguró ella intentando no llorar.

Ibiza le dio un abrazo. Sonia la apretó contra su cuerpo y, aspirando aquel aroma tan maravilloso que la niña desprendía, susurró:

—Pásatelo muy bien, mi vida. Y si, por lo que sea, quieres que vaya a buscarte a Edimburgo, llámame y, antes de que te des cuenta, allí estaré.

—¡Estaremos! —la corrigió Ginger.

—Y, cariño —prosiguió Sonia ante la atenta mirada de Can—, no te acerques a Gus. Sé juiciosa y piensa antes de actuar. Esto son unas vacaciones con tus amigos y hay que pasárselo bien y no pelearse, ¿entendido?

—Sí, mami.

—Y, recuerda, cuando vayáis de excursión, nunca te separes del grupo, y en el móvil tienes la grabación del *Turu Turu* para dormir.

La niña sonrió. Su madre le había repetido aquello un millón de veces.

—Tranquila, mami —afirmó mirándola—. Todo irá superrequetebién.

Sonia asintió y la pequeña, tras darle un beso a Ginger y otro a Can, se subió encantada al autocar con sus compañeros.

—Ay, mi bebé. Siento que me la mariarrancan del corazón... —musitó Ginger lloriqueando tras sus gafas oscuras.

—No sigas, que lloro —indicó Sonia conteniendo las lágrimas.

Mientras tanto, Can los observaba divertido. No entendía por qué tenían que llorar. Ibiza se iba de excursión, lo iba a pasar bien. Entonces el autocar arrancó y vio a la pequeña, que, mirándolos, se tocaba insistentemente la mejilla con el dedo. De inmediato Sonia y Ginger la imitaron.

¿Qué hacían?

Pero Ibiza, al ver que Can no lo hacía, se lo hizo saber por señas y Sonia lo miró y dijo conteniendo las lágrimas:

—Te pide tus besos. —Can la miró sin comprender y Sonia le aclaró—: Tócate la mejilla haciendo círculos. Eso son besos a distancia para ella.

Sin dudarlo, él hizo lo que ella le indicaba y, segundos después,

Ibiza compuso una cariñosa sonrisa y eso lo emocionó. ¿Acaso iba a llorar él también?

Instantes más tarde, cuando el autocar se marchó, Ginger y Sonia comenzaron a llorar derrumbados y Can, sobrecogido, los abrazó a los dos mientras decía:

—Venga, vayamos a esa cafetería a tomar un café y a solucionar este maridrama.

Capítulo 56

Ginger y Sonia se tomaban un café mientras Can intentaba tranquilizarlos.

—Debéis pensar que ella está bien. Lo va a pasar fenomenal.

—Lo sé —afirmó Sonia—. Pero es la primera vez desde que nació que voy a estar sin verla ¡quince días! Lo máximo que he estado sin ella ha sido un fin de semana.

Can lo entendía, y Ginger dijo:

—¿Será muy pronto para llamarla por teléfono?

—No hace ni media hora que se ha ido —señaló Can—. Por supuesto que es pronto.

Ginger asintió, y luego murmuró:

—Ais..., siento el corazón desolado. Qué vacía estará la casa sin ella.

—Ginger —balbuceó Sonia—, si sigues con el maridrama, no podré dejar de llorar.

Can los miraba sin dar crédito. Estaba más que claro que la vida de aquellos dos había sido trabajar y criar a la pequeña.

—Creo que *Medaigual* está pensando que sois unos exagerados —soltó mirando al cachorrete.

Ellos asintieron y Ginger, retirándose el pelo del flequillo, iba a decir algo cuando Can cambió de tema y se dirigió a Sonia:

—Cielo, ¿has pensado en el viaje que te propuse para esta semana?

Ella lo miró, Ginger la miró a ella, y Can insistió:

—*Medaigual* podría quedarse con Ginger.

—¿Qué viaje? —preguntó el aludido.

Can, al ver que Sonia no decía nada, indicó:

—Tengo veintitrés días de vacaciones y, tras saber que Ibiza no estaría, le propuse a Sonia que nos fuéramos a algún lugar para estar solos. Apenas nos vemos a causa de nuestros trabajos y...

—Es una excelentísima idea —exclamó Ginger cortándolo.

Can, al ver entonces un aliado en aquél, sacó un llavero del bolsillo: era una pequeña bola del mundo de plata que su padre le había regalado cuando consiguió sus alas para volar. La puso delante de Sonia y dijo:

—Mi padre me la dio para poner el mundo a mis pies, y ahora yo lo pongo ante ti. Sólo tienes que decir adónde quieres ir, cielo.

Ella lo miró sin decir nada y Ginger, emocionado por aquello y porque la hubiera llamado «cielo» y ella se lo permitiera, cuchicheó:

—Marimuerta me dejassssssssssss. Si no te vas tú con él, ¡me voy yo!

Can sonrió al oírlo y, agradeciéndole sus palabras a Ginger, insistió:

—Por suerte, el transporte lo tenemos cubierto, y estoy seguro de que no tendremos ningún problema para el alojamiento. —Y, mirando a una descolocada Sonia, añadió—: Sólo tenemos que ir al aeropuerto y coger el avión que tú me digas.

La joven no sabía qué contestar. Con todo el trabajo que había tenido no había vuelto a pensar en ello, y cuando iba a responder, Ginger terció:

—Esta semana en la oficina está todo tranquilo, y por supuestísimo que yo me ocupo de *Medaigual.* —Y, cogiendo al cachorrito del regazo de aquélla musitó—: ¿Verdad que sí, amor? ¿Verdad que te vas a quedar con el tío Ginger y lo vamos a pasar de marimuerte?

Sonia seguía pasmada cuando a Can le sonó el móvil y, levantándose para atenderlo, indicó señalando la pequeña bola del mundo:

—Sólo falta que tú digas que sí.

A continuación salió de la cafetería para atender la llamada, y

Ginger, sintiendo que aquello era algo que su amiga tenía que hacer, dijo cogiendo la bolita del mundo:

—Me va a dar un maripumba como digas que no.

—Ay, Ginger, no sé...

—¿Que no sabes qué?

Sonia resopló.

—Irnos juntos me da miedo.

—Ay, tonta, ¡debería darte placer!

Los dos amigos se miraron y luego ella musitó:

—Y... y..., bueno, también está la boda de Carol y Daryl. Tengo que terminar de cerrar ciertas cosas y... están mis padres. Su situación ahora es complicada, y mis hermanas y...

—¡Y nada! —la cortó él con seriedad—. ¿Quieres dejar de pensar en todo el mundo y pensar sólo en ti misma por una vez en tu vida?

Se quedaron unos segundos en silencio, hasta que Sonia le preguntó:

—¿En serio estás bien?

—Pues claro que sí —aseguró Ginger—. Es sólo que la marcha de mi bebé me hace estar de mariluto, y ya sabes que soy tremendamente madridramático para eso. ¡Lo que me va el drama!

Sonia asintió, pero aun así insistió:

—¿Qué tal en Roma con Adriano?

Ginger acarició la cabecita de *Medaigual* y afirmó sin dejar de sonreír:

—¡Fenomenal! Cada día estoy más loca por él. —Sonia se disponía entonces a decir algo cuando él se le adelantó—: Vamos a ver, cariño. Ese pedazo de hombre, que es el sueño de muchas y muchos, se marimuere por ti y tú te marimueres por él.

—Ginger...

—Nena, haz el favor de dejar caer uno de tus lindos deditos sobre esta cuquísima bola del mundo o juro por el encaje de mis pestañas postizas preferidas que te arranco yo uno y señalo adónde vas a ir.

Al oír eso, Sonia frunció el ceño y él, entendiendo que había endurecido demasiado el tono, afirmó:

—Vale, el dramatismo del momento puede conmigo. Y, una vez dicho esto, ¿dónde está tu impulsividad? ¿Tu locura? ¿Tus ganas de pasarlo bien? Ese hombre y tú os estáis conociendo. Le has dado una oportunidad, ¿por qué no te vas a ir de viaje con él?

Sonia resopló, su amigo tenía razón, y finalmente soltó:

—Me estoy enamorando de él.

Al oír su confesión, Ginger asintió. Lo sabía. Sabía que aquello estaba ocurriendo, y, mirando a Can, que hablaba en la calle por teléfono, repuso:

—Normal, cariño. Pero si me estoy enamorando hasta yo y él no me mira como a ti...

Sonia resopló y él insistió:

—Pongamos las cartas sobre la mesa.

—Ginger..., ¡es una locura!

—Por primera vez desde que nació Ibiza te estás dando la oportunidad de conocer a alguien y que ese alguien sea algo más que un simple polvo o un revolcón. ¡Pero si hasta lo besas con lengua, permites que te llame «cielo» y escuchas a Luis Miguel! Y, sí, ¡es un bombonazo! Es un tipo guapo, sexy e increíble, ¿y qué? ¿Acaso los guapos, divinos e increíbles no merecemos ser creídos y amados? —Eso hizo sonreír a Sonia y después él prosiguió—: Nuestro bebé, aunque tú y yo seamos unas maridramáticas, está feliz en sus primeras colonias con el colegio, y en el trabajo no hay nada importante que solucionar. El tema de la boda de Carol está controlado, y si surgiera algún imprevisto, ¡estoy yo! En cuanto a tus clases en la pista de patinaje, yo me ocuparé como ya he hecho en otras ocasiones. Así que vete de viaje, comete locuras y disfruta del momento porque te lo mereces.

Sonia deseaba hacer ese viaje, claro que sí, pero la inseguridad podía con ella.

—¿Y si todo vuelve a salir mal? —musitó—. ¿Y si...?

—Cariño —la cortó Ginger—. Los grandes cambios siempre vienen acompañados por una fuerte sacudida. En tu caso, la fuerte sacudida se llama Can James Drogo, como en el mío se llamó Adriano Marcelo Piereto Benetti. ¡Por favorrrrr..., qué nombre más sexy tiene mi amor! —Sonia rio—. Vete. Disfruta. Arriésgate.

Vuélvete loca. Pásalo bien. Y si después de esas vivencias todo se va a la mierda porque no os soportáis, no importa. ¡Eso que te has llevado para el cuerpo! Nena, tú y yo ya nos hemos caído, pero nos hemos vuelto a levantar. Que no te frene el miedo.

—Te mariquiero —murmuró ella entonces emocionada.

Ginger asintió con lágrimas en los ojos. El amor que se tenían era incondicional.

—Sonia, una vez me dijiste que los mejores momentos de la vida simplemente sucedían, no se planeaban.

Al oír eso, ella sonrió.

—Precioso mariconsejo.

Ginger asintió y, cogiendo la bolita del mundo que había sobre la mesa, musitó:

—No es por presionar ni por ser una zorramplona descarada, pero hay cierto cantante que actúa en cierto lugar al que tú siempre has querido ir.

Al entender a lo que se refería, Sonia lo miró.

—¿Lo dices en serio?

Ginger asintió y, bajando la voz, añadió:

—El comandante, vacaciones, Luis Miguel y Las Vegas. ¡Qué maricóctel tan explosivo!

Sonia no dijo nada. Aquello era una locura.

—Lo creas o no —insistió aquél—, desde hace meses el universo venía susurrándote que se avecinaba un cambio, pero ¡¿no crees que ahora ya te lo está gritando?!

Sonia soltó una carcajada. Desde que había nacido su hija, ella siempre había sido su prioridad. Por Ibiza había dejado de hacer multitud de cosas, aunque con ella había hecho otras muchas. Siempre había sido juiciosa en el tema de los hombres. Jamás le había presentado a ninguno antes de Can. Su manera de conocerlo y de que Ibiza lo conociera a él había sido una mera coincidencia, y sonrió. Quizá Ginger tuviera razón y el universo le estuviera gritando que en esta ocasión debía apostar por el amor.

Can... Vacaciones... Luis Miguel... Las Vegas...

Cóctel explosivo, pero muy apetecible también. Y cuando, instantes después, Can entró de nuevo en la cafetería y se sentó a la mesa, ella preguntó mirándolo con decisión:

—¿Sabes quién es Luis Miguel?

Sin entender, Can respondió:

—No.

Sonia y Ginger se miraron y este último, gesticulando, cuchicheó:

—Imperdonable.

Sonia, divertida por la expresión de desconcierto de Can, sonrió y, al ver cómo él la miraba, le guiñó un ojo y afirmó poniendo un dedo sobre la pequeña bola del mundo:

—Pues prepárate porque nos vamos a Las Vegas y vas a conocer al auténtico Rey.

Capítulo 57

≈≈

𝓛legar al fin al Aeropuerto Internacional McCarran, en Las Vegas, fue todo un alivio para Sonia. A pesar de estar bien con Can durante las horas de vuelo y de recibir continuamente toda su atención y su cariño mientras viajaban en primera, era consciente de cómo la tripulación los observaba. En especial las mujeres, por cuyas miradas sentía que la cuestionaban. Viajar con High Drogo era lo que tenía..., ¡todos conocían a Can!

Una vez que salieron del aeropuerto y subieron a un taxi, tras indicarle la dirección al conductor, Can se acomodó junto a ella y, dándole un beso en el cuello, musitó:

—No veo el momento de llegar al hotel.

Ésta sonrió divertida y él, mirándola, preguntó:

—¿Sabes jugar al billar?

—Me defiendo.

Can asintió y no dijo más.

Pocos minutos después, el taxi paró y ambos se apearon.

—«Skylofts at MGM Grand» —leyó Sonia mirando el edificio frente al que se encontraban—. ¡Pedazo de hotel!

Can asintió sonriente; aquel hotel era una maravilla.

—Mi padre es íntimo amigo del dueño —explicó cogiéndola de la mano—. Sólo he tenido que llamarlo.

La joven asintió y luego afirmó encantada:

—¡Menudo lujazo!

Agarrados de la mano, y escoltados por un hombre que llevaba sus maletas, se metieron en un ascensor privado que los subió a la planta treinta. Allí hicieron el *check-in*, para después volver a ser acompañados por otro hombre hasta una suite.

Al entrar en la habitación, Sonia miró a su alrededor. ¡Aquello era tan grande como un palacio!

Con curiosidad, caminó por la estancia sorprendiéndose ante cada cosa que veía. Si la cama y todo lo que la rodeaba era enorme, el baño era espectacular. Boquiabierta, examinaba el lugar mientras Can hablaba con el hombre que los había acompañado.

Poco después, cuando aquél se marchó y Can cerró la puerta, indicó mirándola:

—Tenemos mayordomo las veinticuatro horas del día.

—Noooooooooooo.

—Sí —y, señalando un moderno teléfono, añadió—: Sólo hay que levantar ese aparatito, decir lo que deseamos y en pocos minutos lo tendremos aquí.

—Eso significa que, si quiero que Ibiza esté aquí, ¿sólo tengo que levantar ese aparatito? —bromeó Sonia.

Eso hizo reír a Can. Su madre la recordaba continuamente. Se acercó a ella y murmuró:

—En ese caso, creo que tardarían un poquito más, pero, tranquila, mientras ella viene, yo tengo muy claro cómo entretenerte.

Un beso..., dos...

Se deseaban...

Se necesitaban...

Cuando el teléfono móvil le sonó, Can maldijo.

—¡¿Quién narices me llama ahora?!

Sacándoselo del bolsillo, al ver quién era, sonrió y saludó mirando a Sonia:

—Hola, papá, dime.

Saber que era su padre preocupó a la joven. ¿Raissa y Amina habrían hablado con él?

Durante unos segundos se sintió fatal. Ella sabía cosas muy importantes que concernían a la familia de Can. Su padre estaba enrollado con su amiga Reina Negra. Y de sus hermanas, una estaba embarazada y la otra quería casarse con la suya... ¡Menuda locura!

Pero, suspirando, una vez más decidió mantenerse a un lado. Ella no era nadie para contar nada de aquello, porque el día que se destapara la caja de los truenos, ¡el maridrama sería espectacular!

Por ello, y obviando el tema, mientras Can continuaba bromeando con su progenitor, Sonia siguió descubriendo la estancia de increíbles vistas panorámicas, hasta que oyó a su espalda:

—Era mi padre.

—¿Todo bien por Londres?

Al oír esa pregunta, Can, que ya empezaba a conocerla, dijo:

—¿Algo no tendría que ir bien?

Al darse cuenta de que su subconsciente la había traicionado, Sonia sonrió. Y, de pronto, viendo un precioso, a la par que elegante, billar en la estancia, musitó deseosa de desviar el tema:

—Vaya..., un billar. ¿Por eso me has preguntado si sabía jugar?

Él sonrió y ella preguntó curiosa:

—¿A cuántas mujeres has traído aquí?

La expresión de Can cambió. Se olvidó de su pregunta y Sonia, sonriendo por ello, insistió:

—Es simple curiosidad. Nada más.

Can no respondió, sino que tan sólo se acercó a ella y, cuando iba a cogerla por la cintura, ella dio un paso atrás y soltó con su gracia habitual:

—De pequeña quería ser astronauta, ¿sabes por qué? —Can, sorprendido, negó con la cabeza, y ella añadió—: Porque me gustaba tener mi espacio.

Boquiabierto por aquello que había dicho, Can la miró.

—En este hotel he hecho noche muchas veces después de mis viajes. Y, sí, alguna vez acompañado por mujeres. Pero ¿sabes, señorita astronauta? Nunca había estado en esta habitación, pero al hablar ayer con el amigo de mi padre y explicarle que este viaje lo hacía con alguien muy especial, fue él quien dijo que entonces pediría que nos dieran una de las suites con billar. Por eso te lo he preguntado antes.

Sonia asintió y él, encogiéndose de hombros, agregó:

—Ahora, creerme o no corre de tu cuenta.

Ella, consciente de cómo la miraba, sonrió y, abriendo una neverita que había a un lado de la habitación, sacó dos cervezas. Se acercó a él para entregarle una y musitó para poner paz:

—Te reto a echar una partida. El que pierda será el esclavo del otro.

A Can le hizo gracia oír eso. Él nunca había sido el esclavo de nadie, era demasiado dominante, pero, tomando la cerveza, afirmó:

—De acuerdo.

Divertida, Sonia cogió dos tacos y, tras entregarle uno a él, al ver un aparatito de Alexa sobre un precioso mueble blanco, dijo alto y claro:

—Alexa, pon *Never, Never Gonna Give You Up* de Barry White.

Según empezaron a oírse los primeros acordes, Can musitó:

—Mmm, sensual canción. Me encanta.

Sonia sonrió y, dejándose llevar, respondió:

—Mmm... A mí me encantas tú.

Ambos rieron por aquello y luego ella acomodó las bolas sobre la mesa de billar sintiéndose observada. Su manera de mirarla, el hotel y la canción estaban provocando que le subiera la temperatura, y cuando terminó, él, acercándose a ella, le dio un sutil beso en el cuello y susurró con sensualidad:

—Empieza tú, Lady Stark.

Sonriendo, Sonia lo hizo y, al meter tres bolas, advirtió:

—Piloto..., prepárate para ser mi esclavo.

Can sonrió a su vez y luego replicó seguro de sí mismo:

—Eso está por ver.

Decididos, jugaron al billar y sólo les hicieron falta unas tiradas para darse cuenta de que ambos sabían lo que hacían.

Sonia tomó ventaja. No se le daba nada mal, y Can, dispuesto a desconcentrarla, tras decir que tenía calor, se quitó la camiseta que llevaba. Hechizada, Sonia lo miró. Recorrió con los ojos aquel torso desnudo y el tatuaje maorí que tanto le gustaba y en el siguiente tiro falló.

Can sonrió. Su plan estaba funcionando.

A partir de ese momento, tomó ventaja, y Sonia, consciente de su juego, divertida, dio un golpe a su cerveza, que estratégicamente le cayó sobre los pantalones, y con gesto inocente, preguntó:

—¿Te importa si me los quito?

Can sonrió al oírla. Y apoyándose en la mesa musitó:

—Puedes quitarte lo que quieras.

Sin perder tiempo, se quitó las deportivas que llevaba, para finalmente sacarse los pantalones vaqueros empapados. Si él quería jugar a despistarla con su cuerpo para ganarla..., se iba a enterar.

El juego continuó y Can fue perdiendo la ventaja que en un principio había tenido. Cada vez que ella tiraba, sus poses enseñándole las piernas lo volvían loco y, cada vez que él iba a tirar, ella se apoyaba en la mesa y el pronunciado escote de su camisa hacía el resto.

Vestidos él con el vaquero únicamente y ella con una camisa abierta, reían por el empate al que habían llegado cuando faltaba sólo el último tiro. Si Can metía la bola donde correspondía, ganaría.

Por ello, Sonia, que llevaba el pelo suelto, al ver que aquél iba a tirar, ni corta ni perezosa comenzó a quitarse las bragas. Eso hizo que él paseara la mirada del tapete a aquélla, y cuando ésta, como el que no quiere la cosa, utilizó las bragas a modo de goma para recogerse el pelo en una coleta alta, supo que estaba totalmente perdido.

Aquella mujer y sus ocurrencias para atraer su atención podían con él. Soltó el taco sobre la mesa y de dos zancadas estuvo junto a la joven; entonces la cogió entre sus brazos y murmuró quitándole el taco de las manos:

—Además de bonita..., eres una tramposa.

Sonia rio divertida, y Can, sin separar su boca de la de ella, la sentó sobre la mesa de billar y le sacó la camisa, dejándola tan sólo con el sujetador.

Un beso..., dos.

Una caricia..., seis.

Su deseo mandaba. Besándola en el cuello con mimo, Can le quitó entonces el sujetador y, cuando sus pechos desnudos quedaron expuestos ante él, pidió deseoso:

—Dámelos.

Y Sonia lo hizo sin dudarlo. Can le chupó ambos pezones con mimo al tiempo que, tras separarle las piernas, introducía un dedo en su interior. La joven jadeó mientras lo tocaba con la mano dentro del pantalón de aquél.

El placer que se proporcionaban el uno al otro era maravilloso, increíble. Can, agachándose frente a ella, le separó las piernas y, tras observar con deseo la humedad que brillaba en su vagina, acercó sin dudarlo la boca a ella y la chupó.

Al sentirlo, Sonia cerró los ojos entregada. El placer que le proporcionaba con su boca era increíble, y echó la cabeza hacia atrás mientras la caliente lengua de Can llegaba hasta su ya hinchado clítoris para jugar con él.

Incapaz de permanecer como estaba, Sonia se dejó caer de espaldas sobre la mesa de billar, y él, enloquecido, le hacía el amor con la boca y ella se retorcía de placer.

Pero la joven quería más, mucho más. Y, volviendo a sentarse para mirarlo a los ojos, le abrió la bragueta del pantalón. El deseo era más fuerte que ellos. Sus cuerpos se estremecían de excitación, y, metiendo su mano dentro, Sonia tocó aquel duro y erecto pene que tanto le gustaba y, sin apartar sus ojos negros de los de él, musitó:

—No te imaginas cuánto te deseo.

Can no podía hablar, el deseo era mutuo, y, recolocándola en el borde de la mesa, llevó su pene hasta su húmeda entrada y la penetró de una estocada.

Aquella posesión electrizante los hizo jadear. Sacar su parte animal en ciertos momentos era un juego que a ambos les encantaba. Entonces Sonia, enredando los dedos en el pelo suelto de él, lo agarró con fuerza y, moviendo las caderas para entrar más en él, exigió:

—Fóllame...

Eso fue como música celestial para los oídos de Can, y más cuando ella insistió:

—Fóllame..., no me hagas el amor, ¡fóllame!

Odiaba a las mujeres que presuponían que un hombre debía

saber lo que querían y a aquellas que pensaban que la palabra *follar*, en ciertos momentos, era una vulgaridad. Pero Sonia, en cambio, no era así. Ella encaraba el sexo sin pudor, sin reticencias, ni vergüenzas, expresaba lo que quería, lo que deseaba, y eso le gustaba mucho.

Encantado, hizo lo que ella le pedía. En ese instante, sobre la mesa de billar, era momento de follar, y sacando aquel animal caliente y morboso que Can sabía que habitaba en su interior, la sujetó y la folló. Le dio aquello que Sonia exigía y, juntos, lo disfrutaron hasta que el clímax los alcanzó. Una vez que pararon, sudorosos y agotados, Can musitó mirándola:

—Eres espectacular.

Ella soltó una carcajada y luego afirmó dándole un dulce mordisco en el cuello:

—Tanto como tú.

Sonrieron. Estaba claro que, cuando se deseaban, se deseaban ¡ya! Y Sonia, complacida, lo besó en los labios y afirmó:

—Me encanta el sexo contigo.

Ese comentario hizo que él riera de nuevo y, a continuación, ella preguntó:

—¿Puedo sugerirte algo? —Can afirmó con la cabeza—. Te propongo sexo en la bañera, en la cama, en la ducha, sobre el sofá de la primera salita, contra la pared del pasillo, en la terraza y en todos los sitios donde nos apetezca.

Divertido por su propuesta, él asintió. Gustoso, le daría todo aquello que pedía, pero, recordando algo, preguntó:

—¿Acaso tú has ganado la partida de billar y ahora soy tu esclavo?

Sonia se bajó de la mesa y sonrió. Y, quitándose las bragas que había utilizado a modo de coletero para el pelo, se las enseñó colgadas de un dedo y musitó con sensualidad:

—¿Lo dudas?

Como un bobo, el comandante sonrió.

Aquella picardía, aquella manera de ser..., aquella mujer lo tenía loco.

Capítulo 58

Sonia y Can disfrutaban de su viaje a Las Vegas y, cuando fueron a comprar las entradas para asistir al concierto de Luis Miguel, que sería el jueves por la noche, les indicaron que sólo se vendían el mismo día del espectáculo. Eso a Sonia la jorobó, pero lo aceptó. Así eran las reglas.

Visitaron los lugares que ella tenía guardados en su memoria de habérselos oído nombrar a su madre. Muchos de ellos ya no existían. Otros sí. Habían pasado demasiados años desde que sus padres se habían conocido, pero a Sonia le dio igual. Había cumplido uno de sus sueños: ir a Las Vegas y ver la ciudad con sus propios ojos.

Todos los días, y aunque había una gran diferencia horaria con Edimburgo, Sonia hacía la llamada a su hija que el colegio había estipulado. Sentada en la cama, junto a Can, escuchaba la voz de su pequeña, que estaba feliz. Se lo estaba pasando de rechupete, y cuando ésta le preguntaba por *Medaigual*, sin indicarle que no estaba con él, Sonia le decía que estaba bien. Lo sabía a ciencia cierta porque Ginger así se lo transmitía a través de los mensajes que le enviaba.

Can y ella paseaban, dormían, comían, jugaban en el casino, se hacían el amor, follaban, veían la tele, cenaban en preciosos restaurantes..., hacían todo lo que nunca habían hecho juntos como una pareja y, cuanto más hacían, más deseaban. Estaban viviendo una auténtica luna de miel en la que no existían ni preocupaciones ni responsabilidades, sólo ellos dos.

En sus paseos se encontraban con parejas de recién casados que salían de las distintas capillas que había en la ciudad y que, junto a sus invitados y sus vestidos estrafalarios, gozaban de lo que acababan de hacer. Casarse en Las Vegas era algo diferente y divertido y la gente lo disfrutaba una barbaridad.

Por su impulsividad, Sonia entendía que la gente enamorada lo hiciera. ¿Por qué no? Pero Can, que era de los que lo pensaban todo mucho, creía que casarse era un paso muy importante como para darlo tan a la ligera. Eso hizo sonreír a la joven. El comandante era excesivamente convencional para según qué cosas.

El jueves, tras una mañana en la que disfrutaron paseando por Las Vegas, mientras se tomaban un café en una terraza, de pronto oyeron:

—Disculpad, ¿habláis inglés?

Can y Sonia miraron a la pareja que se les había acercado, y rápidamente dijeron que sí; entonces la mujer señaló dirigiéndose a Sonia:

—Lo primero de todo es presentarnos. Somos Kelly y Tom, de Canadá.

Ella, sin entender nada, se apresuró a responder:

—Can y Sonia, de Londres. ¿Qué ocurre?

La pareja se miró y el hombre, con cierto apuro, musitó:

—Sé que es una locura lo que os vamos a pedir porque no os conocemos de nada...

—¡Sin locura no hay felicidad! —se mofó Sonia.

Aquella pareja, que podrían ser sus padres, sonrieron ante aquello, y Can dijo entonces mientras se levantaba para retirarle una silla a la mujer:

—Por favor, sentaos y contadnos qué es lo que ocurre.

La pareja, con gesto de agradecimiento, sonrió y, en cuanto se sentaron, Kelly contó:

—Cuando éramos jóvenes, Tom y yo vivíamos en Ontario, Canadá. Fuimos novios durante cinco años, pero por cuestiones de trabajo, mi familia se mudó a Seattle y..., bueno, la distancia nos separó. Con el tiempo, yo me casé, Tom se casó, tuvimos hijos, luego yo enviudé y Tom se divorció. Nunca volvimos a saber nada el uno del otro, hasta que, hace un mes, en una convención de odontología en Calgary, nos volvimos a encontrar.

—Oh, Dios..., ¡qué romántico! —musitó Sonia.

Tom y Kelly sonrieron y, tras cogerse de la mano, él añadió:

—Encontrarnos después de tantos años fue increíble. Fue vernos y el tiempo se paró. De pronto volvimos a ser esos chavales que se enamoraron y, bueno, lo que sentíamos el uno por el otro continuaba vivo en nuestros corazones y desde ese día no hemos podido separarnos.

Sonia, emocionada por el amor, asintió. Qué historia tan bonita. Entonces Kelly dijo:

—Y ahora pensaréis que a qué viene que os contemos eso, ¿verdad?

Can asintió, pero Sonia, comenzando a atar cabos, musitó:

—Creo que empiezo a entenderlo.

—Estaremos en Las Vegas hasta el sábado —continuó Kelly—, y esta mañana Tom y yo hemos ido al Clark County Marriage Bureau a por una licencia de matrimonio...

—Lo sabíaaaaaaaaa —murmuró Sonia emocionada.

—Y aquí va la locura —prosiguió Tom—. ¿Querríais ser los testigos de nuestra boda?

Al oír eso, Sonia y Can se miraron. ¿En serio?

Ella, emocionada por lo bonito que era el amor, se tapó la boca con la mano. Lo que aquéllos iban a hacer era increíblemente romántico..., ¡ideal!

—A ver, no es por ser un aguafiestas —dijo de pronto Can, cogiendo la mano de Sonia—. Pero ¿por qué casaros si podéis vivir juntos como pareja?

—Cannnnnn —gruñó ella—. Por el amor de Dios, piloto, ¡un poquito de romanticismo! ¿No ves que están enamorados?

La pareja asintió sin perder la sonrisa, y Kelly añadió:

—Cuando dos personas están destinadas a estar juntas, da igual lo que ocurra, porque al final lo estarán. Dicho esto, los años nos han enseñado que el tiempo que se disfruta es el que verdaderamente se vive. Y nosotros nos hemos reencontrado, nos queremos y deseamos vivir ese tiempo casados.

Al oír eso, a Tom se le llenaron los ojos de lágrimas, y Kelly, tras pasar con cariño la mano por el rostro de aquél, matizó con gracia:

—Como decía mi abuela, no te cases con alguien con el que quieras vivir, cásate con alguien sin el que no puedes hacerlo. Y ese alguien para mí es Tom.

—Y para mí es mi Kelly —aseguró aquél.

Sonia los miraba emocionada. Adoraba el amor, se moría por el romanticismo.

—Muchacho —dijo entonces Tom dirigiéndose a Can—, cuando encuentras a esa persona especial que sientes que llena tu corazón e ilumina tus días, hay que lanzarse en busca de la felicidad. Porque, si no lo haces, llega otro más listo que tú y te lo puede arrebatar. Eso me pasó una vez con Kelly, y te aseguro que no me va a volver a pasar. Sólo arriesgando se gana.

Can sonrió y el hombre, al ver que tenía cogida la mano de Sonia, preguntó:

—¿Perderla te dolería?

Él miró a la joven y, al ver su preciosa sonrisa, se estremeció. Los sentimientos que ella le despertaba eran únicos y, consciente de aquella pregunta, que nunca se había planteado, afirmó dejándose llevar por el corazón:

—Muchísimo.

Sonia parpadeó boquiabierta al oír eso, y más cuando Can declaró abriendo su corazón:

—Hoy por hoy, ella es lo más mágico y bonito que hay en mi vida.

Al oír eso, a Sonia le aleteó el corazón como nunca. El romanticismo que Can le estaba demostrando con sus palabras, sus hechos o sus miradas desde que se habían dado una oportunidad era tan increíble que estaba consiguiendo que su duro caparazón creado durante años se desintegrara. Deseaba decirle que lo quería, que sentía que lo amaba, pero le daba miedo. Decir «Te quiero» era ir a otro nivel, por lo que con todo su amor murmuró:

—Tú también lo eres para mí.

Durante unos segundos se miraron a los ojos con fascinación.

En cierto modo acababan de declararse el uno al otro delante de unos desconocidos.

—Las miradas en ocasiones dicen lo que las bocas callan —dijo entonces Kelly.

Can y Sonia asintieron y, tras sonreírse, ella afirmó dirigiéndose a la mujer:

—Podéis contar conmigo. Seré la testigo de vuestra boda.

—¡Gracias! —aplaudieron los dos desconocidos emocionados.

A continuación, todas las miradas se centraron en Can, que aseguró:

—Será un honor ser vuestro testigo.

La pareja se abrazó de felicidad, y Sonia, sonriendo, preguntó:

—¿Cuándo es la ceremonia?

—¡Ya! —dijo Kelly.

—¿Ya de «¡ya!»? —quiso saber la joven.

Kelly afirmó y señaló una bonita capilla blanca que había a la derecha de la calle.

—En cuanto entremos, entreguemos la licencia de matrimonio y nos cambiemos de ropa, nos casarán.

Can, que estaba alucinado por todo lo dicho y oído asintió, y Sonia, con su impulsividad, exclamó entonces mientras se ponía en pie:

—Cariño, ¡nos vamos de boda!

Capítulo 59

Diez minutos después, tras entrar en la preciosa capilla, los atendió una mujer llamada Jessica. Tom y Kelly, emocionados, le entregaron los papeles y ella los invitó entonces a pasar a otra salita para terminar de cumplimentarlos.

Sola con Can en la bonita capilla, Sonia miró a su alrededor.

—Es preciosa, ¿no crees?

Can asintió. Quien había diseñado aquel lugar tenía muy buen gusto, pero, acercándose a ella, hizo que lo mirara e indicó:

—Lo que he dicho ahí fuera es verdad.

Sonia sonrió al oírlo. Sabía a lo que se refería.

—Yo también —añadió.

Boquiabiertos, no podían dejar de mirarse. ¿Qué les estaba ocurriendo? En la vida Can había sentido por una mujer en tan poco tiempo lo que sentía por Sonia, pero, consciente de que, llegado a ese punto, le gustaba ese sentimiento, repuso:

—Nunca supe lo que era el amor hasta conocerte. Hablé con Daryl en varias ocasiones de cómo me sentía cuando estaba contigo o cuando pensaba en ti, y su consejo siempre fue: «Déjate llevar por el corazón». Y, mira, cielo, llegados a este momento reconozco que contigo me encanta dejarme llevar por él...

—Can...

Él apoyó entonces un dedo sobre sus labios y prosiguió:

—Oía a Daryl hablar de amor. Me reía cuando decía que con Carol su vida era plena y, sin ella, un sinsentido. Pensé que esto del amor era una chorrada que algunos exageraban, pero ahora lo entiendo. Ahora entiendo la felicidad y todo eso me lo has hecho entender tú por ser como eres y tener la magia que tienes.

—Y sin trucos. —Ella sonrió.

—Tú no necesitas trucos. —Ambos rieron por aquello y luego él dijo muy serio—: Sonia, quizá me esté precipitando, pero siento que os necesito a ti y a Ibiza a mi lado para vivir.

—Ay, Dios... —susurró ella abriendo los ojos.

Lo que acababa de decir Can, incluyendo a su hija, era la declaración de amor más bonita que había oído en su vida y, emocionada, se tapó la boca con las manos.

Can, que ya la iba conociendo, sonrió al verla tan descuadrada y, consciente de los sentimientos que albergaba por él, susurró:

—¿«Ay, Dios» de «qué bien» o «Ay, Dios» de «qué mal»?

Sonia tragó el nudo de emociones que se le había formado en la garganta. Si Can era impresionante por fuera, lo era aún más por dentro, y, consciente de que si él se había dejado llevar por lo que sentía, ella debía hacerlo también, afirmó:

—¡«Ay, Dios» de «qué bien»!

Ambos sonrieron. Por fin habían conseguido derribar las barreras que había entre ellos, y Sonia, acercando su boca a la de él, lo besó.

Poco después, al separarse, sus ojos como siempre se hablaban.

—Esto es una locura, ¿no crees? —susurró ella.

Él afirmó con la cabeza, pero, dispuesto a luchar por ello, repuso:

—Mientras los dos seamos felices, disfrutemos de nuestra locura.

De nuevo volvieron a besarse. El beso se intensificó y él, agarrando a la joven entre sus brazos, la izó, pero, al darse cuenta de su excitación, murmuró mirándola:

—Creo que no es el mejor lugar.

Ella soltó una carcajada divertida y, cuando la dejó en el suelo, Sonia cogió un folleto que había sobre un atril y se lo tendió mientras afirmaba:

—Tienes razón.

A continuación se alejó unos pasos para enfriarse un poco. Can la volvía loca y no sólo de deseo. Al volverse, lo vio sonriendo y preguntó con curiosidad:

—¿De qué te ríes?

Él se le acercó divertido y le mostró el folleto.

—Míralo tú misma.

Curiosa, Sonia cogió el papel y una gran sonrisa se instaló en su rostro al leer los distintos tipos de bodas temáticas que allí se celebraban.

—Boda *Gladiator*. Boda *Star Trek*. Boda Western. Boda Zombi. Boda Gánster. Boda Vampiros. Boda *Thriller*. Uauuuuuu..., ¡te casa Michael Jackson! —se mofó, pero prosiguió—: Boda Harley Davidson. Boda Camelot..., ¡qué fuerte! En ésta te casa el rey Arturo. —Ambos rieron—. Boda Años Cincuenta. Boda Marilyn y Elvis y... ¡Ay, Dios! No puede serrrrrrrrrrrrr... ¡Boda *Juego de tronos*! —Can, al ver su cara, soltó una carcajada. Sabía que pondría esa expresión cuando lo viera, y de inmediato la oyó decir—: Pero, por favorrrrrrrrr..., ¡si te casa Jon Nieveeeeeeeeeee! Ostras, ¡cómo molaaaaaaaaaaa! —Y, mirándolo, soltó—: ¡Cásate conmigo!

Can no podía parar de reír. Aquella chica, con sus gestos, sus palabras y su impulsividad era una continua fuente de energía para él.

—Soy un chollito de mujer... —insistió entonces ella divertida—. ¿A qué estás esperando?

Estaban riendo cuando Kelly y Tom aparecieron cogidos de la mano.

—Ya hemos entregado los papeles. Hemos elegido la boda Camelot ¡y nos va a casar el rey Arturo! Ahora el siguiente paso es que los cuatro nos cambiemos de ropa y nos vistamos para la ocasión.

—¿Nosotros también? —Can rio.

—Por supuesto —afirmó Kelly.

Sonia y él no podían parar de reír; entonces la mujer que momentos antes había atendido a Kelly y a Tom, preguntó dirigiéndose a ellos:

—¿Ustedes también quieren casarse?

Al oír eso, Can y Sonia se miraron divertidos, y Kelly le aclaró:

—Ellos serán los testigos.

Jessica asintió, pero, observándolos, insistió:

—Si se casan, al venir con otros contrayentes, podemos hacerles una oferta y a ambos les saldría la ceremonia con un cincuenta por ciento de descuento.

Sonia parpadeó y Can, divertido, musitó:

—Interesante descuento...

—Ya te digo —convino ella—. ¿Y podría ser la boda *Juego de tronos*? Can soltó una risotada.

—Por supuesto —contestó Jessica—. El descuento es aplicable durante las próximas veinticuatro horas para cualquier tipo de boda que deseen.

Sonia sonrió. Can también, y la mujer, mirando a Kelly y a Tom, preguntó:

—¿Ya le han dicho a mi hijo la canción que quieren que suene al entrar en la capilla?

Kelly y Tom se miraron y, sonriendo, él indicó:

—*Eternal Flame*, de las Bangles. Es nuestra canción.

—Ohhhh, Dios, ¡qué bonita! —musitó Sonia.

Emocionada por todo lo que estaba ocurriendo, la joven sonrió, le encantaba aquella romántica canción, y Can la observó complacido.

—Para cambiarse de ropa y celebrar la boda Camelot, deben salir al pasillo y girar a la izquierda —indicó Jessica a los novios—. Una vez allí, los hombres se cambian en la segunda puerta y las mujeres en la primera. En esas habitaciones hay un burro con distintos ropajes de Camelot; pueden elegir los que quieran llevar durante el enlace. Cuando estén listos, me avisan y mi marido oficiará la ceremonia ejerciendo de rey Arturo. —Luego miró a Sonia y añadió—: Cuando comience a sonar la música, usted ha de acompañar a Tom hasta el fondo de la capilla y, una vez allí, quedarse a su derecha, y usted —indicó dirigiéndose a Can— acompañará a Kelly y, cuando lleguen al fondo, se colocará a su izquierda. ¿Entendido?

Ambos asintieron y Kelly, emocionada, dijo entonces mirando a Sonia:

—¿Vamos?

Encantada, la joven asintió y, guiñándole el ojo a un más que sorprendido Can, se alejó con la mujer.

Una vez en el cuartito, donde había un tocador para arreglarse, Sonia echó mano de lo que había aprendido gracias a su trabajo y maquilló a Kelly. Ella, nerviosa, hablaba y hablaba, hasta que de pronto dijo algo que hizo que Sonia se parara.

—Sí, me muero —declaró la mujer—. Cáncer. Los médicos me han dado entre uno y tres años de vida.

Oír eso fue un mazazo. Sonia no se lo esperaba y, sentándose al sentir que las piernas le flaqueaban, miró a aquella mujer a la que no conocía de nada y murmuró:

—Kelly..., lo siento.

Ella asintió, pero, sin perder la sonrisa, comentó:

—Esta jodida vida no para nunca de sorprendernos. Pero, ¿sabes, hija?, tengo dos opciones: lamentarme el tiempo que me queda o vivir, y yo he decidido lo segundo. Por supuesto que Tom lo sabe. Sabe que desgraciadamente nuestro tiempo es limitado, pero me quiere, yo lo quiero, y hemos decidido exprimir el tiempo al máximo en este mundo hasta que volvamos a reencontrarnos.

Sonia no sabía qué decir. No esperaba eso, pero la mujer continuó:

—Tú eres joven, estás sana y tienes toda la vida por delante. Pero mi consejo es que, si estás enamorada del hombre que está con mi Tom, no descuides los pequeños detalles con él, porque esos pequeños detalles son los que convertirán un momento especial entre vosotros en un inolvidable recuerdo. Así que, como le digo a mi hija Xenia, sé lista, disfruta de la vida y arriésgate, porque quien no arriesga no gana. Y si tras correr un riesgo algo falla porque no es lo que se esperaba, ¡se corrige!, se levanta el mentón y ¡a seguir viviendo, que sólo se vive una vez!

Emocionada, Sonia asintió y acto seguido la mujer murmuró:

—Por cierto, vaya novio sexy que tienes...

La joven sonrió. Can no era su novio..., ¿o sí? Pero, sin corregirla, convino:

—Gracias. Sí que lo es.

—Hacéis una pareja tan bonita... Da gusto ver la complicidad que tenéis —insistió Kelly.

Continuaron con el arreglo para la boda hasta que Kelly, tras decidirse por un vestido de época en color blanco, indicó mientras Sonia se lo abrochaba:

—Me ha gustado mucho la frase que has dicho antes de que sin locura no hay felicidad. Y yo le añadiría que, si la locura en el amor es felicidad, ¡me declaro loca! Porque el amor que no es locura no es amor.

Sonia asintió. Aquella mujer llevaba toda la razón, y al ver su sonrisa de felicidad, afirmó cogiendo un vestido de época de color azul cielo:

—Me declaro loca como tú.

Media hora después, una vez que Kelly y Sonia dieron por finalizada su transformación, esta última le entregó un ramo de novia y murmuró emocionada:

—Estás preciosa.

Kelly se miró en el espejo y, tomando aire, musitó:

—Gracias, cielo. —Luego, dando media vuelta, indicó—: Tú también. Y ahora salgamos. El amor de mi vida me espera para casarse conmigo.

Una vez en la entrada de la capilla, Tom y Kelly se abrazaron, y Can, sorprendido al ver a Sonia con aquel vestido de época celeste, sonrió; ella, viéndolo ataviado con una casaca de terciopelo negra y dorada con tres coronas, afirmó acercándosele:

—Si Ginger o las Ladies te vieran, ¡te comían vivo!

Can sonrió divertido, y cuando iba a piropearla, al ver que ella miraba a los futuros novios y unas lágrimas afloraban a sus ojos, preguntó:

—Lady Stark, ¿por qué lloras?

Sonia lo miró. No era el momento de contárselo, así que, mirándolo, susurró:

—Porque si la locura en el amor es felicidad, ¡me declaro loca!

Sorprendido y sin entender nada, Can la observó, y ella, sonriendo, le dio un rápido beso en los labios y, al oír los primeros acordes de la canción *Eternal Flame* de las Bangles, indicó caminando hacia Tom:

—Vamos..., ¡que empieza la boda!

La ceremonia dio comienzo y, mientras un hombre caracterizado como el rey Arturo oficiaba el enlace, Can y Sonia se miraban a los ojos y sonreían felices.

Capítulo 60

Esa tarde, tras comer con Tom y Kelly para festejar su casamiento, Can y Sonia se dirigieron hacia el local donde debía celebrarse el concierto de Luis Miguel. Pero, al ir a comprar las entradas, en la taquilla les dijeron que estaban todas agotadas. Sonia miró a la vendedora sin dar crédito. Eso no podía estar pasándole a ella.

Frente al local, resoplaba enfadada y al mismo tiempo Can intentaba buscar una solución. Llamó a su amigo, el dueño del hotel donde se alojaban, pero por desgracia él tampoco pudo hacer nada.

Sin querer moverse de allí, Sonia observaba a su alrededor mientras la gente iba pasando por su lado feliz con su entrada en las manos. Can reparó entonces en que miraba fijamente a unas chicas.

—Lady Stark, ni se te ocurra robárselas, que te estoy viendo... —le advirtió divertido.

Sonia negó con la cabeza, ella nunca haría eso, pero respondió:

—No me des ideas...

Sorprendido, él iba a añadir algo cuando unos tipos pasaron junto a Sonia y la empujaron sin querer.

—Eh... —exclamó ella enfadada—. Podríais tener más cuidado.

Los tipos la miraron y, con guasa, sonrieron.

—No estoy de humor —siseó Sonia molesta—, así que tenéis exactamente cinco segundos para quitaros de mi vista u os quito yo.

Ellos, asombrados, no se movieron del sitio, y entonces aquélla susurró:

—Cinco..., cuatro..., tres...

Boquiabierto, Can recordó lo ocurrido la última vez que la había oído canturrear aquella cuenta atrás y, cogiendo a Sonia del brazo, indicó:

—Venga..., vámonos.

Una vez que la apartó de aquéllos, que continuaron su camino, preguntó mirándola ceñudo:

—¿En serio?

Sonia lo miró entendiendo que había perdido los papeles.

—Vale, me he pasado —contestó con un gesto gracioso—. Estoy enfadada y no tengo filtros. Pero, por Diossssssss, ¡yo no me puedo ir de aquí sin ver a Luis Miguel!

Can resopló y, cuando iba a decir algo, ella lo agarró de la mano.

—Ven —dijo.

—¿Adónde vamos?

Sonia, que minutos antes había estado pendiente de una puerta por la que metían el catering del evento, indicó mirándolo:

—A ver, tengo tres planes. Plan A...

—Madre mía —musitó Can.

Pero ella, sin escucharlo, continuó:

—Decimos que somos personal del catering y, si nadie nos detiene, ¡adelante!

—¡¿Qué?!

—Plan B: si descubren que no somos del catering, necesito que saques toda tu artillería pesada y seduzcas a la mujer de la entrada para que nos deje pasar.

Can la miraba sin dar crédito.

—Ay, hijo... —murmuró ella—, no me mires así, de algo tiene que servir que seas tan asquerosamente sexy.

Boquiabierto por sus planes, él iba a hablar cuando ella añadió:

—Y plan C: si no la seduces, nos colamos corriendo y nos plantamos dentro.

Can parpadeó. Ni en broma haría aquello, y cuando se disponía a protestar, ésta indicó:

—C. P.

—¿Qué has dicho? —preguntó él.

—Que cierres el pico, quites esa cara de «yo no hago eso» y te ciñas a los planes.

A Can de pronto le entró la risa. No lo podía evitar. Las situaciones que vivía con aquélla eran de lo más surrealistas. Sonia era imprevisible en todo y, divertido por sus locuras, repuso:

—¿Eres consciente de que estamos en Estados Unidos y, si nos pillan colándonos, podemos meternos en un problema?

Sonia asintió y luego replicó:

—¿Y tú eres consciente de que mi Sol, mi Rey, está ahí dentro y yo no me puedo marchar de Las Vegas sin verlo?

De nuevo, Can rio. En la vida había hecho nada tan disparatado. Nunca había tenido que colarse en ningún sitio ni seducir a nadie para conseguir un propósito, pero, dispuesto a correr aquella aventura con Sonia, dijo:

—Muy bien. Intentémoslo.

Durante varios minutos continuaron observando la entrada, y cuando ella vio que paraba un camión y de él comenzaban a descargar bebidas y comida, tiró de Can.

—¡Ahora!

Apurado pero decidido, él la siguió. Vio cómo Sonia llegaba hasta una mesa y, mirando a una mujer que registraba la entrada de la mercancía, se apresuró a decir:

—Dios... Dios... Dios... ¡Lo sentimos! ¡Vaya día que llevamos! Todo sale al revés, y encima el transporte está fatal. Había un atascazo en la carretera que ni te imaginas. Por cierto, somos Can y Sonia, del servicio de catering.

La mujer asintió sin mirarlos y le entregó dos tarjetas de identificación.

—Los camareros del catering ya están dentro —señaló—. Vamos, llegáis tarde. Pasad e id por el segundo pasillo a la derecha. En las taquillas os cambiáis de ropa y os ponéis a trabajar ¡ya!

Con una sonrisa, Sonia cogió las dos tarjetas y, mirando a Can, que estaba horrorizado, lo apremió:

—Vamos, ¡que llegamos tarde!

Una vez que traspasaron la puerta, él susurró mirándola:

—Como nos detengan, te mato.

—Calla y sigue, que el plan A ha funcionado —afirmó ella con una sonrisa.

Sin dejar de caminar mientras se cruzaban con varias personas por el primer pasillo, prosiguieron su camino y, al llegar al segundo, que era donde tenían que desviarse, Sonia miró a su alrededor. De inmediato vio a un hombre que por lo que llevaba en las manos pertenecía al equipo de luces, y preguntó:

—Disculpa, ¿por dónde tenemos que ir para salir a la zona Vip delante del escenario?

El hombre que estaba ocupado, contestó:

—Seguid hasta el fondo. Veréis un cartel que dice «Pasillo 6». Os metéis por él y llegaréis directos allí.

—¡Gracias! —exclamó ella sonriendo.

—¿Zona Vip? —murmuró Can mientras se alejaban.

Sonia sonrió, todo estaba saliendo como ella esperaba, y afirmó:

—Hombre..., ya que nos colamos, lo hacemos a lo grande.

Can, en silencio e intranquilo, caminaba junto a ella, que parecía relajada por completo, y cuando, segundos después, salieron a la parte delantera del escenario, donde la gente tranquilamente picoteaba del catering que servían unos camareros, Sonia cogió dos copas emocionada y, tras entregarle una a Can, que estaba ojiplático, musitó:

—Brindemos por mi maravilloso plan.

Can chocó su copa con la de ella.

—Y por no haber acabado en la cárcel.

Instantes después, cuando çomenzó el espectáculo, esperaron a que la gente se sentara, y al ver un par de sillas libres en la pista, se dirigieron hacia ellas sin dudarlo.

Cuando Luis Miguel salió al escenario, Sonia saltó como una loca de felicidad mientras aplaudía y gritaba ante la sorpresa de Can. No era la primera vez que la joven lo veía. En otras ocasiones, en Londres, había ido con Ginger a sus conciertos, o si Luis Miguel había actuado en España, había ido con sus primas Esther y Carmen.

Una canción, otra..., otra..., otra.

Cada una de ellas Sonia la cantaba como la mayor fan, mientras

Can, que no entendía el español, la observaba. En varias ocasiones ella le traducía lo que decían las letras, y éste se reía porque las encontraba excesivamente románticas.

Aun así, disfrutaba una barbaridad viendo a Sonia cantar, reír, aplaudir o emocionarse. Sin duda aquel cantante le gustaba mucho, y sintió una punzadita de celos. ¿Por qué cuando lo veía a él ella no saltaba de felicidad como lo estaba haciendo con su supuesto Rey?

Estaba pensando en ello cuando de pronto comenzó a sonar la canción *Soy yo* y Sonia, emocionada, lo miró con los ojos tremendamente abiertos y le preguntó:

—¿Bailas conmigo?

A Can le hizo gracia oír eso. Siempre era él quien sacaba a bailar a las mujeres y, gustoso, se levantó y bailó estrechándola entre sus brazos.

Abrazada por aquel hombre tan impresionante que estaba poniendo su vida patas arriba y que le estaba abriendo del todo su corazón, Sonia disfrutaba tarareando la canción cuando él, mirándola, preguntó con curiosidad:

—¿En serio te casarías conmigo?

—Si nos casa Jon Nieve, ¡por supuesto! —exclamó Sonia sonriendo.

Can se carcajeó.

Aquel viaje, aquella mujer, lo que sentía y lo que estaba viviendo con ella lo hacían querer más de todo y, en un momento de la canción, al recordar algo que Sonia le había contado sobre ella, murmuró:

—Estoy dispuesto a bajarte todas las estrellas del cielo que tú quieras.

Oír eso tan increíblemente romántico hizo que el corazón de Sonia se acelerara y, sin poder remediarlo y enamorada hasta los huesos de él, repuso:

—Yo ya te las estoy bajando.

Capítulo 61

Horas después, cuando el concierto acabó, salieron del local junto al resto de la gente felices y enamorados. Sonia estaba pletórica. Can también, y ella, emocionada, preguntó:

—Bueno, ¿qué te ha parecido la música de mi Rey?

Can sonrió y, dándole un beso en la frente, indicó:

—Interesante. Aunque eso de colarnos me...

—Anda ya, si ha sido una aventura divertida y, lo mejor, ¡no nos han pillado! —lo cortó ella.

Can sonrió y, tras mirar su reloj y ver que eran las once de la noche, preguntó:

—¿No tienes un poco de hambre?

Sonia asintió.

—Vayamos a comer algo.

Veinte minutos después entraban en un bonito restaurante, donde, como siempre, más de una mujer se volvió para mirar a Can. Sonia sonrió. Aquél, que vestía una camiseta básica blanca, un pantalón vaquero y una cazadora de cuero negra, estaba más que impresionante, y suspiró. Estaba claro que atraía las miradas de todas.

Tras sentarse donde el camarero les indicó, Can se estaba recogiendo el pelo cuando, al ver que Sonia lo miraba, preguntó:

—¿Qué pasa?

Ella suspiró y, tras acercar su boca a la de él y besarlo con mimo, repuso:

—Sólo admiraba lo bien que te haces ese moñito.

Can sonrió divertido y le revolvió el pelo.

Minutos después, a él le sonó el teléfono: era un compañero de trabajo que quería preguntarle algo. Y Sonia, al ver que hablaba, tras hacerle señas con las manos para indicarle que iba al baño, se encaminó hacia allí.

Can la siguió con la mirada y sonrió. Le encantaba aquella mujer.

En el baño, ella se metió en uno de los cubículos e, instantes después, oyó a unas mujeres entrar y hablar. Eso no llamó en especial su atención, hasta que una preguntó:

—¿Habéis visto al hombre de la mesa de al lado?

Dos voces más respondieron entre risas y la primera voz indicó:

—Qué cuerpo..., qué alto..., qué ojos..., qué pelazo. ¡Es tan salvaje!

Según oyó eso Sonia sonrió. Sin duda estaban hablando de Can. Durante unos minutos escuchó cómo hablaban desde el interior del aseo sonriendo. Todo lo que decían sobre él era cierto, aunque de pronto oyó:

—¡Pero la mujer que lo acompaña no le pega!

Eso llamó su atención y, mientras dejaba de sonreír, oyó que aquélla añadía:

—Es monilla, eso no lo voy a negar, pero está gordita. ¿Habéis visto qué caderas tiene?

—Quizá sea su hermana —dijo otra.

—¡O su prima!

—O sea una fiera en la cama y por eso está con ella —se mofaron las tres.

Las mujeres se reían y reían. Sonia no. Entonces la primera que había hablado dijo:

—¿En serio creéis que un hombre como ése, habiendo mujeres con cuerpazos como los nuestros, se va a fijar en una gorda?

A Sonia la sacó de sus casillas oír eso. Odiaba que ciertas mujeres hablaran así de otras por no ser como ellas, y, abriendo la puerta con un golpe seco, se las quedó mirando. Como había intuido, eran el tipo de mujeres que imaginaba, y soltó:

—La palabra *gorda* tiene cinco letras. Detrás de la palabra *gor-*

da hay mujeres que vomitan, miles de dietas, trastornos alimentarios e incluso suicidios. Por tanto, yo de vosotras tendría mucho cuidado al mencionarla, y más cuando no sabéis quién os puede estar escuchando. Dicho esto, sí, soy gordita, ¿y qué? ¿Acaso vosotras sois más que yo por pesar simplemente unos kilos menos?

Las mujeres, avergonzadas, no sabían qué responder.

—Tener unos kilos de más no es un problema —prosiguió Sonia—, ¡pero no tener cerebro sí! ¡Es muy grave! Así que hacéroslo mirar.

Aquéllas seguían sin despegar sus labios y Sonia las increpó:

—Vamos, me tenéis delante, soltad lo que pensáis. Os acabo de decir que no tenéis cerebro, ¿no os molesta?

Las mujeres se miraban entre sí; en el fondo sabían que sus comentarios habían sido muy desacertados, ofensivos. Sonia, mirándose al espejo, se recogió el pelo en una coleta alta con toda la parsimonia del mundo.

—En cuanto al hombre que está sentado conmigo a la mesa, simplemente os diré que ni soy su prima ni su hermana, y, como me dijo una amiga, mientras vosotras lo miráis y lo deseáis, ¡jodeos, porque él sólo me mira y me desea a mí! —afirmó con seguridad cuando acabó—. Y en cuanto a lo de si soy una fiera en la cama..., ¡pues sí!, ¡lo soy! Pero fuera de ella también. ¡Así que cuidadito con las fieras, que nos comemos a las gatitas!

Y, sin más, caminó hacia la puerta del baño, pero, al llegar, se volvió y añadió mirándolas:

—Como veo que esto es sólo un monólogo por mi parte, me voy a permitir deciros una última cosita más que leí en una revista hace años. Una mujer inteligente se nota cuando llega a un sitio y se extraña cuando se va, ¿y sabéis por qué? —Aquéllas negaron boquiabiertas con la cabeza y Sonia sentenció—: Porque preferimos sustituir el escote, las insinuaciones y las minifaldas por nuestro encanto, nuestro saber estar y nuestra personalidad.

Dicho esto, dio media vuelta y salió del baño sonriendo. Llevaba toda la vida lidiando con esa clase de imbéciles y nunca podrían con ella.

En cuanto llegó a la mesa, Can, que había pedido varias cosas para picar, preguntó sonriendo:

—¿Por qué has tardado tanto?

Sin ningún tipo de problema, Sonia le contó el motivo y él se indignó.

Cuando aquellas tres regresaron para sentarse a la mesa de al lado, Sonia las miró y Can clavó los ojos en ellas. Odiaba aquel tipo de comentarios. Justamente eso era lo que había llevado a su hermana a la destrucción y, enfadado, iba a levantarse pero Sonia lo detuvo.

—Nuestro tiempo es muy valioso. No lo perdamos con quien no merece la pena.

El comandante, sintiendo una vez más la fuerza que ella demostraba, asintió e, ignorando a aquéllas, se limitó a disfrutar de la increíble mujer que estaba con él.

* * *

Tras la cena, cuando volvían hacia el hotel caminando, pasaron junto a un club *swinger* y Can indicó señalándolo:

—Ése es el sitio del que te hablaba ayer.

Sonia miró el letrero: VEGAS SWINGER. Ambos conocían aquel mundillo, lo disfrutaban, y con tranquilidad preguntó:

—¿Te apetece tomar una copa?

Sin dudarlo, Can asintió. ¿Por qué no?

Como él conocía ya el local, le hizo una visita guiada a Sonia. Allí la gente buscaba pasarlo bien a través del sexo, el morbo y las fantasías. Nada más.

Cuando se colocaron junto a la barra, Sonia enseguida se percató de cómo las mujeres miraban a Can. Lo entendía, era imposible no mirarlo, pero entonces un hombre de pelo oscuro y ojos azules como el cielo se acercó a ellos.

—Hola, soy Patrick.

Can lo miró. Sonia también, y el comandante, sin separarse un centímetro de ella, indicó:

—Hola, Patrick. Ella es Sonia y yo soy Can.

Aquél asintió y, paseando la mirada por los pechos de Sonia, preguntó:

—¿De dónde sois?

—De Londres —dijo ella.

Aquella descarada mirada, que nunca antes había molestado a Can de un hombre, de pronto lo incomodó. Imaginarse a aquel tipo posando las manos en el cuerpo de Sonia le pareció inaceptable, pero, aun así, dejó que fuera ella quien condujera la conversación.

¿Quién era él para negarle lo que ella podía desear?

Mientras hablaban y Patrick les contaba que era de Wyoming, Can sin poder evitarlo pensó en su amiga la comandante Silvana y su marido Glen. La particular relación que ambos mantenían, en la que Silvana disfrutaba del sexo con otros y luego se lo contaba a Glen, siempre había llamado su atención. Pero, con lo que sentía por Sonia, aquello le resultaba inimaginable. No podía pensar en Sonia disfrutando del sexo sin él y contándoselo después.

—Ehhh, comandante, ¿qué piensas? —le preguntó de pronto la joven.

Volviendo en sí, Can la miró y Patrick dijo curioso:

—¿Sois amigos?

Al oírlo, Can replicó dispuesto a dejar las cosas muy claras:

—Es mi mujer.

Según oyó eso, Patrick asintió. El camarero le habló y Sonia, divertida, cuchicheó:

—Te recuerdo que a quien casó el rey Arturo fue a Kelly y a Tom.

Ese comentario hizo sonreír a Can, que, mirándola, afirmó:

—Lo sé. Pero aquí y ahora ¡eres mi mujer!

—*Halleloo!* —se mofó ella divertida, pero de pronto, Can, apartándose de Patrick, susurró mirándola:

—Tengo que confesarte algo.

—¿Qué pasa?

Incómodo por lo que iba a decir, finalmente soltó:

—No soporto el modo en que te mira ese tío. Me está molestando.

Sonia asintió. Que él sintiera lo mismo que ella le hizo gracia.

—Pues imagínate lo que es ir contigo y notar continuamente las ardientes 'miradas que te dirigen otras mujeres —indicó. Can no supo qué decir. Sabía perfectamente a lo que se refería, y ella añadió—: Vale, confieso que la tía que hay al fondo de la barra y no para de mirarte me está poniendo de los nervios. Y, como no tengo filtros, aunque soy liberal en cuanto al sexo, hoy por hoy, y aunque suene muy mal, sólo te quiero para mí. Y pensar que otra mujer ponga sus zarpitas sobre ti ¡me pone enferma!

Can se sintió aliviado al oír eso.

—No quiero que nadie te toque excepto yo —declaró a continuación. Sorprendida, Sonia asintió y luego él agregó—: No sé si mañana o dentro de tres meses o tres años querré que tú y yo juguemos con otras personas porque a ambos nos apetecerá, pero lo que es hoy y ahora es en lo último que pienso, porque me pasa como a ti: sólo te quiero para mí.

Ambos se miraban sobrecogidos por cómo se estaba desarrollando todo.

Pero ¿qué les ocurría?

¿Qué les estaba pasando?

Estaban mirándose a los ojos cuando de pronto Can soltó:

—Te quiero, Lady Stark

Oír esa temida palabra hizo que ambos parpadearan, pero Sonia, necesitando soltarla ella también, susurró:

—Te quiero, Can.

Lo que acababan de decirse era importante. Era la palabra tabú. Y, sonriendo y tras besarse, salieron del local y se fueron al hotel. Tenían mucho de lo que hablar... a solas.

Capítulo 62

A la mañana siguiente, Sonia se despertó con una sonrisa.

Romanticismo. Palabras bonitas. Amor. Todo aquello lo estaba viviendo con Can tras confesarse que se querían. Estaba pensando en ello cuando él apareció completamente vestido con una bandeja de desayuno en la habitación.

—¿De dónde vienes?

Can, que no había podido dormir en toda la noche y que había tomado una decisión, sentándose a su lado, dejó la bandeja con cuidado sobre la mesilla, acercó sus labios a los de ella y, tras besarla, musitó:

—Buenos días, cielo.

Gustosa, Sonia aceptó aquel maravilloso y dulce beso y a continuación susurró:

—Buenos días, piloto.

Ambos sonrieron y luego ella, viendo los cruasanes que había en la bandeja, soltó:

—Si me dices que están rellenos de chocolate, ¡te como a besos!

Feliz por su efusividad, él asintió y Sonia, abriendo mucho los ojos, se le abalanzó para comérselo.

Un beso los llevó a otro. Una caricia a otra, y, minutos después, después de que Sonia lo desnudara con sus juegos y se sentara sobre él, murmuró mientras lo poseía con ganas:

—Mírame a los ojos.

Can lo hizo. Estaba totalmente rendido. Nadie le hacía el amor como Sonia. De pronto ella, moviendo las caderas en busca del placer mutuo, susurró:

—Dime cómo te gusta más, ¿así... o así?

Las sensaciones que Sonia le proporcionaba sentada sobre él eran increíbles, y entonces ella, haciendo oscilar las caderas, exigió:

—Respóndeme...

Can tragó el nudo de emociones que sentía. Quería decirle tantas cosas, y cuando ella volvió a clavarse en él, respondió a media voz:

—Así. Me gusta así.

Encantada por tener el control de la situación, ella lo besó mientras movía las caderas entrando y saliendo de él una y otra vez. Can y ella jugaban a un mismo juego. Un juego plagado de sensaciones, sentimientos y amor que los estaba volviendo locos.

El goce era inmenso... El gusto, devastador... Y cuando ambos supieron que el clímax estaba a punto de llegar, se miraron a los ojos y, tras un último empellón de Sonia, el placer los asoló.

Se miraban, desnudos y sudorosos pero felices. Se entendían sin necesidad de hablar, hasta que ella, sin salirse de él, recogió con las manos aquel pelo que tanto adoraba y, mirándolo, musitó:

—Te quiero.

Can sonrió. En la vida había imaginado la increíble sensación que le procuraría oír esas palabras, y, seguro de sí mismo, soltó:

—Cásate conmigo.

Al oír eso, Sonia parpadeó. «¿Cómo?...»

—Sé que la impulsiva eres tú —añadió él—, pero por primera vez en la vida quiero serlo yo para pedirte que te cases conmigo.

Boquiabierta, sin saber qué decir, Sonia únicamente parpadeó y él, levantando la bandeja de desayuno, sacó de debajo un sobre blanco y se lo entregó.

—Lo he pensado durante toda la noche.

—Can...

—Estoy loco por ti como sé que tú lo estás por mí, y lo sé por cómo me miras, por cómo me besas y por cómo me haces el amor. Te quiero y quiero a Ibiza. Quiero a mis dos Lady Stark en mi vida y, aunque sé que esto es una locura, deseo vivir esta locura contigo porque me he dado cuenta de que ya no puedo ni quiero vivir sin ti.

Sonia no podía hablar. No esperaba encontrarse con aquello a la hora del desayuno. Entonces Can, acelerado y consciente de lo que estaba diciendo, insistió:

—Esta mañana me he levantado temprano, he ido al Clark County Marriage Bureau y me he informado de cómo solicitar las licencias de matrimonio.

A Sonia le faltaba el aire y él, consciente de cómo lo miraba, añadió sonriendo:

—Cielo, sé que quizá lo que te estoy proponiendo no sea lo más adecuado y que probablemente nos merezcamos una boda rodeados de la gente que nos quiere y de nuestras familias. Pero estamos en Las Vegas, te quiero, me quieres, y, al igual que tú ayer no podías marcharte de aquí sin ver a tu cantante preferido, yo no me puedo ir sin casarme contigo.

Sonia lo besó. Lo que estaba oyendo, en el fondo, le encantaba.

—Te recuerdo que aquí la impulsiva, loca e imprudente soy yo —musitó.

—Adoro tu impulsividad, tu locura y tu imprudencia. —Oír eso la hizo sonreír y luego Can, tomando aire, agregó—: He llamado por teléfono a Kelly y a Tom y he quedado dentro de cuatro horas en la capilla donde se casaron ellos ayer para que sean nuestros testigos.

Sorprendida pero gustosa por aquella locura, Sonia se mofó:

—Lo que eres capaz de hacer por ese cincuenta por ciento de descuento...

—Es como para tenerlo en cuenta. —Él rio.

Se miraron unos segundos en silencio. Lo que Can estaba proponiendo era una auténtica locura, pero, incapaz de callarse, insistió:

—Como tú me dijiste ayer..., ¿a qué estás esperando?

Sonia sonrió y, tapándose la boca con la mano, a continuación musitó:

—Será algo que mi madre me reprochará fijo.

—A mis padres tampoco les hará mucha gracia. No porque me

case contigo, sino porque lo hagamos en Las Vegas —explicó aquél sonriendo. Pero, deseoso de hacer aquella locura, insistió—: Boda *Juego de tronos...* Jon Nieve oficiará la ceremonia.

—Ibiza no me perdonará que nos case Jon Nieve sin estar ella presente.

—Tranquila, cielo... Si es necesario, volveremos con ella.

* * *

Cuatro horas después, tras solicitar la licencia de matrimonio y encontrarse con Tom y Kelly, Sonia y Can estaban muy nerviosos. ¡Se iban a casar!

Una vez que entregaron los papeles, antes de cambiarse de ropa les preguntaron qué canción deseaban que pusieran al inicio de la ceremonia, y Sonia de inmediato miró a Can.

—Madre mía..., si ni siquiera tenemos canción —se lamentó nerviosa.

Él sonrió, tenía razón. En realidad, sabían muy poco el uno del otro, pero repuso:

—Elige la que quieras de tu Rey.

Oír eso a Sonia la hizo sonreír. Elegir una canción de su Rey era fácil, todas le gustaban, pero, deseosa de que fuera una que les gustara a ambos, dijo:

—Pensemos. Tiene que haber alguna canción especial entre nosotros.

Se quedaron unos segundos en silencio hasta que Can recordó algo.

—Hay una que... —dijo.

—¿Cuál? —preguntó rápidamente ella.

—La que me cantaste con tu guitarra el primer día que fui a tu casa —contestó él—. Me encantó, y reconozco que ese día, aunque no te dije nada, me hechizaste. —Sonia sonrió, y él añadió—: Incluso recuerdo que dijiste que escucharla junto al amor de tu vida podía ser brutal.

Al oír eso, Sonia supo de qué canción hablaba y sonrió. Le encantaba que Can recordara todos aquellos detalles.

Aquella preciosa canción no podía ir más acorde con ellos, y, mirando a Jessica, la encargada de la capilla, dijo sabiendo que podía buscarla en YouTube:

—La canción que queremos se llama *Te esperaba* y la canta Carlos Rivera.

Can asintió y ella, sonriéndole, indicó feliz:

—¡Ya tenemos canción!

Tras besarse, entre risas, cada uno entró en un cuartito a cambiarse de ropa y a prepararse.

¡Se iban a casar!

Pero ¿qué locura iban a hacer?

Una hora después, cuando en la capilla comenzó a sonar la romántica canción y Sonia vio a Can junto a Kelly esperándola frente al altar, el corazón se le detuvo. Sin duda escucharla en un momento así estaba siendo ¡brutal!

Él, en su afán de contentarla, se había caracterizado todo lo que había podido como Khal Drogo, el guerrero bárbaro que tanto la había enamorado en la serie *Juego de tronos*, aunque, en vez de llevar el torso desnudo, pues en la capilla no se lo permitían, se puso una camisa blanca sobre el pantalón negro de cuero. Estaba impresionante.

Caminando hacia él del brazo de Tom, Sonia se sintió feliz y especial. Iba a casarse con el hombre del que estaba completamente enamorada y en ese momento nada importaba aparte de él y ella.

Mientras la observaba dirigiéndose hacia el altar, Can se sintió el hombre más dichoso del mundo. A diferencia de otras novias, en vez de ir vestida de dulce princesita, Sonia se había decantado por ir como una guerrera Stark: pantalón de cuero marrón, chaleco de cuero con tachuelas marrón y un arco en la espalda. Llevaba su precioso pelo negro suelto, y la magia que desprendía según se acercaba a él hizo que su corazón se desbocara, y más aún cuando vio la liga negra en su muslo derecho, lo que lo hizo sonreír.

Adoraba a esa mujer. La amaba con locura, y cuando ésta llegó a su lado y lo cogió de la mano, tras darle un beso, musitó antes de que diera comienzo la ceremonia:

—Como diría Khal Drogo, *Yer shekh ma shieraki*, eres mi sol y mis estrellas.

Sonia rio sorprendida porque lo recordara y, sin apartar la mirada de él, respondió:

—*Yer jalan atthirari anni*, eres la luna de mi vida.

Ambos sonrieron. Menudos frikis estaban hechos.

Y, acto seguido, miraron al frente cogidos de la mano y, sin poder parar de sonreír por la locura que estaban cometiendo, un chico caracterizado como Jon Nieve ¡los casó!

Capítulo 63

Æl domingo, cuando regresaron a Londres, ambos continuaban en su particular burbujita de amor. Se habían casado en Las Vegas. ¿Podía haber mayor locura?

Cuando llegaron a casa de Can, al entrar se encontraron con *Chester*, que saltó de felicidad al verlos. Raissa se había ocupado de él aquellos días, pero al ser avisada por su hermano de que regresaba del viaje, lo llevó a su casa. A Can le encantaría encontrarlo cuando volviera.

Una vez que controlaron la efusividad del animal, cuando fueron a la habitación de Can para abrir su maleta, éste, al ver el certificado de matrimonio que debían llevar al Registro Civil, sonrió y Sonia susurró al verlo:

—Todos pensarán que fue cosa mía porque soy la loca y la inconsciente. Pero no..., no..., ¡fuiste tú!

Eso lo hizo sonreír. Cuando su padre se enterara pondría el grito en el cielo, pero, cogiendo a Sonia entre sus brazos, afirmó:

—Efectivamente, ¡fui yo!

Felices, se besaron y luego, mirando el original y raro anillo de plata que habían comprado, ella rio:

—No veo el momento de decírselo a mi madre. Seguro que me mirará, levantará la ceja a modo de reproche y me dirá de todo menos bonita. Luego no me hablará durante un mes por haberla privado de celebrar el bodorrio del siglo en la catedral de San Pablo.

Divertidos, se ducharon en el impresionante baño de aquél, y cuando salieron, Can, que pensaba en el modo más adecuado de contárselo a sus padres, comentó:

—Creo que lo mejor es que de momento lo mantengamos en secreto hasta que pase la boda de Daryl y Carol. —Sonia asintió y luego él afirmó riendo—: Aunque ya veo que estás deseando escandalizar a tu madre. —Sonia sonrió—. En mi caso quiero contárselo a mis padres con tranquilidad para que lo entiendan. ¿Qué te parece?

Sonia asintió. Si a él le parecía bien, a ella también.

El lunes, tras pasar todo el día solucionando temas personales de ambos y acercarse al Registro Civil para convalidar el certificado de matrimonio de Las Vegas, por la noche se fueron a cenar con Daryl y Carol. En ningún momento a ninguno se le escapó lo que habían hecho; era su secreto. Pero, cuando fueron a casa de Sonia a dormir, Can, mirándola, preguntó mientras *Chester* se subía al sofá:

—¿En serio te acabas de casar conmigo y el viernes te vas a Venecia hasta el domingo para celebrar la despedida de soltera de Carol?

Ella asintió encantada.

—Sí. ¡¿No te parece una idea increíble?!

Can suspiró, pero viendo su pícara sonrisa, replicó:

—Increíble sería que te quedaras conmigo.

Ella sonrió gustosa y, besándolo con mimo, cuchicheó:

—Vamos, piloto..., hazme el amor.

* * *

El martes por la mañana, cuando Can se despertó, notó un peso contra su espalda y sonrió. Le encantaba amanecer con Sonia acurrucada sobre él.

—Buenos días, cielo —murmuró.

—¡*Halleloo*, guapetón!

Según oyó eso, Can abrió los ojos. Aquélla no era la voz de Sonia.

Y, al mirar, se encontró con Ginger, que, tumbado a su lado, exclamó:

—¡Te maricomooooooooooooo! ¡Enhorabuena por la boda! Ay, Dios..., cuando Sonia me lo ha dicho, ¡no me lo podía creer! ¡Maricasados! ¡Qué romántico! ¡Y en Las Vegasssss con Jon Nieve nada menosssssssss!

Can parpadeó. «¡¿Cómo?!»

Aquello era un secreto y, cuando fue a protestar, aquél prosiguió:

—Que sepas que cuando se lo contéis a la familia haremos el fiestón del siglo. Por cierto, me mariencanta lo bien que hueles por la mañana. Y, Dios..., esa rosa de los vientos tatuada sobre tu glorioso pene ¡es fantástica!

Incómodo por lo que oía y por verse en la cama desnudo con aquél, Can se movió.

Pero ¿qué hacía Ginger allí?

Cuando iba a protestar, se abrió la puerta del baño de Sonia y ella apareció con tan sólo una minúscula toalla alrededor del cuerpo.

—Ginger, ¿has preparado el café? —preguntó.

El aludido, divertido al ver que Can se tapaba con la sábana, sonrió y cuchicheó mirando a su amiga:

—Como dijiste, la rosa de los vientos ¡es colosal! —Sonia sonrió. Ginger también. Pero Can no. Y, finalmente, Ginger, levantándose de la cama, añadió mientras salía por la puerta—: Voy a ello. ¡No tardéis, que tenemos que ir al mercado a comprar todo lo necesario para la cena temática de esta noche! ¡Vamos, *Chesterrr*! Vamos con *Medaigual*.

Una vez que se quedaron solos, Can iba a protestar cuando comenzó a oírse música que provenía del salón. Ginger había puesto a Lady Gaga, su cantante preferida, y Sonia, viendo su expresión, se le acercó y lo besó en los labios.

—Buenos días, cariño.

Todavía sorprendido por aquel despertar, él preguntó mirándola:

—¿Cómo es que sabe lo de nuestra boda?

Sonia suspiró.

—Yo no se lo conté. Pero, cuando ha entrado en el salón, ha visto sobre la mesa los papeles del Registro Civil y...

—¡Joder! —protestó Can.

—Lo sé. ¡Tendría que haber guardado esos papeles ayer! Pero el caso es que no lo hice, Ginger los ha visto y, en cuanto se ha fijado en el anillo de mi dedo, ¡no he podido mentir! Pero, tranquilo, me ha prometido que no se lo dirá a nadie. ¡Será nuestro marisecreto!

Can intentaba procesar la información. Que no fuera un secreto lo incomodaba, pero al verla sonreír, dijo:

—¿Por qué le has hablado de mi tatuaje?

—Porque, como dice Ginger, ¡es colosal! —afirmó ella guiñándole un ojo.

Boquiabierto todavía por aquello, Can asintió.

—¿Esta noche hay cena temática? —preguntó a continuación.

Sonia sonrió. Ese martes ella organizaba la cena temática en su casa, y respondió:

—Sí, cariño. Esta noche es la noche francesa. *Oh là là!*

—¿Has contratado un catering?

Al oír eso, Sonia soltó una carcajada.

—Pues no. Nosotros cocinaremos y luego recogeremos.

—¡¿Nosotros?!

Ella asintió y él guardó silencio. Asombrado, no sabía qué decir, pero ella, al ver su desconcierto añadió:

—En cuanto a Ginger, él tiene llaves de mi piso como yo las tengo del suyo. Ésta es su casa y siempre lo será. Así que acostúmbrate a despertarte de vez en cuando con él.

Entendiendo el clarísimo mensaje, Can asintió y no dijo más. ¿Para qué?

Minutos después, los tres desayunaban en el comedor, mientras con el manos libres hablaban con una emocionada Ibiza, que en las colonias se lo estaba pasando ¡divinirritísimamente bien!, como ella decía.

* * *

Esa noche, vestido con una camiseta de rayas azules y blancas y un pañuelo rojo atado al cuello al más puro estilo parisino, Can disfrutaba con los escandalosos amigos de su mujer mientras sonaba música francesa de fondo.

En varias ocasiones, su mirada y la de una preciosa mujer negra se encontraron y, curioso, preguntó acercándose a Sonia:

—¿Por qué me mira así?

Ella, al ver que se refería a Reina Negra, no supo qué responderle. Estaba claro que aquélla sabía de quién era hijo Can, y, no queriendo soltar lo que no debía, repuso con gesto inocente:

—Seguramente le pareces guapísimo.

Can se encogió de hombros y prosiguió divirtiéndose.

Minutos después, en una de las ocasiones en las que Sonia fue al baño, cuando se disponía a salir, Reina Negra entraba y, mirándola, preguntó:

—Tu chico se llama Can Drogo, ¿verdad?

Sonia asintió con prudencia. Reina Negra, desconcertada por tener al hijo del que hasta hacía un tiempo había sido su amor, no supo qué decir, pero Sonia, incapaz de callar un segundo más, soltó:

—Lo sé, Minerva. Sé por qué me lo preguntas. Sé que tu amorcito es su padre.

Ella se llevó las manos a la boca y musitó:

—*Era* su padre. Don Egocéntrico y yo hemos roto.

—¡¿Qué?!

—Lo que oyes, cariño.

—¿Don Egocéntrico?

Reina Negra sonrió. Si alguien conocía cómo era aquel tipo, era ella.

—Ayaz se cree el ombligo del mundo y no llega a agujero del culo.

Boquiabierta, Sonia la miró, y ella suspiró y añadió:

—¿Recuerdas a Betty Porter? —Sonia asintió y luego Minerva indicó—: Está con ella. Al parecer, Betty es más fina y elegante que yo, y, según él, se merece lo mejor.

Sonia no sabía qué decir.

—Mira, ¡ni siquiera he llorado! —cuchicheó ella—. El mercado es muy amplio, yo estoy divina, y si ese imbécil prefiere estar con Betty antes que con un bombonazo como yo, ¡allá él! ¡Será por hombres! —Sorprendida por la promiscuidad del padre de Can,

Sonia asintió y luego Minerva explicó—: Las Ladies me habían hablado de tu pedazo de hombre, pero nunca imaginé que fuera el hijo del que era el mío.

—La vida es así de graciosa —suspiró Sonia encogiéndose de hombros.

—O el universo así de maricabrón —matizó la morenaza.

Sonia rio.

—En lo que a mí respecta —añadió Minerva—, tranquila, cielo, nunca hablaré de la relación que mantuve con su padre. No me interesa. Pero, recuerda, si alguna vez necesitas algo de mí porque ese egocéntrico te complica la vida, dímelo. He estado tantos años con él que tengo mil cosas que podrían bajarle el ego de un plumazo.

Con la complicidad de siempre, las dos se abrazaron y el tema quedó zanjado.

En cuanto salió del baño, Sonia se dirigió de nuevo a la cocina. Allí prosiguió cocinando mientras Can, sorprendido, veía cómo aquéllos preparaban platos típicos de la cocina francesa como *ratatouille*, *moules frites* o *bœuf bourguignon* como si lo hicieran todos los días. Estaba mirándolos cuando Reina Negra se le acercó.

—De postre he preparado *flan parisién* —comentó—, ¡me sale de rechupete!

—Pintaza tiene —exclamó Can riendo.

El resto de la noche disfrutó junto a Sonia mientras su secreto seguía a buen recaudo. Estar con ella y sus amigos era muy diferente de estar con los suyos. Los amigos de ella eran desinhibidos y hablaban de cualquier tema, en cambio con los suyos primaban la cautela y la discreción. Y aunque en ciertos momentos la manera loca de ser de aquéllos lo aturullaba, reconocía que lo pasaba bien en su compañía. Eran increíbles.

Sonia, además de ir vestida como él al más puro estilo *parisién*, también llevaba una bonita boina roja en la cabeza. Estaba preciosa con su pelo negro recogido y aquella boina. Y cuando, tras la cena, animada por sus amigos, cogió la guitarra y les interpretó su particular versión de *La vie en rose*, Can volvió a enamorarse.

Cada acción suya lo enloquecía cada vez más y, cuando esa misma noche por fin se quedaron solos a las cinco de la madrugada, cogió a Sonia entre sus brazos y, llevándosela a la cama, pidió que le volviera a cantar a él aquella bonita canción mientras le hacía el amor.

Capítulo 64

El miércoles por la mañana, tras despertarse, Can suspiró aliviado al no encontrarse en la cama a Ginger. No tenía nada en contra de aquél, pero que estuviera en su cama no le apasionaba precisamente.

Juguetón, entró en la ducha, donde estaba Sonia, y, tras besarla, dijo mirando el desorden de los botes de gel y champú destapados:

—¿Por qué nunca cierras los botes?

—Porque así ya están abiertos para la siguiente vez que los utilice —repuso ella mientras salía de la ducha.

Can no dijo más. Tapó los botes y, cuando salió del baño, al ver ropa en el suelo, fue a protestar cuando ella dijo mirándolo:

—Es para lavar. La dejo ahí porque ahora la llevaré al cesto de la ropa sucia.

Él asintió, luego se vistió y fue al salón, donde sonaba la música a toda mecha, y eso lo aturulló.

Aquello era un desastre. No haber recogido la casa la noche anterior cuando los invitados se marcharon en ese momento lo agobiaba, y, cuando se disponía a protestar de nuevo, ella preguntó mirándolo:

—¿Te has levantado de malhumor?

Él se apresuró a negar con la cabeza y, mirando todo a su alrededor, cerró una bolsa de pan de molde que estaba abierta mientras decía:

—No. Es sólo que el desorden me agobia mucho.

Sonia sonrió. Si él consideraba aquello desorden, no quería ni imaginarse cuando Ibiza estuviera de vuelta, por lo que, sin dejar de sonreír, propuso:

—¿Qué tal si te vas a tu casa a relajarte mientras yo me ocupo de recoger?

Can la miró y, al ver las copas, que seguían sobre la encimera de la cocina, indicó:

—Por eso yo siempre contrato un catering, porque cuando se van lo dejan todo recogido.

Sonia asintió divertida. Tenía razón. Y, entendiendo cómo se sentía, insistió:

—Yo lo recogeré todo. Estoy acostumbrada. Vete a tu casa y relájate. Por cierto, esta noche es la fiesta del décimo aniversario en el O'Pera. Yo he quedado en ir a ayudar con los preparativos y...

—¿Otra fiesta? —preguntó descolocado.

Sonia asintió sonriendo.

—Cariño, ya lo sabías.

Algo molesto por la falta de tiempo para ellos, él iba a replicar cuando Sonia dijo:

—Si quieres, puedes ir a ver a tus padres y contarles lo de nuestra boda.

Can lo pensó. Pero, sin ganas de discutir con nadie, porque sabía que discutiría con su padre, repuso:

—Otro día.

—Muy bien —asintió Sonia—. No hay prisa. Ya se lo dirás. ¿Quieres un café?

Al oír eso, Can preguntó:

—¿En taza o en vaso de plástico?

Sonia sonrió sin poder evitarlo. Sin duda aquello se le había quedado grabado, y exclamó:

—¡*Halleloo*, cómo te has levantado hoy, ¿eh?!

Una hora después, Can se marchó. Quedó en reunirse con ella a las diez de la noche en el O'Pera. ¡Tenían una fiesta!

Pero, al llegar a su casa con *Chester*, el silencio que lo rodeaba de pronto lo sobrecogió y se sintió agobiado por la ausencia de la incansable Sonia.

¿Por qué la añoraba tanto?

Tras poner música y quitarse la ropa, entró en el baño. Se ducharía de nuevo. Pero, al meterse en la ducha, se quedó mirando los botes de gel. Estaban destapados: Sonia y su manía. Como un autómata, los tapó todos y los colocó en su sitio.

Tras ducharse y vestirse, se sentó a leer un rato. Eso era algo que le gustaba mucho, pero estaba intranquilo, no lograba concentrarse. No podía dejar de pensar en ella, y de pronto el teléfono le sonó. Era su padre.

—Hola, papá.

—Me dijeron que te vieron en el aeropuerto el otro día. ¿Qué tal por Las Vegas?

—Muy bien.

Al oír eso, Ayaz bajó la voz y continuó:

—Haces bien, muchacho. Disfruta con las mujeres todo lo que puedas. —Can sonrió, y luego su padre añadió—: Tu madre y yo queremos organizar una cena para esta semana y hemos invitado a varias amigas y a sus hijas para que...

—Papá, no.

Al oírlo, el hombre resopló.

—Una al mes. Ése es el trato —indicó.

—Lo sé, papá, pero ahora no tengo tiempo para eso —insistió él.

—Hijo, sabes tan bien como yo que me gusta tu vida, pero creo que ha llegado el momento de comenzar a pensar en el futuro. High Drogo será tuya y necesitas una buena mujer a tu lado y descendencia para poder dejarle tu patrimonio en el futuro.

Oír eso lo molestó. Sus padres siempre lo agobiaban con el tema.

—Papá, High Drogo en todo caso será para Raissa, para Amina y para mí —matizó—. No sólo tienes un hijo. ¡Tienes tres!

El hombre cabeceó, pero insistió:

—A ellas no les interesa la compañía, y lo sabes. No sé por qué siempre estás con lo mismo.

Can resopló y, aunque sabía que lo que había dicho su padre era cierto, durante un buen rato estuvo en cierto modo discutiéndolo con él. Estaba visto que ése no era su día.

Cuando colgó el teléfono su humor era más oscuro aún. Su padre lo agobiaba y, aunque no le había comentado nada a Sonia, sabía que, cuando él se enterara de su boda, pondría el grito en el cielo.

Necesitaba hablar con alguien, pero con ella no podía hacerlo. Si se enteraba de que posiblemente sus padres no la veían como la mujer ideal para él, se enfadaría, por lo que telefoneó a Daryl. Por suerte, estaba en casa y quedó con él en una cafetería para tomar algo.

Media hora después, cuando Can entró en el local, ambos se saludaron.

Durante un buen rato estuvieron charlando de todo lo que se les ocurría, mientras varias mujeres los observaban como siempre, hasta que Daryl, emocionado, por su futura boda, comentó:

—¿Sabes quiénes me han confirmado finalmente que vienen?

—¿Quiénes?

—Dylan y Yanira.

Al oír los nombres de esos buenos amigos suyos, que vivían en Los Ángeles, Can exclamó feliz:

—¡Qué maravilla! Carol estará encantada de volver a encontrarse con Yanira.

—Sí. La verdad es que sí. Las últimas veces que hemos ido a Los Ángeles se lo han pasado muy bien juntas. Llegarán el viernes por la mañana y así Yanira se irá con las chicas a Venecia para celebrar su despedida de soltera —afirmó Daryl resignado.

Can asintió y no dijo nada. Lo último que quería era que Sonia se alejara de él.

Durante un rato hablaron de los preparativos de la boda. Ver la alegría de su amigo a Can le daba cierta envidia. Él estaba feliz, radiante. Acababa de casarse con una mujer a la que amaba y deseaba contárselo a todo el mundo, e, incapaz de aguantar un segundo más, y sabiendo que Sonia se lo había explicado a Ginger, preguntó:

—Si te digo algo, ¿prometes no contárselo a nadie?

Eso llamó la atención de Daryl, que asintió, y Can añadió:

—A nadie quiere decir *a nadie*, ni siquiera a Carol.

Divertido, Daryl volvió a asentir y Can, tomando aire, soltó:

—Me he casado con Sonia en Las Vegas.

Su amigo parpadeó y, torciendo el cuello, musitó:

—Perdona, creo que te he entendido mal.

—Me has entendido a la perfección —confirmó Can.

Sin dar crédito, Daryl lo miró y musitó en un hilo de voz:

—¡No jodas, tío!

Can volvió a asentir y, sonriendo, cuchicheó:

—Nos casamos en una boda temática ambientada en la serie *Juego de tronos*.

—¡¿Qué?!

Él rio. Seguro que nadie esperaría esa locura por su parte, e indicó desbloqueando el móvil para enseñarle las fotos que se habían hecho:

—Nos casó Jon Nieve. Yo iba vestido de guerrero bárbaro, y Sonia, en lugar de llevar un vestido de novia al uso, iba de guerrera Stark, con un arco a la espalda.

Asombrado mientras miraba las fotos, Daryl susurró:

—Pero ¿os habéis vuelto locos?

Al ver su reacción, Can confesó entonces:

—Sí. Creo que sí.

Daryl no daba crédito. Can era un tipo diferente de él. Era extrovertido, divertido. Pero casarse, y más aún en Las Vegas, no era propio de él. Aun así, al ver a su amigo tan feliz, preguntó mirando el anillo que llevaba:

—¿Lo hiciste sin fumarte nada?

—¡Sin ron blanco de marihuana! ¡A pelo! —se mofó Can.

—No me jodasssss...

Daryl no pudo continuar, pues comenzó a carcajearse. No podía parar, y Can, al oírlo, comenzó a reír también mientras musitaba:

—Lo sé. ¡Es una locura! —y añadió—: Sólo lo sabéis Ginger y tú.

Durante unos minutos ninguno de los dos podía parar de reír mientras veían las fotos, hasta que finalmente Daryl consiguió controlarse y, sin dar crédito, preguntó:

—Pero ¿cómo has podido hacer algo así? Tío, ¡que te has casado!

Mientras se guardaba el móvil en el bolsillo, Can tomó aire y respondió:

—Me dejé llevar por el corazón. Fue lo que tú me dijiste que hiciera.

Daryl asintió asombrado, no sabía qué decirle; entonces oyó:

—Estoy locamente enamorado de Sonia.

—Cuando se entere Carol, ¡va a flipar!

—¡A nadie! —repitió Can.

—Pero esto es un bombazo.

—¡A nadie!

Daryl finalmente asintió. A través de él, nadie, ni siquiera Carol, iba a saber nada. Entonces, poniendo la mano en el hombro de su amigo, susurró al fin mirándolo a los ojos:

—Enhorabuena.

—Gracias.

—No veo el momento de celebrarlo como se merece. ¿Os volveréis a casar aquí en Londres como Dios manda?

Can se encogió de hombros. No había hablado de ello con Sonia.

—No sé qué haremos. Pero, cuando nuestros padres lo sepan, sí me gustaría hacer una bonita fiesta.

Daryl asintió y, consciente de cómo eran éstos, en especial Ayaz, preguntó:

—¿Cómo crees que se lo tomará tu padre?

Can cabeceó. Su madre lo aceptaría, a pesar del disgusto por haberse casado en Las Vegas, pero su padre, ése era otro cantar. Siempre había querido para Can una mujer tradicional y en cierto modo sumisa como lo era su madre, y Sonia de tradicional y sumisa tenía bien poco, por lo que exclamó:

—*Halleloo!*

Daryl no lo entendió, y Can, consciente de lo que había dicho, aclaró:

—Imagino que no me lo pondrá fácil. Pero es mi vida, y en ella quiero a Sonia, no a quien él decida.

Ambos amigos se miraron entendiéndose y, tras un rato de hablar sobre aquello, Can preguntó:

—¿A qué hora se van las chicas el viernes a Venecia?

Daryl suspiró. Que fueran a Venecia a celebrar la despedida de soltera no le hacía gracia, pero entendiendo que era Carol la que mandaba en su fiesta, respondió:

—Su vuelo sale a las cinco.

—¿Y quiénes van? —preguntó Can a continuación.

—Carol, Muskeva, mis hermanas Lola y Priscilla, Yanira y *tu mujer*. —Ambos rieron por eso último y Daryl añadió—: Y, por lo que sé, la *nonna* ha preparado una fiestecita de las suyas, llena de heavies, moteros, marihuana y alcohol.

—Vaya, qué maravilla —musitó Can preocupado.

—Pero, tranquilo, no te inquietes. Con esa gente estarán seguras, siempre y cuando no se pongan moradas a *brownies* o ron blanco de marihuana.

Can, que solía burlarse de aquello, en esta ocasión no lo hizo, y, divertido, Daryl preguntó:

—¿Ya no te ríes?

Al final, ambos lo hicieron.

Capítulo 65

A las diez de la noche, Can llegaba a O'Pera. En la entrada, todos los asistentes lo miraron. ¿Quién era aquel tipo tan impresionante? ¿Era nuevo en el local?

Marylycra, con su espectacular peluca rubia y su vestido rojo de lentejuelas, al verlo gritó:

—*Halleloooooooo!*

Pero Can no la oyó, y entonces ella decidió acudir a su rescate. Sin embargo, al ver que no la reconocía, indicó mirándolo:

—Cariño, soy Sean, ¡Marylycra!

Can sonrió entonces al caer en la cuenta y ella exclamó de nuevo:

—*Halleloo!* Y, por cierto, ¡enhorabuena por la boda! Ay, qué ilusión cuando me he enterado. ¡Nuestra Lady Stark, casada! —Según oyó eso, él suspiró—. Prepárate, porque las Ladies y yo pensamos preparar un fiestón por todo lo alto en cuanto nos deis vía libre. Nuestra Sonia se ha casado ¡y eso se tiene que celebrar con una marimacrofiesta!

Can no sabía qué decir, pero aquélla, emocionada, indicó:

—Sígueme, guapísimo hombre casado. Tu mujer me ha dicho que te lleve hasta un reservado y la esperes allí.

Molesto porque supiera la noticia, Can la siguió. En su camino se encontró con varias de las *drags* que conocía, que, tirándose a su cuello, lo besaron para darle la enhorabuena por la boda.

Eso lo fue calentando más y más. ¿Acaso Sonia no había entendido que no debía saberlo nadie?

Una vez que llegó al reservado, sediento, pidió algo de beber. Y estaba pensando en ello cuando Ginger apareció a su lado con una cuquísima peluca rosa y un vestido plateado.

—Antes de que marimates a Sonia porque las Ladies sepan lo de vuestra boda, confieso que el culpable he sido yo —cuchicheó—. Estoy tan marifeliz de ver al amor de mi vida casada con un tipo como tú que, sin querer, lo he soltado ante Marylycra, y ella, que es una portera en potencia, ha hecho correr la noticia como la pólvora.

Can asintió y, sin querer entrar en el tema, preguntó en cambio:

—¿Dónde está Sonia?

—Ha dicho que la esperes aquí.

Al reservado comenzaron a llegar entonces otras *drags* que Can conocía. Al entrar, todas gritaban su tan famoso «*Halleloo!*», de la norteamericana Shangela, para después bromear por la boda celebrada en Las Vegas, por Jon Nieve o por el moñito hípster que Can llevaba, y él finalmente sonrió. Era imposible no hacerlo con aquéllas.

Cuando las luces del local se atenuaron, se encendió un foco que iluminaba directamente el escenario y Lola Mento salió espectacular con su pelo rojo, su vestido de noche repleto de plumas y sus pestañacas de metro y medio.

Durante unos minutos agradeció a todo el mundo que hubieran acudido a celebrar el décimo aniversario del local, y antes de despedirse añadió:

—Y ahora, todas, todos y *todes*, preparaos para pasarlo bien, porque la primera actuación de la noche, nada más y nada menos, corre a cargo de nuestra única, inigualable, maravillosa, casadísima, irreemplazable y querida ¡Lady Stark!

El público prorrumpió en aplausos y Can, sorprendido, miró a Divinicienta, que musitó guiñándole el ojo:

—Sí, cielo, sí. Tu mujercita en ocasiones hace de *drag king*.

¡¿Qué?! ¡¿Cómo?!

Can no entendía nada.

¿Sonia, *drag king*?

Pero ¿qué locura era ésa?

Y Ginger, viendo su cara de confusión, aclaró:

—A ver, rey, yo te explico, porque te veo totalmente mariperdido. *Drag queen*, *uséase*, ¡yo misma!, hombre vestido de mujer, con tacones, maquillaje y vestidos excesivos. ¡Cero maridiscreción y mariconeo máximo! —Can asintió boquiabierto y aquél prosiguió—: *Drag king*, Sonia, mujer vestida de hombre. Y, del mismo modo que las *drag queens* somos exageradas en plumeríos y mariconeo, los *drag kings* buscan los estereotipos masculinos de machos alfa dominantes. —Can parpadeaba cuando Ginger añadió—: Y luego están las *faux queens*, que son mujeres que se visten de mujeres adoptando la mariestética exagerada de nosotras, las divinas e inigualables *drag queens*.

El comandante asentía boquiabierto, no cabía en sí de la sorpresa, cuando en el local comenzó a sonar la canción *Crazy Little Thing Called Love* del grupo Queen, y Ginger indicó señalando el escenario:

—Ahí está Lady Stark. Nosotras nos vamos, que tenemos que actuar.

Y, dicho esto, el reservado se vació quedando él solo y desconcertado.

En el escenario apareció de pronto una moto conducida por un tipo que físicamente estaba caracterizado como Freddie Mercury, y cuando éste se bajó y comenzó a moverse con gestos secos y varoniles y se quitó las gafas de aviador que llevaba, Can parpadeó: ¡era Sonia!

Bailando al compás de la música con una masculinidad muy sensual, aquélla, vestida con un pantalón de cuero negro, una camiseta blanca y una cazadora de cuero también negra, se movía como el mismísimo Freddie. Can la observó boquiabierto. Sonia llevaba una peluca corta oscura sobre su oculto pelo largo y, al ver que llevaba también un bigote, parpadeó.

«¿En serio?»

Sin poder evitarlo, su padre cruzó por su cabeza. Estaba más que claro que Sonia, ni sumisa ni tradicional, sino todo lo contrario. Eso iba a ser un gran problema.

Caracterizada como Freddie Mercury, Sonia interpretó aquella canción mientras el público, entregado a pasarlo bien, disfrutaba con el espectáculo y coreaba la canción.

Minutos después, cuando ésta acabó, ella miró hacia el lugar donde estaba Can y, lanzándole un beso, le dedicó su actuación.

Según salió del escenario, entró Reina Negra. Ella y Beyoncé bien podrían haber sido gemelas, y cuando aquélla comenzó a cantar, Can, todavía sorprendido por lo que había visto de Sonia, no sabía qué pensar; entonces la mujer que ocupaba sus pensamientos apareció en el reservado y, mirándolo, lo saludó con un gesto varonil y las gafas de aviador puestas.

—Hola, guaperas.

Todavía boquiabierto, Can la miró de arriba abajo. Sonia no paraba de sorprenderlo, pero, incapaz de no decir nada, soltó:

—Ya no sólo lo sabe Ginger, ahora lo saben todas las Ladies.

Sonia asintió, sabía de lo que hablaba, e indicó:

—Tranquilo, ellas no se lo van a decir a nadie que tú conozcas.

Can se tocó el pelo. Era un problema que todo el mundo empezara a saberlo, pero Sonia, dispuesta a hacerlo pensar en otra cosa, exclamó:

—¡Eh, ¿qué te ha parecido mi actuación?!

Él, que seguía sin caber en sí del asombro, preguntó:

—Pero ¿cómo no me lo habías dicho?

Sin salirse del papel de Freddie Mercury, Sonia se le acercó entonces lentamente y cuchicheó tras sus gafas de aviador:

—Quería sorprenderte.

Can asintió. Y, deseoso de besarla, la agarró del brazo y la besó. La necesidad que sentía de aquella mujer cada día lo descolocaba más, y, cuando el beso acabó, musitó:

—Nunca había besado a nadie con bigote.

Con gracia, Sonia sonrió mientras se lo restregaba por los labios y el rostro y preguntaba:

—¿Y qué te parece?

Excitado como un chiquillo, y olvidándose de su enfado, Can afirmó hechizado:

—Todo lo que venga de ti me gusta.

Sonia rio y, cogiéndole la mano, la acercó a su entrepierna. Can tocó sorprendido. Allí había un bulto que antes no existía y, cuando iba a preguntar qué se había puesto, ella dijo en un hilo de voz mientras en el escenario se oía a Reina Negra interpretar la canción de Beyoncé titulada *Love on Top*:

—¿Te excita tocarlo?

Can asintió. Sonia lo estaba provocando. Estaba jugando con él, con el morbo y con el momento, y, sobándola con descaro, afirmó:

—Pero más aún me excita pensar cómo te lo voy a quitar.

Sin esperar un segundo más, y tan caliente como él, Sonia se sacó las gafas, las dejó sobre una mesita y volvió a besarlo. En su papel de *drag king*, intentó imponerse a la hombría de Can, y cuando él sintió que ella lo empujaba contra una de las paredes del reservado, iba a decir algo pero ella se le adelantó:

—Te voy a volver loco..., comandante.

Can sonrió. Aquellos juegos eran divertidos, y ella, con masculinidad, bajando la boca por su cuello, fue abriendo la camisa que llevaba. Can jadeó y, cuando le desabrochó el cinturón del vaquero y se lo abrió, miró el tatuaje de la rosa de los vientos y aseguró:

—Me encanta.

Con mimo, besó el tatuaje para después continuar descendiendo con la boca. Al notar cómo Sonia le bajaba el pantalón, se disponía a decir algo pero ella indicó:

—Tranquilo. No entrará nadie.

—Pero...

—*Nadie* es *nadie* —afirmó con convicción.

Hechizado y entregado a los deseos de su mujer, Can sonrió y ella, gustosa, sacó su pene del interior del calzoncillo y se lo paseó por los labios. Can se estremeció. Y ella, al ver su reacción, dijo mirándolo:

—Comandante, no te me vayas a desmayar...

Apoyado en la pared, él negó con la cabeza. Y cuando ella comenzó a lamerlo y a chuparlo con intensidad, cerró los ojos y, olvidándose de dónde estaban, lo disfrutó.

Lametazos...

Chupetones...

Mordisquitos...

Su juego lo estaba volviendo loco. Sentía cómo su cuerpo se tensaba, hasta que no pudo más y, levantándola del suelo, la miró totalmente enajenado por el placer y Sonia, al verlo, exigió:

—Empótrame.

Can, a quien el pulso le iba a mil, acercó su boca a la de ella y la besó. Sonia le gustaba con bigote y sin bigote, y, bajando la mano hasta sus pantalones, los abrió y, tras sacar los calcetines que aquélla se había metido para marcar paquete, sonrió.

—Me vuelves loco...

—Lo sé —afirmó ella excitada.

Sin tiempo que perder, Can le arrancó los pantalones. A eso le siguieron las bragas y, tras cogerla entre sus brazos, la apoyó contra la pared del reservado para susurrarle mientras se introducía con urgencia en ella:

—¿Así?...

Sonia, al sentir cómo su duro pene entraba en ella, asintió —¡qué placer!—, y él insistió:

—¿Así? Dime, ¿quieres que te empotre así?

Deseosa y totalmente rendida, Sonia asintió de nuevo mientras Can entraba y salía de ella acelerando el ritmo en el reservado sin pensar en nada más. Le importaba poco quién pudiera verlos. Lo único que le importaba en ese momento era la mujer que se deshacía entre sus brazos y que era su mujer.

Capítulo 66

Ǝl viernes por la mañana, Can y Sonia dormían en casa de él cuando sonó el despertador. Rápidamente Sonia lo paró, se arrebujó de nuevo entre los brazos de él y siguió durmiendo, pero entonces la alarma pitó de nuevo. En esta ocasión fue Can quien la paró. Cuando sonó por tercera vez, el comandante susurró mirándola:

—No entiendo esta manía de ponerte varias alarmas y seguir durmiendo.

—Yo tampoco. —Ella sonrió divertida.

—Tú las apagas y sigues durmiendo, pero yo no puedo.

—Ya te acostumbrarás —cuchicheó Sonia al oírlo.

Minutos después, cuando lograron levantarse de la cama y se fueron juntos a la ducha, al salir de ella, Can miró los botes de gel.

—Cielo..., ¿qué tal si los cierras? —sugirió.

—¡Ya estamos otra vez con eso!

—Podrían caerse y derramarse.

Sonriendo, ella replicó:

—¿Los vas a tirar tú?

Can la miró y ella, al ver su gesto, musitó mientras los cogía y los tapaba:

—De acuerdo... Qué especialito eres.

El resto de la mañana lo pasaron paseando con *Chester* y *Medaigual* por el parque. En varias ocasiones, Can recibió mensajes de algunas de las mujeres que tenían su teléfono, pero Sonia no dijo nada. Ése era un tema que debía solucionar él.

Pero cuando el teléfono le sonó a ella y Can vio que era un mensaje de un hombre, cuando iba a protestar, ella indicó mirándolo:

—Ambos tenemos un pasado. Ni yo me voy a enfadar contigo por ello, ni tú conmigo. Ahora bien, nos hemos casado, ambos deseamos tener una vida juntos y, si no queremos que nuestros ex o nuestros celos joroben esto tan bonito que tenemos, creo que los dos hemos de solucionar lo de estas llamaditas para que se acaben. Fin del asunto. ¡Paso de celos! —Según la oyó decir eso, él asintió, estaba totalmente de acuerdo, y entonces Sonia añadió—: A ver si te crees que yo no me doy cuenta de las veces que tu teléfono vibra.

Él sonrió y, parándose en medio del paseo, la acercó a su cuerpo y afirmó antes de besarla:

—Contigo a mi lado, no necesito a nadie más.

* * *

Una hora después, cuando Sonia hubo solucionado unos temas pendientes para la boda de Carol, fueron a su casa a recoger la maleta para viajar a Venecia de despedida de soltera y Can preguntó mirándola:

—¿En serio quieres irte?

Oír eso le hizo gracia. Esa misma pregunta solía hacérsela Ibiza en muchas ocasiones, y, divertida, respondió:

—Es una despedida de soltera. ¿Cómo no voy a querer ir?

Can sonrió al oírla y luego ella indicó:

—Tú también tienes tu despedida con Daryl, ¡pásalo bien! —Can afirmó y Sonia añadió—: ¿En serio quieres quedarte con *Medaigual*? Mira que Ginger se lo queda encantado hasta que regrese el domingo.

Can miró al cachorro. Más bueno no podía ser, a pesar de las sorpresitas que iba encontrándose por la casa, y aseguró:

—Totalmente en serio.

Cuando, dos horas más tarde, llegaron a casa de Carol y Daryl, al entrar en el salón vieron a este último acompañado de un tipo realmente guapo. Can y éste rápidamente se abrazaron, y luego él dijo:

—Sonia, te presento a Dylan Ferrasa. Dylan, ella es mi... mi chica.

Dylan Ferrasa se acercó encantado a Sonia y la abrazó.

—Un placer conocerte.

—Lo mismo digo —respondió ella sonriendo.

Daryl, que estaba al corriente del secreto entre su amigo y aquélla, la miró con una sonrisa y, tras besarla, iba a decir algo cuando Dylan, al observar cómo Can la miraba, dijo curioso:

—¿Puedo preguntarte qué te atrae de un tío tan chulo como éste?

—La verdad... —rio Sonia—, todavía lo estoy pensando.

Eso los hizo sonreír a todos, y en especial a Can; la naturalidad de la joven lo tenía hechizado. Daryl, mirándola, preguntó con una sonrisita.

—Bueno, ¿y qué tal vuestro viaje por Las Vegas?

Al oír eso, Sonia lo miró. Daryl sabía algo. Sólo había que leer su sonrisa y ver cómo Can lo miraba, por lo que contestó:

—¡Sorprendente!

Daryl asintió divertido y luego, suspirando, indicó:

—Las chicas están en el vestidor terminando de hacer la maleta.

Satisfecha, Sonia se despidió de los hombres y se encaminó hacia allí. Según se acercaba, oyó la voz de Carol, que hablaba con alguien, y al entrar, se quedó parada. Allí había una chica rubia a la que había visto en infinidad de ocasiones, y cuando iba a hablar, Carol exclamó:

—¡Sorpresa!

Sonia parpadeó. Aquélla era Yanira, la cantante que tanto le gustaba, y Carol, viendo su gesto, musitó aproximándose a ella:

—Yanira, te presento a Sonia. Sonia, ella es...

—Yanira...

La aludida, acostumbrada a ese tipo de reacciones, se acercó a la joven y la abrazó.

—Encantada de conocerte. Ya me ha dicho Carol que sales con el guapísimo de Can.

Sonia asintió y, a continuación, cuchicheó sin dar crédito:

—Madre mía..., no me lo puedo creer. ¡Eres Yanira!

Carol sonrió y Sonia, al ver que Yanira la miraba, dijo:

—Te lo voy a decir así, del tirón, y ya no te lo repetiré nunca más. Me encanta tu música. ¡Me apasiona! Y hace un año, cuando viniste a Wembley, estuve viéndote con mi hija y mi amigo Ginger y salimos encantados.

Yanira sonrió.

—Un placer saberlo, Sonia.

En ese instante entraron en el vestidor Muskeva, Lola y Priscilla, y se originó un gran revuelo entre todas: besos, abrazos, risas...

Media hora después, al ver la naturalidad de aquéllas, Sonia se sintió como una más. Todas le habían caído muy bien.

Luego, en varios coches, y acompañadas por sus parejas, se dirigieron al aeropuerto. Como siempre, y para pasar desapercibida, Yanira se colocó una de sus pelucas y unas gafas y, por suerte, nadie la reconoció.

Sonia, de la mano de Can, al verlo reír por algo que alguien había dicho, sonrió también. Sentir su apoyo y su cariño al llegar a Londres estaba siendo fundamental.

Como sólo llevaban equipaje de mano, no tuvieron que facturar, y, una vez en la sala de embarque, mientras las demás se despedían de sus parejas, Sonia miró a Can y le preguntó con guasa:

—¿Crees que podrás vivir sin mí hasta el domingo?

Divertido, él sonrió.

—Lo intentaré.

A continuación, la besó y Sonia, consciente de cómo varias de las azafatas que por allí pasaban los observaban con curiosidad, murmuró:

—Nos están mirando.

Eso a Can le daba igual, por lo que repuso:

—Pues que miren. Estoy besando a mi mujer.

Al oír eso, Sonia lo miró alarmada y él, sonriendo, cuchicheó:

—Tranquila. Nadie me ha oído.

Con mimo y delicia, todas las parejas se despidieron, y Carol, deseosa de comenzar a celebrar su despedida de soltera, exclamó:

—Vamos, chicos, ¡adiós! Os tenéis que ir. *Bye, bye! Arrivederci!*

—Carol... —musitó Daryl.

Entonces la joven, al ver la preocupación en el rostro de su hombre, replicó:

—A ver, piloto, que vamos a Venecia con mi familia.

—Eso es lo que más me preocupa —respondió él.

Carol sonrió al oírlo. Daryl adoraba a su familia, a pesar de que los inicios fueron complicados, y ella, que se iba a casar, quería poder celebrarlo con todos aquellos amigos de Italia que no podrían asistir a su boda. Así pues, tras besarlo y verlo sonreír, susurró:

—Aisss..., pero qué jodido tiquismiquis que estás hecho.

Dylan, que sonreía abrazado a su mujer Yanira, dijo entonces mientras le acomodaba la peluca para que nadie la reconociera:

—Ten mucho cuidado, ¿vale, conejita?

Gustosa, ella lo besó y, divertida por ese apodo tan íntimo entre ellos, afirmó:

—Por supuesto, Ferrasa. No lo dudes.

Can, que, como sus amigos, retrasaba el momento de la despedida, al ver a Sonia sonreír por algo que Lola había dicho, preguntó atrayendo su mirada:

—¿A qué hora tenéis el vuelo de vuelta el domingo?

Ella iba a responder cuando Carol, que lo había oído, intervino:

—A las cuatro de la tarde estaremos aquí.

Sonia sonrió al oír eso y, mirando a su chico, matizó feliz:

—Y el lunes a las cinco regresa Ibiza. ¡Me muero por verla!

—Estupendo —asintió Can.

Minutos después, Daryl, Dylan, Can, Dennis y Aiden se miraron entre sí y, suspirando con cierta resignación, se marcharon. Ellas así lo querían y no había otra cosa que hacer.

Una vez que se quedaron solas, las chicas comenzaron a reír cuando el teléfono de Sonia sonó. Era un mensaje de Can, que le decía:

Pásatelo bien y cuidado con
la marihuana. Te mariquiero.

Complacida, rio.

Can le había contado las virtudes de la abuela de Carol con la marihuana, y por ello escribió antes de entrar en el avión y apagar el teléfono:

> ¡Viva la marihuana! Y yo
> te mariquiero también.

Cuando Can lo recibió, sonrió. Ya estaba deseando que llegara el domingo para que regresara a su lado.

Capítulo 67

A su llegada al aeropuerto Marco Polo de Venecia, al no haber facturado equipaje, las chicas salieron enseguida y de pronto Carol exclamó:

—Allí están mi *mamma* y mi hermano Adam.

Todas, encantadas, se acercaron a ellos, que las recibieron con amor, y cuando Prisca vio a su hija Carol sonreír, susurró acercándose para besarla:

—Mi alegría del día eres tú. Qué aura tan preciosa traes, mi amor.

Encantada, Carol la abrazó.

—*Mamma*, cómo me alegro de verte.

Minutos después, una vez que llegaron a los coches que las llevarían hasta la casa familiar, Priscilla murmuró fijándose en uno de ellos:

—¿Es seguro montarse en eso?

Carol sonrió divertida al oírla. Aquel Citroën Mehari blanco y desconchado era un miembro más de la familia, y mirándolo cuchicheó:

—Desde luego, eres la digna hermana de Daryl. Algo parecido dijo él el día que lo vio.

Todas rieron por aquello y Adam, señalando el vehículo, dijo:

—Os presento a *Apolo*. Con este coche aprendimos a conducir todos.

—¡Hola, *Apolo*! —saludó Sonia.

Tras apretujarse en los dos vehículos, se dirigieron hacia la casa de la familia de Carol. Uno detrás del otro, tomaron la via Triestina para después coger la via Orlanda. El grupo iba emocionado, y cuando llegaron a la via Morosina, Carol sonrió. En menos de dos minutos podría abrazar a su *nonna*.

Era de noche, por lo que difícilmente sus amigas podrían apreciar la belleza del lugar, pero, al parar, unos perros comenzaron a ladrar.

—Por Dios, qué preciosidad —comentó Sonia al ver a los enormes mastines.

—Son *Choco* y *Coca* —indicó Carol.

Al oír esos nombres, su amiga la miró y luego Carol cuchicheó divertida:

—Particularidades de mi familia, para horror de mi futuro maridito.

En ese instante se abrió la puerta de la casa familiar y apareció una joven que rápidamente se presentó como Annalisa, la hermana de Carol y, segundos después, una mujer con el pelo verde y una camiseta negra larga hasta las rodillas, que exclamó:

—*Santa Maria della Salute..., Carol! La mia bambina!*

Aquella que gritaba como una loca y reía era la *nonna*, su abuela. Una mujer diferente de la típica abuela que cualquiera pudiera tener.

—Eres toda huesos —gruñó tras besar a su nieta.

—*Nonna!* —Carol rio.

—*Mamma, per favoreeeeeeeeeeeeeeeee!* —protestó Prisca.

Cuando Carol hubo hecho las presentaciones entre su abuela y sus amigas y tradujo todo lo que tanto su madre como su abuela decían en italiano, algunas fueron entrando en la casa.

Sonia lo miraba todo a su alrededor. La oscuridad apenas la dejaba ver nada y Yanira, acercándose a ella, musitó:

—Tiene pinta de ser un sitio muy bonito, ¿verdad?

Sonia asintió y Annalisa preguntó mirándolas:

—¿Os importa compartir habitación?

Sonia y Yanira se miraron y la segunda respondió:

—Para nada.

Oír eso de aquella estrella a Sonia la emocionó, y Yanira, quitándose la peluca, declaró:

—Lo creas o no, soy la tía más normal del mundo, aunque la gente y la prensa se empeñen en decir todo lo contrario.

—Venga, chicas. Vamos a cenar —apremió Carol.

Una vez en el interior de la casa, Sonia vio a Carol parada frente a la chimenea; se acercó a ella y, al comprobar que tenía una foto en la mano en la que se la veía a ella sosteniendo a un bebé junto a un tipo al que no conocía, iba a decir algo cuando Carol susurró:

—Jane.

Sonia miró la foto. Aquél era el bebé fallecido de Carol.

—Era preciosa —musitó.

Ella asintió, y luego dejó la foto donde estaba.

—Nunca podré olvidar el dolor por su pérdida, pero los planes de futuro y tener a Daryl en mi vida me han hecho aprender a sobrellevarlo.

Oír eso a Sonia la hizo sonreír, y a continuación Prisca se acercó a ellas. La mujer siempre estaba pendiente de su hija. Y, al enterarse de que Sonia tenía una hija de ocho años, se interesó por ella. De inmediato, buscando fotos de Ibiza en su móvil, ella se la enseñó y Prisca sonrió emocionada. ¡Aquella pequeña morenita era preciosa!

Esa noche cenaron todos en casa. La *nonna* les había preparado un montón de especialidades de la cocina italiana, a cuál más rica, y cuando terminaron Sonia musitó:

—Creo que no había comido tanto en mi vida.

Divertidas, rieron por aquello, y la *nonna*, dejando un plato sobre la mesa, preguntó:

—¿A quién le gustan las gominolas?

De inmediato, Carol tradujo las palabras de su abuela al inglés y todas sin excepción cogieron unas cuantas, que masticaron gustosas, hasta que Carol preguntó mirando a su abuela:

—*Nonna*, ¿de qué son?

Feliz y encantada, la mujer repuso entonces:

—Marihuana.

—*Nonna, per favoreeeeeeeeeee* —gruñó Annalisa.

Según dijo eso, todas se quedaron inmóviles. Habían entendido lo que la anciana había dicho. ¿Gominolas de marihuana?

Estaban advertidas acerca de los *brownies* y el ron blanco, pero no de las gominolas; sin embargo Sonia, divertida, dijo cogiendo otra:

—Pues están muy ricas.

Todas soltaron una risotada y Carol, mirando a su abuela, cuchicheó entonces con complicidad:

—Le llevaré algunas a Daryl, ¡seguro que le encantarán!

La mujer se carcajeó y no dijo más. Sin duda al comandante Daryl Michael Simmons le gustarían mucho, sí.

Estaban disfrutando de la velada cuando se oyó el ruido de un motor y Prisca indicó mirando a su hija:

—Es mi amiga Adelina, que viene a hacernos un *tuppersex*.

—*Mammaaaaaaaaaa, per favoreeeeeeeeeeeeee* —protestó Annalisa.

Prisca miró a su hija sonriendo, y la *nonna* terció:

—Cariño..., sigo pensando que tienes poco sexo.

—*Nonnaaaaaaaaaaaaa* —gruñó Annalisa.

Diez minutos después, todas se morían de la risa al ver los artilugios sexuales que Adelina les enseñaba.

Sorprendidas, tanto Sonia como Yanira eran testigos de cómo la madre y la abuela de Carol, para horror de Annalisa, hablaban de sexo con normalidad. Incluso confesaron sin ningún tipo de pudor que disfrutaban de alguno de los juguetitos que Adelina vendía.

A las tres de la madrugada, la divertida sesión de *tuppersex* acabó y todas se retiraron a sus habitaciones. Estaban agotadas y algo colocadas por las gominolas de marihuana.

* * *

El sábado, cuando se levantaron, la *nonna* ya estaba en marcha. Aquella mujer con el pelo verde tenía una vitalidad increíble, y todas la ayudaron a organizar el fiestón que había planeado.

Durante el día, Sonia recibió varios mensajes de Can, que se preocupaba por ella y quería saber si estaba bien. Divertida, ella le respondía enviándole fotos, y recibirlas a Can le daba la vida y lo hacía sonreír.

A las seis de la tarde, una vez que estuvieron vestidas informalmente pero arregladas, comenzaron a llegar los invitados a la fiesta de Carol y la banda de roqueros, subiéndose al improvisado escenario que la *nonna* había instalado en el enorme patio trasero de la casa, comenzó a tocar. Yanira, como siempre, se puso una de sus pelucas. Al haber gente externa era mejor que no la reconocieran. Si lo hacían, no podría disfrutar de la fiesta, y ella quería pasarlo bien.

Sobre las nueve de la noche la fiesta estaba en pleno apogeo. Comían, bebían y se divertían. Los amigos roqueros de la *nonna* y la madre de Carol eran increíbles. Con ellos la diversión estaba asegurada y, bailando y sin que la fiesta decayera en ningún momento, llegaron las doce de la noche.

Metidas en juerga, las chicas finalmente decidieron probar los *brownies* de marihuana y, cuando el ron blanco llenó sus vasos, Carol, divertida, supo que ya estaban perdidas.

A las tres de la madrugada Yanira, acalorada, se quitó la peluca y se subió al improvisado escenario junto con Sonia para cantar a sus anchas, mientras Carol, Muskeva y Lola bailaban como descosidas. Por suerte, los amigos de la *nonna*, al no conocer la música de Yanira, no la identificaron, aunque sí comentaban lo bien que cantaba.

Sonia, animada, cogió una guitarra y comenzó a tocarla. Los amigos de la *nonna* aplaudían. ¡Pero qué bien tocaba la guitarra aquella muchacha!

En un momento dado, Lorenzo y Antonio, dos italianos de ascendencia española, empezaron a tocar unas rumbitas con sus guitarras y allí se desató la locura. Yanira, española, Carol, medio española, y Sonia también. Y entonces la primera le preguntó a Sonia si conocía cierto tema que sabía que a Carol le encantaba. Se trataba de una canción española con el título *A mi manera*, que interpretaba un grupo llamado Siempre Así.

Sonia asintió de inmediato. ¡Claro que sí!

Lorenzo y Antonio también la conocían y, divertidas, Carol, Yanira y Sonia, subidas al escenario, se lanzaron a cantarla mientras aquéllos las acompañaban con sus guitarras y Lola las grababa muerta de risa.

Una canción. Dos. Cuatro.

Una foto. Tres. Veintiséis.

Un chupito de ron blanco de marihuana. Cuatro. Ocho.

La juerga que se organizó fue colosal, y el colocón gracioso que se pillaron, bestial.

A las siete de la mañana, una vez acabada la fiesta y tras llevar a Priscilla y a Muskeva a la cama en volandas, Sonia, Carol, Yanira y Lola se sentaron fuera de la casa a tomar el fresco. Lo necesitaban.

—Llevaba tiempo sin disfrutar de una fiesta tan loca —cuchicheó Yanira.

Carol sonrió y, dándole un trago a una botella de agua que luego le pasó a Sonia, comentó:

—A Daryl le encantan las fiestas de mi familia.

Al decir eso, todas comenzaron a reír. Y Carol, con su gracia habitual, les relató lo ocurrido entre Daryl y ellos la primera vez que él estuvo en aquella casa. Cuando terminó, todas se revolcaban de la risa, y ella afirmó:

—Aun así, ¡nos casamos dentro de unos días!

Al oírla, Lola musitó:

—Carololaaaaaaaa, ¡que vamos a ser cuñadas oficialmente!

—¡Ya te digo, Lolorola! —contestó ella encantada.

Durante un buen rato las cuatro hablaron de mil cosas, se contaron mil anécdotas, hasta que entre risas Lola aseguró:

—Os lo juro.

Sorprendidas, las otras tres la miraron y Lola, desinhibida, insistió:

—Según el médico que lo atendió, le hice un desgarro en la túnica albugínea. En cristiano, ¡que le fracturé el pene!

Sin dar crédito, todas la observaban cuando Lola cuchicheó riendo:

—Me quería morir...

—¿Y cómo hiciste eso? —preguntó Sonia curiosa sin poder parar de reír.

Lola, carcajeándose como las demás, indicó al recordarlo:

—Pues, chica, momento de pasión, locura, me senté sobre él, me dejé llevar y, ¡zas!, ¡se la tronché!

Todas arrugaron horrorizadas la cara, pero Lola aclaró:

—Por suerte, con hielo, reposo, antiinflamatorios y analgésicos, el tema se solucionó. Y, hoy por hoy, ¡sigue siendo mi *machoman*!

De nuevo todas rieron y Carol, recordando algo, preguntó dirigiéndose a Sonia:

—Por cierto, ¿qué tal en Las Vegas con Can?

Al oír eso, ella sonrió, pero, mirándola, indicó:

—Nadie de su familia sabe que Can y yo hemos estado juntos en Las Vegas, por lo que, por favor, ¡no lo mencionéis delante de ellos en la boda!

—¿La familia de Can no sabe que salís? —dijo Lola.

—No.

—¡Qué buen rollito! —bromeó Yanira. Todas sonrieron por aquello, y luego ésta dijo—: Pues mi amigo Luis Miguel está actuando en Las Vegas.

Al oír eso, Sonia la miró y quiso saber:

—¿Es tu amigo? —Yanira rápidamente asintió y ella susurró—: Can y yo estuvimos viéndolo. Pero no encontramos entradas, así que ¡nos colamos!

—¿Que os colasteis? —preguntaron las tres al unísono.

Sonia asintió, y Carol afirmó muerta de la risa:

—No quiero ni imaginarme la cara de Can.

—¡Memorable! —se mofó Sonia divertida.

Estaban riendo por aquello cuando Yanira susurró:

—¡Las Vegas! Madre mía, ¡qué recuerdos me trae esa ciudad! —Según dijo eso, todas la miraron y a continuación ella contó—: Dylan y yo, tras separarnos, volvimos a casarnos en Las Vegas.

—Nooooooooooo —musitó Sonia sorprendida.

Yanira afirmó con la cabeza y, al ver cómo la miraban todas, murmuró:

—Con lo serio que es, él fue vestido de Indiana Jones, yo de señorita Mao, en plan *puticienta*. —Más risas—. Y mis amigas, que fueron las testigos, Coral fue de Lara Croft; Valeria, de Tormenta, la de los X-Men, y Tiffany, de Supergirl. ¡Fue divertidísimo!

Lola asintió, sin duda tuvo que ser divertido, pero entonces Yanira terció levantándose:

—Chicas, no puedo más. Necesito dormir.

—Yo también —convino Lola.

Una vez que ellas se marcharon, Sonia, que tenía a su lado un platito de gominolas, se metió una en la boca y Carol comentó mientras masticaba otra:

—Ginger me llamó el otro día para confirmarme que todos los preparativos para la fiesta de después de mi boda están listos.

—¡Será genial! Ya lo verás. —Sonia sonrió.

Encantada, Carol afirmó:

—Lo sé.

Durante un par de segundos permanecieron calladas, y luego esta última susurró:

—Las Vegas... Daryl y yo también estuvimos allí.

De nuevo el silencio las rodeó y entonces Sonia, sin poder contenerse, soltó:

—Nos hemos casado. —Según oyó eso, Carol la miró, y ella indicó—: Can y yo.

Su amiga parpadeó. Luego abrió mucho los ojos y exclamó:

—Pero ¿qué me estás contando?

Sonia se sacó el teléfono móvil del bolsillo del pantalón y, tras buscar unas fotos, dijo enseñándoselas:

—Nos casó Jon Nieve, en una boda temática a lo *Juego de tronos*.

Boquiabierta, Carol observaba las imágenes sin creer lo que veía y, cuando llegó a la última, cuchicheó mirando a Sonia:

—¿Lo estás diciendo en serio?

—Sí.

—¿Can y tú os habéis casado? —Sonia asintió de nuevo y Carol, abriendo los brazos, la estrechó contra sí y exclamó—: ¡Enhorabuenaaaaaaaaaaaaa!

Sonia rio.

—Diosssssssssssss, ¡Can me va a matar! Es un secreto y no debería habértelo contado. Por favor..., por favor..., no digas nada. Él me pidió que guardáramos el secreto hasta que se lo dijera a sus padres.

Carol asintió y, pensando en el padre de aquél y en las cosas que en ocasiones Daryl le contaba, observó:

—Creo que con Ayaz lo vais a tener complicado.

Sonia se encogió de hombros y, evitando pensar en ello, repuso:

—Creo que Daryl ya lo sabe.

—¿Daryl? —preguntó Carol.

—Sí.

—¡¿Mi Daryl?!

—Tu Daryl —dijo Sonia.

La futura novia parpadeó e insistió:

—¿Que lo sabe y no me lo ha contado a mí?

Sonia, al ver su cara, replicó:

—A ver, no dramaticemos, creo que lo sabe, pero no te lo puedo asegurar.

—En cuanto volvamos te lo confirmo o te lo desmiento —dijo Carol—. ¡Ya lo verás!

Ambas rieron y entonces Sonia propuso que se hicieran una foto. Terminaron haciéndose unas cuantas, y cuando sacaron una levantando un dedo en el aire con expresión retadora, Carol propuso:

—¿Se la enviamos a Can y a Daryl?

Sonia aceptó encantada.

—Esta foto sacará al tiquismiquis de sus casillas —cuchicheó Carol.

Ambas rieron y ésta, aún emocionada por lo de la boda, musitó:

—Pero, por favor..., ¡qué notición! Enhorabuena... ¡Qué maravilla de boda! Estoy tan felizzzzzzzzzzzz por vosotros.

Complacida por haber podido compartir aquello con ella, Sonia sonrió a su vez.

—Tan feliz como yo.

Capítulo 68

El domingo por la tarde, cuando el avión procedente de Venecia tomó tierra en el aeropuerto de Gatwick con dos horas de retraso, las chicas se dirigieron a una de las salas de High Drogo. Daryl le había escrito a Carol para decirle que las esperaban allí.

Al entrar, Sonia se fijó en Can. Iba vestido de calle, con el pelo suelto, y estaba muy sexy. Increíble. Hablaba con un par de mujeres y, sin moverse, lo observó.

Aquél, que aún no se había percatado de su presencia, era su marido, el hombre con el que se había casado. De pronto él levantó la mirada y la vio, y su sonrisa se ensanchó mientras se oía a Daryl decir acercándose a Carol:

—¿Has tenido tú algo que ver con el retraso del avión?

Carol sonrió. Su falta de puntualidad era del dominio público, y, abrazándose a él, afirmó:

—Por supuesto. No lo dudes.

Can caminó gustoso hacia Sonia y, una vez a su lado, la abrazó y la besó.

—¿La fotito retadora de esta madrugada era por algo?

Al oír eso, la joven sonrió.

—Sólo para que supieras que me estaba acordando de ti —respondió.

Divertido, él la besó de nuevo y susurró haciéndola reír:

—*Halleloo!*

Carol y Daryl, que, como el resto de las parejas, se habían reencontrado, se besaban cuando Carol se sacó del bolsillo una cajita y dijo:

—Cariño, te he traído algo.

Daryl miró aquello que la joven le entregaba y, al abrirlo y ver las gominolas, sonrió: le encantaban. Así pues, se metió una en la boca y al masticarla preguntó:

—¿De qué son?

—De marihuana —contestó Carol mirándolo con picardía.

Según oyó eso, Daryl dejó de masticar, pero al ver la risa de aquélla, tragó lo que tenía en la boca y cuchicheó:

—Moñitos..., mira que te gusta llevarme al límite.

Divertida por aquello, asintió y, sin dejar de mirarlo, preguntó:

—Por cierto, cariño, ¿por qué no me lo habías dicho?

Sin entender a qué se refería, Daryl susurró:

—¿El qué?

Dispuesta a saber si conocía el secreto que Sonia le había contado, lo miró parpadeando e insistió:

—¿Tú qué crees?

Ver su expresión y el modo en que lo miraba le hizo saber que Carol lo sabía. Entendió entonces la foto que aquéllas le habían enviado de madrugada, y, metiéndose otra gominola en la boca, dijo:

—Oye..., ¡están buenas!

Eso no hizo que el gesto de Carol cambiara, y finalmente Daryl aseguró resoplando:

—Can me hizo prometer que no se lo contaría a nadie. Y en ese nadie estabas incluida tú...

Sonriendo, Carol lo besó para acallarlo y, mirándolo, se guardó las gominolas.

—Debemos guardar el secreto —señaló.

Daryl sonrió y asintió. Eso era lo mejor.

Instantes después, cuando Sonia y Carol se miraron, la última, guiñándole el ojo, afirmó con disimulo:

—¡Confirmado! Lo sabe.

Sonia parpadeó. ¿Y luego Can se enfadaba porque se enterasen sus amigos?

—Pero qué alegría encontrarte aquí —dijo de pronto alguien a su espalda.

Al volverse, Can rápidamente saludó sin soltar la mano de Sonia:

—Hola, papá.

Ayaz Drogo se paseaba de vez en cuando por sus oficinas. Le gustaba estar al día de todo lo que se cocía, y al saber que su hijo andaba por allí, había ido a verlo. Sin embargo, se quedó sorprendido al entrar en la sala y ver a Can de la mano de aquella mujer. ¿Quién era y... de qué le sonaba?

Ella, al percibir cómo la miraba, no supo qué decir. Y entonces Can intervino:

—Papá, ¿te acuerdas de Sonia?

Ayaz intentó localizarla en su mente y, al no hacerlo, su hijo indicó:

—La última cena que organizasteis fue en casa de sus padres y...

—Ah, sí, eres la hija díscola de Charles y Albany Beched, la que hace siempre lo que le viene en gana.

Eso hizo sonreír a Sonia, que replicó:

—Le ha faltado añadir eso de «la madre soltera».

A Can no le gustó oír eso. Que su padre recordara aquello de Sonia y ésta le respondiera de esa manera no facilitaría el tema del que tenía que hablar con él.

—¿Has hablado con tu madre? —dijo entonces Ayaz.

Can asintió.

—Sí. Y ya le he dicho que no.

—¿No vas a venir mañana a la cena?

—No.

Ayaz, ignorando a Sonia, añadió:

—He de decirte que en esta ocasión la chica lo merece. Por casualidad, el sábado estaba cenando con unos amigos en un restaurante turco y coincidí allí con Ali Asaf, un buen amigo mío de los tiempos de la universidad en Turquía. Y..., bueno, resulta que es el dueño de una gran cadena de hoteles europea: Samboria, ¿te suena?

Can asintió.

—Sí, papá. Sé qué cadena hotelera es.

—Pues bien, hablando con él, resulta que tiene una hija soltera llamada Melek. Vi una foto de ella y es preciosa. Tiene tres carreras, habla cuatro idiomas, es una chica discreta, culta y elegante, y lleva la dirección de la cadena junto a su padre.

—Mira...

—Piénsalo, Can —insistió él—. Melek es lo que siempre habíamos buscado para ti. Es bonita, tradicional, lista. Lo tiene todo. Y la fusión de High Drogo con Samboria podría ser algo muy beneficioso para todos nosotros. Especialmente para ti.

Sonia trató de permanecer impasible. Oír eso no le estaba haciendo ninguna gracia. ¿En serio aquel hombre le estaba vendiendo de aquella manera a la tal Melek para fusionar las dos empresas?

Can, que opinaba lo mismo que ella, se sintió incómodo y deseó cortar aquello de raíz.

—Se lo he dicho a mamá y te lo digo a ti: no voy a ir a esa cena —replicó y, mirando a Sonia, añadió—. Es más, papá. Tengo que decirte algo y...

—¿Qué te parece si cenamos esta noche juntos y lo hablamos? —lo cortó su padre.

Can asintió y, deseoso de solucionar de una vez por todas ese problema, dijo:

—A las nueve en O'Connor. Yo reservo.

—¡Perfecto!

Entonces Ayaz volvió a mirar a Sonia e indicó con seriedad:

—Saluda a tus padres de mi parte.

Y, dicho eso, tras tocar a su hijo en el brazo, dio media vuelta y se marchó, y en ese momento Daryl se acercó a la pareja.

—Vamos a mi casa, ¿os venís? —propuso.

Sin saber qué responder, Sonia miró a Can y entonces él dijo:

—Vamos a casa de Sonia a dejar la maleta y a que se duche. Luego he quedado con mis padres para cenar.

Al ver su expresión, Daryl intuyó lo que iba a pasar, y preguntó:

—¿Todo bien?

Can asintió y, sonriendo, se retiró el pelo de la cara y agarró a Sonia por la cintura.

—Por supuesto —afirmó.

Cinco minutos después, Sonia y él, tras despedirse del grupo, se encaminaron hacia su coche.

Capítulo 69

A las ocho y media, cuando Can y Sonia se dirigían hacia el restaurante O'Connor, estaban en tensión. Iban a reunirse con los padres de él, y algo les decía que lo que iban a oír no les iba a gustar.

—¿Qué piensas? —le preguntó ella mirándolo.

Can suspiró al oírla y ésta, incapaz de callar, dijo:

—¿Puedo decir lo que opino sin que te enfades?

El comandante asintió. Lo iba a hacer le gustara o no.

—Sinceramente —la oyó decir entonces—, no entiendo cómo tus padres insisten en presentarte a una mujer cuando tú ya les has dicho que no te interesa. Es más, según lo decía tu padre, me daba la sensación de que te la estaba vendiendo, sin saber lo que esa chica desea.

Can asintió.

—No conozco a Melek —repuso—, pero por la manera de hablar de mi padre, intuyo que es la típica muchacha turca y sumisa que se casará con quien su padre diga.

—Qué triste —musitó Sonia y, mirándolo, añadió—: ¿Tu padre quiere eso para ti? ¿Acaso no quiere tu felicidad?

—Él cree que así me da la felicidad. Es muy tradicional.

Sonia parpadeó y, consciente de lo que ocultaba, acto seguido soltó:

—Tradicional para según qué cosas...

Can la miró.

—¿A qué viene eso?

Consciente de su metedura de pata, pensaba qué contestar cuando él preguntó:

—¿Por qué no me habías dicho lo de mis hermanas?

Según oyó eso, Sonia lo miró y él, encontrando un sitio para aparcar el vehículo, añadió:

—Ayer Raissa y Amina vinieron a mi casa y, además de contarme lo que les pasaba, me dijeron que tú lo sabías.

Sonia suspiró.

—Vale. Lo admito. Lo sabía. Pero...

—¿Y por qué no me lo dijiste? ¿Cómo has podido estar conmigo estos días y no decirme que Amina está embarazada y Raissa y tu hermana quieren casarse?

Al ver su enfado, Sonia cogió aire y luego respondió:

—Si no te dije nada fue porque no me correspondía a mí contarlo. Eran ellas quienes debían hacerlo. Son sus vidas, no las mías. Y yo soy de las que respetan la vida de los demás, y en especial sus secretos y...

—Sí, como el nuestro —la cortó—, que lo saben todas las Ladies, ¿no?

—Can...

—¿Ocultas algún secreto más?

Al oírlo decir eso, a Sonia se le revolucionó el cuerpo. Contarle lo que sabía de su padre y Reina Negra sólo jorobaría más la situación, y no contestó. Can estaba enfadado, nunca lo había visto así, y lo estaba pagando con ella. Y, sin querer descubrir a Daryl o ella tendría que descubrir a Carol, respondió:

—Mira, sé que puedes estar enfadado por muchas cosas, pero lo que no entiendo es por qué estás discutiendo conmigo. Vale, no te conté lo de tus hermanas, pero ellas me dijeron que les guardara el secreto.

Can asintió. Y, una vez que aparcó el vehículo, la miró y susurró:

—Lo siento.

Sonia no se movió y él, acercando su rostro al de ella, musitó:

—Me estoy comportando como un imbécil. Perdóname. Pero de pronto me veo metido en tres problemas que contarles a mis padres y, la verdad, me estoy agobiando mucho.

Sonia asintió, entendía lo que decía; entonces, mirando hacia el exterior, preguntó:

—¿Ésas no son Raissa y Amina?

Can asintió al ver a sus hermanas en la puerta del restaurante.

—Sí. Las he llamado mientras te cambiabas de ropa. Ellas, como yo, tienen algo que contarles a mis padres, y lo haremos todos juntos. Así el disgusto será todo de un tirón.

—Pero ¿yo qué pinto aquí?

Al oír eso, Can la miró.

—¿Cómo que qué pintas tú aquí? —Sonia no respondió y él añadió—: Eres mi mujer, la mujer con la que me he casado, ¿te parece poco?

Ojiplática, ella no sabía qué decir, y Can, acercando su boca a la de ella, susurró:

—Te quiero. Y no sabes cuánto me joroba que este momento bonito que estamos viviendo se ensombrezca por todos los problemas de mi familia, cuando debería ser un tiempo de alegría para todos, porque por fin he encontrado a la mujer de mi vida.

Satisfecha al oírlo, Sonia musitó sonriendo:

—Eres tannnn monoooooooo...

Can la besó con una sonrisa y luego dijo:

—Venga, salgamos.

Cuando lo hicieron, la primera en verlos fue Amina, que los miró sorprendida. Can y Sonia caminaban cogidos de la mano y, al acercarse a ellas y ver cómo los observaban, él declaró ocultando parte de la información:

—Sí, estamos juntos, ¿pasa algo?

Encantadas, Amina y Raissa abrazaron a la joven. Nada las hacía más felices que su hermano estuviera con ella, y Raissa indicó mirándola:

—Seremos cuñadas por partida doble.

Sonia sonrió y Can, viendo la felicidad en el rostro de las tres, propuso:

—Vamos, entremos. Quizá papá y mamá ya hayan llegado.

De los nervios, Sonia cogió la mano del que era su marido y, al entrar en el restaurante, rápidamente localizó al padre de Can. Estaba solo, al fondo de la barra. Sorprendido, él se los quedó mirando a todos y, cuando se acercaron, preguntó:

—¿Qué hacen ellas aquí?

—Papá, Raissa y Amina también quieren hablar contigo —repuso Can—, y Sonia viene conmigo.

Ayaz las miró. Después miró a Sonia y, antes de que dijera algo, Amina preguntó:

—¿Dónde está mamá?

—Vuestra madre no viene —contestó Ayaz.

—¡¿Cómo?! —preguntaron los tres hermanos al unísono.

El hombre asintió.

—Creí que iba a ser una cena entre Can y yo y no le he dicho nada, no era el día. —Ellos se miraron y Ayaz añadió—: Y, mira, ahora me alegro de no haberle dicho nada. Está claro que si hubiera venido hoy habría regresado a casa tremendamente disgustada, porque algo me dice —indicó mirando a Amina— que lo que me vais a contar no me va a gustar.

Instantes después, en silencio, los cinco se dirigieron hacia la mesa que Can había reservado y, una vez que se sentaron e hicieron el pedido al camarero, Ayaz soltó a bocajarro dirigiéndose a Amina:

—¿Con quién te casas esta vez?

Al oír eso, la joven lo miró y, sin dudarlo, respondió:

—Con nadie. Pero estoy embarazada y he decidido ser madre soltera.

—¡¿Qué?!

Sin achantarse ante su gesto de horror, Amina añadió:

—Sí, papá. Voy a tener un bebé dentro de seis meses y lo voy a tener sola.

Ayaz parpadeó, aquello era una locura, y Raissa, siguiendo la estela valiente de su hermana, soltó:

—La que se casa soy yo.

Can tomó aire cuando su padre preguntó boquiabierto:

—¿Y con quién te casas tú?

Raissa sonrió.

—Con Brooke, la hermana de Sonia.

—¡¿Qué?! —bufó él—. Pero...

—Sí, papá, soy lesbiana. Toda mi vida me he sentido atraída por las mujeres, pero sabía que decírtelo sería un problema, por lo que lo oculté. No obstante, me he enamorado, me voy a casar y creo que debes saberlo.

A Ayaz se le entrecortó la respiración. No esperaba nada de todo aquello y, llevándose las manos a la cabeza, musitó:

—Por Dios..., qué vergüenza. Qué deshonra para la familia.

—Papá... —musitó Can.

Pero él insistió con el gesto desencajado:

—La una, madre soltera, y la otra... la otra...

—Lesbiana, papá. Se dice *les-bi-a-na* —afirmó Raissa con convicción.

Can miró a su padre. Lo conocía. Si aquello se hubiera revelado en su casa, ya estaría gritando como un energúmeno. Viendo su rostro enrojecido, musitó:

—Papá, estamos en el siglo XXI y...

—¡Cállate, Can! —siseó Ayaz.

—No me mandes callar. No soy un niño —replicó él enfadado.

Sonia, sin moverse, los miraba cuando el hombre, intentando no levantar la voz, añadió:

—A vuestra madre os la cargáis con esto. Os hemos mimado demasiado. Os hemos consentido aún más. Nunca os ha faltado de nada..., ¿y nos lo pagáis así? ¿Avergonzándonos?

—Papá...

Ayaz dio un trago a su copa de vino para aclararse la garganta y luego soltó:

—No lo acepto. No acepto ni que tú seas madre soltera ni que tú seas... seas... lesbiana. Y en cuanto a lo de decírselo a vuestra madre ya podéis pensarlo bien, porque yo no lo voy a hacer. Enterarse de esto la impresionará, y ya sabéis cómo le afectan los disgustos.

Can, Raissa y Amina se miraron. Desde que su hermana Alina murió y a su madre le dio un amago de infarto, todos la cuidaban mucho.

—Escucha, papá... —terció entonces Raissa.

—¡Ya no soy tu padre!

En silencio, Sonia no daba crédito a lo que estaba oyendo. Aquél, que criticaba y no aceptaba las vidas de sus hijas, ocultaba un gran secreto.

Pero ¿qué le ocurría?

¿Por qué lo hacía?

—Papá, por el amor de Dios —gruñó Can al oírlo—. ¿Qué tontería es ésa?

Pero él, enfadado, miró a su hija Raissa y sentenció:

—Si decides seguir adelante con tu sucia vida de depravación con otra mujer, olvídate de mí, de tu madre y del dinero de la familia.

—Joder —musitó Sonia en español totalmente alucinada mientras daba vueltas a su teléfono móvil en las manos.

Amina parpadeó. Aquello que decía su padre era horroroso y, cogiendo la mano de su hermana, indicó:

—Pues si no eres el padre de Raissa, tampoco serás el mío ni el abuelo de mi bebé.

Ayaz sonrió con acidez.

—Nunca habéis sido unas hijas ejemplares —replicó—. Tampoco pierdo mucho.

Can lo miraba molesto. Pero ¿qué estaba diciendo? Y, sin importarle dónde estaban, comenzó a discutir con él.

Raissa, Sonia y Amina se miraban. Estaba claro que su padre nunca se lo pondría fácil. La primera, levantándose, dijo:

—Can, discúlpame, pero me voy. No tengo hambre.

—Y yo me voy contigo —indicó Amina poniéndose asimismo en pie.

Can miró a sus hermanas, las entendía, y cuando aquéllas ya se alejaban, preguntó dirigiéndose a su padre:

—¿En serio, papá? ¿De verdad que esto va a ser así?

Ayaz no contestó y Can, levantándose, fue tras sus hermanas para tranquilizarlas.

En cuanto se quedaron Ayaz y Sonia solos en la mesa, éste preguntó con gesto agrio:

—¿Y tú qué haces aquí con mi hijo?

Sin importarle su cara de desprecio, la joven iba a contestar cuando Ayaz soltó:

—He criado a un hombre de provecho con la esperanza de que un día conozca a una buena mujer que le haga tener un hogar, unos hijos y le facilite la vida. Y, perdona, pero tú, una madre soltera, no eres precisamente lo que quiero para él.

Sonia asintió y replicó:

—Soy madre y sin duda quiero lo mejor para mi hija. Creo que por ser su madre puedo y debo aconsejarla, sugerirle o asesorarla en muchos aspectos de la vida en los que me necesite. Pero si algo tengo claro es que Ibiza tendrá la completa libertad de enamorarse de quien ella quiera, no de quien yo decida. Y en cuanto a si no soy lo que usted siempre quiso para Can, ése es su problema, porque aquí el que decide es él, no usted.

—¡Qué sabrás tú, con la vida que llevas y el ejemplo que te dan!

Al oír eso, Sonia levantó una ceja.

—Tenga cuidado con lo que dice o...

—Me he informado de la vida que llevas. —Y, sonriendo con maldad, añadió—: Y la que lleva tu madre.

Oír eso la incomodó. Que aquel tipo se atreviera a criticar a su madre, con lo que él callaba, era ya mucho, y viendo a Can despedirse de sus hermanas soltó:

—Eso lo dice usted, el hombre tradicional de doble moral...

Ayaz la miró con intensidad y Sonia, enfadada, siseó sin filtro:

—Le voy a dar un consejito: permítase comentar la vida de los demás cuando la suya sea un ejemplo.

—¿A qué te refieres? —preguntó Ayaz.

Sonia calló, decirle lo que sabía sería fácil. En ese momento Can llegó hasta ellos. Se sentó y, cuando iba a decir algo, Ayaz, todavía intentando entender por qué Sonia le había dicho aquello, soltó con maldad:

—Imagino que a ti, que eres madre soltera y llevas una vida inapropiada, te parecerá bien esa boda con tu hermana y lo del hijo ilegítimo de Amina, ¿verdad?

Sonia, consciente de su mala baba, afirmó:

—Por supuesto que sí.

Can clavó la mirada en su padre. Estaba claro que iba a ir a por ella y, seguro de sí mismo, susurró:

—Si no quieres que yo me levante de la mesa y me vaya como han hecho Amina y Raissa, empieza a controlar tus comentarios con respecto a Sonia desde ¡ya!

El camarero llegó hasta la mesa con varios platos y, al ver que faltaban dos comensales, los miró y Can se apresuró a explicar:

—Han tenido que irse por una urgencia familiar. Por favor, anule el resto de la comanda que ellas habían pedido.

El camarero asintió y, cuando se retiró, Sonia, que necesitaba unos segundos para tranquilizarse, toqueteó unos botones en su móvil y, tras dejarlo boca abajo sobre la mesa, indicó mirando a Can:

—Ahora vuelvo. He de ir al baño un segundo.

Una vez que se alejó de allí, Sonia pudo respirar aliviada; la incomodidad que le creaba aquel hombre era extrema. Se metió en el baño, abrió el grifo y se refrescó con agua la nuca.

Sin poder evitarlo, recordó cada palabra suya. ¿Cómo podía hablarles así a sus hijos?

Permaneció apoyada unos minutos en la encimera del lavabo y, cuando sintió que ya tardaba demasiado en regresar, tomó aire y salió del baño. Al entrar en el salón, se quedó sorprendida al ver a Can solo y pensativo sentado a la mesa.

Rápidamente se acercó a él.

—Le he dicho que nos hemos casado —contó éste.

—¡Ay, Dios!

—Como era de esperar, se ha marchado enfadado.

Sonia asintió apurada. Can, agobiado, se sirvió un vaso de agua, y en ese momento Sonia cogió el móvil, paró la grabación y lo guardó en el bolso. Más tarde escucharía lo que aquéllos habían hablado.

Cuando Can soltó el vaso, Sonia se disponía a acomodarse en su silla, pero él la agarró de pronto y la sentó sobre sus piernas.

—Lo siento —dijo—. Siento que esto...

—Eh... —musitó ella con cariño—. Tú no tienes que sentir nada.

—Pero mi padre...

—Tu padre —lo cortó— ha reaccionado como lo hará mi madre cuando se entere. En mi caso, he vuelto a hacer algo que a ella le molestará, no por haberme casado contigo, sino por haberlo hecho en Las Vegas, ¡como las cabareteras! Y, en tu caso, has hecho algo que tu padre nunca habría esperado de ti. Dale tiempo. Tengo experiencia en eso y te aseguro que, mejor o peor, al final tu padre sabrá procesarlo.

Can sonrió y, no muy convencido, preguntó:

—¿Tú crees?

Sonia le devolvió la sonrisa.

—Por supuesto —afirmó.

A él siempre le había gustado su positividad y, tras darle un dulce beso en los labios, susurró:

—Sabes que te quiero, ¿verdad?

A Sonia le encantó oírlo decir eso. Y, dichosa por el bonito momento que vivía, a pesar de los pesares, aseguró:

—Tanto como que yo te quiero a ti.

* * *

Esa noche, cuando Can se quedó dormido, Sonia se levantó con sigilo de la cama, cogió su móvil y, saliendo al salón, se sentó en el sofá. Jamás habría pensado que utilizaría aquel truquito del teléfono móvil que le enseñó Ginger. Pero allí estaba, dispuesta a escuchar una conversación grabada entre Can y su padre. Por ello, sin pensarlo dos veces o al final no lo haría, le dio al botón de reproducir.

Ayaz, con su voz exigente, le recriminaba a Can la presencia de Sonia en el restaurante. Sin pelos en la lengua, aquel tipo le hablaba en términos no muy bonitos de la madre de ella y se permitía insultar a su padre llamándolo «cornudo». ¡Tendría poca vergüenza! ¿Cómo podía decir aquello cuando él llevaba aquella doble vida?

De ella también decía cosas terribles. Según él, era una vividora, una mujer nada recomendable y una vergüenza como madre soltera. ¿Acaso Can iba a cargar con una hija que no era suya? Oír eso a Sonia la hizo temblar de rabia. Si lo hubiera dicho delante de ella, la que habría montado habría sido buena. Y, por último, lo oyó meterse con su físico. ¿Adónde iba Can con una mujer así, pudiendo tener a la que él quisiera?

Sonia se dio aire con la mano. Oír eso era indignante, y más cuando Ayaz, con voz desagradable, le recordó a su hijo que él se merecía una mujer de buena familia, lista, íntegra, decente y, por supuesto, de bandera, algo que, según él, Sonia ni era ni sería.

Escuchar sus duras palabras no le estaba resultando fácil, pero entonces la voz de Can lo cortó y, con la misma agresividad que él, le puso los puntos sobre las íes. Defendió a sus padres. Sacó la cara por ella y por Ibiza y, en lo referente a su físico, le aseguró que no había mujer en el mundo más perfecta y que por eso se había casado con ella en Las Vegas.

A partir de ese instante, ya no se oía nada más. Sin duda Ayaz ya se había levantado y marchado del restaurante.

Bloqueada y con las pulsaciones a mil, miraba el teléfono cuando oyó a su espalda:

—¿En serio?

De inmediato se volvió y, al ver a Can a escasos pasos de ella, no supo qué responder.

—¿En serio nos has grabado? —insistió él enfadado.

Sonia dejó entonces el teléfono sobre la mesita y se levantó.

—Sé que no está bien lo que he hecho, pero...

—No, no está nada bien. —Y, sin moverse, Can susurró—: Joder, Sonia, esto sí que no me lo esperaba de ti. Lo que mi padre ha dicho en lo referente a los tuyos, a ti, a Ibiza o a tus amigos no ha estado bien, pero lo que tú has hecho tampoco. Mi padre es un hombre tremendamente tradicional y...

—No, Can —soltó enfadada—. Tu padre no es el hombre tradicional que tú crees que es.

Él la miró y ella, que bullía de rabia, siseó:

—Nunca me han gustado las personas de doble moral que juegan con las amenazas, y tu padre es uno de ellos. Se le llena la boca para criticar a los demás. Se cree con la razón absoluta para hablar de cualquiera, cuando él oculta cosas.

Sin entender nada, Can parpadeó.

—¿Por qué dices eso? ¿Qué sabes tú que oculta mi padre?

Sonia maldijo. Como en muchas ocasiones, su impulsividad la había llevado a ese momento, pero, no dispuesta a callar un segundo más, repuso:

—Te vas a enfadar conmigo cuando te lo cuente, pero, antes de que lo hagas, déjame decirte que para mí no ha sido fácil ni callarme ni tampoco contártelo ahora.

—Pero ¿de qué hablas?

Ella asintió y, tomando aire, soltó:

—¿Sabes que tu padre ha estado estos últimos cinco años con una mujer que no es tu madre, antes de ésta mantuvo otra relación que duró más de diez y ahora está con otra?

Can no respondió. Pero ¿qué estaba diciendo?

Ver su expresión de desconcierto le dolió a Sonia. Odiaba tener que ser ella quien le contara aquello, pero prosiguió.

—Tu padre y Minerva han estado juntos cinco años.

—¡¿Minerva?!

—Sí.

—¿Te refieres a Reina Negra? —preguntó sin dar crédito.

Sonia asintió.

—Los vi juntos. Tu padre no me vio a mí, pero yo a él sí y...

—¡Imposible!

—Can...

—¿Qué dices, Sonia? Sabes que adoro a Minerva. Siempre es encantadora conmigo, pero es una mujer transgénero y a mi padre...

—Can —lo cortó ella—, antes de estar con Minerva, tu padre estuvo diez años con Gusanita la Francesa y ahora está con Betty Porter, todas ellas transgénero. —Y, al ver cómo él la miraba, añadió—: Lo siento. Siento ser yo quien te cuente esto. Pero tu padre no es el santo varón que os hace creer a todos. No porque le gusten mujeres como Minerva, Gusanita o Betty, sino por su doble moral ante los demás.

Can negó con la cabeza. Aquello era imposible.

—Sonia —musitó—, si esto es fruto de tu enfado por lo que le has oído decir a mi padre, vamos a tener un grave problema.

Sonia jadeó al oírlo, pero, al recordar algo que Minerva le había dicho, indicó:

—Tengo pruebas y, si necesitas verlas, te las puedo enseñar.

Sin dar crédito, él se sentó en el sofá. Lo que Sonia decía era una auténtica locura, pero, necesitaba poder creer para tomar ciertas decisiones, así que dijo mirándola:

—Quiero verlas.

Sonia asintió y, tras coger su móvil sin importarle la hora, escribió un mensaje.

—Minerva nos espera —informó minutos después.

Una hora más tarde, Can y Sonia estaban en casa de Reina Negra, donde él pudo ver las pruebas que necesitaba y finalmente creyó lo que ella le había contado. Sin duda su padre era un hombre de doble moral.

Capítulo 70

~~~

Tras una mañana complicada en la que Can y Sonia discutieron por diversas tonterías, ésta, entendiendo que seguía desconcertado por lo que había descubierto la noche anterior, intentó hablar con él, pero era muy difícil tal como estaban las cosas.

Al final Can, necesitando espacio, decidió marcharse y, tras quedar con ella en la puerta del colegio de Ibiza a las cuatro y media, pues la cría regresaba de las colonias a las cinco, se marchó. Deseaba ir a su casa y poner en orden su cabeza.

En cuanto él se fue, Sonia maldijo apenada.

¿Por qué era tan bocazas? ¿Por qué había tenido que contarlo?

El teléfono le sonó. Era Ginger, quien le dio la buena noticia de que el último fleco que quedaba con respecto a la boda de Carol ya estaba solucionado. Durante unos segundos hablaron de aquello y, una vez que la conversación terminó, Sonia sonrió feliz al darse cuenta de que Ginger se había ocupado de todo a la perfección.

Veinte minutos después, cuando acabó de hacer cosas en su casa, cogió el bolso y a *Medaigual* y se marchó a ver a su padre. Le apetecía comer con él.

Al llegar, Charles enseguida la abrazó y, tras dejar a *Medaigual* en el suelo, cuando Sonia preguntó por su madre, él le indicó que definitivamente se había ido a vivir con Leroy tres días antes. Saber eso a Sonia no le importó. Lo único que le importaba era que su padre estuviera bien.

A continuación, entraron juntos en el salón seguidos por el cachorro y, después de sentarse, Sonia recordó algo y cuchicheó:

—Cariñito, creo que tienes algo que contarme, ¿no?

Su padre sonrió al oírla.

—¿Te refieres a la cita que tuve por la aplicación? —Sonia asintió y él explicó—: Se llama Gunilla. Divorciada. Cincuenta y siete años. Cuatro hijos, y reconozco que pasé una tarde muy agradable con ella y hubo mucha conexión. —Ella sonrió y el continuó—: El sábado hemos vuelto a quedar. Yo la llevaré a cenar a mi restaurante preferido y luego ella ha prometido llevarme a un local que le gusta mucho a tomarnos unas copas.

—Eso es fantástico.

Charles asintió y, retirándose el pelo del rostro, susurró:

—Algo me dice que posiblemente el sábado no venga a dormir...

—Papuchiiiiiiiiiiiiiiii.

Ambos rieron por aquello, y a continuación él señaló una carpeta.

—Hemos iniciado los trámites del divorcio —indicó—. La casa me la quedo yo. A tu madre le he dado la parte que le corresponde, hemos dividido las cuentas del banco y a partir de ahora cada uno hará su vida.

Sonia entonces se puso seria y, cogiéndole la mano, preguntó:

—¿Estás bien?

Charles asintió sin perder la sonrisa.

—Aunque no lo creas, sí. A ver, hija, tonto no soy. Siempre he sabido que era yo el que quería a tu madre, no al revés. Si alguien ha tirado hacia delante con este matrimonio, he sido yo. Ella es como es y..., bueno...

—Papá...

Charles suspiró.

—Fui su tabla de salvación cuando nos conocimos. Ella se enamoró de mi dinero y yo me enamoré de ella y de ti. Acepté vivir con alguien que no me quería, pero que a cambio, me ha dado lo más importante del mundo: cuatro hijas a las que adoro y quiero. —Sonia sonrió y él murmuró—: Y ahora he conocido a Gunilla, que parece una buena mujer. Creo que la vida me da una segunda oportunidad y, la verdad, me siento muy bien.

—Ay, Papuchi... —Sonia rio—, ya sé de quién he heredado yo mi vena romántica.

Durante un rato estuvieron hablando de Albany, hasta que Charles, cambiando de tema, preguntó:

—Bueno, ¿y qué tal tu viaje? Fuiste a Las Vegas, ¿verdad?

Sonia asintió. Nadie de su familia sabía con quién se había ido y, sonriendo, indicó:

—Mi viaje, muy bien. Demasiado... —Y entonces, necesitando contarle a su padre la verdad, añadió—: Papuchi, tengo que decirte algo.

Charles, que conocía a su hija y cuando lo miraba con aquellos ojillos era porque la cosa era importante, se acomodó en el sofá.

—Espera, que me siento en condiciones —se mofó—, que, viendo tu mirada, algo me dice que lo que me vas a contar me va a impresionar.

Ella sonrió divertida; su padre la conocía muy bien. Tomando aire dijo:

—Me he casado en Las Vegas.

La expresión de Charles cambió de inmediato.

—¿Que te has casado?

—Sí.

Él parpadeó boquiabierto.

—Pero ¿tenías novio?

Sonia sonrió llevándose una mano a la boca y respondió:

—No.

Charles, que no entendía nada, se inclinó hacia delante.

—Entonces ¿con quién te has casado?

Sin perder un segundo, Sonia le contó todo lo sucedido con Can. Le habló del día que se conocieron en la cena organizada por su madre, de las siguientes veces que se habían visto en el parque, de los días que él se había ocupado de ella e Ibiza cuando la operaron de urgencia, y, en cuanto acabó, indicó:

—Y, Dios, Papuchi, no sé qué me pasó, pero estoy locamente enamorada de él, él lo está de mí, y en Las Vegas nos dejamos llevar por el momento y... ¡nos casamos!

Charles asintió. Aquella hija suya no dejaba nunca de sorprenderlo.

—¿Te has casado con el comandante Can Drogo? —preguntó.

—Sí.

—¿El guaperas que tu madre trajo para presentárselo a tus hermanas?

—Sí.

Incapaz de aguantar un segundo más, el hombre soltó una risotada y exclamó:

—¡Q. F.!

Divertida al oír eso de «¡qué fuerte!», ella se disponía a responder cuando él agregó sin poder contenerse:

—Está claro que la vida está llena de sorpresas, y que, cuando menos te lo esperas, hija mía, pasan cosas que jamás imaginarías. Y, sin duda, esa boda tuya es una de ellas.

Sonia asintió. Y, viendo lo bien que se lo había tomado su padre, se retiró el pelo del rostro y afirmó:

—Vale. Sé que es una locura, pero ya sabes que yo...

Su padre, poniéndole un dedo en los labios, la acalló y preguntó:

—¿Eres feliz?

Al oír eso, Sonia declaró sin dudarlo:

—Sí, Papuchi. Soy tremendamente feliz porque lo quiero, él me quiere, quiere a Ibiza, y, cuando estamos juntos y me abraza, siento como si por fin hubiera llegado a casa.

Emocionado por esas palabras, que nunca habría esperado oír de Sonia, a Charles se le escaparon unas lagrimillas. Ver a su hija tan feliz y enamorada era una de las cosas que más deseaba en el mundo y, mirándola, afirmó:

—Pues si te sientes así, y él se siente como tú, habéis hecho muy bien.

Enternecida por sus palabras, ella sonrió y musitó sacando su teléfono:

—Cuando mamá se entere de que me he casado en Las Vegas, pondrá el grito en el cielo...

—Con eso ya contamos, ¿no? —repuso él.

Sonia asintió. Esa complicidad y la manera de ser de su padre eran lo que lo hacía único e inigualable.

—Y vestida con pantalones de cuero y un arco a la espalda —cuchicheó sonriendo a continuación.

—¡No esperaba menos de ti! —exclamó Charles riendo y, al ver las fotos que ella le enseñaba, añadió—: Estás bellísima, mi vida. Bellísima.

—Gracias, Cariñito.

—Pero que sepas que a mí lo que me interesa es la felicidad que veo en tu cara, no la ropa que llevabas puesta ni dónde te casaste.

Oír eso era lo que necesitaba. Charles divertido preguntó:

—¿Por qué os ha dado a todas por casaros ahora?

Al oír eso, Sonia lo miró.

—Brooke estuvo el sábado por la tarde en casa con su novia Raissa Drogo e hizo venir a tu madre —la informó él.

—Noooooooooooooooo.

Charles asintió y luego suspiró.

—Ni te cuento la que tu madre organizó al enterarse de que tu hermana es lesbiana y, por supuesto, por la boda. Mira —se mofó—, ahora que lo pienso, Albany debería estar contenta: de esa cenita trampa suya ¡han salido dos bodas!

—Ay, Dios, papá —susurró Sonia horrorizada.

Charles, a quien ya nada lo asustaba, repuso con una sonrisa:

—Yo ya sabía que a tu hermana le gustaban las mujeres. Lo he sabido siempre, pero nunca he comentado nada por discreción y respeto hacia ella. Con quién os acostéis es cosa vuestra, no mía. Y en lo referente a tu madre, ni te imaginas lo que agradezco que ya no viva aquí. Que Leroy se coma ahora sus idas de cabeza.

Sonia sonrió y, evitando mencionar el desagradable encontronazo con Ayaz, prosiguió hablando tranquilamente con aquél sin imaginar que Can estaba en ese instante con su padre y estaban teniendo la mayor bronca del mundo.

Capítulo 71

A las cinco menos cuarto de la tarde, Sonia estaba en la puerta del colegio de Ibiza con *Medaigual*. Su niña regresaba de las colonias y no veía el momento de abrazarla.

Sonriendo, miraba a su alrededor en busca de Can. Había quedado allí con él, pero estaba claro que llegaba con retraso.

—*Hallelooo!*

Al oír ese saludo y levantar la mirada, Sonia vio a Ginger. Acercándose a ella con una discreta peluca roja y un mono marrón, su amigo comentó:

—Regresa nuestro bebé.

—Sí.

—Aisss, Dios. Estoy tan marifeliz que, si estornudo, ¡me sale confeti!

Al oír eso, Sonia rio, y aquél, mirando a su alrededor, preguntó:

—¿Dónde está el hombre casado más divino que conozco?

Viendo que Can no llegaba, y omitiendo las discusiones de la mañana, Sonia respondió:

—Pues no lo sé. Ha dicho que vendría, pero está claro que llega tarde.

Ginger afirmó con la cabeza y, sin darle mayor importancia, cuchicheó:

—Mejor. Así tocamos a más besos de Lady Mini Stark.

Sonia asintió sonriendo; entonces Ginger, viendo que llegaba un autocar, gritó:

—¡Ahí viene! ¡Ahí está!

A Sonia se le aceleró el corazón. Ver a su pequeña después de tantos días la tenía en un sinvivir y, cuando el autocar paró y los pequeños comenzaron a bajar, Ginger y ella se cogieron de la mano emocionados, y cuando Ibiza apareció, el corazón le explotó de felicidad.

—Mamiiiiiiiiiiiiiiiiii... Tío Gingerrrrrrrrrrrrr...

La cría corrió hacia ellos y los abrazó. Estaba contenta. Feliz.

—Ay, Dios mío, pero ¡cuánto has crecido, mi vida! ¡Pero qué alta, qué guapa, qué divina estás, tan morenita! —dijo Ginger emocionado mientras la besuqueaba.

Besos, abrazos..., entonces Sonia, mirando a su pequeña, susurró besándola con todas las ganas del mundo:

—Te quiero... Te quiero... Te quiero... ¡Cuánto te he echado de menos!

Ibiza sonrió. Los besitos de mamá y sus cariños siempre eran muy especiales.

—Mami —dijo mirándola—, yo también te he echado de menos.

—¿Y a mí no? —terció Ginger.

Ibiza asintió y, tirándole un besito, afirmó:

—A ti también, ¡mucho!

—Ay, Dios, ¡que me la comooooooooooooooo! —exclamó Ginger haciéndola reír.

Instantes después, tras otra oleada de besos y abrazos, cuando Sonia le entregó a su perrito, la niña comentó mirándolo:

—¡Q. F.! Pero ¡cuánto ha crecido *Medaigual*!

Sonia y Ginger se miraron, y en ese instante oyeron que alguien decía a su lado:

—¿Y para mí no hay besos?

Al mirar, Can estaba junto a ellos, e Ibiza, al verlo, se tiró a sus brazos para besarlo. Sonia sonrió, Can le guiñó un ojo y, Ginger, al presenciar aquella muestra de amor, musitó emocionado mientras se limpiaba una lágrima:

—Vale. Soy una maridramática.

Instantes después, cuando la niña abandonó los brazos de Can, éste rápidamente se acercó a Sonia. La cogió de la cintura y, mirándola, dijo mientras Ginger y la pequeña se acercaban a recoger su mochila:

—Siento haber llegado tarde, pero he tenido un día algo lioso.

—¿Estás bien? —preguntó ella.

Can asintió y, tras darle un dulce beso en los labios, afirmó:

—Ahora sí.

Estaban sonriendo cuando Ginger soltó:

—Tengo la marimochila. ¡Nos vamos!

En ese instante se acercó hasta ellos Gus y, mirando a Ibiza, preguntó:

—¿Es *Medaigual*?

—Sí.

—¿Puedo tocarlo?

—Claro —afirmó la niña sonriendo.

Gus, encantado de la vida, acarició la cabecita del perrete y cuchicheó:

—Es precioso. Me gusta mucho.

Ibiza asintió y, con su seguridad habitual, repuso:

—Es chulirritísimo, ¡ya te lo dije!

Mientras los críos hablaban, Can, Sonia y Ginger se miraban extrañados. Aquel niño e Ibiza nunca se habían soportado, y al final Ginger musitó:

—Woooo... ¡Mariflipo!

—Yo sí que mariflipo —apostilló Can.

Boquiabierta, Sonia observaba a su hija. Gus y ella siempre se habían matado. Can, al ver a Ibiza sonreír, susurró:

—Pero bueno..., ¿qué está pasando aquí?

Sonia y Ginger se miraban cuando la chiquilla preguntó dirigiéndose a su madre:

—Mami, ¿Gus puede venir un día a casa a jugar con *Medaigual*?

—Claro que sí, cariño.

Entonces los niños se miraron y exclamaron al unísono:

—¡Qué guay!

Instantes después, Gus se fue corriendo hacia sus padres, y, cuando ellos comenzaron a caminar hacia donde estaban sus coches, Can cogió a Sonia de la mano y musitó:

—Esto habrá que vigilarlo, ¿no crees?

Sonia lo miró divertida y sonrió.

Capítulo 72

Esa noche, tras pasar por casa de Sonia todas las Ladies para darle la bienvenida a la pequeña Ibiza, cuando aquéllas se marcharon y sólo quedó Ginger con ellos tres, Can preguntó con curiosidad:

—¿Qué ha pasado con Gus para que ahora seáis tan amigos?

La niña, al oírlo, le guiñó entonces el ojo y respondió:

—He decidido que sea mi novio.

—*Hallelooo...!* —musitó Ginger.

—¡¿Qué?! —exclamaron al unísono Can y Sonia.

La cría asintió con una sonrisa y Can, al ver a Sonia reír, indicó:

—¿No crees que es muy pequeña para que tenga novio?

Ginger, que no cabía en sí del asombro, terció entonces dirigiéndose a la cría:

—Vamos a ver, señorita, ¿qué es eso de echarse marinovio sin contármelo a mí? Que yo sepa, tus novios han sido Samuel y Jonas en la guardería y Elias y Tim en el colegio... ¿Y ahora éste? Oh, Dios mío, ¡no gano para disgustos contigo!

—¡Tío Ginger! —se mofó la pequeña.

Sonia seguía riendo. A lo largo de su infancia, Ibiza había tenido varios novios en el colegio y, sin dramatizar, respondió al ver la expresión de Can:

—Tranquilo. Es normal.

Pero él no estaba acostumbrado a aquello. Ibiza tenía ocho años, ¿cómo iba a tener novio? Ginger, riendo, le cuchicheó a su pequeña:

—Tú y yo tenemos que hablar muy seriamente de hombrecitos, ¿vale?

—Valeeeeeeeeeeee —resopló la niña.

Durante un buen rato Ibiza continuó contando todo lo que le había pasado en las colonias mientras ellos la escuchaban encantados, y al final abriendo su mochila dijo:

—Os he traído un regalito.

Emocionado, Ginger se llevó las manos a la boca.

—Ay, mi bebé, qué mayor... ¡Hasta regalitos nos trae!

Ibiza asintió contenta y luego añadió:

—En las colonias hacíamos manualidades. Y una de ellas era coger una bonita piedra del río y decorarla.

Se miraron sorprendidos, y ella sacó tres pequeñas bolsas de la mochila y le entregó una a su madre, otra a Ginger y otra a Can.

—¿Para mí también? —preguntó este último asombrado.

Ibiza asintió y a continuación exclamó:

—¡Claro que sí!

Sonia no cabía en sí de gozo. La naturalidad con la que Ibiza había aceptado e incluido a Can en su vida le encantaba y, feliz por ese detalle, mirando a su hija musitó:

—¿Qué será..., qué será...?

Los tres abrieron sus bolsas a la vez y de ellas sacaron unas piedras planas de río decoradas con colorines y unas letras.

—¿Te gusta? La hice yo —le preguntó Ibiza a su madre.

Encantada, Sonia afirmó con la cabeza. Cualquier manualidad que hacía su hija era siempre bien recibida, y aseguró entusiasmada:

—¡Me gusta muchísimo! ¡Es preciosa! Y con la «M» de «Mami».

Ibiza sonrió y Ginger exclamó feliz:

—¡Me mariencantaaaaaaaaaaaaaaaaaaaa!

De nuevo la niña rio y, mirándolo, indicó:

—Las letras T. G. son de «Tío Ginger».

Emocionado por lo que la preciosa niña había hecho, el aludido asintió.

—¡Yo te como a besosssssssssss!

Como siempre, el tío Ginger se la comió a besos y, cuando ésta logró deshacerse de sus brazos, preguntó mirando a Can:

—¿Te gusta?

Él, que nunca había recibido un regalo de un niño, asintió con la cabeza. Aquella piedra decorada y hecha por Ibiza de pronto se convirtió en algo tremendamente importante para él y, sonriendo, iba a decir algo cuando la niña susurró mirándolo:

—La «P» es de «Papi». Me molas como papi.

—Ibiza... —murmuró Sonia.

—¡Qué marimomentazo! —dijo Ginger llevándose la mano al corazón.

Can sonrió contento. Le gustaba oír eso por parte de la niña, le encantaba, y, mirándola, soltó:

—Tú también me molas como hija.

—Guayyyyyy. —La chiquilla sonrió.

Durante unos segundos nadie dijo nada más, hasta que Ibiza, deseosa de saber, preguntó:

—Eres el novio de mami, ¿verdad?

—*Halleloo* —se mofó Ginger, que, levantándose, añadió cogiendo la botella—: ¿Quién quiere más vinito?

Rápidamente Can indicó que él y, tras intercambiar su mirada con la de Sonia y ver que ésta finalmente sonreía, sonrió él también.

Oír esa pregunta que no se esperaba había hecho que Can no supiera qué responder. Hasta el momento, ni él ni Sonia habían hablado de cómo planteárle los últimos acontecimientos a la niña, pero entonces Sonia preguntó con naturalidad:

—Cariño, ¿a ti te gustaría que Can fuera mi novio?

Ella, tras beber un trago de su zumo, asintió. Lo tenía claro, y afirmó:

—Sí. Can mola mucho.

—Es una monada, y con ese pelazoooooooooo... —apostilló Ginger divertido.

Can no podía parar de sonreír, y Sonia afirmó:

—Entonces, si te parece bien, ¡somos novios!

—¡Biennnnnnn! —aplaudió la pequeña feliz.

—Marimuero de emoción —aseguró Ginger sonriendo.

A Can lo emocionó saber que le gustaba a la pequeña, pero de pronto ésta añadió:

—Si sois novios, ¿algún día os casaréis?

Oír eso los hizo reír a los tres, y Ginger apostilló:

—¡Pero qué marimaravillosa ideaaaaaaaaaaaaaaa!

Sonia, viendo cómo su hija la miraba a la espera de una contestación, sin saber cómo explicarle que se habían casado en Las Vegas en aquella boda temática, respondió:

—Posiblemente.

—¡Q. F.! —murmuró la pequeña maravillada.

En la vida, su madre había mantenido una relación con un hombre como con Can y, mirando a Ginger, cuchicheó:

—¡Me marimuero!

Todos rieron por aquello, y entonces Sonia, aprovechando el momento, preguntó:

—Cariño, ¿a ti te importaría si Can se quedara a dormir en casa o nosotras fuéramos a la suya algunos días?

Ibiza no podía parar de sonreír. Aquello que le proponía su madre le encantaba.

—Me gusta más su casa: ¡tiene jardín!

Los cuatro se miraron entonces sonriendo y Can indicó:

—¿Y te gustaría que los tres viviéramos en mi casa con *Chester* y *Medaigual*?

—Por supuestísimoooooooooo que sí. Tu casa mola mucho.

La buena predisposición de la niña era muy importante para ellos, en especial para Sonia.

—Si vivimos los tres juntos, ¿serás mi papi? —insistió Ibiza.

Can miró a Sonia. Sin hablar, se lo dijeron todo con los ojos, y entonces el comandante, consciente de que acababan de hacerle una de las preguntas más importantes de su vida, seguro de lo que iba a decir, soltó:

—Si tú quieres y a tu mami le parece bien, a mí me encantará ser tu papi.

—Creo que me voy a desmayar —susurró Ginger emocionado.

Ibiza sonrió. Tener un papi, y más siendo aquél, era algo que siempre había deseado, y mirando a su madre preguntó:

—¿A ti te parece bien, mami?

Sonia se tapó la boca con las manos emocionada. Adoraba a

Ibiza por encima de todo en el mundo. Siempre la había protegido para que no le hicieran daño y, con miedo a equivocarse en su respuesta, dijo mirando a Can:

—Ser papi en ocasiones no es fácil.

Él asintió mientras veía miedo e inseguridad en sus ojos.

—Lo sé —repuso—. Pero estoy seguro de que entre Ibiza, Ginger y tú me enseñaréis a ser un buen papi.

Oír eso hizo que el gesto de Sonia dejara de ser serio e, incapaz de callar, musitó:

—Ni te imaginas cómo te quiero.

—Y yo también —declaró Ginger levantándose para abrazarlo.

Can sonrió divertido y, abrazando a Ginger, que lloriqueaba en su hombro, le guiñó un ojo a Ibiza mientras ésta saltaba de felicidad y gritaba:

—¡Sí..., sí..., mi papi ya está aquí!

Capítulo 73

*El martes por la mañana, Sonia fue a casa de su padre acompañada de Can e Ibiza.

Allí, y como correspondía, Can y Charles fueron presentados e, igual que había ocurrido la primera vez que se vieron, hubo una excelente conexión entre ellos.

A la hora de la comida llegaron Cynthia con Israel y Brooke con Raissa. Por primera vez Charles tuvo el placer de reunirse en su casa con sus hijas y sus parejas y disfrutar de una excelente comida, donde se omitió la boda de Can y Sonia. Verlas felices era lo único que le importaba, y comprobar cómo Ibiza había incluido totalmente en su vida a Can, al que ya llamaba «papi», lo emocionó, porque algo en su interior le decía que aquel comandante sería un excelente padre y marido para su nieta y su hija.

* * *

El jueves, cuando Can se despertó en la espaciosa cama de su casa, Sonia y la niña dormían junto a él. Durante unos segundos las observó y sonrió.

¿Cómo había podido cambiar su vida en tan poco tiempo de aquella manera?

A continuación entró en el baño para ducharse y, al moverse, sin querer tiró con el codo varios botes de gel y champú y, para su horror, su contenido se desparramó por la ducha. Molesto, miró aquello. Sonia y su manía de no cerrar los botes.

Una vez que salió del baño y se vistió, mientras aquéllas seguían durmiendo, se dirigió al salón, donde al entrar resopló. Su hasta el momento ordenado salón era un caos. Ibiza, como la niña que era, no se fijaba dónde dejaba las cosas, y, tras coger sus zapatillas de deporte y la gorra preferida de la pequeña, las llevó hasta la habitación que Ibiza ocupaba.

Sin querer fijarse en nada más, fue hasta la puerta principal de la casa, la abrió, cogió el periódico que diariamente le dejaban en su buzón y se fue a la cocina a leerlo. En cuanto se preparó un café y se dispuso a leer tranquilamente, su teléfono móvil sonó. Era su madre, por lo que, dejando a un lado el periódico, saludó:

—Hola, preciosa.

Mia, que estaba desayunando en su bonita cocina y, ajena a todo lo que ocurría en su familia, musitó:

—Buenos días, mi Rey. ¿Cómo estás?

—Bien, mamá. Tomándome un café mientras leo el periódico.

—¿A qué hora es la boda del sábado? —preguntó ella entonces.

Pensando en la boda de Carol y Daryl, Can respondió:

—A las seis. La cena será a las ocho.

Encantada, Mia sonrió, adoraba a la pareja, e indicó:

—¡Qué ilusión me hace esta boda!

—Me alegro, mamá.

—¿Irás acompañado?

Can sonrió. Pero, evitando contarle la verdad, contestó:

—No, mamá.

—Cannnnnnnnnnn...

—Mamá, no empieces.

Ella suspiró. Le iba a costar casar a su hijo. Entonces, cambiando el rumbo de la conversación, preguntó:

—Te pondrás un chaqué, ¿verdad?

Can sonrió. Su madre en ocasiones seguía pensando que era un crío.

—Sí, mamá. Por supuesto —afirmó.

—Yo me he comprado un vestido largo en color verde divino.

—Estarás preciosa, mamá —aseguró él.

—Hablé con tus hermanas. Les pedí que vinieran a casa para ir papá y yo con ellas en el coche, pero no quisieron. Dijeron que nos veríamos allí.

Can asintió. Imaginaba que sus hermanas seguían evitando a su madre para no contarle lo que ocurría, e indicó:

—Tendrán cosas que hacer.

Mia asintió y, a continuación, sin poder evitarlo, soltó:

—¿Cuándo podré celebrar yo una boda así contigo?

Can resopló consciente de que necesitaba contarle la verdad, aunque en otro momento más oportuno.

—Mamá...

Pero Mia, algo molesta, cuchicheó a continuación:

—Hijo, ¿por qué no quisiste asistir a la última cena? Quedamos en que...

—Mamá, ya lo sé, pero me fue imposible. La semana que viene quedamos un día y te cuento por qué, ¿vale?

—Vale, Rey. Por cierto, ¿sabes qué le ocurre a tu padre, que últimamente está de un humor terrible?

Can suspiró. Recordar la vida de engaño que su madre llevaba junto a aquél lo hizo sentir culpable, pero, intentando hacer las cosas por orden, respondió:

—Ni idea, mamá.

Durante un rato ambos charlaron con tranquilidad y, cuando Sonia entró en la cocina con cara de sueño y tan sólo vestida con una camiseta, Can rápidamente se despidió de su madre y dejó el teléfono sobre la mesa.

—Qué ojitos tan hinchados tienes —señaló.

Sonia, a quien la noche anterior le había venido la regla, asintió con la cabeza sin responder y Can, sorprendido porque aquélla era de besos y abrazos, preguntó:

—¿Qué te ocurre?

Sonia se sentó y, al ver cómo la miraba, contestó:

—Estoy en mis días Chucky.

Sin entender a qué se refería, pues todavía tenía que aprender muchas cosas de ella que no conocía, Can permaneció inmóvil hasta que ella aclaró:

—Cuando me viene la regla y me duelen los ovarios, es mejor

que no me hables. Estoy de tan malhumor por el dolor que puedo ser peor que Chucky, el muñeco diabólico.

Can rio al oír eso y ella siseó:

—No sé dónde le ves la gracia.

Rápidamente el gesto risueño de Can cambió e, intentando entenderla, preguntó:

—¿Quieres un café?

—¿Me lo vas a dar en vaso de plástico?

Al oír eso, él musitó sonriendo:

—No me tientes..., no me tientes...

Instantes después, se levantó para prepararle el café y, tras ponerlo frente a aquélla, Sonia lo agarró de la mano y cuchicheó consciente de sus anteriores palabras:

—Buenos días, cariño.

Can sonrió y luego susurró mientras la besaba en los labios:

—Buenos días, muñeca diabólica.

Instantes después entró Ibiza corriendo en la cocina perseguida por *Chester* y *Medaigual*. El revuelo que en décimas de segundo se organizó los volvió a todos locos y, cuando por fin Can consiguió sacar a los perros de la cocina, la niña dijo tirándose a sus brazos:

—Papi, ¿vamos a ir hoy al parque?

Él sonrió. Ibiza se había tomado muy en serio lo de llamarlo continuamente «papi», y preguntó:

—¿Qué te apetece desayunar?

—Tostadas y leche con ColaCao —dijo ella entonces soltándose de sus brazos.

Sonia, al oír eso, y consciente de que Can no tenía ColaCao, indicó:

—Cielo, el ColaCao está en la mochila. Cógelo de allí.

Como un huracán, Ibiza fue hasta donde estaba la mochila y, al sacarlo, el bote se destapó y tanto la pequeña como la cocina quedaron cubiertas de cacao en polvo.

Sonia se levantó rápidamente y le quitó a su hija el bote vacío de las manos.

—A la ducha —dijo—. Luego ya desayunarás.

—Pero, mami...

—Mete el pijama en la bolsa azul y cuando lleguemos a casa lo lavamos.

Finalmente, la niña, que llevaba gran parte del ColaCao encima, en especial en el pelo, se fue a la ducha, y Can protestó resoplando:

—Joder, qué desastre. Mira cómo está la cocina.

Sonia asintió. El cacao en polvo estaba esparcido por todas partes, pero, sin darle mucha importancia, repuso:

—No exageres. Esto se limpia y solucionado.

Can la miró molesto y, al ver que ella lo observaba con descaro, soltó:

—Déjame adivinarlo..., ¿a que el bote estaba mal tapado?

—Posiblemente —afirmó Sonia.

—Pues ya que hablamos de esto —continuó él—, he de decirte que en la ducha les he dado un golpe sin querer a unos botes y, como no estaban cerrados, se han derramado.

—Serás torpe —se mofó ella al oírlo.

Pero Can se molestó, y respondió:

—No, no soy torpe. Tú eres descuidada.

Al oír eso, Sonia, que no tenía un buen día, lo miró y replicó:

—Ya veo que hoy estamos tiquismiquis...

Enfadado por ver la cocina repleta de cacao, él a continuación soltó:

—...Dijo quien tiene el día Chucky...

Sonia resopló y no dijo más. Con su humor, era mejor que se callase. Y Can se puso a limpiar la encimera, no soportaba verla así. Ella, al verlo, cogió el aspirador y comenzó a aspirar. Y, media hora después, cuando la cocina volvía a estar limpia y reluciente, ambos se miraron y ella admitió:

—Vale, soy un desastre. Seguro que no cerré bien el bote de ColaCao. Lo siento.

Can sonrió al ver su expresión y, acercándose a ella, la abrazó.

—Eres mi bonito y precioso desastre.

Capítulo 74

~⚬~

Llegó el día de la tan esperada boda de Daryl y Carol.

Can, que había tenido una mañana muy tensa por culpa de su padre en la oficina de aquél, todavía maldecía.

Ayaz no se lo ponía fácil y seguía negando las evidencias a pesar de las pruebas. A Can no le gustaba que llevara engañando a su madre media vida. No le hacía gracia su doble moral, pero, aun así, intentaba respetarlo porque era su padre, cosa que aquél no hacía con él. Ayaz era incapaz de aceptar su boda con Sonia. Por sus palabras le hacía saber lo molesto que estaba, y en un momento dado soltó que, si no se divorciaba de ella, vendería High Drogo.

A Can no le gustó oír eso e, intentando tomarse las cosas con serenidad, calló. Sin duda su padre lo utilizaría a modo de chantaje. Por nada del mundo pensaba divorciarse de Sonia, pero era consciente de que tenía que hacer las cosas bien si no quería perder aquello por lo que tanto luchaba.

Estaba pensando en eso mientras se ponía su bonito chaqué azul marino. Cuando terminó, se recogió el pelo en su tradicional moñito hípster, pero, al mirarse al espejo, no disfrutó con el resultado. El problema que su padre le estaba ocasionando no se lo permitía.

Agobiado y angustiado, a las cuatro de la tarde llamó por teléfono a Sonia y le propuso ir por separado a la boda para que su madre no se fijara en que llegaban juntos. Sonia aceptó sin problema. Entendía que Mia preguntara si los veía llegar en el mismo coche, pero la tensión en la voz de Can la inquietó. ¿Qué le ocurría?

Una hora después, Can volvió a llamarla. Necesitaba verlas, y le dijo que se pasaría por su casa antes de dirigirse a la catedral.

A las cinco y veinte, Can le envió un mensaje para que bajaran al portal. Él las esperaría en la calle.

Bajándose del coche, se apoyó en él y, al verlas salir, sonrió. Era imposible que pudieran estar más guapas. Sonia llevaba un precioso vestido rojo largo con escote barco que le sentaba increíblemente bien y el pelo suelto, un detalle que a Can le gustó. Después miró a Ibiza. Parecía una muñequita con aquel vestido rosa chicle y el pelo recogido en un precioso moño.

Estaba mirándolas orgulloso cuando ellas se le acercaron, y soltó divertido:

—*Hallelooo*... ¿Quiénes son estas dos chicas tan guapas?

Sonia sonrió. Cada vez que Can empleaba palabras que ella utilizaba con sus amigos le hacía mucha gracia, e Ibiza, mirándolo, afirmó:

—Papi, somos nosotras.

Encantado, él la cogió entre sus brazos y, recordando lo que había hablado con Sonia unas horas antes, dijo mirando a la pequeña:

—¿Puedo pedirte un favor? —La niña asintió y él añadió—: ¿Podrías no llamarme hoy «papi» en la boda?

Al oír eso, Sonia suspiró e Ibiza, extrañada, preguntó:

—¿Ya no quieres ser mi papi?

—Sí, por supuesto que sí.

—Entonces ¿por qué no te lo puedo llamar en la boda?

Apurado, y sintiéndose fatal, él iba a hablar cuando Sonia, que intuía lo mal que lo estaba pasando, indicó dirigiéndose a su hija:

—Escucha, cariño. De momento es mejor que lo mantengamos en secreto. Poca gente sabe que Can y yo somos novios, y menos aún que él es tu papi. Es el secreto de los tres.

Ibiza asintió, pero repuso:

—De los cuatro. El tío Ginger lo sabe.

—Exacto. De los cuatro —convino Sonia.

Can, apurado, no sabía qué decir. El problema con su padre lo tenía atado de manos y pies, pero Ibiza, mirándolo, dijo sin dejar de sonreír:

—De acuerdo. No te llamaré «papi». Así seguirá siendo nuestro marisecreto.

—Gracias, cariño —afirmó él besándola.

—De nada... —dijo ella mientras la dejaba en el suelo, y, bajando la voz, apostilló—: *papi*.

Los tres sonrieron. En ese momento un coche de color gris antracita paró cerca de ellos. Era Ginger, que al verlos gritó:

—*Hallelooo!* ¡Pero qué mariguapos estáis!

Cuando se bajó del vehículo, Can lo repasó con la mirada.

—Sin duda causarás furor con ese chaqué de flores —señaló.

Ginger sonrió y, tocándose la peluca blanca que llevaba, declaró:

—Ya me conoces. Antes muerta que sencilla.

Todos sonrieron y entonces Can, mirando a Sonia, y evitando mencionar lo que había hablado con Ayaz, dijo dándole un beso en los labios:

—Siento todo esto. Pero creo que, con todo lo que está pasando con mi padre, con mis hermanas y conmigo, hemos de ser discretos por mi madre. Ella no sabe nada y no queremos que...

—Tranquilo, cariño —musitó ella—. Entiendo perfectamente lo que dices, y no te preocupes, que por mí tu madre no sabrá nada.

Can asintió y la besó de nuevo.

—Me voy. Te veo en la catedral, ¿vale?

—Yo quiero ir contigo —dijo Ibiza.

Can y Sonia se miraron. Ibiza era demasiado pequeña para entender el mundo de los adultos, y Can, sonriendo, indicó:

—Ahora no puede ser. Pero a la vuelta, ¡te prometo que vuelves conmigo!

—¡Guay! —La pequeña sonrió.

Sin perder la sonrisa, Sonia asintió y, mirándolo, exclamó:

—Si no te lo digo, reviento: ¡estás muy sexy con ese chaqué!

Can sonrió y repuso mientras se metía en el coche:

—Tú sí que estás sexy con ese vestido.

Divertida al oír eso, Sonia se levantó el vestido para enseñarle una pierna y, cuando él vio la liga negra, cuchicheó:

—No veo el momento de arrancártela.

Ambos rieron y, una vez que él se marchó, mientras Ibiza se metía en la parte trasera del coche de Ginger, Sonia se quedó mirando el vehículo de Can que se alejaba. Entonces Ginger, acercándosele, la cogió del brazo y susurró:

—Uy..., uy... ¿Qué pasa por esa cabecita?

Sonia suspiró y finalmente respondió:

—No sé. Tengo un mal presentimiento.

Ginger, que conocía los miedos y las inseguridades de su amiga, sonrió y la animó:

—Déjate de presentimientos y metámonos en el coche, ¡que nos vamos de boda!

Capítulo 75

Al llegar a la catedral de Westminster, Sonia se fijó en los invitados. Estaba claro que allí se había reunido lo más fino y elegante de Londres. A lo lejos vio a Can, estaba con Daryl y sus refinados amigos hablando, y sonrió. Le gustaba verlo feliz.

También vio a sus padres. Mia estaba muy guapa con su vestido verde, y cuando sus ojos se encontraron con los de Ayaz, pudo leer en ellos su incomodidad. Estaba claro que no le hacía ninguna gracia ver a Sonia allí.

Tras saludar a las hermanas de Daryl, que con discreción evitaron preguntarle por Can, Sonia se encontró con la familia de Carol. Éstos, al verla, la abrazaron con todo su amor. Por fin había alguien en la boda con una vida normal como ellos. Estaba riendo por aquello cuando su mirada se encontró con la de Can y se sonrieron desde la distancia.

Mirarse de aquella manera, sin acercarse, a los dos los excitaba; de pronto a ella le sonó un mensaje en el teléfono y leyó:

Si sigues mirándome así, te meteré en
la sacristía y lo que tenga que pasar...
pasará.

Divertida al leer aquello, lo volvió a mirar y, con picardía, respondió:

La vida es una aventura. ¡Atrévete!

Según le dio a «Enviar», vio cómo él miraba el móvil y, tras leer su mensaje, soltaba una risotada.

—Ya estoy aquí... Uy, pero qué guapas estáis.

—¡Tía Brooke! —exclamó Ibiza encantada.

Sonia, al mirar, se encontró con su hermana, que tras besarlos a todos dijo:

—Para evitar problemas con la familia de Raissa, estaré con vosotros. A su madre todavía no se lo ha dicho y el padre, cuando me ha visto, me ha echado una miradita que vamos. —Sonia asintió y ella, mirándola, preguntó—: ¿Te ha pasado lo mismo a ti?

Sonia suspiró.

—Pues sí, cielo. Es lo que hay.

Minutos después, cuando llegó la novia, todos se colocaron en sus bancos y, en el instante en que Carol pasó por su lado, Sonia sonrió emocionada. Carol estaba preciosa con su vestido de novia, y, con complicidad, se guiñaron un ojo.

Durante la boda Sonia fue consciente de cómo Can estaba más pendiente de ver dónde estaba ella que de la ceremonia en sí, y cuando ésta acabó y todos salieron a la calle para tirarles arroz a los novios tal como había pedido Carol, en un momento dado Can se le acercó por detrás y, sin que nadie se diera cuenta, le preguntó al oído:

—¿Te casarías así conmigo?

Sonia lo miró y, sin responder, sonrió mientras él volvía a alejarse.

Besos...

Abrazos...

Fotos...

La felicidad flotaba en el aire cuando todos los invitados se dirigían hacia el precioso sitio al aire libre donde iba a organizarse la cena.

Allí Sonia y Ginger, tras felicitar a los novios, que los abrazaron con cariño, y saludar a Yanira y casi tener que llevarse de urgencia a Ginger por la emoción y por lo guapo que era el marido de aquélla, en un momento en el que estaban disfrutando del cóctel ella oyó de pronto:

—Sonia, ¿eres tú?

Al volverse y ver a Mia, la madre de Can, encantada al tiempo que desconcertada, sonrió, y la mujer la abrazó.

—Llevo un rato mirándote y preguntándome si serías tú. Pero, cuando he visto a Brooke hablando con Raissa y luego he visto a Ibiza corretear, ya lo he confirmado.

—Mia..., qué alegría verte —consiguió decir ella apurada.

La mujer, encantada por haberse encontrado allí con ella, la contempló y declaró:

—Estás preciosa de rojo. Sin duda ¡es tu color!

—Gracias, Mia. Tú también estás muy guapa.

Ambas sonrieron y aquélla, mirando a Ibiza, que saltaba junto a Ginger, preguntó:

—¿Has venido con el hombre del traje de flores?

—Sí —asintió ella.

Y Mia, que seguía mirando a Ginger, insistió:

—¿Es tu pareja?

—No —repuso ella—. Ginger es un amigo. Digamos que es como mi hermano.

Mia miró a aquél. Saber que no era su pareja la aliviaba y, sonriendo, cuchicheó:

—Si tu madre te oye decir que es como tu hermano, no quiero ni pensar lo que diría.

Ambas rieron por aquello. Estaba claro que Mia estaba abriendo los ojos con respecto a su madre.

—La pequeña es un bomboncito —susurró aquélla a continuación.

Sonia sonrió y entonces la mujer preguntó:

—¿De qué conocéis tu hermana y tú a los novios?

—Somos amigas de Carol.

—Entonces habréis coincidido algún día con mi hijo Can, ¿no?

Incapaz de mentirle, Sonia asintió.

—Sí. Alguna vez nos hemos visto.

Sorprendida, Mia murmuró entonces:

—Qué raro que Can no me lo haya comentado. Daryl es su mejor amigo desde el colegio. ¡Eran dos pillines! Y, míralos, ¡ahora comandantes en High Drogo! Qué orgullosa estoy de ellos.

Sonia, intentando no meter la pata en exceso, asintió, y Can, al ver a su madre junto a aquélla, se les acercó.

—Mi Rey —dijo Mia—, no me habías dicho que Sonia y Brooke eran amigas de Carol.

Can se encogió al oír eso y Sonia, para echarle una mano, indicó:

—Le he dicho que en alguna ocasión nos hemos visto tomando algo por ahí.

Él, apurado porque no le gustaba mentir, asintió y respondió intentando sonreír:

—Mamá, no habrá salido en la conversación.

Mia, al notar a su hijo un poco raro, preguntó de inmediato:

—¿Te pasa algo, cariño?

Él se apresuró a negar con la cabeza, pero entonces Ibiza se acercó a ellos, lo miró y dijo cogiendo su mano:

—¡Can, flipa en colores! Mamá me ha dejado beber Coca-Cola con cafeína.

Mia parpadeó al ver aquello y rápidamente Sonia, asiendo a su hija para alejarla de aquél, que se había quedado petrificado, dijo:

—Ibiza, ¿recuerdas a la mamá de Can?

La niña la miró y, antes de que respondiera, la mujer musitó sonriendo:

—Yo sí me acuerdo de ti, Lady Mini Stark.

Al oír eso, Ibiza sonrió.

—Molaaaa, ¡qué enrollada eres!

Más allá, Ginger, que estaba entendiendo la mirada de socorro de Sonia, vio a un camarero acercarse con una bandeja de bebidas, cogió un vaso y preguntó:

—Ibiza, ¿quieres Coca-Cola?

Sin dudarlo, la niña se marchó corriendo hacia él, y Sonia dijo encogiéndose de hombros:

—La vuelve loca la Coca-Cola.

Mia asintió.

—Pero para los niños es mejor sin cafeína.

—Por supuesto —dijeron al unísono Can y Sonia.

Divertida por aquello, Mia sonrió mirando a su hijo, y entonces, viendo a su marido, lo llamó:

—Ayaz... Ayaz, ven.

Al hombre, al ver a aquellos dos junto a su mujer, le cambió el gesto y, al acercarse, Mia dijo:

—¿Recuerdas a Sonia, la hija de los Beched?

Él asintió y luego Mia afirmó encantada:

—Fíjate qué cosas. Ella y su hermana Brooke son amigas de Carol y, mira tú por dónde, nos volvemos a ver en una boda.

—¡Qué maravilla! —exclamó Ayaz. Y, cogiendo a su mujer del brazo, dijo—: Vamos, Conrad y Wilma nos esperan para ir a nuestra mesa.

La mujer, sonriendo, se agarró del brazo de su marido e indicó dirigiéndose a Sonia:

—Hasta luego, querida. Seguro que más tarde nos vemos.

Cuando la mujer se alejó, ella susurró mirando a Can:

—Debo de tener dos mil pulsaciones por minuto.

Al oír eso, Can asintió y, sin acercarse a ella más de la cuenta, preguntó:

—¿Estás bien?

Sonia dijo que sí con la cabeza y Can, molesto al ver que sus amigos lo llamaban, añadió:

—Tengo que dejarte.

—Es lo que toca —musitó ella.

Una vez que él se marchó ofuscado por la ridícula situación que se estaba creando, Sonia se acercó a Ginger e intentó disfrutar de la velada sin percatarse de cómo Mia la observaba.

Durante la cena, Can no podía dejar de mirar hacia donde estaba ella. En su mesa habían sentado a dos tipos amigos de Carol a los que no conocía. Ver a Sonia riendo con uno de ellos lo incomodó. Quería que fuera con él con quien riera así. Raissa, que estaba a su lado, cuchicheó:

—O cambias esa cara o mamá empezará a preguntarse qué te pasa.

Can asintió, pero, al ver a Sonia reír a carcajadas, gruñó:

—Esto es ridículo. No sé por qué sigo con este absurdo juego en vez de estar sentado con ella.

Raissa entonces miró a Brooke, que estaba en la misma mesa de Sonia.

—Lo hacemos por mamá —contestó—. Tómatelo así.

Can y ella se miraron y luego él dijo al ver que nadie los estaba escuchando:

—Mañana hablaré con mamá. Quiero normalizar mi vida con Sonia. Quiero poder disfrutar de momentos como éste y...

—¿Os vais a comer esas tartaletas de caviar? —los interrumpió en ese momento Amina.

Ambos miraron a su hermana y ésta, bajando la voz, añadió:

—¿Qué queréis que haga? Ahora tengo que comer por dos.

Raissa y Can sonrieron y le pasaron sus tartaletas, y en ese momento su madre, mirándola, soltó:

—Hija, por Dios, ¡qué hambre tienes!

Amina asintió.

—Ni te lo imaginas, mamá —repuso—. Ni te lo imaginas...

La cena fue una delicia. El padre de Daryl, en cierto momento, dio un discurso que hizo que todos los asistentes se emocionaran al recordar a Elora, la fallecida madre del novio, y tras él lo dio la madre de Carol en italiano, que la joven tradujo divertida.

Tras el banquete, una banda de swing comenzó a tocar y los novios abrieron el baile con el clásico vals, pues el padre de Daryl así lo había estipulado y a Carol no le importó.

Durante dos horas la gente disfrutó de la música, pero Can y Sonia continuaban sin acercarse el uno al otro. Simplemente se observaban desde la distancia. Nada más.

En un momento dado, Daryl, entregándole a Can una copa de champán, preguntó:

—¿Lo pasas bien?

Él, que en ese instante observaba con disimulo cómo Sonia bailaba con uno de los amigos de Carol, dio un sorbo y respondió:

—Podría pasarlo mejor.

Daryl lo entendió, y sugirió:

—Pues hazlo. ¿Qué narices estás haciendo?

Can resopló. Sabía que su amigo tenía razón, pero, mirando a sus padres, siseó:

—Estoy intentando hacer las cosas como es debido, por el bien de mi madre.

Oír eso hizo que Daryl se encogiera de hombros.

—No juegues con fuego o te quemarás.

Ibiza se lo estaba pasando genial. Rápidamente se hizo amiga de unos niños que había en la fiesta y corría y reía con aquéllos ajena a todo lo que se cocía a su alrededor.

Carol, que disfrutaba como una loca de su boda, en un momento dado se acercó a Sonia. Al igual que su marido, se había percatado de que Can y ella no se habían acercado ni una sola vez, y con disimulo preguntó:

—¿En serio no vas a bailar con tu marido?

Sonia suspiró. Sentía que Can la evitaba y se encogió de hombros.

—Está visto que no —respondió.

Eso no le gustó a Carol. Entonces Ginger y Fred, un amigo de ella, se les acercaron y el segundo indicó mirando a la novia:

—Chocolatito, necesitamos un poquito de marcha.

Carol sonrió. Sabía a lo que se refería y, mirando a Ginger, iba a hablar cuando éste añadió:

—Cuando queráis podemos cambiar el rumbo de la fiesta. ¡El DJ que contratamos ya está aquí!

Carol aplaudió. Veía a su familia y a la gran mayoría de sus amigos apalancados en un lateral del jardín, y encantada afirmó:

—Una canción más y ¡que comience el fiestorro!

Sonia sonrió y tomó las riendas.

—Voy a decírselo a la banda —señaló.

Y así fue. Sonó una canción más y luego el ritmo de la fiesta cambió. Comenzaron a sonar canciones actuales y mucha de la gente que estaba apalancada con la música swing se lanzó a la pista a bailar y a disfrutar. En especial, los amigos y la familia de Carol.

Cuando, media hora después, empezó a sonar la canción *Señorita* de Camila Cabello y Shawn Mendes, Carol, que se había preparado un baile para sorprender a su marido, se acercó a él con sensualidad, lo cogió de la mano y lo sentó en una silla. Todos aplaudieron divertidos, mientras que el padre de Daryl se horrorizaba.

Daryl sonreía como un tonto. A Carol le encantaban aquellas

cosas y, a pesar de la vergüenza que le estaba dando ser el centro de atención, se sentó y disfrutó aquel baile que su sensual mujer le dedicaba.

Con la mirada se entendieron. Aquella canción era muy importante para ellos y cuando, minutos después, el baile acabó y Carol, sentada sobre él, lo besó, los asistentes aplaudieron y gritaron eso de «¡Vivan los novios!».

La fiesta prosiguió. Todos bailaban, reían, disfrutaban, y cuando la *nonna* de Carol dejó sobre una mesa varias botellitas de ron blanco de marihuana, Daryl se llevó las manos a la cabeza y sonrió. ¡Ya estaba tardando mucho!

Can y él se acercaron divertidos hasta donde estaban aquellas botellas. Can se moría por probar el ron de marihuana y, después de que la *nonna* les llenara un par de vasitos, Konrad, el abuelo de Carol, indicó dirigiéndose a Daryl:

—Daryl Michael Simmons, ¡cuidadito, guiri, que luego pasa lo que pasa...!

Al oír eso, Daryl sonrió. Can también y, tras dar un trago, ambos se miraron.

—*Halleloo!* —soltó Can—. ¡Está de muerte!

Su amigo asintió.

—Pero cuidadito..., que este ron lo carga el diablo.

A las cuatro de la madrugada, la fiesta seguía, pero en vez de un DJ, en el escenario había un grupo flamenco tocando musiquita española con el que disfrutaban Carol, Sonia y Yanira. Su sangre española así se lo pedía y, cuando subieron a cantar la canción *A mi manera*, como habían hecho en la despedida de soltera de Carol en Venecia, Daryl musitó dirigiéndose a Can:

—Está visto que las chicas saben divertirse.

Él asintió y retiró la mirada de Sonia. Si la seguía mirando al final iría a besarla.

Ella, que se estaba divirtiendo en el escenario, al ver a su chico dirigirse hacia los aseos del fondo de la finca, se bajó sin dudarlo y se encaminó hacia allí con disimulo. Luego, cuando se sintió protegida por la oscuridad, cogió su mano sorprendiéndolo y dijo:

—Vamos, ¡sígueme!

Sin dudarlo, y entre las sombras de la noche, él lo hizo hasta que llegaron a un lugar de la finca donde no había nadie. Ambos sonrieron mirándose, y Can, apoyándola contra una pared, la besó.

Un beso llevó a otro. Una caricia a otra. Verse y no poder tocarse ni acercarse los estaba matando, y Can preguntó:

—¿Lo estás pasando bien?

Encantada con ese momento íntimo, Sonia repuso al notar que Can llevaba su mano hasta la liga:

—Ahora sí que lo estoy pasando bien.

Ambos rieron. Sabían lo que iba a pasar y, mientras se oía de fondo el sonido de las guitarras, Can susurró:

—Te deseo...

—Yo más...

Todo estaba dicho.

Amparados por la oscuridad de la noche, y conscientes de que por allí no pasaría nadie, Sonia le desabrochó el pantalón con urgencia mientras lo besaba y, una vez que tuvo en la mano su magnífica erección, él le subió el vestido, la cogió entre sus brazos y, tras retirar la braga, guiando su pene hasta la caliente humedad, se introdujo del tirón en ella.

Aquella sensación los hizo jadear a ambos.

—Me está matando no poder tenerte a mi lado —susurró Can mirándola.

Sonia no podía hablar. El placer que aquel momento le estaba proporcionando lo quería disfrutar a tope y, como pudo, susurró:

—Bésame...

Can lo hizo y, de pronto, se clavó en ella con fuerza de nuevo y ambos se estremecieron. Durante varios minutos el ritmo de las caderas del comandante cambió. En ocasiones era duro, en otras suave, en otras fuerte. Sonia jadeaba con aquel juego que se traían entre los dos, hasta que un orgasmo increíble los asoló y se quedaron agotados.

Sin moverse, apoyados contra la pared y sólo oyendo sus agitadas respiraciones, estuvieron unos minutos, y cuando Can la soltó y ella posó los pies en el suelo, musitó sonriendo:

—Cómo me gustan estas locuras contigo.

Los dos rieron y, en cuanto estuvieron de nuevo arreglados y presentables, Can dijo tras un último beso:

—Regresa a la fiesta tú. Yo lo haré después.

Sonia asintió y se encaminó hacia allí. Y más tarde lo hizo Can.

A partir de ese instante, a éste le resultó aún más difícil permanecer apartado de Sonia. Quería estar con ella. Deseaba disfrutar de la fiesta con ella.

En un momento dado, Yanira, que estaba en el escenario cantando, al terminar un tema que todo el mundo había bailado, dijo:

—Busco a mi marido... Dylan Ferrasa, ¿dónde estás, guapo míoooooo?

Dylan, que en ese instante estaba charlando con Can y Daryl, la miró al oírla y en su mirada vio aquello que siempre lo había enamorado de ella.

—Cariño, ¿puedes subir al escenario? —pidió Yanira.

Sus amigos lo animaron divertidos, Dylan era un tipo discreto, y sonriéndoles susurró:

—La voy a matar.

Una vez que Dylan estuvo en el escenario junto a Yanira, ésta, al ver su expresión, sonrió, le dio un beso que hizo que todo el mundo aplaudiera y, con el micrófono en mano, dijo haciendo que él se sentara en un taburete alto:

—Voy a cantar una preciosa e íntima canción que nos encanta. Es de un buen amigo al que ambos queremos mucho, Luis Miguel, y se la quiero dedicar a todas las personas enamoradas que hay en la fiesta, pero en especial a ti, por ser el amor de mi vida y el hombre con el que me encanta dormir.

Todos los asistentes aplaudieron encantados, Dylan la besó y Yanira, como la gran profesional que era, añadió dirigiéndose al público:

—Ahora quiero que todo el mundo se busque una pareja, se abracen, se quieran, se pongan románticos y salgan a bailar y a disfrutar de esta preciosa canción.

Instantes después comenzaron a sonar los primeros acordes de

Dormir contigo de Luis Miguel, y Sonia, al oírla, murmuró mirando a Ginger:

—Me quiero morirrrrrrrrrr...

Carol, que desde donde se encontraba era consciente de la situación que estaban viviendo Can y Sonia, intercambió una mirada con Daryl y luego, acercándose a Can, dijo cogiéndolo de la mano:

—Vamos, guaperas. Baila conmigo.

Sin dudarlo, Can caminó de la mano de la novia hasta la pista.

Daryl sonrió al verlo y, decidido, se fue hasta donde estaba Sonia, que en ese instante hablaba con su hermana, y parándose frente a ella le tendió la mano.

—¿Me concederías este baile?

Ella asintió encantada.

En el escenario, Yanira miraba a Dylan mientras le cantaba aquella sentida canción y su guapo marido disfrutaba escuchándola. Sabía que todo aquello que decía la letra, palabra por palabra, era lo que ambos sentían cuando dormían juntos, y, sin moverse del taburete, pero mirando a los ojos a su mujer, disfrutó del momento.

Carol bailaba con Can. Daryl con Sonia. Y, cuando se encontraron en el centro de la pista, que estaba en penumbra, Carol indicó con una sonrisa:

—¡Cambio de pareja!

De inmediato, Can y Sonia sonrieron. Aquello que acababan de hacer sus amigos era de agradecer. Ambos lo necesitaban. Y, tras mirarse con picardía y ver que estaban en el centro de la oscura pista y nadie podía verlos, Sonia murmuró:

—Hola...

Can sonrió complacido.

—Hola...

En silencio y abrazados, por fin pudieron bailar juntos, y entonces ella preguntó:

—¿Por qué has estado evitándome toda la noche?

Consciente de que llevaba razón, Can repuso:

—Porque, si estoy a tu lado, soy capaz de mandar todo este teatrillo a la mierda. Y quiero hacer las cosas bien por mi madre.

—Espero que cuando lleguemos a casa esta noche me lo recompenses —suspiró ella.

—Con creces. —Can sonrió.

Disfrutar de aquel momento de intimidad era lo que ambos deseaban y cuando, minutos después, la canción terminó, Can la besó sin poder evitarlo. Necesitaba hacerlo.

La pista se iluminó de nuevo y no tardaron en separarse. Aquello era lo último que les apetecía, pero, tras darse un último apretón de manos, cada uno se fue por su lado.

Ginger, que los había estado observando, miró a Sonia cuando ella llegó a su lado.

—Qué pareja tan maribonita hacéis —comentó.

Ella sonrió y no dijo más. Sobraban las palabras.

A las cinco y media de la madrugada, se dio por finalizada la fiesta. Daryl y Carol despedían en la puerta de la finca a los invitados con una sonrisa. Lo habían pasado fenomenal.

Sonia, tras decirle adiós a la encantadora familia de los novios, fue entonces con urgencia al baño. Lo necesitaba.

Una vez que salió, se encaminó hacia donde estaba todo el mundo, pero al llegar a una esquina vio a Can hablando con una mujer. Con curiosidad, se detuvo. ¿Quién era aquélla?

Durante unos segundos los observó, hasta que oyó decir a su espalda:

—Las mujeres lo adoran y él las adora a ellas..., ¿acaso crees que eres especial?

Al volverse, se encontró con Ayaz, que era obvio que disfrutaba con la situación. Pero, cuando Sonia se disponía a hablar, él continuó:

—Fue una jugada muy sucia contarle a mi hijo lo de Minerva y mis otras amantes. Si antes no me gustabas, ahora menos aún.

Sonia resopló molesta y, sin achantarse, replicó:

—Usted tampoco me gusta a mí.

Ayaz sonrió. Aquella descarada no iba a salirse con la suya.

—Vas a dejar a mi hijo porque yo lo ordeno —dijo.

Oír eso la hizo sonreír. Pero ¿quién se había creído que era aquel tipo? Y, con la misma chulería que él, espetó:

—Justo porque usted lo ordena, yo voy a hacer todo lo contrario.

Luego se miraron fijamente a los ojos. No se gustaban nada.

—Drogo es una empresa familiar —dijo Ayaz—. La fundó mi abuelo y mi padre siguió con ella. Con el tiempo pasó a mis manos y la convertí en High Drogo, y mi intención es que el legado familiar lo continúe mi hijo, para que él se la pase a su primogénito. Can adora High Drogo por muchas razones y, si lo conoces, como presumes de hacerlo, debes saberlo. Pero si él sigue casado contigo venderé la empresa antes que dejársela a él y...

—Pero ¿qué está diciendo? —murmuró ella sin dar crédito.

Ayaz se alegró al ver su expresión. Era consciente de la incertidumbre que acababa de crear en ella.

—De ti depende que Can posea lo que siempre ha deseado o no —soltó—. No tengo nada más que hablar contigo.

Y, dicho eso, el hombre dio media vuelta y se alejó con una tranquilidad pasmosa.

Boquiabierta y turbada, Sonia miró hacia donde segundos antes Can hablaba con aquella mujer, aunque en esos momentos ya no estaban; se llevó la mano al corazón y sintió que le latía a mil.

Agobiada por lo que el padre de Can le había dicho y con la cabeza a punto de explotar, se aproximó a una de las barras y se sirvió un poco de agua. Estaba sedienta.

Sabía lo que High Drogo representaba para Can. Era su sueño. Su proyecto de futuro. Cientos de veces él le había hablado de la empresa, de lo orgulloso que se sentía de ella y de las cosas que tenía planeadas hacer en cuanto su padre la dejara en sus manos.

Angustiada y con el vaso de agua en la mano, Sonia se sentó en una de las sillas que había junto a una mesa. Desde allí podía ver a su hija riendo y jugando con Brooke, Ginger y las hermanas de Can y, sin poder evitarlo, las lágrimas acudieron a sus ojos.

¿Por qué la vida se lo ponía tan difícil?

¿Por qué, justo cuando había encontrado el amor y era correspondida, ese problema se interponía en su camino?

Adoraba a Can, lo amaba, como sabía que él la adoraba a ella. Pero algo en su interior le gritaba que si Ayaz hacía lo que había dicho con High Drogo, él no lo podría soportar y quizá algún día se lo echaría en cara.

Se retorció las manos nerviosa.

¿Qué debía hacer?

¿Tenía que proseguir con su bonita historia de amor y dejar las cosas como estaban o ponerle fin a ésta por el bien de Can?

Capítulo 76

～

Estaba abstraída en sus pensamientos cuando oyó ruido de sillas a su lado y vio que se trataba de Mia, la madre de Can.

La mujer, al verla con los ojos llenos de lágrimas, se apresuró a decir:

—Pero, hija de mi vida, ¿qué te pasa?

Tragando el nudo de emociones que se acumulaba en su garganta, Sonia respondió como pudo:

—Nada...

Pero Mia no la creyó. Sin duda a aquella muchacha de imborrable sonrisa le ocurría algo.

—No me lo creo —declaró—. Tus tristes ojos hablan y tus lágrimas te delatan. ¿Qué te sucede?

A Sonia la cabeza le iba a mil. Necesitaba encontrar rápidamente algo que decirle para explicar sus lágrimas y, sin pensarlo, soltó:

—Mis padres se están divorciando.

Horrorizada, Mia la abrazó enseguida.

—Hija..., lo siento. No sabía nada.

Al ver la sorpresa en su mirada, Sonia supo que su madre no se lo había contado a sus amigas.

—¿Estás bien? —insistió la mujer—. ¿Y tus hermanas?

—Sí..., Mia, no te preocupes.

—¿Tus padres están bien?

Sonia se encogió de hombros.

—Sí. Por suerte, sí.

—La vida en pareja es bonita, trae infinidad de momentos preciosos, pero también es dura y complicada —murmuró entonces Mia—. Mi hermana Berta se divorció hace años. Eran la pareja ideal. Nadie imaginó nunca que se separarían y, cuando pasó, recuerdo que mi hermana me dijo que ella y mi cuñado se querían mucho, pero que habían llegado a un punto en sus vidas en el que no sabían cómo cuidarse. —Y, mirando a su marido, añadió—: La vida en pareja no es fácil.

Durante unos segundos ambas permanecieron en silencio, hasta que Mia indicó apenada:

—Cariño, sé que apenas nos conocemos, pero si necesitas hablar con alguien, no dudes de que estoy aquí para lo que quieras.

Sonia asintió. Aquélla, que vivía al margen de todo lo que sucedía en su familia, era una buena mujer, y, mirando hacia donde estaban su hija, su hermana y las hijas de Mia, susurró:

—Gracias. Por suerte, tengo con quien hablar.

Mia siguió entonces la dirección de su mirada y se emocionó, era muy empática, y limpiándose una lágrima del rostro preguntó:

—¿Hablas de tu hermana y de mis hijas?

Sin dudarlo, Sonia asintió. ¿Qué más daba? Y Mia, abrazándola, afirmó:

—Soy una llorona. Si mis hijos me vieran me dirían: «¡Mamá, ya estás otra vez!».

Ambas sonreían cuando Amina se les acercó y, al verlas a las dos con los ojos llorosos, preguntó dirigiéndose a su madre:

—Pero, mamá, ¿qué te pasa?

Mia suspiró al oírla y a continuación, mirando a su hija, preguntó:

—¿Cómo no me lo habías dicho?

Amina miró a Sonia sin entender a qué se refería. Ésta se secaba las lágrimas cuando su madre, emocionada, insistió:

—Estas cosas se cuentan, hija... ¿Acaso creías que no me iba a enterar? Por Dios, Amina, ¿en qué estabas pensando?

Según oyó eso, Sonia miró a la joven. Aquellas palabras podían crear cierta confusión en ella, y Amina soltó molesta:

—¿Por qué se lo has dicho, Sonia?

—Yo no...

—Pero ¿cómo no me lo iba a decir? —la cortó Mia.

Amina suspiró.

—Mira, mamá. Sé que esto no se puede ocultar, claro que lo sé. Por eso lo hablé con Raissa, Sonia, Can, papá y... y, la verdad, como todo te lo tomas tan a la tremenda siempre, no sabía cómo decirte que estoy embarazada y que he decidido ser madre soltera.

Sonia cerró los ojos al oír eso. «¡Madre mía, qué desastre!»

Y Mia, pasmada, musitó llevándose las manos a la boca mientras las lágrimas corrían por su rostro:

—Ay, Dios míooooo...

—A ver, mamá. Dramitas, los justos —insistió Amina—. Sé que es un bombazo que no esperabas, pero ha pasado y ¡voy a tener un bebé y estoy feliz!

—Ay, Dios míooooooooo... —repitió Mia.

Su madre y su dramatismo. Cuando iba a decir algo, Raissa se acercó a ellas junto a Brooke y, al ver a su madre en aquel estado, preguntó:

—Pero ¿qué pasa?

Amina suspiró y señaló a Sonia.

—Se lo ha dicho.

Sin dar crédito, Raissa miró a la joven y soltó:

—Joder, Sonia, ¡ya te vale!

Incapaz de despegar la lengua del paladar, ella negó con la cabeza y, cuando iba a hablar, Mia dijo sobrecogida por el embarazo de su hija:

—¿Acaso soy tan mala madre como para que mis hijas no me puedan contar qué les ocurre? —Raissa no contestó y Mia insistió levantándose de la silla—: ¿Te parece bonito que tenga que enterarme de algo tan importante de esta forma?

Brooke, mirando a una descolocada Sonia, cuchicheó entonces a media voz:

—Tata, ¿qué has hecho?

Brooke, Amina y Mia hablaban, discutían, y al final Sonia susurró:

—Yo no he hecho nada.

Ginger se acercó en ese momento con Ibiza de la mano y Sonia, al verlos, lo miró e indicó:

—Llévate a la niña de aquí. Yo iré enseguida.

Al ver la expresión de Sonia, por primera vez en su vida Ginger no replicó y, mirando a la pequeña, propuso:

—¿Nos tomamos una última *cocacoloide*?

—¡Guayyyy! —aplaudió la cría.

Una vez que se alejaron, Raissa, viendo a su madre en aquel estado y entendiendo que Sonia había soltado las bombas, dijo:

—Vale, mamá. Por la parte que me toca, te pido disculpas. Lo hablé con Can y con Amina porque me he enamorado locamente de Brooke y quiero casarme con ella. Ah..., y se lo dije a papá y telita la que me montó...

—Ay, Dios mío —susurró de nuevo Mia sentándose.

¿Que su hija iba a casarse con la hermana de Sonia?

—Mamá —añadió Raissa—, papá nos ha repudiado a Amina y a mí. A ella por ser madre soltera, y a mí por lesbiana. Dice que ya no somos sus hijas porque somos la vergüenza de la familia... Pero, vamos a ver, ¿de verdad que no te has dado cuenta de que en toda la noche no se ha acercado a ninguna de nosotras?

—Ay, Dios míooooo... —seguía musitando Mia mientras trataba de digerir todo aquello.

Una embarazada y la otra se iba a casar con una mujer. ¿Qué locuras eran aquéllas?

En ese instante apareció Can acompañado de Carol y Daryl, y el primero, al ver a su madre en aquel estado, se apresuró a preguntar:

—Mamá, ¿qué pasa?

La mujer, tremendamente desesperada, soltó entonces:

—Ay, Dios mío, Can..., ¡tu padre! Ay, ¡tu padre..., no me lo puedo creer!

Él, sin entender nada, miró a sus hermanas y después miró a Sonia, que, descolocada, no sabía qué decir; entonces Amina intervino:

—Sonia le ha contado a mamá... la verdad.

Boquiabierto, Can la miró. ¿La verdad? ¿Qué verdad? Sólo él y

Sonia sabían la verdad con respecto a su padre y sus amantes. ¿En serio había hecho aquello?

Carol, que tampoco entendía nada, se acercó entonces a una descolocada Sonia.

—¿Qué verdad le has contado? —preguntó.

Ella la miró. Si quería romper con Can por un motivo, ahí lo tenía. Ahí tenía el motivo por el que romper su relación con él, a pesar del dolor que eso le iba a causar.

Si él creía que ella le había contado aquello a su madre, sin duda no se lo perdonaría, pero algo en su interior se sublevó. Ella no había hecho nada, por lo que respondió mirando a Carol:

—Yo sólo le he dicho que mis padres se están divorciando.

La madre de Can lloraba desconsoladamente. Sus hermanas no paraban de hablar; en ese momento Ayaz se acercó a ellos y Mia exclamó al recordar lo que Raissa le había dicho:

—¡¿Qué has hecho?! ¡¿Qué narices has hecho?!

Ayaz miró a su hijo desconcertado. Después miró a Sonia e, incapaz de callar, siseó:

—Maldita seas, jodida bocazas.

En ese instante, Can no dijo nada y Sonia ni se movió.

Aquello era completamente surrealista. ¿Por qué todo el mundo la culpaba de lo que sucedía? Y entonces Mia, dirigiéndose a Can, añadió:

—Tú lo sabías. Tú también lo sabías y no me dijiste nada.

Con ojos acusadores, él miró a Sonia. No entendía el disgusto que su madre se estaba llevando por su culpa, pero la mujer, levantándose, se quitó de encima las manos de su marido y exclamó:

—¡No me toques!

Carol y Daryl no cabían en sí del asombro. Aquéllos eran los últimos invitados que quedaban en la fiesta. Can, al ver a su madre en ese estado, moviéndose como una leona enjaulada, se acercó a ella pero su padre intervino:

—De acuerdo, Mia. Te prometí que no volvería a estar con otra mujer, pero...

No pudo continuar, pues ella, al oírlo, le dio tal bofetón que todos se quedaron impresionados, y siseó:

—Te dije que no te lo volvería a perdonar.

Raissa, Amina y Can se miraron boquiabiertos.

Pero ¿de qué hablaba su madre?

Ayaz, sorprendido por aquella reacción, y avergonzado por la mirada de todos, dio media vuelta en el acto y se marchó. Necesitaba marcharse de allí, y nadie fue tras él.

Durante unos segundos todos permanecieron en silencio. Nadie hablaba. Lo ocurrido allí había sido terriblemente grave. Entonces Raissa abrazó a su madre intentando tranquilizarla y Can, volviéndose para mirar a Sonia, preguntó:

—¿Estás contenta?

Ella, que hasta el momento había permanecido en un segundo plano, negó con la cabeza. Estaba terriblemente bloqueada. A continuación él añadió levantando la voz:

—¡Te dije que te callaras. Que no contaras nada de lo de mi padre y sus amantes! Pero no..., no has podido contener la lengua y has tenido que soltar lo que no debías.

—¡¿Amantes?! —dijo Amina sorprendida.

Oír eso hizo reaccionar a Sonia, que susurró en un hilo de voz:

—Creo que...

—¡Mejor cállate! Ya has hablado bastante —soltó furioso Can.

Indignada por la situación, de pronto algo se rebeló en su interior y, plantándose frente a él, le espetó:

—A mí ni tú ni nadie me manda callar, ¡¿te queda claro?!

Daryl y Carol se miraron. Aquello se estaba poniendo feo. Can, mirándola, sonrió con acidez.

—Por tu bien, no me provoques más...

—Por tu bien, no me provoques tú a mí —replicó Sonia. En vista de que todos la culpaban a ella de lo ocurrido, ¿qué podía perder?

Carol le agarró entonces la mano para llamar su atención. Sin hablar, quiso decirle que era mejor que aquello quedara así, pero Can gritó enfadado:

—¡Una vez oí decir a tu madre que solías hacer todo lo que era inapropiado! Pues bien, creo que por fin la he entendido. ¡Te mueves por impulsos, sin pensar, y ante eso, ante esa maldita manía tuya, no se puede hacer nada!

Oír eso a Sonia la hizo sonreír con la misma acidez que él. Por aquello sí que no pensaba pasar y, cuando se disponía a replicar, Mia, deshaciéndose del abrazo de su hija Raissa, caminó hacia donde estaba Sonia y aclaró poniéndose a su lado:

—Ella no me ha dicho nada de lo que pensáis. —Y, levantando la voz, exclamó—: ¡Me lo habéis dicho vosotros! ¡Vosotros! ¿Por qué la acusáis a ella? —Ninguno dijo nada, y Mia prosiguió—: Sonia y yo hablábamos del divorcio de sus padres. Me decía que Raissa y Amina lo sabían, y en ese momento esta última se ha acercado y, no sé por qué, ha imaginado que Sonia me había contado lo de su embarazo.

—Nooooo —musitó Amina.

—Has sido tú quien me lo ha contado, ¡tú! —dijo su madre mirándola. Y, dirigiéndose a Raissa, afirmó—: Tú has hecho lo mismo, ¡maldita sea! Y posteriormente tu padre. Por tanto, dejad de culparla a ella, porque en ningún momento me ha dicho nada que estuviera fuera de lugar.

—Gracias, Mia —musitó Sonia agradecida.

Todos se quedaron descolocados sin saber qué decir. La habían culpado de algo que ella no había hecho. Can, mirándola y tomando conciencia de su gran metedura de pata, susurró:

—Sonia...

Oír su nombre hizo que ella negara con la cabeza. Su nivel de tolerancia esa noche ya había sobrepasado el límite.

—Mejor déjalo —soltó mirándolo.

Dicho esto, dio media vuelta para marcharse, pero luego se detuvo. Aún quedaba algo por decir, algo de lo que no se había hablado, y, tras mirar a Can con furia, confesó a Mia:

—Hay algo que todavía no sabes y que en este caso sí me voy a permitir el lujo de decírtelo yo porque soy una bocazas y, según algunos, me muevo por impulsos. Y es que tu hijo Can y yo nos casamos hace dos semanas en Las Vegas.

—¡¿Qué?! —musitaron Amina, Raissa y Brooke sorprendidas.

Mia parpadeó ante la noticia, y luego Sonia declaró dirigiéndose a Can:

—Quiero el divorcio. No quiero estar casada con alguien como tú.

Según dijo eso, dio media vuelta de nuevo y comenzó a caminar hacia donde estaban Ginger e Ibiza, mientras Can era rodeado por su madre y sus hermanas en busca de explicaciones.

Carol, tras mirar a Daryl, se soltó de su mano y corrió detrás de ella.

—A ver, cielo, respira —murmuró una vez a su lado—. Creo que te estás precipitando.

Pero Sonia, enfadada por las palabras de Can y su desconfianza hacia ella, susurró:

—Al casarme con él fue cuando me precipité.

Carol suspiró, entendía su enfado y, cogiéndola de la mano, la detuvo. Sonia, dolida, declaró con los ojos llenos de lágrimas:

—Él y yo nunca deberíamos haber estado juntos. Nuestros mundos no tienen nada que ver, apenas nos conocemos y ha quedado bien claro que a la primera de cambio desconfiará de mí y la damnificada siempre seré yo. —Y, desesperada, añadió—: Le prometí que no diría nada, ¡se lo prometí! Pero él los ha creído a todos antes que a mí. No ha dudado de ellos ni un segundo, pero sí de mí.

—Sonia...

—Yo no he dicho nada. ¿Cómo iba a contarle a Mia algo así? ¿Acaso soy tan mala persona como para no pensar en el dolor que le puedo causar? Pero no. Es más fácil desconfiar de mí y creer que tengo esa maldad que pararse a pensar y... Y luego está lo de su padre...

—¿Qué es lo de su padre?

Al pensar en lo que aquel hombre le había dicho en lo referente a High Drogo, Sonia guardó silencio al respecto. Quizá lo ocurrido era el empujoncito que necesitaba para poder tomar una decisión, y, basándose en lo que Carol había oído esa noche, contestó echando a andar de nuevo:

—Lo que ya has oído, lo de sus amantes... ¿En serio yo contaría algo así?

Carol resopló apenada; ella creía a Sonia. Ésta, al llegar junto a Ginger y su hija, dijo intentando sonreír por su pequeña:

—Muy bien, chicos, ¡la fiesta se ha acabado!

—Me lo he pasado de rechupete —afirmó Ibiza.

Carol la cogió entonces en brazos y, besándola, afirmó dándole tiempo a Sonia para respirar:

—Me encanta saber que te lo has pasado de rechupete.

—¿Estás bien? —le preguntó Ginger a Sonia al ver su gesto.

Ella asintió, pero, sin poderlo evitarlo, musitó:

—Estaré mejor cuando me marche de aquí. Venga, ¡vámonos!

—¿Y papi? —preguntó Ibiza.

Al oír eso, Sonia tomó aire y, mirándola, se agachó para hablarle.

—Cariño..., Can no viene.

—Pero, mami, si ha dicho que volveríamos con él en su coche.

Sonia no supo qué decir, pero la niña, sonriendo, miró por encima de su cabeza y exclamó:

—¡Ahí está!

Al oír eso, Sonia tomó aire, sin duda su hija se refería a Can, por ello se incorporó y se volvió.

—Estoy muy cabreada y no me apetece discutir. Así que aléjate de mí antes de que hable sin filtros y la pueda liar.

—Uis, Dios mío, ¡no me asustes! —cuchicheó Ginger.

Can no se movió, se sentía culpable por lo ocurrido, y, mirándola, dijo:

—Cielo, lo siento. —Ella no respondió nada, y él insistió—: He actuado sin pensar. Déjame explicarme.

—Tú y yo no tenemos nada más que hablar —repuso ella tratando de mantener el temple.

—Sonia...

Enfadada, ella gritó entonces en español:

—Maldita sea, ¡vete a la mierda y déjame en paz!

Instintivamente, y sin entender sus palabras pero sí sus gestos, él la cogió del brazo, necesitaba retenerla para hablar con ella, pero Sonia siseó:

—Tienes cinco segundos para soltarme o lo vas a lamentar. Cinco..., cuatro...

Ginger, al oírla, rápidamente preguntó:

—Pero ¿qué narices piensas hacer?

Can lo sabía, sabía lo que ella estaba a punto de hacer, entonces Daryl, interponiéndose entre ellos, dijo mirándolos:

—Dejando de lado que es el día de mi boda y no me está gustando cómo está terminando, os recuerdo que hay una niña que os está mirando.

Sonia suspiró. Daryl tenía razón. ¿Qué narices estaba haciendo?

Can, al ver el desconcierto en su mirada, obviándola, se acercó a Ibiza, se agachó y vio su carita.

—Cielo, no te asustes. Papi y mami han discutido. Nada más.

—¿Por qué?

Intentar explicarle a la pequeña aquello era complicado, y respondió:

—Maritonterías de mayores.

Ibiza sonrió y él, con pesar, dijo consciente de la situación:

—Tienes que irte con Ginger y con mami.

—Pero prometiste que regresaríamos juntos en tu coche.

Can asintió. Sabía lo que le había prometido, y que no cumplir una promesa rompía el corazón, cuando iba a responder, Sonia pasó por su lado, cogió la mano de su hija e indicó sin mirarlo:

—Cariño, vámonos.

Ver cómo aquellas dos se alejaban de él le partió el corazón a Can. Era la primera vez que tenía aquel raro y oscuro sentimiento de pérdida y no sabía cómo gestionarlo. Lo único que sabía era que por Ibiza tenía que actuar con cautela y debía recuperar a Sonia.

Daryl y Carol se acercaron compungidos a su amigo y él preguntó:

—¿Estás bien?

Can no respondió. No podía.

Sin apartar la vista, vio cómo aquellos tres llegaban al coche de Ginger y, una vez que Sonia le colocó el cinturón trasero a Ibiza, se subió al asiento del pasajero. Entonces Ibiza, bajando la ventanilla trasera con gesto triste, lo miró y, cuando comenzó a tocarse la mejilla con el dedo, Carol preguntó:

—¿Qué hace la niña?

Con una desolación que Can nunca había sentido en el corazón, se tocó la mejilla haciendo círculos con el dedo y susurró:

—Está pidiendo sus besos a distancia.

Instantes después, el coche de Ginger arrancó y al poco desapareció.

Capítulo 77

A la mañana siguiente, Can llamó mil veces por teléfono a Sonia, pero ésta no se lo cogió. No quería hablar con él.

Pensó en presentarse en su casa, pero saber que Ibiza estaba allí lo retenía. No tenía ganas de que la niña presenciara nada que pudiera hacerle daño.

El teléfono de Sonia no paraba de sonar. Las personas que la querían deseaban hablar con ella y, agobiada, tras indicarle a Ginger que se llevara a Ibiza a dar un paseo, se fue a ver a Charles. Hablar con él siempre la reconfortaba.

Cuando llegó a su casa y entró en el salón se sorprendió al encontrarse con su madre. ¿Qué hacía allí?

Mirando a su alrededor, vio unas cajas de mudanza y Albany explicó:

—Estoy recogiendo mis cosas, ¿algo que objetar?

Sonia negó con la cabeza y luego preguntó:

—¿Dónde está papá?

—Ni lo sé ni me importa —replicó ella con gesto hosco.

—Mamá, ¿por qué eres siempre tan desagradable?

Albany sonrió al oírla y no respondió.

Sonia la miró ofuscada y entonces recordó que su padre le había dicho que la noche anterior tenía una cita con Gunilla. Estaba claro que ésta se había alargado y, cuando se disponía a marcharse, su madre le soltó que Mia la había llamado para contarle lo sucedido. Según oyó eso, Sonia resopló, y entonces su madre gritó fuera de sí:

—¡¿Qué es eso de que te has casado como una vulgar cabaretera en Las Vegas con Can James Drogo y ahora te vas a divorciar?!

La joven suspiró. No pensaba darle explicaciones.

—Todo lo haces mal —siseó aquélla—. Te casas con un hombre adecuado pero de una manera inapropiada. ¿Cómo crees que puede tomarte en serio la familia Drogo? ¿Incluso Can? —Sonia maldijo y entonces su madre soltó—: Todo lo que tocas lo destrozas.

—¡¿Qué?! —preguntó sorprendida.

Albany asintió y, acercándose a ella, gruñó:

—Destrozaste mi vida cuando me quedé embarazada de tu padre. Luego volviste a destrozar mi relación con Charles. Él siempre miraba por ti antes que por mí. Dinamitaste mi relación con tus hermanas, pues ellas te buscaban a ti, no a mí. Encima impediste que tu hija me quisiera como debía quererme, y ahora que un buen hombre con dinero entra en tu vida, destrozas la relación con él.

—Pero ¿qué dices, mamá?

—Digo lo que pienso. Siempre has dado problemas. Esa manera tuya de ser siempre me ha amargado la existencia y ahora, no contenta con eso, también me avergüenzas casándote en Las Vegas como una... una... ramera.

Oír eso de boca de su madre no estaba siendo fácil. Por fin Albany había soltado la rabia que tenía acumulada hacia ella, pero de pronto se oyó:

—Si alguien ha avergonzado alguna vez a esta familia, ésa has sido tú.

Al volverse, se encontraron con Charles, que se hallaba en la puerta.

—Sonia no pidió venir al mundo, ¡la trajiste tú! Y, antes de que sigas soltándole tonterías a mi hija, te diré que nuestra relación la has destrozado tú. Siempre supe que quien se casó por amor fui yo. Tú nunca me quisiste, sólo deseabas mi dinero y el futuro que yo te podía proporcionar. Sí, Albany, sí. Fui tu tabla de salvación y te amoldaste a vivir conmigo. En cuanto a nuestras hijas, si buscaban a Sonia y no a ti era por el amor que ella les daba y que nunca obtuvieron de ti. Sonia es lo mejor que pudo pasarte en la vida, pero tú nunca supiste verlo así, aunque, por suerte, yo sí lo vi.

—Papá...

—Tranquila, hija. Por fin puedo decir esto que me he guardado durante tanto tiempo. —Y, mirando a Albany, añadió—: Si tu relación con Vania, Brooke o Cynthia nunca ha sido fluida, no creas que ha sido por culpa de Sonia; la culpa ha sido tuya y ¡sólo tuya! —soltó con desagrado mirando a la que había sido su mujer—. Siempre las has agobiado, las has criticado, las has juzgado. O hacían lo que tú querías o nada era válido para ti. Pero ellas, por fortuna, crecieron, se convirtieron en personas adultas e independientes con capacidad para elegir sus vidas. Y ni tú ni yo somos nadie para decidir por ellas.

Al oír eso, Albany sonrió con desagrado y soltó:

—¿Acaso te hace feliz ser el padre de una lesbiana?

Charles meneó la cabeza y a continuación replicó:

—Lesbiana, hetero..., ¿qué más da? Su condición sexual no es un problema para mí. Infeliz sería si alguna de mis hijas fuera una asesina, una depravada o una mala persona. Pero ése no es el caso. Me siento muy orgulloso de las cuatro hijas que tengo, ¡de las cuatro!

Sonia miró a su padre con los ojos llenos de lágrimas y éste, acercándose a ella, dijo tras abrazarla con mimo:

—Y tú, mi amor, eres la hija, la hermana y la madre que muchos querrían tener a su lado, porque eres buena, sensible y maravillosa. Que nadie, ni siquiera esta mala madre que te ha tocado tener, te haga creer lo contrario.

Emocionada, Sonia asintió, y Albany, mirándolos, añadió:

—Siempre he sentido que sobraba en esta familia.

Al oír eso, Sonia la miró y, tomando fuerzas, repuso:

—Quizá sientas eso porque nunca fuimos la familia que esperabas. Y, mira, mamá, te voy a decir algo que nunca te he dicho por respeto, pero, llegados a este punto, lo voy a hacer. Yo nunca he cumplido tus expectativas como hija; pues bien, mamá, quiero que sepas que tú tampoco has cumplido las mías como madre.

—Desagradecida gordinflona —murmuró la mujer—. Debería haber abortado cuando me enteré de que...

—¡Albany! —gritó Charles descompuesto.

Sonia le agarró entonces la mano y, sin inmutarse, susurró:

—Tranquilo, papá. Déjala que hable. Nada de lo que diga puede hacerme daño ya.

Y, furiosa, la venezolana prosiguió, mirándolos:

—Claro que hablaré. Hablaré de todo lo que me venga en gana. Debería haberte dejado en España con tus abuelos en vez de haberte traído conmigo a Londres en busca de un futuro mejor. Desde el minuto uno en que llegaste a mi vida, sólo has sido una pesada carga para mí.

—¡Albany! —protestó Charles, cada vez más furioso.

Pero a Sonia aquello no le hacía daño. Habían sido muchos años de entrenamiento y desprecios, por lo que, encogiéndose de hombros, repuso con tranquilidad:

—Pues gracias, mamá. Gracias por haberme traído a Londres y haberme dado un padre y unas hermanas increíbles, aunque no puedo decir lo mismo de ti.

—Créeme que oír eso no me quita el sueño —replicó Albany encogiéndose de hombros.

Charles, sin poder creerse las frías contestaciones de aquélla frente a su hija, al sentir que Sonia se tensaba soltó incapaz de callar:

—Algún día... te lo quitará.

A continuación, los tres se quedaron en silencio, sin duda estaba todo dicho, hasta que Albany añadió:

—Mañana me voy a vivir a Suiza con Leroy.

—Estupendo —afirmó Charles.

Sonia ni siquiera contestó.

La mujer, al ver que ninguno preguntaba nada más, agregó señalando las cajas:

—Esta tarde vendrá un camión a recoger mis cosas.

De nuevo se hizo el silencio entre ellos, y luego Charles, sin soltar a su hija, preguntó mirando a la que había sido su mujer:

—¿Algo más que decir, Albany?

La venezolana negó con la cabeza.

—Pues, por favor —continuó Charles—, si eres tan amable, devuelve las llaves de la casa de mis hijas y la mía y vete de una santa vez.

Albany sonrió al oír eso. Marcharse era precisamente lo que quería. Y, tirando las llaves al suelo, cogió su carísimo bolso de Chanel y salió del salón sin mirar atrás.

Al quedarse solos, Sonia y Charles se miraron y éste murmuró:

—Hija..., siento que...

—Tranquilo, Papuchi, no pasa nada.

Pero él replicó mirándola:

—Eres lo mejor que tengo en la vida, lo sabes, ¿verdad?

Sonia asintió. La conexión entre ellos siempre había sido colosal, y lo abrazó.

Minutos después, cuando ambos estaban más tranquilos, la joven preguntó:

—¿Volveremos a saber de ella?

Charles suspiró y, tras tomar aire, indicó:

—Espero que no, pero algo me hace pensar que cuando necesite dinero aparecerá.

Fueron juntos a la cocina mientras hablaban de lo ocurrido, y cuando regresaron al salón y se sentaron, Charles comentó:

—Me ha llamado Brooke. ¿Qué ha pasado, cariño?

Sin dudarlo ni un segundo, Sonia le contó todo lo ocurrido y se desmoronó. Con él podía hacerlo.

Y esa misma noche, necesitada de espacio para pensar y sin decirle nada a nadie para que no pudieran localizarla, Sonia, su hija y Ginger cogieron un vuelo que los llevó directos a la isla de Ibiza.

Capítulo 78

Durante esos días, el mundo de Can se volvió oscuro y siniestro. No sólo Sonia había desaparecido y era incapaz de encontrarla, sino que además el caos que se había formado en la casa familiar no lo dejaba vivir.

Mia, al enterarse de aquel nuevo engaño por parte de su padre, sorprendiéndolos a todos, le pidió el divorcio a Ayaz. No quería seguir casada con el hombre que llevaba más de media vida poniéndole los cuernos y que encima había tenido la desfachatez de repudiar a sus hijas y amenazar a su hijo con que o dejaba a la mujer con la que se había casado o vendería High Drogo.

En un principio Ayaz se negó, pero Mia, sacando una fuerza y un carácter que nadie esperaba, tras localizar a Minerva y conseguir unos documentos que a Ayaz no lo dejarían en buen lugar si salían a la luz, logró su propósito e inició los trámites del divorcio.

No obstante, lo sorprendente fue que, al día siguiente de que diera comienzo el proceso, los abogados de la familia llamaron a Can para reunirse con él. Al parecer, su abuelo, cuando le pasó la compañía a su padre, incluyó una cláusula que Ayaz había olvidado. En ella decía que, si Ayaz se divorciaba de su esposa, automáticamente la totalidad de Drogo pasaba a manos de su primer hijo varón. Y, aunque aquí no se incluía la parte de High, el peso de la compañía recaía en Drogo.

Eso los sorprendió a todos. Al primero, a Ayaz, que montó en cólera e intentó impedirlo. Pero, tras hablar con sus abogados y ver que no podía hacer nada, y que, sin el apoyo de Drogo, High sólo supondría pérdidas, decidió regresar a Turquía. Con el dinero que le quedaba en sus cuentas podría vivir con holgura en la casa que allí tenían. Mia se quedaría con la de Londres.

Sorprendido por todo aquello, en un principio Can no sabía qué hacer. High Drogo ya era suya. Sin embargo, su mente sólo podía pensar en Sonia y en encontrarla, y en cierto modo suspiró aliviado al saber que la joven nunca se enteraría de la repugnante jugada que su padre había querido hacer con ella y la empresa.

Él y sus hermanas, viendo la fortaleza de su madre, hablaron con ella y ésta les contó que ya había perdonado a su padre varias infidelidades desde que se casaron, lo que los sorprendió, pues nunca imaginaron algo así. Y Raissa y Amina se emocionaron cuando Mia les dijo con toda la tranquilidad del mundo que desde luego ella estaba ahí para apoyar las decisiones que tomaran en la vida.

Oír eso tranquilizó a Can. Era el hombre de la familia, y mantener unidas a aquellas tres mujeres que tanto quería era primordial para él, y más cuando le dijeron que debía buscar y encontrar a Sonia.

Para su sorpresa, a Mia siempre le había gustado aquella muchacha, con su manera de encarar la vida y de sacar adelante a su hija. Pero lo que más la impulsó a animarlo a seguir con su relación fue el amor que vio que su hijo sentía por la joven. Siempre había deseado que el amor entrara en la vida de Can y, si Sonia era su amor y la mujer que lo hacía feliz, ¿quién era ella para interponerse?

Decidido a tomar las riendas de su vida, Can mantuvo entonces una reunión con sus hermanas. Desde su punto de vista, la compañía, que él había heredado por ser el hijo varón de la familia Drogo, pertenecía a los tres, no solamente a él. No obstante, Raissa y Amina, viendo como siempre la buena predisposición de su hermano, tras hablarlo con él, decidieron dejar las cosas como estaban. La empresa pertenecería por completo a Can y, a cambio, ellas recibirían cada una un diez por ciento de los beneficios anuales. A Can le pareció una buena opción, y Mia, orgullosa de los hijos que tenía, decidió comenzar a vivir y disfrutar. ¿Acaso necesitaba a Ayaz a su lado para ser feliz?

* * *

Después de dos semanas, y tras haber solucionado en cierto modo el problema familiar, Can pudo centrarse al cien por cien en su propio problema: Sonia, que parecía haber desaparecido de la faz de la Tierra. Ni sus hermanas, ni las Ladies, ni el padre de aquélla eran capaces de decirle dónde estaba. Lo único que sabía era que *Medaigual* estaba con Marylycra y que, allí donde ella estuviera, estaban también Ibiza y Ginger.

Una mañana, mientras mentalmente repasaba una y otra vez todo lo ocurrido y era consciente de su gran metedura de pata al dudar de ella, su tatuador preguntó mirándolo:

—Ya está. ¿Qué te parece?

—Me gusta —respondió él lacónico al tiempo que se miraba la cadera izquierda—. Gracias, Collins.

El hombre asintió. Como siempre, le recordó cómo curarse el tatuaje, y, una vez que recogió sus cosas, se despidió de él y se marchó.

De nuevo a solas en su casa, Can caminó desnudo hacia el espejo, donde se miró el tatuaje con detenimiento.

—«*Yer shekh ma shieraki*» —musitó.

Aquellas palabras querían decir «Eres mi sol y mis estrellas» en idioma dothraki, la frase que a Sonia tanto le gustaba. Y, sí, ella era su sol y sus estrellas, y por ella, para recuperarla, si tenía que mover el mundo, lo movería, del mismo modo que pensaba seguir bajándole las estrellas.

Una hora después, el timbre de la puerta sonó y Can fue a abrir. Era Daryl, que regresaba de su maravillosa luna de miel en Hawái con Carol.

—¡Alohaaaaa! —lo saludó. Can suspiró. Y Daryl, observando su aspecto, de inmediato añadió—: Pareces un leñador ucraniano con esa barba.

Él no dijo nada. Lo último que le importaba eran sus pintas.

—¿Cuándo habéis regresado de Hawái? —preguntó mirándolo.

—Anoche —respondió su amigo.

Can no se movió de la puerta, y Daryl, viendo que no lo invitaba a pasar, cuchicheó:

—¿Estás solo?

El comandante gruñó enfadado:

—¿Con quién voy a estar?

Daryl asintió. Su amigo lo necesitaba, y, entrando en la casa, musitó:

—¡Qué maravilla..., hay que ver qué comunicativo estás!

Una vez en el salón, acarició con mimo la cabecita de *Chester* mientras Can replicaba:

—No estoy de humor.

—Pues peor para ti —soltó Daryl.

Ambos se miraron. Eran amigos desde niños, se conocían muy bien, y Daryl pidió:

—Siéntate y hablemos.

Can lo hizo y, explotando como una olla a presión, le contó todo lo acontecido con su familia, con High Drogo, y lo imposible que le estaba resultando localizar a Sonia. Daryl lo escuchó sin interrumpirlo. Can se desfogó y, en cuanto acabó, Daryl se levantó y abrió un mueble del que cogió dos vasos pequeños de chupito. A continuación, de una bolsa que llevaba sacó una botella y, cuando la dejó sobre la mesa, Can preguntó mirándola:

—¿Eso es ron blanco de marihuana?

Su amigo afirmó con la cabeza e indicó destapando la botella:

—Sí, amigo. Sabía que lo necesitabas, y la *nonna* trajo un cargamento.

Daryl sirvió para los dos y, tras bebérselos del tirón, Can musitó arrugando el entrecejo:

—*Halleloo*...

Daryl, al oír eso, que ya le había oído en otras ocasiones, preguntó curioso:

—¿Qué narices significa eso?

Can sonrió.

—No lo sé. Sólo sé que Sonia y las Ladies lo utilizaban en cualquier momento.

Ambos rieron, y entonces Daryl, que conocía la nueva situación de Can en High Drogo, preguntó:

—Entonces ¿ahora eres mi jefe?

Can resopló.

—Soy tu amigo —matizó sabiendo que eso nunca cambiaría—. Ya está.

Daryl asintió. Sabía que lo que aquél decía era la verdad, y Can, pensando en lo que realmente le importaba, preguntó:

—¿Por qué soy tan gilipollas?

—Dímelo tú —musitó Daryl.

—¿Por qué fui incapaz de pararme a pensar? ¿Por qué la culpé a ella?

—Porque la situación te descuadró —repuso su amigo—. Y, en ocasiones, cuando algo nos descuadra, la cagamos actuando sin pensar.

Can asintió. Sin duda aquél tenía razón y, mirándose las manos, y en especial aquella rara alianza que Sonia había elegido el día de la boda, murmuró:

—Sólo contestó a mi primer mensaje diciéndome que ojalá nunca me hubiera conocido.

Recibir aquel wasap destrozó a Can. ¿Por qué Sonia pensaba así cuando para él ella era lo mejor de su vida?

—Está claro que si quieres recuperarla te lo vas a tener que trabajar —señaló Daryl.

Can asintió, ése era su propósito, y, desesperado, indicó:

—No sé dónde buscarla y eso me está volviendo loco.

—Te entiendo, amigo..., te entiendo.

Durante unos segundos ninguno habló, hasta que Can preguntó:

—¿Carol ha hablado con ella? ¿Sabe dónde está?

Daryl negó con la cabeza. Carol y él, a pesar de estar de luna de miel, la habían llamado en varias ocasiones a su teléfono móvil, pero Sonia nunca lo cogía.

—Si lo supiéramos Carol o yo, te aseguro que tú lo sabrías también.

Can asintió y sonrió.

—Gracias.

Durante unos instantes ambos guardaron silencio hasta que Can dijo mirando a su alrededor:

—Hasta hace poco esta casa era mi remanso de paz, un lugar al que me gustaba volver para disfrutar del silencio, el orden o la tranquilidad. En cambio, ahora me está consumiendo. ¡Me asfixia! Necesito a Sonia, del mismo modo que necesito a Ibiza en mi vida. Ahora soy consciente de lo maravilloso que es oír sus risas, de lo divertido que puede llegar a ser el desorden y de lo increíble que es planear cualquier cosa a su lado. —Daryl asintió y Can continuó—: Me gusta todo de Sonia. ¡Me gusta hasta cómo respira! Y de pronto soy consciente de que no me importa que no cierre los botes de gel en la ducha o de que siempre se deje abierta la bolsa del pan de molde. —Ambos rieron por aquello y luego susurró—: Sé que cuando tú tuviste que luchar por Carol, te dije que si yo conociera a una mujer como ella, saltaría todas las barreras del mundo, pero no puedo hacerlo porque no sé dónde está.

Daryl asintió. Recordaba aquella conversación, y, mirándolo, murmuró:

—Dale tiempo. Ella volverá.

—Eso espero —afirmó Can desesperado.

* * *

Esa noche, tras marcharse Daryl a su casa, cuando Can se fue a dormir, de nuevo llamó al teléfono móvil de Sonia. Como era de esperar, ella no lo cogió y, cuando saltó el buzón de voz, simplemente dijo:

—Hola, cielo. Sólo te llamaba para desearte buenas noches. Te quiero y te echo de menos.

Tras colgar, se quedó mirando el aparato. ¿Acaso ella ya no lo quería ni lo echaba de menos?

Estaba pensando en ello cuando, como cada noche, buscó un vídeo que tenía guardado en el móvil. La noche en que operaron a Sonia de urgencia, cuando Ibiza le mostró la grabación que Sonia guardaba en su teléfono cantando aquella canción para que la niña se durmiera, Can no lo dudó y se lo envió a su propio móvil.

Y, apoyando la cabeza en la almohada, le dio al botón de reproducir y, con una sonrisa en los labios, vio a Sonia cantar con su guitarra el *Turu Turu*.

Capítulo 79

~

Una semana después, cuando Ginger, Sonia e Ibiza llegaron al aeropuerto de Gatwick, en Londres, mientras esperaban a que salieran sus maletas frente a la cinta de equipajes, Ginger comentó:

—*Halleloo!* Qué buen lejos tiene el tipo de la camiseta azul.

Sonia miró hacia donde él indicaba y se encogió de hombros.

—No está mal —repuso simplemente.

Ginger, consciente de lo desganada que estaba y de las grandes dosis de *cariñoterapia* que se habían dado esos días, insistió para hacerla reír:

—Oh, Dios, ¡huelo a lunes!

Sonia sonrió al fin, y él mirándola indicó:

—Vengo marifeliz por este tiempecito de sol y playa en Ibiza, pero qué ganitas tengo de coger mi cama.

Sonia sonrió. Ella también estaba cansada.

—¿Viene papi a recogernos? —preguntó Ibiza mirándola.

Oír eso a Sonia la agobió. La niña no dejaba de hablar de aquél. Y, aunque le había explicado con calma que debía dejar de llamarlo así porque ellos ya no estarían juntos, Ibiza se negaba a hacerlo, por lo que, con paciencia, Sonia respondió:

—No, cielo. No viene.

—¡Jooooooooooooooo! Pero llámalo —protestó la cría.

—I. C. E. P. —dijo Sonia.

—No quiero cerrar el pico. Quiero que llames a papi.

Sonia maldijo y, retirándose el pelo del rostro, insistió mirando a su pequeña:

—Cariño, por favor, Can no es...

—Es mi papi —la cortó la pequeña retándola con la mirada.

Ginger, al ver el agobio en la expresión de su amiga, se metió en medio de ambas y dijo señalando una maleta que salía por la cinta:

—Mira, cielo..., es la mía, ¡cógela!

Sin dudarlo, Ginger se encaminó hacia allí y, agarrando de la mano a Sonia, musitó:

—Dale tiempo. Siempre quiso tener un papi, y Can ha sido tan mariideal con ella que ahora necesitará un tiempo para olvidarlo.

Sonia asintió. Sabía que Ginger tenía razón.

—Vente esta noche a dormir a casa con nosotras —indicó.

—Y el resto de la vida, cariño —afirmó aquél.

Segundos después, Ibiza llegó hasta ellos con la maleta de Ginger y preguntó mirándolos:

—¿Podemos pedir pizza para cenar?

Sonia sonrió divertida.

—¿Quieres más pizza con toda la que has comido estos días?

La cría asintió y a continuación Ginger exclamó:

—Pues no se hable más, ¡pizza para todos!

* * *

Sobre las ocho de la tarde, y después de haber cenado, Ibiza se quedó dormida en el sofá. Estaba agotada tras el viaje. Con mimo, Ginger la cogió entre sus brazos y la llevó hasta la cama.

Sonia miraba al techo sentada mientras pensaba que esa noche de nuevo le costaría dormir. La casa olía a Can. Había infinidad de cosas suyas por todas partes, y, observando la estantería de los recuerdos, sonrió al ver la liga negra. Tras la boda de Daryl y Carol, al llegar a la casa, se la había quitado y la había dejado allí. Sin duda había pasado a ser un recuerdo más.

Cerrando los ojos pensó en el día en que se la había regalado aquella mujer en el parque y en cómo los dos habían jugado con el tema de su custodia. ¡Qué bonito recuerdo!

En ese instante, su móvil sonó. Había recibido un mensaje y, sin necesidad de mirarlo, supo de quién era.

Cielo, no puedo vivir sin ti. Te quiero.

Leer eso le dolía en el alma. Ella no podía vivir sin él, también lo quería. Pero era consciente de que estar juntos supondría para Can la pérdida de aquello por lo que tanto luchaba: la compañía High Drogo. Y, no, no podía hacerle eso porque, si lo hacía, tarde o temprano terminaría odiándola.

El problema era cómo rechazar a alguien a quien quería y, sobre todo, ¡que la quería a ella! Si al menos Can no la quisiera, todo sería más fácil. Pero no era así. Can la quería y la buscaba.

Agobiada, se levantó del sofá, se dirigió hacia la ventana y, asomándose a ella, vio a la gente caminar por las calles. Unos iban solos. Otros en pareja. Otros en grupo. Quizá su destino fuera caminar sola.

Estaba pensando en ello cuando, tras mirar el póster de ella en Vancouver, sintió la necesidad de ir a la pista de hielo. Patinar siempre la destensaba, la relajaba, y quizá si iba un rato podría dormir esa noche.

Miró el reloj del móvil. A esa hora José ya estaría cerrando la pista. Sabiendo que ella y Ginger podían entrar cuando quisieran, tecleó en su teléfono:

Hola, José. ¿Clave? Besos.

No le hacía falta escribir más. José era quien controlaba las claves de las puertas de acceso a la pista y las alarmas. No era la primera vez que ella o Ginger le escribían para preguntársela.

Su contestación no tardó en llegar:

Hola, Gitanilla. Puerta B. Clave:
358A6NP9. Besos.

Estaba sonriendo por la rápida respuesta cuando Ginger entró en el salón.

—Lady Mini Stark está dormida como el angelito que es.

Sonia asintió y, cogiendo su bolso, le preguntó:

—¿Te importa si me voy un rato a patinar a la pista?

Ginger sonrió. Sabía lo bien que aquello le vendría y, tras guiñarle un ojo, susurró:

—Vete y disfrútalo.

Minutos después, una vez que Sonia se marchó y se quedó solo, Ginger suspiró. Estaba desesperado. Sonia e Ibiza no habían llorado tanto en sus vidas como durante aquellas dos últimas semanas. Sentir la pena que tenían por estar lejos de Can ¡lo estaba matando! Y, necesitando hacer algo por ellas, cogió su teléfono móvil, marcó un número de teléfono y, tras dos timbrazos, dijo:

—Sí. Soy yo, cariño... Sí, están bien. Ven a casa de Sonia. Tenemos que marihablar.

* * *

Cuarenta minutos más tarde, Sonia aparcó su coche en las inmediaciones de la pista. Con seguridad, se dirigió hacia la puerta B y, tras teclear la clave que José le había dado, la puerta se abrió sin que sonara la alarma.

Sonia entró y, cerrando tras de sí, se dirigió a los vestuarios. Allí tenía una taquilla personal.

Tras ponerse los patines, fue hasta la cabina para encender las luces de la pista. A continuación bajó y, en cuanto sus patines pisaron el hielo, se colocó los cascos que llevaba y comenzó a escuchar *Te esperaba* de Carlos Rivera. Lo siguiente que hizo fue empezar a patinar.

Durante dos horas lo hizo sin descanso. Cuanto más patinaba, más quería, hasta que, agotada, se sentó en el centro de la pista y se tumbó. El suelo estaba helado, pero esa sensación siempre le había gustado, por lo que, cerrando los ojos, prosiguió escuchando música mientras oía al mismo tiempo el latido de su corazón.

La tranquilidad reinaba a su alrededor hasta que, de pronto, algo la perturbó. Le había parecido oír un golpe y, al incorporarse para mirar, se llevó la sorpresa del siglo cuando vio a Can despanzurrado en un lateral de la pista de hielo.

Se levantó con agilidad, fue hasta él y, quitándose los auricula-res, le preguntó frunciendo el entrecejo:

—¿Qué narices haces aquí?

Can la miró. Por fin tenía ante sí a la mujer que buscaba con desesperación. Y, sin decirle que había hablado con Ginger y que él le había dicho dónde estaba, susurró tocándose la cabeza:

—Hola, cielo.

Sorprendida, Sonia lo miró. Nunca había visto a Can con barba. Entre el pelo suelto, las barbas y que estaba espatarrado en el suelo, su pinta de «salvaje», como decía Ginger, era descomunal; aun así, sin acercarse a él, preguntó de nuevo:

—¿Cómo has entrado?

Él no contestó, y entonces ella, asintiendo, cuchicheó:

—Voy a matar a Ginger.

Can intentó levantarse, pero cayó de nuevo al suelo. Con el ra-billo del ojo vio que ella sonreía y, mirándola, dijo:

—Vale, es muy gracioso ver cómo me caigo. ¿Podrías ayudar-me, por favor?

Entonces Sonia se acercó a él, se agachó y repuso:

—No. —Oír eso lo hizo resoplar y, cuando se disponía a protes-tar, ella se alejó de él mientras añadía—: Tú has entrado solo en la pista. Tú solo saldrás.

Sin dar crédito, vio cómo ella proseguía patinando sin hacerle ningún caso. Estaba claro que no se lo iba a poner fácil.

De distintas formas, Can intentó levantarse, pero le fue imposi-ble. Cada vez que parecía que lo conseguía, volvía a resbalar y a caerse. Aquello era humillante.

Mientras tanto, Sonia lo observaba de reojo. Los golpes que se estaba dando le dejarían el trasero dolorido durante días, y cuando finalmente se apiadó de él, dijo acercándose:

—Arrodíllate. Apoya el pie derecho en el hielo, la mano derecha en la rodilla y levántate.

Can hizo lo que le pedía. Consiguió levantarse y, cuando volvió a resbalar, ella lo sujetó con fuerza y, tras llevarlo hasta la valla, lo hizo salir.

—Y ahora vete —añadió mirándolo.

Una vez que tuvo los pies en suelo firme, Can suspiró, volvía a sentirse seguro, y musitó:

—Cielo, tenemos que hablar.

Pero Sonia se separó de él patinando por la pista y respondió:

—No soy tu cielo y no tengo nada que hablar contigo. Bueno, sí: ¿contratas tú a un abogado para que nos gestione el tema del divorcio?

Can maldijo. ¿Por qué seguía con aquello?

—Yo no quiero divorciarme —siseó.

Sonia, al oírlo, se encogió de hombros y, con tranquilidad, a pesar de cómo se sentía, afirmó:

—Pero yo sí —y con rebaba cuchicheó—: Ya sabes que me muevo por impulsos.

Oír eso a Can le dolió. Estaba claro que era un bocazas.

—Cielo, lo siento. No debería haber dicho eso. No lo pensaba y...

—Sí, sí lo pensabas. Ése es el problema: ¡que lo pensabas! —lo cortó ella, que de nuevo se alejó para proseguir patinando por la pista.

Can, al ver aquello, decidió sentarse en las gradas. Tarde o temprano Sonia tendría que salir de la pista. Esperaría lo que hiciera falta.

Un buen rato después, y viendo que él no se movía, ella decidió salir. Y, cuando lo hizo, mientras les ponía las protecciones a las cuchillas, lo sintió a su lado y dijo:

—A ver, Can, creo que ya te lo he dejado todo claro. ¿Qué quieres?

Asombrado por su frialdad, él replicó:

—¿Cómo que qué quiero? ¡Quiero recuperar a mi mujer!

Oír eso hizo que Sonia se estremeciera. Volver con él parecía fácil. El modo en que la miraba le hacía entender que la necesitaba como ella a él. Pero era imposible. Y, pensando en lo que el padre de aquél haría con la empresa si seguían juntos, dijo consciente de que tenía que alejarlo de ella:

—No puede ser. Lo hemos intentado, pero no puede ser.

—Puede ser y lo sabes.

—¡Venga ya, piloto! —intentó mofarse.

Y, sin mirar atrás, echó a andar hacia los vestuarios, hasta que lo oyó ir tras ella y decir:

—Te quiero, me quieres, y esto que ha pasado simplemente ha sido un tropiezo en el camino.

—¡Venga ya, Can! —gruñó Sonia.

Él, sin dejar de perseguirla, insistió:

—Cielo, por favor. Párate y hablemos. —Ella obedeció y entonces él indicó—: Cometí el error de no pensar aquella noche. Me dejé llevar por el momento y la sorpresa, y volqué en ti toda la rabia y el malestar que sentía.

—Mira qué bien...

—Y te pido perdón por ello. Actué sin pensar y...

—De acuerdo, Can. Perdonado —lo interrumpió ella—. Y ahora ¡vete!

No quería que continuara hablando, pero él añadió:

—Si algo tengo claro es que tú y yo funcionamos. Te lo dije aquel día en el hospital y sigo pensándolo.

Sonia sintió ganas de llorar, pero, tomando aire, sonrió. Oír eso no estaba siendo fácil, especialmente porque tenía que quitárselo de encima como fuera. Debía hacer que él quisiera separarse también de ella por su propio bien, y, evitando pensar en lo que él decía, musitó:

—Mira, todo eso que dices suena muy bonito, pero no puede ser y punto. Tú y yo no nos conocemos. Apenas sabemos nada el uno del otro, y en Las Vegas nos dejamos llevar por el momento. Así que divorciémonos, olvidemos que el otro existe y dejémoslo estar. No hay nada más que hablar.

—Te quiero —insistió él.

Oír eso mientras sentía su mirada comenzaba a hacerla flaquear. Sonia lo necesitaba tanto como él a ella, e indicó sintiendo que no podía contener más el llanto:

—Por favor, necesito que te vayas y me dejes. Necesito pensar.

Ver las lágrimas en sus ojos lo mataba, lo dejaba sin saber qué decir.

—Pensemos juntos —musitó—. Hablemos.

Pero Sonia negó con la cabeza y, limpiándose con furia las lágrimas que resbalaban por sus mejillas, imploró:

—Can, por favor, déjame respirar. Me estás agobiando. Ya hablaremos en otro momento. Pero, por favor..., por favor..., vete. Necesito que te vayas. Necesito que te alejes de mí.

Ver su mirada triste y sus lágrimas lo rompió en dos. Sonia no se merecía estar pasando por lo que estaba pasando. Él había metido la pata y tendría que buscar la mejor manera de llegar hasta ella, por lo que, intentando no agobiarla en exceso, claudicó y susurró:

—De acuerdo.

Y, con toda la pena del mundo y sintiéndose un fracasado, dio media vuelta y se marchó. Sonia necesitaba respirar.

Capítulo 80

Una hora después, Sonia continuaba dando vueltas en la pista de hielo, hasta que finalmente, viendo que eran las doce de la noche, decidió que debía regresar a casa.

Tras pasar por la taquilla para cambiarse de calzado y salir a la calle, caminaba en dirección a su coche cuando de pronto su teléfono sonó. Era Ginger.

—Mira, portera de barrio —soltó Sonia al contestar—, que sepas que estoy muy enfadada contigo. ¿Cómo se te ocurre decirle a Can dónde estaba? Pero ¿tú en qué mundo vives? ¿Acaso no he pasado contigo dos malditas semanas hecha una mierda para que ahora, nada más volver, le...?

—Sonia...

—¡Que te calles! ¡Que estoy enfadada!

—Ay, Sonia, por favorrrrr...

Su voz trémula hizo que finalmente ella guardara silencio y a continuación preguntara:

—A ver, ¿qué? ¿Qué te pasa ahora?

Ginger, que era un manojo de nervios, susurró mientras miraba una hoja de papel:

—Ibiza se ha ido...

Según oyó eso, Sonia dejó de respirar.

—¡¿Qué?!

—Se ha idoooooooooo.

—¿Cómo que se ha ido?

—Ay..., que se ha marchado con *Medaigual*.

La aludida sintió que todo el pelo de su cuerpo se erizaba; tomando aire para mantener la calma, iba a decir algo cuando Ginger, histérico, se arrancó:

—Me quedé dormido viendo una serie y, cuando me he despertado para irme a la cama, he pasado por su habitación ¡y no estaba! Pensaba que se habría ido a tu cama a dormir, pero ¡tampoco estaba! He buscado por toda la casa como una loca y no la he encontrado, hasta que he ido de nuevo a su habitación y he encontrado sobre el trono una hoja que dice: «*Medaigual* y yo nos hemos ido a casa de papi».

Acelerada, Sonia se tapó los ojos con la mano y, reaccionando con rapidez, indicó:

—Voy a llamar a Can...

—¿Qué hago? ¿Salgo a buscarla? ¿Llamo a la policía?

Mientras trataba de pensar con rapidez, Sonia abrió su coche sintiendo cómo se le aceleraba el corazón. Ibiza y ella habían ido muchas veces caminando hasta la casa de Can. Tenía claro que la niña sabía cómo llegar, pero estaba asustada.

—Quédate ahí —susurró—. ¡No te muevas, por si ella regresa! En cuanto a la policía, no sé..., no sé. Quizá... quizá mejor espera a que vaya a casa de Can y te diga si está allí o no.

Después de colgarle a Ginger, con las manos temblorosas buscó en su móvil el teléfono de Can. Tenía que localizarlo.

Por su parte, Can, al que no le apetecía regresar a casa y conducía por las calles de Londres, iba sumido en sus pensamientos cuando, al ver que la pantalla de su móvil le indicaba que tenía una llamada entrante de Sonia, se sorprendió y se apresuró a contestar.

—Ay, Dios, Can, ¡es Ibiza!

Al oír eso él parpadeó y, cuando iba a preguntar, Sonia exclamó:

—¡Se ha marchado de casa con *Medaigual* y ha dejado una nota diciendo que se iba a casa de su papi! ¡A tu casa! Ay, Dios, Can. ¡Ay, Dios! Son las doce de la noche. Es una niña pequeña. Está sola por las calles y... y... si le pasa algo no me lo voy a perdonar.

Entendiendo la gravedad del problema, Can asintió. En un momento como ése los nervios solían jugar malas pasadas; intentando tranquilizarla, dijo:

—Lo primero de todo, cielo, cálmate.

—No puedo, Can..., ¡no puedo!

—¿Dices que ha ido a mi casa?

Sonia asintió histérica.

—Eso dice Ginger que pone en la nota.

Can se metió entonces por una calle a la derecha y aceleró el vehículo.

—Estoy a quince minutos de mi casa. Te llamo en cuanto llegue.

—Can...

Sintiendo la angustia en su voz, él aceleró aún más y añadió:

—Cielo, no le va a pasar nada.

Sonia jadeó. Quería confiar en él, e, intentando actuar con cabeza, musitó:

—Voy hacia tu casa.

Y, dicho eso, cortó la llamada y, arrancando el motor de su vehículo, se dirigió hacia allí todo lo rápido que pudo.

Cuando, instantes después, Can llegó a su calle tras haberse saltado todos los semáforos de la ciudad en rojo, aminoró la marcha. Si Ibiza estaba allí, no quería asustarla llegando a toda mecha, y, cuando paró frente a su casa y la vio dormida, sentada en el escalón de la entrada con su perro en brazos, notó cómo la opresión que sentía en el pecho se desvanecía.

Respirando por primera vez desde hacía quince minutos, rápidamente marcó el teléfono de Sonia.

—Está conmigo —la informó.

Al oír eso, Sonia asintió con los ojos llenos de lágrimas.

—Gracias..., gracias..., voy para allá.

Cuando Can bajó del coche, el cachorro lo miró. Enseguida comenzó a gruñirle, y él, sentándose en el escalón junto a la niña, le tocó la cabecita al perro y murmuró:

—Muy bien, *Medaigual*. Así me gusta, ¡que la defiendas!

Al oír aquella voz a su lado, la niña abrió los ojos y, mirándolo, musitó:

—Hola, papi.

Oír eso a Can le llenó el corazón. Aquélla era su niña. Su hija. Y, cogiéndola entre sus brazos para estrecharla contra sí, suspiró cuando ella soltó:

—Papi, esa barba no me gusta.

Can sonrió. Y cuando iba a decir algo, ella lo miró y añadió:

—Mami me va a matar, ¿verdad?

Él asintió y luego le dio un cálido beso en la frente.

—Esto que has hecho no ha estado bien, y lo sabes. Has asustado a mami, a Ginger, y me has asustado a mí. Ibiza, no puedes salir a la calle sola en mitad de la noche. Podría haberte pasado algo.

La cría asintió y luego susurró con los ojos llenos de lágrimas:

—Es que quería verte y sabía llegar hasta tu casa.

—Ibiza...

—He aprovechado que mami y el tío Ginger estaban dormidos para venir. Y, mírame, no me ha pasado nada. *Medaigual* es un buen perro y me ha protegido muy bien.

Can sonrió y, levantándose del escalón con ella en sus brazos, indicó:

—Vamos, entremos en casa.

Una vez dentro, *Chester* los saludó encantado. Can fue con la pequeña hasta el salón y, tras dejarla en el sofá, habló con ella. Era evidente que había hecho aquello para estar con él.

Veinte minutos después se oyó el timbre de la puerta. Can abrió y vio el rostro desencajado de Sonia.

—Está bien. Tranquilízate.

—Pero ¿bien... bien...?

Can asintió, y Sonia respiró hondo. A continuación, tomando aire, entró en el salón. Ibiza estaba sentada en el sofá y, tras acercarse a ella, rápidamente la abrazó. Aspiró el maravilloso olor de su pelo y, con las lágrimas corriendo por su rostro, murmuró:

—No vuelvas a hacer esto nunca más.

Ibiza asintió al sentir cómo su madre temblaba y luego cuchicheó:

—Me vas a castigar, ¿verdad?

Sonia asintió, pero, feliz porque todo hubiera acabado bien, afirmó:

—Para el resto de tu vida.

Al oír eso, Can sonrió, y la cría susurró al oído de su madre:

—Mami, lo siento.

Oír eso de su pequeña a Sonia la hizo llorar todavía más y Can, sentándose junto a ellas, las abrazó. Madre e hija lloraban, estaban asustadas, y cuando consiguió que dejaran de hacerlo, preguntó mirándolas:

—¿Queréis un poco de agua?

Ambas asintieron y, después de que les llenara un par de vasos y ellas se bebieran el agua, la pequeña se recostó en el sofá agotada y, como si no hubiera ocurrido nada, se durmió. Can sonrió al ver aquello y musitó dirigiéndose a Sonia:

—Se ha dormido sin su «turu, turu...».

Ella asintió, Can no olvidaba ningún detalle; recostándose en el sofá, dijo en voz baja:

—¿Puedo pedirte un favor?

—Dime.

—Llama a Ginger y dile que Ibiza está con nosotros antes de que se corte las venas con un tenedor.

Sin dudarlo, Can lo hizo y, cómo no, durante diez minutos, además de tranquilizar a Ginger, le tuvo que jurar y mariperjurar que tanto la niña como la madre estaban bien.

Acto seguido, dejó el teléfono sobre la mesa y Sonia, al ver que la miraba, indicó poniéndose en pie:

—Tenemos que irnos.

Pero Can, aproximándose a ella, la agarró y, acercándola a su cuerpo, cuchicheó:

—Estás en casa. ¿Adónde quieres ir?

—Can...

—Cariño, por favor —suplicó él.

Sus miradas se encontraron y, segundos después, fueron sus bocas las que lo hicieron. Se besaron con deseo, con amor, con necesidad, con mimo y, cuando el bonito y pausado beso acabó, Can cogió a Ibiza en brazos y señaló:

—La llevaré a la cama.

Sonia asintió. No podía seguir luchando contra aquél. Lo quería demasiado como para separarse de él y, desesperada, se tapó la cara con las manos.

Pero ¿qué estaba haciendo?... No podía ser. Debía separarse de Can por el bien de él.

Cuando el comandante entró en el salón y la vio, caminó hacia ella y, agachándose para estar a su altura, le apartó las manos del rostro y preguntó:

—¿Qué te ocurre?

Incapaz de decirle lo que pensaba de verdad, Sonia murmuró:

—Can, no podemos seguir con esto.

—¿Con qué?

—Con nuestro matrimonio. Es una locura..., es...

—Te recuerdo que tenemos la custodia compartida de una liga negra.

—Can...

—Y eso por no hablar de Lady Mini Stark.

Sonia resopló.

—¿Ya no me quieres? —preguntó él entonces. Ella suspiró, lo adoraba, pero Can prosiguió—: Porque yo a ti no es que te quiera... Es que te amo, te adoro y te necesito. —Eso la hizo sonreír—. Soy consciente de que comenzamos nuestra relación por el tejado. La gente primero se conoce y luego se casa, pero nosotros nos hemos casado y ahora nos estamos conociendo. Aun así, ¿qué más da eso si nos queremos y somos felices?

—Can...

—Escucha, cielo, y piensa en las cosas que tenemos. Tenemos una niña, la custodia compartida de una liga, una canción y, sobre todo, y lo más importante, nos tenemos a nosotros y nos amamos.

Sonia resopló, sin duda lo suyo era una locura.

—Quiero enseñarte algo —dijo entonces Can poniéndose en pie.

Y Sonia, al ver que se abría la camisa y después se bajaba la cremallera del pantalón, preguntó boquiabierta:

—¿Qué me quieres enseñar?

Ver su expresión de sorpresa hizo sonreír a Can, que, mirándola, indicó:

—En tu cadera derecha llevas tatuado «*Yer jalan atthirari anni*», que significa «Eres la luna de mi vida», ¿correcto? —Sonia asintió y él, enseñándole su cadera izquierda, musitó—: Pues yo me he tatuado en la izquierda «*Yer shekh ma shieraki*», porque tú, mi maravillosa Lady Stark, eres mi sol y mis estrellas.

Pasmada, ella observaba el tatuaje.

—¿En serio no me quieres? —insistió Can.

Sonia lo miró, aquel hombre era el que siempre había deseado a su lado, y entonces lo oyó decir:

—¿O lo que no quieres es que mi padre venda High Drogo si continúo contigo?

A Sonia el corazón se le detuvo. ¿Cómo se había enterado? Eso era justamente lo que la estaba martirizando. Y, llevándose las manos a la cara, sin poder remediarlo comenzó a llorar.

Al verla, él se agachó para estar a su altura y la abrazó.

—Cielo, Ginger me lo ha contado, aunque yo ya lo sabía porque mi padre también me lo dijo a mí.

—Entonces entenderás por qué no podemos estar juntos. Yo no puedo hacerte eso.

Conmovido, Can preguntó:

—¿No puedes hacerme qué?

—Privarte de lo que siempre has deseado. Sé cuánto has luchado por High Drogo. Lo he visto. Adoras la empresa y...

—Tú —dijo poniendo un dedo sobre sus labios para que guardara silencio— eres mil veces más importante que la compañía. Y saber que te habrías sacrificado por mí me hace quererte muchísimo más. Porque, sí, cielo, adoro High Drogo, pero que te quede totalmente claro que más te adoro a ti.

—Pero, Can...

—Y si tuviera que elegir entre la compañía y tú te elegiría a ti sin dudarlo un segundo.

Emocionada por sus palabras, ella lo miró y musitó:

—Estás loco.

Can asintió sonriendo.

—Loco por ti. —Sonia suspiró—. Quien tiene magia no necesita trucos —añadió él—. Y tú, para mí, eres pura magia.

—Pero High Drogo es importante para ti y...

—High Drogo ya no pertenece a mi padre.

—¡¿Cómo?! —preguntó Sonia sin dar crédito.

Can asintió y se sentó a su lado.

—Cielo, en estas últimas semanas han pasado muchas cosas que sin duda desconoces. —Sonia parpadeó y él continuó—: Mis padres han iniciado los trámites de divorcio.

—¡¿Qué?!

—Mi padre lo aceptó, sin recordar que en ciertos papeles que él firmó al heredar la compañía de mi abuelo había una cláusula que indicaba que, si se divorciaba de mi madre, ésta automáticamente pasaría a pertenecer a su primogénito varón, es decir, yo.

—Nooooo —musitó Sonia.

Can asintió.

—Así que tienes ante ti al nuevo dueño de High Drogo. —Sonia no sabía si reír o llorar, y él añadió—: Ahora ya no tienes por qué alejarte de mí. Aun así, quiero que sepas que yo no te lo habría permitido porque siempre te habría elegido a ti. Y, por cierto, mi madre no ve el momento de abrazarte. Le encantó que te eligiera a ti como mi mujer y está como loca por disfrutar de Ibiza.

Sonia asintió, aquello lo cambiaba, y musitó:

—¡Ay, Dios!

Su mirada y esa expresión hicieron saber a Can que el fuego se estaba apagando, y, sonriendo, preguntó:

—¿Ese «¡ay, Dios!» es bueno o malo?

Incapaz de no hacerlo, Sonia sonrió. Estaba claro que la locura que había entre ellos continuaba latiendo con más fuerza si cabía, y afirmó:

—Es bueno, muy bueno. Y claro que te quiero. Nunca he dejado de quererte. Creo que me enamoré de ti en el primer instante en que te vi. Y, ahora que lo pienso, quizá el universo fue el que intercedió para que yo te cantara aquel día esa canción. Nuestra canción.

Al oír eso, que tanto necesitaba, Can asintió y cuchicheó sentándola sobre él:

—*Halleloo...* —Complacida, Sonia sonrió de nuevo y luego él susurró—: Cielo, te he echado muchísimo de menos y, como le has dicho antes a nuestra niña, esto que has hecho no vuelvas a hacerlo nunca más. Nunca.

Hechizada por aquel hombre, Sonia asintió, enredó los dedos en aquel pelo que siempre le había gustado y, tras besarlo, afirmó separándose de él:

—Te lo prometo.

Can sonrió feliz. Sin duda podía volver a respirar en todos los sentidos.

—Eres mi oxígeno, cielo —murmuró—. El puto oxígeno que necesito para vivir, y no veo el momento de normalizar nuestra vida, proponerte cosas, que tú me las propongas a mí y disfrutar de millones de momentos queriéndonos.

Divertida, Sonia soltó una carcajada. Aquello era lo que ambos necesitaban, lo que sin duda se iba a permitir vivir, y, tocando su incipiente barba, afirmó con cariño:

—Pareces un leñador.

—A Ibiza no le ha gustado.

—La verdad —sonrió ella—, te da un puntito de malote que me pone...

Can soltó una risotada, aquélla era su Sonia, la había recuperado, y añadió:

—Según Daryl, parezco un leñador ucraniano.

De nuevo ambos rieron. Entre ellos todo estaba bien. Y Sonia, dispuesta a proseguir con su bonita historia de amor, dijo entonces:

—¿Puedo proponerte algo?

—Me muero porque me propongas lo que te dé la gana.

Encantada, y con aquella picardía que a él tanto le gustaba, la joven paseó su nariz por encima de la de él y cuchicheó:

—¿Qué te parece si te propongo tener sexo los lunes, hacer el amor los martes, los miércoles morbosear, los jueves seducirte, los viernes follar y dejamos los fines de semana a la imaginación?

Can soltó una carcajada. Sin duda la felicidad y la locura junto a la persona que quería estaban de vuelta en su vida, y, levantándose con su mujer en brazos, caminó hacia el dormitorio y declaró convencido:

—Hoy es martes... ¿A qué estás esperando?

Epílogo

≈∽≈

Dos años después

—Ibiza, ¿puedes llevar a *Medaigual* y a *Chester* a la parte trasera de la casa?

—Mami, estoy con el tío Ginger, el tío Adriano y Milán.

—Ibiza, por favorrrrrrrrr, estamos sacando la comida al jardín y se la van a comer —pidió Sonia viendo a los animales rondando por la mesa.

Finalmente, la niña y su tío Adriano se ocuparon de los perros; era lo mejor para evitar un maridesastre.

Can, por su parte, estaba terminando de cocinar unas exquisitas tortillas de patata en la amplia y preciosa cocina de la casa que habían comprado a las afueras de Londres.

—Cielo, ¿con seis tortillas vale? —preguntó.

Sonia sonrió, esa noche tenían la cena temática española, y acercándose a él, dijo mientras se sujetaba un clavel con gracia en la cabeza:

—¿Tres con cebolla y tres sin ella?

—Sí.

Sonia asintió gustosa y a continuación indicó colocándole un sombrero cordobés en la cabeza:

—Por Dios..., ¡qué guapo estás!

Él rio y, viendo a su mujer vestida con aquel sensual vestido rojo de flamenca, repuso besándola:

—Tú sí que estás guapa.

Entre risas, se separaron el uno del otro antes de que sus ropas acabaran volando por los aires, y, saliendo al jardín, Sonia miró las mesas.

—Pulpo, gazpacho, croquetas, jamoncito del bueno, queso, las tortillas, calamares, pan con tomate y la estupenda paella de marisco que encargué en el restaurante español —dijo—. Y, de postre, ¡crema catalana! ¿Crees que habrá suficiente?

Can sonrió, allí había comida para un regimiento.

—Tranquila, cielo, que con hambre no se van a quedar —aseguró.

En ese instante se oyó el timbre de la puerta y cuando Sonia se disponía a abrir, Ginger salió de la habitación del fondo vestido de torero con un bebé en los brazos y dijo:

—Ya mariabrimos Milán y yooooooooooooooooooo.

Can sonrió al oírlo, y Sonia cuchicheó:

—Hablé con Ginger en lo referente a lo de dentro de dos semanas. No hay problema. Él y Adriano se quedarán con Ibiza y Milán aquí, en casa, para que tú y yo podamos irnos de fin de semana a Holanda.

—¡Estupendo!

—Eso sí, me ha dicho que Ibiza y Milán le mariencantan como nombres, pero que Holanda no mucho.

Ambos reían por aquello cuando las Ladies aparecieron en el jardín con su buen humor de siempre, y, vestidas para la cena temática española, exclamaron al unísono:

—¡*Hallelooooooooooooooo* y olé, torerooooooooooooooo!

Con cariño, Sonia y Can las saludaron. Sus cenas temáticas eran cada día más multitudinarias y divertidas. Todo el mundo se apuntaba, y eso a ambos les encantaba. Les gustaba que en su hogar la gente se sintiera como en su casa.

Minutos después llegó el padre de Sonia con su novia Gunilla y Sonia salió a recibirlos. Ver a su padre contento, alejado de la negatividad de Albany, de la que no habían vuelto a saber nada, la hacía feliz. Por fin Charles estaba con una mujer que lo quería a él, no su dinero, y eso sin duda era lo mejor.

Minutos después llegaron Cynthia con Israel y Raissa con Brooke. Y, seguidamente, Amina, su madre Mia y la pequeña Davinia, una preciosa niña que había heredado los ojos violeta de Alina y que los tenía a todos embobados.

Can, al ver a su madre, se dirigió hacia ella. Para sorpresa de todos, Mia había encarado con total normalidad los cambios que habían tenido lugar en su vida. Era muy feliz con sus nietos y viajando con sus amigas por el mundo, algo que, cuando estaba casada, nunca hizo.

Ayaz había vuelto a casarse en Turquía... con Melek, la joven hija de su amigo, el dueño de la cadena hotelera. Su relación con sus hijos era distante y fría, apenas los veía, pero eso a Can y a sus hermanas no les importaba en absoluto. Todos eran ya mayorcitos para saber encarar sus vidas y darles la justa importancia a las cosas, especialmente al amor.

Mia, al ver a Ginger con el pequeño Milán en brazos, fue hasta él y, sin mencionar el traje de torero naranja y dorado que aquél llevaba, cogió a su nietecito en brazos.

—¿Cómo está mi Rey?

Sonia sonrió al oír eso y, mirando a Can, cuchicheó:

—Está claro que ya te han destronado.

Divertido, él asintió y luego musitó besándole el cuello:

—A ver cuándo destrono yo a tu *Rey*...

—Lo llevas claro —replicó Sonia—. ¡Mi Luismi es intocable!

Ambos rieron. La conexión entre ellos era increíble, especial. La vida les había dado una segunda oportunidad, y sin duda la estaban aprovechando y disfrutando al máximo.

—Papiiiiii —gritó entonces Ibiza. Y, corriendo hacia él, se encaramó a sus brazos y, mirándolo, añadió—: Flipa con lo que te voy a decir.

—A ver, ¡cuéntame!

—El tío Adriano y Ginger van a adoptar mañana un perrito en la protectora de la tía Carol.

—¡Q. F.! —se mofó Can, haciendo sonreír a Sonia.

—Muy fuerte —afirmó Ibiza—. ¡Y lo mejor es que quieren que yo los acompañe a recogerlo y le ponga un nombre!

Can y Sonia se miraron divertidos, y la niña, enseñándoles una foto de un perro negro con mucho pelo, dijo:

—Es éste. ¿A que es muy mono?

Sus padres lo observaron. Aquel perro parecía una bola de pelo, y cuando Sonia iba a hablar, Ibiza agregó:

—Al tío Ginger le gustaba el nombre de *Chi Chi*. Al tío Adriano, el de *Luciano*, pero ¿sabéis cuál me gusta a mí? —Ambos negaron con la cabeza y aquélla dijo—: *Chewbacca*, ¿a que es chulirritísimo para él?

Sonia y Can sonrieron y a continuación este último afirmó dándole un beso en la frente:

—Sin duda, *Chewbacca* es el más apropiado, cariño.

La pequeña sonrió satisfecha y se abrazó a aquel que tanto la mimaba y la quería.

Can, complacido, hizo lo mismo. Nunca olvidaría el día que llevó a Ibiza a conocer a su hermanito al hospital. La niña estaba nerviosa y, en cuanto conoció a Milán, abrazó a Can y le susurró al oído que ya se habían cumplido sus tres marideseos: tener un papi, un perro y un hermanito.

Estaba pensando en ello cuando volvieron a llamar a la puerta e Ibiza se apresuró a bajarse de sus brazos para ver quién era. Instantes después entraron Carol y Daryl con su pequeño Joel en brazos, un bebé tres meses mayor que Milán, que era una auténtica preciosidad y que sin duda había dado la felicidad completa a sus padres.

De nuevo, besos y abrazos. Cada vez que todos se reunían, como decía Reina Negra, aquello se convertía en el festival de los mimos, por lo que Sonia, tras saludar a los recién llegados, iba hacia la cocina cuando Ginger se le acercó y dijo enseñándole el móvil:

—Tenemos una videollamada de Stacy.

Rápidamente se alejaron del bullicio y, metiéndose en el dormitorio de Can y Sonia, se sentaron en la cama y durante varios minutos disfrutaron hablando con Stacy. Aquélla viajaba por el mundo junto a Samuel y se encontraba de voluntaria en Tanzania. Su vida con él era plena y estaba feliz.

Tras unos minutos, cuando la comunicación se cortó, Ginger hizo un puchero y cuchicheó:

—Cuánto la mariecho de menos...

Sonia asintió, llevaban seis meses sin ver a Stacy, pero con positividad indicó:

—Ya la has oído. Dentro de dos meses regresará a Londres y está como loca porque la llevemos de compras.

Ambos sonrieron y, luego, de la mano, salieron al jardín.

* * *

Cuatro horas más tarde, después de que todos hubieran disfrutado de la excelente comida y Sonia tocara varias canciones en español con su guitarra, el pequeño Milán, de apenas ocho meses, a su manera pedía dormir. Sin duda estaba agotado.

Con mimo, Ibiza lo cogió. Le encantaba tener a su hermanito en brazos y, ejerciendo su papel de hermana mayor, junto a su mami comenzó a cantarle el *Turu Turu* para que se durmiera allí, en el jardín. A ellas se les unió Carol y Daryl con su pequeño Joel, que ya dormía. Sonriendo, Charles y sus hijas también empezaron a cantar, y a ellos los siguieron Ginger y Adriano, las Ladies y la familia de Can. Todos se sabían aquella curiosa cancioncita para dormir. La habían aprendido en distintos momentos de sus vidas, y todos la cantaban con amor.

Can sonrió orgulloso. Todo lo que había ocurrido hasta llegar a ese momento había merecido la pena. La increíble familia que había creado junto a Sonia y la felicidad que cada uno de ellos le proporcionaba eran una maravilla.

Estaba pensando en ello cuando su mirada se encontró con la de su mujer. Ésta le sonrió como sólo ella sabía, y Can, con el corazón desbocado por amor, sonriendo volvió a confirmar aquello de que quien tiene magia no necesita trucos. Y Sonia era pura magia.

Referencias a las canciones

Stupid Love, ℗© 2020 Interscope Records, interpretada por Lady Gaga.

Material Girl, ℗ 1984 Warner Records Inc. © 1984, 2001 Warner Records Inc., interpretada por Madonna.

Love on the Brain, ℗© 2016 Westbury Road Entertainment, distributed by Roc Nation Records, interpretada por Rihanna.

Carnaval, ℗ 2014 Sony Music Entertainment Colombia, S. A., interpretada por Maluma.

Lost in Japan, ℗© 2018 Island Records, a division of UMG Recordings, Inc., interpretada por Shawn Mendes.

I'm Not in Love, ℗ This Compilation 2016 Spectrum Music © 2016 Spectrum Music, interpretada por 10cc.

It Ain't Over 'Til It's Over, ℗© 2012 Virgin Records America, Inc., interpretada por Lenny Kravitz.

Dancing in the Dark, ℗ 1984 Bruce Springsteen, interpretada por Bruce Springsteen.

If I Ain't Got You, ℗ 2003 RCA/JIVE Label Group, a unit of Sony Music Entertainment, interpretada por Alicia Keys.

Soy yo, ℗© 1999 WEA International, Inc., all rights reserved, interpretada por Luis Miguel.

We Are the Champions, ℗ This Compilation 2011 Queen Productions Ltd., under exclusive license to Universal International Music BV © 2011 Queen Productions Ltd., under exclusive license to Universal International Music BV, interpretada por Queen.

Turu Turu, © 2012 Notton Productions, S. L., interpretada por Gisela.

Make Me Feel, ℗© 2018 Bad Boy Records LLC for the United States and WEA International Inc. for the world outside of the United States, interpretada por Janelle Monáe.

I Put a Spell on You, ℗© 2017 Warner Music Brasil, Ltda., interpretada por Iza.

Slave to Love, ℗ This Compilation 2000 Virgin Records, Ltd. © 2000 Virgin Records, Ltd., interpretada por Bryan Ferry.

I'm Not in Love, MCA, interpretada por The Pretenders.

Te esperaba, ℗ 2018 Sony Music Entertainment México, S. A. de C. V., interpretada por Carlos Rivera.

Troublemaker, ℗© 2020 Let's Get It Records, LLC / Republic Records, a division of UMG Recordings, Inc., interpretada por Picture This.

Winona Ryder, ℗© 2020 Let's Get It Records, LLC / Republic Records, a division of UMG Recordings, Inc., interpretada por Picture This.

Guilty, ℗ 1980 Columbia Records, a division of Sony Music Entertainment, interpretada por Barbra Streisand y Barry Gibb.

Circles, ℗© 2019 Republic Records, a division of UMG Recordings, Inc., interpretada por Post Malone.

Love Yourself, ℗ 2019 Butler Music Company, Inc., interpretada por Billy Porter.

What a Fool Believes, ℗ 1978 Warner Records, Inc., marketed by Rhino Entertainment Company, a Warner Music Group Company. © 1978 Warner Records, Inc., interpretada por The Doobie Brothers.

I Just Want to Be Your Everything, ℗© 1977 Universal International Music B. V., interpretada por Andy Gibb.

Treasure, ℗© 2012 Atlantic Recording Corporation for the United States and WEA International, Inc., for the world outside of the United States, interpretada por Bruno Mars.

No More Tears (Enough is Enough), ℗ 1981 Sony Music Entertainment, interpretada por Barbra Streisand y Donna Summer.

Love Never Felt so Good, ℗ 2014 MJJ Productions, Inc., interpretada por Michael Jackson y Justin Timberlake.

La gloria eres tú, ℗© 1997 Warner Music Benelux BV, a Warner Music Group Company, under exclusive arrangement with Jason Recording System, Ltd., all rights reserved, interpretada por Luis Miguel.

Qué sabes tú, ℗ 2001 WEA International, Inc., interpretada por Luis Miguel.

Single Ladies (Put a Ring on It), ℗ 2008 Sony Music Entertainment, interpretada por Beyoncé.

Juice, ℗© 2019 Nice Life Recording Company and Atlantic Recording Corporation for the United States and WEA International, Inc., for the world outside of the United States, a Warner Music Group Company, interpretada por Lizzo.

Otros títulos de la autora en Booket: